Für Valeria,
Maia, Dylan und Miquel

Diese gigantische Vernichtung der Freiheit
durch die Geometrie.
JOSÉ REVUELTAS

Janos, 1836

ERSTES BUCH

Am Anfang treten die Dinge in Erscheinung. Das Schreiben ist eine Herausforderung, an die wir uns gewöhnt haben: Wo nichts war, setzt jemand etwas hin, und es wird für uns sichtbar. Zum Beispiel die Prärie, ein endloses Gebiet aus hohem Gras. Bäume gibt es keine – sie werden vom Wind, von der bleiernen Hitze des Sommers, von den Schneestürmen des Winters getötet. Sagen wir, mitten in der Ebene befinden sich ein paar spanische Missionare und eine Kirche, dann ein paar Siedler, ein Dorf mit vier Straßen. Jemand beschloss, es sei von Bedeutung, und gab ihm einen Namen: Janos. Vielleicht weil es wie Janus zwei Gesichter hatte. Das eine blickte von seiner Peripherie, von dort, wo es sich allmählich aufzulösen begann, auf das spanische Kolonialreich. Das andere auf Wüste und Kakteen: Apachería.

Eines Tages stellte der Ort sich als strategisch günstig heraus: Er besaß artesische Brunnen. Man schickte ein paar Soldaten hin, errichtete ein Fort, um die ursprünglichen Bewohner der Gegend einzuschüchtern und den Siedlern, die schon keine Spanier mehr waren, sondern Kreolen, Schwarze, Keralesen, Lombarden, Chinesen und Iren, ein Gefühl von Sicherheit zu geben. Es kamen nur wenige Einwanderer, also heiratete man Indianerinnen. Ihre Kinder waren bereits etwas anderes: Menschen aus Chihuahua, Mexikaner, was auch immer. Später meinte jemand anders, er könne von der Arbeit der Viehzüchter, der Händler, des Bäckers und der Lehrerin profitieren, und setzte ein Rathaus mitten hinein, das aussah, als stünde es abseits, denn Janos war so klein, dass es keine Peripherie hatte. Vielleicht hatte es auch eine, doch die zählte nicht, und keiner erinnerte sich daran: Indianerdörfer, die *goteras,* manchmal auch *rancherías* genannt wurden.

In den Siedlungen der Gegend lebten friedliche Gruppen von Janero, Concho und der eine oder andere Opata, der für den Winter aus den Bergen kam. Das waren die sogenannten zivilisierten Indianer, da sie nicht mehr als Nomaden lebten und sich der europäischen Wirtschaftsweise angepasst hatten. Hinter den Häusern der Kreolen und Mestizen in den Dörfern von Chihuahua, Sonora und Nuevo México, und sogar hinter den Goteras, die die Dörfer versorgten und umgekehrt, lebten die kriegerischen Indianer: vor allem Apachen, Tarahumara und Yaqui, die untereinander verfeindet waren und deren Auseinandersetzungen die bescheidene Entwicklung der Siedlungen erst ermöglichten – waren sie es doch gewesen, die die Komantschen vertrieben hatten, diese grausamen Herren der Wüste seit unvordenklichen Zeiten, die jetzt in einem Reservat jenseits von Paso del Norte lebten.

Janos gibt es noch immer. Samt Kirche und Rathaus, aber ohne die Goteras. Diesen Krieg, den Krieg gegen alle Stämme der Apachen, haben wir gewonnen, auch wenn wir uns nicht daran erinnern wollen, weil wir uns schämen. Janos liegt heute in Chihuahua, Mexiko.

Diese Geschichte beginnt in der Prärie, die das Dorf bedrängt. Einem so gottverlassenen Ort, dass es dort noch immer Bisons gibt. Stellen wir uns in der Ferne blaue Berge vor, verfallene Steinmauern zwischen den Rinderfarmen, wo das Vieh alle paar Jahre verdurstet, weil wieder einmal Dürre herrscht. Klapperschlangen, wilde Ziegen, Pekaris, Zahnwachteln, gelbe Skorpione, groß wie Kinderhände, Kojoten – wie sie alle Zuflucht suchen im Chaparral aus Wacholdersträuchern, Akazien und zerzausten, von Zeit zu Zeit knospenden Yuccas. Und plötzlich, in diesem so kargen Tal, ein Pfad und der Rücken einer rennenden Frau, einer unbeugsamen, von Kopf bis Fuß schwarz gekleideten Frau. Sie blickt sich um.

Ohne stehen zu bleiben, öffnet Camila den Brustlatz ihres schwarzen Kleides, zieht die Arme aus den Ärmeln, reißt sich das Haarband vom Kopf und lässt das Kleid nach unten gleiten, während sie sich mit den großen Schritten einer Stute fortbewegt. Sie stolpert, fällt aber nicht, rennt weiter. Sie spürt das Baumwollmieder, das sie zum Glück nicht gestärkt hat. Ohne langsamer zu werden, nestelt sie an ihrem Rücken herum und schnürt das Mieder auf. Sie streift die Träger des Unterkleids ab und zieht sich das Korsett über den Kopf, lässt es an einem Strauch zurück, zieht sich die Träger wieder über die Schultern. Sie rennt weiter. Sie hat nur noch das braune Unterkleid an, das mit den ausgebrannten Farben der steinharten Herbstvegetation zu verschmelzen scheint. Sie rennt. Sie verliert wertvolle Zeit, als sie sich bückt, um die Stiefel auszuziehen, doch mit mehr Beinfreiheit und barfuß kommt sie schneller voran. Das Unterkleid klebt ihr am Hintern, vor Angst hat sie sich eingenässt. Sie rennt weiter, Kiefer- und Halsmuskeln angespannt, die Schultern steif wie ein Brett. Wenn sie sich klein macht und stillhält, kann sie sich gut im Gestrüpp verstecken, denkt sie. Aber noch kann sie ein Stück weiterlaufen, fliehen, sich retten, wie sie es schon so viele Male getan hat.

Oberstleutnant José María Zuloaga war ein Mann der Berge, weshalb er hocherfreut den Befehl entgegennahm, ohne zeitlichen oder sonstigen Druck seine heiß geliebte Ödnis zu durchqueren. Kaum hatte er den Brief aus der Bundeshauptstadt erhalten, zog er seine fransenbesetzte Komantschen-Fährtenleserjacke an, schnallte sich den Gürtel mit den zwei Pistolen und Patronentaschen um, setzte den Fedora mit den gebogenen Krempen auf und sperrte die staubige, einsame und im Grunde nutzlose Kommandantur ab, um sich auf die Suche nach ein paar Freiwilligen zu machen, die Lust auf eine Expedition in die Berge hatten.

Apachen zu verfolgen war nichts anderes, als auf die Jagd zu gehen: eine Gelegenheit, mit Freunden die Sau rauszulassen, versüßt durch die verantwortungsvolle Bürgerpflicht, das noch junge Vaterland zu schützen. Er wollte schon auf sein Pferd – ein Fuchs, genauso eingebildet und zäh wie er selbst – steigen, als er noch einmal in sein Büro zurückging, den Brief faltete und in die Brusttasche seines grauen Flanellhemds steckte. Er wollte ihn seiner Frau zeigen, als Beweis, dass er auf höheren Befehl hin aufbrechen musste.

Er verkniff sich das stolze Lächeln, mit dem er bis eben herumgelaufen war, und setzte eine betrübte Miene auf, um ihr die Nachricht zu überbringen – wie alle Frauen aus Chihuahua hatte seine Frau einen schwierigen Charakter. Auf dem einzigen gemeinsamen Foto der beiden sehen sie hübsch und verwegen aus: Er sitzt auf einem Stuhl, mit dem unbezähmbaren Haarschopf eines Mannes, der jede Lebenslage meistert. Sie steht hinter ihm: dunkle Mantille, strenges schwarzes Kleid, makellose Handschuhe, auf ihrem Gesicht ein ungeduldiger, kaum auszuhaltender Ausdruck.

Die Männer, die Zuloaga gewöhnlich auf seine Expeditionen mitnahm, waren wie er: keine Soldaten mit Waffenrock und Käppi wie jene, die ausgezogen waren, um Oberkalifornien gegen eine angebliche Invasion des russischen Zaren zu verteidigen, sondern Cowboys mit groben Baumwollhosen, breitkrempigen Hüten und spitzen Stiefeln, *esquineras* genannt, die bei der Verwendung des Lassos eine wichtige Rolle spielten. Alle hatten eine eigene Waffe, Munition, ein Pferd. Sie ließen sich für einen nominellen Lohn anwerben, von dem sie wussten, dass sie ihn nie bekommen würden. Wenn sie auf Tour gingen, um die Apachen zu bestrafen, waren sie meist lang unterwegs und hatten fast immer Spaß. Den Spuren zu folgen hieß, in raue, aber meist ungefährliche Gebiete vorzudringen – bis auf wenige Ausnahmen, wenn die

Indianer nachlässig waren, gelang es den irregulären Truppen nie, sie aufzustöbern. Hin und wieder gab es ein kleines Scharmützel, erschossen sie eine Frau, ein Kind, befreiten sie einen Gefangenen, den die Apachen zur Ablenkung zurückgelassen hatten. Wenn sie heimkehrten, nannten die Zeitungen sie – anders als im Zentrum des Landes – nicht »irreguläre« oder »regionale«, sondern »nationale« Truppen, ein Beiwort, das sie mit großem Stolz erfüllte.

Zuloaga genoss im Kampf gegen die Apachen vielleicht nur deshalb den besten Ruf seiner Generation, weil seine Interessen als Jäger ihn vom vulgären Klischee der Gerechtigkeit befreiten. Er verstand sein Handwerk nicht als das eines Rächers der räuberischen Chimäre, die sich Staat nennt, sondern als Spiel.

Beim nächsten Sonnenaufgang brach er ohne einen einzigen Freiwilligen aus Buenaventura auf. Die Frauen im Dorf waren die Feldzüge leid, die für die Familien eine große Belastung darstellten, da die Männer ihre Farmen oft wochenlang im Stich ließen, abgesehen davon, dass sie Verpflegung für unterwegs benötigten, und daran mangelte es den Bewohnern der Gegend fast immer. Der Einzige, der Zuloaga begleitete, war sein Vater, ein ehemaliger Offizier, der sich ihm nur deshalb anschloss, weil es ihn traurig machte, seinen Sohn allein Richtung Casas Grandes aufbrechen zu sehen. Um den sogenannten Fährtenleser der jungen mexikanischen Armee nicht in seiner Eitelkeit zu kränken, erklärte der Alte, er werde ihn ein paar Tage begleiten, auf diese Weise könne er bei einigen Verwandten vorbeischauen, die sich in La Tinaja niedergelassen hätten und bereits halbe Indianer seien, so intensiv trieben sie Handel mit den Janero.

Der Depesche aus Chihuahua-Stadt hatte Oberstleutnant José María Zuloaga entnommen, dass der Überfall bereits vor mehreren Monaten stattgefunden hatte, und sofort begriffen, dass die Verfolgung im Grunde sinnlos war. Falls er die Viehdiebe fand, wäre von den Tieren nichts mehr übrig, sie wären längst zerlegt, gebraten, aufgegessen und von den unersättlichen Mägen der Apachen zersetzt. Gibt es in Janos keine Festung?, fragte sein Vater, während er sich die schwarze Uniformjacke des königlichen Heeres anzog. Das Kleidungsstück war mit einem plissierten Rockschoß, einer goldenen Knopfgarnitur und Brustlitzen versehen, aber schon so verblasst, dass es wie der Mantel eines heruntergekommenen Kavaliers aussah. Sie wird leer sein, so wie die hier, antwortete sein Sohn. Und die nationalen Truppen? Zuloaga zuckte mit den Schultern, er fand das Thema nicht wichtig genug, um noch mehr Worte darüber zu verlieren. Weil die Strecke etwas mehr als fünfundzwanzig Meilen betrug, legten sie gegen Mittag auf einer schattigen Düne am Rio Santa María eine Rast ein, um Ringeltauben zu jagen und sie über einem Lagerfeuer zu rösten. Trotz der Kühle des anbrechenden Winters waren die Pferde um diese Tageszeit nicht gerne in der Sonne unterwegs.

Kurz vor Sonnenuntergang trafen sie in Casas Grandes ein. Unterwegs hatten sie noch drei junge Gabelböcke zur Strecke gebracht, auf die sie am Nachmittag gestoßen waren; die Idee war, am nächsten Tag ein Barbacoa zu veranstalten. Wir kaufen Mezcal und bieten Tacos an, hatte der Alte gemeint, während sie ihre Beute auf den Pferden festzurrten. Damit hast du im Handumdrehen zehn Bekloppte rekrutiert, und ich kann ohne Schuldgefühle weiter nach La Tinaja.

Aus Sicht des einundzwanzigsten Jahrhunderts ist Camila, Witwe von Ezguerra, wie sie da so spärlich bekleidet und wie vom Teufel besessen durch die Ebene rennt, eine athletische Frau mit einem guten Körpergefühl, auch wenn Männer ihrer Zeit sie lediglich als mager bezeichnet hätten.

Sie hatte eine eher traurige, wenngleich nicht einsame Kindheit auf der Ranch ihres Onkels verbracht, wo sie sich als verwaiste Cousine der anderen Kinder ein bisschen auf die Seite der Goteras geschlagen hatte und insgeheim den Bediensteten näherstand als der Familie. Sie schlief im Herrenhaus und saß mit den anderen am Tisch, spielte aber lieber mit den Kindern der Tagelöhner und Dienstmädchen vom Volk der Jicarilla und Concho, und so wurde sie schnell wie ein Gepard und entwickelte ein feines Gehör für die Sprachen der Prärie. Sie war schon immer muskulös und unabhängig gewesen, als hätte sie geahnt, dass eine verzweifelte Flucht durch die Ebenen ihr Leben für immer verändern sollte.

Als alle schon dachten, Camila würde nie unter die Haube kommen, heiratete sie Leopoldo Ezguerra. Die Trauung fand in der Kirche Soledad de Janos statt – ein etwas vermessener Name für das Fleckchen Häuser, das das Dorf in den Dreißigerjahren des neunzehnten Jahrhunderts war.

Es war keine sehr vielversprechende Hochzeit: Ezguerra war bereits siebenundsechzig Jahre alt und die Ehe mit Camila seine dritte. Ich brauche jemanden, der sich um mich kümmert, hatte er zu ihr an einem der Tische gesagt, die jeden Sonntag dort aufgebaut wurden, wo der Dorfplatz hätte sein können, wenn das Dorf groß genug gewesen wäre, um eine erkennbare Mitte zu haben. Stattdessen stellte man die Tische an der Straße mit der Kirche auf, die Primera Avenida hieß, obwohl es keine zweite Avenida gab. Sie wurde von drei Wegen gekreuzt, die nicht in andere Straßen mündeten, sondern sich in der Prärie verloren. Weil Ezguerra für die Verwaltung seiner Ranch die Kraft fehlte, brauchte er eine Frau, die sie führte. Und zwar so lange, bis sich einer seiner Söhne dazu aufraffen würde, nach Janos zurückzukehren, um sie zu übernehmen.

Bis zu ihrem vierunddreißigsten Lebensjahr fiel keinem auf, dass Camila eher kräftig als dürr war. Nie hatte irgendwer Interesse an ihrem Körper gezeigt, weder in der Welt der Notare und Doktoren an ihrem Geburtsort Casas Grandes noch im Internat des Heiligen Herzens von Tepic, wo sie unter Frauen zur Frau wurde, noch in Guadalajara, wo sie an einer Theresianerinnenschule die Buchführung machte, noch in Janos, wohin sie ging, als sie noch im heiratsfähigen Alter war, um bei einer wohlhabenden Familie als Hauslehrerin zu arbeiten. Auch nicht im Herrenhaus der Ezguerra-Ranch, wo sie kein einziges Mal mit ihrem Mann schlief, auch wenn ihr Kampf gegen die Mühen des Alltags ähnlich aufwühlend und kräftezehrend war wie eine richtige Ehe.

Don Leopoldo hatte ein Auge auf sie geworfen, seit er sie das erste Mal an einem der Tische auf der Primera Avenida gesehen hatte, wo sie gerade versuchte, die verzogenen Bälger vom jungen Erben des Dorfapothekers zu bändigen. Er fand sie interessant, aber um das zu bemerken, musste man schon eine Schildkröte sein: alles gesehen haben, einen Panzer tragen, ganz langsam machen, schon von Weitem erkennen, wo die Grenze zwischen Neugier und Erfahrung verläuft. Camila war achtundzwanzig, ein hohes Alter für eine Zeit, als viele begehrenswerte junge Frauen im Kindbett oder an den Folgen des rauen Klimas starben.

Sie war groß, hatte breite Schultern vom Schwimmen mit den Kindern der indianischen Tagelöhner in den Tümpeln der Umgebung – ein Vergnügen, dem sie weiterhin, sooft sie konnte, nachging –, einen langen Rücken und Hüften, die über ihre kräftigen, leicht maskulinen Arme und Beine hinwegtäuschten. Sie hatte kleine, spitze Brüste, braune Augen, den fülligen Mund einer Frau, deren Großmutter sich auf einen Seitensprung mit einem Sklaven eingelassen hatte und ihr Leben lang davon erzählte, weil die genetische Lotterie ihr ein Kind beschert hatte, das als andalusisch durchgehen konnte. Wie Don Leopoldo hoffte, würde eine Frau mit so kräftigen Armen seinen gebrechlichen Körper und die Ranch, die ihn ernährte und seinem Leben einen Sinn gab, schon in den Griff bekommen.

Er sollte recht behalten. Auf den Feldern hatte Camila von klein auf gern gearbeitet, und die Kinder der Reichen waren ihr zu anstrengend geworden, weshalb die Hochzeit ein Preis war, den sie gerne zahlte, um die unausstehlichen Apothekerbälger loszuwerden. Im Grunde hatte sie immer das Gleiche getan: Seit der Internatszeit bei den Schwestern des Heiligen Herzens von Tepic hatte sie gelebt, wie sie es bei ihrem Onkel in Chihuahua gelernt hatte. Während die anderen Schülerinnen lernten, Brokat zu weben oder Karamellbonbons herzustellen, ging sie im Klostergarten mit den Mägden Obst und Gemüse ernten. Keiner beschwerte sich: Ihr Onkel aus Casas Grandes hatte bei ihrer Aufnahme eine größere Summe hinterlegt, zahlte aber keinerlei jährliche Gebühren. Die Nonnen fanden es gut, dass Camila sich auf diese Weise ihren Unterhalt verdiente, auch wenn sie sich weiterhin mit den anderen Mädchen den Schlafsaal teilte.

Sie entstammte einer Sippe von Kreolen ohne großes Ansehen, die immer noch als Weiße durchgingen, obwohl sie das seit wer weiß wie vielen Generationen ganz offensichtlich nicht mehr waren. Familien, die sich im nördlichen Ödland angesiedelt hatten, weil sie in Wahrheit nichts weiter besaßen als den Irrglauben, ein Recht auf ein besseres Leben zu haben, nur weil sie keine Indianer waren. In der Wüste verwischten und lösten sich die Kategorien auf, je weiter man in den Süden des neuen Landes kam, desto starrer wurden sie. Im Norden konnte jeder Siedler werden – bis auf die ursprünglichen Bewohner der Ebenen. Doch niemand, der nicht die Gläubiger oder das Gesetz im Nacken hatte, ging freiwillig nach Chihuahua.

Camila hatte sich nie besonders gemocht und auch nie etwas besessen. Schon als Mädchen wusste sie, dass sie, wenn sie bei der Partnersuche bestehen wollte, die Gelegenheit beim Schopf packen musste. Sie würde ihr nicht einfach so zufliegen. Sie musste sie sich verdienen, so, wie sie sich die Internatskosten verdient hatte: mit den Händen. Ihren langen, knochigen Händen, die dunkler waren als der Rest ihres Körpers. Jeden Morgen und jeden Abend rieb sie sie mit Olivenöl und Kräutern ein.

An einem der letzten Sonntage, da es ihm noch vergönnt war, an einem der Tische auf der Hauptstraße Platz zu nehmen, erwarb der alte Ezguerra sie zur Frau. Er malte sich aus, wie ihre Hände die eitrigen Geschwüre, die sich während der langen Bettlägerigkeit an seinen Beinen und an seinem Rücken gebildet hatten, mit Salbe einrieben, und fand das Bild schmutzig und erbaulich zugleich – nach den vielen Jahren im Kloster und der Theresianerinnenschule hatte Camila auch etwas von einer Nonne. Sie hatte die Hände einer Braut Christi.

Und sie machte Gebrauch von diesen Händen, die nicht nur von der Gartenarbeit, sondern auch von den Gewohnheiten der jungen Nonnen abgehärtet waren, die das Verlangen ihrer vor Hormonen überschäumenden Körper stillten, indem sie sich, um schlimmere Sünden zu vermeiden, gegenseitig beistanden. Don Leopoldo besaß nie die Kraft, die nötig gewesen wäre, um nach all den anderen Frauen auch noch die robuste Camila zu besteigen, aber zumindest konnte er sich ein wenig an diesen Händen erfreuen, die hin und wieder sein Glied umfassten, das seit vielen Jahren nur noch die Funktion eines Leitungsrohrs erfüllte. Ein wenig Vergnügen gab es also in dieser Ehe, doch es blieb eine Ausnahme und beruhte nicht auf Gegenseitigkeit.

Gib mir die Hand, sagte der Alte zu ihr, wenn ihn die Angst vor dem endgültigen Übergang ins Reich der Schatten quälte. Berühr mein Gesicht, sagte er, wenn er sich lebendig fühlen wollte. Es war das Letzte, was er zu ihr sagte: Berühr mein Gesicht. Er sagte es an jenem Morgen, als er mit der Gewissheit erwachte, dass sein Name nicht mehr das Kalenderblatt des nächsten Tages zieren würde. Seine Worte klangen wie ein Pfeifen, das schon aus dem Jenseits kam. Als er die kühle Hand seiner Frau an der Wange spürte, klammerte er sich an sie, um nicht weiter in den Abgrund zu stürzen, an dessen Ende der grinsende Sensenmann wartete. Camila bemerkte das letzte Aufbäumen vor dem Tod nicht, doch sie konnte nur mit Mühe die Finger wieder lösen, die wie Würgeisen ihre eigenen umklammerten, mit einer Kraft, die sie zu Lebzeiten nie besessen hatten.

Als José María Zuloaga und sein Vater in Casas Grandes eintrafen, herrschte dort absoluter Frieden, obwohl ein Stück weiter nördlich erst vor wenigen Monaten ein Apachenüberfall stattgefunden hatte. Vielleicht, dachte der Oberstleutnant, ist es hier nur so friedlich, weil die Menschen in Chihuahua nicht gerne schwitzen. Er teilte den Gedanken seinem Vater mit, der genervt den Kopf schüttelte, so wie immer, wenn sein Sohn dummes Zeug redete. Das liegt daran, dass es keinen interessiert, was in Janos los ist, entgegnete der Alte, schließlich sind sie aus freien Stücken in einem Tal geblieben, das die Apachería schon verschluckt hat.

Der Friedensrichter des Ortes empfing sie. Er verlangte keine Abschrift ihrer Befehle und erteilte ihnen die Erlaubnis, zwei der drei Gabelböcke auf dem Hauptplatz zu grillen. Warum nur zwei?, wollte Zuloaga wissen. Weil der dritte für die Obrigkeit ist. Der Oberstleutnant, der bislang höflich geblieben war, stand auf und stützte die Hände auf den Schreibtisch des Friedensrichters, der auf seinem Stuhl zurückwich. Zuloagas sanftmütiger Ausdruck hatte sich in die steinerne Miene des Mannes verwandelt, der er in Wirklichkeit war: der Kommandant einer der rausten Gegenden des Landes.

Schauen Sie, Doktor, sagte Zuloaga, Sie wissen es nicht, weil Sie ein Idiot sind, aber die Republik befindet sich im Krieg gegen die Apachen und die halbe Welt. Er beugte sich zu dem Mann vor, der ganz grün im Gesicht geworden war und sich noch weiter zurücklehnte. Es herrscht Ausgangssperre, der Notstand wurde verhängt, und solange die Festungen nicht besetzt sind, repräsentiere ich die Bundesregierung. Und Sie, wen repräsentieren Sie? Das war nicht ernst gemeint, mein Kommandant, stammelte der Richter und wandte das Gesicht ab. Zuloaga verpasste ihm eine Ohrfeige, sodass er den Kopf zurückdrehte und ihm in die Augen sah. Also, wie gedenken Sie uns zu helfen? Ich kann mein Amt nicht ruhen lassen, nur um ein paar Wilde zu jagen, außerdem bin ich Anwalt und aus Guanajuato. Aber Sie können das Bier für die Feier stellen. Wie Sie wünschen, mein General. Zuloaga ließ von ihm ab. Ich bin Oberstleutnant, sagte er.

Zuloaga setzte sich nicht wieder hin, und auch sein Vater stand auf. Beide tippten sich zum Abschied an die Hutkrempe. Als sie schon an der Tür waren, sagte der Friedensrichter: Ich kenne eine Familie, bei der Sie übernachten können. Der Oberstleutnant wandte sich um und sah ihn an. Sie sind nicht vermögend, aber sie haben ein großes Haus, Sie können bestimmt dort bleiben, es wäre auf jeden Fall bequemer als in der Polizeikommandantur. Es gibt hier eine Polizei?, fragte der ältere der Zuloagas, überrascht über den Fortschritt, den die Unabhängigkeit der Gegend gebracht hatte. Es gibt eine Kommandantur, antwortete der Friedensrichter, und sobald das Geld da ist, haben wir auch Polizisten.

Die Idee ist, ein Buch über ein ausgelöschtes Land zu schreiben. Ein Land, das genauso gut oder schlecht funktionierte wie jedes andere auch und das vor unseren Augen verschwand, wie irgendwann die Musikkassetten oder die pyramidenförmigen Milchtüten verschwanden. Wo heute Sonora, Chihuahua, Arizona und New Mexico liegen, gab es eine Art Atlantis, ein Zwischenland. Die Mexikaner und die Gringos kehrten einander den Rücken zu wie zwei taubstumme Kinder, und die Apachen liefen ihnen zwischen den Beinen herum, ohne zu wissen, wohin, denn ihr Land bevölkerte sich urplötzlich mit Fremden, die von überall her auftauchten.

Die Apachería war ein Land mit einer funktionierenden Wirtschaft, einer Staatsidee und einem auf das Gemeinwohl ausgerichteten System. Ein Land mit einem Gesicht – einem dunkelhäutigen, von Sonne und Wind zerfurchten Gesicht, dem schönsten Gesicht, das Amerika je hervorgebracht hat, dem Gesicht jener, denen nur das geblieben ist, was uns allen fehlt, weil wir es letzten Endes immer dem Fortschritt opfern: Würde.

Die Apachen waren vor allem ein würdevolles Volk, und Würde ist die esoterischste aller menschlichen Tugenden. Die einzige Tugend, die dem Bedürfnis zu leben, wie es einem gefällt, den Vorzug gibt und nicht jenem anderen schmutzigen und dummen Bedürfnis, die eigene genetische Information zu streuen und das Überleben von ein paar Verhaltensweisen, einer Sprache und bestimmten, von einigen wenigen angefertigten Gegenständen zu sichern. Im Grunde ist es egal, ob diese Dinge weiterexistieren oder nicht – Atlantis ist verschwunden, die Azteken, die Apachen, aber es hätten genauso gut auch wir sein können –, Gene und Gewohnheiten, die wir manchmal nur deshalb so hochhalten, weil sie im Grunde alles sind, was wir haben.

Als den Chiricahua, dem wildesten der Apachenstämme, keine andere Wahl blieb, als sich entweder in den mexikanischen oder in den US-amerikanischen Staat zu integrieren, wählten sie einen dritten, völlig unerwarteten Weg: den Untergang. Lieber sterbe ich als dies oder jenes zu tun, prahlen wir ständig, aber dann tun wir es doch. Als die Konquistadoren 1610 auf die Apachen stießen, erklärten diese, sie hätten kein Interesse, sich zu integrieren. Und daran hielten sie fest, bis ihre gesamte Welt in einen einzigen Eisenbahnwaggon passte, der die letzten siebenundzwanzig Überlebenden ihres Volkes aus Arizona fortbrachte.

Ich weiß nicht, ob man aus einer Entscheidung wie dieser – für die eigene Auslöschung – etwas lernen kann, aber sie verblüfft mich derart, dass ich ihr ein Buch widmen möchte.

Ich schreibe Romane, Artikel und Drehbücher, um meine Familie mit dem ernähren zu können, worüber ich lese. Und ich schreibe, weil es das Einzige ist, zu dem ich auf Dauer in der Lage bin. Ich weiß nicht, ob ich es schon einmal erwähnt habe, aber ich war bereits siebenunddreißig oder achtunddreißig, als ich zum ersten Mal in meinem Leben das Privileg hatte, eine Arbeit abzulehnen. Aus allen anderen Jobs – und es waren viele – wurde ich entlassen. Ich tat alles, um meinen bescheidenen fünfköpfigen Stamm über Wasser zu halten, damit meine Gene, meine Sprache, meine Verhaltensweisen ein bisschen länger überdauern. Wäre ich Chiricahua, würde ich nichts tun außer lesen. Wir würden an dem sterben, woran man eben so stirbt, wenn man sich dem Rummel der Produktivität entzieht: an Unterernährung, an sechzig Zigaretten täglich, an der Ermangelung eines Zahnarztes, an heilbaren Krankheiten, Steuerschulden, schlechter Bildung.

In der Stunde ihres Untergangs schrieben die Apachen mit nichts anderem als den Schriftzeichen, mit denen man den Tod buchstabiert. Sie ließen Botschaften zurück, verfasst in einem Alphabet aus Leichen, damit niemand vergaß, wem dieses Land gehörte oder einmal gehört hatte, das Land, von dem die Mexikaner und Amerikaner glaubten, es rechtmäßig besetzen zu dürfen. Ein Land, das keinen Namen hatte, zumindest nicht am Anfang.

Don Leopoldo hatte drei Söhne. Er war ein tüchtiger Mann, Vater von drei fleißigen Männern. Keiner von ihnen war anwesend, als der Tod ihn, einen einfachen Landbesitzer in einer im Grunde unfruchtbaren Region, in seinem Bett ereilte. In der Prärie gab es keinen offiziellen Postdienst, und bis zur Einführung des Telegrafen sollten noch Jahrzehnte vergehen. Chihuahua lag am Arsch der Welt, von Janos ganz zu schweigen. Jegliche Korrespondenz hing von einem Mann aus Alamogordo ab, der gelegentlich die Briefe der Dorfbewohner abholte, zusammen mit ein paar Münzen fürs Porto, und sie nach Casas Grandes brachte, wo es bereits ein Postamt gab.

Die beiden Söhne aus Ezguerras erster Ehe waren in die Politik gegangen. Der eine war Stadtrat in Chihuahua, der andere Abgeordneter in Mexiko-Stadt. In den sechs Jahren, die sie an der Seite von Don Leopoldo verbrachte, schrieb Camila den beiden Brüdern lange, etwas verworrene Briefe, in denen sie sie regelmäßig über seinen Gesundheitszustand informierte. Beide antworteten erst Monate später mit knappen Nachrichten in Schönschrift, die sie ihren Sekretärinnen diktiert hatten. Es gab noch einen dritten Sohn aus zweiter Ehe, der mit zwanzig von zu Hause weggegangen war, um bei den Jesuiten des Colegio de Santa María in Baltimore Agrarwirtschaft zu studieren. Von ihm wusste Camila nur, was ihr Mann ihr erzählt hatte: dass er Héctor hieß, nach dem Studium in Baltimore geblieben war und eine Quäkerin geheiratet hatte, welche ihm, Don Leopoldo, ein paar blonde Enkel geschenkt hatte, die nur Englisch sprachen und die er nie kennenlernen würde. Und *Ezguerra* wegen Héctor nun zu einem Gringo-Namen geworden sei. Stell dir mal vor, Camilita.

Nachdem sie Witwe geworden war, sandte Camila als Erstes einen Boten nach Chihuahua-Stadt, um ihren am nächsten wohnenden Stiefsohn über den Tod seines Vaters zu unterrichten.

Der Stadtrat kam nicht nach Janos, schickte aber zwei Monate später per Eilboten einen langen, eigenhändig verfassten Brief, in dem er sich bei Camila für das bedankte, was sie für seinen Vater in den letzten Jahren getan hatte, und sie bat, auf der Ranch zu bleiben, sie weiterhin so klug zu führen, wie sie es seines Wissens bisher getan habe, und die Ankunft seines Halbbruders Héctor abzuwarten, des Agrarwissenschaftlers, der mit seiner Familie aus Baltimore anreisen werde. Héctor werde den Besitz übernehmen und künftig alle Entscheidungen treffen, die mit dem Wohl der Familie zu tun hätten, zu der er sie ausdrücklich auch zähle.

Es war schon dunkel, als sie mitten in Casas Grandes das Loch für das Barbacoa aushoben. Sie gruben so dicht am Pavillon des Platzes, dass das Gebäude, sobald sie das Feuer anzündeten, in dichten Rauch gehüllt sein würde. Der Friedensrichter wirkte leicht besorgt, als Zuloaga dem jungen Amtsdiener die genaue Stelle zeigte, wo er die Grube haben wollte. Dass der Oberstleutnant ein vernünftiger Mensch war, grundsätzlich ein Freund der Indianer und mit guten Absichten ausgestattet, nahm ihm nicht das Kreolische: Er wäre nie auf die Idee gekommen, das Loch selbst zu graben oder den Richter darum zu bitten. Für so etwas waren seine Freunde, die Indianer, schließlich da.

Als der Friedensrichter etwas gegen die Stelle, an der die Grube entstehen sollte, einwenden wollte, schürzte der Kommandant die Lippen und schüttelte den Kopf. Es sah aus, als würde er einem Kind etwas abschlagen. Der Richter begriff, dass ihm nichts anderes übrig blieb, als abzuwarten und sich zu fügen, bis die militärische Autorität den Platz wieder verlassen hätte. Tu, was der Herr sagt, wandte er sich an den Burschen, der vorsichtig aufmuckte: Ich habe diesen blöden Pavillon erst letzte Woche gestrichen, Herr Richter. Erklär das dem Herrn, antwortete sein Vorgesetzter und verschränkte die Finger hinter dem Rücken.

Zuloaga gefiel die aufsässige Art des Burschen nicht, der zu glauben schien, eine Wache zu fegen mache ihn zum Kommissar. Vor allem aber fand er ihn seltsam: Der Junge war spindeldürr und hatte viel zu lange Arme und Beine, außerdem einen kleinen Kopf, für den die Augen, die Nase und der Mund zu groß waren. Und er sprach mit einer krächzenden Stimme. Da der Oberstleutnant keine Kinder hatte, wusste er nicht, dass dies bei Heranwachsenden normal war. Trotz ausdrücklichen Befehls seines Vorgesetzten, ohne Wenn und Aber zu tun, was Zuloaga verlange, brachte der Junge seine Einwände vor. Der Oberstleutnant, der neben seinem Vater auf der einzigen Bank des Dorfplatzes saß, sah ihn neugierig an. Außer vorlaut war der Bursche auch noch geschwätzig – während er erklärte, warum es besser sei, die Grube nicht allzu nah am Pavillon zu graben, zerkaute Zuloaga einen kompletten Strohhalm. Sie müsse dorthin, schloss der Junge und zeigte auf eine Stelle am Rand des Platzes. Der Kommandant spuckte die Strohreste auf die Sandalen des Jungen und fragte seinen Vater, ob der Bursche nicht einen großartigen Rekruten abgeben würde. Er muss noch eine Menge lernen, antwortete der Alte, und nichts ist so lehrreich, wie der Republik zu dienen.

Ohne aufzustehen, hob Zuloaga einen weiteren Strohhalm vom Boden auf und steckte ihn sich in den Mund. Er fragte: Willst du dich etwa auflehnen, Soldat? Der Junge kniff die Augen zusammen, als wollte er ihn genauer unter die Lupe nehmen. Ich bin der Amtsdiener, kein Soldat, antwortete er. Der Alte zog die Augenbrauen hoch und sagte: Ich glaube, das reicht, um den Rekruten zu erschießen. Oder um ihn den Zellenboden mit der Zunge wischen zu lassen, meinte sein Sohn. Oder mit seinen kleinen Eiern, mein Kommandant, falls er welche hat. Zuloaga wandte sich an den Jungen. Was an meinem Befehl hast du nicht verstanden, Soldat? Der Junge deutete einen militärischen Gruß an. Wenn das Loch fertig ist, sagte der Oberstleutnant, füllst du es mit Brennholz, zündest es an und passt auf, dass die Kohle bis morgen glüht; um fünf Uhr früh muss alles fertig sein, dann meldest du dich im Haus, wo ich in einer kühlen Kammer übernachten werde, und holst die Gabelböcke, die bereits jemand für dich ausweidet. Der Bursche senkte den Kopf.

Der Friedensrichter beschwerte sich weder darüber, dass der Pavillon eingeräuchert werden würde, noch, dass man ihm den einzigen tüchtigen Bediensteten genommen hatte. Als Geste des guten Willens versorgte er am Abend den frischgebackenen Soldaten mit Brennholz für das Barbacoa und einem Gewehr, damit er nicht unbewaffnet mit Zuloaga ins Feld ziehen musste. Es war eine uralte Schrotflinte, für die er auch eine Schachtel Patronen spendete. Was fehlte, war ein Pulverhorn – am Tag der zivilen Machtübernahme hatten sie es für das Feuerwerk benutzt. Doch Gewehr und Brennholz waren nicht die einzige großzügige Geste des Friedensrichters, der wahrscheinlich lieber ein materielles Opfer brachte, als das gleiche Schicksal zu erleiden wie sein ehemaliger Bediensteter. Er legte auch noch genügend Sotol drauf, um acht Dörfer zu betäuben, und ausreichend Kaffee, um sie wieder aufzuwecken.

Obwohl Zuloaga klar war, dass die erste Einheit seines Trupps nur in Feierlaune dazu ermuntert werden konnte, sich in die Wüsten- und Gebirgshölle zu begeben, begriff er schnell, dass die Feierei nicht allzu lange dauern durfte und er sich beeilen musste. Noch am Abend seiner Ankunft in Casas Grandes erzählten ihm seine Gastgeber, dass die Verwalterin der Ezguerra-Ranch ihre Nichte sei und man trotz aller Bemühungen nicht die geringste Spur von ihr gefunden habe.

Wie jeder in der Gegend wusste auch der Oberstleutnant, dass die Apachen ihre Feinde nicht begruben, sondern sie als eine Art Botschaft für alle sichtbar im Freien liegen ließen. Sie ist entführt worden, mein Oberst, hatte Camilas Onkel am Abend zuvor bei einer Tasse lauwarmer Milch mit Zimt und Zucker zu ihm gesagt. Außer ein paar verstreuten Kleidungsstücken haben wir nichts von ihr gefunden. Sie hat keine Kinder, und dem Vaterland nützt sie auch nichts, aber trotz allem ist sie unsere Nichte, wir sind für sie verantwortlich. Zuloaga, der von dem langen Ritt und dem Tauziehen mit dem Richter und dessen Burschen erschöpft war, kratzte sich an der Stirn, fischte einen

Tabakbeutel aus der Brusttasche seiner Fransenjacke und drehte sich eine Zigarette.

Die Nachricht von der verschwundenen Frau machte seinen eher gemütlichen Expeditionsplan zunichte.

Mit dem Hin und Her der Boten zwischen der Hauptstadt des Bundesstaates, der Landeshauptstadt und der Gemeinde von Buenaventura waren mindestens viereinhalb Monate vergeudet worden, ohne dass jemand auch nur ein einziges Mal erwähnt hätte, dass in Janos eine Frau verschwunden war. Während er mit seinen großen, traurigen Augen auf einen fernen Punkt hinter dem Onkel der Vermissten starrte, überlegte Zuloaga, dass der eher ungewöhnliche Umstand, dass die Apachen nicht nur die Pferde, sondern auch ein paar Rinder gestohlen hatten, einen gewissen Vorteil darstellte: Solange kein Wolkenbruch niederging, könnte er den Kuhfladen bis ans Ende der Welt folgen.

Er strich sich über das Gesicht und erklärte, man habe ihm nichts von einer Entführung erzählt. Es war eine leere Geste, aber er nahm den Hut ab und fügte ehrlich betrübt hinzu: Sehen Sie, Señor, ich will Ihnen nichts vormachen. Sie ahnen es bestimmt, auch wenn Sie es nicht wahrhaben wollen, aber entweder ist Ihre Nichte längst nur noch ein Haufen Knochen, was das Beste für sie wäre, oder sie wurde in die Berge verschleppt und wird dort als Sklavin gehalten. Mein Gott, entfuhr es der Tante, sie werden sie vergewaltigen. Der Oberstleutnant rieb ein Streichholz über eine der Keramikfliesen. Mit zusammengekniffenen Augen sog er den Rauch seiner Zigarette ein. Nein, soweit ich weiß, haben sie noch nie eine junge Frau missbraucht, aber sie werden sie versklaven. Auf jeden Fall werden sie sie zu einer Apachin machen. Glauben Sie, sie lebt noch? Zuloaga zuckte die Schultern: Ich verspreche Ihnen, ich werde sie finden, tot oder lebendig. Die Tante brach in Tränen aus. Hauptsache, sie bekommt ein christliches Begräbnis, bemerkte der Hausherr.

Als Zuloaga etwas später sein Zimmer betrat, las sein Vater gerade in einem Buch, das er in einem Regal über dem Bett gefunden hatte. Er war bereits in Strümpfen und ohne seine ausgebleichte Uniformjacke, die ein fremdes Reich repräsentiert hatte. Was ziehst du für ein Gesicht?, fragte er seinen Sohn. Sie haben eine Gefangene. Verdammte Scheiße. Ja. Das bedeutet Arbeit. Das kannst du laut sagen. Ins Gebirge, Spurensuchen, Schießereien. Sein Sohn blähte die Backen auf und ließ lautstark die Luft entweichen. Aber das Schwierigste wird sein, die armen Teufel, die dir morgen ins Netz gehen, zu anständigen Soldaten des Königs zu machen. Der Republik, Vater. Sag ich doch, lass uns schlafen.

Zu der Zeit, über die ich zu schreiben versuche, war Chihuahua für die meisten Mexikaner, die ja gerade erst Mexikaner geworden waren, nicht viel mehr als eine Illusion. Es muss schwierig gewesen sein für die Generationen, die nach 1821 keine »spanischen Amerikaner« – so nannten sie sich selbst, keiner bezeichnete sich je als Neuspanier – mehr waren und sich erst allmählich mit dem Namen einer fernen Stadt zu identifizieren begannen, nur weil die Regierung der neuen Republik ihren Sitz dort hatte: Mexikaner.

Chihuahua, das waren die Ebene und die Berge, das, was zuvor gewesen war; was folgte, hieß jahrhundertelang Nueva Vizcaya und gehörte, zumindest dem Namen nach, dem spanischen König. Es gab irgendeinen Vertrag, etwas, das der Papst unterzeichnet hatte, es gab Bücher von Missionaren, die beteuerten, die Gegend heiße so und sei unmittelbar dem Vizekönig unterstellt. Im Unterschied zu Nueva Galicia war Nueva Vizcaya schon immer ein treu ergebener Teil des grenzenlosen neuspanischen Reiches gewesen, von dem eigentlich keiner so genau wusste, wo es begann, das aber jenseits von Costa Rica und dem Nicaragua-See lag und sich über das edle und loyale Mexiko-Stadt hinaus erstreckte, um jenseits der Anhöhen, jenseits des diffusen Gebiets der Apachería hinter dem Rio Colorado zu enden.

Niemand gelangte je dorthin, wo Neuspanien aufhörte, und wenn doch, schwieg man darüber oder kam gar nicht erst wieder zurück: Man wurde von Bären gefressen, von einem tödlichen Pfeil getroffen, von der Kälte umgebracht. Der Wahn, allem einen Namen geben zu müssen, hielt unvermindert an – benennen heißt besitzen, vereinnahmen, sich das Benannte einverleiben. Was oberhalb von Nueva Vizcaya lag, wurde Neu-Mexiko genannt und das Gebiet weiter nördlich Colorado, wegen der rötlichen Farbe des Flusses, der diese Breiten bewässerte. Die Wüste, die sich im Westen bis zum Golf von Kalifornien erstreckt, hieß Sonora und das Gebiet weiter oberhalb Arizona, weil die Erde dort so rot und steinig war wie die karge Gegend rund um das andalusische Dorf Ariza, nur dass in Arizona alles sehr viel größer war. Das sich bis zum Pazifik endlos ausdehnende Land erhielt seinen Namen von einem Soldaten, der gerade *Die Abenteuer von Esplandián* von Garci Rodríguez de Montalvo las. Weil es ihm wie ein Land der Riesen vorkam, taufte er es Kalifornien. Als man entdeckte, dass die Gegend im Süden keine Insel war, wurden daraus zwei Kalifornien, das obere und das untere, Alta California und Baja California. Das gesamte Gebiet bis zum Golf hieß erst Nueva Filipinas, aber jeder nannte es nur Tejas, denn der Weg dorthin führte durch eine Schlucht mit Felsen, die die Form von *lajas*, Steinplatten, hatten.

Zu Beginn des grauenvollen neunzehnten Jahrhunderts töteten die Kreolen unzählige Spanier, damit das Land Mexiko und nicht mehr Neuspanien und die spanischen Amerikaner Mexikaner hießen. Sechsundzwanzig Jahre später fingen die Gringos an, Mexikaner zu töten, um den Norden von Sonora, Nuevo México, Colorado und Alta California den USA einzuverleiben.

Was südlich von Chihuahua-Stadt lag, hieß Durango, Tejas nahm sich die Extravaganz heraus, sich mit X zu schreiben, so wie México, und wurde fast ein eigenes Land, und Alta Sonora bekam den archaischen Namen Arizona. Die Apachería blieb nahezu unbehelligt von diesem Wirrwarr aus riesigen Gebieten, wo sich Dörfer mit zwanzig Bewohnern um eines anderen Namens willen gegenseitig bekriegten – sie war so karg, dass keiner sie wollte, also ließ man sie ihren Bewohnern und benannte sie nach ihnen.

Was die Apachería einmal gewesen war, ist sie mehr oder weniger immer noch, während ich dies schreibe: eine herrenlose, extreme Region, selbst für die Tiere nichts als ein Durchzugsgebiet. Unwegsame Schluchten, verbrannte Ebenen, gepeinigte Flüsse und Felsen, so weit das Auge reicht. Weniger ein Ort als etwas von der Welt Vergessenes, eine Gegend, wo nur die zähesten Nachfahren der Mongolen auf die Idee kommen konnten, sich niederzulassen. Sie gingen auf die Jagd und verfolgten Yaks, aus denen Karibus und noch später Weißschwanzhirsche und Gabelböcke wurden. Ihre tragbaren Steppenjurten verwandelten sich in schlichte Hütten, keine Zelte wie die Tipis der Prärieindianer, die diese je nach Jahreszeit verlegten, sondern Behausungen eines permanenten Ausnahmezustands, nur dazu da, um wieder aufgegeben zu werden. Im mexikanischen Spanisch nennen wir sie *jacales*.

Häuser zu bauen, um sie verfallen zu lassen, ist nichts anderes als Geschichtsverachtung, der Wunsch nach Unbestimmtheit, Offenheit, die definitive Lust, einfach nur zu leben. In einer Welt, in der die Bedeutung einer Kultur an ihren Säulen und Steinen gemessen wird, bricht eine, die Häuser baut, damit sie wieder zu Erde werden, sämtliche Verachtungsrekorde. Vielleicht waren wir irgendwann einmal alle so, glückliche Nomaden, die umherzogen, bis jemand uns an die Geschichte band, einen Namen gab, uns zwang, Miete zu zahlen, und uns verbot, drinnen zu rauchen.

Wir waren einfach nur Menschen, und eines Tages machte uns jemand zu Mexikanern, Koreanern, Zulu. Zu Menschen, die man rasch in eine Schublade stecken muss, um sie nach Möglichkeit auszurotten oder ihnen, falls das nicht geht, eine Sprache aufzuzwingen, Grammatik beizubringen und Schuhe zu geben, um ihnen welche verkaufen zu können, wenn sie das Barfußlaufen nicht mehr gewöhnt sind.

Auch wenn der Name großartig ist und uns auf der Zunge zergeht, nannten die Apachen sich selbst nicht so. Eingang in die Geschichtsbücher findet man nur blutbesudelt und mit einem Namen, den einem jene gaben, die einen hassen oder zumindest das haben wollen, was man sein Eigen nannte, auch wenn das nicht viel ist. Die Apachen besaßen nichts, und sie selbst nannten sich *ndee,* Menschen, Volk, Stamm. Was nicht sehr schön ist – der Name impliziert, dass sie die wahren Menschen waren und alle anderen nicht. Dasselbe dachten die Zuñi-Indianer von sich – auch *zuñi* bedeutet Menschen –, die den Spaniern ihren Namen für die Ndee beibrachten, *apachi* – Feinde.

Von den Zuñi als unsere Feinde getauft, betraten die Apachen Anfang des siebzehnten Jahrhunderts die Bühne der Geschichte, als die spanischen Konquistadoren die Höhen Arizonas erklommen und das Gebiet bei ihrer Rückkehr Apachería nannten. Sie hatten das Offensichtliche erkannt: dass man aus diesem Amalgam aus Wäldern, Felsen und Schluchten, die den Rio Gila, den Rio Bravo und den Rio Yaqui einrahmen, keinerlei Nutzen ziehen konnte.

Das Gebiet war so undurchdringlich und die Ndee so unbestechlich sie selbst, dass die Spanier nicht einmal Missionare zurückließen. Den neuspanischen Priestern – die für gewöhnlich auf Kirchplätzen im Herzen jahrtausendealter, aus Kalk und Stein erbauter Städte ganze Heerscharen fleißiger Indianer tauften – müssen die Apachen wie ein eigenes Ökosystem vorgekommen sein: Vettern des Bären, Dornenesser. Auch das waren sie, und es machte den Priestern Angst. In den *Aufzeichnungen über Neu-Mexiko* des Mönches Alonso de Benavides aus dem Jahr 1630 spielen die Apachen eine prominente Rolle: »Diese sehr tatkräftigen, kampfeslustigen und listenreichen Menschen unterscheiden sich selbst in der Redeweise von anderen Stämmen, denn während jene leise und zurückhaltend sprechen, scheint es, als wollten die Apachen mit ihren Worten verletzen.« Kein schlechter Satz, um den Vorhang der Geschichte vor einer indigenen Nation zu öffnen.

Für die Menschen des frühen neunzehnten Jahrhunderts, des Jahrhunderts, in dem die *Aufzeichnungen* erschienen, obwohl das Buch dreihundert Jahre früher verfasst wurde, gab es die Tarahumara, Jicarilla, Pime, Papago, Concho, Komantschen und Opata. Alle, die nicht einem dieser Stämme angehörten, waren Apachen, und wenn man einem Apachen begegnete, musste man ihn töten, bevor er einen selbst tötete.

Die Gringos spielten zu dieser Zeit noch keine Rolle, obwohl alle Welt von ihnen sprach. Sie waren nichts weiter als eine blasse Abstraktion von jenseits des Mississippi, und es hieß, sie würden sich in Texas ausbreiten und dort Land kaufen, sie seien blond, hätten aber keine Manieren, sie würden bereits Geschäfte auf der anderen Seite des Rio Grande machen, in Santa Fe, sie brächten schwarze Sklaven mit und seien nicht bereit, sie freizulassen, obwohl die mexikanische Verfassung von 1821 dies ausdrücklich gebiete.

Um drei Uhr früh an seinem zweiten und letzten Tag in Casas Grandes ließ Oberstleutnant José María Zuloaga seine Truppe antreten. Der Zählappell fand bei dem Onkel der Entführten statt, dessen Patio sich in dieser Nacht in das luftige Hauptquartier der irregulären Streitkräfte des Staates Chihuahua verwandelt hatte. Die Sache war schnell erledigt, denn die Truppe bestand bisher aus einem Offizier, einem Rekruten und einem General des spanischen Reiches im Ruhestand, der immer nur alles kommentierte. Das Ganze war auch deswegen schnell erledigt, weil keiner der Anwesenden so höflich war, den Rekruten nach seinem Namen zu fragen. Es ging nur darum, ihn zu mustern und ins Feld zu schicken. Wenn die Musterung etwas länger dauerte, dann deshalb, weil der alte Zuloaga die Waffe des Jungen untersuchte und sich laut fragte, ob sie womöglich schon im siebzehnten Jahrhundert mit den Konquistadoren nach Nueva Vizcaya gelangt sei. Das Ding taugt nichts, selbst mit Pulverhorn, schloss er, aber ihr könnt es als Zeltstange benutzen. Du denkst an die spanischen Dragoner, bemerkte sein Sohn, die Soldaten der Republik schlafen unter freiem Himmel.

Zuloaga nahm seinem Vater die Muskete weg und befahl dem Burschen, die Gabelböcke in die Grube mit der glühenden Kohle zu legen und mit Erde zu bedecken. Und dann bewachst du sie, sagte er. Wenn die Sonne aufgeht, komme ich dich ablösen, damit du auf dem Markt Tortillas und Soßen beschlagnahmen kannst. Die Augen des Jungen fingen an zu glänzen. Das Wort »beschlagnahmen« verriet ihm, dass das, was mit ihm geschah, vielleicht ein Aufstieg war. Bevor sich der Trupp zerstreute, fragte Zuloaga den Rekruten, wie er zu den Goteras des Dorfes komme. Er müsse nur der gepflasterten Straße und dann dem Weg in die Berge folgen, antwortete der Junge, aber er werde dort niemanden finden. Die Indianer dieser Garnison waren alles Apachen, darum sind sie weg, sagte er mit einem Zittern in der Stimme, das einen generationenalten Hass verriet. Und du bist kein Indianer? Ich bin Mexikaner, antwortete der Junge. Ein Lächeln spielte um den Mund des Oberstleutnants, der kaum merklich nickte. Als es keine Verpflegung mehr gab, sind sie weggegangen, schloss der Bursche. Die Leute sagen, die Apachen wollen nicht arbeiten. Zuloaga hängte ihm fast zärtlich die Waffe um. Geh und führe deine Befehle aus, sagte er. Der Junge fragte, ob es im Süden genauso sei. Was? Dass es keine Apachen mehr gibt. Keinen einzigen. Es ist eine sehr große und sehr schöne Ranchería, sagte der Junge, schade, dass sie verlassen ist.

Als der Rekrut mit einem der zwei gehäuteten und ausgeweideten Böcke auf dem Rücken von der Dunkelheit verschluckt worden war, wies Zuloaga seinen Vater darauf hin, dass sie ihn falsch eingeschätzt hätten. Er ist eben kein Buch, meinte der Alte, der sich danach sehnte, ins warme Haus zurückzukehren. Während du die Muskete untersucht hast, habe ich ihn mir genauer angesehen, fuhr Zuloaga fort, er ist Tarahumara, deshalb ist er so groß. Der Vater runzelte die Stirn, knöpfte sich die Uniformjacke auf und lockerte sich den Hemdkragen, um anzudeuten, dass er wieder hineingehen wollte. Und woher weißt du das?, fragte er. Hast du seine Füße nicht gesehen? Aber er redet nicht wie ein Indianer. Wahrscheinlich ist er adoptiert. Der Vater zuckte mit den Schultern und drehte sich zur Küchentür um. Zuloaga sagte, er werde sich das Indianerdorf ansehen und in aller Früh zurück sein.

Den Anweisungen des Burschen folgend, machte er sich auf den Weg. Statt auf einen Trampelpfad, wie er es erwartet hatte, gelangte er auf einen soliden Weg aus festgestampfter Erde. Er zögerte einen Augenblick, betrachtete die Sträucher, nahm eine Handvoll Erde und roch daran. Es war ein bedeutender Verbindungsweg gewesen. Kurze Zeit später führte er über eine erste Anhöhe, auf die eine zweite, noch höhere folgte, und so ging es weiter, bis er auf das undurchdringliche, im schwachen Mondschein gerade noch zu erahnende Buschwerk der Sierra stieß. Zuloaga ging weiter, innerlich den Tarahumara verfluchend, für den der Weg anscheinend kurz war – jeder Kreole hätte ein Pferd genommen. Er beschleunigte seinen Schritt, denn ein grüner Streifen am Horizont hinter ihm kündigte bereits den Tagesanbruch an.

Er musste noch ein paar Anhöhen mehr erklimmen, ohne dass es zwischendurch bergab gegangen wäre, bis er plötzlich auf die verlassene Siedlung stieß. Als er ankam, war es bereits hell. Die Siedlung bestand nicht aus verstreuten Hütten wie sonst alle, sondern war ein von einer Mauer geschütztes Labyrinth aus Lehm und Stein. Er lächelte. Er war schon einmal hier gewesen. Es waren die Ruinen von Paquimé, einer bedeutenden, schon vor der Ankunft der Spanier aufgegebenen Stadt des großen Chichimeken-Reiches. Ohne etwas Bestimmtes zu suchen, schlenderte er ziellos umher. Egal wie angepasst die Apachen aus Casas Grandes vor ihrer überstürzten Flucht gewesen waren, sie hätten sich nie und nimmer zwischen diesen Mauern niedergelassen, die für sie ein Ort der Platzangst und der Geister gewesen wären.

Auf dem Rückweg überlegte Zuloaga, dass der Junge nicht älter als zwölf oder dreizehn sein konnte, wenn er die Ruinen von Paquimé für die Siedlung hielt, die die Apachen bei ihrer Flucht in die Berge verlassen hatten – er war ein Indianer aus kreolischem Hause, der nie in einer Ranchería gelebt hatte und sich nicht an die Hütten der geflohenen Janero erinnerte.

Héctor Ezguerra kehrte auf die Ranch seines Vaters zurück, als Don Leopoldo bereits seit einigen Monaten unter der Erde lag. In Baltimore hatten ihn die Jesuiten, die vor zwanzig Jahren die Helden des Unabhängigkeitskrieges unterstützt hatten, gelehrt, dass auch zu Gott beten kann, wer Reichtum anhäuft, weshalb er in der Absicht nach Janos kam, dort seine vermeintlich exakten agrarwissenschaftlichen Kenntnisse mit der Hartnäckigkeit eines Insekts anzuwenden. Als hätte er ein Hospital und kein Ödland zu verwalten, bestand er von seinem ersten Tag in Chihuahua an darauf, die Tagelöhner seines Vaters mit intensiven Arbeiten zu betrauen.

Héctor traf in einer Armeekutsche ein, als die Sonne eines unerträglich heißen Apriltages noch nicht ganz hinter dem Horizont versunken war. Er saß auf dem Kutschbock neben dem Soldaten, der die Zügel hielt und ihn bis vor die Tür des Haupthauses fuhr. Als Camila sah, dass der neue Herr trotz der Hitze ein zugeknöpftes Baumwollsakko trug, bereitete ihr das etwas Sorge. Er war ein großer, etwas übergewichtiger Mann, der sich wie ein eitler Städter kleidete und nicht wie der Kuhbauer, der er von nun an sein würde. Er trug einen Filzhut, eine kurze Uhrkette und eine Fliege. Keinen Schnurrbart. Dass er aussah wie ein Kind, kam ihr wie ein schlechtes Omen vor – Camila hatte noch nie einen Mann ohne Haare im Gesicht gesehen.

Dank einer Nachricht von Héctors Bruder in Chihuahua wusste sie, dass die Familie Ezguerra Parlett von Baltimore aus mit dem Schiff nach Corpus Christi gereist war und dort eine Postkutsche nach Laredo genommen hatte, wo sie in die nächste Kutsche umgestiegen war, die über Delicias bis nach Chihuahua-Stadt fuhr, um schließlich in einer dritten Kutsche der Landesregierung nach Janos und zur Ranch zu gelangen. Sie hatte das Haus rechtzeitig für ihren Empfang hergerichtet.

Von dem Moment an, als die Kutsche in den Patio einfuhr, stellte der Mann seinen unermüdlichen Tatendrang als Experte für Wiederkäuer unter Beweis. Er sprang vom Bock aufs Kutschdach und band drei eher bescheidene Reisekoffer los, die der älteste und ehrwürdigste der Jicarilla auf der Ranch gerade noch rechtzeitig entgegennehmen konnte, so sehr verblüffte ihn das ungewöhnliche Schauspiel eines Kreolen, der selbst Hand anlegte. Als das Gepäck abgeladen war, nahm der Indianer einen Koffer in jede Hand und den dritten unter den Arm, um sie ins Zimmer des neuen Herrn zu bringen. Lass sie stehen, Pedro, sagte Héctor in freundlichem, aber bestimmtem Ton, der wohl durchblicken lassen sollte, wer von nun an auf der Ranch das Sagen hatte. Als sie das wenige Gepäck sah, empfand Camila, die mit den Dienstmädchen und Tagelöhnern vor der Haustür wartete, eine gewisse Erleichterung: Der Mann kam allein, was allen mehr Zeit geben würde, sich an die neue Situation zu gewöhnen.

Ohne zu grüßen, kletterte Héctor die kleine Leiter an der Rückseite der Kutsche hinunter, öffnete den Wagenschlag und klappte das Trittbrett aus. Anschließend reichte er einer kräftigen, rotgesichtigen Amerikanerin die Hand. Die Frau lehnte mit einem energischen Kopfschütteln ab und stieg ohne fremde Hilfe aus, auf dem Arm ein blondes Kind. Camila sah, wie sich hinter ihr drei weitere – etwas ältere und definitiv amerikanische – Jungen aus der Kutsche zwängten. Der Vater schnappte sich zwei Koffer und gab dem ältesten seiner Söhne ein Zeichen, der daraufhin den dritten Koffer nahm und weniger trug, als hinter sich herschleifte. Pedro wollte dem Jungen helfen, doch Héctor schüttelte den Kopf. Wenn sie Rancher werden wollen, müssen sie lernen, sich wie Männer zu benehmen, sagte er zu dem Indianer. Camila strich in Erwartung, sich vorzustellen, ihr Kleid glatt.

Héctor deutete zur Tür, und grußlos, wie Vieh, marschierten die Gringa und die Kinder ins Haus. Der Vater blieb auf der Türschwelle stehen, stellte den Koffer ab, wandte sich um und tippte sich an die Hutkrempe. Sehr erfreut, Camila. Danke, dass Sie sich um das Land gekümmert haben, sagte er, ohne ihr die Hand zu reichen. Dann wandte er sich an die älteste Dienerin: Was macht die Küche, Eduviges, die Kinder sind halb verhungert, Señora Prudence wird gleich nachsehen, was es zu essen gibt. Die Köchin rannte ins Haus. Er tippte sich noch einmal in Richtung Camila an den Hut und folgte der Köchin. Camila und Pedro sahen sich an, dann ging Camila auf ihr Zimmer, um eine Weile zu lesen, bis man sie zum Essen rief. Ihr war schwer ums Herz, aber sie machte sich nicht allzu große Sorgen. Sie hatte gehört, die Gringos seien effizient und zerbrächen sich nicht ständig über alles den Kopf.

Keiner kam, um sie zu holen. Als sie das Klappern von Tellern und Besteck hörte, ging sie durch den Patio zum Esszimmer, das leer war. Sie fand die neue Familie in der Küche vor. Dort aß sie, nicht nur am Tisch der Dienstmädchen, sondern auch mit den Dienstmädchen. Sie war entsetzt, dass mitten auf dem Holztisch ein Topf mit Essen und einer Schöpfkelle stand, vor allem aber weil es keine Tischdecke gab. Wollen Sie sich nicht zu uns setzen?, fragte Héctor. Verwirrt nahm sie neben der Köchin Platz. Wenn Sie sich nicht Teller und Besteck holen, werden Sie wohl verhungern müssen, sagte der neue Hausherr mit einem herablassenden Grinsen, das die belehrende Absicht seiner Worte unterstrich. Camila holte sich ihr Geschirr und setzte sich wieder. Als sie ihren Teller nach vorne schob, gab ihr die neue Hausherrin mit einem Blick zu verstehen, dass sie sich von nun an selbst bedienen müsse. Sie tat es und stellte erleichtert fest, dass es sich um Schweinefleisch mit grüner Soße und Portulak handelte – wenigstens hatte die Gringa nicht gekocht. Ohne Chili, flüsterte die Köchin ihr zu, die ihr ganzes Leben lang mithilfe eines Maisfladens gegessen hatte und es unpraktisch fand, die Fleischstückchen mühsam mit der Gabel aufzuspießen.

Mistress Prudence, wie alle sie nennen mussten (außer ihr Mann, der sie einfach beim Namen rief), war korpulent, eher kräftig als dick. Sie hatte blondes Haar, hellblaue Augen und ein verschlagenes Grinsen, das sie zum Glück nur selten zeigte. Sie war auf einer Molkerei in Pennsylvania aufgewachsen, wo sie sich um die Kühe ihres Vaters, eines Quäkers, gekümmert hatte. Aus dieser Zeit stammten ihre unerträgliche Energie und ihre schwieligen roten Hände, mit denen sie das Haus in Beschlag nahm, als hätte sie gewusst, was Chihuahua war und wofür es nützlich sein konnte. Die Kinder hätten nicht amerikanischer sein können: vier kleine, beunruhigend stille Blondschöpfe von sieben, fünf, drei und einem Jahr, die ständig Milch tranken, als wäre das gut für sie.

Niemand sprach beim Essen ein Wort. Als Héctor aufgegessen hatte, stand er auf, trug sein Geschirr zur Spüle, wusch es ab und dankte der Köchin. Eduviges wusste nicht, ob sie sich ebenfalls aufraffen oder weiter vergeblich mit der Gabel nach dem Portulak stochern sollte. Der Hausherr fragte sie nach Pedro. Ich will die Ställe sehen. Aber es wird schon dunkel, wagte Camila einzuwenden. Deshalb müssen wir uns beeilen, erwiderte der Mann. Kaum war er gegangen, flüsterte Doña Eduviges im sicheren Glauben, dass seine Familie kein Spanisch sprach: Egal, dann wird es eben dunkel. Wer will Nachtisch?

Die beiden Frauen warteten, bis Mistress Prudence und die Kinder die Küche verlassen hatten, um sich ein paar Tortillas aufzuwärmen und die Situation zu besprechen. Was war das denn?, fragte die Witwe. Sie kennen noch nicht das ganze Ausmaß, antwortete die Matrone des Herdfeuers. Die Mädchen heulen alle, weil die Señora keine Dienstmädchen will; morgen sollen sie in ihre Dörfer zurück. In dem Lächeln, mit dem Eduviges anmerkte, von morgen an müsse die Señora ihr Bett wohl selber machen, lag eine gewisse Genugtuung.

Als Valeria meinen Kummer bemerkt, berührt sie mein Gesicht. Es kommt häufig vor: die Sorge, Vater dreier Kinder zu sein, in einer geteilten, deplatzierten Familie. Ich mache mir Notizen für ein mögliches Buch über den Apachenkrieg, in einem Moment des Übergangs, in dem ich mich selbst kaum wiedererkenne. Ich bin im Spiegel unseres Badezimmers und im säuerlichen Geruch meines Kopfkissens, in den Stimmen meiner jüngeren Kinder, die frühmorgens durch die geschlossene Zimmertür an mein Ohr dringen: die Tonlage, in der sie nach dem Aufwachen alle möglichen Pläne schmieden und die ihre schönste ist. Ich bin in der Narbe, die Miquels Abwesenheit in mir hinterlassen hat, und in Valerias bezaubernd schiefem Schneidezahn, wenn sie zum ersten Mal am Tag lächelt. Aber ich bin nicht vollständig da, wo ich lebe, und mein Aufenthaltsstatus bedrückt mich. Ich wollte nie mehr sein als das, was ich bin: ein Mexikaner. Doch der alltägliche Kampf, die Angst, wie ein Apache zu leben, haben mich geschwächt. New York war uns gegenüber immer großzügig, solange wir nur auf Durchreise waren. Doch jetzt, da mein ältester Sohn nach Guadalajara gezogen ist, um Film zu studieren, gibt es keinen Grund mehr, nach Mexiko-Stadt zurückzukehren. Um meine Familie weiter ernähren zu können, muss ich einen Schritt nach vorne tun: aufhören, ständig unser Visum zu erneuern, und stattdessen zu einem Bewohner dieses anderen Landes werden, dauerhaft zu dem zu werden, der ich an einem fremden Ort bin, und kein Ausländer mehr; die Rolle eines Einwanderers annehmen und mit alldem anfangen, was man offenbar so macht, wenn man sich integriert und anpasst. Es fällt mir schwer, mich so zu sehen wie die Dominikaner im Viertel, die immer noch Spanisch sprechen, sich aber als Eltern und Großeltern von Amerikanern verstehen, und die es nicht stört, eines Tages auf diesen trostlosen, schier endlosen Friedhöfen von Queens begraben zu werden.

Und dann die Sache mit Miquel, der bei jedem Telefonat darauf besteht, nach seinem Abschluss in Guadalajara in Warschau oder Berlin weiterzustudieren. Immer wieder hat er mir geraten, mit dem Unfug, wir hätten den Unabhängigkeitskrieg gewonnen, aufzuhören und stattdessen lieber die spanische Staatsangehörigkeit zu beantragen, die mir als Nachkomme einer im Spanischen Bürgerkrieg geflohenen Katalanin zusteht. Hier sitze ich also, lese Akten und trage Beweise zusammen, um ein bisschen Gringo, aber vor allem Spanier zu werden – obwohl jene uns in einem gemeinen, widerrechtlichen Krieg das halbe Land entrissen und wir diesen Krieg gewonnen haben. Ein herber Schlag für Spaniens Selbstwertgefühl, wenn es sogar gegen Mexiko Kriege verliert.

Ich sage mir, dass es egal ist, dass sich nichts ändert, wenn man Dokumente hat, die das Leben, das man führt, ein wenig besser widerspiegeln. Auch Valeria sagt es mir in den Stunden, für die es sich zu leben lohnt – jenen Stunden, wenn wir genug Flüssigkeiten ausgetauscht haben und uns mit leiser Stimme unterhalten, um die Kinder nicht zu wecken. Sie berührt mein Gesicht und sagt es. Und auch Miquel sagt es mir mit blinder Zustimmung, wenn wir telefonieren und ich mich beklage, dass ich keine Zeit zum Lesen hätte, weil ich nur noch Papiere zusammentrüge, Termine vereinbarte und Dinge ausdruckte, die beweisen sollten, dass ich ein gewissenhafter Bürger und würdiger Spanier sei. Er antwortet mit Schweigen, und wenn ich frage, ob er noch dran sei, sagt er, doch, er höre zu.

Unsere Kinder kennen uns offenbar nicht. Oder hören auf, uns zu kennen, sobald sie älter werden und ihre Illusionen verlieren. Sie wissen nicht, dass die Wut, die sie für einen wesentlichen Bestandteil unseres Charakters halten – etwas, das nur dazu da ist, sie zu erziehen, ihnen Grenzen zu setzen, das Privileg zu geben, Überlebende zu sein und, falls nötig, Widerstand zu leisten wie die Apachen –, dass es diese Wut ist, mit der wir notfalls, ohne mit der Wimper zu zucken, für sie töten würden. So zumindest formuliert es die Anwältin für Einwanderungsrecht, mit leicht geneigtem Kopf und dem gezwungenen Lächeln, das sie jedes Mal aufsetzt, wenn sie mich nicht versteht. Sie begreift nicht, dass jemand sich sträuben kann, US-amerikanischer Staatsbürger zu werden.

Aber das glaube ich nicht, und es gefällt mir auch nicht, bis mir der Gedanke kommt, dass es eigentlich egal ist, ob man zwei Nationalitäten und einen Wohnsitz an einem dritten Ort hat oder ob man einfach aufhört, irgendetwas zu sein: und zu leben wie ein Apache. Zwei Pässe und eine Aufenthaltserlaubnis entsprechen der Nationalität von Atlantis, dem Zwischenland, dem

Land derer, die sich flach auf den Boden pressen, um sich zwischen den Sträuchern zu verstecken, die sich hinter die Felsen ducken, um nicht gesehen zu werden. Mein Arbeitszimmer in Harlem, eine Schlucht in der Sierra de Mogollón in Nuevo México, mein Lesesessel in der endlosen Steinwüste von Chihuahua oder die Engpässe der Bolas de la Peñascosa in Arizona: Was ich möchte, ist, Zeugnis abzulegen von etwas, das im Begriff ist auszusterben.

Am Ende machten sie keine schlechte Ausbeute. Zuloaga trieb beim Barbacoa in Casas Grandes neun Männer auf. Den Jungen mitgerechnet, hatte er damit genug, um sich noch eine Feier im nächsten Dorf zu sparen – der bloße Anblick der Cowboys, die bewaffnet in die Berge ritten, würde ausreichen, um weitere Unvorsichtige anzuziehen. Allerdings waren sie alle noch feucht hinter den Ohren. Die älteren Siedler wussten Bescheid und hatten zum Fest des Oberstleutnants nur die missratenen Söhne geschickt. So hatten alle etwas davon: Zuloaga jemanden, den er herumkommandieren konnte, und die Siedler jemanden, der aus ihren einfältigen Sprösslingen Männer machte.

Das Barbacoa wurde ab eins serviert. Bis nach sechs Uhr war bereits reichlich mit Sotol geöltes Bier geflossen, und es war nicht schwer, die Männer davon zu überzeugen, heimlich die Pferde zu holen und in die Berge zu reiten, anstatt betrunken nach Hause zu gehen und Ärger zu bekommen. Bei allem Respekt, sagte Zuloaga während seiner Ansprache, wenn eure Frauen aus Chihuahua sind, schafft ihr die Apachen mit links.

Der Oberstleutnant, der Friedensrichter, der Junge und der General im Ruhestand zerrten die Helden vom Platz, und gemeinsam machten sie sich auf den Weg, ehe der Kater und mit ihm die Reue zuschlagen würde. Etwa zwei Meilen nördlich von Casas Grandes, an der Abzweigung nach Tinajas, kehrte der Friedensrichter ins Dorf zurück, und auch Zuloagas Vater verabschiedete sich, um seine Verwandten zu besuchen. Inzwischen war es dunkel geworden und kalt. Die nächsten zehn Stunden sind entscheidend, sagte der General zu seinem Sohn. Der Oberstleutnant nickte nur. Er wusste, dass die Unternehmung auf der Kippe stand: Das erste Lager musste in ausreichender Entfernung zum Dorf aufgeschlagen werden, damit das warme Ehebett keine Versuchung mehr darstellte. Allerdings mussten die Männer auch möglichst schnell ihren Rausch ausschlafen, um frühmorgens aufbrechen zu können. Der Alte wies Zuloaga mehrfach darauf hin, dass es wichtig war, die Männer zu wecken, solange sie noch betrunken waren, damit sie in Stimmung blieben, bis es zu peinlich für sie wäre, die Expedition zu verlassen. Neun Soldaten, das ist nicht schlecht, sagte er zum Abschied. Wenn ich mit vieren in Janos ankomme, schaffe ich es, antwortete der Oberstleutnant. Der Alte widersprach nicht. Du wirst dir unterwegs Verstärkung suchen müssen, sagte er. So viel Zeit habe ich nicht.

Zuloaga wusste, dass die Hälfte seiner Truppe sich vor dem Aufbruch mit Sotol eingedeckt hatte. Dass sie betrunken bleiben sollten, gefiel ihm. Er schaffte es, sie bis Cerros Prietos zu scheuchen, ohne ihnen das Trinken zu verbieten. Sobald sie in die echte Wildnis kämen, würden sie schon Disziplin lernen.

Dass Dezember war, kam ihm gelegen: Abends wurde es früh dunkel, morgens spät hell. In Cerros Prietos ließ er seine Männer in einem verwaisten Pferdestall antreten. Zuvor war er so höflich gewesen, an die Tür des Haupthauses zu klopfen, um die Bewohner darüber zu informieren, dass die irregulären Truppen des Staates von Chihuahua den Stall für ein paar Stunden in Beschlag nehmen würden – und das, obwohl er genau wusste, dass ihm niemand öffnen würde. Seit sie Capulín und Corralitos hinter sich gelassen hatten, war ihm aufgefallen, dass nicht nur die Goteras, sondern auch die Ranchen verlassen waren.

Nachdem er Männer und Pferde im Stall untergebracht hatte, befahl Zuloaga dem Jungen, die Fleischreste aufzuwärmen. Er ließ sich nicht anmerken, dass ihm die gute Laune längst vergangen war, und teilte selbst die Portionen auf. Er wollte sehen, wie es um die Entschlossenheit seiner Männer stand – noch waren es neun. Während des Essens erinnerte er sie daran, dass sie nur eine kurze Pause machten, eine Siesta, und es danach gleich weitergehen würde. Keiner beachtete ihn, während der Sotol die Runde machte. Er entfernte sich, um allein zu essen. Ihre Namen würde er erst lernen, wenn er sicher war, dass sie auch blieben. Der Junge folgte ihm und breitete seine Matte und seine Decke neben ihm aus. Er bat Zuloaga nicht, zu den anderen zurückzukommen.

Héctor Ezguerra beschützte Camila mit der Ernsthaftigkeit eines Menschen, der sich an ein Abkommen hält, aber auch mit einer Lustlosigkeit, die der unumstößlichen Tatsache geschuldet war, dass sie kein Kind mit seinem Vater gezeugt hatte – in Wahrheit waren sie nicht einmal verwandt. Er ließ ihr ein schönes Zimmer einrichten und sorgte weiter für ihren Unterhalt. Doch vom ersten Tag an entzog er ihr sämtliche Befugnisse für die Verwaltung der Ranch, die sie während des langen Siechtums ihres Gatten mit der ihr eigenen Strenge und heimlichem Genuss geführt hatte. Camila kehrte in den Zustand ihrer Kindheit zurück: der Tisch der Herrschaften, die Indianersiedlungen. Sämtlicher Pflichten beraubt, in Janos und im Jahr 1837, war Camila vermutlich die gelangweilteste Frau der Welt.

S. M. Barret, Oberschulrat von Lawton, Oklahoma, und gelegentlich Dolmetscher für Englisch und Spanisch für die achtzehnte Kavallerie der Streitkräfte der Vereinigten Staaten am Militärstützpunkt von Fort Sill, war gerade dabei, sich auf dem Ofen seines Arbeitszimmers einen Tee zu machen, als der Indianer Asa Daklugie vor seinem Fenster stand und in dem ironischen Tonfall, über den Barret sich jedes Mal aufregte, meinte: »Schau mal, wer da kommt.« Der Gringo, der gerade dabei war, Kamillenblüten und getrocknete Pfefferminzblätter sorgfältig in ein Teesieb zu stopfen, antwortete: »Das ist unmöglich.«

Barret war ein neugieriger Mensch, doch wer ihn kannte, hätte ihn nicht mit dieser Eigenschaft in Verbindung gebracht. Er hatte schnell gelernt, dass Ausdauer und Methode einen dünnen, kleinen und pockennarbigen Mann wie ihn am besten schützten, in einer Welt voller Soldaten, Indianer und Schnorrer, wie es die Dörfer waren, die zu Beginn des zwanzigsten Jahrhunderts rund um die Militärstützpunkte im Westen der Vereinigten Staaten wuchsen. Er nestelte weiter an dem Sieb herum, mit einer Hingabe, zu der nur Gringos fähig waren, die eine Brille trugen. Die rückte er sich zurecht und schwieg, bis er mit seinem Werk zufrieden war und das Wasser kochte. Er goss es in die Kanne, tauchte die Kräuter ein, setzte den Deckel drauf. Auch während der Tee zog und er ihn schließlich in zwei Emailletassen goss, sagte er kein Wort. Erst dann ging er zum Fenster und sah den Reiter, der sich durch den dichten Schneefall kämpfte.

Dein Onkel?, fragte er Asa Daklugie. Der Indianer schloss die Augen wie zur Bestätigung, aber auch, um auszudrücken, dass er die Halsstarrigkeit des Reiters unerträglich und bewundernswert zugleich fand. Barret reichte ihm eine der Tassen. Auch ein Weg, eine Grippe zu kurieren, sagte er mehr zu sich selbst, in seinem aus Büchern gelernten Spanisch. Der Indianer zuckte die Schultern. Scheint so, als kanntest du ihn gar nicht, sagte er. Ich kenne ihn nicht. Wer kennt ihn schon?, erwiderte der andere. Na du.

Asa Daklugie zuckte erneut mit den Schultern, schlürfte einen Schluck Tee und setzte sich in einen der Schaukelstühle im Wohnzimmer, bereit für die nächste Arbeitssitzung, von der er sich bis eben befreit geglaubt hatte. Barret blieb noch einen Moment stehen, die Stirn an die Scheibe gedrückt, die Tasse in den Händen. Wieder rückte er seine Brille zurecht.

Obwohl er weit über siebzig war, ließ der Reiter eine Wildheit, eine grundlose Hartnäckigkeit erkennen in der Art und Weise, wie er mit dem Kopf die von Schnee gesättigte Luft durchpflügte, während seine legendäre Mähne ihn wie ein riesiger Uhu verfolgte. Er hielt die Schultern nach vorne gebeugt, um das kleine, muskulöse Wildpferd, das er ritt, obwohl er ein normales Pferd hätte haben können, in Zaum zu halten. Dafür, dass der Weg vereist war, legte er ihn mit einer geradezu absurden Geschwindigkeit zurück.

Bald hatte der Reiter die Abzweigung erreicht, die zu Barret führte. Erst im letzten Moment brachte er das Pferd direkt vor der Tür zum Stehen, als hätte er gar nicht hierherkommen, sondern am Haus vorbeireiten wollen, und saß mit einem Satz ab. Barret kratzte sich im Gesicht. Du sagst, er hatte Fieber?, fragte er Daklugie. Ich hoffe, er stirbt nicht an Dummheit, antwortete der Indianer.

Der Gringo stellte seine Tasse auf dem Tischchen neben dem Schaukelstuhl ab und ging aufmachen. In gebückter Haltung klopfte sich der Reiter den schmutzigen Schnee von der Kleidung und trat sich die Mokassins ab. Dann hob er den Kopf und richtete sich auf. Er war so klein, dass er auch in aufrechter Haltung kaum größer wirkte. Er hatte schmale Lippen und herabhängende Mundwinkel. Nicht nur, dass er alle Zähne verloren hatte, er war ein Mann, der bis zum Überdruss getötet hatte und hatte töten sehen, er war wie eine geballte Faust, ein Gespenst aus dem längsten und grausamsten Krieg aller Zeiten, der letzte Überlebende eines Blutbads, das 1521 in Tenochtitlán seinen Anfang genommen hatte, der Indianer, der die letzte Schlacht um Amerika verloren hatte.

Mit dem rechten Auge fixierte der Apache den Gringo, das linke schaute seit Jahren, wohin es wollte. Barret war dreißig Jahre jünger als er, fast einen Meter größer, gesund. Trotzdem hatte er wieder eine Heidenangst, als das heile Auge des Apachen ihn zu durchbohren schien. Er lächelte verlegen. Der alte Indianer fuhr sich mit der Zunge über das nackte Zahnfleisch und wedelte mit der Hand, damit Barret zur Seite trat. Der Gringo gehorchte. Gerónimo, sagte er zur Begrüßung. Don Barret, erwiderte der Indianer, während er zum Ofen ging, als wäre es sein eigener. Dort zog er den Mantel aus und hängte ihn über einen Stuhl, den er unter dem Tisch hervorzog.

Die Gamaschen aufzuschnüren, die den oberen Teil der Mokassins schützten, war komplizierter. Es waren zwei Streifen aus roter Wolle. Sind das Soldatenturbane?, fragte Barret. Das war Chatos Scout-Uniform, und dieser Mistkerl hier, der nicht mal die Toten achtet, trägt sie, um seine Waden zu wärmen, antwortete Asa Daklugie, ebenfalls auf Spanisch, von seinem Schaukelstuhl aus. Gerónimo sagte etwas auf Apache zu seinem Patensohn, der laut auflachte. Und dann, an Barret gewandt: Chato, Indianer und Scout der amerikanischen Armee während des Apachenkrieges. Der Oberschulrat war nie sicher, ob der Alte es ironisch meinte, also stellte er sich lieber dumm: Willst du sie dir nicht lieber um den Kopf wickeln? Dein Neffe sagt, du bist krank. Der Indianer kratzte sich am Ohr. Er ist mein Patensohn, sagte er und fügte hinzu: Wenn ich sie mir um den Kopf wickele, könnte ich sie beim Pinkeln nicht vollspritzen. Daklugie lachte, der Gringo nicht. Ich glaube, du solltest nicht hier sein, sagte er, du hast Fieber. Obwohl sie sich seit zwei Monaten einmal die Woche um diese Uhrzeit in seinem Haus trafen, um gemeinsam an den Memoiren des berühmten Apachenhäuptlings und Kriegsgefangenen zu arbeiten, wagte er nicht, ihm die Stirn zu fühlen, doch es war offensichtlich, dass der Alte schwer krank war: Er hatte rote

Ringe um die Augen, und seine Nase war entzündet und gelbstichig. Wir haben ausgemacht, uns jeden Dienstag zu sehen, sagte der Indianer. So können wir nicht arbeiten, erwiderte der Gringo, du bist fast achtzig Jahre alt. Und allesamt waren verdammt viel geiler und durchgeknallter als die, die du auf dem Buckel hast, sagte Gerónimo. Barrets Schulspanisch reichte nicht so weit, weshalb er sich an Daklugie wandte, der übersetzte: *»All interesting and beautiful.«* Barret lächelte. Gerónimo hielt ihn für einen Schwachkopf. Der Oberschulrat sah den Patensohn an und sagte auf Englisch zu ihm: Er zittert vor Fieber. Er ist Gerónimo, erwiderte der andere. Soll ich ihm das Bett herrichten? Dann auf Spanisch: Soll ich den Arzt holen? Daklugie runzelte die Stirn, sah seinen Onkel an und sagte auf Apache: Der Gringo sagt, wenn du dich schlecht fühlst, kannst du dich ausruhen. Aber es ist Dienstag. Das wird dir nicht guttun, er sagt, wenn du willst, legst du dich in sein Bett, und er holt den Doktor. Gerónimo bog sich vor Lachen.

Arbeiten wir nicht?, fragte er Daklugie auf Apache. Der Professor sagt Nein, er will deine Gesundheit nicht aufs Spiel setzen. Der Alte zuckte die Schultern und begann, sich Chatos Turbane wieder um die Beine zu wickeln. Er wirkte nicht enttäuscht. Asa wandte sich an den Gringo: Er nimmt das Angebot nicht an, aber immerhin geht er wieder in seine Hütte, um sich hinzulegen. Bleib hier, beharrte der Gringo, ich rufe den Arzt. Der Indianer, der schon auf halbem Weg zur Tür war, drehte sich nicht einmal um. Zum Abschied streckte er den Arm nach hinten und zeigte ihm die Handfläche. Asa Daklugie nahm die Wolldecke von den Beinen, stand auf und legte sie über die Schultern des Alten, der es mit einem Nicken zur Kenntnis nahm. Asa war der älteste Sohn von Häuptling Juh, der einzige Mensch, der Gerónimo nah sein durfte, ohne zurückgewiesen zu werden. Der alte Häuptling wickelte sich in die Decke.

Barret ging zum Fenster und sah, wie er die Decke noch fester um sich schlug. Er saß mit einem Satz auf, als wäre er kaum dreißig, und machte sich genauso auf den Weg, wie er gekommen war: wie eine Naturgewalt. Wenn er jetzt stirbt, stecken sie mich ins Gefängnis, sagte Barret, als der Indianer bereits nichts mehr war als ein ferner Fleck im Schnee. Asa Daklugie erhob sich aus seinem Schaukelstuhl und schlug sich mit den Handflächen auf die Oberschenkel. Er öffnete seine Tasche, um sein Notizbuch herauszunehmen, und wandte sich an den Gringo, der immer noch am Fenster stand. Während er die Seiten durchblätterte, sagte er: Die geben dir eher eine Medaille. Das hat noch keiner geschafft.

Trotz der Hilfe des Jungen, der die Glut entfacht und Wasser für den Kaffee aufgesetzt hatte, noch bevor der Kommandant unter seiner Decke hervorgekrochen war, hatte dieser Mühe, die Cowboys von Casas Grandes zwei Stunden später aufzuwecken. Zuloaga bemerkte, dass der Junge in dem heiklen Moment, als acht verschlafene Männer sich auf ihren gesattelten Pferden vor dem Stall aufreihten, seinen Gaul schräg stellte und den Weg nach Süden versperrte, falls jemand auf die Idee gekommen wäre, sich die Verwirrung zunutze zu machen und nach Hause zu reiten. Zuloaga lächelte ihm weder zu, noch dankte er ihm – er gehörte nicht zu denen, die sich ihre Sorgen anmerken ließen. Er sagte nur: Einer ist uns entwischt.

Als sie bereits ein gutes Stück zurückgelegt hatten, ließ der Oberstleutnant sich von dem Rekruten einholen und sagte: Gut gemacht, das Pferd quer zu stellen, um die Flucht zu verhindern, man sieht, du kennst die Jungs aus deinem Dorf. Der Junge dachte, das sei die Gelegenheit für ein Gespräch, und setzte mit einem »Wenn Sie wüssten« an, worauf ihm der Kommandant lediglich mit einem Finger am Hut und der Staubwolke antwortete, die sein Pferd hinterließ, als er an die Spitze des Trupps zurückritt.

Wäre sie dazu eingeladen gewesen, hätte Camila am Fest der Selbstkasteiung im Namen der quäkerischen Sparsamkeit teilgenommen, doch die Einführung der Milchutopie auf der Ezguerra-Ranch verlangte ihre Vertreibung. Kaum war sie aufgewacht, suchte sie in der Küche Zuflucht, um wenigstens in Gesellschaft der verbliebenen Dienstmädchen zu frühstücken. Mistress Prudence war zu dieser Zeit bereits in den Ställen. Camila sah sie kotbespritzt hereinkommen, ruck, zuck ein kaltes Bad nehmen und im Kinderzimmer verschwinden, wo sie die Kleinen holte, um sie in der Küche mit Hafer und Milch zu mästen. So was kriegen sie zum Frühstück?, fragte Camila, als sie die Kinder zum ersten Mal den Brei essen sah, den ihre Mutter ohne Eduviges' Hilfe zubereitete. Jeden Morgen, antwortete die Köchin. Die Armen, kein Wunder, dass sie nie etwas sagen. Anschließend steckte die Frau die Kinder zusammen mit einem Mittagessen aus Brot, Käse und noch mehr Milch in einen Karren, den sie während der gesamten Arbeit, die sie sich für den Tag vorgenommen hatte – nach der Tomatenpflanzung sehen, auf einer Brache Kürbisse säen, Teile des Hauses streichen, wo bis zum Winter die Farbe in der Sonne abblättern könnte –, hinter sich herzog.

Der älteste Sohn, der wie ein kleiner Farmer gekleidet war, lief die ganze Zeit hinter dem Karren her und ging seiner Mutter mit ergebenem Ernst zur Hand. Sein Auftrag bestand darin, die jüngeren Geschwister zu füttern. Die drei Kleinen sahen aus, als kämen sie aus dem Waisenhaus: die Münder verschmiert, die Fingernägel schwarz, ständig aus dem Karren heraus- und wieder hineinkletternd, um verstörend leise miteinander zu spielen.

Sie mit ihrer gespenstischen Hektik in Richtung Patio vorbeiziehen zu sehen war für Camila der ereignisreichste Moment des Tages. Ansonsten ging sie spazieren, schrieb endlose Briefe, die sie nicht immer abschickte, half in der Küche, das Abendessen zuzubereiten, und nahm dieses zu sich, bevor die Familie mit gewaschenen Gesichtern und versteinerten Zungen am Tisch zusammenkam. Lieber aß sie im Stehen und betrachtete danach durchs Fenster die in bedrückendem Schweigen versammelte Sippe und wie nervös Eduviges und ihre Gehilfin noch immer der Besteckzwang machte. Sie bekamen weiterhin einen hundsmiserablen Lohn, und jetzt konnten sie nicht mal mehr so essen, wie es sich gehörte. Wenn Héctor und Mistress Prudence sich in ihrem Zimmer einschlossen, nachdem sie die Kinder ins Bett gebracht hatte, hörte Camila sie reden und lachen. Sie schaute auf ihre Hände, ließ das Buch sinken, das sie gelesen hatte, und betrachtete sich im Spiegel.

Die Familie Ezguerra Parlett ging nicht zur Messe in die Iglesia de Soledad – er war viel zu modern, um gläubig zu sein, und sie glaubte daran, dass Dinge in Erfüllung gingen, wenn sie das Land bestellte und vor dem Essen ihren Dank aussprach –, fand sich jedoch sonntagnachmittags rechtzeitig zu Schokolade und Kompott an einem der Tische auf der Primera Avenida ein.

Camila hatte sie am ersten Sonntag, den sie in der Gegend verbrachten, nach Janos gefahren, damit sie die wenigen Stunden genießen konnten, in denen die Gemüter einer von der Kargheit ihres Bodens erschöpften Gemeinde ein wenig aufblühten. Es war keine gute Erfahrung gewesen. Dass sie draußen geblieben waren und mit den Kindern gespielt hatten, ohne den Gottesdienst zu besuchen, der Ekel, mit dem Mistress Prudence den Löffel in ihr Kompott tauchte, bevor sie es verschmähte, das verächtliche Lächeln, mit dem sie die in frischem Wasser in einer Tontasse aufgelöste Schokolade entgegennahm und unangetastet ließ, ihre klapperschlangenhafte Schadenfreude, als sie ihrem ältesten Sohn eine Waffel mit karamellisierter Ziegenmilch aus der Hand riss, die eine Frau ihm geschenkt hatte – all das rief bei den übrigen Bewohnern von Janos ein Unbehagen hervor, das nicht einmal ihre Überraschung darüber milderte, dass die Neuankömmlinge untereinander Englisch sprachen. Camila begriff nicht, warum sich die Quäkerin so viele Gedanken um den Verzehr von Zucker machte, und beschloss, sie nie wieder herzubringen. Sie entspannte sich erst, als sie die Familie wieder in Don Leopoldos Kalesche steigen sah und in Tonkrügen der erste Sotol herumgereicht wurde.

Weder am folgenden noch an dem Sonntag darauf kehrten sie nach Janos zurück, doch war es nur eine Frage der Zeit: Kein Puritanismus kommt gegen die grenzenlose Einsamkeit einer Ranch im hintersten Winkel Chihuahuas an. In Schwarz und Weiß gekleidet, als wären sie Priester und keine Rancher, tauchten sie wieder jeden Sonntag auf der Primera Avenida auf. Er mit Latzhemd, schmalkrempigem Fedora und Fliege, sie in einem Kleid mit so vielen Unterröcken, Rüschen und Samt, dass sie wie eine verschrumpelte Aubergine aussah. Die Jungen waren wie kleine Quäker gekleidet, und das Baby trug ein schlichtes weißes Hemd. Héctor war der einzige Trottel in einem Land der Riesenschnauzbärte, der Wangen und Zähne zeigte; sie sah aus wie ein Klageweib bei seinem eigenen Begräbnis.

Kurz nach Mittag trafen sie in Don Leopoldos Kalesche auf der Primera Avenida ein – Camila hatte frühmorgens die Kutsche der Tagelöhner und Köchinnen zum Gottesdienst genommen –, ließen sich in einer Ecke nieder und aßen eine Wassermelone aus ihrem eigenen Garten, ohne anderen davon anzubieten oder mit irgendjemandem zu reden. Héctor und Mistress Prudence tranken Kaffee aus ihrer Metallflasche, die Kinder Rohmilch von der Farm. Hatte Héctor etwas mit jemandem aus dem Dorf zu besprechen, so geschah dies sehr schnell, während die übrige Familie in ihrer Ecke sitzen blieb. War er fertig, lüftete er den Hut als einzige Geste der Höflichkeit, die verriet, dass sie aufbrachen. Hin und wieder lächelte Misstress Prudence bei diesen Gelegenheiten, was den Leuten aber eher Angst einflößte. Kaum waren sie gegangen, sagte Camila, die im Nacken bereits das Kitzeln des in kleinen Tontassen gereichten Schnapses spürte, dass die wenigen Dinge, die sie an ihrem Leben gemocht habe, zum Teufel gegangen seien, als die Familie ihr spärliches Gepäck ausgeladen habe.

An ihren letzten Tagen in Janos schrieb Camila lange Briefe an Onkel und Tante in Casas Grandes und bot sich als Hauslehrerin für die Enkelkinder an, die es dort inzwischen reichlich geben müsse, da ihre Cousins und Cousinen längst erwachsen seien und bestimmt schon geheiratet hätten; sie schrieb an Héctors Halbbruder und bat ihn taktvoll um eine Stelle an einer Schule der Stadt, wo er Gemeinderat war; sie schrieb an das Internat des Heiligen Herzens von Tepic, um zu fragen, ob sie eine Hilfslehrerin bräuchten.

Sie bekam nie eine Antwort, oder aber die entsprechenden Briefe konnten sie nicht mehr erreichen, denn als der Mann aus Delicias, der auf seinen Runden durch den Bundesstaat die Post zustellte, ein Jahr nach Héctors und Mistress Prudences Übersiedlung zur Ezguerra-Ranch kam, fand er ein abgebranntes Haus, zerstörte Ställe, einen Kojotenbau und Klapperschlangen vor.

Heute vor genau einhundertdreißig Jahren ergab Gerónimo sich zum ersten Mal. Im Cañón de los Embudos, in der westlichen Sierra Madre im mexikanischen Bundesstaat Sonora, ergab er sich George Crook, General der US-amerikanischen Armee. Ein Sekretär hielt die Worte fest, mit denen der Indianer seine Niederlage einräumte: »Früher habe ich mich bewegt wie der Wind, jetzt ergebe ich mich, und das ist alles.« Er streckte die Waffen, zusammen mit sechsunddreißig weiteren Kriegern, die General Crooks Pressemitarbeiter als »Gruppe von Menschen mit der besten Konstitution, die ich je erlebt habe« schilderte.

Ich schreibe dies einhundertdreißig Jahre nach Gerónimos Kapitulation. Ich befinde mich in Berlin, im Stadtteil Moabit. Es ist kalt, ich schreibe in fingerlosen Wollhandschuhen und mit schmerzenden Fingerkuppen. Auch in jenem März in den Höhen der Sierra Madre muss es kalt gewesen sein, wenn auch nicht so kalt wie jetzt. Die Terrasse, auf der ich arbeite, geht auf einen frisch bepflanzten Park hinaus. Bis vor Kurzem befand sich hier ein Güterbahnhof, wo alles Mögliche verladen wurde. Die Bäume sind jung, und der Rasen wirkt nicht sehr kräftig. Es gibt große Kübel und Blumentöpfe, die noch zu groß sind für die kahlen Pflanzen. Noch fehlt der Grünfläche dieses Wilde, das die übrigen Parks der Stadt ausmacht.

Vielleicht ist Moabit der letzte hipsterfreie Stadtteil Berlins, fast so etwas wie ein Zufluchtsort. Er lebt noch von Autowerkstätten, Familienbetrieben, Arztpraxen und einem gewaltigen Containerumschlagplatz am Westhafen, den ich vor mir sehe, wenn ich aufblicke. Es ist ein Gelände mit Kränen und schweren Maschinen, wo vierundzwanzig Stunden am Tag gearbeitet wird. Nachts wirkt der von Flutlichtmasten erhellte Ort wie eine industrielle Science-Fiction-Dystopie. Noch gibt es hier kaum Biomärkte.

Dass ich in Moabit bin, hat rein gar nichts mit Heldentum oder mit Abenteuer zu tun, sondern, vom gegenwärtigen Stand der Dinge betrachtet, mit Geborgenheit: Ich bin hier, um ein paar Tage mit Valeria zu verbringen, die für eine Vortragsreihe an der Akademie der Künste in Berlin ist und für die Dauer ihres Aufenthalts in der Künstlerresidenz des Zentrums für Kunst und Urbanistik wohnt. Wir haben ein Zimmer/Arbeitszimmer, das größer ist als unsere Wohnung in Harlem. Die Kinder sind in New York geblieben, bei ihrer Großmutter. Ich habe Valeria in den letzten Tagen ihres Aufenthalts erwischt, eher in der Absicht ein wenig Urlaub zu machen, wobei ich von einer Einladung nach Frankfurt profitierte, die ich nur angenommen hatte, um bei ihr zu sein. Weil ich Berlin gut kenne und sie keinen Kopf für etwas anderes als ihre letzten Vorträge hat, lese ich und schreibe umfangreiche Lektürenotizen auf, aber vor allem unternehme ich lange Radtouren durch die Stadt. Abends gehe ich meist zu einem Konzert oder ins Theater, trinke ein Bier mit Freunden – schon bald werden mehr lateinamerikanische Künstler und Schriftsteller in Berlin leben als in Lateinamerika –, und manchmal schaffen wir es, gemeinsam zu essen. In dem neuen, kahlen Park in Moabit spielen fünf Kinder aus einer nahen Schule während der Pause Fußball.

Zehn Monate vor Gerónimos erster Kapitulation, im März 1885, hatte ein im Grunde belangloser Vorfall die Flucht der Apachen aus dem Reservat von San Carlos begünstigt, wo sie zwei Jahre lang in der Verbannung gelebt hatten, unter demütigenden und gesundheitsschädlichen Bedingungen, aber in Frieden.

Die Apachen waren ein Bergvolk, und da es in den Bergen von Arizona und New Mexico wertvolle Bodenschätze gab, hatte die Regierung der Vereinigten Staaten sie mit vorgehaltener Waffe nach San Carlos ausgesiedelt, eine malariaverseuchte Einöde, die sich rings um die Schlucht des Turkey Creek erstreckte. Für ihr Wohl war ein inkompetenter, korrupter und bemerkenswert übergewichtiger General namens Britton Davis zuständig. Die Dinge liefen aus dem Ruder, als er die Indianer nach einem Saufgelage bestrafen wollte, an dem auch verschiedene Häuptlinge teilgenommen hatten: Naiche, Nana, Mangus, Chihuahua und Loco. Zwei Fährtenleser der Gringo-Armee namens Chato und Mickey Free – Chato war Chiricahua, also ein Überläufer – hatten Gerónimo beschuldigt, für das Saufgelage verantwortlich zu sein. Gerónimo, der sich zwar ausnahmsweise gut benommen hatte, aber verzweifelt die Freiheit zurückhaben wollte, die sein Clan nur in den Höhen der mexikanischen Sierra Madre genießen konnte, redete auf die Häuptlinge ein, ihn zu begleiten. Abgesehen von Naiche, der jünger war als Gerónimo – um die fünfzig –, waren die Häuptlinge alles alte Männer. Sie lehnten ab, in dem Wissen, dass sie damit sein Schicksal besiegelten, falls Chato und Mickey Free ihn tatsächlich denunziert hatten. Gerónimo war ein Kriegsschamane, kein Häuptling, er hatte keinen Clan, der ihm im Falle der Flucht den Rücken deckte; falls er allein mit seiner Familie weglief, würde er in der Sierra Madre nicht überleben können, wo die Indianer hauptsächlich von Überfällen auf die Ranchen von Sinaloa lebten. Die Häuptlinge hatten ihn, wie so viele in seiner Welt, längst satt.

Zwei Tage nach dem Besäufnis und einen Tag nach der Versammlung, bei der die Flucht diskutiert und verworfen worden war, bemerkte Gerónimo, wie sich vom Horizont her eine Gruppe Soldaten näherte – sie kamen ständig wegen allem Möglichen an –, und er rief erneut die Häuptlinge zusammen, um ihnen zu sagen, dass sie angerückt seien, um alle zu verhaften, denn er habe in der Nacht Chato und Mickey Free getötet. Es war eine Lüge – er hatte niemanden getötet, und die Fährtenleser schliefen in der Kaserne von San Carlos ihren Rausch aus –, doch die Apachen glaubten ihm und suchten das Weite. Da dies für sie eine Kriegshandlung darstellte und die militärischen Verbände der Apachen eine Beweglichkeit verlangten, für die selbst Pferde nicht geeignet waren, erfolgte die Flucht zu Fuß. Mit Kind und Kegel machten sie sich in ihrer legendären Laufgeschwindigkeit aus dem Staub.

Die Flucht vom März 1885 stellt einen der größten Augenblicke in Gerónimos Militärkarriere dar. Obwohl die Soldaten nicht in kriegerischer Absicht nach Turkey Creek kamen, war das Reservat verlassen, als sie in San Carlos eintrafen. Britton Davis verstärkte seine Kavallerie mit mehr Männern als ihm regulär zur Verfügung standen, und machte sich so schnell wie möglich an die Verfolgung der Indianer in die Berge.

Als Davis und seine Männer schon in Sichtweite waren, teilten die Apachen sich in kleine Gruppen auf. Häuptling Chihuahua, der zu jener Zeit in der Hierarchie am höchsten stand, betraute – vielleicht zur Strafe – Gerónimo damit, die Kinder zu nehmen und ein Ablenkungsmanöver zu versuchen. Der Befehl forderte natürlich ein Opfer: Gerónimo sollte ein paar Stunden Zeit gewinnen, damit die anderen Chiricahua entkommen konnten. Falls die Soldaten ihn schnappten, würden sie ihn zurück ins Reservat schleppen, während die übrigen Indianer längst in Sicherheit wären, und falls es Gerónimo gelang zu entwischen – Chihuahua hätte ihn nicht beauftragt, wenn er diese Möglichkeit nicht in Betracht gezogen hätte –, würde Gerónimo später am Zufluchtsort in der Sierra Madre zu ihnen stoßen.

Mit einer in ihrer Virtuosität einzigartigen Operation gelang es dem Kriegsschamanen, die Soldaten auf seine Fährte zu locken und sie nicht nur für ein paar Stunden von Nord nach Süd und von Ost nach West durch die Gegend zu scheuchen, bis die anderen in den Bergen verschwunden waren, sondern ganze vierundzwanzig Tage lang und über eine Strecke von siebenhundertfünfzig Kilometern – alles zu Fuß und mit Kindern.

Als er sicher war, dass die übrigen Chiricahua Mexiko erreicht hatten, schlug er auf einer felsigen Route, wo sie keine Spuren hinterlassen würden, den Weg nach Süden ein. Die amerikanischen Soldaten, die überzeugt waren, ein Kommando gefährlicher Krieger zu verfolgen, und nicht drei oder vier Dutzend von einem Alten angeführte Kinder, mussten sich mit dem Gedanken abfinden, dass ihre Feinde wieder einmal gesiegt hatten.

Die militärischen Fähigkeiten der Apachen waren so ausgeprägt, dass den Geschichten, die darüber erzählt wurden – und die in den Archiven ihrer Verfolger überdauerten –, immer etwas Übernatürliches anhaftete, sowohl in der Presse, die entsetzt davon berichtete, als auch in den Interviews, die Gerónimos Kinder in den Dreißigerjahren des zwanzigsten Jahrhunderts den Ethnologen gaben. Gerónimos Flucht zeigt, mit welcher Entschlossenheit sie um ihr Überleben kämpften. Natürlich ist es nicht so, dass sie alles ertrugen, wie der von uns erfundene Mythos besagt, doch auf bestimmten Gebieten waren die Apachen schlicht unbesiegbar, und eines davon war die Flucht.

Zu Beginn des neunzehnten Jahrhunderts, als sich das Kräfteverhältnis zwischen Apachen und Mexikanern vorübergehend zugunsten Ersterer verschob, war es nicht ungewöhnlich, dass ein großer Häuptling einen Reitertrupp zusammenstellte, der in der Lage war, die mexikanische Kavallerie herauszufordern und in einer offenen Schlacht zu besiegen. Der letzte Häuptling, der ein echtes Apachenheer zu mobilisieren vermochte, war Mangas Coloradas. Die folgenden Generationen, die von Victorio, die von Cochís, die von Nana und Chihuahua und die letzte, die von Juh, Gerónimo und Naiche, mussten andere kriegerische Fähigkeiten entwickeln, da die Bevölkerungszahl der seit Ewigkeiten Krieg führenden Chiricahua sich nicht mit der der Mexikaner und US-Amerikaner messen konnte, die scheinbar in der Lage waren, schier unerschöpflich neue Truppen aufzustellen.

Nach Mangas Coloradas' Ermordung wurden die Apachen zu vollendeten Guerillakämpfern: Von morgens bis abends perfektionierten sie die Fähigkeit, in kleinen Gruppen anzugreifen und dann geschickt zu entkommen. Nie fielen sie über einen Feind her, der sie in einer offenen Schlacht hätte besiegen können, und nach einem Angriff konnte sie keiner je aufspüren. Die Geschwindigkeit, mit der sie ein Gebirge überschreiten konnten, war geradezu unglaublich, und ihre Ausdauer beim Laufen wurde höchstens von den Tarahumara übertroffen. Ihre größte Stärke bestand allerdings darin, die eigenen Spuren zu verwischen, sich zu tarnen und eins mit der Umgebung zu werden.

Gerónimos berühmte vierundzwanzigtägige Flucht zeugt von der beispiellosen Fähigkeit, eine Gruppe von Menschen durch die Wüste zu führen, vor allem aber von dem einzigartigen

Geschick, sich zu verstecken, falsche Fährten zu legen, sich flach auf den Boden zu pressen, während sich nur Zentimeter entfernt die Pferdehufe des Feindes in die Erde bohren. Egal ob Krieger, Jugendlicher, Kind oder Großmutter – ein Apache war eine regelrechte Kriegsmaschine. Nicht alle kämpften, doch alle wussten, wie sie sich zu verhalten hatten, damit die Krieger ihre Arbeit machen konnten. Die Kinder weinten nicht, die Großmütter konnten stundenlang stillhalten, während sie, selbst einem Stein zum Verwechseln ähnlich, hinter einem Felsen kauerten. Die Apachen waren, wie heute Fußballer sind: Sie entwickeln die erstaunlichsten Fähigkeiten, weil alles, was sie seit ihrem siebten oder achten Lebensjahr tun, auf eine einzige Sache fokussiert ist.

In dem jungen und eher scheußlichen Park, den ich von der Terrasse aus sehe, gibt es ein paar solcher Kinder mit einem außergewöhnlichen Fußballertalent. Sie müssen den Nachmittag in der Schule verbringen und nutzen die Pause, um im Park zu spielen. Ich habe mein Notizbuch nicht herausgeholt, um die Lektüre der letzten Nacht zu vermerken, sondern um über diese beiden außergewöhnlichen Jungen zu schreiben; vielleicht wird ein Artikel daraus, eine Skizze für ein zukünftiges Buch, ein Skript.

Es gibt zwei Gruppen, die jeweils von einer Lehrerin und einer Assistentin begleitet werden. Die Mädchen spielen nichts Bestimmtes, oder, wenn doch, dann ein Spiel, das ich nicht verstehe. In ihren Köpfen müssen sich Szenen abspielen, die undurchschaubar sind für jeden, der nicht an ihrem Treiben teilnimmt. Während sie sich unterhalten, bewegen sie sich als kompakte Gruppe von einer Stelle im Park zur nächsten. Von den Schaukeln gehen sie zu dem, was einmal ein Beet sein wird, sobald das Wetter schöner wird, von dort zu den verlassenen Lagerhallen des ehemaligen Güterbahnhofs. Die Jungen spielen Fußball auf der Wiese. Nur einer macht nicht mit und sitzt mit der Lehrerin und der anderen Frau auf einer Betonbank. Er unterhält sich mit ihnen, aber nicht so intensiv wie die Mädchen untereinander, sondern eher nebenbei, immer mit einem Auge nach dem Fußballspiel schielend. Die anderen fünf sind so alt wie er, sie müssen alle um die acht, neun Jahre alt sein, älter als Maia, meine jüngste Tochter, aber jünger als Dylan, der nächstältere Bruder. Es sind Berliner Kinder: ein großartiger Mix aus Genen, die aus aller Welt hier zusammengekommen sind. Sie spielen in zwei Mannschaften.

Auf der einen Seite drei kräftige, etwas übergewichtige Jungen, die größer sind als ihre Gegner. Einer ist ein richtiger Koloss, mit Brille und deutlich orientalischer Herkunft, der zweite sieht sehr deutsch aus. Der dritte, er ist der kleinste der drei, aber von ähnlichem Gewicht und daher offensichtlich weniger sportlich, ist vielleicht arabischer Herkunft oder eher aus einer türkischen Familie, wenn man bedenkt, in welcher Stadt ich bin. Die zweite Mannschaft besteht nur aus zwei eher schlanken Jungen. Einer sieht nordeuropäisch aus, wahrscheinlich ist er ebenfalls deutsch: sehr blond und sehr groß. Der andere könnte der Sohn von Palästinensern, Lateinamerikanern oder Portugiesen sein. Er ist klein, dunkelhaarig, mit dünnen Gliedmaßen, sehr lebhaft. Seine gemischte Abstammung macht es schwer zu erkennen, was genau er ist.

An nichts offenbart sich die Brutalität der Geschichte mehr als an diesen Kindern, die an einem Mittwochmittag in einem öffentlichen Park in Moabit Fußball spielen. Das Zweierteam besitzt alles, was man braucht, um auf dem Sportplatz zu bestehen: Anmut, Einfallsreichtum, Leichtigkeit und die Fähigkeit, sich in langen Sätzen über Fußball zu äußern, was vom ständigen Training kommt. Wahrscheinlich haben sie nachmittags dieselben Sportkurse.

Sowohl der Große als auch der Kleine wissen ganz genau, was sie tun, als wäre es ihnen in die Wiege gelegt worden: Wenn sie sich über das Spielfeld bewegen, scheint der Ball an ihren Sneakers zu kleben, sie können mit dem Rücken zum Gegner spielen und in Ruhe den richtigen Moment abwarten, um den entscheidenden Angriff zu starten. Obwohl physisch unterlegen, haben sie einen besseren Gleichgewichtssinn: Sie breiten die Arme aus, wenn sie nach unten schauen, und pressen sie eng an den Körper, wenn sie den Kopf heben müssen, dribbeln, ohne zu stolpern, den Ball zwischen den Großen hindurch, kombinieren, versenken den Ball ins Netz. Die Großen, die das Spiel viel ernster nehmen, schaffen es höchstens mal, sie zu blocken, und schießen mit mehr Optimismus als Treffsicherheit aufs Tor. Die Kleineren holen sich den Ball zurück, befördern ihn mit bemerkenswerten Doppelpässen nach vorne und hämmern ihn erneut in den imaginären gegnerischen Kasten – zwei Pfosten aus Rucksäcken und Sweatshirts.

Nach vier oder fünf Toren für das geschicktere Team haben die kräftigeren Jungs einen hellen Moment. Sie stürmen in geschlossener Formation nach vorne, wobei sie den Ball mit ihren massigen Körpern abschirmen. Der Spielzug sieht mehr nach Rugby als nach Fußball aus, aber er funktioniert. Kurz vorm gegnerischen Tor rennt plötzlich der Junge, der bis eben mit der Lehrerin und der anderen Frau geplaudert hat, zwischen die Pfosten. Mit der melancholischen Konzentration eines Märtyrers, der endlich seinen Gott sieht, wehrt er den Schuss ab. Er hat also doch mitgespielt – er war der Torwart, doch sein Team ist so gut, dass sie ihn kaum gebraucht haben.

Während ihres langen, grausamen Untergangs lebten die Chiricahua von Plünderungen, sie waren besessen von einer Zerstörungswut, die den gesamten Norden Chihuahuas und Sonoras und den Süden Arizonas und New Mexicos verwüstete. In dieser blutgetränkten, von Blei geprägten Zeit raubten sie außer Vieh und den Gütern, die sie als Nomaden nicht selbst herstellen konnten, so viele Kinder wie möglich. Immer wenn die mexikanischen oder amerikanischen Truppen einen glücklichen Sieg über sie errangen, konnten sie ein paar Frauen und Minderjährige befreien. Die Apachen nahmen die Frauen als Geiseln, um sie gegen die eigenen auszutauschen, bevor man sie in Klöster Zentralmexikos schaffte, um sie dort zu Dienstmädchen zu erziehen und de facto als Sklavinnen zu verkaufen.

Die Kinder wurden einer anderen Behandlung unterzogen. Sie rissen ihnen gleich nach der Gefangennahme die Kleider vom Leib, fesselten sie an einen mit Eselsfett bestrichenen Pfahl und ließen sie in der Sonne schmoren. Sie gaben ihnen eine Ewigkeit nichts zu essen, als wollten sie sie von innen heraus reinigen – der Anpassungsprozess war nicht angenehm. Wenn sie fast schwarz und vor Entkräftung beinahe gestorben waren, kamen sie in die Obhut einer alten Frau, die sie langsam an die neue Nahrung gewöhnte und ihnen Apache beibrachte. In brutalen Prüfungen wurden sie abgehärtet – und falls sie nicht bestanden, zum Gespött der anderen Kinder gemacht. Wenn die Apachen sie als einigermaßen integriert empfanden, wurden sie einer Familie übergeben, die sie behandelte wie ihr eigenes Fleisch und Blut.

Auf jeden Fall war die Kindheit eines Apachen unendlich viel härter als die eines Kreolen oder Gringos, denn die militärische Ausbildung der Krieger begann schon mit sechs oder sieben Jahren. Andererseits wiesen alle Mexikaner oder US-Amerikaner, die eine Zeit lang bei den Chiricahua gelebt hatten, in ihren Berichten übereinstimmend darauf hin, dass das Bemerkenswerteste an der Kultur der Apachen sei, wie viel Zeit und Aufmerksamkeit sie ihren Kindern zukommen ließen. Häuptling Nana, außerhalb seiner Gemeinschaft gefürchtet, war in der Erinnerung der Apachenkinder, die Jahre später von Eve Ball interviewt wurden, ein freundlicher alter Mann und Spaßvogel, der ihnen stundenlang Geschichten erzählte, wenn die Eltern beschäftigt waren.

Eine Apachenkindheit muss trotz allem großartig gewesen sein: Wenn die amerikanischen oder mexikanischen Soldaten kamen, versteckten sich die Kinder, die zuvor gefangen genommen worden waren, in den Bergen, weil sie nicht befreit werden wollten. Wurden sie dennoch entdeckt und zu ihren Eltern zurückgebracht, flohen sie nicht selten wieder zu ihrem selbst gewählten Volk in die Berge zurück.

Wer weiß, wie viele der sechsunddreißig perfekten Krieger, die sich mit Gerónimo ergaben, echte Apachen waren, falls Apache zu sein eine Frage des Erbguts war und nicht des Muskelaufbaus und der Überlebensfähigkeit. An einer Legende halten einige historische mexikanische Quellen beharrlich fest: Häuptling Victorio, der in den Siebziger- und Achtzigerjahren des neunzehnten Jahrhunderts Chihuahua und New Mexico verwüstete, soll ein von Mangas Coloradas' Clan entführtes mexikanisches Kind gewesen sein. Man muss sich nur das berühmte Foto von Victorio anschauen – das einzige, das von ihm existiert –, um zu erkennen, dass er nicht mehr Apache hätte sein können: die ausgeprägten, kantigen Wangenknochen, die Adlernase, der harte Zug um die Lippen, das eckige Kinn, der kurze Hals und der mächtige Brustkorb. Die Hartnäckigkeit, mit der sich das Gerücht hält, lässt jedoch vermuten, dass Fälle entführter Kinder, aus denen große Krieger wurden, nicht ungewöhnlich waren. In diesem Zusammenhang spielte es keine Rolle, ob man von Geburt an Mexikaner, Amerikaner oder Chiricahua war. Apache zu sein war keine Frage des Blutes, sondern der Sprache und der Widerstandsfähigkeit, der Stärke, der Virtuosität und des Einfallsreichtums in der Stunde des Kampfes und der Flucht, es bedeutete, ganz einfach zu verkennen, dass so etwas wie Aufgeben überhaupt möglich – oder gar vorstellbar – war.

Gerónimos Kapitulation im Cañón de los Embudos vor einhundertdreißig Jahren war rein symbolisch. Die Gruppe von Kriegern, die mit ihm ins Reservat von San Carlos zurückkehrte, floh immer wieder in den mexikanischen Teil der Sierra Madre. General Crook wusste, dass die Chiricahua bei jeder sich bietenden Gelegenheit zu ihrem Zufluchtsort in Sonora zurückkehren würden, doch er brauchte dringend einen politischen Erfolg, der seine schwache Position als Oberbefehlshaber im Krieg gegen die Apachen, im Südwesten der USA, stärken würde. Was Gerónimo betraf, hatte die legendäre Kapitulation im Cañón de los Embudos zugleich politische und private Gründe. Er ergab sich, weil die amerikanischen Soldaten seine Familie und die Familien vieler anderer Krieger verschleppt hatten und er sich bewusst war, dass sie zwar weiterhin Dörfer und Farmen überfallen konnten, die immer brutaler vorgehende mexikanische Armee jedoch schon in den Bergen auf der Lauer lag. Die Gringos waren nicht ohne, aber mit ihnen zu leben bedeutete wenigstens nur Elend und Verbannung im Reservat, nicht den Tod. Die Mexikaner hingegen, deren Krieg gegen die Apachen viel grausamer und langwieriger war, führten eine rationale und systematische Ausrottungskampagne durch.

Die Chiricahua müssen bereits verzweifelt gewesen sein, als Crook ihnen eine friedliche Kapitulation vorschlug. In ihrem Gebiet in der Sierra Madre konnten die Apachen sich frei bewegen und Entscheidungen treffen, was immer der Treibstoff für ihr Überleben als Zivilisation gewesen war, doch die Verfolgung durch die Mexikaner hinderte sie daran, das Tiefland zu bestellen, und ihre Lager waren nun zu hoch in den Bergen, als dass sich dort Nahrung in der freien Natur sammeln ließ. Im Gebirge fanden sie Wasser, Schatten und Weiden für das in Sinaloa gestohlene Vieh, aber nicht jene Nahrungsmittel, die die Grundlage ihrer Küche bildeten: Es gab keinen Mais, keine Yuccablüten und Akazienbohnen, keine Agavenwurzeln und Kürbisse. Und sie wussten, dass die unersättliche Republik früher oder später ihr

Land für sich beanspruchen würde, denn irgendwann hatte Mexiko beschlossen, jeden Quadratmillimeter seines gewaltigen Territoriums beherrschen zu müssen, so als hätte es die unzugänglichen Höhen der Sierra Madre unbedingt nötig gehabt – was natürlich nicht der Fall war, sie sind bis heute unbewohnt.

Die Kapitulation im Cañón de los Embudos war eine typische Überlebensmaßnahme Gerónimos, eine weitere Meisterleistung seines strategischen Verstandes: ein kurzfristiges politisches Zugeständnis, das ihm erlaubte, den Großteil seiner Leute zusammenzuhalten. Nicht weil sie endgültig war, blieb die Kapitulation als ein zentraler Moment in der Geschichte des Apachenkrieges in Erinnerung, sondern weil der Fotograf Camillus Fly genau den Moment festhielt, in dem Gerónimo zu dem amerikanischen General einen so verzweifelten und traurigen Satz sagte, dass wir uns diese Kapitulation nie werden verzeihen können, auch wenn die Chiricahua Angst und Schrecken verbreiteten: »Früher bewegte ich mich wie der Wind, jetzt ergebe ich mich, und das ist alles.«

Gerónimo war ein eloquenter Redner. Bei seinen vielen Kapitulationen, in diesem großartigen und grausigen Buch seiner Erinnerungen, das er S. M. Barret diktiert hatte, in den transkribierten Gesprächen mit Präsident Theodore Roosevelt – der, wie ich glaube, wirklich mit ihm sympathisierte – bewies er ein ums andere Mal großes poetisches Talent. Er war ein Mann der Waffen und der Berge, aber auch ein glänzender Rhetoriker. Der Satz seiner Kapitulation vor Crook beginnt in elegischem Tonfall und beschreibt die Lebensweise seines Volkes; so müssen auch die Ansprachen an seine Krieger begonnen haben, wenn er sie auf den Kampf einstimmte, oder an die Kinder, wenn er ihnen die Geschichten von Coyote erzählte, dem Odysseus der Apachen. Auf jeden Fall ist es seltsam, dass immer nur der erste Teil des Satzes zitiert wird – »Früher bewegte ich mich wie der Wind« –, obwohl der zweite viel bedeutender ist, der Moment, in dem der

Sinnspruch in sich zusammenfällt und so das abrupte Ende einer Lebensweise abbildet: »Jetzt ergebe ich mich, und das ist alles.« Ein Satz, der so schnell untergeht wie die Sonne in den Tropen, der fällt wie ein vom Blei eines Dummkopfs durchsiebter Adler, wie Cuauhtémoc, der erste große amerikanische Feldherr, der sich einem Weißen ergab – sein Name bedeutet Fallender Adler oder Untergehende Sonne. Ein Ende verlangt keine weiteren Ausführungen: »Jetzt ergebe ich mich, und das ist alles«, die Worte eines Mannes, dem es ernst ist.

Laut Lévi-Strauss ist ein Schamane jemand, der eine konkrete Beziehung zur Sprache hat, weil er sie als Werkzeug und Medizin einsetzt. Was für uns Wörter sind, ist für den Schamanen das Skalpell, das teilt und neu ordnet, was es auf der Welt gibt, das trennt und verbindet, ein Phänomen, das Macht über die anderen Phänomene hat, etwas zutiefst Heiliges. In seiner *Strukturalen Anthropologie* schreibt Lévi-Strauss, dass die Wissenschaft ein Problem mit den Schamanen habe, weil sie tatsächlich heilen könnten.

Die Sprache eines Mannes wie Gerónimo diente nicht dazu, die Wirklichkeit zu beschreiben, sondern sie zu verändern. »Jetzt ergebe ich mich, und das ist alles« ist die Erkenntnis, dass das, was jetzt kommt, unüberwindbar ist wie eine Mauer, dass es keine Veränderung mehr geben kann, weil alles im Arsch ist. »Unser Erbe ist ein löchriges Netz«, schrieb ein anonymer Chronist nach dem Fall von Tenochtitlán im Jahre 1521. Zwischen den beiden Sätzen liegen dreihundertfünfzig Jahre. Gerónimo musste einsehen, dass selbst das löchrige Netz verloren war, dass sich seine Leute an die letzten Fäden klammerten: Er war Teil eines Anachronismus, einer Nation, die sich auf der falschen Seite des Netzes wiederfand, einer Nation, deren Schicksal in der Schwebe hing und kaum noch dieser Welt angehörte.

Er spreizte die Finger, weil ihm nichts anderes übrig blieb, aber er ergab sich nicht wirklich – was er tat, war viel schwerwiegender und schöner. Er erklärte das Ende von etwas Gewaltigem, das begonnen hatte, als der erste Asiat Nordamerika erblickte und es als gut befand – Amerika hatte nicht mal einen Namen. Die Knappheit seiner Worte ist eine Geste des Widerstands, wenn nichts mehr da ist, wenn der Boden, auf dem man geht, schon einen anderen Namen trägt. Zu sagen: »Das ist alles«, heißt zu sagen: Mein Schweigen ist dein Fluch.

Wer weiß, ob einer der Jungen, die ich im Moabiter Park mit so viel Können und Ausdauer habe spielen sehen, nicht eines Tages Fußballprofi oder sogar Weltmeister wird. Die Unterlegenen, die die beiden so fröhlich und findig bezwungen haben, werden ihr Möglichstes tun, damit sie es nicht schaffen, und falls doch, werden sie die Funktionäre ihrer Liga, ihre Anwälte, ihre Banker, ihre Zahnärzte, ihre Präsidenten sein. Sie werden ihnen das Leben schwer machen, und am Ende werden sie sich ihr Geld holen, ihren Ruhm ausschlachten, das Netz kappen und, wenn sie fallen, sie dazu zwingen, sich auch noch dafür zu bedanken. Das wird alles sein. Amerika, Amerika, das ist alles.

Am Abend erreichten sie Janos. Zuloaga war sicher, dass das Gefühl der Erniedrigung, das die Entführung einer Frau aus dem eigenen Dorf auslöste, ihm dabei helfen würde, genügend Männer zu rekrutieren, um das Dutzend voll zu machen, das er für den Aufbruch ins Apachengebiet für nötig hielt, mögliche Desertionen miteingerechnet.

Janos hatte keinen Präfekten – es hatte so gut wie nichts –, aber zumindest gab es einen Abgeordneten, der Gemeindevorsteher und Kommandant des Forts in einer Person war. Er empfing sie zusammen mit dem Dorfgeistlichen in einem eher trostlosen Raum mit nackten Holzwänden. Beide bestätigten die Geschichte, die Zuloaga in Casas Grandes gehört hatte, ergänzten sie jedoch um ein beunruhigendes Detail: Señora Camila sei schon seit fast fünf Monaten verschwunden, ohne dass man eine Spur von ihr gefunden habe. Nichts?, fragte Zuloaga überrascht. Nur ein paar von ihren Sachen, erklärte der Pfarrer und starrte zu Boden, sie haben sie verschleppt. Und fuhr fort: Was brauchen Sie, um sie zu befreien, falls sie noch am Leben ist? Jemand, der sie gut kannte, soll mich zur Ranch bringen, ich möchte mir ihr Zimmer ansehen. Und erzählen Sie mir, was Sie über die Frau wissen, antwortete der Oberstleutnant.

Die beiden sagten ihm alles, was sie wussten, und das war kaum mehr, als was ihm bereits die Familie erzählt hatte. In Wahrheit kannte keiner sie so richtig, schloss der Pfarrer, alle haben ab und zu mit ihr geplaudert, und jeder hielt sie für schlau, aber sie hatte zu niemandem ein enges Verhältnis. Allerdings hatten sie in Janos einen besseren Eindruck von der Witwe als in Casas Grandes, vielleicht aber auch nur deshalb, weil die Gegend noch rauer war, und sie selbst war es offenbar auch. Sie hatte einen starken Willen, sagte der Pfarrer. Der Oberstleutnant zog eine Augenbraue hoch und wechselte einen Blick mit dem Abgeordneten: Was meinen Sie damit? Sie hatte immer ein Ziel vor Augen, hat sich nie beklagt, und sie hat sich besser mit den Indianern verstanden als mit uns, ich glaube, weil sie in Casas Grandes zum Teil mit Jicarilla aufgewachsen ist. Der Pfarrer kratzte sich am Kopf und wandte sich an den Abgeordneten: War nicht Elvira mit ihr befreundet? Keine Ahnung, sagte der Politiker. Zuloaga stieß einen Seufzer aus: Leben noch Indianer in den Siedlungen? Ein paar. Apachen? Kein einziger. Begleiten Sie mich zur Ranch? Der Oberstleutnant sah dem Abgeordneten unverwandt in die Augen. Die haben sie in Brand gesteckt, sie haben alles in Schutt und Asche gelegt, die Ranch hat den ganzen Tag und die ganze Nacht gebrannt. Hat denn keiner das Feuer gelöscht? So viel Wasser haben wir hier nicht. Aber Sand. Die Ranch lag mitten in der Prärie. Lag? Keiner hat bisher Anspruch auf sie erhoben. Zuloaga zog seinen Tabakbeutel heraus. Überlegen Sie, sagte er, wer außer Ihnen könnte mich noch dorthin bringen? Nach dem Überfall sind viele weggezogen, sagte der Pfarrer, ich glaube nicht, dass jemand freiwillig hingehen würde. Leicht gereizt starrte Zuloaga auf seine Stiefelspitzen, nahm ein Zigarettenpapier und streute Tabak darauf. Ich bin mir ziemlich sicher, dass Elvira sie ab und zu auf der Ranch besucht hat, sagte der Pfarrer. Sie ist eine Nonne, die hiergeblieben ist, warum auch immer, manchmal ist sie durch die Gegend gezogen, um ihren Mitmenschen zu helfen. Wo wohnt sie? Gleich um die Ecke, in dem grünen Haus, Sie können es nicht verfehlen. Und ich brauche einen Apachen, sagte der Oberstleutnant, ist wirklich keiner mehr da? In den Goteras leben noch ein paar Alte und Kinder, antwortete der Abgeordnete, ein ziemlich wilder Haufen, mehr Pima als Janero. Der Pfarrer ergänzte: Die Krieger sind in die Berge gegangen, als keine Lebensmittelrationen mehr aus der Hauptstadt kamen. Zuloaga konzentrierte sich darauf, seine Zigarette zu drehen, leckte über den Rand des Papiers. Haben Sie Fährtenleser?, fragte er. Die Gegend hinter Ánima kenne ich nicht mehr. Wenn wir welche hätten, hätten wir die Verfolgung selbst aufgenommen. Zuloaga zog die Brauen so hoch, dass sich sein Hut bewegte. Er fragte: Keiner hat nach ihr gesucht? Der Abgeordnete, der stärker schwitzte, als es für den kühlen Tag normal gewesen wäre, erklärte, dass die Ezguerra-Ranch sehr abgelegen sei und sie erst mehrere Tage später bemerkt hätten, dass sich Camilas Leiche nicht unter denen befunden habe, die bestattet worden seien. Und was ist mit dem Fort? Gab es dort keine Soldaten? Die sind nach Kalifornien gerufen worden, erklärte der Pfarrer, ich glaube, um die Küste vor einer russischen Invasion zu schützen. Der Oberstleutnant bestätigte resigniert, dass in San Buenaventura das Gleiche geschehen sei. Aber ich habe gehört, die Apachen hätten Rinder gestohlen, besonders schnell können sie also nicht vorangekommen sein.

Hier gibt es schon lange keine Soldaten mehr, erklärte der Pfarrer. Die jungen Leute gehen und kommen nicht mehr zurück, ergänzte der Abgeordnete, dann tauchen sie in Chihuahua-Stadt oder sogar Durango und Zacatecas wieder auf, lassen ihre Frauen nachkommen und bleiben für immer da unten. Zuloaga steckte sich seine Zigarette an. Schon gut, sagte er, aber vielleicht können Sie mir bei etwas anderem helfen: Ich brauche vier oder fünf bewaffnete Männer zu Pferd. Der Pfarrer bot an, zur Messe zu läuten, um diese Bitte an die Gemeinde zu richten. Aber das wird nicht einfach, meinte der Abgeordnete. Zur Messe zu läuten?, fragte Zuloaga. Doch, bemerkte der Pfarrer in freundlichem Ton, noch haben wir Glocken. Sie Esel, sagte der Abgeordnete, es wird nicht einfach, jemanden aufzutreiben. Ach so, da haben Sie recht, räumte der Pfarrer ein.

Zuloaga stand von seinem Stuhl auf. Gibt es noch Häftlinge, die ich zwangsrekrutieren kann? Es gibt zwei Yaqui, sie sitzen seit einer Ewigkeit im Kerker. Ich glaube, es sind Brüder, ich weiß aber nicht mal mehr, was sie getan haben, informierte ihn der Abgeordnete. Wer hat den Schlüssel? Ich nicht. Und wer kümmert sich dann um sie? Keine Ahnung, ich glaube Elvira. Die Nonne? Sie bringt ihnen Essen und leert die Nachttöpfe, bestätigte der Pfarrer, sie ist ja eine Nonne. Von welchem Orden? Die beiden Männer sahen sich an. Sie ist keine echte Nonne, erklärte der Abgeordnete, sie ist eine Sängerin aus Guadalajara, sie hat Zarzuelas aufgeführt, als hier noch mehr Leute lebten. Der Pfarrer ergänzte: Sie kam mit einem Koffer voller Kostüme, und eines Tages hat sie sich das Gewand einer Nonne angelegt und glaubt jetzt, dass sie eine ist. Zuloaga presste sich beide Hände an die Schläfen. Ist das dieselbe Frau, die mit der Entführten befreundet war? Beide nickten. Die Leute nennen sie Elvis, sagte der Pfarrer. Und sie wohnt hier um die Ecke, in einem grünen Haus? Wenn sie nicht auch fortgegangen ist. Und sie ist Nonne und auch wieder nicht?, fragte der Oberstleutnant und starrte an die Decke. So ist es, bestätigte der Pfarrer. Ziemlich seltsam, das Ganze, fügte Zuloaga hinzu. Nicht unbedingt, beeilte sich der Abgeordnete zu sagen, so was kommt vor, wenn ein Dorf sich entvölkert, die Leute ziehen weg, und andere übernehmen ihre Arbeit. Der Oberstleutnant sah den Priester an. Und Sie? Was ist mit mir? Sind Sie ein echter Pfarrer? Der Mann wiegte langsam den Kopf und zuckte mit den Schultern. Praktisch gesehen, ja, sagte er. Bevor er aufbrach, fragte Zuloaga, ob es seit der Entführung der Frau geregnet habe. Hier nicht, sagte der Abgeordnete, das ist Janos. Kein einziger Tropfen, seit sie verschwunden ist? Nicht einer.

Das Schlimmste war gewesen, dass es längst entschieden war, dass alle wussten, was geschehen würde, und niemand etwas dagegen unternahm. Als Héctor Ezguerra am Abend von seinen Ländereien zurückkehrte, strotzend vor einer Männlichkeit, die sie so bei ihm nie erlebt hatte und die nicht zu ihm passte, spürte Camila zwischen Bauchnabel und Scham das flaue Gefühl, das diese Tage hervorrufen, an denen sich unausweichlich etwas ändert. Der Erbe benahm sich seltsam, und an einem Ort, an dem so wenig passierte wie in Janos, hätte dies genügen müssen, um rasch ein paar Dinge in eine Tasche zu packen, ins Dorf zu gehen und auf die nächste Kutsche zu warten, die sie zurück nach Casas Grandes, nach Chihuahua, wenn möglich nach Mexiko-Stadt brachte. Aber das tat sie nicht.

So richtig seltsam benahm sich Héctor eigentlich nicht; er war redselig, unterhielt sich auf Englisch aufgeregt mit seinem ältesten Sohn, als suchte er eine kumpelhafte Nähe, nach der dieser nie verlangt hatte, als hätte er plötzlich begriffen, dass dieser milchige Fortsatz der Quäkerin ein Mann war und er ihn schleunigst in die Männerwelt mit ihren ganz eigenen Regeln einführen müsse, eine Welt, in der Männer unter sich waren. Während er mithilfe einer Tortilla ein Stück Fleisch in die Soße tunkte, sagte er auf Spanisch: Pedro und ich haben heute einen Wilden getötet. Er sagte es mit großspuriger Überheblichkeit. Camila und der Köchin blieb das Essen im Hals stecken. Was soll das heißen, einen Wilden?, fragte die Witwe. Einen Indianer, sagte der Ranchbesitzer, es war keiner von unseren. Woher weißt du das?, bohrte die Frau nach. Wir haben ihn am Bach begraben, keiner von den Tagelöhnern kannte ihn.

Camila blieb bei der Köchin, während diese die Töpfe spülte. Keine der beiden sagte etwas. Immer wieder fuhr sie sich mit den Händen über die Schürze, als müsste sie sie abtrocknen. Nervös?, fragte die Dienerin. Allerdings, erwiderte Camila. Sie gingen schlafen, ohne über den Vorfall gesprochen zu haben, aber beide wussten, dass die andere Bescheid wusste.

Am nächsten Morgen fiel Camila auf, dass die Küchenmagd den Kaffee kochte. Als sie nach Eduviges fragte, erzählte ihr das Mädchen, dass die Köchin ins Dorf zurückgegangen war.

Camila überlegte, es ihr gleichzutun, sie hatte die ganze Nacht darüber nachgedacht, ließ es dann aber doch bleiben – schließlich hatte sie hier ein Bett, ein Auskommen, und schon bald würde ein Brief kommen, in dem jemand ihr eine Stelle anbot, und sie würde ihr neues Schicksal mit den Möglichkeiten einer Witwe angehen, die unendlich achtbarer waren als die einer alten Jungfer. Außerdem gab es da noch diese – wie immer lästigen – Bande der Solidarität: Wenn die Leute des ermordeten Indianers kamen, würden sie die Ranch mit nur einer Handvoll Tagelöhnern und einem einzigen Kreolen vorfinden, der alt genug war, um eine Pistole zu handhaben. Jemand musste hierbleiben, falls sie ihn töteten, jemand, der Spanisch sprach, damit die Kinder nicht vor Hunger – oder weil sie nur Haferflocken zu essen bekamen – starben. Wie dem auch sei, sie hatte das Vieh schon früher versorgt und konnte die Ranch am Laufen halten, auch wenn das hieß, Mistress Prudence und ihren Gemüsegarten an der Backe zu haben.

Sie hörte sich unter den Tagelöhnern um. Der Mann, der für die Ställe zuständig war, erzählte ihr, was Pedro und seine Söhne gesagt hatten: dass der Wilde allein und zu Fuß unterwegs war, Héctor ihn entdeckte, als er sich gerade in den Sattel schwang, und keinen Moment zögerte, den Revolver zog und ihm ins Genick schoss. Camila fragte, ob Pedro und seine Söhne die Gegend durchsucht hätten, ob sie sicher seien, dass der Wilde allein gewesen sei. Der Tagelöhner blieb ruhig: Pedro habe die Ranch und die nähere Umgebung abgesucht, aber keine anderen Spuren als die des Toten entdeckt. Nicht ein geknicktes Blatt, meine Dame, kein abgebrochener Zweig, erklärte der Tagelöhner. Ihm wagte Camila die Frage zu stellen, die ihr seit gestern Abend auf den Nägeln brannte: Und der Indianer war einer von denen da oben?, fragte sie und vermied es, das Wort »Apache« in den Mund zu nehmen. Der Tagelöhner starrte sie an, zupfte sich am Ohr und wandte sich mit den Worten ab, er habe zu tun. Und sie haben ihn gut begraben? Weit genug weg?, fragte sie atemlos, während sie hinter ihm herlief. So haben sie es gesagt, antwortete der Mann, Pedro weiß, was er tut.

Camila ging in das Arbeitszimmer, das früher das ihres Mannes und später ihr eigenes gewesen war und in dem der neue Besitzer jetzt mit dem Eifer einer Ratte die Buchhaltung führte. Sie öffnete den Waffenschrank und sah, dass Héctor sämtliche Gewehre und Revolver herausgenommen hatte, was hieß, dass die Tagelöhner bereits bewaffnet waren. Wenn er sich entschlossen hatte, seinen Cowboys Gewehre in die Hand zu drücken, bedeutete das, dass ihm entweder das Herz in die Hose gerutscht war oder er von der Geschichte Chihuahuas keine Ahnung hatte.

Nervös prüfte Camila zehn Tage lang den Waffenschrank, dann war alles wieder an seinem Platz. Héctor hat Pedro, dachte sie, er weiß, was er tut. Sie würde es noch eine Weile aushalten, sagte sie sich, so lange, bis mit der Post eine Antwort käme.

Kaw-tenné war ein mexikanischer Apache des neunzehnten Jahrhunderts, dessen Clan nur aus Kindern und Jugendlichen bestand. Er gehörte der Gruppe von Kriegern an, die nie die Sierra Madre verließen und die Chiricahua, Mexikaner und Gringos so geduldig vorbeiziehen sahen wie jemand, der bemerkt, dass die Nachbarskinder in seinen Garten geklettert sind, um sich ihren Ball zurückzuholen. Kaw-tennés Clan wurde das letzte Mal 1883 in den Cañons des Rio Bisvape gesehen. An jenem Tag bestand die Gruppe aus achtunddreißig Kriegern, alle männlich, alles Jugendliche oder Kinder, jeder auf seinem eigenen Pferd oder Maultier. Sie trieben eine Herde von Rindern mit Brandzeichen vor sich her, die sie auf einer Ranch in Sonora gestohlen hatten, und ritten in einen Kiefernwald, aus dem niemand sie mehr zurückkehren sah, oder allenfalls einzeln und mit den Füßen voran, wenn die stolzen Pferde der mexikanischen Soldaten, die jahrelang Jagd auf sie gemacht hatten, sie hinter sich herschleiften. Laut des letzten Zeugen ihrer Existenz als Clan – ein Clan, der auf beunruhigende Weise an den Kinderkreuzzug, den Rattenfänger von Hameln und an so viele andere Geschichten erinnert, bei denen es sich ebenso wenig um Sagen handelt – waren sie alle mit Winchester- oder Springfield-Gewehren neueren Modells und Speeren bewaffnet, deren Spitzen aus Bajonettklingen bestanden, die sie von der mexikanischen Armee erobert hatten.

Achtunddreißig aus Bajonettspitzen gefertigte Speere verursachten den Tod von achtunddreißig Berufssoldaten durch eine Schar Kinder. Diese Zahl zeugt von Gerechtigkeit, aber auch von

Grausamkeit; von bewundernswertem Widerstand, aber auch von Perversion. Ein Soldat wird losgeschickt, um Wasser zu holen, oder macht sich mit ein paar Kameraden, in der Satteltasche eine Botschaft für den Kommandanten eines Forts, auf den Weg. Am Horizont bewegt sich etwas: Achtunddreißig reitende Kinder stürzen sich mit lautem Geheul auf sie. Laut des letzten Augenzeugen hatten die Kinder auch Bögen und Köcher umgehängt und trugen Revolver am Gürtel.

Kaw-tennés Gruppe, ein Geisterschiff im Nebel, die Unschuld, die wir vernichtet haben und die uns nachts mit einem Schrei weckt. Das ist alles, Amerika.

Zuloaga kehrte nicht sofort ins leere Rathaus zurück, wo er seine Männer versammelt hatte. Er folgte den Sandalenspuren auf der einzigen Straße des Dorfes und gelangte rasch zu den Goteras, die viel größer und weitläufiger waren als in allen anderen Dörfern im Norden Chihuahuas, wenngleich in einem ähnlichen Zustand der Verwahrlosung wie in der ganzen Region – Janos war mehr als ein Jahrhundert lang die Apachenhauptstadt des Staates gewesen. Die Reste der Lehmhäuschen der Janero lagen über ein weites und etwas kargeres Gebiet verstreut, durch das sich ein ausgetrocknetes, im Sommer wahrscheinlich ausreichend Wasser führendes Bachbett schlängelte.

Er durchquerte die gesamte trostlose Siedlung mit einer bestimmten Absicht und folgte dabei dem Klang vereinzelter Stimmen. Hinter einem Hügel saß ein alter Mann unter einer Pappel und betrachtete etwas Unergründliches in der Luft. Um ihn herum tobten ein paar Kinder. Zuloaga steckte die Hände in die Hosentaschen und setzte für den letzten Teil des Weges so etwas wie ein Lächeln auf.

Als er vor dem Alten stand, tippte er sich an die Hutkrempe. Der Mann erwiderte den Gruß, indem er den Kopf neigte.

Zuloaga setzte sich zu ihm. Als der Indianer weiter konzentriert ins Nichts starrte, holte er seinen Tabakbeutel heraus und hielt ihn dem Alten hin. Der Indianer lächelte. Er hatte keinen einzigen Zahn mehr. Mit seinen von Arthritis verformten, zwei Krustentieren ähnelnden Händen gab er Zuloaga zu verstehen, dass der ihm eine Zigarette drehen solle. Der Oberstleutnant gehorchte, zündete sie an, indem er ein Streichholz an dem Stein rieb, auf dem er saß, und steckte sie ihm in den Mund. Der Alte sog genussvoll an der Zigarette, ohne sie ein einziges Mal in die Hand zu nehmen. Als er zu Ende geraucht hatte, spuckte er die Kippe auf den Boden und trat sie mit der Sohle einer seiner Sandalen aus. Sind Sie Janero?, fragte ihn der Kreole. Der Alte schüttelte den Kopf. Pima. Es gibt hier keine Janero mehr, antwortete er, die Apachen sagen, Land zu bestellen sei keine Arbeit für Männer. Zuloaga runzelte die Stirn. Das sagen alle, bemerkte er. Er hatte Vertrauen zu dem Mann: Aber wir wissen beide, dass das nicht stimmt. Der Indianer bat ihn um eine weitere Zigarette. Wortlos drehte Zuloaga eine und zündete sie an. Als er sie ihm wieder zwischen die Lippen stecken wollte, machte der Alte eine abwehrende Geste, hob die geschlossene Hand und gab ihm zu verstehen, dass er ihm die Zigarette zwischen seine steifen Finger klemmen sollte. Als es so weit war, rauchte er mit dem Genuss eines jungen Mannes. Anschließend schüttelte er die Hand mit der Zigarette. Der Oberstleutnant begriff, dass er ihn ebenfalls zum Rauchen aufforderte und ihm nichts erzählen würde, solange er sich nicht selbst eine Zigarette ansteckte. Er drehte sich eine, zündete sie an. Der Pfarrer hat mir erzählt, dass sie in die Berge gegangen sind, sagte er. Der Indianer schüttelte den Kopf: In die Berge ja, aber nicht hier. Einige sind in die Sierra de Chiricahua in der Nähe, andere noch höher hinaufgezogen, in die Mogollones. In Nuevo México? Da sind schon die Ojocaliente, die Gileño, die nördlichen Pinalero, die Janero von hier, die Coyotero von der anderen Seite des Gebirges. Und jetzt? Der Alte zuckte mit den Schultern. Wissen Sie, wo genau sie sich zusammenschließen? Das sind Apachen, die schließen sich nicht zusammen. Das bedeutet? Als sie sich verabschiedeten, hieß es, unter den Anführern sei die Rede davon, es Sonora mal richtig zu zeigen, dass sie langsam genug hätten vom Spanischsprechen, dass die Republik ihnen völlig schnuppe sei. Sie schließen sich also doch zusammen. Sie schließen sich zusammen, solange sie was davon haben, dann geht jeder wieder seiner Wege. Zuloaga fragte ihn nach den Kindern. Pima und ein paar Opata aus Sonora, antwortete der Alte, sie überqueren das Gebirge von drüben, bevor die Apachen kommen. Sagen Sie bloß, hier gibt es Arbeit? Noch sind Mexikaner da, sie haben ihre Farmen, sie brauchen Cowboys und Dienstmädchen, sie hassen Indianer, aber sie können nicht ohne sie leben, und umgekehrt genauso. Die Kinder trieben mit Ruten einen Ball aus Lumpen vor sich her. Gibt es noch jemanden, der mich nach Norden führen kann?, fragte Zuloaga. Der Alte nahm einen langen Zug. Mit zusammengekniffenen Augen schüttelte er den Kopf. Was anderes als Angst gibt es hier nicht mehr. Die Apachen wollen sich an Sonora rächen, nicht an Chihuahua, aber man hat gesehen, was sie mit der Familie von Ezguerras Sohn gemacht haben. Wer hat Señora Camila verschleppt? Angeblich ein sehr mächtig gewordener Gileño-Häuptling, der inzwischen der wahre Anführer aller Wilden ist. Hat er sie entführt oder umgebracht? Das weiß man nicht genau; im Dorf haben sie so viel Angst, dass sie sich nicht auf die Suche nach ihr gemacht haben. Und ihre eigenen Leute? Es heißt, wenn man den Weg von Ojocaliente hinaufreitet, findet man noch immer Fetzen ihrer Kleidung. Erzähl mir von dem Gileño. Der Alte sah zu den Bergen auf. Er ist ein wilder Indianer, sagte er, ich habe ihn nur ein- oder zweimal hier im Fort gesehen, als dort noch Rationen ausgegeben wurden; er kam her, um sein Mehl und sein

Pökelfleisch abzuholen, aber er stammt aus den Bergen, und da ist er mit seinen Leuten geblieben, er ist nicht zivilisiert, spricht kein Spanisch, will Sonora überfallen. Will er die Apachen vereinen? Wie gesagt, die Apachen schließen sich nicht zusammen, jede Familie ist ein Dorf, damit hat sich's, aber es heißt, dieser Riese wurde als Häuptling aller Häuptlinge geboren. Was soll das heißen? Der Alte zuckte mit den Schultern und bat Zuloaga, ihm auf die Beine zu helfen – die Frauen würden bald zurückkehren, und wenn sie die Kinder Ball spielen sähen, würden sie ihn ausschimpfen. Wie heißt er? Früher wurde er Fuerte, der Kräftige, genannt, weil er sehr groß ist, aber jetzt nennen sie ihn Mangas Coloradas, Rote Ärmel, Gott weiß, warum.

Auf dem Rückweg zum Rathaus klopfte Zuloaga bei Señora Elvira an, die ihm sogleich öffnete und froh war, zur Abwechslung einmal mit jemandem plaudern zu können, der kein Gefangener vom Volk der Yaqui war.

An dem Morgen, als die Apachen die Ezguerra-Ranch überfielen, war Camila in die Berge gegangen, wie man in Janos die Gegend um die Ranch nannte, obwohl sie eine Ebene war. Deshalb sah sie nicht, was die Apachen den Leuten antaten, die zwar keine Familie für sie gewesen waren, sie aber zumindest mehrere Monate lang mit Anstand ignoriert hatten. Sie sah nicht das Feuer. Sie sah weder die Cowboys, denen in den Kopf geschossen, noch Héctor, dem mit einem Dolch die Kehle durchgeschnitten wurde. Sie sah weder die an den Bäumen aufgeknüpften Tagelöhner noch den zertrümmerten Schädel von Misstress Prudence, auf die die Indianer so lange mit einem Stein eingeschlagen hatten, bis sie tot war. Auch nicht die von Speeren durchbohrten Kinder, egal ob es sich um die der Concho, Opata, Kreolen oder Gringos handelte. Sie sah nicht den Säugling mit dem zerschmetterten Kopf. Doch sie hörte die Schüsse und das Geschrei, sah den Rauch. Sie rannte los, hatte nur die Berge am Horizont im Sinn, und als sie weit genug entfernt war, begriff sie, dass sie sich geirrt hatte: Sie hätte nach Süden laufen sollen, nach Janos, auch wenn sie es nicht dorthin geschafft hätte – die Indianer würden nicht in diese Richtung reiten. Sie wandte sich um und sah den Rauch, spürte die Erde unter ihren Füßen beben. Doch was auf sie zukam, war keine heranstürmende Bande Apachen mehr, sondern Krieger in der Rolle hysterischer Viehtreiber, die auf Teufel komm raus die Tiere vor sich herhetzten, bevor die Dorfbewohner auf den Überfall reagieren würden – zumindest dachte die Arme, dass sie das tun würden.

Ohne innezuhalten, den Blick – wie Janus – abwechselnd nach vorn und zurück gerichtet, schätzte sie die Entfernung der Meute hinter sich ab und wich in der Hoffnung, wegen der eigenen Staubwolke würden sie ihre Spuren übersehen, auf offenes Gelände aus.

Im Laufen riss sie sich das schwarze Kleid vom Leib, streifte sich das Korsett ab und behielt nur das Unterkleid an. Sie verlor kostbare Zeit, als sie sich die Stiefel aufschnürte und sie unter einem Strauch versteckte. Ohne sich umzublicken, richtete sie sich auf und rannte weiter, konnte aber hören, wie ein paar der Pferde sich von der Rinderherde lösten, um ihre Verfolgung aufzunehmen. Als ihr bereits der von den Hufen aufgewirbelte Staub in den Augen brannte, warf sie sich zu Boden und rollte sich zusammen in der Hoffnung, von den Hufen der Pferde und nichts anderem getötet zu werden.

Sie spürte, wie jemand sie an den Zöpfen packte und hochzerrte. Ihr Hals riss regelrecht von innen auf, die Beine strampelten in der Luft, ihr braunes Unterkleid glich einer Blume im Orkan. Sie würde nicht durch die Pferdehufe sterben. Ich bin aus Chihuahua, das halte ich aus, dachte sie. Sie krallte die Fingernägel in den Unterarm, der sie gepackt hatte – das Ziehen an der

Kopfhaut: ein heißes Eisen, das in ihre Wirbelsäule schnitt, ein Nagel im Gesäß. Der Mann, der sie, ohne anzuhalten oder vom Pferd zu steigen, hochgehoben hatte, spürte Camilas Fingernägel und zog noch kräftiger. Da biss sie ihn. Er reckte sie über seinen Kopf wie eine Fahne. Während eines vielleicht wunderbaren Augenblicks streifte die Frau eine Höhe, aus der sie den Kopf des Pferdes sah, die schier endlosen Schultern des Reiters, andere Apachen hinter ihm, die sich kaum halten konnten vor Lachen, den wie Kupfersulfat leuchtenden Himmel, wohin sie in dem Moment kommen würde, wenn der Mistkerl, der sie so mühelos festhielt, sie auf den steinigen Boden schleuderte. Sie grub ihre Zähne und Fingernägel noch inbrünstiger in seinen Arm, um den Dreckskerl, auf dessen Todesliste seit jeher ihr Name stand, wenigstens zu zeichnen. Sie schmeckte sein heißes, eisenhaltiges Blut im Mund. Sie spürte, wie er sie losließ.

Camila schloss die Augen und breitete die Arme aus, als wollte sie zwischen den Hufen der Tiere sterben wie eine Heilige. Stattdessen landete sie auf der Kruppe des Pferdes. Der hölzerne Sattelbaum, auf dem die Apachen mit ihren ledernen Hosen ohne Sattelkissen und -decke ritten, bohrte sich schmerzhaft in ihren Unterkörper. Instinktiv legte sie die Arme um den Oberkörper des Reiters, der sie geschnappt hatte, und drückte sich an ihn. Sie grub die Fingernägel in seine Haut, dachte, wenn er sie entführte, würde sie ihm wenigstens die Brustwarzen ausreißen. Ohne die Zügel loszulassen, rammte er ihr einen Ellbogen in die Rippen. Sie krümmte sich und bekam einen zweiten Ellbogenstoß, diesmal gegen die Nase. Sie hatte das Gefühl, ohnmächtig zu werden, ließ den Rücken ihres Entführers los und griff nach den Steigbügelhaltern, während sie ein brennendes Zucken in der Nasenscheidewand spürte und sah, wie das Blut auf ihr Unterkleid tropfte. Mit einer Hand versuchte sie, es zurückzuhalten, während sie sich mit der anderen am Sattel festhielt. Sie ritten in einem höllischen Tempo, sie war halb benommen. Plötzlich merkte sie, wie sich ein anderer Reiter näherte und die Zügel des Pferdes nahm, auf dem sie saß. Ihr Entführer drehte sich zu ihr um. Er war so groß, dass er für einen Moment das gesamte Licht der Wüste zu verschlucken schien. Der Riese packte mit beiden Händen den Saum ihres Ausschnitts und riss ihr Unterkleid in der Mitte entzwei. Er zog es ihr aus und ließ es auf den Boden fallen, tat dasselbe mit der Unterwäsche, zog an ihren Socken, bis sie rissen, und warf auch diese weg. Sie war nackt.

Wenn sie die Feinde der Apachen beschreiben, sprechen die mexikanischen Historiker meist von »Weißen«, egal ob es sich um Mexikaner oder Amerikaner handelt. Für sie sind alle Mexikaner und Amerikaner weiß, eine schwer zu belegende These, wenn ich so aus dem Fenster meines Arbeitszimmers in Harlem schaue, wo die meisten Nachbarn Amerikaner oder Mexikaner sind und niemand weiß ist. Die amerikanischen Historiker sind noch eine Spur radikaler, falls das überhaupt möglich ist. Sie sprechen von den Mexikanern nie als Weiße, sie beschreiben nur sich selbst so. Für sie kämpften die Apachen gegen die Mexikaner und die Weißen, als wären die Kategorien »amerikanisch« und »weiß« austauschbar, als hätte es im Apachenkrieg keine Einheiten aus schwarzen Soldaten gegeben – die sogenannten Buffalo Soldiers.

Ich weiß nicht recht, was es mit diesem dringenden Bedürfnis der modernen Nationen auf sich hat, sich als pigmentärmer als andere zu definieren, die ihnen archaischer, eingeborener erscheinen. Für die mexikanischen Historiker waren alle weiß bis auf die Indianer, also diejenigen, die am längsten in der Region gelebt hatten; für die amerikanischen Historiker sind auch die Mexikaner, die dort länger als sie lebten, Nicht-Weiße wie die Apachen. Und dann sind da noch die Schwarzen, die nicht einmal erwähnt werden, und die Chinesen und Philippiner, die im neunzehnten Jahrhundert in den heutigen Südosten der Vereinigten Staaten ausgewandert sind. Diese Welt aus Indianern und Weißen, beziehungsweise Indianern, Weißen und Mexikanern, in Kategorien aufzuteilen – drei unvergleichbare Kategorien, da es sich bei der ersten um die ungenaue Bezeichnung für die Bevölkerung eines ganzes Kontinents, bei der zweiten um eine Farbe und bei der dritten um den Namen der Angehörigen einer Nation handelt –, ist gelinde gesagt Schwachsinn.

Der Streit ist jedoch insofern interessant, als in der zweiten Hälfte des neunzehnten Jahrhunderts weder alle Mexikaner aus dem Norden noch alle Soldaten der US-amerikanischen Armee Weiße waren. Es stimmt, dass ein Teil der Siedler von Chihuahua und Sonora und die ersten amerikanischen Siedler in Arizona und New Mexico sowie die Offiziere der Armee Nachfahren europäischer Einwanderer waren, doch die Soldateska, die in Mexiko einen blutigen Krieg führte, setzte sich aus Indianern sämtlicher Regionen des Landes, Nachfahren afrikanischer Sklaven, die 1821 die Freiheit erlangt hatten, und Kindern der Chinesen zusammen, die gekommen waren, um Straßen zu bauen, und dauerhaft blieben – sie alle waren keine Weißen.

Auf der anderen Seite verhält es sich ähnlich: Nach dem Amerikanischen Bürgerkrieg kämpften Schwarze in der US-amerikanischen Armee, und diese Schwarzen wurden häufig nach Arizona und New Mexico abkommandiert. Es waren nicht wenige, wie zahlreiche Fotografien beweisen. An ihrer Seite kämpften amerikanische Indianer, die einen noch größeren Hass auf die Apachen empfanden als die Amerikaner.

Der Krieg um die Apachería wurde nie zwischen Weißen und Indianern geführt – es war ein Krieg zwischen zwei zusammengewürfelten Republiken und einer archaischen Nation, die eine einzige Tradition und eine einzige Sprache teilte. Die Indianer nannten die Mexikaner nicht Weiße, sondern *nakaiye,* jene, die kommen und gehen, und die Amerikaner *indaá*, Weißaugen – nicht Weißhäute.

Die Apachen dachten nie, dass sie gegen Weiße kämpften. Das denken nur die weißen Historiker, egal ob es sich dabei um Mexikaner oder US-Amerikaner handelt.

Zuloaga wachte auf, bevor die Kojoten schlafen gingen. Er hatte sich das Zimmer ausgesucht, bei dem es sich um das Arbeitszimmer des Bürgermeisters handeln musste, da es das einzige mit einem Sessel war. Als er aufstand, schlief der Rekrut nicht mehr auf dem Boden, wie er ihn vorgefunden hatte, als er nach seinem Besuch bei Señora Elvira leicht beschwipst zurückgekehrt war. Doch der Junge war nicht desertiert, seine Decke und seine Muskete lagen in einer Ecke. Bevor er in den Patio ging, wo der Tarahumara bereits den Grill angezündet hatte und Kaffee kochte, warf er einen Blick in den Versammlungssaal, wo die übrigen Cowboys die Stühle zur Seite geräumt und ihre Decken ausgebreitet hatten. Er zählte sechs Gestalten. Nur zwei verloren – das konnte sich sehen lassen.

Draußen stellte er zufrieden fest, dass es deutlich kälter geworden war. Sie würden den ganzen Tag reiten können. Zudem war es bewölkt. Der Junge entschuldigte sich dafür, dass in der Nacht zwei weitere Soldaten abgehauen seien. Mit dieser Muskete bin ich am Arsch, erklärte er. Zuloaga nahm einen Emaillebecher und schenkte sich Kaffee ein. Er erwähnte nicht, dass er zwei Deserteure wenig fand für einen Trupp Männer, der sich ihm völlig betrunken angeschlossen hatte, rechnete aber fest mit der Loyalität des Indianers. Er nahm den Becher in beide Hände, um sie zu wärmen – die Handschuhe zog er erst an, wenn er die erste Zigarette des Tages geraucht hatte. Du wirst mein Korporal sein, sagte er, bevor er ihn endlich nach seinem Namen fragte. Mauricio, antwortete der Indianer. Mauricio was? Mauricio Corredor.

Der Oberstleutnant lächelte: Tarahumara. Wir sagen Rarámuri, erwiderte der Junge. Wie alt bist du? Ich wurde vor zehn Jahren adoptiert. Dann bist du etwa vierzehn? Oder dreizehn, keine Ahnung. Du siehst älter aus. Mir ist es nicht so gut ergangen wie Ihnen.

Wortlos tranken sie ihren Kaffee, doch ihr Schweigen war anders als in den zwei Tagen zuvor, es war das Schweigen von Komplizen. Schließlich stand der Oberstleutnant auf und gab Anweisungen: Sobald die Männer wach waren, musste man ihnen den Kaffee und den Rest des Essens aufwärmen, man musste sie gut behandeln. Danach sollte Corredor die beiden Männer auswählen, die er am hässlichsten fand, mit ihnen zum Abgeordneten gehen und ihn auffordern, sie zu begleiten, wenn sie Proviant besorgten. Tragt die Waffen sichtbar, sagte er, wir werden nichts stehlen, nur fast, denn was wir hier auftreiben, muss bis Santa Rita reichen. Der Tarahumara kniff die Augen zusammen. Das ist sehr weit, wir brauchen Maultiere für den Proviant. Besorg welche, sagte der Anführer, ich reite solange zur Ezguerra-Ranch. Es wird schneien, sagte der Junge und machte sich auf den Weg. Und beschlagnahme auch ein paar Stiefel, rief Zuloaga ihm nach, als Soldat kannst du nicht in Sandalen rumlaufen. Der Indianer hob die Hand, um zu zeigen, dass er ihn gehört hatte.

Elvira, eine gut gelaunte Frau um die fünfzig, hatte ihm mit einer Schüchternheit die Tür geöffnet, die überhaupt nicht zu ihrem Charakter passte. Sie trug ein langes schwarzes Kleid mit Ärmelbündchen und Brustlatz und eine Haube, die nur schlecht ihren Topfhaarschnitt kaschierte. Sie sah aus wie die Jungfrau von Orléans, allerdings übergewichtig. Nachdem sie ihn hereingebeten hatte, bot die falsche Nonne ihm einen eher teuflischen Punsch an, den sie aus einem mit Früchten gefüllten Einmachglas einschenkte und der wer weiß was für eine Art Alkohol enthielt – jedenfalls nahm ihm der Zimt kaum die beißende Schärfe.

Ihr Gespräch verlief recht normal, und sie erklärte sich bereit, ihn zur Ranch zu begleiten und ihm die eingesperrten Yaqui vorzustellen. Am Ende gab sie, schon leicht angeheitert, mit der diskreten Melancholie einer Frau, die früher einmal viel Beifall erhalten hat und jetzt von keinem mehr beachtet wird, eine Arie aus ihrem Repertoire zum Besten. An der Tür, nachdem sie Zuloaga schon eine Gute Nacht gewünscht hatte, sagte sie, dass sie ihn gerne zu den Yaqui bringe, er sie sich aber genau anschauen solle, bevor er sie freilasse. Das sind zwei krumme Hunde, fügte sie hinzu.

Auf den Anblick, der sich ihm am nächsten Morgen vor Sonnenaufgang bot, war er nicht vorbereitet: eine Nonne mit Habit und Rosenkranz, die den Umhang eines Degenhelden aus einem spanischen Schauspiel und einen Patronengurt trug, an dem an der linken Hüfte ein großer Revolver amerikanischen Fabrikats hing. Ich bin Linkshänderin, mein General, erklärte sie, als sie sah, wie Zuloaga die Kinnlade herunterklappte. Der Oberstleutnant nickte nur und dachte: Scheißchihuahua, während er sich den Hut wieder aufsetzte und murmelte, sie könne ihn José María nennen. Abgemacht, antwortete sie, und mich nennen Sie Schwester, Elvira fand ich immer schrecklich.

Unterwegs sprachen sie nicht viel. Sie ritten langsamer, als es dem Oberstleutnant lieb war, denn die Nacht war bewölkt und dadurch noch finsterer. Es war eiskalt. Weil sie genug Zeit hatten, begutachtete Zuloaga in aller Ruhe die verbrannten Mauern des Farmhauses. Er zog sich den Handschuh aus, um sie zu berühren. Die Dachbalken waren vollständig eingestürzt, doch die Wände standen noch. Es war keine verheerende Feuersbrunst gewesen, sondern ein Brand, der das Haus nur deshalb hatte zerstören können, weil niemand ihn gelöscht hatte.

Es kostete ihn keine große Mühe, den Lehmofen in der Küche zu finden, und von dort aus den Grundriss des Gebäudes zu rekonstruieren, das in seiner Nacktheit seine Geschichte offenbarte. Zu Beginn hatte das Haus aus einem einzigen langen Flügel bestanden, der von Ost nach West verlief, damit es im Halbschatten lag. Später hatte man mehrere Zimmer hufeisenförmig um einen Innenhof herum angebaut. In den Tontöpfen waren mal Orangenbäume, erklärte die Schwester, während sie sich aus den Öffnungen lehnten, wo einmal die Küchenfenster gewesen waren. Zuloaga trat hinaus, um einen der Zweige zu berühren. Sie waren nur trocken und vom Rauch geschwärzt; wenn jemand sie goss, würden sie im Frühling wieder blühen.

Das an die Küche grenzende Zimmer, das größte des Hauptflügels, musste das Arbeitszimmer des Hausherrn gewesen sein. Während sie sich die schwarzen, möbellosen Räume ansahen, erzählte Elvira, was sie über die Geschichte der Familie wusste. Jedes Mal, wenn sie einen neuen Raum betrat oder von einem der beim Überfall gestorbenen Bewohner sprach, bekreuzigte sie sich. Hier haben Héctor und die Gringa geschlafen, sagte sie und beschrieb ein Kreuz auf ihrem Gesicht. Sie hatten ihre Eigenheiten. Was für Eigenheiten?, fragte der Oberstleutnant. Sie schliefen im selben Zimmer, wie arme Leute. Zuloaga fand das skandalös, ließ sich aber nichts anmerken – auch dafür hatte man die Republik gegründet. Das Zimmer daneben, das bereits in einem der hufeisenförmigen Flügel lag, war ebenso geräumig. Die Fenster gingen ausschließlich auf den Patio hinaus und waren deutlich schmaler. Außerdem besaß das Zimmer eine separate Kammer mit einem Waschtisch und einem Wasserkrug. Hier haben Ezguerras Frauen gewohnt, sagte die Schwester, auch Camila während der kurzen Zeit ihrer Ehe. Als die Gringa kam, waren hier die Kinder untergebracht. Zuloaga untersuchte die Türschwelle, die das Zimmer mit dem von Ezguerra verband. Sie stammte aus derselben Zeit wie das ursprüngliche Haus, doch an der Tür waren erst kürzlich Veränderungen vorgenommen worden. Der obere Teil ließ sich öffnen, erklärte Elvira, als würden sie die Kleinen nachts in einen Stall stecken. Und warum?, fragte Zuloaga. Sie haben allein geschlafen, ohne Kindermädchen. Der Oberstleutnant runzelte die Stirn. Kein Wunder, dass sie im Dorf niemand gemocht hat, sagte er, sie haben keinem Arbeit gegeben. Die Nonne presste die Lippen zusammen. Und die Indianer haben sie auch nicht gut bezahlt, sagte sie. Stimmt. In einer Ecke stand, albtraumhaft verformt, eine der Wiegen aus Messing. Den Spuren nach waren die anderen beiden nach dem Brand anscheinend noch zu gebrauchen gewesen, und jemand, der sich nicht darum geschert hatte, Camila zu suchen, hatte sie gestohlen. Die nächsten zwei Zimmer waren Wirtschaftsräume, sie hatten als Lager gedient, einer für Getreide, der andere für Möbel und Werkzeug. Alles war verbrannt oder verschwunden und auf anderen Ranches gelandet.

Auf der anderen Seite des Hufeisens fanden sie das Besucherzimmer. Die Gardinenstangen hingen noch, sie waren aus massivem Eisen, für Stoffe, die so schwer waren, dass sie auch im Sommer die Sonne abhielten. Hinter diesem – wesentlich größeren – Zimmer befand sich das Bad mit Waschtischchen und Wanne. Beides war zerstört, und den Ofen zum Erhitzen des Wassers hatte jemand gestohlen. Die Tür zur Latrine in einem kleinen, mit Feigenkakteen geschmückten Patio war ebenso verbrannt wie das Klohäuschen. Außer den versengten Kakteen und einem Loch im Boden, aus dem es nicht mehr stank, war nichts geblieben. Die leben im Frühling wieder auf, bemerkte die Schwester. Als Nächstes folgte eine Reihe winziger Zimmer, in denen ein paar schlichte Metallregale und mehrere verkohlte Pritschen überlebt hatten. Das sind die Zimmer der Dienstmädchen und die von Pedro und seinen Söhnen, er war wie ein Teil der Familie und ist mit ihr gegangen, sagte Elvira und schlug ein Kreuz. Der Oberstleutnant zwängte sich in Pedros Zimmer. Es gab kaum Platz für eine Schlafmatte, denn in weniger als einem Meter Höhe befanden sich Halterungen, wahrscheinlich für Regalbretter – der Arbeiter hatte auf allen vieren zu seinem Schlafplatz kriechen müssen. So ganz war er wohl doch nicht Teil der Familie, bemerkte Zuloaga. Ein zweites Bad, winzig und klaustrophobisch, obwohl es keine Decke mehr hatte, und wo gerade genug Platz war, um sich einen Eimer Wasser über den Kopf zu schütten, trennte sie vom letzten Zimmer. Das Bad hatte keinen Ofen gehabt, und die Latrinen der Bediensteten befanden sich so weit vom Haus entfernt, dass sie das Feuer unversehrt überstanden hatten.

Das Licht brach am Horizont hervor, als sie das letzte Zimmer des hufeisenförmigen Nebenflügels betraten. Durch eine breite Lücke, wo einmal ein Fenster gewesen war, leuchtete ein gewaltiger orangefarbener Himmel. Es war ein großes Zimmer, wenn auch nicht ganz so groß wie die der Ezguerras und ihrer Kinder. Der Boden war mit bemalten Fliesen ausgelegt. Zuloaga bemerkte, dass das Zimmer vor Kurzem durch den Abriss einer Mauer erweitert worden war. Sie haben ihr das Zimmer hier gegeben, sagte er. Ja, antwortete die Nonne und rieb sich die Hände, um sie zu wärmen. Es waren keine schlechten Leute, fuhr er fort, das Zimmer war abgelegen, aber sie haben dafür gesorgt, dass sie es bequem hatte; sie hatten nicht die Absicht, sie rauszuschmeißen. Aber besonders gut haben sie sie auch nicht behandelt, sagte die Schwester. An einer rechteckigen Stelle auf dem Boden glänzten die Fliesen noch. Jemand hat das Bett mitgenommen, sagte der Oberstleutnant. Er ging zum Fenster, vor dem ein Stück Korbgeflecht lag. Von ihrem Schaukelstuhl, sagte Elvira bedrückt. Zuloaga ließ sich auf der Fensterbank nieder. Die Wand gegenüber war die einzige im ganzen Haus, die wirklich gebrannt hatte. Auf den beiden anderen waren nur Flecken zu sehen, die verrieten, dass die Frau einen eher bescheidenen Kleiderschrank besessen hatte. Als er mit den Stiefelspitzen in der Asche stocherte, fand er neben den Überresten des Schranks die Beschläge einer Kommode. Er fand es bemerkenswert, dass sie offenbar an der Stelle gewesen war, die eigentlich der Toilettentisch hätte einnehmen müssen. Außerdem fand er die Reste eines vergoldeten Rahmens. Hing der Spiegel an der Wand?, wandte er sich an Elvira. Er hat immer auf einer Kommode gestanden. Der Oberstleutnant hob ein Stück vom Rahmen auf und roch daran. War sie hübsch? Die falsche Nonne zuckte die Schultern. Der Oberstleutnant dachte, dass Camila eine uneitle, aber selbstbewusste Frau gewesen sein musste. Er setzte sich wieder auf die Fensterbank. Die Frau hat gelesen, sagte er und deutete auf die verbrannte Wand, sehen Sie, da stand ein großes Bücherregal. Sie war Lehrerin, ich habe sie ein paarmal besucht, weil sie der einzige Mensch in der Stadt war, der etwas von Kunst verstand. Janos ist keine Stadt, sagte der Oberstleutnant. Bis vor Kurzem wirkte es wie eine, erwiderte die Frau. Und die Familie hat sie geachtet, fügte Zuloaga hinzu, sie haben ihr ein großes Fenster eingebaut, damit sie in Ruhe lesen konnte. Wohl eher, damit sie ihnen nicht auf die Nerven ging, bemerkte Elvira, aber es stimmt. Héctor hat ihr die Bücher, die sie wollte, aus der Hauptstadt besorgen lassen; sie hat sie auf der Stelle gelesen und mir dann geliehen. Der Oberstleutnant zog sich die Handschuhe an. Gehen wir zu den Yaqui, sagte er. Jetzt schon? Ich muss nach Norden, drängte Zuloaga, die Frau ist vielleicht noch am Leben. Woher wollen Sie das wissen? Sie hatte ein reiches Innenleben, solche Menschen geben nicht klein bei.

Schneefall beginnt nicht allmählich, er ist einfach da. Während sie ritten, tauchten wie aus dem Nichts die ersten Flocken vor ihnen auf. Obwohl den Tieren ein langer Tag bevorstand, kehrten sie im Galopp ins Dorf zurück. Zuloaga glaubte, ihnen bei der Kälte mehr zumuten zu können, ohne sie auszulaugen.

John G. Bourke von der dritten Kavallerie in Fort Craig, New Mexico, war kein schlechter Mensch. Geboren als Sohn irischer Einwanderer in Philadelphia, ging er mit sechzehn von zu Hause fort, um während des Sezessionskrieges in die Armee der Nordstaaten einzutreten, da er die Sklaverei verabscheute. Nach Kriegsende bat er darum, in den Südwesten der USA versetzt zu werden – die Geschichte der Region und die indigenen Kulturen interessierten ihn sehr. Unter General George Crook stieg er in den 1870er-Jahren bis zum Hauptmann auf. Da er sehr gut schreiben konnte, war er in der dritten Kavallerie unter anderem für die Pressearbeit zuständig.

Bourke nahm am Feldzug in die Sierra Madre teil, der mit Gerónimos falscher Kapitulation im Cañón de los Embudos endete. Außer als fähiger Soldat und zwanghafter Tagebuchschreiber tat er sich als begeisterter, bisweilen brillanter Ethnologe hervor. Unter anderem verfasste er ein humor-, aber nicht geistloses Buch über Kot und Urin mit dem Titel *Skatologische Riten sämtlicher Nationen.*

In diesen Tagen übersetze ich einige Kapitel seiner Aufzeichnungen über Crooks Feldzug von 1883, die in *An Apache Campaign in the Sierra Madre,* einem von der University of Nebraska veröffentlichten Band, erschienen sind.

Über die Chiricahua sagt er beispielsweise: »Ein Künstler könnte einwenden, dass viele unter ihnen von geringem Wuchs sind, doch die Fährtenleser würden jedem kritischen Anspruch an die Anatomie standhalten, egal von welchem Standpunkt aus. Sie haben eine breite, stämmige Brust, gerade Schultern und gut proportionierte, kräftige und muskulöse Gliedmaßen, ohne schwer zu sein. Ihre Hände und Füße sind klein, schmal und sehnig, der Kopf ist wohlgeformt, und ihr Gesicht hat einen angenehmen und freundlichen Ausdruck, der noch harmonischer wäre ohne ihre zerzausten, zigeunerhaften Mähnen, die sie nur mithilfe eines dicken, glatten Bands aus rotem Stoff bändigen. Ihre Augen sind hell, leuchtend und aufrichtig, für gewöhnlich drücken sie Wohlbefinden und gute Laune aus.«

Bourkes Bewunderung für die Apachen war durch nichts zu erschüttern, während die Beschreibungen der Mexikaner in seinem Tagebuch – er spricht von meinen Landsleuten wie von einem Haufen ungehobelter Schurken – besonders bissig und irritierend sind.

Ich werde seinen Vorurteilen keinen weiteren Raum in diesen Notizen geben, aber ich frage mich, ob wir auf irgendjemanden nicht immer unvermeidlich herabsehen, egal wie sehr wir an unserem Feingefühl arbeiten. Ich weiß nicht, ob ich in meiner Darstellung der Amerikaner nicht genauso grausam bin wie er, ob mir in meinem literarischen Eifer nicht die eine oder andere Gemeinheit herausrutscht. Ob uns das nicht allen hin und wieder passiert.

Um etwas bejahen zu können, muss man vermutlich etwas anderes verneinen. Bourke war kein schlechter Kerl. Vielleicht wollte er seine Beteiligung an einer illegalen Militäroperation in Mexiko rechtfertigen, vielleicht quälte ihn der Gedanke, zum Kampf in ein besetztes Gebiet geschickt worden zu sein, gegen dessen Invasion Präsident Lincoln gestimmt hatte, als er im Kongress noch Repräsentant des siebten Distrikts von Illinois gewesen war. Er war der Präsident, unter dem Bourke gekämpft hatte. Vielleicht half es ihm, die Mexikaner als Tiere hinzustellen, um mit diesem Unbehagen fertigzuwerden, das ein Großteil seiner Generation empfunden haben musste.

Oder die Apachen faszinierten ihn einfach und sonst nichts, so, wie sein Kampf für die Abschaffung der Sklaverei vermutlich auch nicht automatisch bedeutete, dass er mit den Buffalo Soldiers zu Mittag aß. Seine Beschreibung von Leutnant Gatewoods Scouts hat einen beunruhigenden Beiklang. Grundsätzlich ist sie für seine Zeit sehr großzügig. »Die Mokassins«, schreibt er, »sind das wichtigste Kleidungsstück eines Apachen. Im Kampf oder bei einem langen Fußmarsch werfen sie gewöhnlich alles ab, behalten aber unter allen Umständen das Schuhwerk an … Abgesehen von den Mokassins, tragen die Kundschafter einen Ledergürtel mit vierzig Patronen um die Hüften. Manchmal benutzen sie den Gürtel auch, damit das vorgeschriebene blaue Hemd, das sie tragen, wenn ein Dorf oder ein Militärposten über ihre Eleganz staunen soll, besser sitzt. Die Ausstattung dieser Wilden besteht weiterhin aus einem Springfield-Perkussionsgewehr, einer Feldflasche mit Wasser, einem Schlachtermesser, einem Pfriem in einer Lederscheide, einer Pinzette und einer Erkennungsmarke aus Blech. Die Marke verrät, welche Stellung sie im Stamm einnehmen, und ist in Wahrheit nichts anderes als eine Nachahmung der kleinen Plaketten, die während des Bürgerkrieges benutzt wurden, um die Division und das Korps eines gefallenen Soldaten zu identifizieren.« Und dann merkt er an, ohne dass ihm auch nur im Geringsten auffällt, was für einen Unsinn er schreibt: »Jeder männliche Indianer des Reservats von San Carlos trägt eine Plakette und hat eine Nummer, und es gibt eine Liste mit dem entsprechenden Registereintrag und der Beschreibung seiner Physis.«

Nicht alle männlichen Indianer waren Fährtenleser. Die meisten waren keine Angehörigen der amerikanischen Armee. Sie hatten keinen Grund, eine Plakette zu tragen, es sei denn, sie wurden dazu gezwungen – als eine Form der Erniedrigung, ein Beispiel dafür, wer befiehlt und wer gehorcht, ähnlich wie der Davidstern auf der Jacke eines deutschen Juden Ende der Dreißigerjahre.

Die Gefängniszelle war ein fensterloses Loch auf der Hinterseite des Forts. Damit die Häftlinge im Sommer nicht vor Hitze krepierten, lag mehr als die Hälfte der Zelle unter der Erde. Das halbmondförmige Gitter, das als Eingang diente und als Einziges für ein wenig Belüftung sorgte, befand sich auf Höhe des Fußbodens, sodass man nur kletternd hinein- oder herausgelangen konnte. Mehr als einer Zelle ähnelte das Loch einer Kloake. Als Zuloaga einen flüchtigen Blick hineinwarf, konnte er an nichts anderes denken als an die Kälte, die dort an einem eisigen Morgen wie diesem herrschen musste.

Elvira erinnerte ihn noch einmal daran, mit den Yaqui zu reden, bevor er sie rekrutierte. Es sind Zwillinge, sagte sie, einer schlimmer als der andere. Zuloaga schüttelte den Kopf. Mit den beiden komme ich wieder auf acht, erklärte er und erläuterte ihr seine Rechnung: Dem Tarahumara-Jungen bringe ich das Schießen bei, dann sind es schon neun, mit mir zehn, fast ein ganzes nationales Expeditionskorps aus irregulären Soldaten. Außerdem brauche ich jemanden, der das Bergland im Norden kennt, ich bin nie weiter als bis zum Rio Gila gekommen. Die Frau schenkte diesen Plänen eines Menschen, der zu viel Zeit allein verbringt, keine große Aufmerksamkeit. Stattdessen bemühte sie sich, den Wust aus Schlössern zu entwirren, für den mindestens drei oder vier Schlüssel nötig waren. Zwischendurch klopfte sie sich die Schneeflocken ab, die auf ihrer Haube landeten wie kleine Fliegen. Dann legte sie die Schlösser auf den Boden und schob den Riegel hoch. Der Oberstleutnant zog sich den rechten Handschuh aus. Die Frau zog das Gitter auf, er legte die Hand an die Pistole.

Einer der Indianer näherte sich mit einem Tonkrug voller Exkremente und stellte ihn vor die Öffnung. Zuloaga legte die Finger um den Griff seiner Waffe. Danke, Elvis, sagte der Yaqui und verschwand wieder im Schatten. Die Frau ließ das Gitter offen und stellte den Krug zur Seite. Ohne die Pistole loszulassen, fragte Zuloaga: Hauen die nicht ab? Es gibt noch Menschen, die respektiert werden, sagte Elvira und wedelte mit den Händen, wie um eine Ansteckung abzuschütteln, die das Berühren des Gefäßes mit den Fäkalien verursachen könnte. Dann ging sie zur Zelle zurück und steckte den Kopf durch das Loch. Euer Frühstück habe ich noch nicht dabei, sagte sie, aber mein Freund José María hier will kurz mit euch sprechen. Die beiden Indianer kamen näher und kniffen im grellen Licht die Augen zusammen. Bis auf die Narben in ihren Gesichtern glichen sie sich aufs Haar. Wie zwei Lausbuben auf einer Fensterbrüstung stützten sie die Ellbogen auf den Fliesen des Patio auf. Was können wir für Sie tun?, fragte einer von ihnen. Der andere streckte die Hand aus, auf die ein paar große, weiche Schneeflocken fielen. Guck mal, wie hübsch, sagte er zu seinem Bruder. Hat schon eine Weile nicht geschneit, oder?, erwiderte der andere. Und an die falsche Nonne gewandt: Wie lang sind wir wohl schon hier, Doña Elvis, fünf Jahre? Weiß der Himmel, antwortete die Frau, ihr wart schon hier, als ich kam. Dann hat's seit damals nicht geschneit. Sein Bruder starrte zum Himmel, als würde er nachrechnen. Auch er streckte die Hand aus, damit ein paar Flocken darauffielen. Nein, sagte er, vielleicht davor, aber nicht mehr, seit die Schwester da ist. Oder doch, und wir haben es nur nicht mitbekommen. Zuloaga unterbrach ihn, um ihnen mitzuteilen, dass er sie zwangsrekrutieren würde. In Ordnung, sagte einer der Brüder, aber brauchen Sie dafür nicht eine rechtliche Verfügung? Beide sahen Elvira an. Keine Ahnung, sagte sie. Zuloaga ergänzte, solange der Kommandant des Forts nicht zurück sei, stelle er die militärische Autorität in der Region dar. Er hatte die Pistole nicht gezogen, doch seine rechte Hand berührte weiter den Griff. Die Brüder sahen sich an. Derjenige der beiden, der eher die Initiative ergriff, sagte: In Ordnung, was soll's, wenn es eine schriftliche Verfügung gäbe, hätten wir sie sowieso nicht lesen können. Und an seinen Zwillingsbruder gewandt: Machst du eine Räuberleiter? Der andere bückte sich und verschränkte die Hände auf Höhe der Oberschenkel, damit sein Bruder daraufsteigen konnte.

Es kostete ihn Mühe hinauszuklettern – er war ein stämmiger, zur Fülle neigender Mann. Als er es geschafft hatte, streckte er sich schläfrig, als wäre er gerade erst aufgestanden. Was für ein Wahnsinn, sagte er, an einem Tag freizukommen, an dem es schneit. Er drehte sich um und half seinem Bruder herauf, der genauso dick war. Sie haben sie gut gemästet, sagte Zuloaga zu der Schwester. Ich hab ja sonst nichts zu tun, antwortete sie. Der Yaqui richtete sich auf und lieferte eine Erklärung, um die keiner ihn gebeten hatte: Das kommt daher, dass man da drinnen keine Bewegung hat, erst recht nicht, wenn es regnet, dann steht einem das Wasser bis hier – er deutete auf die Mitte seiner Brust – und bleibt tagelang stehen. Zuloaga dachte an die sechs jungen Herren, die wahrscheinlich gerade im Rathaus Karten spielten und die man für seine nationalen Soldaten hielt. Das hier sind Männer, sagte er sich.

Als er sah, wie die Yaqui die rhythmischen Bewegungen nachzuahmen begannen, die sie sich von den Wachen abgeschaut hatten, wenn diese morgens ihre Gymnastik machten, nahm er die Hand vom Revolver. Zuloaga kannte die Übungen, denn er hatte im Fort von Delicias selbst Männer ausgebildet, bis er nach Buenaventura verlegt worden war, um dort die immer zahlreicher werdenden Banden in den Griff zu kriegen. Auf geht's, sagte er zu den beiden, wir haben's eilig. Die Brüder beachteten ihn nicht, grätschten die Beine und führten sie wieder zusammen, während sie gleichzeitig die Arme hoben und senkten. Verdammt, wie schön, sich nicht mehr die Knöchel an der Decke aufzureiben, bemerkte einer von ihnen. Zuloaga ließ sie noch einen Moment machen, doch als sie mit Kniebeugen begannen, unterbrach er sie erneut. Wir haben keine Zeit, drängte er. Sie ignorierten ihn weiter, gingen zu Liegestützen über. Hast du bemerkt, wie gut der

Boden riecht?, fragte der eine. Der andere antwortete: Das kommt von der getrockneten Pisse der Wachen. Verdammt, sagte Zuloaga laut, eine Frau wurde von Apachen entführt, wir müssen sie finden. Während sie sich weiter, auf Handflächen und Fußspitzen gestützt, auf- und abbewegten, drehten die Indianer synchron die Köpfe und sahen ihn an. Was haben Sie gesagt?, fragte der eine. Wir müssen eine Gefangene befreien. Apachen?, fragte der andere. Apachen, bestätigte Zuloaga. Beide schnellten wie Federn hoch. Ich hab's doch gesagt, meinte einer der Brüder, für die Apachenjagd sind wir gut genug. Er sah seinen Bruder an. Der kniff die Augen zusammen und ergänzte: Unsere Erzfeinde. Wäre Zuloaga nicht so schlecht gelaunt gewesen, hätte er den Witz vielleicht verstanden, über den die Nonne herzhaft lachte. Was haben Sie?, fragte der Oberstleutnant, als er sie lachen sah. Ach, Don Chema, antwortete die Nonne, Sie würden nicht einmal verstehen, was Ironie ist, wenn man sie Ihnen ankündigte. Ich heiße José María, nicht Chema. Regen Sie sich nicht so auf. Die beiden Yaqui hatten sich inzwischen aufgerichtet und standen gerade da, sodass sich die groben Hemden, die sie trugen, seit Elvira ihre Verpflegung übernommen hatte, über ihren Bäuchen spannten. Einer von ihnen sagte mit beißendem Spott an die Schwester gewandt: Als würden wir uns über unseren General Don Chemita lustig machen.

Zuloaga überlegte, ihm eine Kugel in den Kopf zu jagen, aber dann müsste er auch den Bruder töten, denn er wusste von keinem Yaqui, der nicht irgendwann von seinen Leuten gerächt worden wäre. Außerdem hätte er dann immer noch nur sechs Männer und einen Tarahumara-Jungen. Auf geht's, sagte er.

Es hörte auf zu schneien. Auf dem Weg durch den Hof bemerkte einer der Yaqui: Ihre Entscheidung war richtig, mein General. Zuloaga sah ihn an. Ich bin Oberstleutnant, erwiderte er; und ich verstehe, dass ihr mir auf den Sack gehen wollt, aber ich brauche jeden Mann, den ich kriegen kann, weil wir das Valle de la Luna durchqueren werden; hört gut zu: Wenn ihr mich nicht respektiert, schieß ich euch ein Loch in den Mund, damit euch für immer das Lachen gefriert. Also sagt mir jetzt ein für alle Mal, ob ihr euch wie Männer benehmen wollt oder wir uns hier freundschaftlich trennen wollen, nur dass ich dann noch lebe und ihr beiden tot seid. Den Yaqui gefiel, dass er ruhig blieb, dass er sich seine Wut über ihre Spötteleien nicht anmerken ließ und klar war, dass er ihnen den Kopf wegpusten würde, wenn sie noch einen einzigen Witz machten. Wenn ihr unbedingt jemandem auf den Sack gehen wollt, fuhr der Oberstleutnant fort, dann nehmt die Kreolen aus meinem Trupp. Aber lasst mich und meinen Korporal von den Tarahumara in Ruhe. Rarámuri, korrigierte ihn die Frau. Meinetwegen. Die Brüder sahen sich an. Verdammt, sagte einer, noch ein Erzfeind. Zuloaga zog die Pistole so schnell, dass sich die Luft ringsum zu erhitzen schien, und steckte sie dem Indianer in den Mund. Habe ich dein Wort?, fragte er. Der Yaqui biss mit unerwarteter Kraft auf den Lauf. Mit einem Nicken bejahte er die Frage.

Die Nonne legte die Hand an den Pistolengürtel, denn sie ahnte, was passieren würde: Der andere Zwilling schnellte nach vorn, hatte im selben Moment Zuloagas Pistole in der Hand und ließ sie am Abzug um seinen Zeigefinger kreisen. Abgemacht, sagte er, unschlüssig, ob er die Waffe so zum Stillstand bringen sollte, dass sie mit dem Lauf oder dem Griff nach vorne zeigte. Da hörte er, wie Elvira ihren Revolver entsicherte. Er drehte sich um und sah die Waffe auf sich gerichtet. Es war ein riesiger Colt, der ihm aus dieser Entfernung den Kopf vom Rumpf geblasen hätte. Die Gefangene ist meine Freundin, sagte sie mit unerwartetem Ernst zu dem Yaqui. Der Indianer reichte Zuloaga den Revolver mit dem Griff voran. Versprechen Sie uns nur, dass Sie uns erschießen, wenn Sie uns nicht mehr brauchen, statt uns wieder in dieses beschissene Loch zu werfen, mein Oberstleutnant. Zuloaga nahm die Pistole und steckte sie in aller Ruhe weg. Wie soll ich euch denn wieder in das Loch werfen, nachdem ich euch bewaffnet habe?, sagte er. Die Yaqui grinsten. Das wird lustig, bemerkte die falsche Nonne, während sie den Revolver in den Gürtel zurücksteckte. In dem Moment begriff Zuloaga, was die anderen drei längst wussten: Sein elfter Mann würde eine Zarzuela-Sängerin sein. Er kratzte sich am Nacken.

Sie gingen zu den Toren des Forts. Die Schwester und ich werden Pferde für euch beschlagnahmen, sagte Zuloaga, mit etwas Glück finde ich auch Gewehre, geht schon mal vor zum Rathaus. Wenn es geht, beschlagnahmen Sie lieber Maultiere für uns, die sind besser, um Apachen zu jagen, erwiderte einer der Yaqui, und Gewehre haben wir schon, wir haben sie vergraben. Zuloaga warf der falschen Nonne einen Blick zu. Ihre Miene verriet ihm, dass er ihnen vertrauen konnte. Beeilt euch, sagte er, wir müssen los.

Zurück in New York, hatte ich einen Termin im spanischen Generalkonsulat, bei dem es um meinen Antrag auf Staatsbürgerschaft dieses Landes ging. Der Konsul, ein sehr gebildeter junger Mann Mitte zwanzig, der mich ausgesprochen freundlich behandelte, weil er eines meiner Bücher gelesen hatte, legte etwas zu dem Stapel mit meinen Unterlagen und teilte mir mit, dass zwar noch eine letzte Überprüfung anstehe, ich aber in wenigen Tagen ein Bürger Spaniens und Europas sein werde. Sie müssen nur noch ein paar Dokumente unterschreiben, sagte er und breitete sie der Reihe nach vor mir aus. Er erklärte, was jedes einzelne bedeutete, und ich las sie flüchtig durch, bevor ich unterschrieb. Er überprüfte das Gekritzel, das meinen Namen darstellen sollte, stempelte alles ab und setzte seine eigene Unterschrift darunter. Anschließend stapelte er die Seiten gewissenhaft aufeinander, als hinge das Schicksal meines Antrags von der Geometrie dieses

Haufens amtlicher Schreiben und nicht von ihrem Inhalt ab – wahrscheinlich war es genau so.

Zu guter Letzt reichte er mir das kürzeste von allen Schriftstücken. Am leichten Zittern seiner Hand bemerkte ich eine gewisse Rührung bei ihm. Auf dem Blatt stand in gespreiztem Behördenspanisch, dass ich Seiner Majestät, dem spanischen König, Treue gelobte. Ohne ihn zuzudrehen, legte ich den Füllfederhalter weg, den ich in der Hand hielt, sah dem Konsul in die Augen und fragte mit allem Taktgefühl, das ich aufbringen konnte, ob ich mich ab jetzt, mit Beantragung der Staatsbürgerschaft, den spanischen Gesetzen fügen müsse. Er bejahte die Frage und erklärte, es sei unerlässlich, dem König Treue zu schwören. Während er das sagte, zog er mit einem gewissen Unbehagen die Augenbrauen hoch. Auf einmal hatte ich den Eindruck, dass die Rührung, mit der er mir das Dokument gereicht hatte, mehr mit Scham als mit Stolz zu tun hatte, weshalb ich auch deutlich zustimmender als sarkastisch nickte. Ich schloss die Augen und dachte an die Vorteile, die meine Kinder genießen würden, wenn ich unterschrieb. Ich dachte an Miquel und seine fixe Idee, in Europa Film zu studieren, aber ich erinnerte mich auch an eine Episode aus seiner Kindheit. Eine Reise nach Madrid, um ein Buch zu promoten, auf der er mich mit sechs oder sieben Jahren begleitet hatte.

Nach dem Essen spazierten mein damaliger Verleger, Miquel und ich die Calle Lope de Vega hinunter. Wir sprachen über Politik, und Xavi, der mein Buch veröffentlicht hatte, sagte etwas über den König. Miquel, der vor uns hertollte, blieb abrupt stehen und starrte ihn an. Was für ein König?, fragte er, und Xavi antwortete: Der König von Spanien. Ihr habt einen König?, fragte mein Sohn, was der Verleger mit einem weitschweifigen, etwas nervösen und für ein Kind definitiv unverständlichen Vortrag über die konstitutionelle Monarchie beantwortete. Miquel sah ihm in die Augen und hakte nach: Aber habt ihr nun einen König oder nicht? Als Xavi bejahte, machte Miquel sich vor Lachen beinahe in die Hose.

Ein paar Stunden später, nach einem garantiert schlecht besuchten Podiumsgespräch, fuhren Miquel und ich mit dem Taxi zu dem äußerst bescheidenen Madrider Hotel zurück, das der Verlag sich leisten konnte. Es war noch nicht spät, aber Miquel war müde, weshalb er, kurz nachdem das Taxi losgefahren war, einschlief. Als wir am erleuchteten Königspalast vorbeifuhren, öffnete er die Augen und fragte, was das sei, und ich sagte es ihm. Bevor er wieder einschlief, bemerkte er mit einer Weisheit, die für ihn im Wachzustand undenkbar gewesen wäre: Es ist sehr gut, dass es einen König gibt, wenn du der König bist.

Während ich den Füllfederhalter zuschraubte und ihn in die Innentasche meines Sakkos steckte, dachte ich, dass mein Sohn von außen betrachtet ein ehrgeiziges Ziel verfolgte, innerlich jedoch ein überzeugter Republikaner war, dass wir sparen würden, wenn er in Europa studieren wollte, dass ich, wenn ich diesen Instinkt verriet, am Ende auch andere verraten würde. Ich erging mich in Entschuldigungen, bevor ich fast fluchtartig das Büro des Konsuls, das Gebäude und den Häuserblock verließ. In der Metrostation setzte ich mich auf eine der Holzbänke am Bahnsteig und schrieb Miquel eine lange Nachricht, in der stand, dass man Don José María Morelos 1815 glühende Kohlestücke in den Arsch gesteckt hatte, damit er dem König Treue schwor, dass er dies, als seine Schreie verstummt waren, ablehnte, woraufhin sie ihm den Hodensack aufschnitten, die Eier herausrissen, durch zwei Salzsteine ersetzten und wieder zunähten. Als er standhaft blieb, beschlossen sie, ihn am nächsten Tag zu erschießen. Ohne über die fürchterlichen Schmerzen in seinen Hoden zu klagen, bat er am nächsten Morgen um eine Zigarre, um sie nach dem Frühstück – und bevor sie ihn auf Knien und hinterrücks erschießen würden – zu rauchen. Dann legte er sich selbst die Binde um. Dieser apachenhafte Widerstand, schrieb ich Miquel, darf für uns nicht umsonst gewesen sein.

Ich weiß nicht, ob ich das Richtige getan habe, auf jeden Fall war es nicht das Geschickteste. Es dauerte über einen Tag, bis Miquel antwortete. Er schrieb: Keine Sorge, wir kriegen ein Stipendium.

Weil sie merkte, wie der Lauf der Sonne den weiten Wüstenhimmel unerbittlich von rechts nach links teilte, wusste Camila, dass sie in einer mehr oder weniger geraden Linie nach Norden unterwegs waren. Um die sengende Mittagszeit hatte ihre Nase bereits zu bluten aufgehört. Es hatte schlimmer ausgesehen, als es war, doch sie war ausgedörrt. Der Schorf auf ihren Brüsten und ihrem Bauch löste einen Juckreiz aus, gegen den sie nichts zu unternehmen wagte, um die Konzentration des Reiters nicht zu stören, der ihr die ganze Zeit über nicht mehr als ein Knurren zugestanden hatte. Auf ihren Schultern, Armen und Oberschenkeln hatten sich Brandblasen von der Sonne gebildet, Hintern und Kniekehlen waren aufgeschürft von dem hölzernen Sattelbaum, und der Hinterzwiesel, der bei den Apachen senkrecht statt gekrümmt war, damit sie beim Reiten schlafen konnten, hatte ihr den Rücken wund gescheuert. Die Rippen taten ihr weh – kurz nach ihrer Gefangennahme hatte sie sich vom Pferd fallen lassen in der Hoffnung, entweder durch den Sturz umzukommen oder von den Rindern totgetrampelt zu werden. Ihr Entführer hatte zum ersten Mal, seit sie das Tal von Janos verlassen hatten, sein Pferd angehalten, um sie zurückzuholen. Bevor er sie packte, aufs Pferd setzte und weiterritt, hatte er ihr so heftig in die Lendengegend getreten, dass ihr schwarz vor Augen wurde und die Luft wegblieb.

Sie hielten den ganzen Tag nicht an, obwohl die Pferde und Rinder am Nachmittag zu hecheln begonnen hatten. Ihr tat alles weh, doch sie erholte sich in dem Maße, wie es die Umstände erlaubten. Ruhig, auf die geringste Gelegenheit lauernd, der Folter zu entkommen, spürte sie den kühlen Abendwind auf ihrer Haut wie Balsam. Als es noch hell war, hatte sie die Gipfel von El Medio wiedererkannt und bemerkt, wie die Vegetation immer spärlicher wurde. Für Camila wie für fast jeden Nicht-Apachen war das, was auf die Sierra de las Ánimas folgte, bereits das wüstenhafte Valle de la Luna. Keiner kam so weit ohne die Begleitung gut ausgerüsteter Soldaten und einem mit Wasser beladenen Maultier. Sie konnte sich an niemanden erinnern, der sich in die unwegsame Gegend vorgewagt hätte, denn als sie nach Janos gekommen war, war der Apachenkrieg bereits eskaliert. Keiner würde sie hier suchen. Die Resignation erlaubte ihr, immer wieder kurz einzunicken, aber vielleicht wurde sie auch nur ohnmächtig.

Die Apachen hatten nicht viele Rinder mitgenommen. Die Tiere waren die Prärie, aber nicht die Wüste gewohnt, weder sie noch die Pferde würden den Marsch bei diesem Tempo und dieser Hitze überstehen, wenn sie nicht bald an einer Wasserstelle hielten. Und soweit Camila wusste, gab es hinter Ánimas kein Wasser mehr.

Irgendwann öffnete sie die Augen und bemerkte, dass sie schräg nach Osten abgebogen waren, in Richtung der Berge. Die Landschaft war so karg, dass sie direkt dem Traum einer steinernen Frau entsprungen zu sein schien. Sie kamen schneller voran, als sie gedacht hatte. Auf einmal hielten sie an. Sie hatten einen Engpass erreicht, in dem die Rinder sich stauten. Hier beginnt das Apachengebiet, dachte sie, und sie dachte auch, dass eine nackte Frau mit einer gebrochenen Nase und einem geschwollenen Auge, die von oben bis unten mit Blasen, Wunden und Schorf bedeckt war, nur eine einzige Möglichkeit hatte, es ihren Feinden zu zeigen: am Leben zu bleiben.

Als folgten sie einer lange geplanten Choreografie, trieben die Reiter die Rinder so dicht zusammen, dass sie den Engpass durchqueren konnten. Bis dahin konnte Camila in Ruhe ihre Gesichter betrachten, denn in dem Moment zeigten sie keinerlei Interesse für sie – nervös, die Gewehre auf die Oberschenkel gestützt, die Finger am Abzug, achteten sie abwechselnd auf das Vieh und die hohen Felsen über dem Hohlweg. Sie blähten die Nasenflügel und lauschten in Richtung der felsigen Höhen. Die jüngeren Indianer, die mit gespannten Bögen bewaffnet waren, um den Vorgang zu überwachen, zügelten ihre sich laut aufbäumenden Pferde allein mit den Beinen. Ihr Entführer war der Einzige, der sein Gewehr nicht aus dem Futteral gezogen hatte. Er bewegte sich schneller als die anderen und gab ihnen in seiner schneidenden, unangenehmen Sprache Anweisungen.

Als die Rinder endlich ihren Mut zusammennahmen und die Schlucht durchquerten, schirmten die Indianer sie von allen Seiten ab. Sie wendeten die Pferde, sodass sie rückwärtsgingen und mit ihren Schweifen die Rinder antrieben, während sie selbst Augen und Gewehre aufmerksam auf den Weg richteten, den sie gekommen waren. Benommen von der Sonne, den Schmerzen und der Dehydrierung, dachte sie, dass die Apachen sämtliche Rodeos gewinnen würden, wenn sie dauerhaft Frieden mit den Mexikanern schlössen – ihre Pferde gehorchten ihnen aufs Wort.

Sie nutzte die Unterbrechung, um in den Damensitz zu wechseln, mit den Beinen auf einer Seite. Nicht, dass sie als Dame posieren wollte, verbrannt und blutverschmiert, wie sie war, sie ertrug den Schmerz in den Leisten nur einfach nicht mehr. Sie senkte den Blick, um jeden Augenkontakt mit den Indianern zu vermeiden, die in ihre Richtung sahen, auch wenn ihre Augen offenkundig auf die Felsen über dem Hohlweg gerichtet waren. Als sie nach unten schaute, fiel ihr auf, dass ihr Schatten zwei- oder dreimal in den ihres Entführers hineinpasste.

Camila und der Riese waren die Letzten, die durch den Engpass trabten. Auf der anderen Seite lag keine tiefe Schlucht, wie zu erwarten gewesen wäre, sondern ein Tal, dessen Wände von den Elementen gestaltet worden waren. Das Vieh und die anderen Apachen bewegten sich in gemächlichem Tempo vor ihnen den Berg hinunter. Mit Überquerung dieser Schwelle hatten sie die Welt der Kreolen endgültig hinter sich gelassen.

Als die Pferde und Rinder erneut in Galopp fielen, setzte sich Camila wieder gerade auf. Die hölzernen Sattelstreben kamen ihr wie Klingen vor, aber zumindest verbrannten die letzten Sonnenstrahlen ihr nicht mehr den Rücken, denn inzwischen ritten sie im Schutz der hohen Wände, die das Tal behüteten. Irgendwann nahm der Riese ein Hemd aus seiner Satteltasche und zog es an. Auch die anderen Indianer bedeckten ihre Oberkörper und fingen an, sich in einer Sprache zu unterhalten, die eine andere zu sein schien als die harte, schneidende, die sie bis dahin benutzt hatten. Jetzt redeten sie in einem geschmeidigeren, fast lieblichen Ton, der dem der heimischen Janeros viel ähnlicher war. Sie schienen alles lustig zu finden. Keiner drehte sich auch nur ein einziges Mal nach ihr um. Weder der Riese noch die anderen verhielten sich, als säße auf der Kruppe seines Pferdes eine geschundene Mexikanerin.

Für die meisten Menschheitsgenerationen war ein Pferd nichts anderes als ein Hirsch ohne Geweih, eine riesige, wilde und wohlschmeckende Antilope, eine Quelle aus Fleisch und Eingeweiden. Seit Jahrtausenden leben wir schon mit Pferden zusammen – wahrscheinlich sind sich der *Homo sapiens sapiens* und das *Equus ferus caballus* zum ersten Mal vor rund sechzigtausend Jahren in Nordeuropa begegnet –, doch erst seit knapp sechstausend Jahren reiten wir auch auf ihnen. Das Aussterben der Wildpferde in Nordamerika hängt mit dem Kontinentalsprung unserer

Vorfahren vor zwölftausend Jahren zusammen, sechstausend Jahre bevor jemand auf die Idee kam, auf ein Fohlen zu klettern. Offenbar ging es mit ihnen zu Ende, weil wir sie verspeisten – es war mitten in der Eiszeit, es war kalt, man brauchte Proteine.

Wir bauten bereits Getreide an und buken Brot, wir hatten schon Rinder- und Ziegenherden, und wenn es kühl wurde, zogen wir wollene Kleidung an. Wir stellten bereits Dinge aus Bronze her und bauten zweistöckige Häuser. Wir hatten schon Anführer, Priester und Fachkräfte, es gab bereits Übersetzer und Gewerbetreibende, als in der ukrainischen Steppe jemand auf die Idee kam, dass man Pferde nicht nur essen, sondern ihnen auch Zaumzeug anlegen und auf ihnen reiten konnte.

Ich schreibe dies an einem Ort, der von diesen Steppen nicht weit entfernt ist, zumindest verglichen mit der Entfernung zu unserer Wohnung in Harlem: dem Café des Archäologischen Museums im kroatischen Zagreb, in das ich jeden Vormittag zum Lesen gehe. An den Nachmittagen nehme ich – mal als Zuhörer, mal als Referent – an den Veranstaltungen eines bescheidenen, aber rührenden Festivals mitteleuropäischer Schriftsteller teil, das dieses Jahr ein mexikanisches Begleitprogramm hat. Seit ich hier bin, konnte ich nicht eine einzige Werbetafel, einen einzigen Straßennamen, ein einziges Haltestellenschild lesen. Das Kroatische ist unergründlich, obwohl es, wie das Spanische, eine indogermanische Sprache ist.

Das Archäologische Museum liegt in perfekter Entfernung zu meinem Hotel – ein etwas strapaziöser, aber netter Spaziergang, der einen Boulevard mit eher misslungenem Wiener Flair entlangführt, wobei es genau dieses Flair ist, das ihn in seiner Dekadenz so schön macht. An meinem ersten Tag habe ich das Museum besucht und in seinem zentralen Innenhof ein fantastisches Café entdeckt. Es wird weniger von Touristen als von einheimischen

Intellektuellen besucht, die Zeitung lesen und genauso ungepflegt sind wie die Hunde zu ihren Füßen. Das Buch über Pferde, das ich lese, habe ich gleich am ersten Tag im Museumsshop gekauft, um einen Grund zu haben, mich in diesen prächtigen Innenhof zu setzen, und seitdem bin ich jeden Vormittag wiedergekommen, um weiter darin zu lesen. Mein Aufenthalt in Zagreb war gezeichnet von Trägheit und Melancholie. Ich vermute, dass ich zu dem Festival eingeladen worden war, weil ich vor Jahren eine Erzählung geschrieben hatte, die in Dalmatien spielt, an der kroatischen Adriaküste. Um die Landschaft kennenzulernen, die in meiner Geschichte vorkam, für mich aber nicht mehr als eine aus Büchern stammende Abstraktion war, nahm ich die Einladung an. Ich frage mich, ob das, was ich im Café schreibe, irgendwann veröffentlicht wird, ob ich vielleicht eines Tages zu einem Festival in der Ukraine eingeladen werde, nur weil ich gerade über die Landschaft schreibe, die die ersten Reiter der Welt auf ihren Pferden verlassen haben.

Vor Anbruch dieser unheilvollen Stunde, in der jemand auf ein Pferd kletterte und von dessen Rücken aus die Welt veränderte, war alles gut, zumindest in dem Teil der Welt, den die Archäologen das »Alte Europa« nennen. Ich übertreibe nicht: Man ist immer versucht, an Arkadien zu denken, denn es gibt tatsächlich einen Ort und eine Zeit, wo das träge literarische Überleben eines Mythos mit rationalen, auf dem harten Feld der Archäologie bewiesenen Tatsachen zusammenfällt.

Zwischen 5300 und 3700 v. Chr., einer Zeitspanne von rund eintausendfünfhundert Jahren, schienen sich Mitteleuropa, Osteuropa und Kleinasien in einem glücklichen Schwebezustand zu befinden, der auf brutale Weise durch die Geburt der Welt endete, in der wir noch heute leben. Dieser Raum und diese Zeit – als dank der Geduld und Weisheit von Menschen, die jeden Tag das Verhalten der Vögel studierten, um das Wetter im nächsten Jahr vorherzusagen, einige unübertreffliche Dinge erfunden wurden – umfassten den gewaltigen Flusslauf der Donau, den Balkan – einschließlich seiner Ausläufer auf der griechischen Halbinsel – und die Karpaten, die Ebenen nördlich des Schwarzen und Kaspischen Meeres – die sich bis zum Ural erstrecken –, die Berge des Kaukasus im Süden, Anatolien, den Norden Syriens und den Iran.

In den höher gelegenen Gebieten im Norden der Region und in dem für Menschen zugänglichen Teil der Steppen lebten die Jäger und Sammler, die von den englischsprachigen Archäologen so köstlich Futtersucher genannt werden, da sie einigen Elchen, die auf Nahrungssuche durch die Berge zogen, nicht ganz unähnlich waren.

Sie lebten in losen Gemeinschaften, ohne Hierarchien oder die Vorstellung einer Verwaltung. Sie verteilten, was sie fanden, denn es gab keine Möglichkeit, etwas zu horten, sie hatten keine Anführer, bestatteten ihre Toten, wo sie sich gerade aufhielten. Was sie überdauerte, waren Jagdgeräte, keine Waffen.

In den wärmeren, von Flüssen durchzogenen Tälern des Südens lebten die ersten Bauern. Sie wohnten in Gebäuden, die allen gehörten und weder Zäune noch Gräben hatten. Es gab Friedhöfe, doch die Toten waren alle mehr oder weniger gleich: Einige hatten vielleicht mehr Schmuck, beeindruckende Gewänder mit kleinen, aus Wildschweinhauern geschnitzten Plättchen, einen Gegenstand aus Bronze, mehr aber auch nicht. Die Archäologen haben sie friedlich bestattet vorgefunden, ohne Feldherrnstäbe, Keulen oder Speere, ohne Sühneopfer, ohne Getreide, um die Reise zu überstehen – sie verließen die Welt, wie sie gekommen waren, vielleicht fein gekleidet, aber ohne Verpflegung; nach dem Tod gingen alle an denselben Ort.

Wo sich die Gebiete der Bauern und der Jäger und Sammler überschnitten, herrschte ein friedliches Miteinander; Gräber von

Mordopfern existieren schlicht nicht. Zwar gingen sie selten untereinander Verbindungen ein – die Schädel der Jäger und Sammler sind flach und haben ausgeprägte Wangenknochen, ihre Skelette sind kräftig und gedrungen, die der Bauern lang und dünn, ihre Köpfe eher klein –, tauschten jedoch Erzeugnisse und Wissen aus. Die Jäger und Sammler lernten, Brot zu backen und Tiere zu domestizieren, welche die Vorfahren unserer heutigen Kühe waren; sie wurden gewissermaßen zu Viehzüchtern. Sie legten keine Friedhöfe im eigentlichen Sinne an, begannen ihre Toten aber in Erdhügeln zu bestatten. Die Bauern wiederum profitierten von den wilden Tieren, die nur ihre Nachbarn erlegen konnten, darunter auch Pferde, deren geringe Anzahl in den Gräbern darauf hindeutet, dass sie schwieriger zu jagen waren und mehr Fleisch lieferten als jede andere Tierart.

In dieser Zeit bändigte man die ersten Fohlen, die einer kleinwüchsigeren und weniger zahmen Art angehörten als *Equus ferus*, das wir heute kennen. Die ersten Ställe wurden gebaut, doch den eingefangenen Herden erging es nicht anders als den prähistorischen Rindern, den Ziegen oder kurzfelligen, an Fleisch reichen Lämmern, deren Stückzahl damals rasch zunahm. Auch wenn die Pferde damals nur gegessen wurden, waren sie sehr wertvoll – in den Tempeln der Bauernsiedlungen fand man Schädel von Fohlen als Opfergabe für Götter, über die wir nichts wissen.

Diese Welt, dieser Raum, der anderthalb Jahrtausende währte und den die Klassiker für Arkadien hielten, war eine Insel der glücklichen Selbstbesinnung, mit der es um 3600 v. Chr. zu Ende ging. Es war nicht so, dass die Jäger und Sammler sich aufgelehnt hätten – zu der Zeit waren sie bereits genauso sehr von den Siedlungen der Bauern abhängig wie diese von ihnen. Es war eine dritte Kraft, eine Kraft aus den Tiefen der Steppen nördlich der Wolga, die allem ein Ende setzte. Es war schon damals eine große Welt: In den Tälern der Donau und in den Ebenen nördlich des

Kaspischen und Schwarzen Meeres gab es Dörfer, deren Gemeinschaftshäuser immer wieder erweitert wurden, bis sie einen mehr als zwölf Meter hohen Bienenstock aus Höfen, Zimmern und Kultstätten bildeten: vier- oder fünfstöckige Bauten, wie man sie erst Tausende von Jahren später in den römischen Städten wieder zu sehen bekam.

In weniger als einem Jahrhundert wurden sämtliche Städte des Alten Europa niedergebrannt und verlassen. Neue wurden gegründet, doch sie unterschieden sich ganz wesentlich von den früheren: Sie waren mit Wällen, Türmen und Gräben befestigt; auf ihren Friedhöfen gab es bereits Skelette von Menschen mit nichts als einem Loch im Schädel, und andere, die mit großem Pomp bestattet worden waren und einen Hammer aus poliertem Stein in den Händen hielten.

Weiterhin wurden in den Tempeln Pferdeschädel als Opfer dargebracht, doch bei den Bestattungen politischer oder militärischer Führer fanden sich immer öfter Nebengrabkammern mit geopferten Frauen und Kindern und Schwertern und Lanzen, wobei sich Letztere in Gewicht, Länge und Umfang ihres Schafts von den Speeren unterschieden – sie waren dazu gemacht, Feinde anzugreifen, nicht, um sie nach flüchtenden Tieren zu werfen.

Dieses jähe Ende des jungsteinzeitlichen Friedens wird im Allgemeinen und vielleicht zu Recht mit den Auswirkungen eines Klimawandels erklärt: Messungen an Pollen, die man in den Tiefen des Grönlandeises fand, und die Jahresringe versteinerter Baumstämme in Europa weisen übereinstimmend darauf hin, dass die Temperatur um das Jahr 3700 v. Chr. derart dramatisch sank, dass sich das Wanderungsverhalten der Tiere veränderte. Hirsche und Elche zogen nicht mehr an den Lagern der Jäger und Sammler vorbei, die Wildrinder starben aus, die Bisons suchten sich neue Gebiete, und die im Gebirge lebenden Ahnen des Esels verschwanden ganz, während eher fleischarme Schafe mit langer, filzartiger Wolle auftauchten. Die Fische, die die proteinreiche Grundlage der alteuropäischen Ernährung bildeten, wanderten in wärmere Gewässer aus. Weizen, Mais und Hafer wuchsen nicht mehr, nur der Roggen widerstand dem Temperaturrückgang. Die Haustiere überlebten gerade so, dank des Paktes, den sie mit ihren Besitzern geschlossen hatten.

Das einzige Stalltier, das sich weiter ausbreitete, war das Pferd. Vom gesamten Großvieh der damaligen Zeit besaß es als einziges die Fähigkeit, mit den Hufen das Eis aufzubrechen, und es konnte zu weiter entfernten Weideplätzen wandern, als in seiner Heimatregion aufgrund der Kälte nichts mehr wuchs. Ein Hauspferd ist ein kontrollierbares Wandertier.

Bevor er *The Horse, the Wheel, and Language* schrieb, fragte sich der amerikanische Archäologe David W. Anthony, wie die Hirten es während des Übergangs von der Jungsteinzeit zur Bronzezeit schafften, unter solchen Bedingungen ihre Pferdeherden zusammenzuhalten, und folgerte mithilfe eines feinen Schnitts von Ockhams Rasiermesser, dass selbst die sparsamste Erklärung beweisbar sein müsse: Sie ritten auf Pferden. Daraufhin widmete er sich dem Studium der Trense, die diese Revolution offenbar erst möglich gemacht hatte. Jeder kann auf ein Pferd steigen und sich unbeholfen darauf fortbewegen, aber nur, wer es zu zügeln vermag, beherrscht es tatsächlich.

Bei seiner Beschäftigung mit den heutigen Nachfahren der Steppenpferde fiel Professor Anthony auf, dass eine der vielen Eigenarten der domestizierten Fohlen darin bestand, auf der Trense herumzukauen, und dass dieses Verhalten, das offenbar ein angenehmes Gefühl am Zahnfleisch verursachte und den Tieren Vergnügen bereitete, Spuren am Schmelz der Mahlzähne im Unterkiefer hinterließ.

Ich glaube, niemand hat so viele – alte, neue, versteinerte, amerikanische, europäische, asiatische – Zähne gesammelt wie dieser

Archäologe. Am Ende bewies er auf scheinbar unwiderlegbare Weise, dass einige Jäger und Sammler in der Ukraine und in Kasachstan nicht länger nur die dummen Nachbarn der Bauern waren, sondern zu ihren neuen Herren wurden, als sie merkten, dass ein Pferd mit Trense keine Eiweißquelle, sondern die tödlichste und revolutionärste Waffe überhaupt darstellt. Diese Frauen und Männer aus den Steppen um das Jahr 3600 v. Chr. waren die dritte Kraft, die das Alte Europa und sein glückliches Zusammenleben von Hirten auf der einen und Jägern und Sammlern auf der anderen Seite für immer auslöschte. Sie waren es auch, die auf den Gedanken kamen, dass politische Führung auf einem Gleichgewicht zwischen Gewalt und Fürsorge beruht. Diese Vorstellung setzten sie mithilfe einer zweiten, ebenso unschlagbaren Technik durch: der indogermanischen Sprache, deren Grammatik und Wortschatz die Wurzel sämtlicher Sprachen slawischen, baltischen, germanischen, keltischen, italischen, hellenischen, indoiranischen oder anatolischen Ursprungs darstellten, also fast aller Sprachen, die ein Mensch zeit seines Lebens hören oder lesen wird, wenn er in dem Teil der Welt geboren wurde, aus dem auch ich stamme. Es gibt einen Wortschatz, den fast alle Sprachen teilen, die von jenen ersten Reitern entwickelt wurden: ein Basiswortschatz, der uns im Guten wie im Schlechten definiert hat. Er besteht aus Begriffen für Dinge, die wir in der Bronzezeit hatten und heute noch haben: Krieg, Schwert, Vater, Mutter, Bruder, Zahn, Sonne, Nacht, Staub, Schwein, Hirsch, Ochse, Joch, Burg, Gesang, Honig.

Der Wall und die Festung, der Überraschungsangriff und die Plünderung, der Knüppel und die Lanze, Vertreibung, politischer Mord, Schirmherrschaft als Gegenleistung für körperliche Sicherheit und Nahrung, genetische Streuung durch systematische Vergewaltigung der Frauen des Feindes, Latein, Griechisch, Hindi oder Spanisch – leicht von der einen in die andere zu übersetzende Sprachen, da sie im Wesentlichen dieselbe Morphologie und einen gewissen Prozentsatz an Vokabular teilen –, all das waren keine revolutionären Erfindungen, sondern Folge – natürliche Konsequenz – des ursprünglichen Impulses, ein Verb zu konjugieren oder die Zügel anzuziehen, damit ein Pferd stehen bleibt.

Während ich dies schreibe und ein bisschen an der allzu perfekten Theorie von Dr. Anthony zweifle, bestelle ich einen Tee, denn ein dritter Kaffee würde garantiert Herzrasen bei mir auslösen. Der Tee kommt zusammen mit einem Glas, auf dem »Mele« steht – wie das spanische »Miel«, Honig.

Der morgendliche Schneefall hatte aufgehört, und die in der Ebene so gnadenlose Sonne hatte auch den letzten Rest von Feuchtigkeit verdunsten lassen, weshalb Zuloaga mühelos erkennen konnte, dass die Apachen auf ihrem Weg ungewöhnlich viele Spuren hinterlassen hatten. Das ist ihnen schon scheißegal, meinte Corredor, als wüsste er, wovon er sprach. Von der gesamten Truppe erinnerten sich nur der Oberstleutnant, die Schwester und vielleicht die Yaqui an die florierende, entspannte Welt, die in dem Moment geendet hatte, als die mexikanische Regierung in den Forts keine Rationen mehr verteilte und die Aufstände ausbrachen. Zuloaga sagte nichts, aber er dachte dasselbe – die auffälligen Spuren kamen ihm vor wie eine Provokation, wie die Botschaft eines Häuptlings, dass es ihnen nicht mehr um vereinzelte Angriffe ging, sondern sie sich in einem Krieg befanden, den sie gewinnen würden.

Die Abdrücke von Camilas Schuhen waren von Pferden und Rindern zertrampelt worden, die blindlings nach Norden galoppierten, sodass die Spuren erst zu sehen waren, als der Trupp die Stelle erreichte, wo die Frau in Richtung der Berge gerannt war. Neben den Abdrücken ihrer Sohlen waren die von drei Pferden ohne Hufeisen zu erkennen, die abgebogen waren, um sie zu verfolgen, während vier andere Apachen die Rinder auf dem Hauptweg weitergetrieben hatten. Zuloaga und die Yaqui ritten langsamer und folgten den Fußspuren, ohne abzusteigen.

Schnell kamen sie an einen Punkt, an dem sich Camilas Spuren verloren. Zuloaga hielt an und reichte Corredor die Zügel. Er stieg vom Pferd, um sorgfältig den Boden zu untersuchen. Nur die Yaqui, die genau wussten, was los war, saßen mit ihm ab. Ich glaube, hier hat man sie geschnappt, sagte einer der beiden ohne große Zuversicht – es gab keine Anzeichen, dass eines der Pferde auch nur im Geringsten getänzelt hätte. Nachdem er den Sand weggepustet hatte, der sich in den Abdrücken von Camilas Absätzen gesammelt hatte, schüttelte Zuloaga den Kopf. Siehst du, wie tief sich die Absätze in den Boden gebohrt haben, sie hat die Schuhe ausgezogen, um schneller zu sein. Die Yaqui sahen sich an und teilten sich auf, um die Gegend abzusuchen. Einer von ihnen sah das Lackleder zwischen den Sträuchern glänzen. Der Leutnant hat recht, rief er. Die Arme hat sie versteckt, antwortete der andere, sie dachte, es gibt noch Hoffnung.

Seit der Verfolgung waren so viele Wochen vergangen, dass die Fußspuren auch dann nicht überdauert hätten, wenn seither kein einziger Tropfen Regen gefallen wäre, doch dann entdeckten sie auch das Mieder. Zuloaga wickelte es um die Schuhe und kehrte zum Rest der Truppe zurück. Er verstaute das Bündel in seiner Satteltasche. Was haben Sie damit vor?, fragte Elvira. Es ihr zurückgeben, antwortete er. Sie glauben, sie ist noch am Leben? Mit Sicherheit, die Frau ist eine Irre.

Sie waren nicht lange unterwegs, als die Yaqui ihre Tiere erneut anhielten. Zuloaga schloss auf. Da war es? Der Rest der Truppe blieb zurück – im Gegensatz zu den dreien fanden sie, dass es Spannenderes auf der Welt gab als Spurenlesen. Sie wollten sie als Frau, bemerkte einer der Yaqui, es gibt keine Kampfspuren, sie wollten sie nicht verletzen. Der andere schnalzte mit der Zunge. Als der Oberstleutnant mit einem von ihnen vom Pferd stieg, um zu überprüfen, ob die Verfolgung unblutig zu Ende gegangen war, wendeten vier der Kreolen aus Casas Grandes und galoppierten davon. Zuloaga schenkte ihnen nicht mehr als einen ungeduldigen Blick – nicht, dass sie ihn im Stich ließen nahm er ihnen übel, sondern, dass sie ihn in seiner Konzentration störten. Der Yaqui, der sitzen geblieben war, legte die Hand an sein Gewehr. Der Oberstleutnant hielt ihn mit einer Geste zurück. Wenn sie so schnell aufgeben, wollen wir sie sowieso nicht, sagte er, während er weiter den Boden absuchte. Die Truppe kreiste unruhig auf der Stelle. Corredor und Elvira versperrten ihnen mit ihren Pferden den Weg; man konnte ja nie wissen.

Der Oberstleutnant ging zu der Stelle, an der die Frau dem Indianer zufolge geschnappt worden war. Er berührte mit dem Handschuh den Sand. Außer Pferdespuren konnte er nichts erkennen. Hören Sie auf zu suchen, rief der Yaqui, der im Sattel geblieben war. Der andere, der fast neben ihm stand, bekräftigte es: Sie haben sie mitgenommen, das war's. Zuloaga suchte noch einmal den Boden ab. Das kann nicht sein, sagte er und deutete auf die Spuren der Pferde: Sie sind nicht langsamer geworden. Sie haben sie im Reiten geschnappt, vom Pferd aus, sagte der Yaqui neben ihm, da vorne, sehen Sie. Zuloaga ging zu der Stelle, auf die der Indianer zeigte, und bückte sich. Da war nichts außer Hufspuren. Und was genau soll ich hier sehen?, fragte er. Das hier sind die Hinterbeine vom schnellsten Pferd, das sie dabeihatten, sagte der Indianer, dem vom Anführer. Ich verstehe, antwortete Zuloaga, und weiter? Die Hufspuren sind hier etwas tiefer, die Frau saß schon auf dem Pferd. Dafür gibt es keinen Beweis, erwiderte Zuloaga – im Wissen, dass er die Diskussion bereits verloren hatte. Gehen Sie ein Stück weiter, sagte der Indianer, da finden Sie den Rest der Kleidung. Adios, sagte der Oberstleutnant mit einem schwachen Lächeln und ging los. Die Apachen ziehen ihre Gefangenen aus, rief der Indianer ihm nach. Es dauerte nicht lange, bis Zuloaga den zerfetzten Unterrock fand. Er nahm ihn und ging zurück. Sie haben sie ausgezogen, damit sie schön braun bei ihnen ankommt, sagte der Yaqui auf dem Pferd, ich sage Ihnen, die wollten sie als Frau.

Sie saßen wieder auf und kehrten zum Rest der Truppe zurück. Wenn jemand gehen will, dann jetzt, sagte der Oberstleutnant, wir werden die Nacht in Los Pinos verbringen, da oben gibt es noch ein bisschen Zivilisation, aber ab morgen Mittag wird die Gegend richtig rau. Er zog die Zügel an und lockerte die Füße in den Steigbügeln seines Pferdes, das nervös geworden war, als es das Adrenalin der Reiter gewittert hatte. Wenn wir erst mal hinter Los Pinos sind, bedeutet eine Rückkehr ohne Begleitung den sicheren Tod. Einer der Kreolen aus Casas Grandes lüftete den Hut. Wenn Sie erlauben, sagte er und riss an den Zügeln seines Pferdes. Elvira, die den Männern den Weg versperrte, zog den Revolver. Schwester, schrie Zuloaga. Sie entsicherte die Waffe, legte den Finger an den Abzug und zielte. Du kannst gerne gehen, sagte die Frau zu dem Cowboy, ohne Zuloaga zu beachten, aber dein Gewehr bleibt hier, der Junge da hat nur eine alte Muskete, das ist nicht gerecht. Der Mann ließ die Hand auf die Gewehrtasche an seinem Sattel sinken. Als er die Schnalle löste, hörte er, wie die Yaqui ihre Gewehre spannten. Schön langsam, sagte die falsche Nonne. Der Mann hob eine Hand und zog die Waffe mit zwei Fingern seiner anderen Hand am Kolben aus dem Futteral, als wäre sie mit einer gefährlichen Krankheit infiziert. Dann ritt er langsam zu Corredor und reichte ihm sein fast neues Springfield-Gewehr. Zuloaga nahm den Hut ab und wischte sich den Schweiß von der Stirn. Die Munition auch, befahl er. Der Cowboy nahm zwei Patronenschachteln aus der Satteltasche und gab sie dem Rarámuri. Und die Stiefel, sagte die Schwester, der Junge hat nur Sandalen, und in den Bergen ist es noch kälter. Dafür muss ich absteigen, sagte der Cowboy. Das tust du nicht, erwiderte die Nonne.

Nervös, wie er war, brauchte der Kreole eine Ewigkeit, um sich die Schuhe auszuziehen – von Doña Elvis' Treffsicherheit hatte man selbst in Casas Grandes gehört –, und seine Hände schwitzten. Als er es endlich geschafft hatte, reichte er sie ängstlich der Schwester. Gib sie dem Jungen, sagte sie, während sie den Revolver wegsteckte, und möge Gott dich segnen.

Als der Kreole – oder der Beraubte, wie ihn die Yaqui später nannten – nur noch eine Staubwolke in der Ferne war, legte der Oberstleutnant die Hände auf den Sattelknauf und betrachtete lange die beiden letzten Soldaten, die ihm geblieben waren. Der eine war ein großer, blonder junger Mann, rothäutig und bartlos, der fast keine Augenbrauen hatte und übergewichtig war. Er trug einen Mantel aus gelbem Flanell, der verriet, dass er Geld hatte. Der andere Mann war älter, fast so alt wie Zuloaga, dunkelhäutiger, drahtig, mit dichtem Bart; er hatte tiefschwarze, ausgesprochen sympathische Augen. Als er ihn ohne Hut gesehen hatte, war Zuloaga aufgefallen, dass der Mann krauses Haar hatte, vielleicht war er ein Enkel freigelassener Sklaven. Und ihr?, fragte er sie. Es gibt nichts, wohin ich zurückkehren will, antwortete der Ältere. Und du?, fragte er den Jüngeren. Ich bleibe, antwortete dieser.

Zuloaga ließ seine Kuhaugen, die er immer bekam, wenn ihn etwas irritierte, über die Truppe schweifen. Sie sah aus, als würde sie jeden Moment eine Trapeznummer aufführen, statt sich in die raueste Wüste der Welt zu begeben, um eine Gefangene aus den Händen unbesiegbarer Krieger zu befreien. Gut, dann verratet mir mal eure Namen, wandte er sich an die Männer. Ich bin Márquez, sagte der Bärtige. Er sah den jungen Mann an. Mich nennt man Gringo. Das fängt ja gut an, bemerkte einer der Yaqui. Er ist der Sohn von Don Renato aus Casas Grandes, sagte Corredor, als würde das irgendetwas erklären. Der Rarámuri trug sein neues Gewehr mit einem Stolz, der verriet, dass er vielleicht tatsächlich zu jung war – er hatte noch nie eins benutzt, um zu töten. Als Elvira sah, dass alle ihn anstarrten und seine Worte zu deuten versuchten, der Junge aber gar nicht daran dachte, eine Erklärung zu liefern, ergänzte sie: Die Kinder von Don Renato sind anständige Leute. Und was macht ihr?, fuhr Zuloaga fort. Ich bin Farmer, sagte Gringo. Ich Tanzlehrer, sagte Márquez. Aus Janos, fügte Elvira hinzu, aber er gibt seine Stunden in Casas Grandes. Der Mann schloss sein Empfehlungsschreiben mit den Informationen, die ihn seiner Meinung nach am besten charakterisierten: Ich spreche etwas Apache und kann Ihnen den Paso del Perro zeigen. Und wo liegt der?, fragte Zuloaga. Corredor machte große Augen: Sie kennen den Paso del Perro nicht? Wo liegt der? Nirgendwo, sagte Gringo, das ist ein Tanzschritt, kein Pass. Der letzte Schrei, ergänzte die Nonne. Der Oberstleutnant wandte den Kopf nach Norden. Das kann ja heiter werden, dachte er.

Obwohl die Kälte im Laufe des Tages nachgelassen hatte, war die Luft noch kühl genug, um die Pferde anzuspornen. Kurz nach Einbruch der Dunkelheit erreichten sie Los Pinos. Das Dorf war ebenfalls verlassen. Sie übernachteten in einem leeren Schuppen und setzten im Morgengrauen ihren Weg nach Norden fort. Auf Höhe von Moscos bogen die immer noch deutlichen Spuren der Rinder und Pferde der Apachen nach Westen ab, quer durch den Chaparral. Bis hierhin waren die Apachen so schnell geritten, wie es die fünfzehn bis zwanzig Stück Vieh erlaubten, die sie dabeihatten – die Zwillinge schworen, dass es exakt siebzehn waren. Sie haben nicht mal eine Pause eingelegt, um etwas zu essen. Sie haben den ganzen Weg an einem einzigen Tag zurückgelegt, sagte einer der beiden, sie waren doppelt so schnell wie wir, mindestens.

Schon bald kamen sie an eine Stelle, die der Eingang zu einem Cañon zu sein schien. Die Apachen mussten die Rinder einzeln hindurchgetrieben haben. Noch war es hell, doch Zuloaga wagte nicht, die Schlucht zu betreten. Da drin knallen sie uns einfach ab, sagte er. Er befahl, das Lager auf einer Anhöhe zu errichten, in angemessener Entfernung, und trug einem der Zwillinge auf, bei Einbruch der Nacht zusammen mit seinem Bruder zum Cañon zu gehen, um zu sehen, bis wohin er passierbar war. Er selbst würde auf den Hügel steigen, der sich vor ihnen erhob.

Obwohl es noch hell war, entzündeten sie ein bescheidenes Feuer. Seit Beginn des Apachenaufstands konnte man nur noch tagsüber Feuer machen, denn jedes nächtliche Lagerfeuer, das mehr war als ein bisschen Glut, wäre eine Einladung zum Angriff. Bevor diejenigen, die Zuloaga für die Nachtwache eingeteilt hatte, auf den Hügel stiegen, setzten sich alle in bester Laune um das Feuer. Elvira und Márquez sangen ein Duett, während Corredor etwas von den Vorräten kochte, die die zwei Lastenmaultiere des Konvois schleppten. Zuloaga betrachtete aus der Ferne seine Leute und dachte, dass sie wahrscheinlich der lächerlichste Haufen Soldaten in der Geschichte des Staates Chihuahua waren, aber die bemerkenswerte Fähigkeit besaßen, aus allem das Beste zu machen. Vielleicht würde ihm das helfen, die Frau ohne große Verluste zu befreien.

Als Corredor ihm eine Schale Kürbissuppe und ein paar Tortillas brachte, kam es ihm erneut so vor, als hätte der Junge seine Gedanken gelesen. Die freuen sich, einmal eine Nacht im Freien verbringen zu können, deshalb sind sie mitgekommen, sagte der Junge. Der Oberstleutnant befahl ihm, sich mit dem Essen zu beeilen und sein Gewehr zu holen, denn es werde bald dunkel werden und er wolle ihm vorher noch das Schießen beibringen. Die Schwester sah, wie sie sich entfernten, und meinte zu Márquez, um ihn ein bisschen mit seinem Tanzlehrerberuf aufzuziehen:

Ich mag es, wenn Männer richtige Männersachen machen. Ach, Elvis, antwortete der Tänzer nur, fasste sie um die Taille und tanzte pfeifend eine Polka mit ihr, was Gringo und die Yaqui ganz wild machte. Alle bekamen ihren Unterricht, auch wenn Márquez zu den Yaqui sagte, dass sie ungeschickt seien und er ihnen den Perro erst beibringen werde, wenn sie das Gefängnis etwas länger hinter sich gelassen hätten.

In dem Moment kehrten Zuloaga und Corredor zurück. Der Rarámura grinste von einem Ohr zum anderen. Und, wie ist's gelaufen mit der Knarre?, fragte Gringo. Anfängerglück, antwortete Zuloaga.

Bevor er seinen Sattel auf den Boden legte und seine Decke ausbreitete, um darauf zu schlafen, bat der Oberstleutnant Elvira, die ebenfalls ihre Schlafmatte ausrollte, ihm einen Moment zuzuhören. Womit kann ich Ihnen dienen? Auf Bitten des Oberstleutnants entfernten sie sich ein paar Schritte vom Lager. Zuloaga nahm den Hut ab und sagte zu ihr: Ich glaube, von hier aus kehren Sie morgen nach Janos zurück. Gringo werde sie in aller Frühe begleiten, er sehe ohnehin etwas schwabbelig aus und wolle lieber Tänzer sein. Und warum?, fragte die Schwester. Sagen Sie es mir, Sie haben mit ihm getanzt. Nein, warum ich zurückkehren soll. Wenn wir den Weg durch den Cañon nehmen, könnte es Kugeln hageln, antwortete Zuloaga; wenn wir oben entlangreiten, müssen wir durch die Steinwüste, wenn wir weiter der Ebene folgen, kommen wir ins Valle de la Luna. Die Frau sah ihn misstrauisch an und steckte sich das Haar unter die Haube, die sie beim Schlafen trug. Und? Ab jetzt wird Auge um Auge, Zahn um Zahn gekämpft, insistierte der Oberstleutnant, ich will nicht, dass man Sie umbringt oder Sie entführt, um Ihnen ein Apachenkind zu machen. Sie sind ein kleiner Dummkopf, sagte Elvira und ging zu ihrer Matte zurück, die nur ein kleines Stück von den Schlafplätzen der Männer rings um das kaum noch brennende

Lagerfeuer entfernt lag. Schlafen Sie eine Nacht drüber, Elvis, rief er ihr nach. Angeführt von Márquez, hob in der Truppe spöttisches Gemurmel an. Die Nonne kehrte um und flüsterte Zuloaga ins Ohr: Bis jetzt war's eher gemütlich, das Beste kommt noch – das werden Sie sehen, sobald wir schießen müssen. Zuloaga zuckte mit den Schultern, sah ihr nach und rief Corredor, damit er ihn auf die Anhöhe begleitete – die Nacht versprach, hell zu werden, und sie mussten die Gegend inspizieren. Als sie sich bereits ein gutes Stück vom Lager entfernt hatten, sahen sie, wie die Zwillinge sich von ihren Matten erhoben wie zwei Gespenster und in Richtung der engen Schlucht verschwanden.

Im Juli und August tauschen wir unsere Mietwohnung in Harlem für sechs Wochen gegen eine in Mexiko-Stadt. Das Spanisch der Kinder ist miserabel, und obwohl ich nicht finde, dass es eine Rolle spielt, ob man seine Muttersprache verlernt oder bewahrt – Valeria meint, die Sprache unserer Kinder ist Englisch –, glaube ich doch, dass sie irgendwann davon profitieren können, zweisprachig zu sein. Und in letzter Zeit vermisse ich dieses Zuhause, das das Heimatland von einem ist, meine Eltern, die langsam alt werden, das Essen, die beängstigende Stille von Mexiko-Stadt am Abend: zweiundzwanzig Millionen Menschen, die in der Dämmerung einen Raum heiliger Abwesenheit betreten – dass eine so große, so volle, so unerträglich dynamische Stadt auch so ruhig sein kann, vor allem zu dieser Stunde, hat etwas Esoterisches.

Es ist, als hätte meine Unfähigkeit, dem spanischen König Treue zu schwören, in mir das für Heimweh zuständige Organ stimuliert, als würfe das Fehlen von Gründen, warum wir es weiter aufschieben sollten, in den Vereinigten Staaten sesshaft zu werden, einen Haken nach Hause aus. Ich spüre sein Ziehen fast nie. Hin und wieder sonntags, immer am Vatertag, an diesen Tagen im März, wenn wir frierend durch den Schnee stapfen, während

Freunde in Mexiko Fotos schicken, die zeigen, wie sie in kurzen Ärmeln auf der Terrasse Bier trinken – Mistkerle.

Die räumliche Trennung von Miquel hat ebenfalls ihren Tribut an Befremdung gefordert, für den mein Körper die Quittung bekam: Im ersten Jahr in New York ergrauten meine Haare und mein Bart, verlor ich brutal an Gewicht und habe seitdem nicht wieder zugenommen; seine Abwesenheit hat zwei Furchen zwischen meine Augenbrauen gezeichnet und mich als Torwart zurückgelassen – allein im Fünfmeterraum, den ich nur selten verlasse. Früher war ich gesprächiger, manchmal sogar geschwätzig gewesen, die Leute haben gerne Zeit mit mir verbracht. Heute löse ich vor allem Schweigen aus.

Doch das Ziehen der Heimat ist da, und wir werden ihm folgen. Die Wohnung, gegen die wir unsere getauscht haben, ist in Ordnung, wir waren schon einmal über Neujahr dort. Sie hat ein Arbeitszimmer, in dem ich mir weiterhin Notizen für mein Buch über die Apachen machen kann. Und nach Guadalajara fahren, um ein paar Tage mit Miquel zu verbringen, ist von dort aus einfacher.

Als es fast dunkel war, begannen die Rinder zu ermüden. Camila hätte längst das Bewusstsein verloren, wenn ihre vom hölzernen Sattelbaum zerschundenen Leisten sie nicht an die Welt gefesselt hätten. Auch die Angst hielt sie auf eine ferne, törichte Weise wach, als wäre sie in der Blase ihrer Qual gefangen. Trotzdem konnte sie schon lange bevor sie ankamen, das undeutliche Geräusch von Leben an einer Wasserstelle hören – das Quaken eines Frosches riss sie aus der todesähnlichen Benommenheit, in der sie sich seit wer weiß wie vielen Stunden befand.

Eine verborgene Quelle hatte einen kleinen, baumlosen Tümpel gebildet. Das Wasser ist nicht immer da, dachte sie, sonst wären dort längst Pappeln gewachsen. Denken kann eine Form sein, sich daran zu erinnern, dass es auch eine andere Logik als die des Schmerzes gibt.

Sie erreichten die Wasserstelle in der deprimierenden Langsamkeit eines Spaziergangs. Camila wusste nicht, ob sie sich würde rühren können, wenn sie abstieg, also wartete sie, bis das Pferd ihres Entführers trank, um sich dann fallen zu lassen und zum Wasser zu kriechen. Sie plumpste wie ein nasser Sack auf den Boden. Ohne auf das Lachen der Apachen zu achten, ging sie mühsam in die Hocke, doch die verbliebene Kraft in den Knien reichte nicht zum Aufstehen – ihre Beine gehorchten nicht, taub, wie sie waren, von dem langen Ritt und den Abschürfungen vom Sattel. Sie drehte sich auf den Bauch und robbte auf das Wasser zu, indem sie sich mit den Vorderarmen vorwärtszog. Der steinige Boden schürfte ihr den Oberkörper, die Oberschenkel, die Knie, die Fußrücken auf, die Körperteile, die einigermaßen heil geblieben waren, abgesehen von den Blasen und Verbrennungen. Sie spürte schon die erfrischende Kühle an der Nasenspitze, als sie merkte, wie etwas Schweres ihren Rücken auf den Boden drückte und jede Bewegung unmöglich machte. Zuerst dachte sie, es wäre der Fuß eines ihrer Entführer. Sie schüttelte sich ein bisschen, hörte noch mehr Gelächter, während der Schmerz in der Lendengegend zunahm. Sie konnte nicht weiter. Sie schloss die Augen, ließ den Kopf sinken und hörte, wie die Pferde ihren Durst am Wasser stillten, das nicht weiter als eine Handbreit von ihrem Mund entfernt sein musste. Sie versuchte erneut, ein Stück voranzukriechen. Der Schmerz in ihrem Rücken vervielfachte sich – was immer darauf lastete, es schien unbedingt die Brandblasen zerquetschen zu wollen, die der Tag hinterlassen hatte. Sie fasste sich an die Stelle. Die Indianer hatten ihr einen Stein auf die Nieren gelegt, einen Felsbrocken von einer Größe, von der sie nie gedacht hätte, dass ihr Körper so etwas aushalten könne. Sie legte das Gesicht auf den Boden. Wenigstens war der Sand kühl.

Erst tranken die Pferde, dann die Rinder. Als sie fertig waren, legten die Männer in aller Ruhe Weidegras auf das Wasser, um es zu filtern und nebeneinanderliegend in kurzen Schlucken zu trinken. Anschließend erfrischten sie sich, indem sie sich Wasser ins Gesicht und über den Nacken schütteten. Das Gespräch, das sie dabei führten, kam Camila endlos vor. Irgendwann stand ihr Entführer auf und stieß mit der Fußsohle den Stein von ihrem Rücken. Die Abschürfung war ihm völlig egal. Sie zog sich mit letzter Kraft vorwärts und tauchte das Gesicht ins Wasser. Offenbar brachte die Apachen nichts so sehr zum Lachen wie fremder Schmerz – sie machten sich über sie lustig, bis ihnen langweilig wurde, aber anders, als es mexikanische Entführer getan hätten: ohne sie anzurühren, ohne auf sie zu zeigen, so, als wäre sie gar nicht da.

Die Indianer gingen zu den Pferden und Rindern zurück und ließen sie liegen. Sie wälzte sich mühsam zwischen den Steinen hindurch, um sich etwas ins Wasser zu legen, sich die schorfigen Wunden zu waschen und die Blasen zu kühlen. Die Wasserstelle war nicht mehr als eine große Pfütze, aber es reichte. Es war kein Genuss, aber zumindest tat es nicht weh. Den nächsten Morgen werde ich erleben, dachte sie.

Erst als sie aufstand, fiel ihr auf, dass sie nackt war. Bis dahin waren der Schorf und der Staub wie eine Art Kleidung gewesen. Jetzt war sie ein geschundener Körper mit einem kaputten und entzündeten Gesicht, aber wieder ein Körper. Wie der erste Mensch der Welt ging sie hinüber zur Seite der Schlucht, wo sich die Rinder drängten, hockte sich so hin, dass ihr Hintern von der Wand geschützt war, und bedeckte ihre Brüste und ihr Geschlecht, so gut es ging, mit den Händen. Doch die Indianer schenkten ihr ohnehin nicht die geringste Aufmerksamkeit.

Die Nacht war schon vor einiger Zeit hereingebrochen, als die Apachen zu Camilas Überraschung erneut die Pferde sattelten.

Keiner kam, um ihr zu helfen, oder zwang sie aufzusteigen. Sie schleppte sich zu dem Pferd, auf dem der Riese sie bereits erwartete, und saß allein auf, indem sie sich zuerst am Sattel und dann wie selbstverständlich an seinen Armen festhielt. Die Kniekehlen wieder an den Sattel pressen zu müssen erschien ihr wie eine Folter, die schlimmer war als alles zuvor.

Ich sprach mit der Anwältin, ein Routineanruf: die Liste der noch fehlenden Papiere durchgehen, meine Zweifel wegen der unzähligen Urkunden und Erklärungen erörtern, die noch an die Einwanderungsbehörde geschickt werden mussten. Bevor ich auflegte, sagte ich, dass es schnell gehen müsse, wir würden für ein paar Wochen nach Mexiko reisen, und bis dahin solle die Sache erledigt sein. Sie können nicht weg, antwortete die Anwältin nach einem langen Schweigen; Sie können die Vereinigten Staaten erst verlassen, wenn Ihre Greencard da ist, also wahrscheinlich erst Ende des Jahres. Aber ich habe die Wohnung schon untervermietet und Tickets besorgt, wandte ich ein, als könnte sie irgendetwas für uns tun oder als würde ich nicht mit meiner Anwältin, sondern mit der Regierung diskutieren. Außerdem war es zum Teil gelogen: Ich habe noch nie ein Flugticket mehr als zwei oder drei Tage vorher gebucht, ich bin anscheinend ohne das Organ geboren, das bei allen anderen die Vorausplanung übernimmt. Sie müssen die Reise verschieben, sagte sie und fügte hinzu, es tue ihr leid, sie habe gedacht, ich wisse, dass man mit einem ungeklärten Einwanderungsstatus nicht in die USA zurückkehren könne – unsere Visa waren ab dem Moment ungültig, in dem wir die ersten Unterlagen eingereicht hatten, um eine dauerhafte Aufenthaltserlaubnis zu beantragen.

Mit christlichem Eifer fügte ich mich. Ich bedankte mich sogar für die Zeit, die sie investiert hatte, um mir schlechte Nachrichten zu überbringen, als würde ich sie nicht bezahlen.

Valeria, die glaubt, die Wirklichkeit sei flexibler, als es scheint, und deshalb fast immer bekommt, was sie will, brauchte einige Zeit, um aufzugeben und einzusehen, dass das im Moment alles war, was wir tun konnten. Sie recherchierte im Internet, rief Freunde an, die sich mit dem amerikanischen Einwanderungsgesetz auskannten, telefonierte mit der Anwältin und schlug ihr wahnwitzige Sachen vor, als würde die Frau uns ihre Zeit nicht nach Minuten berechnen. Ich ließ sie widerstandslos machen. Es dauert, bis sie sich dem Reich des Realen beugt, und in der Zeit, die sie sich nimmt, um zu verarbeiten, dass es keinen Ausweg gibt, pflegt sie diesen für gewöhnlich zu finden, doch diese Situation war eine Sackgasse.

An diesem Abend – wir hatten gegessen, die Kinder schliefen, wir tranken die zweite Flasche Wein, während wir die Küche aufräumten – stellte sie die Frage, die ich seit Tagen erwartet hatte: Und was ist jetzt mit dem Wohnungstausch? Ich finde, wir sollten die Sache abblasen, meinte ich. Es folgte eine dieser Aussagen, die mich verrückt machen, im Guten wie im Schlechten. Lass uns lieber einen Wagen mieten, sagte sie, und du fährst mit uns in die Apachería.

Am nächsten Morgen beschlossen der Oberstleutnant und die beiden Yaqui, den Weg durch die Ebene fortzusetzen – das Gebirge war unüberwindbar und die enge Schlucht die sprichwörtliche Höhle des Löwen.

Sie tranken einen Becher des starken Kaffees, den Corredor gekocht hatte. Er war wieder als Erster aufgestanden, obwohl er bis weit nach Mitternacht mit Zuloaga die Gegend erkundet hatte. Einer der Zwillinge sagte: Sie haben die Frau zum Rio Gila verschleppt; wir können durchs Flachland weiter, und wenn wir auf irgendwas Hässliches stoßen, verduften wir ins Valle de la Luna, ohne die Chiricahua-Berge auch nur zu streifen. Sind die

Chiricahua so nah?, fragte Zuloaga. In letzter Zeit heißt es ständig Chiricahua hier, Chiricahua da. Sie sind nicht weit, sagte einer der Yaqui, gleich in Sonora. Das dauert zu lange, sagte der Oberstleutnant und kniff leicht die Augen zusammen, als würde er die Entfernung abschätzen, und außerdem müssen wir am Ausgang der Schlucht, wo immer das sein mag, die Spuren der Rinder wiederfinden. Der Weg ist bestimmt kürzer, meinte der andere Yaqui, aber da drinnen kann uns jeder auflauern. Also reiten wir das Tal hoch, und wenn wir angegriffen werden, fliehen wir in die Chiricahua, ist es das, was du empfiehlst?, fragte der Anführer. Ich kenne die Gegend weiter oben nicht, fügte er als Erklärung hinzu. In die Chiricahua können wir auch nicht, sagte einer der Yaqui, die gehören den Apachen. Ganz genau, stimmte ihm sein Bruder zu.

Zuloaga stieß Gringo und Márquez mit der Stiefelspitze an – sie waren die Einzigen, die noch schliefen. Beide schnarchten laut. Elvira saß bereits auf ihrem Pferd, ein klares Zeichen, dass sie nicht umkehren würde, egal was der Oberstleutnant davon hielt.

Sie zogen ohne Eile weiter in die Richtung, von der sie annahm, es sei Norden – bei Einbruch der Nacht hatte sie die Orientierung verloren. Irgendwann hielten sie an, damit die Pferde und Rinder sich erholen konnten. Die Schlucht, in der sie sich befanden, verwandelte sich vermutlich regelmäßig in eine Flussaue, wie eine Gruppe trockener Pappeln verriet, die auf die Sturzflut nach den Wolkenbrüchen im nächsten Sommer wartete. Ihr Entführer nahm sie wie ein Gepäckstück vom Pferd – sie hatte solche Schmerzen, dass sie sich keinen Zentimeter rühren konnte, ohne sich noch mehr wehzutun – und setzte sie daneben ab. Dann rief er einen der jungen Krieger, den jüngsten von allen, und erteilte ihm eine Reihe von Befehlen. Camila schätzte, dass er nicht älter als vierzehn sein konnte.

Der Junge sattelte das Pferd ab und entfernte die Decke, während er es streichelte und ihm leise zuredete. Inzwischen hatte Camila es geschafft, sich hinzusetzen. Sie überlegte, wie sie ihm begreiflich machen konnte, dass sie Hunger hatte. Der Junge nahm die Sattelgurte ab und ging damit zu Camila. Er sagte etwas, das nicht sehr freundlich klang, packte sie an den Haaren und schleifte sie zur nächsten Pappel. Dort zwang er sie, sich hinzuknien, und zog ihren Kopf an den Haaren hoch – sie dachte, sie müsste sich wehren, ihn beißen und um sich treten, doch ihr Körper hatte sich bereits dem Schmerz gebeugt und gehorchte ihr nicht mehr. Als ihr Kopf sich in der richtigen Position befand, wickelte der Junge ihr einen der Gurte um den Hals und zog zu, bis sie fast erstickte. Es gelang ihr, ein paar Finger zwischen den Riemen und ihren Hals zu stecken, doch er riss ihre Hand gewaltsam weg und verpasste ihr eine Ohrfeige, zog aber nicht fester zu. Er band das andere Ende des Gurtes an einen dicken Ast. Anschließend fesselte er mit dem anderen Gurt ihre Hände und Beine. Er knotete ihn so fest zu, dass ihr kniender Körper sich durch die Spannung der beiden straff gespannten Stricke bog. In dem Jungen steckte eine so schreckliche Unmenschlichkeit, dass er sie behandelte wie ein Stück Vieh, ein Objekt, das man für irgendetwas herrichten musste. So ließ er sie zurück, gekrümmt und auf den Knien balancierend, mit dem dicken Gurt, der ihr den Hals zudrückte. Camila begriff: Sollte sie versuchen, eine bequemere Position einzunehmen als auf ihren Knien, die bereits zu schmerzen begannen, würde sie das Gleichgewicht verlieren und sich selbst strangulieren.

Was sie nicht begriff, war, dass das, was sie in dieser endlosen Nacht durchmachte, auf eine Höflichkeit der Apachen zurückzuführen war. Der Anführer hatte dem Jungen befohlen, sie so zu fesseln, dass sie sich jederzeit das Leben nehmen konnte. Die Indianer unterhielten sich noch eine Weile und schliefen schließlich ein. Im Gegensatz zu ihr.

In den nächsten zwei Tagen ritt die nationale Truppe ohne Zwischenfälle weiter Richtung Norden, doch weder die Tage noch die Nächte waren je wieder so fröhlich wie jener erste Abend in den Bergen. Bei Sonnenuntergang des dritten Tages mussten sie das letzte Wasser aus dem großen Lederschlauch, den eines der Maultiere schleppte, in ihre Hüte füllen und den Pferden zu trinken geben. Nicht umsonst wurde die karge Gegend Valle de la Luna, Mondtal, genannt. Kaffee gibt es morgen auch nicht, sagte Zuloaga zu Corredor. Seine Lippen waren aufgerissen, die Augen eingesunken. Im Gegensatz zu ihm war dem Indianer nicht viel anzumerken.

Elvira ging es gut, auch wenn sie genauso wenig sprach wie die anderen. Der Oberstleutnant hatte die Theorie, dass ihre Verkleidung aus so vielen Schichten bestand, dass sie keine Feuchtigkeit verlor – als wäre er mit einer eingewickelten Birne unterwegs. Márquez und Gringo schwiegen schon seit Längerem, schienen es aber nicht zu bereuen, sich der Unternehmung angeschlossen zu haben. Wie Zuloaga hatten die Yaqui ebenfalls eine Veränderung durchgemacht, aber eine zum Guten: Nach ein paar Tagen außerhalb der Zelle hatten sie wieder ihre natürliche Hautfarbe, ein kräftiges Kupferrot, und auch ihre Bäuche waren verschwunden – wenn sie sich tagsüber das Hemd auszogen, bekreuzigte die falsche Nonne sich, vielleicht weil sie daran dachte, was sie im Kerker des Forts von Janos alles hätte anstellen können, wenn sie auf die Idee gekommen wäre, ihn mit zugehaltener Nase zu betreten.

Solange es hell war, ritten sie so weit wie möglich, weshalb ihre Lagerfeuer nur aus glühenden Kohlen bestanden. Über Nacht stellten sie einen Eintopf aus Kaktusfrüchten und Akazienbohnen auf die Glut, wo er langsam vor sich hin köchelte. Abends würgten sie kaltes Trockenfleisch hinunter – unter diesen Bedingungen getrocknetes Fleisch zu essen kam einem Martyrium gleich. Sie spülten es mit Kaktuswasser hinunter, das so sauer war, dass ihre Augen tränten, ihnen aber genug Flüssigkeit für die Nacht lieferte. Zwischendurch aßen sie getrocknete Aprikosen und andere Trockenfrüchte. Alles, ohne je auf den Gedanken zu kommen, dass das, was sie am Leben hielt, Apachenkost war.

Sie bezwangen die Einöde wie ein Geisterschiff, als sie in der Ferne eine Staubwolke sahen. Da sind Ihre verdammten Apachen, sagte einer der Yaqui mit breitem Grinsen. Und mit einem Seitenblick auf den Oberstleutnant: Mal sehen, ob du jetzt donnerst, Pistölchen. Corredor kniff die Augen zusammen. Das sind keine Apachen, sagte er, das sind Cowboys. Zuloaga drehte sich zu ihm um: Unmöglich, dass du das von hier erkennst, Mauricio. Es sind nur drei, erwiderte der Rarámuri, Gringos, aber sie machen Staub, weil sie Vieh dabeihaben. Der Anführer lachte. Woher weißt du das? Corredor begriff nicht, was sein Leutnant so witzig fand. Sie tragen Cowboyhüte, sagte er. Zuloaga starrte angestrengt geradeaus. Er sah nichts außer der Staubwolke. Du sagst, es sind drei?, fragte er. Und vierzehn Rinder.

Kaum trabte Zuloaga auf die Staubwolke zu, zogen Corredor und die Zwillinge ihr Gewehr aus dem Futteral und stürmten an ihm vorbei, während sie ein lautes Gebrüll anstimmten, das nur eine Schießerei auslösen konnte. Als er ihnen befahl, stehen zu bleiben, hörten sie ihn nicht. Sein Pferd war so ausgetrocknet, dass ihm die Kraft fehlte, die Maultiere der Indianer einzuholen, die mit den Strapazen der Wüste besser vertraut waren.

Das Ganze hätte böse enden können, bevor es überhaupt begonnen hatte, wenn die falsche Nonne nicht einen Schuss in die Luft abgefeuert hätte, der laut genug hallte, dass die drei Indianer haltmachten. Und jetzt?, fragte einer der Yaqui, als Zuloaga sie mit seinem unsympathischen Anführertrab einholte. Wir sind eine militärische Einheit, keine Banditen, sagte er. Also was?, beschwerte sich der andere Zwilling. Der Oberstleutnant ging nicht auf ihn ein und wartete auf den Rest der Truppe. Wir reiten in Zweierreihen weiter, alle hinter mir, sagte er. Elvis und Gringo am Ende, ihr zwei – er wandte sich an die Yaqui – direkt hinter mir, Gewehre parat, zur Einschüchterung und um sie, falls nötig, zu benutzen.

Falls die Cowboys unentschlossen waren, ob sie sich wegen dem, was sie wahrscheinlich längst als Trupp mexikanischer Soldaten erkannt hatten, sorgen sollten, bestätigte ihnen der Schuss der Nonne, dass die Staatsgewalt ein Wörtchen mit ihnen reden würde. Sie blieben stehen, wo sie waren, und ließen zu, dass die Herde sich zerstreute.

Zuloaga, der es vorzog, die Munition für die Begegnung mit den Apachen zu sparen, entspannte sich, als er sah, dass die Cowboys ihn auf dem Boden sitzend erwarteten. Einer der drei sattelte sogar ab und streckte sich komplett auf der Erde aus, den Hut ins Gesicht gezogen, als wollte er Siesta halten.

Als sie am nächsten Tag nach einem weiteren brutalen Ritt in sengender Hitze ein Bachbett erreichten, hatte Camila ihre Lektion bereits gelernt und ersparte sich die Bestrafung mit dem Stein. Sie wartete, bis Pferde, Rinder und Männer getrunken hatten, um schließlich auf allen vieren zum Wasser zu kriechen und ihren Durst zu stillen. Ihr kam der Gedanke, dass ihr Leben von nun an immer so aussehen und sie nie mehr etwas anderes kennen würde.

Auch an diesem Tag gab es nichts zu essen, doch vor lauter Durst spürte sie die Klauen des Hungers kaum oder empfand ihn als Teil einer alles umfassenden Schinderei, von der er noch das geringste Übel war. In der zweiten Nacht wurde sie nicht mehr am Hals gefesselt, aber immer noch an Händen und Füßen. Sie ließen sie auf dem steinigen Boden liegen.

Als sie am nächsten Morgen aufwachte, hatte jemand eine Decke über sie gebreitet. Der Junge band sie los, half ihr aufzustehen und erlaubte ihr, sich in die Decke zu hüllen. Er machte eine Räuberleiter, damit sie sich wieder in die Folter des hölzernen Sitzes begeben konnte, doch sie ignorierte ihn und kletterte alleine hoch. Als ihr dabei die Decke von den Schultern rutschte, nahm der Junge sie und befestigte sie am Sattel seines eigenen Tieres. Der Riese drehte sich nicht ein einziges Mal nach ihr um. Als er spürte, wie sie sich mit ihren blasenbedeckten Fingern am Sattel festhielt, ritt er los.

Während meiner Promotion hatte ich einen Professor, der einen kämpferischen Geist und die Ausdrucksweise eines Engels besaß. Er war schon etwas älter und hieß Saúl. Eines Tages, wir unterhielten uns in seinem Büro, verlor er wieder einmal die Geduld mit meiner Lesetechnik, die unstrukturiert war und vielleicht zu sehr auf die erkenntnistheoretische Kraft der Hyperbel vertraute. Er schimpfte mich aus. Er sagte: Du musst von vorn bis hinten lesen, verstehst du, in der richtigen Reihenfolge. Anschließend schlug er das Buch auf, das er in den Händen hielt – es war die *Universalgeschichte der Niedertracht* –, und legte den Finger auf die letzte Seite. Er sagte: Von vorn. Dann blätterte er die Seiten in umgekehrter Richtung wie ein Daumenkino durch und deutete auf den letzten Absatz der ersten Seite, um mit den Worten zu schließen: Bis hinten. Ich war noch jung, arrogant, eine Nervensäge. Ich sagte, bestimmt mit einem unangenehmen Lächeln, dass das Buch, das er mir zeige, von Borges sei und nicht die Thora, und Spanisch von links nach rechts gelesen werde. Saúl erwiderte: Genau deshalb, oder verstehst du bei all den Hyperbeln schon keine Metaphern mehr? An dem Tag begriff ich etwas, das sich bis heute als nützlich erwiesen hat: Der Preis dafür, nicht einsehen zu wollen, dass die Intelligenz eines anderen die eigene überstrahlt, ist Erniedrigung.

Nach mehreren Wochen Vorbereitung auf die Reise in die Apachería – so intensiv und aufreibend, dass ich kaum etwas lesen und kein Wort schreiben konnte – und einer Woche, in der wir die USA einmal diagonal durchquert hatten, kamen wir in die Nähe eines heiligen Ortes, des Apachenfriedhofs von Fort Sill, Oklahoma. Ich hatte das dringende Bedürfnis, der trägen Fahrt ein Ende zu setzen und das familiäre Urlaubsgefühl zu sprengen. An diesem Ort endet die Geschichte der Chiricahua, und das Ende ist – wie ich von Saúl gelernt habe – der Schoß, dem alles entspringt, der nicht vorhersehbare Ausgangspunkt, denn unser Dasein in der Welt verläuft nur bis zu einem gewissen Grad in eine Richtung. Es stimmt, dass wir uns nicht an die Zukunft erinnern können, obwohl sie der verschlossenen Krypta, die die Zeit darstellt, bereits eingeschrieben ist, doch das Gedächtnis kompensiert dieses Manko unseres Gehirns, indem es in umgekehrter Richtung funktioniert, von vorn nach hinten, wie die Mythen. Wir wissen nicht, wovon eine Erzählung handelt, solange wir nicht ihr Ende kennen, selbst wenn wir selbst diese Erzählung schreiben; wir haben keine Ahnung, warum wir irgendwohin aufgebrochen sind, bis wir wieder zu Hause ankommen. Das Leben ist eine Abfolge von Handlungen ohne Sinn und Verstand, bis zum Schluss.

Es ist eine lange Reise, die mit Oñates Expedition durch das Gebiet des heutigen Kalifornien und den Südwesten der Vereinigten Staaten begann und nach und nach mit der Beisetzung der letzten Generation von Chiricahua auf dem Apachenfriedhof des Internierungslagers von Fort Sill endete. Dort starben die letzten Krieger des kriegerischsten aller ursprünglichen Völker Amerikas an Altersschwäche, ohne dass die amerikanische Regierung jemals ihren Status als Kriegsgefangene aufgehoben und ihnen die Rückkehr nach Arizona und New Mexico gestattet hätte.

Das Selbstverständnis der Apachen, das schwer zu fassen ist, obwohl es in den Oral-History-Sammlungen von damals und heute transkribiert wurde, ist viel ausgeprägter als dieser Zyklus.

Es hat seinen eigenen Weg zurückgelegt, den launenhaften Aufzeichnungen der Geschichtsschreibung vorangehend und nachfolgend. Es hat seinen Ursprung in der mongolischen Steppe, erreichte einen eisigen Höhepunkt in Kanada, wo sich eine Sprache aus den schneebedeckten Ebenen Asiens als die amerikanische Sprache der Athapasken behauptete, und besteht bis heute: Es gibt Nachfahren von Gerónimo und Nana, von Cochís und Juh, doch sie gehören schon einer anderen Erzählung an – sie sind Teil eines Mythos, der weiter von den Urgroßeltern zehrt, aber bereits in die alle Unterschiede vernichtende Maschinerie des Nationalstaats einsortiert wurde, dieser zerstörerischsten aller Techniken der Bereicherung und Diskriminierung, die sich die Menschheit jemals ausgedacht hat.

Der Zyklus der Apachen als gefürchtete Adressaten der mexikanischen und US-amerikanischen Regierung, als die unergründlichen anderen, die edlen und respektablen Teufelskerle, ist eine Geschichte mit einem Anfang und einem Ende. Sie beginnt, als Bruder Alonso de Benavides im Jahr 1630 vermerkte, ihre Sprache würde »mit Wörtern verletzen«, und endet mit Gerónimos stiller Bestattung auf dem Apachenfriedhof von Fort Sill am 17. Februar 1909. Zu der Zeit hatte die Ford Motor Company bereits ihr T-Modell mit Hydrauliklenkung auf den Markt gebracht, und Francisco I. Madero predigte überall, dass man Porfirio Díaz aus der Regierung der mexikanischen Republik entfernen, das Land modernisieren und Telefon und Impfungen für alle zugänglich machen müsse. Gerónimo war das letzte Relikt von etwas, das schon seit Langem diese Welt verlassen hatte. Er liegt nur wenige Meilen von dem Bungalow begraben, den wir in Medicine Park, Oklahoma, gemietet haben und wo wir heute auf der Fahrt nach Arizona übernachten werden. Dort treffen wir auch Miquel, den die Kinder vergöttern, obwohl sie nie mit ihm zusammengelebt haben.

Bis zum Friedhof sind wir nicht gekommen – unser Bungalow liegt etwa zwanzig Minuten von Fort Sill entfernt, am Ufer des Medicine Creek. Die Kinder wollten natürlich schwimmen gehen und kamen halb verhungert aus dem Wasser. Auf Empfehlung einer Familie aus der Gegend, die ebenfalls dort baden war, aßen wir in einer wunderbaren Kaschemme namens Joe's BBQ an der Landstraße zu Abend – fettiges Zeug und Coca-Cola. Dort hatten wir die besten Spareribs der ganzen Reise, deren Nebenhandlung die Suche nach den besten Spareribs der Vereinigten Staaten bildete.

Die Kinder hatten sich den Badespaß und diese herrliche Schweinerei verdient. Es war ein langer Tag gewesen. Wir waren frühmorgens, immer noch aufgewühlt, in Memphis aufgebrochen. Wir hatten eine Nacht in Nashville, der aufstrebenden weißen Hauptstadt der Country- und Westernmusik, und eine weitere in Memphis verbracht, der vorwiegend schwarzen Wiege des Rhythm and Blues. Memphis ist kaputt, zerfetzt, als wäre die Stadt von ihrem eigenen Land bombardiert worden, einem Land, das sich weiterhin nach einer monolithischen Rassenidentität ausrichtet und die staatlichen Gemeindeinvestitionen für eine langsame und grausame Ausrottungskampagne nutzt. Nashville und Memphis liegen im selben Land und im selben Bundesstaat, getrennt von etwas mehr als dreihundert Kilometer Autobahn, einer lächerlichen Distanz für eine Nation, deren Ausdehnung etwas von einem Kontinent hat. Dem Entwicklungsstand nach zu urteilen, müsste sich Nashville in Kalifornien oder New York und Memphis in Chiapas befinden – es ist eine soziale Katastrophe.

Heute Früh den Mississippi zu überqueren war in doppelter Hinsicht bewegend. Zum einen passierten wir das Tor zum Westen und betraten den letzten Ort, an dem die amerikanischen Ureinwohner vor ihrer Vernichtung als einer Kultur, die in der

Lage war, sich atemberaubend schnell fortzupflanzen, in Freiheit gelebt hatten. Zum anderen machten wir die Entdeckung, dass das Land, das uns aufgenommen hat und das wir mögen, weil wir in einer seiner weniger rauen Ecken leben, auch ein ärmliches Dritte-Welt-Land ist.

Doch kein schlechtes Vorzeichen kommt gegen das Talent unserer Kinder an, aus allem ein Fest zu machen. Sie sitzen angeschnallt auf dem Rücksitz, manchmal zankend, manchmal in unergründliches Schweigen versunken, und beobachten wer weiß was durchs Fenster oder halten eine fürstliche Siesta, aber fast immer sorgen sie für ein lebhaftes Chaos, das alles erträglicher macht. Die Eisenbrücke, die über den Mississippi führt und Tennessee von Arkansas trennt, war für sie wie ein kosmisches Tor, der Eingang zum Land von Gerónimo und Sitting Bull, von General Custer, von Victorio und Crazy Horse.

Dylan, der schon zehn ist und einen mehr oder weniger ausgereiften Musikgeschmack hat, befahl uns, »Graceland« von Paul Simon zu spielen, während wir das Mississippibecken im Licht der ersten Sonnenstrahlen glitzern sahen. Zu diesem Song einen mythischen Strom zu überqueren, einen Fluss, der mir nur wenige Stunden später schon wie ein Traum vorkam, hatte etwas von Saúls Lektion. »Graceland« ist eine Meditation über die Scheidung: die Lücke, die etwas hinterlässt, was vielleicht hätte vermieden werden können, aber nicht mehr zu ändern ist, und die nun für immer besteht; das Scheidungskind des lyrischen Ichs als Zeuge von etwas Totem, die Eisenbrücke nach Westen wie das Tor zu einer Welt, die, auch wenn sie weiterexistiert, in sich trägt, was nicht mehr da ist. Das Leben als Krieg und Friedhof. Der Westen ist das Unbewusste der USA, und ich habe das Gefühl, dass der Apachenfriedhof von Fort Sill sein eigentlicher Knotenpunkt ist.

Sieh einer an, Robert McKnight aus Virginia, sagte Zuloaga, als sie die Cowboys erreichten. Er stieg nicht vom Pferd. Mein Leutnant, sagte der Amerikaner mit seinem Würgeengelgrinsen und strich sich mit der linken Hand über den roten Dreitagebart, während die rechte dicht neben seinem Pistolenholster lag. Ein paar Schritte hinter ihm stand ein weiterer Cowboy. Seine Hände ruhten auf seinen Hüften, an denen zwei lange, schmale Pistolen hingen, deren Fabrikat der Mexikaner nicht erkennen konnte. Beide trugen diese Hüte mit den lächerlich breiten, gebogenen Krempen, die mit den Gringos nach Texas gekommen und seitdem in Mode waren. Und wen haben wir da?, fragte Zuloaga. Einen französischen Trapper, den ich in Colorado aufgegabelt habe. Gefährlich? Wenn man ihn provoziert. Der Oberstleutnant zeigte keine Regung. Der Chinaco stand dir besser, sagte er zu McKnight, mit dem Texaner siehst du aus wie ein Champignon. Der Mann aus Virginia machte eine gleichgültige Geste – Zuloaga vertrat die Obrigkeit, das musste er hinnehmen.

Abgesehen von dem neuen Hut mit den gewaltigen Krempen, war McKnight gekleidet wie immer: dreiteiliger schwarzer Anzug, der trotz der staubigen Gegend rätselhaft sauber war, gepunktetes Hemd, purpurfarbenes Halstuch. Er trug keine Handschuhe, damit jeder sah, dass seine rechte Hand nur drei Finger hatte – genug, um mit einem einzigen Schuss eine Fliege in der Luft zu treffen. Der Franzose hinter ihm trug eine dicke Wollhose unter seinen Chaps, ein braunes Hemd und einen Lammfellmantel. Dem Oberstleutnant gefielen seine gelben Handschuhe. Das mit dem Texaner hat mit der Arbeit zu tun, sagte McKnight und zog sich die Hutkrempe noch ein Stück tiefer in die Stirn, die Geschäfte werden jetzt am Rio Bravo gemacht, da muss man sich eben als Wilder verkleiden. Und das gefällt dir? Mir war's lieber, am Mississippi mit den Gentlemen aus Arkansas zu verhandeln, aber ihr lasst ja zu, dass immer mehr Hinterwäldler nach Texas kommen, also gib nicht mir die Schuld. Schon gut, antwortete Zuloaga schon entspannter und ließ die Zügel los.

Die Zwillinge deuteten dies als Erlaubnis abzusteigen und sprangen mit ausgebreiteten Armen von ihren Sätteln, als wollten sie die ganze Welt umarmen. Don Róber, Don Róber, schrien sie gleichzeitig. Zuloaga drehte sich um und betrachtete sie. Und was soll das?, fragte er den Rest der Truppe, während die beiden Indianer sich auf den Mann aus Virginia stürzten. Die Nonne ritt an seine Seite und erklärte ihm leise: Sie waren zusammen im Gefängnis, in Janos. Der Oberstleutnant runzelte die Stirn und zog sich den Hut ins Gesicht. Ohne den bedrohlich wirkenden Trapper aus den Augen zu lassen, stieg er langsam ab – der Franzose berührte zwar nicht seine Holster, nahm die Hände aber auch nicht von den Hüften. Mit einem leichten Lächeln wartete Zuloaga geduldig das Ende der Liebesbekundungen zwischen den Zwillingen und dem Mann aus Virginia ab; sie schlugen sich immer wieder gegenseitig auf die Schultern, als wollten sie sich den Staub abklopfen. Als sie endlich voneinander abließen, streckte er die Hand aus, ohne sich vorher die Handschuhe auszuziehen oder den Hut abzunehmen. Ich hoffe, du hast mich nicht in allzu schlechter Erinnerung, sagte er zu dem Amerikaner. Der streckte ebenfalls die Hand aus und drückte die des Oberstleutnants, und seine drei legendären Finger fühlten sich an wie eine Adlerklaue. Ach was, sagte er mit einem Akzent, der immer noch ausgeprägt war, obwohl der Mann seit mehr als einem Jahrzehnt zwischen Chihuahua und Nuevo México unterwegs war. San Buenaventura ist der einzige Ort, wo ich einen fairen Prozess bekommen habe, sagte er. Zuloaga kniff die Augen zusammen: Der Prozess war zwar fair gewesen, doch McKnight hatte ihn verloren und musste eine Strafe zahlen, weil er den Apachen in Friedenszeiten Whiskey verkauft hatte – im Krieg hätte man ihn auf der Stelle erschossen.

Auch Elvira stieg ab. McKnight zog den Hut. Schwester, sagte er und küsste ihr die Hand. Kümmern Sie sich immer noch um die Gefangenen? Wenn ich nicht gerade unterwegs bin, antwortete die Frau. Der Mann aus Virginia sah Zuloaga an. Gute Wahl, deine Truppe, sagte er. Mach dich nicht über die Señora lustig, entgegnete der Oberstleutnant. Der Cowboy strich sich über den Schnurrbart, sah die Frau an und sagte: Er hat Sie noch nie schießen sehen, wollen wir ihm eine kleine Kostprobe geben? Die Schwester lächelte verschmitzt: Na, dann los. Der Cowboy nahm eine Münze aus der Tasche und warf sie hoch. Mit einer blitzschnellen Bewegung zog die Frau den Revolver, spannte den Hahn und schoss. Der Gringo gab seinem Pistolero, der reglos hinter ihm stand, durch eine Bewegung mit dem Kinn ein Zeichen. Sofort machte der Trapper sich auf die Suche nach der Münze.

Zuloaga lachte. Sie ist wirklich eine gute Partie, sagte er, aber wir konnten keinen Apachen aufstöbern, der die Gegend kennt, und wir finden kein Wasser. Eure Pferde sehen schon ziemlich schwach aus, antwortete der Mann aus Virginia. Zuloaga nickte. Deshalb wollten wir zu euch, wenn ihr mit Vieh unterwegs seid, müsst ihr ja wissen, wo es Wasser gibt. McKnight kratzte sich am Ohr. Und was hätte ich davon, wenn ich dir verrate, wo ihr eure Tiere weiden lassen könnt? Sein Leibwächter suchte immer noch eifrig zwischen den verdorrten Grashalmen nach der Münze, ohne die Hände von den Hüften zu nehmen. Eine Vertiefung der amerikanisch-mexikanischen Freundschaft?, fragte Zuloaga spöttisch. Die hat keine große Zukunft, sagte der Cowboy. Sicher?, fragte Zuloaga. Präsident Jackson ist verrückt, wenn Texas aus der Republik austritt, wird es sich garantiert Washington einverleiben, und dann Nuevo México und Kalifornien. Zuloaga runzelte die Stirn. Dann werden wir sie hier erwarten, oder? Sie werden euch erwarten, antwortete der Mann aus Virginia, wenn sie mich schnappen, knüpfen sie mich auf. Du weißt, was du ihnen schuldest, sagte der Oberstleutnant, bevor er wieder auf sein eigentliches Anliegen zurückkam. Was hältst du davon, wenn du mir sagst, wo es Wasser gibt, und dafür kontrolliere ich nicht eure Papiere? Hinter seinem Chef stupste der Leibwächter mit der Stiefelspitze etwas auf dem Boden an. Er hob es auf und schüttelte es. Das bringt dir auch nichts, sagte McKnight, ich bin inzwischen Mexikaner. Der Franzose warf Zuloaga die Münze zu, und während er sie fing, fragte er: Wie das? Ich habe in Santa Rita eine Coyotera geheiratet, erwiderte der andere. Zuloaga betrachtete den Peso. Verdammt, sagte er. Der Münze fehlte ein Viertel von der exakten Größe einer Kugel. Während er sie weiter im Gegenlicht betrachtete, antwortete er: Umso besser, als Mexikaner kann ich dich zwangsrekrutieren. McKnight kratzte sich am Hals. Ich würde dich ja gern begleiten, sagte er, aber ich habe ein paar Geschäfte zu erledigen. Wenn du mich mitnimmst, wird es eine Schießerei geben.

Zuloaga nahm sich Zeit für seine Antwort. Er bückte sich, riss einen von der Kälte verdorrten Grashalm aus und steckte ihn sich zwischen die Lippen. Anschließend wandte er sich zu seinen Männern um und befahl Corredor und Márquez, sich das Vieh anzusehen. McKnight trat an ihn heran und fasste ihn am Unterarm. Der Oberstleutnant legte die Hand an den Revolver. Hinter ihm spannten die Nonne und Gringo die Waffen. Der französische Leibwächter zog seine Pistolen. Instinktiv blickte Zuloaga sich um – der Cowboy, der eine Siesta hielt, hatte sich nicht von der Stelle gerührt, was hieß, dass er die Situation immer noch unter Kontrolle hatte. Er entspannte sich und ließ seine Waffe los. Der Mann aus Virginia gab dem Franzosen ein Zeichen, und dieser steckte die Pistolen ins Halfter zurück. Zuloaga befahl seinen Leuten, dasselbe zu tun. Wie wär's, wenn du mich gehen lässt, sagte McKnight, ich will die Rinder in Santa Fe verkaufen, ich hab's eilig. Der Mexikaner schüttelte den Kopf. Ich finde, wir sollten uns erst mal die Brandzeichen an diesen hübschen Tieren anschauen, sagte er. Wenn du mich gehen lässt, antwortete McKnight, borge ich dir meinen Apachen. Zuloaga hob die Augenbrauen. Der da auf dem Boden ist mein Schwager Pisago, fuhr McKnight fort. Ist er zivilisiert? Er spricht Spanisch. Coyotero?, fragte Zuloaga. Wenn Pisago Gileño sucht, findet er sie, sie hassen sich aufs Blut. Woher weißt du, dass ich Gileño suche? Vergiss nicht, dass sie aus der Nähe von Santa Rita sind, jeder weiß, dass in Chihuahua eine Frau entführt wurde. Zuloaga sah ihn schweigend an, als wartete er auf eine Erklärung. Das wird hart, sagte McKnight. Noch härter?, fragte der Oberstleutnant und fügte hinzu: Seit drei Tagen haben wir keine Menschenseele gesehen, alle Ranches sind verwaist. Noch härter, sagte der Mann aus Virginia, in Santa Rita heißt es, die Gileño würden eine Truppe mit zwei- oder dreihundert Kriegern aufstellen, und dass sie sich in den Chiricahua-Bergen sammeln; die Coyotero haben noch mehr Angst als die Mexikaner. Auf zu den Chiricahua, murmelte der Oberstleutnant und wandte sich an seine Männer, die zwischen den Rindern umherliefen, ohne den seligen Frieden des schlafenden Apachen zu stören. Lasst gut sein, Jungs, rief er Corredor und Márquez zu. McKnight ging zu seinem Pferd, das ein paar Meter entfernt am trockenen Gras knabberte. Er nahm eine mit Navaja-Motiven verzierte Feldflasche aus Büffelleder aus der Satteltasche und warf sie Zuloaga zu. Trink einen Schluck, sagte er, wir wissen, wo es Wasser gibt. Der Oberstleutnant fing sie und reichte sie an die Nonne weiter, während er dem Cowboy dankte. Die Nonne ließ sich nicht lange bitten, öffnete die Flasche und nahm einen langen Zug, der ihr wahrscheinlich Seitenstechen bereiten würde. Es sei denn, ihr wollt lieber etwas Mezcal, fügte McKnight mit teuflischem Grinsen hinzu. Da sage ich nicht Nein, antwortete der Oberstleutnant.

Jeder Tag war so hart wie der vorherige, doch jetzt ordneten die groben, doch zugleich konkreten Aufmerksamkeiten des Jungen sie wieder der Kategorie des Menschlichen zu. Sie hatte Zeit zum Nachdenken gehabt, und sie kannte die Jicarilla aus Janos gut – dass sie die Nacht am Strick überlebt hatte, vermutete sie, hatte ihr eine andere Stellung in der Gruppe beschert. Am vierten Tag – zumindest nach ihren vagen Berechnungen – erwies sich der Hunger längst als härteste Strafe.

Schließlich ließen sie den Cañon hinter sich, indem sie einem ausgetrockneten Arm des Bachbetts folgten und im gleichgültigen Rhythmus der Rinder nach Norden ritten. Viel länger, dachte Camila, würden die Pferde und das Vieh mit der spärlichen Kost nicht mehr durchhalten – sie hatten etwas Gras an der Wasserstelle gefressen –, was für die Tiere eine genauso große Qual sein musste wie der Nahrungsmangel für sie. Auch die Indianer aßen nichts, doch es schien ihnen nichts auszumachen.

Als sie früh am Morgen die Schlucht verließen, spürte sie, dass sie sich anscheinend endlich einem festen Ziel näherten. Umso größer war ihre Enttäuschung, als sie sah, dass auf den Cañon erst die wahre Wüste folgte: ein Tal, das aussah wie der Grund eines Sees, mit einem so harten und trockenen Boden, dass die Hufe der Tiere nicht einmal Staub aufwirbelten.

Die Akazien und das Gestrüpp und die Stängel, die die Rinder unterwegs gefressen hatten, verschwanden, die Yuccapalmen und der Wacholder verschwanden, genau wie die Trampelpfade und das Gefühl, sich in eine bestimmte Richtung vorwärtszubewegen.

Am späten Nachmittag brach eines der Kälber wie am Spieß brüllend zusammen. Als wäre ein Kriegshorn ertönt, sprangen sämtliche Apachen vom Pferd. Camila blieb sitzen, bis der Riese sich mit stählernem Blick umdrehte und ihr mit Schreien und Gesten befahl, abzusteigen und mitzukommen. Es war das erste

Mal, dass er sich an sie wandte, seit er ihr, noch in Chihuahua, in die Rippen getreten hatte. Sie gehorchte sofort, denn die Angst vor weiteren Schmerzen hatte jeden Widerstand in ihr gebrochen.

Sie hatte sich schon so an die Erniedrigung gewöhnt, dass es sie kaum noch störte, zwischen so vielen bekleideten Männern nackt zu sein. Zudem beachteten die Indianer sie gar nicht, als wäre sie für sie nur ein weiteres Rind. Sie betastete die Schwielen an ihrem Körper und bedeckte notdürftig ihre Brüste und ihr Geschlecht mit den Händen, als der Riese sie am Arm packte und mit ihr zu dem Kalb hinüberging. Zwei Krieger hoben den Kopf des Tieres hoch, und der ältere der beiden zog sein Messer aus der Scheide. Der Riese stieß Camila auf die Knie, und der Indianer mit dem Messer schnitt dem Kalb die Kehle auf. Das Blut spritzte Camila ins Gesicht. Der Anführer brüllte ihr etwas zu, und seine Männer stimmten ein. Alles ging furchtbar schnell. Einer der Indianer, der älteste, hielt ihren Mund auf, damit der Saft des Tieres hineinlaufen konnte, und ein anderer riss sie am Hals hoch, damit sie ihn hinunterwürgte. Er stieß sie zurück, und sie hielten ihr den Mund zu, damit sie ihr eigenes Erbrochenes schluckte. Damit sie gehorchte, schlugen sie ihr auf den Kopf. Dann hielten sie ihr erneut den Mund auf, zwangen sie zu trinken, hielten ihr den Mund zu, damit sie das Blut nicht erbrach. Sie ließen sie los, und sie kroch ein Stück zur Seite. Die Krieger hockten sich hin, um die warme Flüssigkeit zu trinken, die scheinbar endlos weitersprudelte.

Als kein Blut mehr austrat, schlitzte der Alte, der dem Tier die Kehle aufgeschnitten hatte, es der Länge nach auf und riss die Eingeweide heraus. Er schnitt die Därme in Stücke und verteilte sie an die Krieger, die sie mit einer Wonne ausschlürften, die bei Camila für erneuten Brechreiz sorgte. Sie zwangen sie, ihre Portion Kot aus dem Darm zu saugen, bevor sie ihr die Ehre erwiesen, als Erste von dem unverdauten Brei im Magen des Tieres zu essen. Sie erbrach alles, und sie zwangen sie wieder, ihr eigenes Erbrochenes zu essen, zweimal nacheinander. Als ihr Magen endlich alles bei sich behielt, kauten die Indianer bereits die rohen Eingeweide. Sie überließen ihr einen Teil der Leber und eine Niere, die sie weniger widerwärtig fand als alles andere zuvor. Als ihr Magen das Essen zu verweigern begann, zwangen sie sie erneut, es bei sich zu behalten und so lange zu schlucken, bis ihr Körper nachgab. Dann ließen sie endlich von ihr ab. Vom Boden aus sah sie, wie die Indianer in Windeseile das Tier zerlegten, ohne jedoch das fettige Fleisch zu essen.

Als sie etwas später im Schatten des Pferdes kauerte, musste sie sich trotz des Ekels eingestehen, dass sie zum ersten Mal seit Tagen weder Hunger noch Durst verspürte. Sie befühlte ihren Körper. An der Rückseite ihrer Oberschenkel hatte sich bereits Hornhaut gebildet, und ihre Nase hatte sich, falls sie gebrochen war, von alleine wieder gerichtet. Auch die Sonne verursachte keine Blasen mehr auf ihrer Haut. Vom Erbrochenen hatte sie einen pelzigen Geschmack im Mund, aber das war nichts im Vergleich zu dem, was sie in den letzten Tagen hatte erleiden müssen.

Die Apachen weideten das Kalb aus, bis seine Knochen glänzten. Anschließend zogen sie ihm von innen die Haut ab und schnitten diese in zwei Stücke. In das größere Stück wickelten sie das Fleisch. Aus dem zweiten stellten sie eine Art Beutel her, in den sie der Reihe nach hineinpinkelten. Sie hielten den Pferden den Urin hin, während sie ihnen etwas ins Ohr flüsterten und sie am Hals streichelten, als wollten sie sich bei ihnen entschuldigen. Anfangs noch etwas zögerlich, begannen die Tiere zu trinken.

Dann machten sie sich wieder auf den Weg, aber nicht wie sonst. Der Riese half Camila beim Aufsteigen und legte das Tierfell, das sie als Urinbehälter benutzt hatten, auf den Sattelbaum, um ihr die Reise erträglicher zu machen.

Der Soldat, der am Eingang des Militärstützpunkts von Fort Sill meine Papiere kontrollierte, war dunkelhäutig und hatte einen ungewöhnlichen Akzent, wobei jeder Akzent, der nicht von der amerikanischen Ostküste stammte, in meinen Ohren ungewöhnlich klang. Als er in sein Wachhäuschen zurückgegangen war, um die Daten in meinem Führerschein abzugleichen, drehte ich mich zu den Kindern um und sagte, um ihr Interesse zu wecken, dass sein Akzent vielleicht indianisch und er ein Nachfahre der Apachen sei, der in Oklahoma geblieben sei, um die Ruhestätte seiner Ahnen zu bewachen. Als er wiederkam, um mir die Papiere zurückzugeben und uns den Weg zu den Gräbern zu erklären, der nicht ganz einfach war, starrten die beiden ihn neugierig an. Als er sich umdrehte, um die Schranke zu öffnen und uns passieren zu lassen, meinte meine Tochter – ich glaube, weil das Heraushören von Akzenten ein überlebenswichtiges Werkzeug an ihrer genetisch und linguistisch vielfältigen Schule in Harlem darstellt: »*Nah, he is Mexican-American,* der redet wie du, Daddy.«

Ihr großer Bruder – abwesend bei der Reise wie bei fast allem, was mit unserem Leben zu tun hat – ist ihr sehr ähnlich, und deshalb verstehen sie sich auch so gut. Er wuchs in College Park auf, während ich promovierte, und obwohl er später in Mexiko die weiterführende Schule und die Vorbereitungskurse für die Uni besuchte, hat er eine viel engere Beziehung zum Englischen als zum Spanischen. Die Kinder wissen, dass wir uns am Ende der Reise mit ihm treffen. Sie vergöttern ihn. Er ist eine Legende für sie – genau wie für mich, aber das sage ich nie. Ich glaube, für die Kleinen ist diese Reise vor allem ein langer, vielleicht etwas langweiliger Auftakt zum großen Moment des Wiedersehens mit Miquel in einigen Tagen in Arizona, doch entwickeln sie auch, je länger die Reise dauert, immer mehr Interesse an der Geschichte der Apachen und dem Schicksal der letzten Chiricahua – ihre Vorstellungskraft könnte einen Salzstreuer in Brand stecken.

Ganz begeistert betreten wir den Militärstützpunkt. Fort Sill ist ein riesiger Ausbildungs- und Kasernenkomplex, und die restaurierten Ruinen des ursprünglichen Forts sind eine Touristenattraktion, die jedoch kaum jemand besucht, da sie am Arsch der Welt liegt. Im Fort befinden sich auch ein Waffenmuseum und das einzige Krankenhaus von respektabler Größe im Süden Oklahomas – die meisten Patienten sind entweder aktive Soldaten oder Veteranen. Um zum Friedhof zu gelangen, muss man an all diesen Gebäuden, an unzähligen Büros und Kasernen, an Sport- und Trainingsplätzen vorbei und immer weiter.

Die Straßennamen auf dem Stützpunkt erinnern an die letzten Apachenhäuptlinge. Die Hauptstraße ist, wie könnte es anders sein, nach Gerónimo benannt. Das ist nicht ohne: Als Kriegsgefangene erniedrigt, starben die Chiricahua in einem Internierungslager auf dem Militärstützpunkt, doch ihre Verhöhnung ist jenen eine Ehrerbietung, die jetzt dort leben, wo sie lebten; als hätte die US-amerikanische Armee sie verschlungen, um sich ihre Kräfte einzuverleiben.

Alle Nationalstaaten machen das: Damit ihre Soldaten so tapfer kämpfen wie frühere Krieger, berufen sie sich auf die Vergangenheit. In Mexiko gibt es Bataillone, die nach Cuauhtémoc und Cuitláhuc benannt sind, doch diese Krieger hätten sich auch als Mexikaner definiert – sie hätten dasselbe Wort benutzt, auch wenn sie es anders ausgesprochen hätten. Hautfarbe und Gesichtszüge der Soldaten dieser Regimenter sind dieselben wie die der mythischen aztekischen Generäle. Das Staatsgebiet, in dem sie zu Hause sind, entspricht mehr oder weniger jenem, das ihre Vorfahren beherrschten, die alten Namen der Dörfer und Städte, in denen sie leben, sind oft dieselben geblieben, und auch ihr Speiseplan ist ähnlich: Montezumas Soldaten aßen Tortillas und Kürbisblütensuppe, Tomatensalsa mit grünem Chili. Sie gingen zum Kämpfen nach Cuecnáhuac, und die von heute wohnen in der Kaserne von Cuernavaca. Trotz der Spaltung, die die spanische Eroberung begründete, gibt es eine gewisse, nicht nur symbolische Kontinuität.

Bei den Apachen in den USA verhält es sich anders: Es handelt sich um eine auf bewusster Ignoranz beruhende Aneignung. Sie sind Teil des nationalen Mythos, ohne dass sie überhaupt US-Amerikaner gewesen wären. Nana, Gerónimo, Loco oder Naiche, alle begraben im Gefangenenlager von Fort Sill, wurden vor dem Krieg von 1847 in Nuevo México, Chihuahua und Sonora geboren, und Mexiko hatte den Ureinwohnern 1821 die Staatsbürgerschaft gewährt. Sie waren als Mexikaner geboren und starben vor dem Sommer 1924, als die USA endlich anerkannten, dass auch die Indianer amerikanische Staatsbürger waren. Sie alle sprachen Spanisch als Zweitsprache, keiner unter ihnen lernte jemals Englisch. Sie alle hatten die Hautfarbe von den Menschen aus Mexiko und Mittelamerika, von denen die Hälfte der Amerikaner denkt, sie würden das Land in den Ruin führen, wenn deren Einwanderung weiterhin geduldet wird.

Das sagte ich den Kindern, die sich zwar wie waschechte Amerikaner benehmen, aber auch sehr mexikanisch sind – die Straßennamen von Fort Hill erinnern an die tapfersten aller Mexikaner. Ich sagte ihnen nicht – auch ich bin Mexikaner –, dass die Indianer, wenn auch in Gefangenschaft, zumindest an Altersschwäche hatten sterben können, denn wenn sie sich nicht der US-amerikanischen, sondern der mexikanischen Armee ergeben hätten, wären sie ohne Prozess erschossen worden, nachdem man sie höchstwahrscheinlich zuvor gefoltert hätte, allein um des Vergnügens wegen, einem Körper Schmerzen zuzufügen.

Wenn man die militärisch genutzten Gebäude hinter sich lässt – mir kam es vor, als würden dort mehr Menschen leben als in Lawton, dem Ort, zu dem der Stützpunkt gehört –, geht es geradeaus weiter auf der Straße von Gerónimo. An ihrem Ende befindet sich ein Maschendrahtzaun mit einem Tor und dazugehörigem Wachhäuschen. Obwohl es leer war und die Schranke geöffnet, hielten wir an – ein großes rotes Schild verkündete, dass wir das militärische Übungsgelände betraten und es den Besuchern des Apachenfriedhofs verboten war, den Weg zu verlassen oder einen der anderen Wege im Sperrgebiet zu nehmen.

Es folgte das zweifellos längste Stück der Strecke, aber wahrscheinlich kam es mir vor allem endlos vor wegen der Aufregung, dem ursprünglichen Ziel unserer Reise so nah zu sein, und weil alle Augenblicke das infernalische Donnern eines Kanonenschusses ertönte. Valeria sah mich mit einem Ausdruck der Bestürzung an, der durchaus gerechtfertigt war, doch sie verstand, dass ich Tausende von Kilometern gefahren war, um an diesem Ort zu sein, weshalb sie nur bei jeder Detonation meine Hand drückte. Die Kinder freuten sich natürlich über die Explosionen. Jede verursachte noch mehr nervöses Gekicher als die vorherige, und das Lachen verscheuchte die Angst.

Wir folgten dem Weg – nichts als Wald und Lärm –, der eine lange Kurve beschrieb, bis wir zu einer hohen Mauer mit Stacheldraht gelangten, die sich genau auf der dem Eingang gegenüberliegenden Seite des Geländes befinden musste. Wir fuhren noch eine Weile an ihr entlang – der Geschützdonner wurde zum Glück leiser – und erreichten schließlich einen leeren Parkplatz. Neben dem Torbogen an der Zufahrt hing an einem Eisenpfahl ein Holzschild wie aus einem Western, auf dem *»Geronimo's Grave«* stand.

Ich parkte, nervös und zugleich voller Vorfreude, weil ich an einem Ort war, über den ich so viel gelesen hatte, doch erst als ich die bürokratische Inschrift auf der eisernen Gedenktafel sah, mit der die US-amerikanische Armee an die Abwesenheit ihrer Feinde erinnerte, traf mich seine Heiligkeit mitten in die Magengrube: *»Apache Prisoner-of-War Cemeteries«* stand da in weißer Arial-Schrift auf einer olivgrünen Platte, so trocken und präzise wie in einem Regierungsschreiben.

Auf dem Friedhof liegen mehr als dreihundert Tote. Männer und Frauen, die sich 1886 in Mexiko und Arizona ergaben, zu Kriegsgefangenen erklärt wurden und nie wieder in ihre Heimat zurückkehren konnten, weil der amerikanische Kongress ihren Status als feindliche Kämpfer erst 1913 aufhob. Zu der Zeit waren nur noch hundertzweiundachtzig von ihnen am Leben, die meisten von ihnen waren als Kinder ins Internierungslager gekommen. Viele andere wurden in Gefangenschaft geboren.

Wir betraten den eigentlichen Friedhof. Er war von einem weiteren Maschendrahtzaun umgeben – dem vierten, den wir passierten –, und auch dieser war von Stacheldraht gekrönt, als hätte die amerikanische Regierung Angst, die Apachen könnten aus ihren Gräbern steigen und erneut für Ärger sorgen.

Nachdem ich das alles gesagt und meiner Wut darüber Luft gemacht hatte, dass diese Gefangenen auch über den Tod hinaus Gefangene blieben – in der Mythologie der Apachen findet eine Seele erst dann Frieden, wenn der Körper, den sie bewohnte, an seinem Geburtsort ruht –, kam mir der Friedhof von Fort Sill nicht mehr wie ein Ort vor, der den Indianern zu Lebzeiten missfallen hätte. Ich habe keine Unterlagen darüber gefunden, nach welchen Kriterien die Stelle ausgesucht wurde. Doch ich vermute, dass die Chiricahua, die die Mauer um den alten Teil des Militärstützpunkts errichtet und die vielen Teiche, die ihn auch heute noch versorgen, ausgehoben haben, die Stätte selbst auswählten, an der die Körper ihrer Toten auf den Freilassungsbeschluss des Kongresses warten konnten. Sie verhandelten mit den Ingenieuren des Militärs, denen sie später beim Ausbessern des Stützpunkts helfen sollten.

Der Friedhof nimmt eine fast kreisförmige, hinter einer dichten Baumreihe verborgene Fläche an der Biegung des Medicine

Creek ein. Die Bäume verdecken den Zaun und erzeugen das Gefühl, sich an einem abgeschiedenen Ort zu befinden. Das Ufer, wo die meisten der Gräber – durch Steintafeln mit Namen und Datum gekennzeichnet – liegen, fällt sanft zum Bach ab, dessen Plätschern sich mit den – für diese Trostlosigkeit ungewöhnlich vielen – Vogelstimmen und dem endlosen Rauschen des Windes in den Blättern vermischt. Hin und wieder setzt eine Maschinengewehrsalve – im Apachengebiet wird niemals Friede herrschen – einen Kontrapunkt, der, je nach Kaliber der auf dem Truppenübungsplatz verballerten Munition, umso dramatischer ausfällt. Immer wieder bebt die Erde von den Einschlägen. Man könnte denken, die Chiricahua sollen auch nach dem Tod noch daran gehindert werden, ihren Frieden zu finden.

Am Ufer machte ich mich daran, eine Liste der Toten aufzustellen, die ich nie zu Papier bringen, aber auch nie vergessen werde. Ich hatte das mit den Kindern besprochen, die natürlich als Erstes zu Gerónimos Grab wollten. Auf Friedhöfen, erklärte ich, darf man keine Gräber suchen, man muss sich treiben lassen, zulassen, dass die Toten einen finden.

Valeria, die meine Besessenheit von den Chiricahua für eine Schrulle hält, irgendwo zwischen kurios und tolerabel – genau wie mein Faible für die Oper oder Baseball –, setzte sich an den Bach. Die Kinder machten ihr eigenes Ding, wie immer, wenn sie unbeobachtet sind – der Ort hätte weder einsamer noch sicherer sein können, weshalb wir uns keine Sorgen um sie machen mussten. Sie ließen mich allein mit meinen in Stein gemeißelten Namen.

Es waren wohlklingende Namen von Kriegern, deren Leben mich jahrelang fasziniert haben, die mit ihren zu Staub gewordenen Körpern den meinen ausfüllen, Namen von Giganten: Naiche, der letzte Chiricahua-Häuptling, Sohn von Cochís. Mangus, Hauptmann der Gileño, jüngster Sohn von Mangas Coloradas und Stiefbruder von Cochís Frau. Chapo und Tsisnah, Gerónimos Söhne, die bis zum Ende an seiner Seite kämpften. Chato führte die Scouts der sechsten Kavallerie an und wurde von den Offizieren der US-amerikanischen Armee gefangen genommen, denen er gedient hatte. Sie ließen ihn im Lager von Fort Sill zwischen Leuten verrotten, die er verraten hatte; sein Kriegsname Chato, Plattnase, rührte daher, dass ihm einmal ein Pferd mit einem Tritt die Nase gebrochen hatte. Loco, fast immer Friedenshäuptling. Mein liebster von allen: Nana, der letzte Häuptling der Mimbreño-Apachen. Von allen Kriegern, die sich zur letzten Gruppe von Chiricahua vereinten, war Nana der beliebteste und sympathischste – er war klein, einäugig und hinkte – und zugleich derjenige, der bei seinen Überfällen am meisten Tote und Asche hinterließ, denn er war bis zu seiner Inhaftierung in Fort Sill mit über neunzig Jahren der schnellste Reiter und grausamste Häuptling.

Ich weiß nicht, wie viel Zeit ich zwischen den Gräbern verbrachte, doch irgendwann bemerkte ich, dass die Kinder zum oberen Teil des Baches gegangen waren. Sie saßen im Schatten eines Baumes vor einem Monument, das wesentlich größer war als die auf der Wiese verstreuten Grabsteine. Von Weitem sah es aus wie ein Denkmal, mit dem die heutigen Apachen an ihre Toten erinnern wollen – es hatte die Form eines Trapezes.

Als ich hinüberging und begriff, was sie taten, spürte ich in mir das Tor zum Göttlichen, wie ich es seit meiner Kindheit nicht gespürt hatte, als ich noch katholisch war. Die Kinder hockten vor Gerónimos Grab und bereiteten eine Opfergabe aus Blumen, Kräutern und Steinen vor. Es wehte eine trockene, süßlich riechende Brise, man hörte das Wasser rauschen, die Blätter und Vögel. Die Schüsse. Da waren das Licht, das durch die Blätter fiel, und der Geschmack von Staub – seinem Staub – in unseren Nasen und Mündern. Ich setzte mich dazu. Plötzlich war auch Valeria bei uns, die, weil sie früher Tänzerin gewesen war, sich mit einer beunruhigenden Leichtigkeit bewegte, als kehrte sie bestens gelaunt von den Toten zurück. Sie setzte sich, berührte mein Gesicht – sie hatte es verstanden.

So verharrten wir, bis die Kinder die stille Übereinkunft trafen, wie das Opfer aussehen sollte, die Gaben nahmen und sie am Fuß des Grabes ausbreiteten. Dann setzten sie sich wieder zu uns. Niemand sagte ein Wort.

Im Laufe der Jahre wurden José María Zuloaga und Robert McKnight gute Freunde. Der Mann aus Virginia starb 1846 in der föderalen Kommandantur von Corralitos, Chihuahua, als zweiter Offizier des Oberstleutnants. Er erlebte nicht mehr, dass Santa Rita del Cobre und ganz Nuevo México – wohin er geflohen war, weil es in der puritanischen Republik seiner Landsleute keinen Platz mehr für ihn gab – zu einem Teil der USA wurden, wie er vermutet hatte. Seine Söhne, halb Gringos, halb Apachen, waren Mexikaner. Der jüngste studierte mit Unterstützung von Zuloaga, seinem Patenonkel, Jura in Chihuahua. Er hieß Eduardo McKnight Cabezón und brachte es bis zum Finanzminister seines Bundesstaates und später zum Vertreter der Regierung Chihuahuas in Mexiko-Stadt. Weil er dunkelhäutig war und blaue Augen hatte, wurde er »der Perser« genannt. Er war ein guter Freund von Ignacio Manuel Altamirano, als dieser noch als Herausgeber liberaler Zeitschriften und weniger als Romanautor bekannt war. Für beide war Spanisch die zweite Sprache, obwohl Altamirano Nahua und McKnight Apache war. Es heißt, die Figur des helläugigen Indios in Altamiranos Roman *El Zarco* basiere äußerlich auf Eduardo McKnight.

Mit Pisago Cabezón, dem Coyotero, der ihm zwischen dem Valle de la Luna und dem Abstieg von den Mogollones Richtung Rio Gila als Führer diente, hatte Zuloaga kein solches Vergnügen. In Zuloagas Berichten findet sich kein einziger Hinweis darauf, dass es zu irgendwelchen Unstimmigkeiten gekommen wäre, auch wenn er öfters darauf hinweist, dass der Apache weder mit den Mexikanern sprach noch das Essen mit ihnen teilte, obwohl er, wie man damals ohne Skrupel sagte, ein zivilisierter Indianer war. Schließlich entschied McKnights Schwager, seine Verbindung zu den Mexikanern zu kappen, und schloss sich den aufständischen Chiricahua an, als es in Arizona nur noch so wenig Apachen gab, dass die Streitigkeiten zwischen Gileño und Coyotero keine Rolle mehr spielten. Nachdem er jahrelang als Teil einer kleinen, aber unerbittlichen Kriegertruppe unter dem Kommando der Häuptlinge Cuchillo Negro und Cigarrito, mit denen er die längste Zeit seines Lebens verfeindet gewesen war, das nördliche Sonora und den Süden Arizonas verwüstet hatte, starb er im Kampf gegen die Streitkräfte der USA und Mexikos.

Am Tag von Pisagos, Zuloagas und McKnights Begegnung im Valle de la Luna hätte keiner der drei sich vorstellen können, dass sie die Ziegelsteine jenes mit Friesen, Gesimsen und Säulen überladenen Hauses bildeten, das wir Geschichte nennen. Dass sie immer wieder als zweitrangige, aber entscheidende Persönlichkeiten in der umfangreichen Literatur auftauchen, die entstand, nachdem die Chiricahua die ebenso natürliche wie unverständliche Entscheidung getroffen hatten, im Kampf unterzugehen.

Pisago wachte aus seiner Siesta auf, als alle bereits zusammensaßen und tranken. Mit verquollenem Gesicht, die pechschwarze Mähne in der Sonne schimmernd, setzte er sich auf den Boden und rückte sich den Cowboyhut zurecht, zu dem ihn wahrscheinlich McKnight überredet hatte. Weder er noch der Oberstleutnant gehörten zu der Sorte Männer, die sich betrinken können, ohne dass jemand die Gelegenheit beim Schopf ergreift, um sie zu töten. Darum hielten sie sich mit dem Alkohol zurück. Nachdem sie sich einen Schluck Mezcal geteilt hatten, den der Mann aus Virginia spendierte, informierte Zuloaga den Indianer mit der Überheblichkeit dessen, der die hellere Hautfarbe hatte, dass er sie wieder nach Norden begleiten werde, bis zum Tal des Rio Gila. Dem Apachen gefiel der Gedanke nicht, aber er stellte keine Fragen – die Unternehmungen seines Schwagers verstießen immer gegen das Gesetz, und manchmal galt es, Opfer zu bringen. Er nickte resigniert und zog sich zurück, kaum dass er die fernen Berge gesehen hatte, während Márquez, die Yaqui, Gringo und die Nonne entdeckten, dass der französische Trapper unschlagbar im Couplet-Tanzen war.

McKnight, der außer Spanisch und Englisch perfekt Apache sprach, erklärte Zuloaga, dass niemand genau wisse, woher der Apachenclan komme, den man zu jener Zeit Chiricahua zu nennen begonnen habe. Er erzählte ihm, dass sie von einer Gruppe Familien aus dem Gila-Becken abstammten, die sich weigerten, Frieden mit Chihuahua zu schließen; dass sie in der Sierra Madre den Kriegspfad eingeschlagen hatten, als ihr Pakt mit der spanischen Krone zerbrach; dass sie sich unter dem Leitgedanken zusammenschlossen, in der Apachería sollten nur Apachen leben.

Ihnen blieben noch etwa drei Stunden Tageslicht, als Pisago zurückkam, um Zuloaga mitzuteilen, dass sie aufbrechen müssten, wenn er vorhabe, seine Pferde vor dem Nachtlager noch zu tränken.

An diesem Tag ritten sie wieder einmal bis weit nach Anbruch der Nacht. Camila schlief gegen den Rücken des Riesen gelehnt ein. Als sie an einem winzigen Bach hielten, der nicht viel mehr als ein schlammiges Rinnsal war, aber beständig genug floss, um die Pappeln und anderen Pflanzen ringsum zum Blühen zu bringen, rüttelte der Indianer sie unsanft wach. Nachdem sie abgestiegen war und sich zum Schlafen auf den steinigen Boden gelegt hatte, hörte sie die Rinder grasen – oder wie auch immer man ihr Herumgekaue an den dornigen Stängeln nennen will, die in den gottverlassensten Winkeln von Nuevo México wachsen. Sie schlief nicht lange. Schon nach kurzer Zeit stieg ihr ein kräftiger Geruch in die Nase und weckte sie: Im Rauch eines Lagerfeuers schmorte das Kalbfleisch vor sich hin.

Der Geruch drang ihr in jede Pore, er war stärker als die Wut, der Neid, die Erinnerung, die Nacktheit. Auf allen vieren, die Unterarme auf den Boden gestützt, den Kopf gesenkt wie eine Hündin, kroch sie zu den Männern, die im Kreis um das Feuer saßen. Es machte ihr nichts aus, dass sie nackt und schmutzig war, der Hunger trieb sie an, alles andere spielte keine Rolle.

Sie bemerkten sie sofort. Sie lachten, ließen Kommentare fallen. Der halbwüchsige Indianer stand auf, doch der Riese befahl ihm mit einer Geste, sich wieder zu setzen. Er nahm ein rohes Stück Fleisch und warf es ihr hin. Camila hob es mit dem Mund auf und kroch in die Dunkelheit zurück, um die Erde abzuwischen und es zu essen. Zusammengerollt zu einer Kugel, riss sie mit den Zähnen an dem Fleisch, als der Riese sich näherte und das Kalbsfell, auf dem sie am Nachmittag geritten war, die Decke und eine Handvoll gegrillter Fleischstreifen neben sie legte. Sie dankte ihm, indem sie den Kopf noch tiefer senkte.

Sie breitete das Kalbsfell auf der Erde aus – dass es nach Pisse roch, war ihr egal –, zog sich die Decke über und verschlang das Essen, das der Riese ihr gebracht hatte. Von ihrer Ecke im Lager aus sah sie sich die Apachen aufmerksam an, vielleicht zum ersten Mal überhaupt. Sie hatte die Idee, sie zu zählen, und erlaubte sich den Gedanken, dass es Menschen mit Namen waren und keine anonyme Masse aus Zähnen, Haaren und Fingernägeln.

Die Gruppe war klein, zumindest im Vergleich zu den Geschichten, die man sich in Chihuahua erzählte, vielleicht um zu rechtfertigen, dass die Apachen immer gewannen. Sieben Mistkerle gegen eine Dorfschullehrerin.

Es gab zwei Ältere, einer von ihnen trug mehr Schmuck als

alle anderen: eine Halskette, ein Hemd mit aufgestickten Motiven. Sie waren genauso kräftig wie die Jüngeren, hatten aber graue Haare, und die Haut an ihren Bäuchen hing schlaff herab. An ihren Gesichtern und Händen konnte man die vielen Jahrzehnte in der Wüste ablesen. Dann gab es drei junge, auffallend schöne Indianer: gestählte Körper, kürzeres Haar als die anderen. Dann ihr Entführer, im selben Alter wie die drei, obwohl vielleicht etwas reifer – sein Haar war so lang wie das der Alten. Er war fraglos der Anführer, seine Statur strahlte Autorität aus, aber auch weil er sich weniger angespannt, fast ungeschickt verhielt: Er konnte es sich erlauben, sich beim Reiten gleichzeitig auf den Weg zu konzentrieren und mit den anderen zu plaudern. Dann der Junge, ein Bursche, der gerade erst Gewicht zulegte, der Hässlichste von allen: Er war von kleinerem Wuchs, knochig, hatte einen großen Kopf und kleine Augen. Sein Haar war sehr kurz geschnitten, und er tat eher einfache Dienste. Keiner von ihnen, nicht einmal die Alten, wirkte auch nur im Geringsten erschöpft vom Überfall und dem Ritt, was auch für sie beschwerlich sein musste, selbst wenn sie sich nicht von Schlägen und schlaflosen Nächten erholen mussten. Keiner nahm Notiz von ihr, aber es war unübersehbar, dass der Anführer sich immer wieder über die Narbe rieb, die Camilas Biss an seinem Unterarm hinterlassen hatte.

Wenn sie könnte, wenn sie nicht zu siebt wären, wenn sie sich ihr im Einzelkampf stellen würden, dachte sie, dann würde sie den Riesen an den Haaren zu Boden reißen und ihm in den Hals beißen, sie würde ihm die Fingernägel in die Augen und die Faust in den Mund rammen, sie würde ihm den Schwanz abbeißen und die Eier mit einem Stein zerquetschen, sie würde die Pampe aus Blut und Samen mit demselben Vergnügen verschlingen, mit dem die Indianer den Brei aus den Därmen des Kalbes gesaugt hatten.

Und sie dachte, dass sie vielleicht schon bald ans Ziel kommen würden.

Entgegen Zuloagas Vermutung ritt Pisago Cabezón in gerader Linie durch den Chaparral auf die Berge zu. Ohne auf irgendjemanden zu warten, ohne ein einziges Wort machte er sich auf den Weg. Er hätte überallhin unterwegs sein können. Sein Pferd war ein wilder Grauschimmel, der noch nicht lange gezähmt sein konnte, denn er bäumte sich ständig auf und brach bei jeder Gelegenheit aus. Er hatte kurze Beine und eine breite Kruppe, eine Mähne, die so lang war wie die seines Herrn, und einen dichten, zotteligen Schweif. Die nationale Truppe folgte dem Indianer mit einem halb unterwürfigen, halb ängstlichen Schweigen, denn er trieb sein ausgeruhtes, an die Wüste gewöhntes Pferd zu einer Geschwindigkeit an, die für die anderen – durstigen und domestizierten – Tiere gefährlich sein konnte.

Der Oberstleutnant bemerkte, wie die Zwillinge sich ans Ende der Kolonne zurückfallen ließen. Er wusste nicht, ob es an ihrem Misstrauen lag oder weil sie ihm den Gehorsam verweigerten. Er verlangsamte den Schritt, um auf sie zu warten – verlor er sie, wäre die ohnehin heikle Expedition endgültig zum Scheitern verurteilt. Mit der Absicht, sie von dem kränkenden Gedanken abzulenken, dass sie einem Coyotero folgten, bemerkte er, dass sie ihm nie erzählt hätten, weshalb sie in Janos festgenommen worden waren, und dass er diese Information für seinen Bericht brauche, wenn er zurück in Buenaventura sei. Vielleicht sei ihr Verbrechen ja schon verjährt, und sie seien nur deshalb noch Gefangene, weil es niemanden mehr gebe, der ihre Freilassung verfügen könne, nachdem die Soldaten des Regiments an die Front in Texas verlegt worden seien.

Die beiden Brüder sahen sich an. Der eine kratzte sein Maultier am Ohr, der andere schnalzte mit der Zunge, verzog den

Mund und schüttelte den Kopf. Ich glaube, sagte er, dass unser kleines Verbrechen, wie Sie es so rücksichtsvoll nennen, in Wahrheit erfordern würde, dass wir gehängt werden und dass sie uns nur am Leben gelassen haben, weil sie jemanden brauchten, um den Stall auszumisten. Und die Latrinen zu putzen, fügte der andere hinzu. Auf Zuloagas Gesicht deutete sich ein leises Lächeln an. Also los, was habt ihr getan?, fragte er. Ich weiß nicht, ob es so schlimm war, antwortete der bislang weniger redselige Bruder. Es war ein bisschen heftig, aber gerecht. Und zwar?, bohrte der Oberstleutnant nach. Nehmen Sie das lieber nicht in Ihren Bericht auf, sagte einer der Brüder. Ich werde sagen, dass ich euch wegen besonderer Dienste an der Republik freigelassen habe, erklärte Zuloaga, aber ich will wissen, ob ich dafür vors Militärgericht komme oder nicht. Die Zwillinge sahen sich erneut an. Der schweigsamere der beiden sagte: Ich glaube, das sind wir ihm schuldig, was meinst du, Brüderchen? Der andere antwortete: Denk nur daran, wie gut einem diese warme Sonne auf dem Pelz tut und was für eine Kälte wir in dem Loch in Janos ertragen müssten. Und wenn Mutter Elvira nicht gekommen wäre, fügte der andere hinzu, wären wir an Hunger, Durst und dem Gestank nach Kacke verreckt. Beide sahen Zuloaga an. Aber vergessen Sie Ihr Versprechen nicht, sagte einer von ihnen. Welches Versprechen? Dass Sie uns vorher erschießen, falls wir ins Gefängnis zurückmüssen.

Es stellte sich heraus, dass die Brüder von Topochique nach Batopilillas unterwegs gewesen waren. Sie stammten aus Sonora und hatten die Grenze nach Chihuahua überquert, nicht ahnend, dass die kreolische Regierung in dieser Region eine Null-Toleranz-Politik gegenüber den abtrünnigen Yaqui verfolgte. Die Brüder waren auf der Jagd gewesen, weshalb sie zu Fuß unterwegs waren, mit Gewehren und bloßem Oberkörper, die Haare zu einem Zopf gebunden. Ein Cousin aus Bavispe begleitete sie. Als sie in einem Tal über ein frisch gesätes Maisfeld liefen, eröffnete jemand das Feuer auf sie. In der Ebene, von überall gut sichtbar, hatten sie keine Chance, sich zu wehren, also rannten sie in verschiedene Richtungen davon. Am nächsten Abend trafen sie sich an einer Abzweigung des Weges nach Frijolar wieder. Sie amüsierten sich über den Vorfall, bis ihnen klar wurde, dass ihr Vetter nicht mehr auftauchen würde. Am nächsten Morgen kehrten sie an den Ort der Schießerei zurück und folgten seinen Spuren, was nicht schwierig war, denn er war bei dem Scharmützel verletzt worden.

Schnell fanden sie die Stelle, wo die Angreifer ihn geschnappt hatten. Es gab deutliche Hinweise, dass sie ihn an ein Pferd gebunden hatten, um ihn, noch lebend, hinter sich her zum Weg zurückzuschleifen. Sie hatten ihn ein gutes Stück über den Boden gezogen und ihn dann an einen Baum gefesselt sterben lassen, wo die Geier ihn bereits fraßen. Er war qualvoll erstickt, weil sie ihm die Eier abgeschnitten und in den Rachen gestopft hatten. Zuvor hatten sie ihm die Hände verbrannt, die völlig verkohlt waren, damit jeder, der ihn sah, wusste, dass man in der Gegend keine Diebe duldete. Sein Gesicht hatten sie so lange mit Schlägen bearbeitet, bis es kaum noch zu erkennen war. Als die Zwillinge ihn losbanden, sahen sie, dass die Männer auf seinem Rücken ihre Wut mit einer Peitsche ausgelassen hatten.

Als sie das Gebiet durchstreiften, in dem ihr Verwandter bestialisch ermordet worden war, stellten sie fest, dass die Täter kreolische Rancher waren – sie trugen gute Stiefel, keine Sandalen oder Mokassins. Die Zwillinge zählten die Spuren von sieben Pferden, den deutlichen Abdrücken ihrer Hufeisen nach zu urteilen alles edle Tiere.

Sie versteckten sich hinter einem Felsen und warteten auf den Sonnenuntergang, um ihren toten Cousin zu bergen. Sie wickelten ihn in eine Decke und kehrten in die Berge zurück, um ihn zu begraben – ohne Pferde würde ihnen der Tote auf den Schultern verfaulen, bevor sie in Bavispe wären.

Keiner hat je davon gehört, dass ein toter Yaqui oder Apache nicht auch die Gegenseite einen Toten gekostet hätte. Das Pech traf am nächsten Tag einen kreolischen Rancher aus Chilavo, der mit seinem Sohn Richtung El Vallecito unterwegs war. Die Brüder holten das Kind mit einem gezielten Schuss in die Stirn aus dem Sattel, »wie eine Taube«, so schrieb es Zuloaga in sein Tagebuch. Anschließend töteten sie das Pferd des Ranchers, fesselten ihn und ließen ihn unversehrt, damit er sah, wie sie den Jungen auszogen, ihn kopfüber an einen Baum hängten und ihm mit einem Messer die Augen herausschnitten; im Jenseits sollte keiner wissen, dass er unschuldig war. Die Anstandsregeln der Yaqui empfahlen, keine Kinder zu foltern, verboten aber nicht, ihre Geister zu bestrafen. Sie schnitten ihm den winzigen weißen Penis ab und warfen ihn weg; ein Tier sollte ihn sich holen, damit der Junge im Jenseits nicht mehr zum Mann werden konnte. Zum Schluss rasierten sie ihm mit dem Messer den Schädel; so kennzeichneten sie ihn als Aussätzigen, denn niemand sollte mit ihm sprechen, wenn er die Täler des Todes durchquerte.

Der Vater wird einen derart großen Hass auf ein totes Kind nicht verstanden haben. Dass dies alles seinem Jungen nicht mehr wehtat, wird ihn getröstet haben, doch hat er wahrscheinlich nicht daran gedacht, dass der Geist eines Menschen nicht dem Ort entstammt, an dem er geboren wurde, sondern dem, an dem er stirbt. Jedenfalls muss sein Entsetzen deutlich zugenommen haben, als die Zwillinge sich zu ihm umdrehten und ihn ansahen.

Die Rache war ein technischer, fast bürokratischer Akt, weder traurig noch schön und auch nicht lustig. Sie rissen dem Kreolen die Kleidung vom Leib, banden seine Füße los und fesselten ihm die Hände auf dem Rücken. Sie wunderten sich, dass er keinen Widerstand leistete. Der Arme hat bestimmt gedacht, dass wir ihn hängen, sagte einer der Brüder. Sie schlugen ihm mit einem Stein auf den Kopf, nur leicht, damit er hinfiel, ohne das Bewusstsein zu verlieren. Als er auf dem Boden lag, hockte sich einer der beiden auf seinen Rücken, während der andere das Messer nahm, ihm die Beine anhob, sich die Füße unter die Achseln klemmte und ihm die Fußsohlen abschnitt. Die zwei dünnen Fleischscheiben warf er auf den Weg, damit jemand sie dort fand. Der Kreole hat nicht sehr geschrien, aber wie wild gestrampelt, bemerkte einer der Zwillinge. Sie banden ihm den Strick um den Hals, mit dem sie vorher seine Knöchel gefesselt hatten, und zwangen ihn aufzustehen. Sie ließen ihn den ganzen Tag durch unmenschliches Gelände laufen, ohne die Umgebung des Rio Bavispe zu verlassen. Als sie am Abend ihr Lager aufschlugen, hatte der Mann zwei widerliche Fleischklumpen an den Enden seiner Beine und dunkelviolette Flecken bis hinauf zu den Schienbeinen, doch er war noch einigermaßen bei Kräften. Er hat nur leise gewimmert, sagte einer der Zwillinge. Damit er länger durchhielt, brannten sie mit einer Fackel die Wunden an seinen abgeschälten Fußsohlen aus. Sie gaben ihm nichts zu essen, nur etwas Wasser. Am nächsten Tag wiederholten sie die Prozedur: eine Scheibe verbranntes Fleisch abschneiden, ziellos über Steine und Dornen laufen, die Wunden kauterisieren.

Wie lange das wohl ging?, fragte einer der Yaqui ins Leere, bewegt von seiner Geschichte. Der Verurteilte hat einfach nicht schlapp gemacht, antwortete der andere, aber das war egal, auf uns hat keiner gewartet, also haben wir weitergemacht und ab und zu Tauben gejagt, um was zwischen die Zähne zu bekommen. Jeden Morgen hat er uns angefleht, dass wir ihm nicht den Schorf an den Füßen wegschneiden sollen, er habe uns nichts getan, wir sollten ihn einfach umbringen; wir haben ihm den Schweiß von der Stirn gewischt und ihm weiter die Haut abgeschält, immer nur ein bisschen, denn der Sturkopf hat so lange durchgehalten, dass er bald keine Füße mehr gehabt hätte. Irgendwann hatten wir es satt, ihn durch die Gegend zu scheuchen, und waren gnädig. Wir haben ihm mit einem großen Stein alle Knochen in den Beinen zerschmettert und ihn mit den Füßen an einen Ast gehängt. Wir haben ihm kein Wasser mehr gegeben, und er wurde immer länger und länger, aber er hat trotzdem noch einen Tag durchgehalten.

Zuloaga, der sich bemühte, so gleichgültig wie möglich zuzuhören, verspürte Übelkeit. Heißt das, dass ihr so was Ähnliches auch mit mir anstellt, wenn wir einen toten Yaqui finden?, fragte er. Einer der Brüder schüttelte den Kopf. Das würden wir nur mit dem Gringo machen, sagte er, das macht weniger Scherereien. Zum Schluss haben wir die Leiche vom Ast geschnitten und sie an denselben Baum gebunden, an den sie unseren Cousin gefesselt hatten, wir haben uns große Mühe gegeben, dass es genauso aussah, damit die Rancher es kapierten. Und dann beschwert ihr euch, wenn sie in Sonora hundert Pesos für den Skalp eines aufsässigen Indianers zahlen?, fragte Zuloaga. Da ist was dran, sagte einer der Brüder, aber das mit den Skalps ist wirklich barbarisch.

Auf Maias und Dylans Drängen hin bleiben wir einen Tag länger in Medicine Park. Sie lieben den Fluss. Es gibt einen wunderbaren Weg am Ufer entlang und ein Stauwehr, das ihn in einen Badesee mit fließendem Gewässer verwandelt. Und weil es sehr heiß ist, ist es schwierig, sie aus dem kühlen Wasser zu bekommen. Wir sind fast allein dort, die vier anderen Hütten stehen leer. Unser Haus begeistert sie, es verfügt über eine große, umlaufende Veranda mit Tischen und Stühlen, wo man essen, spielen, lesen kann. Sie nennen sie »das Deck«. Sie schlafen auf einer Empore aus Holz, die mich an den Wachturm eines Forts der *Bluecoats* auf dem Gebiet der Lakota erinnert, für sie aber, so haben wir es verstanden, die Kajüte einer Galeone darstellt. In ihrer Fantasie geht es drunter und drüber – auf der Fahrt haben wir *Die Schatzinsel* gehört, und jetzt spielen sie eine Szene aus Peter Pan nach. Indianer und Piraten.

Als wir nach dem Mittagessen auf der Veranda Karten spielten – die gnadenlose Sonne zwingt uns, die Kinder in den Stunden zu schützen, wenn sie wie ein Adler auf uns herabstürzt –, fragte mich Dylan, ob die Apachen etwas mit den Azteken zu tun hätten. Nein, antwortete ich, ihre Sprachen hätten verschiedene Wurzeln, das Nahuatl sei aus einem der ältesten Zweige des amerikanischen Sprachbaums hervorgegangen, während die Athapasken als Letzte nach Amerika gekommen seien. Sie seien erst vor so kurzer Zeit aus Asien eingewandert, dass dies noch immer Teil der Geschichten sei, die die Alten am Lagerfeuer erzählten; wie die Nachfahren der europäischen Einwanderer in Amerika hätten auch sie ihre Vergangenheit nicht vergessen. Und warum haben sie Gerónimo dann eine Pyramide gebaut?, wollte er wissen. Wieso eine Pyramide?, fragte ich zurück. Auf seinem Grab, sagte er. Das ist keine Pyramide, erklärte ich, das ist ein Grabhügel. Maia aß ein Eis, das so rot war, dass die Farbe nur aus dem Labor stammen konnte. Mit der Eleganz eines Vierzigerjahre-Filmstars nahm sie es aus dem Mund und sagte: Das ist eine ägyptische Pyramide. Sie weiß einfach alles.

Ich sah mir noch einmal die Fotos an, die ich mit dem Handy auf dem Friedhof gemacht hatte. Egal was die Kinder sagen, die Hütte sieht definitiv nicht aus wie ein Schiff, aber Gerónimos Grabmal ist tatsächlich eine Pyramide. Ich begreife nicht, wie ich das übersehen konnte.

Es ist ein ungewöhnliches Grab, das einzige, das keinen Gedenkstein hat, wie auf dem Militärfriedhof üblich. Alle anderen ähneln weißen Dominosteinen, auf die eine anonyme Hand nach dem Tod der Krieger und ihrer Frauen und Kinder ihre Personalien schrieb, immer in derselben Reihenfolge: der Kriegsname des Toten – den er zu Lebzeiten trug –, sein Apachenname – der von dem Moment an, als sie zu Kriegern wurden, tabu war –, der Clan, dem der Tote innerhalb der Chiricahua angehört hatte, sowie das – fast immer ungefähre – Geburts- und Todesdatum. Nanas Grab, auf das wie bei allen anderen ein rechteckiger Gedenkstein aus Marmor hinweist, trägt zum Beispiel die Inschrift:

CHIEF NANA
(KAS-TZIDEN)
Warm Springs Apache
1800–1896

Das von Gerónimo dagegen ist ein mehr als einen Meter hoher, vage mesoamerikanischer Grabhügel, der nicht sehr alt sein kann: Seine vier Seiten sind aus Zement, in den man zur Verzierung Reihen runder Flusssteine gesetzt hat, was den Eindruck erzeugt, einen stufenförmigen Bau vor sich zu haben. Auf der oberen Plattform, wo sich bei einer mexikanischen oder mittelamerikanischen Pyramide der Tempel befinden würde, steht ein Adler, ebenfalls aus Zement, der eindeutig von den Azteken inspiriert ist. Die amerikanischen Touristen, von der patriotischen Metaphorik des Stützpunkts verwirrt, erkennen darin bestimmt einen Weißkopfseeadler, ihr Nationalsymbol, als wäre der Kriegsschamane ein Held der amerikanischen Streitkräfte und nicht ihr Gefangener gewesen. Die Skulptur scheint mutwillig zerstört worden zu sein, auch wenn ich das nicht mit Gewissheit sagen kann. Sie wurde von jemandem enthauptet, der vielleicht dachte, er könne sich etwas von der Kraft des Chiricahua-Häuptlings aneignen, wenn er den Kopf des Greifvogels stiehlt. Als Ersatz hat man einen Metallkopf auf den Zementkörper geschraubt.

Auch die Grabinschrift unterscheidet sich von den anderen. Auf der Vorderseite der Pyramide ist eine Platte angebracht, auf der nichts anderes steht als:

Ohne seinen Apachennamen, ohne Akzent auf dem ersten O, ohne Daten, ohne den Clan, dem er angehörte – er war Gileño, er selbst hätte gesagt: Bedonkohe. Es ist, als hätte man seine feindliche Abstammung ausgelöscht, als wäre es besser, ihm einen Platz außerhalb der Geschichte und des Reigens der Sprachen und Nationen zuzuweisen.

Dieses Grab in Fort Sill ist eine sorgfältig geschwärzte Akte. Keine Daten zu erwähnen, die Orthografie zu vereinfachen, den Apachennamen wegzulassen ist nichts anderes, als zu sagen: »Gerónimo. US-Amerikaner« – lügen durch Weglassen, ohne Scham zu empfinden. Seine Karteikarte verschwinden zu lassen heißt, ihn zu sterilisieren, ihn in eine Gestalt zu verwandeln, die man verkaufen kann, seine Vor- und Nachfahren auslöschen und so tun, als hätte man ihn nicht gefürchtet und als hätte sein Status als Kriegsgefangener ihn nicht de facto zu einem Sklaven gemacht. Es heißt zu ignorieren, dass er, obwohl er bei seiner Ankunft in Oklahoma bereits ein alter Mann war, den Militärstützpunkt, wo er Tag und Nacht bewacht wurde, nur zweimal verlassen durfte, und auch nur, um zur Schau gestellt zu werden, erst als Trophäe an der Spitze der Parade anlässlich von Theodor Roosevelts Amtsantritt im Jahr 1901 – wie die Kühlerfigur eines Rolls Royce – und dann 1904, wie ein gefangenes Tier auf der Weltausstellung von St. Louis.

Doch wahrscheinlich wurden nicht nur seine Karteikarte und der Adler auf seinem Grab manipuliert. Laut eines – auf nicht ganz eindeutigen Dokumenten beruhenden – Gerüchts soll auch das Grab selbst geschändet worden sein. Harlyn Geronimo, sein Urenkel, berichtet in seinem Buch *In Geronimo's Footsteps,* dass Hauptmann Prescott Sheldon Bush, Vater und Großvater zweier amerikanischer Präsidenten, im Jahr 1918, während des Ersten

Weltkrieges, als er nach Fort Sill abkommandiert war, das Grab des Häuptlings plünderte, um dessen Schädel bei den Initiationsriten von Skull & Bones, seiner Studentenverbindung an der Yale University, als besondere Requisite zu verwenden.

Es gibt keine wirklichen Beweise für die Tat, und den Vater und Großvater von zwei Präsidenten der Grabschändung zu bezichtigen ist heftig, auch wenn sogar Wikipedia die möglicherweise stattgefundene Entweihung des Grabes als ein wichtiges Ereignis in seinem Leben aufführt. Als die Mitglieder des Indianerreservatsrates von San Carlos, Arizona, das Militär um die Rückgabe der sterblichen Überreste des Kriegers baten, um sie in der Nähe seines Geburtsorts zu bestatten, erhielten sie laut Harlyn Geronimo keine Antwort. Der Ratspräsident bekam jedoch etwas Besseres oder zumindest Pikanteres: einen Brief von Skull & Bones, in dem es hieß, der Geheimbund sei bereit, Gerónimos Totenkopf, den sie in einer Glasvitrine im heiligsten Tempel der Bruderschaft aufbewahrten, zurückzugeben. Dem Brief lag ein Foto des Schädels bei.

Als der Präsident vom Stammesrat des Reservats nach New Haven reiste, um die sterblichen Überreste abzuholen, übergaben sie ihm zwar den Glaskasten, doch darin befand sich der Schädel eines Kindes. Die Anwälte, die bei der Farce anwesend waren, darunter Jonathan Bush, Bruder von George Bush senior und Onkel von George W. Bush, versuchten, ihn dazu zu bringen, ein Dokument zu unterschreiben, mit dem er anerkannte, dass der Geheimbund nicht im Besitz von Gerónimos Schädel sei. Als er sich weigerte, nahmen sie ihm das Foto weg, das sie ihm geschickt hatten.

Die Geschichte mit dem Foto beweist zwar nichts, doch Harlyn Geronimo berichtet auch, dass sich in den Archiven der Sterling Memorial Library der Yale University ein Brief aus dem Jahr 1918 befinde, in dem ein Mitglied von Skull & Bones einem anderen schreibe, dass Prescott Bush Gerónimos Grab geschändet habe und den Schädel und zwei Oberschenkelknochen in ihrem Tempel aufbewahre.

Die Bruderschaft aus Yale hat Gerónimos Urenkel – und den vielen Journalisten, die die Geschichte verfolgt haben – geantwortet, die Grabschändung sei nichts als ein Gerücht. Die Bushs haben den Protest einfach ignoriert, und bis heute ist jeder Versuch, irgendwelche rechtlichen Schritte einzuleiten, gescheitert. Es ist nicht so einfach, gegen eine Vereinigung zu prozessieren, in deren Reihen sich amtierende Senatoren, ein ehemaliger Staatssekretär, hohe Beamte, zwei lebende und ein toter Präsident befinden: W. H. Taft, dessen Grab garantiert nicht von einem jungen Apachen geschändet wurde, damit seine Schulfreunde Wasserbüffel-Loge spielen können.

Das unruhige Aneinanderdrängen der Rinder weckte sie. Sie nahm keine andere Bewegung im Lager wahr, also wickelte sie sich in das Kalbsfell und die Decke und versuchte, wieder einzuschlafen.

Etwas war anders, abgesehen davon, dass sie das Gefühl hatte, ihr Körper gehörte wieder ihr, nachdem sie anständig gegessen und geschlafen hatte. Sie brauchte eine Weile, um zu bemerken, dass die Geräusche der Pferde und Indianer fehlten – sie hatten sie allein gelassen. Sie streckte den Kopf unter dem Decken- und Fellknäuel hervor und stellte fest, dass die Indianer tatsächlich weg waren. Mit etwas Glück, dachte sie, würde noch ein Rest Fleisch an einem der Steine kleben, zwischen denen die Indianer letzte Nacht das Lagerfeuer gemacht hatten. Als sie aufstand, um zu den glühenden Resten des Feuers zu gehen, rollte neben ihr ein Bündel über den Boden. Sie bückte sich, um es aufzuheben, und wickelte es auseinander. Es war Kleidung: eine kurze Hose und ein grobes Wollhemd. Eindeutig Männerkleidung, zu groß für sie. Sie wollte die Sachen gerade anziehen, als eine raue Stimme ertönte. Schnell hielt sie sich eins der Kleidungsstücke vor den Körper, als wäre sie nicht seit Tagen der nackteste Mensch der Welt. Sie sah den Jungen kommen. Er hob den Zeigefinger in dem Versuch, sich eine Autorität zu geben, die er definitiv nicht besaß. Lächelnd drehte sie sich weg, um in Ruhe in das Hemd zu schlüpfen. Sie hatte es schon über ihre Schultern gestreift, als sie spürte, wie der Junge daran zog. Er riss ihr die Hose aus den Händen und wies rufend auf etwas hinter der Herde. Sie blieb ruhig, verzichtete darauf, ihm die Ohrfeige zu geben, die er verdient hätte. Er packte sie am Arm und zerrte sie kraftvoll, aber ohne Gewalt hinter sich her zu einer Biegung des Baches, wo sich eine tiefere Wasserstelle gebildet hatte. Er deutete darauf, und sie begriff, dass sie sich vor dem Anziehen waschen sollte. Sie hatte nicht einmal bemerkt, dass immer noch das Blut des Kalbes, ihr Erbrochenes und das Fett von der gestrigen Mahlzeit an ihr klebten. Als sie aus dem Hemd schlüpfte, zog der Junge sich hinter die Felsen zurück und gewährte ihr eine Intimsphäre, die etwas Lächerliches hatte. Sie stieg ins Wasser. Es reichte ihr gerade einmal bis zu den Knien, aber das genügte, um sich im Sitzen zu waschen.

Während sie im Wasser saß, passierte etwas, was ihr seit ihrer Entführung nicht passiert war: Sie verspürte den Drang zu kacken. Sie hockte sich zwischen die Akazien und erlebte ein Gefühl der Befreiung, fast so, als wäre alles wieder normal. Anschließend schob sie mit der Fußspitze Erde über die Exkremente, ging zum Bach zurück und legte sich mit dem Bauch nach oben ins Wasser, um es an den Ohren zu spüren. Sie hätte den ganzen Tag so daliegen können, doch der Wunsch, sich anzuziehen, war stärker. Sie streifte Hemd und Hose über und setzte sich hin, um abzuwarten, was als Nächstes geschehen würde.

Als die Sonne unterging, hatte Pisago Cabezón die Truppe bereits gerettet. Ohne sich ein einziges Mal nach ihnen umzublicken, hatte er sie aus dem Valle de la Luna heraus in westlicher Richtung zu einer Wasserstelle geführt, die mit Zweigen geschützt war, damit ihr Glitzern sie aus der Ferne nicht verriet. Er ritt so weit voraus, dass sie seine Spuren suchen mussten, um ihm zu folgen.

Aber zu sagen, Cabezón habe sie gerettet, würde vielleicht heißen, einem undurchschaubaren Gemüt einen Mantel aus Beweggründen aufzuzwingen. McKnight hatte ihn gebeten, sie in die Nähe des Gebiets der Gila-Apachen zu bringen, und er wusste, dass das Geschäft, das sein Schwager in Santa Fe mit dem Vieh machen wollte, davon abhing, wie weit er die Truppe nach Norden führte. Es war auch nicht so, dass er sie besonders verachtet hätte; auf jeden Fall verhielt er sich so, als glaubte er, dass sie den Anblick der Gileño nicht überleben würden. Es ist, sagte Elvira in einem Anflug von gedanklicher Tiefe, als würde er einen Trupp von Gespenstern anführen, die noch nicht kapiert haben, dass sie Gespenster sind.

Wie jeden Abend machte die Truppe ein Feuer zum Kochen, solange es noch hell war. Cabezón setzte sich weder zum Essen zu den anderen, noch breitete er seine Decke in ihrer Nähe aus. Er nahm etwas aus seiner Satteltasche und aß es kalt. Das Einzige, was einer Interaktion zwischen ihm und den Mexikanern nahekam, war, dass er seinem Pferd erlaubte, neben den anderen, größeren und weniger zähen, unendlich nervöseren und verbrauchteren Tieren zu trinken. Als die Nacht anbrach und die Mexikaner sich darauf vorbereiteten, sie in Ruhe zu verbringen – die letzten Tage hatten den Menschen und den Pferden alles abverlangt –, entfernte der Apache sich noch ein Stück weiter, um zu seinem Gott zu singen.

Zur Überraschung aller setzte Márquez sich auf seine Decke und begleitete den Indianer aus der Ferne bei mehreren seiner

Lieder. Doña Elvira warf dem Oberstleutnant einen Blick zu. Ich hab Ihnen ja gesagt, dass er Apache spricht, murmelte sie. Obwohl er bemerkt haben musste, dass er einen Mitstreiter hatte, sang Cabezón unbeirrt weiter. Die Zwillinge wurden sauer. Ich hab immer gewusst, dass er ein mieser Verräter ist, nicht nur eine Schwuchtel, sagte einer der beiden. Die falsche Nonne zog blitzschnell den Revolver und steckte ihn ihm in den Mund. Wenn er nicht wisse, wovon er rede, solle er lieber das Maul halten, sagte sie zu ihm. Der Yaqui versuchte, etwas zu sagen, das keiner verstand, einen ziemlich langen Satz für jemanden, dessen Gaumen vom Lauf einen Colts gekitzelt wird. Sein Bruder sagte, er wisse wirklich nichts, Elvis habe recht.

Während der Gefangenschaft in Fort Sill hatten die Chiricahua eine Baseballmannschaft, in der die Jüngsten – die als Kinder ins Lager gekommen oder dort geboren waren – unter den garantiert gelangweilten Blicken der Häuptlinge gegen die besten Teams des Militärstützpunkts spielten. Es gibt Fotos, auf denen die Jungs sich unter der unbarmherzigen Sonne Oklahomas umarmen. Alle tragen Baseballkappen, und auf ihren Jerseys steht in der typischen Kursivschrift der Königin aller Sportarten der Name ihres Teams: Es nannte sich, wie nicht anders zu erwarten, Los Apaches.

Es kam das Allerbeste: Die Krieger hatten Camila und dem Jungen ein Stück Kalbshaut mit ein paar Fleischresten dagelassen. Sie grillten es an drei Ästen über der Glut. Während sie das Fleisch zubereiteten und es aßen, wechselten sie kein einziges Wort und sahen sich nicht einmal an. Nach dem Essen gingen sie gemeinsam zum Wasser hinunter, um sich Gesicht und Hände zu waschen, doch danach ging ein jeder wieder seiner Wege. Er versorgte das Vieh und sammelte Akazienbohnen und Yuccaherzen. Sie wartete im Schatten darauf, dass etwas geschah.

Am Nachmittag grillten sie, was der Junge gepflückt hatte. Mehr passierte nicht. Zurück an ihrem Platz unter den Pappeln, kam Camila der Gedanke, dass sie ein Pferd bräuchte, um nach Chihuahua zu fliehen. Oder dass sie, wenn es ihr gelänge, dem Jungen die Mokassins zu stehlen, dem Bach nach Süden folgen könnte, vielleicht führte er sie zu einer Ortschaft. Oder ein Stück weiter nach Norden – sie konnten nicht allzu weit von der Mine in Santa Rita entfernt sein, wo ihres Wissens eine Einheit mexikanischer Soldaten stationiert war. Obwohl sie barfuß war, machte sie sich auf den Weg. Sie wollte auf einen Hügel steigen, um zu sehen, ob sie den Rauch eines Lagers, ein Versteck oder sonst etwas entdecken konnte. Sie ging los wie jemand, der nur einen Spaziergang machen will.

Als sie merkte, dass sie außer Sichtweite des Jungen war, lehnte sie sich an eine Pappel und genoss die Luft um sich herum, die sie ganz für sich allein hatte. Plötzlich hörte sie ein Summen und spürte einen Luftzug. Sie glaubte, von einem Insekt angegriffen zu werden, und schüttelte sich, als sie feststellte, dass sie am Baum festhing – ein Pfeil hatte den Stoff ihres Hemdes durchbohrt, wenige Millimeter von ihrem Magen entfernt. Sie zog ihn heraus, ging zurück und reichte ihn dem Jungen, der ihn mit versteinerter Miene in den Köcher steckte, nachdem er sich zuvor mit der Pfeilspitze an den Kopf getippt hatte. Camila wusste nicht, ob es sich um eine freundliche Geste oder eine Drohung handelte, fand es aber tröstlich, dass der Junge sie trotz allem weiter beachtete.

Auch am nächsten und übernächsten Tag geschah nichts, abgesehen davon, dass sie weniger Bohnen und Blüten zu essen hatten – der Junge entfernte sich nicht mehr weit vom Lager, bestimmt hatte er den Befehl, sie zu bewachen. Sie hatte die Idee, auf einem der Rinder nach Hause zu reiten, zumindest könnte sie einem der Kälber den Schädel einschlagen, wenn der Junge abgelenkt war. Sie würde behaupten, das Kalb sei von einem Felsen gestürzt, und vorschlagen, es zu grillen. Sie suchte sogar schon ein Tier aus und nahm einen Stein, aber ihr fehlte der Mut, den Plan durchzuführen.

Am vierten oder fünften Tag kam der Junge ohne Bohnen oder Yuccablüten zurück, doch seine Tasche aus Kalbsfell war bis oben hin voll mit lebenden Fröschen. Er schnitt sie mit dem Messer zwischen den Schenkeln auf und zog ihnen die Haut ab, als würde er eine Kaktusfeige schälen. Anschließend rieb er die Frösche mit Schlamm ein und warf sie, immer noch strampelnd, ins Feuer. Camila dachte, dass es bestimmt weniger grausame Zubereitungsarten gab, bis er ihr den ersten reichte. Sie aß die Schenkel und schmiss den Rest weg, zum Entsetzen ihres Bewachers, der sie einsammelte und alles bis auf die Knochen abnagte. Sie begriff, dass es nichts anderes zu essen geben würde, und ließ vom nächsten Frosch nur die Augen übrig, die hart wie Murmeln waren. Auch den Schädel konnte sie nicht kauen, hatte aber kein Problem damit, den Inhalt auszusaugen.

Sie bereute es nicht – während der nächsten zwei Tage hatten sie nichts zu essen. Am dritten Tag, sie kratzte sich gerade den Schorf am Knie auf, damit das Blut erneut gerann, bemerkte sie, dass der Junge, der gerade eine Tarantel mit kochendem Wasser quälte, etwas in der Luft zu wittern schien. Er stand auf und schnupperte wie ein Bär. Sie ließ ihn nicht aus den Augen. Nachdem er die Umgebung vor allem mit dem Geruchssinn abgesucht hatte, befahl er ihr mit einer herrischen Geste, sich nicht zu bewegen. Sie gehorchte, aufgeregt, dass endlich etwas passierte. In dem Moment stürzte der Junge sich auf sie und fesselte blitzschnell ihre Hände und Füße, als wären sie bei einem Rodeo und sie wäre der Stier in der Arena. Anschließend band er das andere Ende des Stricks um eine Pappel. Als der Junge sich entfernte, merkte sie, dass der Strick lang genug war, um bis zum Wasser kriechen zu können. Wie ein Wurm wand sie sich in den Schatten des Baumes und betete, dass sich kein Wespennest in seiner Krone befand.

Der Junge kam relativ schnell zurück. Ihre Glieder waren eingeschlafen, doch sie hätte noch viel länger aushalten können, ohne zu verzweifeln. Ihr Leid hatte sich verändert: Sie war bekleidet, hatte keine Blasen mehr, wurde weder geohrfeigt noch getreten. Mit einem breiten Grinsen im Gesicht und zwei toten Hasen auf den Schultern, kam der Junge zurück. Er nahm sie aus, band Camila los und zwang sie als Gefangene, die sie war, die rohen Eingeweide essen. Sie schmeckten ihr. Anschließend machte er ein Feuer und grillte die Tiere.

An diesem Abend legten sie sich rücklings auf die Erde und betrachteten gemeinsam den Himmel. Sie sah sich den Jungen, vielleicht zum ersten Mal, genauer an. Er war wirklich winzig, hatte einen riesigen quadratischen Kopf, ein finsteres Gesicht und die glatteste Haut der Welt. Er war hässlich wie die Nacht, und es hatte nicht den Anschein, als sollte sich das während seines Wachstums noch ändern, aber in der Art, dass er sich benahm, als wäre er schon groß, lag etwas zugleich Sympathisches und Trauriges. Als er ihren Blick erwiderte, legte sie die Hand auf ihre Brust und sagte: Camila. Dann tippte sie auf seine Brust. Gokhlayeh, antwortete er und tat so, als würde er herzhaft gähnen. Er wollte ihr wohl einfach zu verstehen geben, dass er müde war oder sie ohne Angst schlafen konnte.

Wir durchquerten Texas durch das kleine Quadrat im Norden, seinen schmalsten Teil, sodass wir nicht mal zum Tanken halten mussten. Texas ist der mexikanischste und auf schockierende, ja beschämende Weise zugleich der mexikofeindlichste der amerikanischen Bundesstaaten. Solange die knapp sechzehn Millionen nicht hispanischen Texaner keine Therapie machen, um diesen offenkundigen Fall von Vaterhass in den Griff zu bekommen, werden wir hier nicht einen Dollar ausgeben.

Beim Duft von Corredors Kaffee, der selbst Tote zum Leben erweckt hätte, öffnete Oberstleutnant Zuloaga die Augen. Er blieb noch einen Moment liegen, was er sonst nie tat, so war er gegen Ende des Unabhängigkeitskrieges in den republikanischen Bataillonen Chihuahuas erzogen worden. Er rieb sich den Schlaf aus den Augen, verschränkte die Hände im Nacken und genoss den von der Feuerstelle, die der Rarámuri erneut entfacht hatte, herüberziehenden Duft. Die Sterne kamen ihm vor wie Risse an einer schwarzen Zimmerdecke, durch die unaufhaltsam Licht triefte.

Als er zum Feuer hinüberging, saß bereits einer der Yaqui im Schneidersitz vor der Glut, in der Hand eine Tasse Kaffee. Er hatte keine Ahnung, um wie viel Uhr die Zwillinge aufstanden – manchmal hatte er das Gefühl, sie schliefen nie –, doch eine der ungeschriebenen Regeln der Expedition besagte, dass sich niemand bei der Feuerstelle einfand, bevor Corredor und Zuloaga nicht ihren ersten Kaffee getrunken und der Oberstleutnant seine erste Zigarette geraucht hatte. Bis dahin waren beide unausstehlich.

Geht's noch?, fragte Zuloaga den Indianer in einem Ton, der seine Verärgerung verriet. Der Yaqui spreizte Mittel- und Zeigefinger seiner rechten Hand und deutete damit auf seine Augen. Zuloaga schnaubte, zog sich die Decke über den Schultern zurecht, setzte sich ans Feuer und wartete schweigend darauf, dass Corredor ihm eine randvolle Tasse reichte. Er pustete darauf, und erst dann sagte er: Ich erinnere mich nicht, dass ich Befehl gegeben hätte, Wache zu halten. Das ist aber nötig, erwiderte der Indianer. Zuloaga zog eine Augenbraue hoch. Warum?, murmelte er. Der Indianer kniff die Augen zusammen, als wäre die Antwort klar. Er zeigte zu einer Stelle in der Nähe des Lagers, wo Pisago Cabezón dabei war, seine Sachen zu packen und auf sein Pferd zu schnallen.

Zuloaga griff nach dem Tabak in seiner Fransenjacke. Glaubst du, nur wegen diesem Blödsinn mit den Erzfeinden müssen wir ihn bewachen?, fragte er den Yaqui und fuhr fort: Das sind Indianer wie alle anderen, heute kämpfen sie gegen die einen, morgen gegen die anderen, so wie ihr alle. Der Zwilling runzelte die Stirn. Und Sie etwa nicht?, fragte er. Sehen Sie sich doch nur Ihre Jacke an, gestern waren die Komantschen noch die besten Freunde Mexikos, heute sind sie der Fluch der Republik. Der Oberstleutnant rieb sich die Augen. Lass mich meinen Kaffee trinken und eine Zigarette rauchen, dann reden wir. Der Indianer verzog den Mund und nickte – er begriff, dass das Organ des Oberstleutnants, das für die Geduld zuständig war, später aufwachte als der Rest seines Körpers, aber die Art, wie Zuloaga ihn behandelte, gefiel ihm nicht. Demonstrativ rührte er sich nicht von der Stelle.

Zuloaga kannte sich gut, vielleicht war er deshalb so alt geworden in einer Welt, in der das nicht jedem gelang. Wenn er sich nicht zurückzog und ein ruhiges Plätzchen suchte, würde er den Yaqui am Ende nur unnötig beleidigen, also stand er auf und entfernte sich, um sich ein paar Meter weiter, mit dem Rücken zum Feuer, wieder hinzusetzen. Er drehte sich eine Zigarette, steckte sie an. Er hatte zwei, drei Züge geraucht, als er hörte, wie der Yaqui aufstand und ihm nachkam. Er nahm noch einen Zug. Hätte er an Gott geglaubt, hätte er ihn jetzt um Kraft gebeten. Er wandte sich um und deutete mit der Zigarettenspitze auf einen imaginären Punkt vor sich. Setz dich, ich höre. Der Yaqui schüttelte den Kopf und deutete auf eine Stelle, die noch etwas weiter vom Lager entfernt war. Zuloaga erhob sich und ging mit dem Indianer ins Gebüsch. Der versicherte sich, dass sie weit genug von Pisago entfernt waren, als würde der Coyotero ihnen auch nur die geringste Aufmerksamkeit schenken. Hinter dem Gebirge, das nordwestlich von ihnen den Horizont furchte, erhellte die Sonne langsam den Himmel. Sie zeigte sich noch nicht ganz, hatte aber schon die Sternenrisse verschluckt und den Horizont grün verfärbt.

Der Indianer trat näher an Zuloaga heran. Das sind die Chiricahua-Berge, sagte er mit einer Ehrfurcht, die der Oberstleutnant übertrieben fand. Und? Dieser Mistkerl hat uns zur Schlachtbank geführt. Er hat uns dahin geführt, wo es Wasser gibt, das war sein Auftrag, erwiderte Zuloaga. Warum sind Sie sich da so sicher? An der Route ist nichts Ungewöhnliches, er hat uns vom Weg fortgeführt, damit sein Schwager abhauen konnte, um die in Sonora gestohlenen Rinder an die Gringos in Santa Fe zu verkaufen, aber er hat Wort gehalten und uns zum Wasser gebracht. Wir sind mitten im Apachengebiet, sagte der Yaqui, und wenn wir weiter nach Norden reiten, wird es richtig schlimm. Pisago ist Coyotero, entgegnete Zuloaga, er hat mexikanische Kinder, Besitz in Santa Rita, er wird nicht riskieren, dass die Gileño ihn töten oder ich ihm eine Kugel verpasse, weil er ein Verräter ist. Der Yaqui kniff die Augen zusammen. Und dann ist da noch die Sache mit dem Tanzlehrer. Was meinst du? Haben Sie nicht gesehen, wie er gestern Abend mit Cabezón gesungen hat, als der angefangen hat zu beten? Márquez singt jeden Abend, er kennt alle Lieder, sogar die der Apachen. Wenn die Scheiße losgeht, werden sie überlaufen, zwei sind eine ganze Menge für so eine kleine Truppe. Pisago gehört nicht zur Truppe, sagte Zuloaga, er ist nicht mal Fährtenleser, er bringt uns einfach nur dahin, wo es Wasser gibt; er hasst die Gileño mehr, als wir jemals dazu in der Lage wären. Sie haben gut reden, Sie sind Mexikaner, aber wir sind Yaqui, mein Oberst, und der Junge da, der Ihnen den Kaffee macht, ist Rarámuri; Pisago hasst den Jungen und uns mehr als die Gileño – schon unsere Großeltern haben sich bis aufs Blut bekämpft. Zuloaga nahm den Hut ab und strich sich mit der Hand über das Gesicht. Ich verstehe dich, sagte er, ich gebe dir mein Wort, dass ich keine Entscheidung treffen werde, die dich und deinen Bruder oder Corredor in Gefahr bringt.

Der Indianer grinste und warf dem Oberstleutnant einen verschwörerischen Blick zu. Es gibt noch eine andere Möglichkeit, sagte er. Welche? Die Sache wie Männer regeln. Was meinst du damit? Das wissen Sie genau. Nein, weiß ich nicht. Warum sollen wir bis nach Santa Rita hoch, wenn wir auch hier in den Chiricahua Apachen abknallen können? An den Gileño aus Nuevo México werden Sie sich nicht rächen können, fuhr er fort, das sind verdammt viele, und die Gefangene, die Sie suchen, ist entweder längst tot oder eine waschechte Apachin, und dann können Sie die Sache vergessen. Welche Frau hat schon Lust, wieder mit einem kleinen Kreolen zu schlafen, wenn sie die Berge gekostet hat? Welche Frau will schon zu Küche, Kirche, unbequemer Kleidung und Kinderhüten zurück, dem ganzen Kram, den ihr den Frauen antut, wenn sie es sich den ganzen Tag gut gehen lassen kann? Wir sollten lieber Pisago kaltmachen, in die Berge reiten, die Rancher rächen, wie Sie es geplant hatten, und dann ab nach Hause, alle glücklich und zufrieden. Zuloaga lachte. Du kapierst nichts, ich bin das Gesetz, dieser müde Körper vor dir ist die mexikanische Republik; die Indianer haben Vieh und eine Frau geraubt, und ich bin es, der dafür sorgt, dass alles wieder so wird wie vorher; es ist meine Pflicht, die Schuldigen zu finden und zu bestrafen, und falls das nicht möglich ist, sollen sie wenigstens wissen, dass so etwas nicht ohne Konsequenzen bleibt und sie auf der Stelle festgenommen werden, wenn sie sich jemals wieder in Janos blicken lassen.

Der Indianer zuckte mit den Schultern. Ihr seid es, die nichts kapieren, sagte er, wenn es zum Krieg kommt, werdet ihr verlieren, weil ihr weniger seid und nichts vom Kämpfen versteht; wir müssen hier zuschlagen, wo es nur ein Lager gibt und sie nicht damit rechnen; dort, in ihrem Versteck am Rio Gila, wird kein Krümel von uns übrig bleiben. Er schüttelte den Kopf, lächelte aber unverändert: Wenn Sie sie hier schlagen, haben Sie sie dort geschlagen, verstehen Sie? Wenn Sie einen von ihnen umbringen, schaden Sie auch dem Häuptling, der für die Gruppe verantwortlich ist; damit machen Sie ihnen klar, was Sie wollen, und das werden sie verstehen; alles andere ist Selbstmord, sie werden uns abschlachten, weil wir so dämlich sind, zum Rio Gila zu reiten, um uns mit ihnen anzulegen, und das mit dieser Gurkentruppe, die Sie hierhergeschleppt haben. Schauen Sie sich die doch an, sagte er und deutete auf die anderen, die immer noch selig schliefen, obwohl es längst hell war. Der Oberstleutnant zuckte mit den Schultern. Ich werde mit Cabezón reden, sagte er und ging zur Feuerstelle, um sich einen zweiten Kaffee zu holen und dem Apachen einen mitzubringen.

Elbridge Ayer Burbank, der während Gerónimos Gefangenschaft in Fort Sill einige Porträts von ihm malte, schreibt in seiner Autobiografie, dass die herausragende Eigenschaft des Kriegsschamanen seine Eitelkeit gewesen sei.

Eines Tages im Jahr 1905, sie unterhielten sich gerade in dem Atelier, wo er Burbank gewöhnlich Modell saß, prahlte Gerónimo damit, dass Usen ihm enthüllt habe, er werde nicht im Kampf sterben; jetzt wisse er, dass er an Altersschwäche sterben werde – keiner könne ihn töten. Der Künstler, der offenbar wie alle, die Freundschaft mit Gerónimo schlossen, eine auf Späßen und Neckereien beruhende Beziehung zu ihm hatte, erwiderte, er glaube ihm nicht, er sei bestimmt nur noch am Leben, weil er sich bei Schießereien immer verdrückt habe.

Der Indianer runzelte die Stirn und zog sein Hemd aus, das er bis dahin nie hatte ablegen wollen, wenn er als Krieger posierte.

Auf seiner Brust befanden sich die Narben von mehr als fünfzig Einschusslöchern, einige so groß, dass kleine Steine hineingepasst hätten.

Er ging zu Pisago Cabezón, der bereits fertig zum Aufbruch war. Guten Morgen, sagte er und reichte ihm die Tasse. Der Apache beachtete ihn kaum und zog den Sattelgurt fest. Es war das erste Mal, dass Zuloaga das Protokoll verletzte und ihn direkt ansprach. Ob er wollte oder nicht, er spürte noch immer das Gift des Yaqui in seinem Blut. Kurzerhand pflanzte er sich neben dem anderen auf, als wäre er ein großer Kaktus. Nachdem er dem Pferd das Zaumzeug angelegt hatte, drehte sich der Indianer um und nahm die Tasse entgegen. Danke, sagte er und senkte kaum wahrnehmbar den Kopf. Zuloaga kratzte sich den Bart, der ihm im Laufe der Tage gewachsen war. Reitest du voraus?, fragte er. Ihr werdet keine Spuren von mir finden, antwortete Pisago, aber sagen Sie Ihren Yaqui, wenn ich was entdecke, lege ich einen gebogenen Zweig mit einem Stein auf den Boden, sie werden verstehen. Zuloaga schnaubte. Ich bin auch Fährtenleser, nur weil ich Mexikaner bin, musst du mich nicht wie einen Trottel behandeln. Der Indianer hob den Kopf, und Zuloaga sah ihm zum ersten Mal in die Augen, seit McKnight sie einander vorgestellt hatte. Sie waren winzig und wirkten noch kleiner unter dem großen Cowboyhut, an den der Oberstleutnant sich noch immer nicht gewöhnt hatte. Der Indianer lächelte sogar. Ob Sie's glauben oder nicht, erwiderte er, meine Frau ist auch Mexikanerin; haben Sie Tabak? Zuloaga zog den kleinen Lederbeutel aus der Tasche, in dem er Tabak und Zigarettenpapier aufbewahrte. Der Indianer reichte ihm seine Tasse, um sich eine Zigarette zu drehen. Dann steckte er sie sich zwischen die Lippen und streckte die Hand aus, damit der Oberstleutnant ihm die beiden Tassen geben und sich selbst eine drehen konnte. Der Mexikaner zündete seine an und reichte dem Apachen Feuer, der ihm, nachdem er die erste Rauchwolke ausgestoßen hatte, seine Tasse zurückgab. Sie setzten sich Seite an Seite auf einen Stein und rauchten schweigend.

Als ihnen nur noch zwei, drei Züge blieben, öffnete Cabezón den Mund. Bestimmt sind sie Ihnen schon mit dem Gileño-Lager in den Chiricahua gekommen, sagte er. Wenn die nicht wissen, dass Sie nach Nuevo México wollen, werden sie sich nicht mit Ihnen anlegen, und solange Sie hinter mir herreiten, schöpfen sie bestimmt keinen Verdacht; sobald sie Sie sehen, schicken sie einen Späher, sie werden glauben, dass Sie mich verfolgen und Sie ziehen lassen, es sei denn, sie haben noch eine Rechnung mit einem Ihrer Männer offen. Du kommst nicht mit uns?, fragte der Oberstleutnant nervös. Ich sollte mich nicht hier herumtreiben, erklärte der Indianer, die Gileño haben uns Coyotero Rache geschworen, und ich kann nicht riskieren, dass sie mich erkennen. Verständlich, sagte Zuloaga. Ohne das Misstrauen des Oberstleutnants zu bemerken – oder weil er es unangenehm fand und einfach ignorierte –, fuhr der Apache fort: Wenn Ihr keinen Mist baut, wird euch nichts passieren. Und sagen Sie der Nonne, sie soll nicht mehr in die Luft schießen. Er betrachtete einen Moment lang die Berge und fuhr fort: Wenn kein Mexikaner einem Apachen aus den Chiricahua was getan hat, haben sie keinen Grund, sich zu rächen, und werden Sie nicht behelligen. Und woher sollen wir das wissen?, fragte Zuloaga. Das kann man nie wissen, die Hiesigen sind die verrücktesten von allen. Der Indianer wollte offenbar so schnell wie möglich aufbrechen und fuhr ohne innezuhalten fort: Sie reiten allein weiter bis zur Sierra del Piloncillo; wenn Sie immer dem Weg folgen, stoßen Sie gegen Abend auf Wasser; mit den letzten Sonnenstrahlen kommen Sie zu einem Brunnen, er befindet sich am Ende eines verlassenen Weilers namens Portal. Ihre Yaqui werden sich daran erinnern, ihr Volk hat ihn genutzt, als es vor Cuchillo Negros Zeiten aus Sonora hergekommen ist. Sind wir nicht mehr in Sonora? Ob Sonora oder Chihuahua – hier gibt es nur noch die Apachería.

Cabezón deutete zu den Chiricahua. Wir müssen es heute machen, sagte er, dann ist es einfacher; heute und morgen. Er nahm den Hut ab. Der wiegt bestimmt so viel wie eine Wassermelone, sagte sich Zuloaga, während er die riesige Hutkrempe betrachtete, hatte aber nicht den Mut, danach zu fragen. Versuchen Sie nicht, sich zu verstecken, das ist zwecklos, sagte der Indianer abschließend. Sie sollen sehen, dass Sie vorbeireiten, halten Sie höchstens zum Pinkeln. Gebt an der Wasserstelle zuerst den Pferden zu trinken; wenn ihr eure Feldflaschen auffüllen müsst, soll nur einer absteigen; wascht euch nicht, reitet weiter, bis es dunkel ist; macht kein Feuer, nicht mal Glut, wenn ihr euch hinlegt, sie sollen nur sehen, dass ihr euch bewegt. Er zog noch einmal an seiner Zigarette und drückte sie an der Ferse seines Stiefels aus. Dann scharrte er mit der Stiefelspitze ein kleines Loch, legte den Stummel hinein und bedeckte ihn mit Erde – wie jeder seines Volkes hinterließ er keine Spuren. Er gab Zuloaga die Tasse zurück, verbeugte sich leicht und ging zu seinem Pferd, ohne sich noch einmal umzublicken. Mit einem Satz, die Arme um den Hals des Tieres gelegt, saß er nach Apachenart auf, was Zuloaga vor Neid erblassen ließ.

Der Oberstleutnant trat zum Pferd und streichelte seine Mähne. Sie war kürzer und rauer als die der spanischen Pferde. Er sah Cabezón in die Augen. Kann ich auf dich zählen? Bis zu den Mogollones bei Santa Rita muss ich mich vom Gebiet von Mangas Coloradas fernhalten, antwortete der Indianer. Mangas Coloradas? Das ist der Gileño, den Sie suchen. Zuloaga nahm die Hand von der Mähne. Wir treffen uns in zwei Tagen in den Ausläufern der Sierra de los Piloncillo. Der Indianer tippte sich an den Hut.

Bevor er ins Lager zurückging, setzte Zuloaga sich noch einmal auf den Stein, auf dem er mit dem Apachen gesessen hatte, und rauchte eine weitere Zigarette. Er stand auf, streckte sich. Wieder im Lager, stellte er fest, dass Márquez und Gringo zum ersten Mal seit Beginn der Expedition von alleine aufgewacht waren, wie erwachsene Menschen. Sie saßen bei den anderen und tranken Kaffee – Corredor war schwer beschäftigt und wahrscheinlich schlecht gelaunt, weil alle zur selben Zeit aufgestanden waren.

Der zweite Zwilling hatte sich neben seinen Bruder ans Feuer gesetzt. Beide machten ein ernstes Gesicht. Zuloaga war zufrieden mit dem Gespräch, das er mit dem Apachen geführt hatte, deswegen gefiel ihm die bedrückte Stimmung der Gruppe nicht. Er versuchte es mit Humor. Ach, übrigens, wie heißt ihr beiden eigentlich?, wandte er sich an die Zwillinge, ihr habt euch nie vorgestellt. Die beiden blickten sich an, sie fanden den Versuch, das Thema zu wechseln, nicht besonders witzig. Warum hätte ich mich vorstellen sollen, Sie haben mir gleich nachdem Sie mich freigelassen hatten, den Revolver ins Maul gesteckt. Aber jetzt sind wir Freunde, sagte der Anführer. Sie sind ein Freund der Apachen, erwiderte der andere Zwilling. Wie kommst du darauf?, fragte der Oberstleutnant. Weil Freunde zusammen rauchen, sagte einer der Zwillinge, und der andere ergänzte: Uns hat bisher noch keiner Tabak angeboten. Der Kreole zog den Lederbeutel aus der Brusttasche seiner Jacke und warf ihn dem Indianer zu. Bitte, sagte er. Der Yaqui fing ihn auf und nahm die Blättchen heraus, um sich eine Zigarette zu drehen. Ich bin Guadalupe, und das ist Victoria. Mit einem Nicken deutete er auf seinen Bruder. Wie bitte?, fragte Zuloaga. Der Indianer sah ihn aus den Augenwinkeln an, während er konzentriert weiterdrehte. Wieso?, fragte er zurück, Guadalupe und Victoria, was ist so seltsam daran? Zuloaga wunderte sich, dass niemand lachte – der Witz war gut. Wie Präsident Don Guadalupe Victoria? Genau der, sagte der andere Zwilling, er hat dafür gesorgt, dass alle Indianer die Staatsbürgerschaft bekommen. Der Oberstleutnant kratzte sich im Nacken. Ihr wollt also Mexikaner sein? Manchmal, erwiderte der, der wahrscheinlich Guadalupe war. Ich glaube euch nicht, sagte Zuloaga, das ist so, als ob Corredor und ich Vicente und Guerrero hießen. Hübsche Namen, sagte Victoria. Und General Vicente Guerrero verdanken wir die Unabhängigkeit, ergänzte sein Bruder. Guadalupe runzelte die Stirn. Zuloaga und Corredor, sagte er, was für blöde Namen, das klingt auch nicht besser als Vicente und Guerrero. Der Rarámuri, der hinter seinem Anführer stand, sagte: Dann bin ich aber Guerrero.

Der Oberstleutnant blickte sich um und bemerkte, dass die anderen den Wortwechsel ungeduldig verfolgten – sie fanden die Sache mit den Namen nicht ganz so interessant. Er räusperte sich und sagte: Wir geben Cabezón ein bisschen Vorsprung, damit die Indianer in den Chiricahua glauben, dass wir ihn verfolgen. Er sah den Yaqui in die Augen und fuhr fort: Wir reiten unterhalb der Berge entlang weiter bis zu einem Dorf namens Portal, dort gibt es eine Wasserstelle. Victoria unterbrach ihn: Wir können uns tagsüber nicht in Portal aufhalten, die Wasserstelle gehört ihnen, das wäre eine Provokation. Wir lassen nur die Tiere trinken und steigen selbst nicht ab, damit sie sehen, dass wir sie respektieren. Die Zwillinge sahen sich an, und der eine, wer weiß, welcher, sagte zum anderen: Er hat seine Lektion gelernt. Und wenn sie auf Streit aus sind?, fragte der andere, nachdem er seinem Bruder zugestimmt hatte. Zuloaga sah ihm in die Augen. Nicht schon wieder, sagte er. Oder seid ihr ihnen was schuldig? Beide schüttelten den Kopf. Die haben keine offenen Rechnungen, sagten sie gleichzeitig mit einer Überzeugung, die den Oberstleutnant ein wenig beruhigte. Sie sollen denken, dass wir hinter Pisago her sind, kam Zuloaga auf den Plan zurück. Er wird vor uns durchs Gebirge reiten, wenn sie denken, wir wollen ihn, kommen wir ohne Ärger durch. Und wer sind die?, fragte Gringo. Márquez verpasste ihm eine Kopfnuss. Der Tanzlehrer war zum ersten Mal seit Beginn der Expedition ernst. Manche Namen spricht man nicht aus, sagte er. Gringo, der an sich nie etwas sagte und stets eine rührende Gutmütigkeit an den Tag legte, schwieg beleidigt.

Kurz nachdem sie aufgebrochen waren, fiel Zuloaga auf, dass Cabezón nach Osten abgebogen war, um dem steinigen Bett eines ausgetrockneten Flusses zu folgen, das ihn aus dem Tal führte und es unmöglich machte, seinen Spuren zu folgen, wenn man nicht wusste, wohin er wollte. Zuloaga nahm an, dass er das Dickicht der Hügel erklommen hatte, die sich in einiger Entfernung erhoben, und dort verschwunden war, wie Apachen zu verschwinden pflegen: zack – weg, verschwunden wie eine Fata Morgana. Der Oberstleutnant hielt sein Pferd einen Moment an. Folgen wir ihm um des Theaters willen, fragte er die Yaqui, oder reiten wir durchs Tal? Er hat den Weg durch die Pilones genommen, sagte Guadalupe, ein mühsamer und heißer Weg, ich glaube, er hatte Angst. Folgen wir ihm?, fragte Zuloaga noch einmal. Márquez, der hinter ihnen ritt, antwortete mit einer Gegenfrage: Kann man ihm trauen? Die Yaqui und Zuloaga reagierten gleichzeitig: Die Indianer sagten Nein, er Ja. Und jetzt?, fragte die Nonne. Zuloaga wendete sein Pferd schräg zum Flussbett hin und ritt los. Alle waren erleichtert, als sie sich, wenn auch nur ein bisschen, von den unheilvollen Bergen entfernten.

In der eisigen Nacht des 13. Februar 1909, am Ufer des Turkey Creek auf dem Gelände des Stützpunkts von Fort Sill, stürzte Gerónimo vom Pferd. Er war bereits in der Nähe des Kriegsgefangenenlagers, aber nicht nah genug, als dass ihn einer der Apachen, die auf dem Heimweg zu den Baracken waren, bemerkt hätte. Abgesehen davon war es bereits zu spät. Er war über achtzig Jahre alt. Ich habe so gut wie alles gelesen, was über ihn geschrieben wurde, und nirgends wird erwähnt, dass er bis dahin auch nur ein einziges Mal die Kontrolle über sein Pferd verloren hätte – er war Gerónimo, und damit der beste Reiter von allen. Vielleicht verbreitete sich deshalb das Gerücht, er sei betrunken gewesen, wofür es keine Beweise gibt, auch wenn er erwiesenermaßen von einer Pokerpartie heimkehrte.

Ebenso bekannt ist, dass er zu jener Zeit das Augenlicht schon beinahe vollständig verloren hatte – auf den letzten Fotos von ihm sehen seine Augäpfel fast durchsichtig aus –, kaum noch hören konnte und sich schreiend verständigte. Seit einiger Zeit sprach er ein Kauderwelsch aus Apache und Spanisch – nur seine letzte Frau Azul und sein Neffe Asa Daklugie verstanden noch, was er sagte – und versicherte jedem, der ihm über den Weg lief, dass er zum Christentum konvertiert sei, für mich ein deutliches Anzeichen schwerer Altersdemenz. 1903 war er tatsächlich von dem Priester der niederländisch-reformierten Kirche, der sich in Fort Sill um die Belange der Soldaten kümmerte, getauft worden, doch schon kurze Zeit später wurde er vom Gottesdienst ausgeschlossen, weil er ein Spieler und auch sonst ein zügelloser Mensch war.

An dem Abend, als er vom Pferd stürzte, schneite es. Trotz all dieser Umstände halte ich es für unwahrscheinlich, dass Gerónimo die Kontrolle über sein Reittier verloren hätte, wenn er nicht obendrein sturzbetrunken gewesen wäre.

Als sein Pferd allein bei den Baracken auftauchte, schlug seine Frau Alarm, und eine Gruppe junger Männer, die schon keine Krieger mehr sein konnten, weil sie in den Militärgefängnissen von Florida und Oklahoma aufgewachsen waren, machte sich auf die Suche nach ihm. Sie fanden ihn in einem Graben, wo er ohnmächtig im Schnee lag. Sie wickelten ihn in eine Decke und brachten ihn zu seiner Hütte.

Asa Daklugie, der außer Spanisch und Apache perfekt Englisch sprach, rief den Arzt. Wäre er noch Herr über seinen Körper gewesen, hätte Gerónimo das nie geduldet – er war Kriegsschamane, er heilte sich selbst. Der Arzt diagnostizierte eine mörderische Lungenentzündung, die er nur noch verwalten konnte, bis Usen ihn zu sich holte – das Jenseits der Hurensöhne, die ihre Wut in einem widerlichen Selbstverteidigungsspektakel kanalisierten. Er war stundenlang bewusstlos, weshalb sie ihn ins Krankenhaus des Stützpunkts bringen konnten, ohne dass er Widerstand geleistet hätte.

Er delirierte drei Tage lang, während er mit der Geschwindigkeit einer Schildkröte den Lichttunnel durchquerte, den das Nervensystem angeblich im erlöschenden Gehirn erzeugt. Er bereute vieles von dem, was er in diesem Tunnel sah und was ihn in die Jahre der Gemetzel und Schlachten zurückversetzte. Dennoch lauteten die letzten Worte, die er zu Asa Daklugie sagte, bevor er in ein Koma fiel, das in den Tod überging: »Ich hätte mich nie ergeben dürfen. Ich hätte in Mexiko bleiben und bis zum Ende kämpfen sollen.«

Es war bereits Nachmittag, als Guadalupe Zuloaga darauf aufmerksam machte, dass Pisago einen weiteren Umweg genommen hatte. Er ist noch weiter rein in die Pilones, sagte er. Zum ersten Mal begann der Oberstleutnant, an dem Coyotero zu zweifeln: Glaubst du, er hat sich ohne uns auf den Weg nach Santa Rita gemacht? Victoria schnalzte mit der Zunge und deutete auf etwas, das von Weitem nur wie eine Krümmung in den Chiricahua-Bergen aussah. Zuloaga fielen die blassen Lippen des Indianers auf, als dieser sagte: Da kommt der Paso de Guadalupe, er hat sich nicht getraut, ihn zu durchqueren, also ist er in die Berge hoch.

Wie alle anderen hatte auch Zuloaga von diesem Engpass gehört. Es war ein schmaler Cañon, der das Gebirgsmassiv der

Chiricahua von den Pilones trennte und einen Durchgang bildete, der es möglich machte, im Galopp aus Sonora hinauszukommen. Die Entfernung vom Valle de San Bernardino zu den hoch gelegenen Prärien Nuevo Méxicos, die gewöhnlich einen Tagesritt in Anspruch nahm, ließ sich auf diesem Weg in weniger als der Hälfte der Zeit zurücklegen, vorausgesetzt, man traute sich. Jeder aus dem Norden, der eine militärische Ausbildung genossen hatte, wusste, dass man dort nur mit einer ausreichend großen Kompanie entlangreiten sollte, um alle abzuschrecken, die einen von den hohen Felsen aus angreifen wollten. Der Pass befand sich in den Händen von Apachen und den Banditen, die mit jenen Handel trieben, und sich zwischen seine Steilwände zu begeben war tödlich; niemand hätte sie je wieder dort herausholen können.

Der Oberstleutnant blieb stehen. Wir reiten weiter, oder?, wandte er sich an einen der Zwillinge, wir durchqueren den Pass einfach. Das ist nicht so einfach, antwortete Victoria und sprang mit einem Satz von seinem Maultier. Auch Zuloaga saß ab. Die anderen ritten heran. Komm her, Elvis, rief Victoria, sag dem Oberstleutnant, dass ich recht habe. Die falsche Nonne stieg vom Pferd, genau wie Márquez und Gringo. Sie steckten die Köpfe zusammen, um zu hören, was der Yaqui ihnen zu sagen hatte. Corredor blieb im Sattel und ließ seinen scharfen Blick durch die Gegend streifen. Schaut her, sagte Victoria, nahm einen dünnen Ast und ging in die Hocke. Die anderen beugten sich über ihn. Er zeichnete zwei Dreiecke in den Sand, deren obere Spitzen sich einander annäherten. Das hier sind die Chiricahua-Berge, sagte er, und das hier die Pilones. Er hob den Kopf und deutete auf die Berge, die ihnen auf dem Weg, den sie gekommen waren, guten Schutz geboten hatten. Die beiden Gebirge, fuhr er fort, bilden einen Trichter. Er zeichnete einen Strich, der zwischen den beiden Dreiecken hindurchführte und sie an den aufeinander zulaufenden Spitzen verband. Das ist der Paso de Guadalupe, erklärte er; die Chiricahua gehören Cuchillo Negro und die Pilones Mangas. Wenn uns jemand fertigmachen will, kommt er aus einem der beiden Cañons geritten, und wir kriegen es erst mit, wenn es zu spät ist. Wenn sie sich einig sind, kommen sie von beiden Seiten, und wir können nirgendwohin mehr abhauen. Und der Trichter beginnt ganz plötzlich, ergänzte Guadalupe.

Alle hoben den Kopf, als warteten sie auf einen Zauberspruch des Oberstleutnants. Lasst uns den gleichen Weg wie Cabezón nehmen, sagte Gringo, der vor lauter Angst wagte, auch einmal einen Vorschlag zu machen. Das Problem ist, dass wir sehr langsam sind, wandte Victoria ein. Wenn wir durchs Gebirge reiten, ist die Hälfte der Pferde verreckt, bevor wir am Wasser sind; Pisago kann das, weil sein Tier aus dem Gebirge stammt. Die Nonne legte die Hand an den Revolver. Sind wir Männer oder Mäuse? Zuloaga sah die anderen an. Ihr habt die Chefin gehört, wir nehmen den Weg durch die Schlucht, aber mit Karacho.

Sie ritten im selben Tempo weiter wie bisher, bis sie dem Trichter so nahe waren, dass Corredor erkennen konnte, ob jemand sie beobachtete. Wie sieht's aus?, fragte Zuloaga ihn immer wieder. Wir sind allein, antwortete der Junge. Als die geologische Formation vor ihnen auftauchte, die die Yaqui beschrieben hatten, hielt Zuloaga sein Pferd an und wandte sich an Corredor: Richte deine Adleraugen auf die Abhänge und sag mir, ob du was siehst. Der Rarámuri nahm sich Zeit. Nichts, sagte er wieder.

Die Zwillinge nahmen ihre Gewehre und hielten sie in die Höhe, wie es die Gileño tun, wenn sie angreifen. Gringo folgte ihrem Beispiel. Zuloaga zückte den Revolver und zog die Zügel an, um mit einer Hand reiten zu können. Elvira nahm die Zügel in die rechte Hand und zog den Colt, ließ die Hand aber unten – echte Killer müssen nicht angeben. Sie spannte den Hahn ihres Schießeisens, in das sie vollstes Vertrauen hatte. Verdammtes

Teufelsweib, dachte Zuloaga, als er das Klicken hörte. Corredor hielt sein Gewehr ebenfalls auf Apachenart hoch, obwohl er so garantiert nicht damit würde schießen können, dafür fehlte ihm die Erfahrung. Bereit?, fragte Zuloaga. Márquez saß weiter auf seinem Pferd wie ein feiner Herr bei einem Ausritt. Als Zuloaga ihm mit einem Stirnrunzeln zu verstehen gab, das sei vielleicht etwas unverantwortlich, hob der Tanzlehrer den Blick zum tiefblauen Wüstenhimmel und sagte: Kein schlechter Ort, um seine letzten Minuten auf Erden zu erleben. Die Nonne drehte sich zu Zuloaga um und erklärte: Wenn er keine Waffe trägt, töten sie ihn mit einem Kopfschuss wie die Kinder; uns anderen schießen sie erst mal nur in die Beine, um uns dann in ihrem Lager aus purem Vergnügen zu foltern. Ich bin kein Idiot, sagte Zuloaga und wandte sich wieder an den Rarámuri. Es hilft nichts, Corredor, du hast die Ehre, mit hübsch aufgesperrten Augen voranzureiten, und richte dem heiligen Petrus bitte aus, dass wir anderen unterwegs sind. Der Rest der Truppe ließ ihn durch. Zu aller Überraschung zog Gringo plötzlich die Zügel an und ritt im Galopp auf das los, was immer sie erwarten mochte. In geschlossener Formation sprengten sie auf den Pass zu.

Aus der Ferne betrachtet, hatten die beiden von Gestrüpp bedeckten Bergflanken das dramatische Aussehen von Steinbrüchen, doch hatte man den Paso de Guadalupe erst einmal erreicht, tat sich plötzlich eine intensiv grüne, fast tropische Landschaft auf; es musste hier unterirdische Quellen geben. Das enge, vulkanische Tal hatte etwas von einer Gebärmutter: Zu beiden Seiten des Weges, der die Schlucht durchschnitt, türmten sich die Felswände auf, die die Chiricahua von den Pilones trennten. Los, ihr Dreckskerle, fangt besser an zu beten, dass sie im verdammten Sonora sind, brüllte Elvira.

Der Pass war breiter, als Zuloaga gedacht hatte. Trotz oder gerade wegen der Aufregung spürte er den Geist, den diese ganze

Landschaft atmete. Die Abhänge aus schwarzem Stein, wie gefesselt von den Wurzeln der darauf wachsenden Zedern. Die offene Kuppel des Himmels. Das lange, im ersten Winterfrost verdorrte Gras. Ein Sperber flog in entgegengesetzter Richtung über den Pass. Das bringt Glück, rief Márquez, der sich den Hut tief in die Stirn gezogen hatte und die steilen Felswände mit der Neugier eines Höhlenforschers betrachtete, während die anderen, einen schwitzenden Finger am Abzug, den Pferden die Sporen gaben. Mist, sagten die Yaqui wie aus einem Mund, und Guadalupe fügte hinzu: Schon wieder keine Schießerei.

Als das nördliche Ende der Schlucht in Sicht kam, wusste Zuloaga, dass sie noch einmal davongekommen waren. Wenn sie uns aus dem Hinterhalt hätten überfallen wollen, dachte er, dann hier. Er sagte nichts, zügelte auch nicht das Tempo seines Pferdes – vielleicht aus Respekt vor dem heiligen Zeitabschnitt, den seine Leute gerade zu durchqueren schienen, die Waffen emporgereckt, als wären sie daran am Himmel aufgehängt. Er sah Corredor an und deutete fragend auf die Felswände, die den Ausgang der Schlucht ankündigten. Der Rarámuri schüttelte den Kopf – nichts.

Camila wachte früh auf, sie konnte es kaum erwarten, dass der Junge noch mehr Kaninchen jagte. Sie ging zu ihm und hob den Riemen vom Boden auf. »Camila«, sagte sie und zeigte auf einen Baum: »Pappel.« Der Junge lachte und ging ein Maisbrot holen, das er vergraben hatte. Er reichte ihr ein Stück. Während sie aßen, sagte er: »Camila.« Sie konnte sich seinen Namen nicht merken. Der Junge lachte. »Gokhlayeh«, sagte er und tat wieder so, als würde er gähnen. Sie wiederholte die Laute, bis der Junge zufrieden wirkte. »Gokhlayeh«, sagte er noch einmal. Sie ahmte ein Gähnen nach. »Gähnen«, sagte sie. Er wiederholte die Laute. »Gähnen, Gokhlayeh«, sagte er und zeigte auf sich.

Die Apachen, sagte Dylan, verstanden es zu leben. Er saß in dem großen, mit Thermalwasser gefüllten Trog, der auf der Terrasse vor unserem Hotelzimmer stand und wo wir den Nachmittag mit Bädern verbrachten, denen Valeria eine heilende Wirkung zuschrieb. Sie ist eine unverbesserliche Optimistin.

Wir hatten in einem bescheidenen Ort haltgemacht, in Truth or Consequences – ein herrlicher Name mit peinlichem Ursprung. Das Dorf hatte Warm Springs geheißen, bis ein Bürgermeister in den Fünfzigerjahren des zwanzigsten Jahrhunderts beim Wettbewerb eines Radiosenders mitmachte. Es gewann die Gemeinde, die sich als Erstes in die wichtigste Show des Radiosenders umbenannte. Der Preis war ein Besuch des Moderators. Die Dorfbewohner stimmten dafür, das anschauliche, historische Warm Springs – eine vergebliche Übersetzung des wunderbaren ursprünglichen Ortsnamens Ojocaliente, warmes Loch – aufzugeben und es durch das prächtige Truth or Consequences zu ersetzen. Es war eine kluge Entscheidung aus den falschen Gründen. Zur Verteidigung der Gemeinde muss gesagt werden, dass es sonst fast immer umgekehrt ist: Um Verbesserungen herbeizuführen, treffen wir idiotische Entscheidungen.

Das Hotel ist ein ehemaliges Gutshaus mit einem großen Innenhof. Bei den Zimmern handelt es sich um die ehemaligen Empfangs- und Schlafzimmer des Hauses. Jedes besitzt eine von einem Palisadenzaun geschützte, möblierte und mit Wüstenpflanzen dekorierte Terrasse, deren Prunkstück ein eigener Trog mit Wasser aus den Thermalquellen ist: eine alte Viehtränke, ausgekleidet mit so typisch mexikanischen Fliesen, dass sie nur aus New Mexico stammen können. Eigentlich müsste es ein sehr teures Hotel sein, doch weil niemand nach Truth or Consequences kommt, kostet es nicht viel.

Ich weiß nicht, ob man von den Apachen sagen kann – so wie Dylan, als er im heißen Wasser unserer Privattherme lag –, dass sie das Leben zu genießen wussten. Für sie war es eine beschwerliche Reise, ein mühevoller Bogen zwischen zwei bequemeren Ewigkeiten, eine Dürreperiode, so knochentrocken wie die dornige Landschaft, die diesen Ort umgibt – eine wunderschöne Einöde.

Die Gegend um Truth or Consequences ist leer, und das war früher nicht anders, weshalb sich die Frage stellt, warum das US-amerikanische Militär die Mimbreño-Apachen mit aller Macht daran hindern wollte, an dieser Stelle, die sonst niemand wollte, ihr Reservat zu gründen. Der Ort hat etwas Tragisches, was vielleicht damit zu tun hat, dass Victorio, der oberste Häuptling aller Mimbreño – selbst Nana war nur ein einfacher Hauptmann, wenn er an seiner Seite kämpfte –, sein Leben opferte, damit sie bleiben konnten.

Victorios Gründe dafür liegen auf der Hand: Thermalquellen waren so heilig, dass die zweite große Heilquelle in Nuevo México, etwa vierzig Kilometer nördlich von Taos, von den Navajo und Chiricahua – wahren Todfeinden – friedlich geteilt wurde. Hinzu kommt die Nähe zum Rio Bravo, der in El Paso einen Bogen nach Norden beschreibt und von der Grenze wegstrebt, um sich schließlich in der Wüste zu verlieren. Der Fluss fließt nur wenige Kilometer östlich an Truth or Consequences vorbei. Was heute ein Stausee ist, das Elephant Butte Reservoir, war im neunzehnten Jahrhundert dank der Hochwasser des Flusses ein fruchtbares Tal. Es war nicht groß und ernährte nur ein paar Familien, aber die Mimbreño waren auch nie sehr zahlreich gewesen.

Trotz des Stausees ist die Gegend ausgesprochen rau, zum Verzweifeln trocken. Gleißend hell am Tag und nachts eiskalt. Das Wasser der Quellen ist schwefelhaltig und kann nicht zur Bewässerung genutzt werden. Die Frage bleibt: Warum wollten die Gringos Victorio und seine Mimbreño nicht in Ojocaliente haben, und sei es nur, um sich sinnlose Tote zu ersparen?

Die Umsiedlung war immer der erste Schritt in Washingtons Ausrottungspolitik gegen die ursprünglichen Nationen Nordamerikas gewesen, weshalb das in der Hauptstadt ansässige Bureau of Indian Affairs den Mimbreño nie erlaubt hatte, auf ihrem Land zu leben, und sie zwang, von einem Reservat zum nächsten zu ziehen, obwohl diese bereits von anderen, meist feindlichen Apachenstämmen bewohnt waren. Auch wenn alle Stämme, die sich am Ende den Chiricahua anschlossen, sich durch Widerspenstigkeit und Ungehorsam auszeichneten, hatten Victorios und Nanas Leute schon immer den Ruf, die Aufsässigsten, Kriegerischsten, Ungeduldigsten und Schwierigsten von allen zu sein.

Es war noch Nacht, der letzte Zacken der Milchstraße bohrte sich in den Horizont, ohne dass sich das erste Tageslicht gezeigt hätte, als Oberstleutnant Zuloaga aufwachte. Er richtete sich ein wenig auf und lehnte sich an seinen Sattel. Er dachte an die Poritze seiner Frau, wenn sie sich bückte, um etwas aufzuheben, und ihr der Unterrock verrutschte. Die Expedition dauert schon lange, sagte er sich, während er sich mit der einen Hand das Gesicht rieb und mit der anderen nach seinem Revolver griff, der ihm beim Aufsetzen in den Schoß gerutscht war.

Nach dem intensiven Erlebnis des Paso de Guadalupe am Tag zuvor war ihm der weitere Ritt monoton, öde und wenig sinnvoll vorgekommen. Ermutigt, weil nichts passiert war, waren sie weiter am Saum der Chiricahua entlanggeritten, und obwohl der Weg mindestens eine Meile kürzer sein musste als der von Cabezón, hatte die Dunkelheit sie überrascht, bevor sie Portal erreicht hatten. Als es nicht mehr anders ging, gab er den Befehl, anzuhalten und das restliche Wasser in die Hüte zu füllen, um es den Pferden zu trinken zu geben. Tut mir leid wegen des Kaffees morgen früh, sagte er zu Corredor. Ist nicht schlimm, erwiderte der Junge, wir hätten sowieso kein Feuer machen können, sie sind uns bereits auf der Spur. Zuloaga teilte diese Neuigkeit nicht mit der Truppe, zwang sie aber, so lange weiterzureiten, bis die Nacht vollständig über ihnen hereingebrochen war. Als er absattelte, kam Guadalupe und fragte, weshalb sie so lange geritten seien. Die Tiere können sich verletzen, wenn sie den Untergrund nicht sehen, fügte der Indianer hinzu, ich glaube nicht, dass Sie das nicht wissen. Ich wollte sehen, ob wir es bis Portal schaffen, sagte Zuloaga. Das liegt aber nicht etwa daran, dass der Junge irgendwelche Verfolger bemerkt hätte?, erwiderte der Yaqui. Wie kommst du darauf?

Er lauschte eine Weile in die Dunkelheit. Abgesehen vom Schnarchen der Truppe, war nichts zu hören. Er stand auf, steckte den Revolver weg und rollte seine Decke zusammen. Als er sie am Sattel festband, sah er, dass die Maultiere der Zwillinge fehlten. Verfluchte Scheiße, sagte er zu sich selbst und beeilte sich, die anderen zu wecken. Sie mussten ohnehin früh aufbrechen, um die Chiricahua, die ihnen seit gestern folgten, in die Irre zu führen, doch Guadalupes und Victorias Verschwinden konnte bedeuten, dass mit Anbruch der Dämmerung auch die ersten Schüsse fallen und die Expedition am Arsch sein würde.

Corredor war verwirrt, als der Anführer ihn wach rüttelte – normalerweise stand *er* als Erster auf. Was ist passiert?, fragte er mit einer Stimme, die verriet, dass er gerne von allein aufwachte. Die Yaqui sind verschwunden, sagte Zuloaga. Der Junge streckte die Glieder. Die erkunden bestimmt nur die Gegend, die sind bald zurück. Komm, hilf mir, die anderen zu wecken, wir brechen sofort auf, befahl der Oberstleutnant. Und wie zur Entschuldigung fügte er, mehr zu sich selbst, hinzu: Ich hab's vermasselt, die beiden haben fünf Jahre in einem dreckigen Loch gesessen, zu glauben, ich könnte sie in Apachengebiet mitnehmen, ohne dass sie Streit suchen, ist, als würde man glauben, ein Matrose ginge in den Puff, um einen Milchkaffee zu trinken. Corredor hatte sich bereits auf seiner Decke aufgesetzt. Na dann los, sagte er.

Während alle mit platt gedrückten Haaren, Schlaf in den Augen und getrocknetem Speichel in den Schnurrbärten die Pferde sattelten, zählte Zuloaga eins und eins zusammen. Ohne seine beiden besten Männer würde er höchstens versuchen können, mit den Apachen zu verhandeln – welche Bedrohung sollten eine Nonne, ein Tanzlehrer, ein Kind und ein Blondschopf für einen Apachenhäuptling auch darstellen? Vielleicht war er von Anfang an dazu verurteilt gewesen, mit den Indianern nur Gespräche zu führen, dachte er. Er versuchte, die Truppe aufzumuntern, obwohl es mehr darum ging, sich selbst Mut zu machen: In Portal trinken wir erst mal gemütlich einen Kaffee, das verspreche ich euch, das Dorf ist ganz nah. Woher wollen Sie das wissen?, fragte Corredor, der seine schlechte Laune nicht verbergen konnte, weil er noch keinen Kaffee getrunken hatte. Das vermute ich, sagte Zuloaga und rief damit allgemeines Stirnrunzeln hervor. Elvira bestätigte, es sei nicht mehr weit. Vier Stunden vielleicht, sagte sie etwas zerstreut, weil sie dabei war, ihr Holster zu schließen und aufzusitzen; drei, wenn die Pferde keinen Durst haben. Woher wissen Sie das?, fragte Zuloaga, der schon seit einer Weile auf seinem Pferd saß und ungeduldig mit den Fingern auf den Sattelknauf trommelte. In Portal waren sie verrückt nach Zarzuelas, antwortete sie, aber als die Apachen dort ihr Lager aufschlugen, mussten die Leute gehen. Aber wo die Wasserstelle ist, weiß ich nicht, fügte sie hinzu. Die ist nicht weiter als zehn Minuten vom Dorf entfernt, sagte Márquez. Er wartete, dass sein Pferd die Luft ausstieß, um den Gurt festzuzurren. Du warst auch schon mal dort?, fragte der Anführer ungläubig – offenbar kannte jeder außer ihm die Apachería. Die Gegend war mal bekannt für ihre Tänzer, antwortete der Lehrer und sah Corredor an, der bereits an Zuloagas Seite auf seinem Pferd saß. Der Junge nickte. Es war nur ein kleines Dorf, aber mit viel Kultur; den Leuten war langweilig, also haben sie sich weitergebildet. Ihr seid diesen Weg also alle schon mal geritten? Ich nicht, sagte Gringo. Zuloaga zog es vor, das Thema zu wechseln. Die Yaqui haben mir erzählt, dass Cuchillo Negro hier erstarkt ist. Corredor, der seine Aggression aufgrund des Koffeinentzugs auf die Autoritätsperson zu konzentrieren schien, antwortete: Sie haben Namen, wissen Sie das nicht? Wer? Die beiden mexikanischen Bürger, die Sie »die Yaqui« nennen; das sind auch Menschen, genau wie Sie. Die Schwester griff ein, um die Gemüter zu beruhigen: Sie sind mexikanische Bürger, aber sie haben ihre Rechte verwirkt; sie sind schon so was wie Mörder. Ja, aber nicht, weil sie Indianer, sondern, weil sie Mexikaner sind, erwiderte Corredor. Ach, ich wünschte, ich könnte ihm widersprechen, seufzte Márquez. Was wisst ihr von Cuchillo Negro?, kam Zuloaga auf sein Anliegen zurück. Ein rückfällig gewordener Coyotero, sagte Márquez, während er mit dem Stiefel in den Steigbügel trat. Er saß auf und fuhr fort: Er ist mit Mangas verwandt, hat aber seine eigene Gruppe, alles feine Leute, denken Sie an Guadalupe und Victoria. Er sah zu Corredor: Alles mexikanische Bürger, mit hübschen Namen. Die Schwester mischte sich ein: Er ist in der Umgebung von Chihuahua-Stadt aufgewachsen, und er ist getauft, aber es heißt, er hasst die Mexikaner so sehr, dass er nicht mal mehr Spanisch spricht, er hält die angepassten Indianer für Verräter, deshalb ist Pisago woanders langgeritten. Der Oberstleutnant blähte die Backen auf und stieß die Luft aus. Und seine Gruppe? Alles Rückfällige, sagte Elvira, von allen möglichen Stämmen, die schlimmste Sorte. Der Chef schnaubte. Márquez pulte sich mit dem Finger den Schlaf aus den Augen und sagte: Wisst ihr nicht, dass Cochís sich Cuchillo Negro angeschlossen hat und sie gemeinsame Sache machen? Die Nonne schlug ein Kreuz. Diesen Namen spricht man nicht aus, sagte sie. Cochís?, fragte Zuloaga. Ich sagte, man spricht ihn nicht aus, wiederholte Elvira, das ist der Teufel persönlich. Aber verlieren Sie nicht den Mut, mein Leutnant, bemerkte Corredor, Sie werden gewinnen. Ich?, fragte Zuloaga, der endlich loswollte – Gringo war immer noch dabei, seine Decke festzubinden. Ja, Sie, nicht Cuchillo Negro, sagte der Junge. Und wieso? Haben Sie etwa irgendjemanden aus Sonora gesehen, seit wir in Janos aufgebrochen sind?, antwortete der Junge. Márquez begriff, dass Corredor erst mit seinen Sticheleien aufhören würde, wenn er einen Kaffee getrunken hätte, und dass der Chef kurz davor war zu explodieren. Mit seiner etwas eitlen Tänzergeschmeidigkeit bog er den Körper, um in seinen Satteltaschen zu wühlen. Er holte zwei Kaktusfrüchte hervor. Hier, dein Frühstück, sagte er zu dem Jungen, vielleicht bist du dann genießbarer.

Oberstleutnant Zuloaga war ein vernünftiger Mensch. Sein Vater war ein Kind des spanischen Reiches und ein Soldat des Königs gewesen. Als sich abzeichnete, dass es die Aufständischen waren, die im Unabhängigkeitskrieg über Anstand und Visionskraft verfügten, hatte sein Vater so ritterlich wie möglich die Seiten gewechselt und diente der neuen Republik so treu wie sonst nur die Bewohner Chihuahuas – die Triebfeder dieser viel zu großen und verworrenen Sache, die sich Mexiko nennen wollte. Die Zuloagas waren Leute, die zweifeln und bemängeln konnten. Als in Buenaventura die Nachricht eintraf, der spanische König habe während einer nüchternen, zehnminütigen Zeremonie in einem unbedeutenden Landhaus in Veracruz die Kapitulation unterzeichnet, hatten der Oberstleutnant und sein Vater vor Freude geweint. Ihnen gefiel nicht, was die Regierung mit den Gebieten im Norden machte, aber als der Vater aus der Armee austrat, die jetzt nationale Armee hieß, war der Sohn bereits in diese eingetreten, statt sich an den Plünderungen, Aufständen und Vertreibungen zu beteiligen. Als die Indianerkriege ausbrachen, verhielt er sich grausam gegenüber den Stämmen, die nicht zur neuen

Republik gehören wollten, an die er so sehr glaubte. Gegenüber den Häuptlingen der Stämme, die sich assimilieren wollten, war er jedoch großzügig. Er glaubte nicht, dass die Väter der Nation Idioten waren – sie werden ihre Gründe gehabt haben, die Indianer zu Mexikanern zu machen. Er wusste, aus Fehlern zu lernen, doch seit er in der Apachería war, sah die Sache anders aus: Nie zuvor hatte er sich in absolut allem geirrt. Und schlimmer noch: Seit Langem war er nicht mehr das Mitglied einer Truppe gewesen, das am wenigsten Bescheid wusste, und es fiel ihm schwer zu begreifen, dass seine Leute noch immer auf ihn hörten, obwohl jeder sehen konnte, dass er der Einzige war, der die ganze Zeit nicht kapierte, was vor sich ging.

Auch was Guadalupe und Victoria betraf, hatte er sich geirrt. Das begriff er, als die Nacht zu Ende ging, es langsam dämmerte und die Sonne hervorkam, ohne dass in den Bergen der trockene Widerhall von Schüssen erklungen wäre. Sie sind nicht abgehauen, um Apachen zu töten, sagte er, fast heimlich, zu Elvira. Natürlich nicht, antwortete sie, sie haben irgendwas bemerkt und wollten nachsehen; Corredor hat recht, Sie halten alle für schlechter, als sie sind. Das stimmt nicht. Natürlich stimmt das; denken Sie nur an Márquez, er ist eine Schwuchtel, und ich habe keine Ahnung, mit wem er ins Bett steigt, aber von uns allen kennt er die Wüste am besten. Mir ist es egal, mit wem meine Männer ins Bett gehen, solange sie sich wie Männer benehmen. Und ich, wie benehme ich mich? Ich habe großen Respekt vor Ihnen. Wenn Sie Respekt vor mir haben, dann behandeln Sie mich auch so. Die Schwester fuhr fort: Noch mal zu Corredor. Er hat die schärfsten Sinne, die ich je gesehen habe, und Sie lassen ihn Kaffee kochen, behandeln ihn wie ein Kind. Sehen Sie mal, wer da kommt, sagte die Nonne und zeigte auf den Chaparral, aus dem die Zwillinge förmlich hervorzusprießen schienen. Zwei mexikanische Bürger von edler Abstammung, bemerkte der Oberstleutnant.

Wie selbstverständlich ritten Guadalupe und Victoria zum Anführer und der Nonne, als hätten alle die ganze Zeit gewusst, wo sie gesteckt hatten. Gut, dass ihr früh aufgestanden seid, war das Einzige, was einer der beiden sagte, um anzudeuten, dass sie unterschiedliche Wege genommen hatten. Zu Diensten, erwiderte Zuloaga, was habt ihr herausgefunden? Dass wir nicht die Einzigen sind, die Pisago verfolgen. Cuchillos Leute in den Bergen, sagte der Oberstleutnant, stolz, weil er über alles unterrichtet war; wir haben sie bemerkt. Das wussten wir nicht, sagte Guadalupe. Aber nicht nur sie sind uns auf den Fersen, fügte Victoria hinzu. Was soll das heißen? Drei Männer, auf guten Pferden. Zuloaga deutete zu den Chiricahua: Dann müssen sie von dort kommen. Er bemerkte Elviras finsteren Blick und fügte hinzu: Das hat mir der Soldat Corredor gesagt. Die Zwillinge blickten sich an. Er hat ein Kind Soldat genannt, bemerkte Victoria. Guadalupe zuckte mit den Schultern. Es ist egal, was da oben passiert, sagte er; wenn Cuchillo uns angreifen wollte, hätte er das beim Paso de Guadalupe getan; wenn er uns in Ruhe gelassen hat, wäre eine Konfrontation mit ihm nur Munitionsverschwendung. Das waren bestimmt nur Späher, um sicherzugehen, ob wir auch wirklich Pisago verfolgen, fügte sein Bruder hinzu. Zuloaga nickte mit dem Kopf in die Richtung, aus der die Zwillinge ihren Worten nach verfolgt wurden. Cowboys? Ganz sicher. Wie viele noch mal? Drei. Mexikaner? Wahrscheinlich. Banditen? Die Zwillinge zuckten gleichzeitig die Schultern. Der Anführer hat das Pferd eines vornehmen Herrn, oder?, fragte Guadalupe seinen Bruder. Das sind die Schlimmsten, sagte Zuloaga, muss ich mir Sorgen machen? Die packen wir an den Klöten, sagte Victoria. Du verzeihst, meine Elvis, fügte Guadalupe hinzu. Die Nonne fasste sich zwischen die Beine.

Victorio duldete die Umsiedlungen, die ihm von den Bürokraten in Washington aufgezwungen wurden. Bei der ersten Unaufmerksamkeit des Militärs, das die Reservate verwaltete, floh der Häuptling nämlich sofort wieder in die undurchdringlichen Gebiete der Sierra del Diablo, heute Black Range genannt. Dort wartete er, bis sich die Lage beruhigt hatte, um anschließend in die karge Gegend von Ojocaliente zurückzuziehen, Hütten zu errichten und so lange zu bleiben, bis die Armee wieder auftauchte. Was gewöhnlich seine Zeit dauerte. Sowohl in den USA als auch in Mexiko wusste man, dass man sich besser nicht mit ihm anlegte.

In seinem Buch *Once They Moved Like the Wind* schreibt der Historiker David Roberts, dass Victorio und seine gesamten Leute – etwa fünfunddreißig Familien – im Sommer 1879 in das von Mescalero-Apachen bewohnte Reservat bei Fort Stanton zogen. Bei ihrer Ankunft erfuhren sie, dass sowohl Ojocaliente als auch die Bergpässe der Sierra del Diablo von Soldaten besetzt worden waren und es keinen Ort mehr gab, an den sie hätten zurückkehren können.

Die Mimbreño ließen sich an dem ihnen zugewiesenen Ort nieder – sie hatten ein gutes Verhältnis zu den Mescalero – und versuchten, sich an die neue Umgebung anzupassen. Der Boden war unfruchtbar, und es gab nichts zu jagen, sodass sich Victorio höchstpersönlich zum Lebensmittellager des Reservats begab, das direkt dem Verwalter, einem besonders korrupten, aber gut Apache sprechenden Mann, unterstand.

Im Büro wird der Häuptling erklärt haben, dass seine Leute etwas zu essen bräuchten, weil es auf ihrem Land nur Sand und Steine gebe. Der Verwalter hat wahrscheinlich nicht einmal den Blick von den Papieren auf seinem Schreibtisch gehoben. Roberts berichtet, dass der Mann die Lebensmittelkarte des Indianers sehen wollte und Victorio erwiderte, er habe keine, sie seien gerade erst angekommen, und er stehe zum ersten Mal hier. Ohne Karte kann ich Ihnen nichts geben, wird der Gringo, weiter in seine Unterlagen vertieft, geantwortet haben. Roberts ist Historiker, er muss sich an dokumentierte Fakten halten. Ich bin Schriftsteller, ich kann die Tatsachen mit Ockhams Rasiermesser bearbeiten. Erfahrungsgemäß weiß ich, dass Korruption mit einem irrationalen Nein beginnt und der Bürokrat, der auf einen unrechtmäßigen Nebenverdienst hofft, von vornherein etwas verlangt, was sein Gegenüber gar nicht leisten kann, damit das Gespräch sofort auf die Möglichkeit einer anderen Regelung hinausläuft. Fest steht, dass der Mimbreño den Verwalter fragte, wo er sich die Karte abholen könne, und der Beamte ihm erklärte, dass man sie nicht einfach abholen könne, sondern in Washington bestellen müsse und dass es einen Monat dauern werde, bis sie eintreffe. Aber wir haben nichts zu essen, wird der Häuptling geantwortet haben, und der andere hat bestimmt erwidert: Das tut mir leid, aber ich habe keine Karten.

Victorio, der in den Reservaten immer nur mit anderen Apachenstämmen zu tun hatte und daher die Gebräuche und Gewohnheiten der Weißen nicht kannte, wird nicht begriffen haben, dass der Verwalter irgendein einträgliches Geschäft mit ihm vereinbaren wollte. Und was mache ich jetzt?, wird Victorio gefragt haben, und der Verwalter hat wahrscheinlich nur mit den Schultern gezuckt. In Anbetracht dessen, was dann geschah, kann man sich gut vorstellen, dass der Mann etwas gesagt hat, das den Häuptling auf die Palme brachte, vielleicht etwas in der Art, dass die Mimbreño für ihre Widerstandsfähigkeit berühmt seien und das schon aushalten würden. Victorio muss noch etwas erwidert haben, denn man weiß, dass der Gringo von seinen Papieren aufblickte, um – viel zu spät – zu erkennen, dass er einen Fehler gemacht hatte: Mit blutunterlaufenen Augen stürzte der Häuptling sich auf ihn. Man weiß, dass er ihn am Bart packte, über den

Schreibtisch zerrte und noch etwas zu ihm sagte, bevor er hinausmarschierte und die Tür hinter sich zuknallte.

Der Verwalter wusste um den Ruf des Häuptlings, also verbarrikadierte er sich in seinem Büro und verbrachte die Nacht dort, statt in die Kaserne zurückzukehren. Victorio teilte seinen Kriegern mit, dass er das Reservat noch in derselben Nacht verlassen werde. Wenn sie mitkommen wollten, sollten sie die anderen Häuptlinge benachrichtigen und einen Ratsbeschluss fassen.

Als der Verwalter am nächsten Morgen vor die Tür trat, war das Reservat leer, und Victorio und die anderen Indianer hatten die Pferde seines Regiments gestohlen. Er war außer sich; es war eine Kriegserklärung.

Wie Elvira und Márquez vorausgesagt hatten, lag Portal knapp vier Stunden von ihrem Nachtlager entfernt. Sie erreichten es, bevor die Hitze noch drückender wurde und die Pferde schlapp machten. Das Dorf war winzig, aber gut in der Welt verankert, mit Kirche und Rathaus. Noch kleiner als Janos und heruntergekommen, aber verschönt von der Anmut des Alters: An der Größe der Fenster in den Häusern, deren Bauherren eine eher andalusische Vorstellung davon hatten, wie man der Hitze die Stirn bot, sah man, dass das Dorf kurz nach Coronados Expedition von Konquistadoren gegründet worden sein musste. Noch hatte sich keiner die Mühe gemacht, die Türen aufzubrechen, um zu stehlen, was noch zu finden war. Nur die Kirche war geplündert worden. Da muss Gold gewesen sein, sagte die Schwester, das verschwindet zuerst. Als Zuloaga die Blicke der Zwillinge sah, wusste er, dass die Häuser nicht lange unversehrt bleiben würden, vielleicht nur so lange, wie ihre Expedition dauerte. Etwas später drehte Guadalupe sich zu ihm um: Sieht nicht so aus, als würden wir hier einen Kaffee kriegen, wir werden wohl unser Lager aufschlagen müssen, damit Soldat Corredor wieder bessere Laune bekommt. Zuloaga schämte sich.

Sie durchquerten das Dorf von Ost nach West, im Schritttempo, als ritten sie nicht durch einen Ort, der ein Gespenst seiner selbst war. Die Schwester und Márquez versuchten, die Bilder, die sie noch aus den Jahren vor der letzten Wendung im Apachenkrieg vor Augen hatten, mit der Gegenwart in Übereinstimmung zu bringen. Da haben sie die Bühne aufgebaut, sagte Elvira, als sie am Platz vorbeiritten. Der Lehrer deutete auf ein Haus. Die Bälle bei den Manceras, sagte er. Die waren toll, stimmte die Nonne ihm zu. Und du warst nie in diesem offenbar so kulturinteressierten Dorf?, wandte sich Zuloaga an Gringo. Nein, sagte dieser, ich komme von einer Farm, ich bin kein Städter. Das ist keine Stadt, erwiderte Zuloaga, obwohl es ihn einschüchterte, dass sowohl die Haupt- als auch die Nebenstraßen gepflastert waren, ein Luxus, den er nur aus seinem Buenaventura kannte. Hier gab es Geld, sagte er. Sie können sich nicht vorstellen, wie viel, fügte Márquez hinzu. Bevor die Kloppereien losgingen, war ich Lehrer in einem Dorf in der Sierra, hier in Sonora, und es hat keinem an irgendwas gemangelt, nicht mal den Apachen; ich begreife nicht, was hier passiert ist. Hast du dort gelernt, Apache zu singen?, fragte der Anführer. Das ist eine lange Geschichte, antwortete Márquez, blickte auf und lächelte glücklich.

Als sie bereits das Ende der Straße und des Dorfes erreicht hatten, drehten Guadalupe und Victoria sich um und sahen Zuloaga an. Der Oberstleutnant nickte ihnen kaum merklich zu. Sie hatten bemerkt, dass im Pflaster ein Stein fehlte und dieses Loch, im Gegensatz zu den anderen, die die Straße säumten, neu war. Sie entdeckten den Stein ein Stück weiter, nicht weit von den letzten Häusern, wo das Pflaster in einen Trampelpfad überging. Pisago musste ihn dort hingelegt haben. Der Weg war nur notdürftig mit ein paar vertrockneten Steppenläufern getarnt, was sie sofort als

Trick der Apachen durchschauten, um die Wasserstelle zu verbergen. Corredor beeilte sich, das tote Gestrüpp zur Seite zu räumen, damit die Pferde, die die Quelle bereits gewittert hatten, sich nicht an den Dornen verletzten. Unter den Steppenläufern kam ein viel benutzter Pfad zum Vorschein, auf dem die Pferde fast durchgingen.

Zuloaga wunderte sich, dass keine Bäume zu sehen waren. Es hätten längst welche auftauchen müssen, wenn das Wasser so nah war, dass die Pferde es witterten. Im Näherkommen erkannte er, dass rund um die Wasserstelle alle Pappeln gefällt, die Sträucher verbrannt und die Bänke, die die Dorfbewohner irgendwann einmal aufgestellt hatten, um die Kühle zu genießen, umgestürzt waren. Dieser verdammte Krieg, sagte Márquez, der am Ende des Trupps ritt: Was soll das bringen? Das ist allein eure Schuld, sagte Guadalupe. Unsere?, fragte Elvira. Die Apachen hatten immer ihre Wüste, und sie haben immer ihre Wasserstellen getarnt, aber früher war das nur ihr Land, alle anderen hatten dort nichts zu suchen, aber dann habt ihr die Komantschen fertiggemacht, uns in die Sierra gejagt und die Pueblo und Navajo nach Norden vertrieben, und jetzt frisst die Apachería alles auf, denn ihr wisst zwar, wie man die Erde ausbeutet, aber ihr wisst nicht, wie man sie schützt. Zuloaga drehte sich zu Corredor um. Die netten Apachen sind auch Mexikaner, sagte er zu ihm, und jetzt zerstören sie Sonora. Machen Sie sich nicht über ihn lustig, wies die Nonne ihn zurecht, sehen Sie nicht, dass er noch ein Kind ist? Und?, erwiderte der Oberstleutnant. Elvira bemerkte, dass er den Hieb zwar gut pariert hatte, aber rot geworden war. Er lernte dazu.

Der Oberstleutnant befahl, die Pferde trinken zu lassen, ohne abzusitzen. Wir werden bestimmt beobachtet, sagte er. Lassen Sie uns wenigstens die Schläuche und Flaschen füllen, flehte Márquez, seien Sie nicht so. Und ein kleines Bad nehmen, fügte Victoria hinzu, wahrscheinlich nur, um ihn zu ärgern. Wasser auffüllen ja, aber ein Bad kommt nicht infrage, sagte Zuloaga. Er erntete Pfiffe. Nur die Füße nass machen, ließ Márquez nicht locker. Zuloaga verneinte erneut, aber als er absaß und seine Flasche losband, bekam er Lust auf eine Zigarette. Das hier und ein Kaffee, machst du schnell ein Feuer, Soldat Corredor?

Sie sattelten nicht ab, ließen die Pferde aber im frischen Gras entlang der Wasserstelle herumstreifen, damit sie sich erholen konnten – erst am Abend würden sie wieder haltmachen, wer weiß, in welchem Zustand. Sie machten es sich neben den Ästen bequem, die Corredor anzündete, um das Wasser zu erhitzen. Als der Rarámuri den Topf aufs Feuer stellte, wandte Victoria den Blick zum Himmel. Ich gehe besser mal nachschauen, ob uns die Cowboys von heute Morgen noch immer auf den Fersen sind, sagte er zu Zuloaga. So nah waren sie?, fragte die Schwester und legte die Hand an den Colt. Ja, aber sie sahen nicht gefährlich aus, antwortete der Zwilling. Geh, sagte Zuloaga, als würden seine Leute machen, was er sagte, und nicht, wozu sie Lust hatten.

Alle tranken bereits ihren Kaffee, als Victoria zurückkehrte. Sie sind nicht mehr weit, sagte er. Zuloaga sah von der Zigarette auf, die er sich gerade drehte. Bist du sicher, dass sie nichts im Schilde führen? Das müssen Sie den Jungen fragen, ich kann nur drei Männer erkennen. Gehst du, Corredor?, fragte der Anführer. Der Junge warf einen Blick auf den Kaffee, den er sich gerade eingeschenkt hatte. Wütend fragte er Victoria, von wo aus er sie gesehen habe. Der Zwilling deutete auf einen Pfad. Dahinten ist ein kleiner Hügel, sagte er. Corredor nahm seine Tasse mit. Hoffentlich sind sie friedlich, bemerkte Márquez und sah dem Jungen nach, der sich nur langsam entfernte, weil er beim Gehen immer wieder an seinem Kaffee nippte.

Zuloaga drehte sich bereits die zweite Zigarette, als der Junge mit Neuigkeiten zurückkehrte. Zwei Mexikaner, sagte Corredor, und einer, der Gringo oder Franzose sein könnte. Bewaffnet? Gewehre und Revolver, aber im Holster. Wie nah? Wir können uns noch einen Kaffee machen. Gut, sagte Zuloaga, aber wir erwarten sie zu Pferd. Als Zeichen der Zustimmung ließ die Truppe sich wieder auf dem Boden nieder.

Die Cowboys brauchten etwas länger, als Corredor erwartet hatte, was den Oberstleutnant beruhigte – sie hatten ein anderes Ziel. Er befahl seinen Leuten, eine defensive Formation einzunehmen, um sie zu erwarten. Sie stellten sich mit ihren Pferden in einem Halbkreis zu beiden Seiten des Pfades auf, um den Männern den Weg abzuschneiden, falls sie sich, ohne zu reden, aus dem Staub machen wollten, oder um sie zu verfolgen, falls sie beim Anblick der Truppe kehrtmachten. Die ungeschriebenen Gesetze der Wüste verlangten, dass sie die Waffen stecken ließen, doch alle hatten eine Hand an den Zügeln und die andere auf dem Oberschenkel, nah am Revolver.

Die Männer waren friedlich. Ihre Pferde waren nervös, auch sie hatten Durst. Guten Tag, sagte ihr Anführer und nahm einen seltsamen Hut ab – mit flachen Krempen und einer fast kegelförmigen Krone, wie ein von einer Glocke gekrönter Flamenco-Hut. Er war mit einem silbernen Band verziert, offenbar handelte es sich um einen eleganten Hut. Sein Träger war weiß, aber auf eine andere Art als die Gringos oder mexikanischen Kreolen: Es war ein blonder, gelockter und stark behaarter Weißer. Er trug ein weites helles Hemd unter einer schwarzen Weste und darüber einen Zarape-Poncho, ebenfalls schwarz, genau wie der Rest seiner Kleidung. Trotzdem wirkte er nicht wie ein Bandit, sondern wie ein Caballero, wenngleich einer aus einer anderen Wüste. Den wünsche ich Ihnen auch, antwortete Zuloaga. Die beiden Cowboys hinter dem Anführer tippten sich an ihren Filzhut. Ebenfalls, sagten sie mit dem kräftigen Akzent der Einwohner von Sonora und ritten bis an die Wasserstelle heran.

Der schwarz gekleidete Mann und seine Begleiter saßen ab. Er strich seinem Pferd über die Mähne, bevor er seinen Männern die Zügel reichte. So wie zuvor die Tiere von Zuloagas Trupp gingen die Pferde auf dem letzten Stück durch und zerrten die Reiter hinter sich her. Der Anführer ließ seinen Blick in aller Ruhe über die Truppe schweifen und wandte sich an Zuloaga, den Einzigen, der sowohl ein Mann als auch weiß war – er musste der Chef sein. Kann es sein, dass wir hinter derselben Person her sind?, fragte er mit einem seltsamen Akzent und zusammengekniffenen Augen, geblendet von der Sonne, die schon hoch vom Himmel herabbrannte, auch wenn die Luft noch angenehm kühl war. Keiner antwortete, was vor allem an seiner verblüffenden Aufmachung lag. Statt Cowboyhose und Chaps trug er etwas, das der Truppe wie ein Wollrock vorkam, der an der Taille von einer breiten, mit Münzen und Silberkettchen eingefassten Lederbinde gehalten wurde. Darunter sehr hohe Stiefel mit Absätzen, wie sie keiner bei einem Mann für möglich gehalten hätte: schräg geschnitten und deutlich höher als gewöhnlich. Von wem reden Sie?, fragte Zuloaga. Von einem Wilden, antwortete der andere, einem Viehdieb.

Der Oberstleutnant stieg mit seiner üblichen Trägheit vom Pferd und streifte sich den rechten Handschuh ab, um dem Mann die Hand zu geben. Er war eindeutig weiß, hatte aber eine gegerbte, fast lederne Haut. Außerdem helle Augen, grau melierte Haare und einen Drei- oder Viertagebart, was Zuloagas Schätzung nach der Anzahl von Tagen entsprach, die der Mann bereits unterwegs war. Ich bin Detektiv Läufer, sagte er mit leiser Stimme, während er Zuloaga die Hand schüttelte. Wie bitte? Melitón Läufer, Detektiv. Was ist das? Ich finde gestohlene Dinge. Und warum sprechen Sie so komisch? Ich bin Argentinier, aber Sie müssen sich nicht schämen, mein Nachname ist unaussprechlich, ich bin Jude, mein Vater ist Rabbiner. Das einzige Wort, das der Oberstleutnant verstand, war Jude. Sagen Sie das nicht meinen Jungs, flüsterte er ihm ins Ohr und legte seine Hand auf seine Schulter, um ihn den anderen vorzustellen.

Das ist Detektiv Läufer, wandte Zuloaga sich an seine Leute, die ebenfalls von ihren Pferden abgestiegen waren. Er ist Argentinier. Was ist das?, fragte Márquez. Die Schwester griff nach ihrem Revolver. Sie zog ihn nicht, doch Zuloaga konnte sehen, wie sie mit dem Zeigefinger den Bereich des Holsters streichelte, wo sich der Abzug befand. Mit hochgezogener Augenbraue ermahnte er sie zur Höflichkeit, doch sie beachtete ihn nicht – sie konnte den Blick nicht von den hellen Augen des Detektivs abwenden. Ich kenne Sie, sagte die Nonne, Sie waren Intendant am Theater, bevor Sie wurden, was Sie jetzt zu sein behaupten. Der Argentinier griff nach seinem Revolver, aber so langsam, dass Corredor Zeit hatte, Elvira mit einer raschen Bewegung festzuhalten, und Zuloaga dem Mann bereits den Lauf seiner Pistole an den Kopf hielt. Denken Sie nicht mal dran, sagte er zu ihm. Als würde er sich ergeben, hob Läufer die rechte Hand, und Zuloaga steckte seine Waffe wieder weg. Corredor ließ die Nonne nicht los. Er war mein Bruder, sagte sie, die haben ihn in einem Bordell in Paso del Norte ermordet. Die beiden Cowboys, die den Detektiv begleiteten, standen seelenruhig an der Wasserstelle bei ihren Pferden und unterhielten sich – sie hatten den Vorfall nicht einmal bemerkt. Die Armen, dachte der Oberstleutnant, es sind anständige Menschen. Mit einem Blick befahl er Márquez und Gringo, sie anzusprechen und, falls nötig, in Schach zu halten. Und warum sind Sie uns gefolgt?, fragte Victoria den Argentinier. Zuloaga fand es ziemlich aufsässig, dass der Indianer die Frage stellte, die eigentlich er hätte stellen sollen, aber seine Charakterstärke bestand zum Teil in einer bewundernswerten Begabung für Resignation, und so zog er nur die Augenbrauen hoch und sah den Detektiv an. Ich habe dem Oberstleutnant schon gesagt, dass ich denselben Wilden verfolge wie ihr. Cabezón ist Coyotero, sagte Zuloaga, die Coyotero sind zivilisierte und friedliche Apachen. Trotzdem hat er Vieh gestohlen, und ihr Besitzer bezahlt mich dafür, es ihm wieder zurückzubringen. Auch Corredor nahm Anstoß daran, dass der Fremde Cabezón einen Wilden nannte, aber weil er inzwischen seinen Kaffee getrunken hatte, schwieg er und begnügte sich damit, mit dem Fingernagel an einem verkrusteten Fleck auf seiner Hose zu kratzen. Dabei lockerte er ein wenig seinen Griff um die Nonne, die wieder normal zu atmen schien. Die Zwillinge sahen sich an – letzten Endes war jeder Apachenjäger ihr Freund, auch wenn der Fremde Cabezón beleidigt hatte.

Zuloaga kratzte sich am Schnurrbart. Cabezón hat die Rinder nicht gestohlen, sagte er, das war ein Gauner aus Virginia, mit dem er verwandt ist. Robert McKnight, ich weiß, sagte der Argentinier. Und Sie reiten in die falsche Richtung, er will die Rinder nach Santa Fe treiben. Auch das ist mir bekannt, erwiderte der Mann, ich bin nicht umsonst Detektiv. Also? Die Regierung von Sonora zahlt hundert Pesos für jeden Apachenschädel, und der Indianer ist allein, das gibt mir Zeit, ihn zu erledigen und McKnight einzuholen, bevor er die Rinder verkauft hat. Zuloaga schnaubte. Und Sie glauben, Sie können einen tapferen Krieger wie Pisago Cabezón einfach so abknallen? Einen professionellen Pistolero wie McKnight? Mit diesen Porzellanhändchen? Der Detektiv betrachtete seine Hände. Lassen Sie mich ausreden, dann werde ich Sie überzeugen. Cabezón ist mit dem Gringo verschwägert, er ist assimiliert, Sie können ihn nicht einfach umbringen. Er war bei einem Raubüberfall dabei und hat lange Haare, alles andere muss die Obrigkeit entscheiden, erwiderte der Argentinier. Pisago war nur der Fährtenleser, die Rinder hat der Gringo gestohlen, sagte Corredor sichtlich aufgebracht, betrachtete aber weiter konzentriert den Fleck auf seiner Hose. Wer die

Leiter hält, ist so schuldig wie der Dieb, erwiderte der Detektiv. Elvira, die den Blick nicht von den Augen des Mannes abgewandt hatte, senkte den Kopf, als stimmte sie ihm zu. Kann sein, sagte sie, und wer hat damals den Kommandanten getötet? Ohne zu überlegen, antwortete der Argentinier: Wen interessiert's? Die Schwester schoss so schnell, dass sie den Colt schon wieder weggesteckt hatte, als Corredor sich zu ihr umdrehte. Der Argentinier schlug einfach der Länge nach hin. Es sah eher aus, als wäre er ohnmächtig geworden.

Als er begriff, was geschehen war, schrie Zuloaga Gringo und Márquez zu, sie sollten die beiden Cowboys entwaffnen, doch die Zwillinge kamen ihnen zuvor und stürzten sich bereits auf sie. Die würden keine Probleme machen, also wandte er sich dem toten Detektiv zu. Aus der Mitte seiner Stirn rann ein dünner Blutfaden. Und ob er der Intendant war, sagte die Nonne. Zuloaga zuckte mit den Achseln. Ist gut, sagte er, ich werde Sie nicht fragen, was er Ihnen getan hat, aber der Schuss wird die Indianer in den Bergen nervös machen, wir sollten lieber aufbrechen. Tut mir leid, sagte die Schwester; wir müssen ihn liegen lassen, sie müssen sehen, dass der Tote kein Indianer war, aber vor allem, damit sie seine Leiche an die Hunde verfüttern und er keinen Frieden findet. Also, was hat er Ihnen getan? Sachen, die man Frauen antut.

Gokhlayehs Bande war so lange weg gewesen, dass Camila, als die Indianer zurückkehrten, bereits wusste, dass der Bach, an dem sie sich befanden, der Arroyo del Oso war, und sie den Namen auf Apache aussprechen konnte. Das Blut und den Darminhalt eines Hirschkalbs, das der Junge hatte erjagen können, hatte sie erneut abstoßend gefunden, aber sie hatte verstanden, dass ihr Überleben davon abhing, und sich nicht übergeben. Ein bisschen hatte sie das rauschhafte Gefühl sogar genossen, die Hand in das aufgeschnittene Tier zu graben, aus der fermentierten Milch und den Magensäften einen Klumpen zu pressen und sich in den Mund zu stecken. Die rohen Eingeweide schmeckten ihr inzwischen sogar, und sie hatte gelernt, Hasen zu jagen. In den letzten Tagen hatten sie an die zehn verspeist – es hing von ihrer Geschicklichkeit ab, ob sie Hasen oder Frösche und Schlangen aßen, die der Junge lieber mochte.

Inzwischen wusste sie auch, dass der Anführer der Gruppe einen Namen hatte, den man nicht aussprechen durfte, und einen Kriegsnamen, Kadazis Tlishishen, was so viel hieß wie Rotes Hemd; dass Gokhlayehs Großvater ein bedeutender Häuptling gewesen war und Kadazis Tlishishen ihn deshalb adoptiert hatte, als er seine Eltern verlor. Sie wusste, dass der Junge nach dem Tod des Häuptlings, wenn er kein Kind mehr wäre und seinen Kriegsnamen hätte, selbst Anführer aller Bedonkohe sein würde, oder wie auch immer das Land oder die Menschen oder der Clan heißen mochte, dem Kadazis Tlishishen und Gokhlayeh angehörten, ohne dass sie deshalb aufhörten, Apachen zu sein.

Die Indianer kehrten in bester Stimmung zurück. Camila hatte längst den Überblick verloren, wie viele Tage sie allein mit dem Jungen verbracht hatte, und fügte sich in ihre neue Lebenslage mit der stoischen Resignation, die sie als Frau eines alten Mannes gelernt hatte. Sie half, sich um das Vieh zu kümmern, legte Hasenfallen, trat in eine Phase ein, in der die Beobachtung des eigenen Schattens eine vergnügliche und bereichernde Beschäftigung war. Sie kannte bereits die Sterne auswendig und konnte vorhersagen, zwischen welchen Felsen die Sonne aufgehen würde.

Als Gokhlayeh seine Zügel hielt, damit er vom Pferd steigen konnte, begrüßte sie den Häuptling in einem akzeptablen Apache. Etwas vom Klang der Sprache der Jicarilla-Kinder aus den Goteras von Casas Grandes hatte Eingang in ihre eigene gefunden.

Die Krieger hatten einiges mitgebracht, was den Äußerungen des Jungen nach von großem Wert sein musste: Kochtöpfe, mehrere Kisten mit Munition, sechs oder sieben halb verdurstete Pferde, die sich sofort unter die Rinder mischten, um das letzte Wasser im Bachbett zu trinken und das dornige Gestrüpp zu fressen. Am Abend ihrer Rückkehr schlachteten die Indianer ein Kalb und veranstalteten ein Fest – sie hatten auch zwei Flaschen Mezcal mitgebracht.

Wie üblich herrschte eine gewisse Anspannung, als sie das Kalb einfingen und ihm die Kehle durchschnitten. Als Camila hinzutrat, um das Blut zu trinken, als sie sich als Erste eine Handvoll Brei in den Mund steckte und so tat, als schmeckte es ihr, und als sie mit echtem Vergnügen das Herz aß, trat ehrfurchtsvolles Schweigen ein.

Es folgte das Essen, an dem Camila zurückhaltend und in respektvollem Abstand teilnahm. Schließlich wurde der Mezcal herumgereicht, was sie aus mehr als vernünftiger Entfernung beobachtete. Versteckt zwischen zwei großen Steinen, schlief sie zum Klang von Gelächter und ein paar Schreien ein, was ihr bei all der Einsamkeit wie eine lebhafte Diskussion unter den Lehrern des Internats von Tepic vorkam.

Zwischen August 1879 und Oktober 1880 führte Victorio den vielleicht erfolgreichsten Feldzug der Apachenkriege, die auf die amerikanische Besetzung von Nuevo México und Arizona folgten. Als er aus dem Reservat von Fort Stanton floh, konnte er auf siebenundvierzig Mimbreño- und Mescalero-Krieger zählen und führte in Spitzenzeiten eine Kavallerie von mehr als hundert Reitern aus der gesamten Region an. Darunter Nana und Loco, die legendären Cayetano und Sánchez, Cochís und all seine Chiricahua, Gerónimo, der gerade aus dem Reservat von San Carlos geflohen war, und Häuptling Juh, Anführer der freien

Chiricahua im zu Sonora gehörenden Teil der Sierra Madre – Asa Daklugie, dem Gerónimo seine Memoiren diktierte und der bis zur letzten Sekunde seines Lebens an seiner Seite blieb, war der Sohn von Juh und Ishton, Gerónimos Schwester.

Während des dreizehnmonatigen Feldzugs wurde Victorio von drei amerikanischen Kavallerieregimentern und einer unbekannten Anzahl mexikanischer Truppen verfolgt, die in Sonora und Chihuahua stationiert waren. Er gewann sämtliche Schlachten und tötete mehr als eintausend Soldaten auf beiden Seiten der Grenze – zehn pro Krieger.

Im September 1880 – er hatte ein Jahr lang gegen die halbe Welt gekämpft und war pausenlos von einem Ort zum anderen geflohen – musste Victorio einsehen, dass seine Leute erschöpft waren und der Munitionsnachschub von der amerikanischen Seite der Grenze zur Neige ging. Er beschloss, die Einladung von Häuptling Juh anzunehmen, zu ihm in die Sierra Madre zu kommen, um sich dort eine Weile zu erholen und einen Krieg zu überdenken, der trotz der erzielten Erfolge nicht zu einer Rückeroberung des Gebiets um Ojocaliente zu führen schien.

In den Höhen der Blauen Berge, wie die Apachen die Sierra Madre nannten, gab es wenig zu essen, doch seine Leute würden sich frei bewegen und von den Strapazen und der ständigen Anspannung erholen können. Abgesehen von seinen Kriegern, führte der Mimbreño-Häuptling eine Gruppe von etwa dreihundert alten Menschen, Frauen und Kindern, die nicht an den Kämpfen beteiligt waren, durch die Apachería.

Die Cowboys, die den Detektiv begleitet hatten, gehorchten anderen Gesetzen, da sie aus Sonora und nicht aus Chihuahua kamen, doch sie fügten sich wunderbar in Zuloagas Truppe ein. Sie waren aufgebrochen, um Apachen zu jagen, und es war ihnen egal, ob das unter dem Befehl eines Leutnants der regionalen Polizeitruppen oder als Eskorte eines argentinischen Detektivs geschah. Sie schlossen sich für den Rest des Weges nach Norden Zuloagas Leuten an – sie wollten noch nicht nach Hause zurück –, und als sie zwei Tage später an einer Biegung des Rio San Simón auf Pisago Cabezón stießen, hatten sie nicht mehr die geringste Lust auf seinen Skalp. Zu diesem Zeitpunkt wussten sie bereits, wie man den Perro tanzte.

Alle waren erleichtert, als sie endlich die Ausläufer der Chiricahua verließen. Sie durchquerten die Sierra del Piloncillo, die mehr einer losen Abfolge von Hügeln mit ausgedehntem Weideland und schmalen Bächen glich als einem in sich geschlossenen Gebiet. An diesem Tag wehte der berühmte sanfte Wind, der Zuloaga so begeisterte.

Mit den beiden Cowboys aus Sonora wirkte die Truppe eindrucksvoller, auch wenn das nur daran lag, dass es zwei Männer mehr waren. Sie kamen aus Bavispe, im Herzen der Sierra Madre, und waren deswegen raue Kerle, trotz ihres gutmütigen Charakters. Sie waren verschwägert, und der eine war Taufpate vom Kind des anderen. Keiner der beiden stammte ursprünglich aus dem Gebirge; sie waren Kreolen aus einem Wüstendorf und dem Ruf des Goldes in die Sierra gefolgt. Der Dunklere der beiden hieß Vilchis. Er trug Brille und Bart, eine Weste mit Uhrkette, war ein wunderbarer Redner und hatte die Manieren eines feinen Herrn. Der andere hieß Eneas, stammte aus Hermosillo und war das Kind italienischer Einwanderer, die es nach Mexiko verschlagen hatte, nachdem sie mit einer Reihe angeblich todsicherer Geschäfte auf spektakuläre Weise gescheitert waren. Keiner von beiden fand in der Sierra das, wonach er gesucht hatte, aber immerhin Arbeit in Bavispe – die es dort zu jener Zeit noch gab. Vilchis, der Eneas' Schwester heiratete, hatte Glück und kaufte zu einem Spottpreis einen Hang mit leichtem Gefälle, wo er mit der Viehzucht begann. Obwohl er die Güte selbst war, war ihm bewusst, dass das Leben in unmittelbarer Nachbarschaft zu den Apachen nicht leicht war. Eneas dagegen machte dies und das und war glücklich damit.

Als die Nonne den Argentinier erschoss, hatten Márquez und Gringo die beiden Männer mit ihren Gewehren in Schach gehalten. Vilchis bat Gringo, ihn zu entwaffnen, damit er Läufers Leiche durchsuchen könne – der Detektiv habe noch etwas, das ihm gehöre. Der Anführer solle kommen, sagte er. Zuloaga erlaubte es. Entwaffne beide, sagte er zu Gringo.

Etwas zerstreut ging der Cowboy zur Leiche des Detektivs. Er rückte sich die Brille zurecht und beugte sich über den Toten. Schob den Poncho zur Seite und wühlte unter dem Gürtel, bis er einen kleinen Stoffbeutel mit Geldscheinen der Banco de Sonora fand, die er gewissenhaft zählte. Noch fast alles da, rief Vilchis seinem Kumpel zu. Er erklärte, dass sie die Produzenten der Expedition gewesen seien. Die Financiers, verbesserte ihn die Schwester. Er war beim Theater, erwiderte Eneas. Hab ich's nicht gesagt?, rief Elvira aus.

Die beiden Cowboys standen wieder mit erhobenen Händen nebeneinander, als der Oberstleutnant fragte: Will jemand den Zarape? Das heißt Poncho, korrigierte Vilchis ihn. Corredor fasste sich ein Herz und nahm das Kleidungsstück, das dank der Treffsicherheit der Nonne heil geblieben war. Aber den Gürtel hätte ich noch lieber, sagte er. Nimm ihn dir, antwortete Zuloaga.

Die versammelte Truppe beobachtete mit einer Mischung aus Geduld und Wohlwollen, wie Corredor sich anschickte, das Geheimnis der fremdartigen Gürtelschnalle zu ergründen. Als es ihm gelungen war, den Gürtel zu öffnen und dem Toten abzunehmen, schnallte er ihn sich mit einer kindlichen Konzentration um, die alle daran erinnerte, wie jung er noch war. Er streifte sich den Poncho über, obwohl die Sonne bereits kräftig schien. Steht mir, oder?, fragte er. Er hatte sich schon ein Stück von der

Leiche entfernt, als Zuloaga bemerkte: Willst du den anderen Gürtel nicht auch? Überrascht drehte der Rarámuri sich um und starrte den Pistolengürtel an. Darf ich? Der Tote gehört der Schwester, antwortete Zuloaga, aber ich glaube nicht, dass sie diese Spielzeugpistolen will, bei dem Elefantentöter, den sie hat. Ein Krieger kann nicht ohne Revolver durch die Apachería reiten, sagte sie. Die Yaqui ließen ihre Gewehre sinken und stellten sie zwischen ihren Beinen auf den Boden, um den ehrlichen Applaus zu spenden, den die Szene verdiente. Auch die Männer aus Sonora schlossen sich dem Beifall an – die Hände hatten sie ohnehin schon gehoben. Sollten Cuchillo Negros Indianer bei ihrer Verfolgung aus irgendeinem Grund nervös gewesen sein, dachte Zuloaga, dann hätten sie spätestens jetzt gemerkt, dass seine Truppe nicht die geringste Gefahr für irgendjemanden darstellte außer für sich selbst.

Sie machten sich auf den Weg. Vilchis und Eneas verstanden sich rasch mit Gringo, und es stellte sich heraus, dass sie eine Familie aus Tesorababi kannten, mit der Márquez in einem früheren Leben etwas zu tun gehabt hatte, als er Trommler und Sänger bei einer Musikkapelle gewesen war. Zuloaga musste ihnen gar nicht drohen, sie zwangszurekrutieren, denn sie fanden es viel spannender, sich im Herzen der Sonora-Wüste einen Kampf mit dem berühmten Mangas Coloradas zu liefern, als einen Coyotero zu jagen und anschließend mit einem Gringo über die Rückgabe von Vieh zu verhandeln. Was der Oberstleutnant ihnen jedoch nicht verriet, war, dass ihr einziger Lohn am Ende der Expedition die Zeit sein würde, die sie der Langeweile abgerungen hätten – damals zahlte die Regierung von Chihuahua noch nichts für einen Skalp, und das Unterfangen stand unter der Aufsicht des Staates. Ich glaube, die beiden sind nur mitgekommen, weil sie ein Geschäft machen wollen, sagte die Nonne irgendwann zu ihm. Dann lernen sie jetzt eben, aus Liebe zu handeln, antwortete Zuloaga.

Der Tod des Detektivs, von dem Pisago Cabezón erfuhr, als sie sich am nächsten Nachmittag wiedertrafen, hatte noch einen weiteren Vorteil. Der Coyotero traute den Mexikanern nicht, und noch viel weniger den Yaqui, doch von dem Moment an, als sie sich am Rio San Simón wiedertrafen und Márquez ihm in der Sprache seiner Vorfahren erzählte, wie die Nonne den Mann erschossen hatte, der ihn umbringen wollte, fügte er sich ein bisschen besser in die Truppe ein.

Er aß und schlief weiterhin allein, doch er brachte Zuloaga bei, Entfernungen abzuschätzen, indem er die Hügel zählte, und Routen anhand der Wasserstellen zu berechnen, deren Lage man sich mithilfe der Nummerierung der Berge merkte. Der Oberstleutnant begriff, dass der Weg nach Santa Rita, den sie gewählt hatten, eine nicht unbekannte, aber kaum benutzte Strecke war. Die Wüste ist voller Pfade, sagte der Coyotero zu ihm, Sie müssen sie nur sehen.

Pferde, Hüte, Waffen, der Sonnenuntergang. Als sie sich bereits zwischen den scheckigen Hügeln der Sierra del Piloncillo befanden, betrachtete Zuloaga zufrieden seine Leute. An der Spitze, auf seinem kleinen, zähen Pferd, Pisago, der mit kerzengerader Haltung im Apachensattel saß. Das glänzende Haar, der wache Blick, die Mokassins und die Jacke aus Gamsleder, ganz im Einklang mit der Landschaft. Seine grenzenlose Würde glich die nicht ganz ins Bild passende Erscheinung von Elvira und Márquez aus, die schweigend ein paar Meter hinter ihm ritten: sie mit entschlossenem Blick, der Colt an der Hüfte ein Kontrast zu ihrer Haube, er viel zu groß, die Hände mit den schlaffen Zügeln auf den Sattelknauf gestützt. Ihnen folgten Gringo und die zwei Männer aus Sonora: Schmutz, Bärte und Stiefel. Direkt dahinter Guadalupe und Victoria, nervös, wachsam, das Haar, bereits grau meliert, ein Kontrast zu ihren stählernen nackten Brustkörben. Sie ritten im Stehen, die Zügel um den Knauf gewickelt, die

Hände auf den Hüften ruhend, und blickten sich nach allen Seiten um. Zum Schluss Corredor, der während der Expedition an Größe und Gewicht zugelegt zu haben schien und in seiner Gaucho-Verkleidung, wie Elvira sie nannte, noch selbstbewusster auftrat. Als er sah, wie weit sich ihre Schatten in der orangefarbenen Abendsonne streckten, fühlte Zuloaga sich endlich frei wie ein Cowboy.

Er spornte sein Pferd an, um Cabezón einzuholen. Nachdem sie den ganzen Nachmittag lang die sanft, aber stetig ansteigenden Hänge der Piloncillos erklommen hatten, war das sandige und steinige Gelände einem fruchtbareren Boden gewichen. Statt dürrem Grasland erstreckten sich vor ihnen Kiefernwälder und Weiden, die Erde war nicht mehr rot, sondern schwarz. Es war kühl. Ich wusste gar nicht, dass der Norden der Apachería so schön ist, sagte er zu dem Indianer, der langsamer geworden war, damit er ihn einholen konnte. Fast so schön wie die Täler der Sierra Madre, fügte er hinzu. Pah, antwortete Pisago, warten Sie ab, bis wir in den Mogollones sind.

Als die Sonne aufging, weckte Gokhlayeh Camila eher unsanft. Sie stiegen zum Lager hinunter, und er zeigte ihr, welches ihr Pferd war. Sie breitete das Fell, das sie weiter als Schlafunterlage verwendete, und die Decke, die sie nachts vor der Kälte schützte, über den Rücken des Tieres und saß auf.

Sie ritten ohne Eile in nördlicher Richtung durch das Flussbett des Arroyo del Oso, vielmehr hüteten sie das Vieh, und wahrscheinlich nahmen sie auch Rücksicht auf den martialischen Kater, der Camilas Entführer quälte und wirklich schrecklich sein musste – sie waren geradezu zahm.

Ohne ein Wort waren sie so fast den ganzen Tag unterwegs. Schließlich erreichten sie das Tal des Rio Gila, wo Camila begriff, dass die Bedonkohe nicht die Herren der Felsen und sandigen

Ebenen waren, sondern die Bewohner des Paradieses. Gokhlayeh sprengte im Galopp voraus.

Victorio nahm sich Zeit auf dem Weg in die Sierra Madre und überfiel unterwegs Ranches und Dörfer in Chihuahua. Der damalige Gouverneur des Bundesstaates hieß Luis Terrazas. Er war der Vater aller Verbrecher, der Meister der Korruption, der Begründer der Tyrannensippe, die Mexiko seitdem im Griff hat, der Mensch, der darauf gekommen war, dass die Berufungen Unternehmer, Politiker und Bankier sich in Personalunion perfekt ergänzten. Zu Victorios Zeiten hortete Luis Terrazas bereits die Ländereien, die später die Hacienda de la Encinilla bilden sollten und bei Ausbruch der mexikanischen Revolution – die Don Luis überlebte – eine Fläche von zwei Millionen Hektar umfassten.

Wenn Terrazas eines wusste, dann, dass jeder Mensch käuflich war. Er ging den Feldzug gegen Victorio wie ein Joint Venture an und schuf ein System von Belohnungen, denen die Soldaten nicht widerstehen konnten: fünfzig Goldpesos für jeden Indianerskalp – auch heute ein Vermögen – und zweitausend für denjenigen, der Victorio tötete, ein höherer Betrag als die gesamte Pension, die ein Minister in zwanzig Jahren bezog. Er rekrutierte einen Trupp von zweihundertsechzig unverbrauchten Elitesoldaten, die er – als der gute Patriarch, der er war – dem Kommando seines Cousins Joaquín Terrazas unterstellte. Vetternwirtschaft bleibt Vetternwirtschaft, aber man muss auch sagen, dass Hauptmann Joaquín Terrazas ein virtuoser Stratege im Gefecht auf freiem Gelände war – er verlor ein paar Schlachten, aber nie einen Krieg – und der unerbittlichste Apachenjäger, den die Republik in dem fast sechzig Jahre andauernden Krieg gegen die Chiricahua hervorbrachte.

Hauptmann Joaquín Terrazas nahm den Auftrag seines Cousins an, verlangte aber, dass auch die dreißig Rarámuri-Fährtenleser, die das Geheimnis seines Erfolgs bildeten, gut bezahlt würden. Der finanzielle Anreiz war vor allem eine nette Geste – jeder von ihnen hätte aus reinem Vergnügen an einem Feldzug teilgenommen, bei dem es darum ging, Apachen zu töten. Der Hauptmann reiste persönlich nach Casas Grandes, um Mauricio Corredor – ebenfalls Rarámuri, aber assimiliert und zu jener Zeit ein wohlhabender, etwa fünfzigjähriger Rancher – davon zu überzeugen, ihn als Berater und Glücksbringer zu begleiten. Corredor hatte an der Seite von Oberstleutnant José María Zuloaga gedient, Vorbild und Totem Joaquín Terrazas', und es hieß, er kenne die Strategien der Apachen besser als jeder andere, abgesehen davon, dass er mit seinen Adleraugen ein hervorragender Schütze sei. Er war vielleicht der letzte noch lebende mexikanische Soldat, der den großen Mangas Coloradas gesehen hatte – ein Häuptling von grenzenloser Aura, der Einzige vielleicht, der Victorio noch übertraf.

Bis er ihm gegenüberstand, wusste Victorio nicht, dass der Mann, der ihn verfolgte, Joaquín Terrazas war, und so fasste er Anfang Oktober 1880, einem tragischen Tag für das gesamte Volk der Apachen, einen folgenschweren Entschluss, als er und seine Leute schon fast in der Sierra angelangt waren. Vielleicht war der Entschluss seinem grenzenlosen Selbstvertrauen geschuldet, denn bisher hatte er jede militärische oder zivile Kraft bezwungen, die ihm im vergangenen Jahr die Stirn bieten wollte.

Ohne Rast hielten die Alten und Kinder nicht mehr lange durch, und Victorio wusste, wie hart der Aufstieg in die Sierra werden würde. So beschloss er, eine Weile im Valle de Tres Castillos zu lagern. Bestimmt würde niemand eine Schar Apachen auf dem Kriegspfad dort suchen, wo sie am verletzlichsten waren: in der Ebene. Während seine Leute neue Kräfte sammelten, schickte er zwei seiner Männer – die Mimbreño Blanco und Cayetano – los, um Munition für die letzte Etappe auf dem Weg zu ihrer Zufluchtsstätte in den Blauen Bergen zu beschaffen.

Blanco und Cayetano brauchten nicht lange, um ihren Auftrag zu erfüllen, doch ihr Vertrauen in Victorios Unbesiegbarkeit war so stark, dass sie auf ihrem Weg aus dem Valle de Tres Castillos offenbar unvorsichtig wurden: Sie hinterließen Spuren, die Terrazas' Rarámuri entdeckten und verfolgten.

Am Morgen des 15. Oktober 1880 stießen die Fährtenleser der mexikanischen Armee auf das Lager im Valle de Tres Castillos. Der Hauptmann, der auf die Zahl seiner Männer und den Umstand vertraute, dass die Mimbreño auf freiem Feld keine Fluchtmöglichkeit hätten, teilte seine Leute in zwei Einheiten und befahl der einen, die feindliche Nachhut zu umzingeln, während die andere blitzartig von vorne angreifen sollte.

Kein militärischer Verband des späten neunzehnten Jahrhunderts hätte einem Angriff wie diesem unter solchen Umständen standhalten können: ohne ausreichend Munition, ohne Schutz, ohne Fluchtmöglichkeit. Doch statt sich zu ergeben, leisteten Victorios Männer Widerstand und wehrten sich am ersten Tag der Schlacht mit Zähnen und Klauen. »Während der Nacht führten die Apachen beharrlich den Tanz ihres eigenen Todes auf«, schrieb Terrazas in einem Anflug von Poesie in seinen Bericht – er war ungewohnt eitel für einen Mann, dessen höchster Stolz die eigene Effizienz war.

Am Morgen ging der Kampf weiter. Die Mimbreño vermochten nur noch wenig Widerstand zu leisten, aber vielleicht hatten sie auch beschlossen, sich nicht mehr zu wehren, weil alles längst entschieden war und schon viel zu lange gedauert hatte. Nachdem er eine Zeit lang das Manöver beobachtet hatte, fand Mauricio Corredor, der zwar Soldat und Rarámuri war, an den Feldzügen aber in kreolischer Zivilkleidung teilnahm – Hose aus grober Baumwolle, kariertes Hemd, Gabardinemantel –, den geeigneten Standort, um Victorios Bewegung auf dem Schlachtfeld zu verfolgen, bis er ihn in einem ruhigen Moment ins Visier nehmen konnte. Er verpasste ihm eine Kugel ins Genick, die ihn fast auf der Stelle tötete. Terrazas' Bericht besagt, dass der Feldzug am 16. Oktober 1880 um zehn Uhr morgens beendet war. Aufseiten der Apachen gab es achtundsechzig tote Krieger, fünf tote Frauen und drei tote Kinder. Einhundertzwanzig Indianer wurden gefangen genommen, zu deren Schicksal er keine Angaben macht. Er selbst hatte lediglich drei Soldaten verloren und kehrte mit zehn Verwundeten nach Chihuahua-Stadt zurück.

Eine Woche später überreichte Gouverneur Terrazas Mauricio Corredor bei einer feierlichen Zeremonie in der Hauptstadt des Bundesstaates die zweitausend Goldpesos und ein vernickeltes Gewehr, das der Indianer, weil er in keine Schlacht mehr ziehen würde, nie im Kampf verwendete. Er wusste, dass die Apachen sich nicht von Victorios Tod erholen würden, auch wenn Gerónimo und Juh noch am Leben und auf freiem Fuß waren. Um die achtundsechzig gefallenen Krieger zu ersetzen, hätten sie zwanzig Jahre Frieden und Wohlstand gebraucht, und weder Mexiko noch die USA würden ihnen das zugestehen.

Bereits einen Tag bevor sie in ihre Schluchten vordrangen, verstand Zuloaga die Ehrfurcht, mit der Pisago von den Mogollones sprach. Sie besaßen die demütigende Majestät der wahren Sierras. Auf dem Weg konnte er an nichts anderes denken als daran, wie verflucht bedrohlich sie aussahen. Sind wir schon in Nuevo México?, fragte Eneas irgendwann zerstreut. Seit gestern, antwortete der Oberstleutnant. Am Nachmittag, als der Aufstieg unmittelbar bevorstand, verkündete Pisago, dass sie die Cañons unmöglich durchqueren könnten und sich auf Apachenart quer durchs dornige Gestrüpp schlagen würden. Es wird kalt, sagte er, aber es gibt einen Pfad. Voraussichtlich würden sie am nächsten Morgen auf Schnee stoßen.

Der Weg war so steil und schmal, dass er keinen Spielraum für Manöver ließ – er bestand aus einer Abfolge von Felswänden und Abgründen, der eruptiven Orgie Amerikas in ihrer ganzen Pracht. Der Aufstieg geschah langsam, schwankend für die Cowboys aus dem Flachland, die Corredor und die Yaqui zum ersten Mal um ihre Maultiere beneideten. Sie waren schon hoch im Gebirge, es gab kein Zurück mehr, als der Rarámuri plötzlich den Schritt verlangsamte und Zuloaga zuflüsterte, dass auf den Gipfeln Wachen stünden. Richtige Krieger, sagte er. Das vorhin waren keine? Krieger wie Guadalupe und Victoria, sagte Corredor, echte Kerle mit amerikanischen Gewehren. Der Oberstleutnant holte tief Luft und gab seinem Pferd sanft die Sporen, um langsam an die Spitze des Zuges zu reiten, der von Pisago angeführt wurde.

Kaum spürte er Zuloagas Pferd im Rücken, drehte der Coyotero sich um und sprach mit ihm in jenem leisen Tonfall, den die Indianer des ganzen Kontinents beherrschen, wenn nur ein einziger Mensch sie hören soll: Corredor hat es Ihnen schon gesagt. Was? Wachposten. Deine Leute? Schön wär's. Die von Mangas; um uns, falls nötig, eine kleine Abreibung zu verpassen. Was machen wir? Beten, falls Sie an einen Gott glauben. Für den Oberstleutnant waren sie unsichtbar, doch wenn Corredor und Cabezón sie bemerkt hatten und sicher waren, dass die Apachen jederzeit die Gewehre sprechen lassen könnten, hieß das, dass sie ihnen vor allem etwas mitteilen wollten: Sie wollten sie einschüchtern. Welche Möglichkeiten haben wir? Ihre beschissenen Yaqui knöpfen sich jeweils zwei von denen vor, Corredor und Elvis ebenfalls, die Nonne schafft vielleicht sogar drei oder vier – in ihrem Colt sind sechs Kugeln, und sie hat Adleraugen –, und Sie und ich jeweils einen; die anderen hier sind nur Kanonenfutter, sie werden nicht lange durchhalten, außer dieser Lehrer, der wie ein Engel spricht; falls es zum Nahkampf kommt, ist unser Vorteil mit Elvis dahin, aber mit den Yaqui würde ich mich nicht gerne anlegen, und Gringo ist ein Schrank, wir müssen nur aufpassen, dass er nicht gleich beim ersten Scharmützel abgeknallt wird, stellen Sie ihn nach hinten. Und jetzt? Ich glaube, es ist alles in Ordnung, sie heißen uns nur willkommen. Der Anführer ließ den Blick über die Felsen gleiten. Er sah nichts, aber er war nur so weit gekommen, weil er auf Pisago gehört hatte, und ob er wollte oder nicht, er befand sich auf Mangas Territorium; er spürte, wenn sie noch ein wenig weiterritten, würde er die Gefangene praktisch riechen können. Wir haben Gesellschaft, Jungs, schrie er, Hände ans Gewehr, bleibt in Formation. Er hörte, wie sie ihre Waffen zückten, und stellte die Truppe um: Guadalupe und Victoria hinter Pisago, dann die Männer aus Sonora und der Lehrer; Gringo zwischen Elvira und Corredor und er selbst ganz zum Schluss, alle dicht hintereinander.

Die erste Etappe des Aufstiegs lag hinter ihnen, als sie einen bewaldeten Pass erreichten, wie sie ihn in Nuevo México nicht für möglich gehalten hätten: smaragdgrüne Kiefernwälder, in denen hier und da sandige Hügel aufragten, Nebelschwaden, die zwischen den Bäumen aufzogen. Es gab neue, unerwartete Bedrohungen: zunächst einmal die Kälte, die ihre Finger klamm werden ließ. Sie steckten die Waffen nicht weg, obwohl das offene Gelände einen Angriff unwahrscheinlich machte und Corredor bereits vor einer Weile erklärt hatte, dass sie wieder allein seien. Pisago meinte, wenn sie noch ein Stück weiterritten, würden sie vor Sonnenuntergang zu einer Station französischer Trapper gelangen, wo sie ein ordentliches Feuer machen und geschützt schlafen könnten. Es gibt hier Wölfe, fügte er hinzu, sie haben uns bestimmt längst gewittert. Und Mangas' Leute?, fragte Vilchis. Pisago zuckte mit den Schultern: Nachts kämpfen die Bedonkohe nicht. Was heißt Bedonkohe?, fragte Eneas. Das Gleiche wie Gileño, antwortete Elvira. Unten im Flachland, in Janos, hat man mir gesagt, dass sie nicht mehr Gileño, Janero, Mimbre oder sonst wie heißen, sondern jetzt allesamt Chiricahua seien, sagte Zuloaga. Pisago dachte einen Augenblick darüber nach. Das mit den Chiricahua ist wegen der jungen Krieger, die mit Cuchillo Negro gegangen sind, ihr Eid hat nichts mit Treue zu tun, sondern mit ihrem Hass auf die Mexikaner. Fast alle bleiben trotzdem Bedonkohe, werden aber auch Chiricahua genannt, weil sie dort ihr Lager haben. Er kratzte sich an der Stirn und fügte hinzu: Das ist so ähnlich, aber nicht das Gleiche. Eneas schüttelte den Kopf und wandte etwas ein, als hätte seine Meinung irgendjemanden interessiert. Zuloaga wies ihn mit einem Blick zurecht, während Márquez so höflich war, Pisago auf Apache um eine Erklärung zu bitten. Nachdem er aufmerksam der Antwort gelauscht hatte, ignorierte er demonstrativ den Mann aus Sonora und wandte sich an den Oberstleutnant. Er hat recht, sagte er, es ist ähnlich, aber nicht das Gleiche. Reiten wir zu den Trappern, sagte Zuloaga, der leicht nervös bemerkte, dass die Nebelschwaden in den Baumkronen immer dichter wurden. Am Ende mussten sie sich sputen – der feuchte Schleier verwandelte sich nach und nach in einen Vorhang, hinter dem Corredor bereits die Wölfe hörte. Worüber er die anderen informierte. Sie heulen nicht, bemerkte Pisago, das ist noch schlimmer.

Als sie bei der alten Trapperstation ankamen, hielt sich die Freude in Grenzen. Die Hütte war völlig verwahrlost, im Dach klaffte ein Loch, und es roch wie in einem Fuchsbau – seit Langem schienen hier nur Tiere zu hausen. Immerhin gab es eine Feuerstelle, und nichts würde sie anfallen, wenn sie die Nacht hier verbrachten. Außerdem gab es einen Pferdestall, oder was davon noch übrig war, mit einem Tor, das man verschließen konnte. Zuloaga begutachtete den Stall und dachte, dass jemand bei den Tieren würde schlafen müssen. Er sagte es Corredor, der ihn begleitet hatte. Ich schlafe auf keinen Fall allein hier, antwortete dieser: Das ist keine Hütte, das ist ein Rattenloch. Der

Anführer nickte und sagte, er solle Feuer im Kamin machen. Er ging hinaus und rief, es gebe einen Unterstand für die Pferde, sie würden bleiben.

Die Stimmung hellte sich auf, als der Duft von Corredors Kaffee sich mit dem Geruch nach Feuchtigkeit und dem überall verstreuten Mäusekot mischte. Außerdem hatten das knisternde Feuer und der Rauch des Kamins die Fliegen vertrieben. Der Oberstleutnant rief seine Leute an der Tür zusammen. Wir werden Wache halten, sagte er. Gringo, Vilchis und Eneas verbringen die Nacht bei den Pferden. Ihr schlaft abwechselnd, die Länge eurer Schicht könnt ihr untereinander ausmachen. Corredor und ich halten hier drin bis Mitternacht Wache, dann wecken wir Pisago und Márquez, damit sie die zweite Schicht übernehmen. Die dritte machen die Zwillinge. Und Elvis?, fragte Márquez. Siehst du nicht, dass ich eine Dame bin?, erwiderte die Nonne. Da hast du's, ergänzte der Oberstleutnant. Und immer hübsch die Augen aufsperren, sagte er mit einem Blick zu Gringo und den beiden Cowboys aus Sonora, die Wölfe wird es als Erstes zu den Pferden ziehen, es müssen immer zwei Männer hinter der Tür Wache halten. Sie gingen auseinander.

An einem der Abende in Truth or Consequences aßen wir in dem einzigen mehr oder weniger internationalen Restaurant der Gegend. Gerichte der asiatischen Fusion-Küche an einem Tisch zu essen, dessen Design einer Vorstellung von Ästhetik und nicht bloß reiner Notwendigkeit gehorchte, war eine Wohltat. Wir feierten es wie ein Fest.

Schon etwas beduselt vom Wein, unterhielten wir uns mit dem Kellner. Ich gab mir einen Ruck und fragte, ob im Dorf noch Nachfahren von Victorio oder Nana lebten. Der Kellner war ein großer, kräftiger Bursche mit breitem Brustkorb, was auf eine Apachenabstammung hindeutete, mir aber anfangs nicht aufgefallen war. In New Mexico gibt es keine Mimbreño mehr, antwortete er, aber Chiricahua. Ich stamme von Gerónimos Schwester ab.

Die Kinder starrten ihn mit offenem Mund an. Von da an behandelten sie ihn so ehrfurchtsvoll, wie es sich für einen Nachfahren der Königsfamilie gehörte.

Pisago weckte den Chef am frühen Morgen. Noch ließ sich die Sonne nicht blicken. Der Nebel hat sich verzogen, sagte er zu ihm, und der Weg ist unproblematisch, die Pferde können ihn im Licht der Sterne gut erkennen; wir sollten aufbrechen, damit wir vor Anbruch der Nacht den Schnee durchquert haben. Der Oberstleutnant rieb sich die Augen und horchte auf das Geräusch, das ihm, vielleicht noch im Traum, eine Gänsehaut verursacht hatte. Wölfe, sagte er, sie sind ganz nah. Wir haben Gewehre, erwiderte der Indianer. Zuloaga rüttelte Corredor wach, der neben ihm schnarchte. Mach dir einen Kaffee, sagte er.

Im Freien, eine Zigarette in der Hand, konnte er besser ausdrücken, was ihm auf dem Herzen lag: Wenn die Tiere uns angreifen und wir schießen müssen, werden Mangas' Wachen noch nervöser, als sie es ohnehin schon sind. Pisago zuckte mit den Schultern. Sie haben das gleiche Problem wie wir, und wenn wir kämpfen müssen, kämpfen wir eben – es sind nicht viele, und wenn wir Glück haben, erschießen sie sogar einen oder zwei von diesen Trotteln im Stall. Er solle sein Pferd satteln, sagte Zuloaga, wenn er fertig geraucht habe, werde er den Befehl zum Aufbruch geben.

Der Apache ritt voraus, um nach möglichen Gefahren Ausschau zu halten. Zuloaga, Corredor, die Schwester und die Zwillinge diskutierten im Dunkeln, neben den gesattelten Pferden, darüber, welches die sicherste Formation in Anbetracht des Umstands wäre, dass sie unten von den Wölfen und oben von Mangas' Kriegern verfolgt werden würden. Der Chef bohrte in seinem

Ohr, schnupperte an seinem Finger und wischte sich das Schmalz an der bereits vor Schmutz starrenden Hose ab. Sie sind ein Schwein, wies Elvira ihn zurecht. Sie sollten mich nach meinen Erfolgen im Feld und nicht nach meiner persönlichen Hygiene beurteilen, erwiderte Zuloaga und fragte dann: Und wie sind Sie beim Fährtenlesen? Miserabel, antwortete die Nonne. Ich bin blind, dick, und die Natur interessiert mich einen Scheißdreck. Und du, Corredor, könntest du Pisagos Spuren folgen? So was habe ich noch nie gemacht. Guadalupe wollte etwas sagen, doch Zuloaga kam ihm zuvor: Denkt nicht mal dran. Was meinen Sie?, fragte Victoria. Wenn jemals die Gefahr bestand, dass wir angegriffen werden, dann jetzt, und wir sind schon so weit gekommen, dass wir uns sehr dumm anstellen müssten, um es nicht mehr bis zur Gefangenen zu schaffen. Ja, sagte Guadalupe. Er kniff die Augen zusammen: Und Sie glauben, nur weil wir Yaqui sind, sind wir scharf drauf, jemanden zu töten? Er blickte seinen Bruder an, der die Hände in die Hüften stemmte und zu ihm sagte: Vielleicht hat unser Oberstleutnant recht, und dabei hat er keine Ahnung davon, wie sehr es uns tatsächlich juckt, weil wir es schon so lange nicht mehr getan haben. Du meinst gevögelt?, fragte sein Zwillingsbruder. Ganz genau; was meinst du, sollen wir die Kollegen hier vergewaltigen – bis auf die Nonne, sie ist eine Frau Gottes –, bevor wir sie umbringen, oder sollen wir ihnen die Schlange erst reinstecken, nachdem wir sie getötet haben? Hängt davon ab, was dein Instinkt dir sagt, erwiderte Guadalupe. Zuloaga kniff die Augen zusammen. Schon gut, ich habe verstanden, sagte er, ihr folgt den Spuren.

Im rosa Licht der Morgendämmerung leuchtete der frisch gefallene Schnee. Die Pässe, die gewaltigen Felsen, Kiefern, die sich an steile Abhänge klammerten, das Rauschen der Bäche in tiefen Schluchten, eine Welt, die gerade erst entstanden und noch völlig unberührt zu sein schien.

Zwar nicht ganz so gefährlich wie der Pass, den sie ins Gebirge hinauf genommen hatten, war der Pfad dennoch schmal, weshalb sie weiter einzeln hintereinanderher ritten, jeder in seine Decke gehüllt und den Hut tief ins Gesicht gezogen. Die Yaqui ein Stück voraus, dann die Cowboys aus Sonora, Márquez, Elvira und Corredor. Zuloaga bildete wie immer das Schlusslicht. Es war ein trockenes Jahr und die Schneeschicht dünn – sie kostete die Tiere nicht viel Mühe, sorgte jedoch für eine schneidende Kälte. Der Himmel war klar, und die Sonne würde jeden Moment aufgehen. Zuloaga blickte in die Höhe, auf das, was vor ihnen lag: Bald ist es geschafft, bis auf ganz oben, dachte er.

Sie überschritten den Gipfel bereits am Nachmittag. Der Schnee reichte den Pferden bis zu den Knien, aber das störte sie nicht. Die Truppe aß etwas, ohne abzusteigen und jeder für sich. Langsam kauten sie die geräucherten und mit Zitrone, Salz und Chili angebratenen Fleischstreifen, die Corredor kurz nach dem Aufbruch verteilt hatte – Gringo hatte seine Ration schon um zehn Uhr morgens verzehrt, sodass er den Rest des Tages Hunger litt. Zuloaga dachte darüber nach, unter welchem Vorwand er eine Pause befehlen könnte, um die Zigarette zu rauchen, die er sich bereits gedreht hatte, als er eine gewisse Unruhe an der Spitze des Zuges wahrnahm. Alle waren stehen geblieben, und Victoria kam ihnen entgegengeritten. Instinktiv griff der Oberstleutnant zum Revolver.

Was ist los?, fragte er, als der Indianer bei ihm war. Wir müssen reden, antwortete dieser, unter vier Augen. Droht Gefahr?, fragte Zuloaga. Im Moment nicht. Der Oberstleutnant wendete sein Pferd, und sie ritten ein Stück. Als er fand, dass sie sich weit genug entfernt hatten, ohne vom Rest der Truppe gehört zu werden, blieb er stehen. Er nutzte die Gelegenheit, um abzusteigen und sich seine Zigarette anzuzünden. Was ist los?, fragte er noch einmal. Der Apache ist weg. Was soll das heißen, er ist weg? Er ist spurlos verschwunden, einfach so, plopp. Er kann nicht spurlos verschwunden sein, schon gar nicht im Schnee. Der Indianer kniff die Augen zusammen. Als würden Sie die Apachen nicht kennen, sagte er. Einfach so? Die Spuren haben plötzlich aufgehört. Komm, sagte Zuloaga, ohne die Freude darüber, was sie erwartete, verbergen zu können. Bevor er, das Pferd am Zügel, zu den anderen zurückkehrte – auch Victoria war abgestiegen –, rief er ihnen zu: Keiner rührt sich von der Stelle, nicht einen Schritt. Als sie bei Corredor waren, reichte er ihm die Zügel seines Pferdes.

Sie gingen weiter neben dem Pfad her. Was ist los?, rief Elvira. Nichts, entgegnete der Anführer, aber rührt euch nicht von der Stelle. Márquez verzog den Mund und wartete, bis sie außer Sichtweite waren, den anderen stumm, aber mit einer dramatischen Bewegung seiner Lippen zu verstehen zu geben: Pisago Cabezón. Dann öffnete er plötzlich die Hand, als führte er einen Zaubertrick vor, und machte ein Geräusch: Puff! Die Nonne starrte ihn ängstlich an und fuhr sich mit dem Zeigefinger über den Hals. Der Lehrer schüttelte den Kopf und winkte wie zum Abschiedsgruß. Die Schwester nickte. Das hat lange gedauert, sagte sie.

Dass sein Führer sich plötzlich in Luft aufgelöst hatte, bereitete Zuloaga etwas Sorge; doch die freudige Erregung darüber, den berühmten Apachentrick mit eigenen Augen verfolgen zu können, war deutlich größer als sein Unbehagen über die Situation. Kaum waren sie an den sich unterhaltenden Männern aus Sonora vorbeigegangen, verließen der Yaqui und der Oberstleutnant den Weg, um die Spuren im Schnee nicht aus den Augen zu verlieren.

Zuloaga war sofort aufgefallen, dass Pisagos Pferd mit seinen kleineren, unbeschlagenen Hufen neben dem Weg hergelaufen war. In der Mitte des Pfades waren deutlich die Abdrücke von den Maultieren der Zwillinge zu erkennen, die dem Apachen gefolgt waren. Auf einmal hörten die Spuren von Pisagos Pferd auf. Zuloaga saß ab und zog sich die Handschuhe aus, um die letzten Abdrücke von Cabezóns Tier zu befühlen. Ganz frisch, bemerkte er. Er schaute zurück, dann nach vorne, roch am Schnee. Verdammte Apachen, fluchte er, diese Mistkerle. Er stand auf und ging zu den Yaqui. Was jetzt?, fragte Guadalupe. Herausfinden, wie das möglich ist, sagte Zuloaga. In Ordnung, erwiderte der Yaqui, nachdem er einen Augenblick darüber nachgedacht hatte – zum ersten Mal hatte er bei einer Diskussion den Kürzeren gezogen. Fragt sich nur, wie wir jetzt die Gefangene finden sollen. Wir reiten einfach weiter, sagte der Anführer, auf dem einzigen Weg, den es gibt und der, wie wir wissen, zu Häuptling Mangas' Winterlager führt. Er deutete auf einen abgebrochenen Kiefernzweig und fügte hinzu: Und wir folgen den Hinweisen, die unser Führer vor seinem Verschwinden hinterlassen hat. Den Zweig habe ich auch gesehen, erklärte Victoria, aber ich war so wütend, dass ich gar nicht hinschauen wollte.

Sie gingen den Weg mehrmals konzentriert auf und ab, konnten aber nichts Auffälliges entdecken außer einer Pfütze in einer Furt links von ihnen, in der schmutzige Schneeinseln trieben. Er könnte den Weg hier verlassen haben, sagte Victoria. Und wie erklärst du dir die Spuren weiter vorne?, fragte Zuloaga. Vielleicht hatte er spezielle Schuhe dabei, mit Hufsohlen, sagte Victoria. Neben der Pfütze sahen sie aufgeschichtetes Gestrüpp, das umfiel, als sie daran rüttelten. Dahinter erhob sich dichter Wald. Im Schnee entdeckten sie die deutlichen Abdrücke von Pisagos Pferd. Da haben Sie ihn, sagte Victoria. Ich glaube, wenn man diesem Kamm folgt, gelangt man nach Santa Rita; das Schlitzohr ist nach Hause geritten. Folgen wir ihm?, fragte Guadalupe. Der Anführer schüttelte den Kopf: Er hat uns so weit geführt, wie er konnte, wir müssen sehr nah dran sein. Aber wir wissen immer noch nicht, wie sein Pferd hierher zurückgekommen ist, bemerkte

Victoria. Das muss mit den Schuhen zu tun haben, sagte Zuloaga, zufrieden, zumindest einen Teil des Rätsels gelöst zu haben.

Ohne den anderen eine Erklärung zu liefern, ritten sie weiter. Als sie den Kiefernwald und die nebligen Abschnitte der Höhen hinter sich gelassen hatten und die Vegetation ringsum bereits das trockene Tiefland von Nuevo México ankündigte, obwohl sie sich immer noch weit oben befanden, brach die Dunkelheit herein und hinderte sie am Weiterreiten. Sie verbrachten die Nacht in den Ruinen einer Mission, einem Gebäude mit mehreren Räumen. Auf einer Mauer stand geschrieben: *Colegio Casitas.* Die Wölfe waren zurückgeblieben, wer weiß, wie weit. Mangas' Wachen waren immer noch in der Nähe – nicht um sich mit ihnen anzulegen, aber sichtbarer jetzt. Selbst Zuloaga hatte einen der Indianer gesehen und zum Gruß den Hut gelüftet, als er ihn in der Ferne zwischen den Felsen bemerkt hatte – es schien, als würden sie eher bewacht als bedroht. Trotzdem teilte er für alle Fälle Wachen ein.

Sie saßen bereits um das Feuer und aßen zu Abend, als Corredor höflich fragte, ob sie jetzt, da sie keinen Führer mehr hätten, nicht in große Schwierigkeiten kämen. Nein, sagte Zuloaga, Pisago sei nicht einfach verschwunden, er sei nach Hause geritten und habe deutliche Hinweise für sie hinterlassen, sie müssten nur zwei oder drei Nächte von Mangas' Lager entfernt sein; der Apache kehre zu seiner Familie zurück, wie es jeder vernünftige Mensch irgendwann getan hätte. Auch Corredor war aufgefallen, dass die Spuren von Pisagos Pferd plötzlich verschwunden waren. Ich glaube eher, dass sie ihn mitsamt Pferd beseitigt haben, sagte er und fuhr grübelnd fort: Sonst hätte er sich verabschiedet; die Frage ist nur, wie sie es geschafft haben, dass es so aussieht, als hätte sich sein Pferd in Luft aufgelöst. Márquez, der mit einem Stöckchen die Glut herumschob, sagte, ohne innezuhalten, dass das einer der Tricks sei, die die Apachen schon als kleine Kinder lernen würden. So schwer ist das nicht, wenn man weiß, wie's geht, erklärte er. Sie halten das Pferd ruhig, bringen es dazu, sich auf die Hinterbeine zu stellen und lassen es rückwärtsgehen. Dabei halten sie sich mit den Füßen daran fest und klammern sich mit dem Oberkörper an die Kruppe. Sie setzen Huf für Huf in die Abdrücke, die sie vorher hinterlassen haben, alle Apachenpferde können das. Zuloaga und die Yaqui sahen sich an. Diesmal war es der Oberstleutnant, der auf die Weisheit der amerikanischen Ureinwohner zurückgriff und sagte: Ich meine zu verstehen, und auch nicht.

Bei Tagesanbruch überbrachten die Zwillinge prächtige Neuigkeiten: Ein Stück weiter führte der Weg steil hinab in einen Cañon mit einem Fluss, den man bereits rauschen hören konnte. Obwohl der Grund der Schlucht nicht zu sehen war, schien es, als führte der Apachenweg bis ganz nach unten – Pisago hatte ihnen den richtigen Weg gezeigt. Allerdings bereitete ihnen die letzte Etappe Sorgen: Auf der einen Seite war der Abgrund, auf der anderen eine Felswand, die sie unmöglich mit den Tieren erklimmen konnten. Wieder so ein Trichter, bemerkte Victoria. Sein Bruder ergänzte: Wenn Mangas' Wachen uns kaltmachen wollen, dann dort. Wir sollten uns gut überlegen, wie wir da runterkommen, ohne dass sie uns abmurksen. Und wenn wir umkehren und den Weg nehmen, den Pisago genommen hat?, fragte Zuloaga. Die Brüder starrten ihn mit einer Miene an, die ihm bedeutete, sie nicht zu beleidigen. Sind wir Männer oder Mäuse?, fragten sie gleichzeitig. Was wohl, sagte Elvira.

Als Gokhlayeh sich in vollem Galopp von der Gruppe löste, bemerkte Camila, dass die übrigen Krieger ihre Pferde im Zaum hielten, um zu verhindern, dass sie durchgingen – die Tiere witterten offenbar, dass sie jetzt beinahe zu Hause waren. Es war nicht einfach, dem Impuls der Reittiere und dem der grasenden

Rinder gerecht zu werden. Wahrscheinlich wären sie für immer dortgeblieben, hätten die Indianer das Vieh nicht zusammengetrieben und weitergescheucht – die Rinder rupften noch schnell die längsten Halme ab, vielleicht weil die rastlosen Pferde sie ebenfalls nervös machten oder weil sie, wie Camila, die Wüste gewohnt waren und nicht wussten, dass man an Orte wie diesen auch gelangen konnte, ohne erst zu sterben und erlöst zu werden.

Sie ritten noch eine ganze Weile scheinbar ziellos durch das Gila-Tal. Camila kam es vor, als dauerte der Ritt schon ihr ganzes Leben oder, besser gesagt, als wäre ihr bisheriges Leben schon immer ein Übergang zu diesem anderen gewesen, das so voller Schrecken und neuer Erlebnisse war, dass es alles andere in den Schatten stellte und zu einer Art Exposition zusammenschrumpfen ließ. Wenig später kehrte Gokhlayeh im Galopp zurück, begleitet von einer alten Frau, die einen Baumwollrock und eine mit geometrischen Mustern verzierte Weste trug. Ihr Haar war von weißen Strähnen durchzogen, und ihre Augen sahen aus, als wären sie zwischen den vielen Falten begraben. Sie hätte ebenso gut sechzig wie tausend Jahre alt sein können.

Die Gruppe machte halt. Kadazis Tlishishen und die beiden Alten stiegen vom Pferd, um die Frau zu begrüßen, die Alten ohne ihre Scherze zu unterbrechen, der Anführer ein bisschen ängstlich, wie gebannt, was ihn jünger wirken ließ, als er tatsächlich war. Grußlos – und ohne abzusteigen – ließ die alte Frau die Männer stehen und musterte vom Sattel aus die Beute mit einem Blick, der irgendwo zwischen arrogant und völlig entrückt lag. Sie sprach mit sich selbst, als würde sie mit einem imaginären Freund schimpfen. Nachdem sie grob den Wert der Sachen auf den Pferden überschlagen hatte, zählte sie zufrieden die Rinder. Schließlich ritt sie zu den wartenden Kriegern zurück und stieg mit einer Bedächtigkeit vom Pferd, die eher auf tausend als sechzig Jahre schließen ließ. Als ihre Füße endlich den Boden berührten, sah man, dass sie nicht mehr als ein Meter zwanzig maß. Sie war winzig. Ohne sich zu rühren, schenkte sie Kadazis Tlishishen ein zahnloses Lächeln, das er beantwortete, indem er seine Schultern entspannte und den Kopf senkte. Sich'iné, flüsterte Gokhlayeh Camila ins Ohr. Die Mutter?, fragte sie leise. Die Mutter der Mutter, antwortete der Halbwüchsige, den man inzwischen vielleicht schon zu den Spanischsprechenden zählen konnte. Die Alte trat auf den Anführer zu – sie reichte ihm höchstens bis zum Unterleib. Sie sagte etwas zu ihm, das die Alten zum Lachen brachte, er bückte sich, sie kniff ihm in beide Wangen, worauf er errötete.

Camila blieb keine Zeit, sich Gedanken über das zu machen, was ihr wie die erste menschliche Geste ihres Entführers erschien, denn sowohl die Alte als auch er drehten sich zu ihr um. Die Frau drückte seine Hand, bevor sie entschlossen auf sie zuging. Gokhlayeh ließ sein Pferd zurücktreten. Respekt, flüsterte er Camila zu, bevor er zu den anderen Kriegern ritt. Sie ist eine Kriegs-Diyín.

Die Alte blieb vor Camila stehen, die so ehrerbietig wie möglich von ihrem Pferd stieg. Die Schamanin betrachtete sie von oben bis unten wie eine eifersüchtige Göttin. Sie packte sie an der linken Schulter und drehte sie um, drückte mit beiden Händen ihre Hüften, drehte sie wieder zu sich und öffnete ihr den Mund, fuhr ihr mit den Fingern über die Backenzähne, straffte die Haut über ihren Wangenknochen und sah sich prüfend ihre Augen an, drehte sie erneut um und versetzte ihr einen Stoß. Camila verstand, dass sie in die Richtung gehen sollte, in die die Frau sie schubste.

Während die Alte pausenlos vor sich hin murmelte, näherten sie sich einer seichten Stelle im Fluss. Dort überholte die Alte sie und trieb sie zur Eile an. Hinter ein paar Sträuchern blieben sie stehen, und sie bedeutete Camila mit einer Geste, sich auszuziehen. Obwohl sie sich ohne zu zögern entblößte – in den Tagen ihrer Gefangenschaft hatte sie jedes Schamgefühl verloren –, war die Schamanin so rücksichtsvoll, sich umzudrehen und den Rückweg anzutreten.

Camila hängte das Hemd und die Hose über einen Zweig und folgte ihr. Als sie die alte Frau eingeholt hatte, lief sie so selbstverständlich neben ihr her, als wäre sie nicht splitternackt. Die Apachin, die auch dann weitergeredet hatte, als die Mexikanerin zurückgeblieben war, warf einen wohlwollenden Blick auf Camilas stramme Beine und Schultern einer Frau, die zu arbeiten verstand. Hand in Hand überquerten sie einen flachen, steinigen Bach. Es folgte dichtes Schilf, das die Alte mit ihren eisernen Händen zur Seite bog, damit die Blätter die junge Frau nicht verletzten – obwohl ihre gestählte Haut längst einen Feuerregen ausgehalten hätte. Bevor Camila in das Wasser des breiten, gewaltigen Rio Gila stieg, rang die Alte sich dazu durch, ihr in Hintern und Brüste zu kneifen. Zufrieden strich sie ihr über die fast männliche Wölbung des Unterleibs, packte das dichte Haar um ihr Geschlecht und berührte mit der ganzen Hand ihre Vagina, mit einer Geste, als wollte sie diese vermessen und wiegen. Dann fasste sie Camila wieder an die Hüften und lächelte ihr zu. Ich habe breite Hüften, obwohl ich dünn bin, sagte Camila, woraufhin die Alte ihr mit noch mehr Kauderwelsch antwortete.

Als die Kreolin aus dem Wasser stieg, zog die Schamanin ein langes Fransenhemd aus Gamsleder und einen Rock mit aufgedrucktem Federmuster aus ihrem Lederbeutel. Sie reichte ihr die Kleidungsstücke, und Camila schlüpfte hinein. Die Schamanin deutete auf Camilas nackte Füße und schien sie zu rügen. Dann stellte sie sich auf die Zehenspitzen und drückte sie an den Schultern nach unten. Camila begriff, dass sie sich hinknien sollte – auch so war sie noch größer als die Alte. Die Frau nahm ein kleines Säckchen aus ihrem Beutel, leerte dessen Inhalt über Camilas

Kopf und verteilte ihn mit einem Knochenkamm. Weil ihr etwas davon ins Gesicht rieselte, merkte Camila, dass das, was die Frau ihr ins Haar strich, Pollen waren. Zum Schluss flocht die Alte ihr das Haar zu zwei Zöpfen, nahm einen roten Stoffstreifen, der an ihrem Gürtel hing, legte ihn ihr um die Stirn und knotete ihn im Nacken zu. Sie forderte sie auf, sich zu erheben, und bedeutete ihr, dass sie zurückgehen mussten.

Obwohl er lahm und fett und über siebzig Jahre alt war, überlebte Häuptling Nana die Niederlage von Tres Castillos. Er versammelte die Überlebenden des Massakers, die hatten fliehen können, bevor Joaquín Terrazas sie gefangen nahm, und führte sie über die Berge nach Nuevo México. Insgesamt waren es siebenundvierzig, darunter Krieger, Frauen, Alte und Kinder. Anschließend schickte er Sánchez, einen als Kind von der mexikanischen Armee entführten Mimbreño, der nach fast dreißig Jahren als Cowboy zu seinen Leuten zurückgekehrt war, nach Chihuahua-Stadt, um die gefangenen Indianer auf dem Markt zu zählen, wo sie als Sklaven verkauft wurden. Sánchez zählte insgesamt einhundertneinunddreißig, elf mehr als im Kriegsbericht stand. Die Terrazas-Cousins machten nebenbei noch ein nettes Geschäft, warum zum Teufel auch nicht – dafür hatten sie doch schließlich eine Firma, die sich Regierung von Chihuahua nannte.

Die Zwillinge kehrten mit der Nachricht zurück, dass das Lager im Colegio Casitas nur einen Steinwurf vom Ende des Apachenpfads in den Mogollones entfernt war. Der Oberstleutnant, der im Begriff war, seinen ersten Kaffee zu trinken, hörte sich die Nachricht mit gesenktem Kopf an, drehte sich eine Zigarette und fand es irgendwie reizend, dass den Brüdern der Gedanke, den Rückzug anzutreten, um eine unvorteilhafte Auseinandersetzung zu vermeiden, lächerlich vorgekommen wäre. Pisago war überzeugt gewesen, dass sie einen Schusswechsel mit Mangas' Leuten aufnehmen konnten, ohne dass ihre Stellung eine Rolle spielte, und Guadalupes und Victorias Zuversicht bestärkte ihn noch in dieser Ansicht. In Ordnung, sagte er, während er ein Streichholz an seinen Rindslederstiefeln anriss. Mit einer Miene, die Corredor beinahe zärtlich vorkam, betrachtete er die schemenhaften Gestalten seiner friedlich schlummernden Nationalen und fügte hinzu: Lasst uns noch in Ruhe dieses Tässchen Kaffee trinken, bevor wir sie wecken; wenn der Abstieg so schwer ist, wie ihr sagt, sollten wir besser warten, bis es hell ist.

Im ersten Morgenlicht machten sie sich auf den Weg und erreichten die Schlucht, bevor die Sonne richtig brannte. Noch waren sie vom dichten Blätterdach der Bäume geschützt, die bereits von Staub bedeckt waren, denn was folgte, war kahles Ödland. Genau wie die Zwillinge vermutet hatten, führte der Weg bis hinunter ins Tal, doch der Abstieg war so steil, dass die Nonne gleich zu Beginn meinte, sie habe das Gefühl, ihr Pferd gehe wie auf Zehenspitzen. Vorsichtig ritten sie weiter. Haltet lieber die Waffen parat, sagte Zuloaga in einem Befehlston, zu dem er sich zwang, um seine Nervosität zu überspielen – er wusste, dass nach dem ersten Abstieg der eigentliche Cañon erst begann. Bei allem Respekt, rief Vilchis, ich glaube, wir brauchen beide Hände, um die Tiere auf dieser verdammten Rutschbahn unter Kontrolle zu halten. Wenn er nicht sofort seine Waffe nehme, werde er ihm eine Kugel in den Schädel jagen, entgegnete Zuloaga mit gebieterischer Stimme. In diesem Moment, in dem es kein Zurück mehr gab, begriff der Cowboy aus Sonora, dass der gemütliche Ausritt zu Ende war. Dass Corredor nirgends eine Wache sah, verstärkte Zuloagas Sorge nur – es bedeutete, dass die Indianer sie ein Stück weiter erwarteten.

Kurz darauf bemerkten auch die anderen, was der Oberstleutnant und die Yaqui bereits wussten und ihnen die ganze Zeit verschwiegen hatten: dass das letzte Stück des Abstiegs in einer Schlucht endete, wo der Weg nichts weiter als ein schmaler Strich war und auf der anderen Seite des Cañons eine Felswand aufragte, von wo jeder, der ihnen dort auflauern mochte, sie direkt im Visier hätte. Niemand sagte ein Wort, doch Zuloaga konnte sehen, wie sie immer blasser um die Nasenspitze wurden, je mehr ihnen aufging, dass sie in der Falle saßen. Sie kamen ihm so kreidebleich vor, als wären sie schon tot.

Langsam ritten sie im Gänsemarsch voran, wie Tropfen, die den Berg herabrannen, wie neun Zielscheiben. Zuloaga bemerkte, dass der Weg etwas weiter voraus eine Kehre machte. Apachen?, wandte er sich leise an Corredor. Dort oben vor uns, mindestens sechs, antwortete der Junge. Haben sie Hemden an? Keine Hemden. Kriegsschmuck? Stirnbänder. Zuloaga zog seinen Revolver und hielt ihn so, dass der Lauf vage auf die Berge zielte. Reitet im Trab nach unten und zeigt eure Schießeisen, rief er, in der Biegung steigt ihr ab und geht hinter euren Gäulen in Deckung. Die Tiere werden durchgehen, beschwerte Vilchis sich erneut. Zuloaga entsicherte seinen Revolver – sie waren schon so tief in der Schlucht, dass das Klicken des Metalls ein lautes Echo erzeugte – und sagte: Ich ziele genau auf deinen Kopf, Vilchis. Alle, auch der Mann aus Sonora, setzten sich in Bewegung. Jeder Stein, der sich löste, ein Schwindelanfall.

Wie immer waren die Yaqui die Einzigen, die begriffen, was der Oberstleutnant wollte. Im Nu waren sie an der Wegbiegung, besetzten die offenen Flanken, sprangen mit den Gewehren in der Hand ab und verschanzten sich hinter der Kruppe ihrer Tiere. Wir geben euch Deckung!, schrie einer der beiden. Ihr könnt runterkommen, ergänzte der andere.

Sie in die Mitte, Doña Elvira, rief der Anführer der Nonne zu, die mutig losritt. Dem Pferd knickten fast die Beine weg. Der Oberstleutnant stellte weiter fieberhaft Berechnungen an, als er die Nonne bereits, den Colt in der Hand, am Abgrund entlangreiten sah. Auch wenn sie sich nach wie vor in einer heiklen Lage befanden, würde jedes der Pferde die möglichen Schützen über ihnen eine Kugel kosten und ihm Gelegenheit geben, einen Kopf zwischen den Felsen zu erspähen. Im Kampf – und zwei Schüsse vom Tod entfernt, einer aufs Pferd, der andere auf seine Reiterin – würde die Nonne mindestens zwei Krieger mit sich nehmen, genau wie die Yaqui. Damit kämen sie bereits auf die sechs, die Corredor gezählt hatte. Die anderen würden sich um mögliche Überraschungsangriffe kümmern können.

Die restliche Truppe bezog hinter ihnen Position und ging in Deckung, sobald sie die Kehre erreicht hatte. Kaum hatte der Oberstleutnant als Letzter sein Pferd zum Stehen gebracht – jetzt wären noch mehr Kugeln nötig gewesen, um sie zu erwischen –, sprang er mit einem Satz ab, ging in die Hocke und richtete seinen Revolver auf die Felsen. Die anderen postierten sich um ihn herum, die Gewehre im Anschlag, um sofort das Feuer erwidern zu können. Sie warteten. Als er keine Bewegung in der Schlucht wahrnahm – Wie sieht's aus, Corredor? Alles ruhig –, gab der Anführer die nächsten Anweisungen.

Sie würden sich in drei Gruppen aufteilen, erklärte er. Die erste bestehe aus Gringo, Vilchis, Eneas und Márquez. Sie würden zu Fuß weitergehen, in einer Reihe und geschützt hinter den Pferden, die Waffen auf den Feind gerichtet. Die Pferde sind ein kleiner Vorteil, also lasst nie die Felsen mit den Apachen aus den Augen. Seid stark, munterte er sie auf, seid schnell, effizient wie Soldaten, das hier ist ein Zahlenspiel, wie viele Schüsse ist ihnen ein Kopf von uns wert, wie viele von ihnen töten wir, bevor sie einen von uns töten, egal wen. Er sah Márquez an. Du bist der zuständige Offizier, sagte er. Siehst du die Felsen dahinten? Ja, Señor. Ich warte dort, und du rufst, wenn alle in Deckung sind; du bist verantwortlich für die anderen, und wenn sie einen von uns umbringen, sorgst du dafür, dass auch mindestens einer von ihnen dran glauben muss. Er zeigte auf die Nonne und die beiden Yaqui: Ihr gebt diesen Teufelskerlen Deckung, und zwar furchtlos, ist das klar? Klar wie Wasser, Señor.

Er blickte Corredor an. Dann wir beide. Wir reiten zu diesen großen Pappeln dort drüben, sagte er und deutete auf eine Baumgruppe am Flussufer, die kein Schütze oben im Cañon aus einem günstigen Winkel unter Beschuss hätte nehmen können, ohne sich zu zeigen. Er sah Márquez an: Ihr gebt uns die ganze Zeit von unten Deckung. Sobald Corredor und ich in Sicherheit sind, werde ich den Befehl geben, dass ihr drei runterkommt, sagte er und zeigte auf die Nonne und die Yaqui. Wenn ich es nicht schaffe, haben Sie das Kommando, Elvis, ihr beiden, Guadalupe und Victoria, gebt also euer Leben, um sie zu beschützen. Das würden wir auch machen, wenn sie nicht die Anführerin wäre, bemerkte einer der Zwillinge, ohne Zuloaga anzusehen. Stattdessen beobachtete er mit zusammengekniffenen Augen die Berge, um sofort zu schießen, sobald sich der erste Kopf zeigte. Die Zwillinge und Elvis reiten nach uns zu den Pappeln, fuhr Zuloaga fort, und ihr – er sah Márquez an – stoßt zu uns, wenn auch sie in Sicherheit sind.

Bereit?, fragte er und sah dem Tanzlehrer in die Augen. Heute ist ein schöner Tag zum Sterben, erwiderte dieser.

Wie immer ist alles eine Frage der Perspektive. Die Gruppe um die Männer aus Sonora schluckte einen Augenblick lang wie verrückt Staub und Erde, während sie neben den Pferden herlief, die auf einem Weg, auf dem Tier und Reiter kaum nebeneinanderpassten, fast durchgingen. Zuloaga, der mit dem Gewehr im Anschlag neben der Schwester stand, erschien der Abstieg der ersten Gruppe langsam, zäh und verzweifelt. Als sie fast unten waren, tat Márquez, dem der Abschnitt, den sie ohne sichere Deckung hinter sich bringen mussten, unendlich lang vorkam, plötzlich etwas, das seine Gefährten zum Staunen brachte. Er sprang wie ein Apache auf seinen Gaul und ritt los, indem er sich seitlich an das Pferd klammerte, damit es ihn abschirmte, falls jemand auf ihn schoss – auch so etwas konnte er also. Er preschte zwischen den anderen durch und ritt zu den Felsen voraus, wo er mit einem weiteren Sprung absaß und, das Gewehr die ganze Zeit im Anschlag, mit nicht für möglich gehaltenem Geschick in Stellung ging. Gut gemacht, brüllte der Anführer und rief den Männern aus Sonora, die mit großen Augen dastanden, zu: Bleibt hinter den Pferden, Gewehre hoch, es passiert nichts. Auch sie kamen unversehrt ans Ziel.

Der Oberstleutnant drehte sich zu Corredor um. Wie sieht's aus? Der Junge lächelte. Und wenn wir eine richtige Heldennummer abziehen?, fragte er. Was meinst du? Wir reiten den ganzen Weg runter, mit der Knarre in der Hand. Spinnst du?, fragte Zuloaga. Mangas' Krieger haben nicht damit gerechnet, dass wir es so weit schaffen, erwiderte der Rarámuri, sie haben Angst und werden nicht schießen; oder sie sind längst weg. Ohne die Felsen über ihnen aus den Augen zu lassen, bemerkte Victoria: Verdammt, das sind die Worte eines stolzen Yaqui. Genau, stimmte ihm sein Bruder zu. Regen Sie sich nicht auf, mein Leutnant. Zuloaga steckte sein Gewehr in das Futteral an der Kruppe seines Pferdes und zog den Revolver aus dem Gürtel. Bevor er aufsaß, leckte er über den Lauf, und als er oben war, entsicherte er die Waffe, tippte sich mit dem Zeigefinger an den Hut und gab dem Pferd die Sporen, um in die Schlucht hinunterzugaloppieren. Corredor hatte das Gefühl, da mithalten zu müssen, also stürzte er sich, im Sattel stehend und mit den Zügeln zwischen den Zähnen, nach unten, die beiden Revolver, um die er den argentinischen Detektiv erleichtert hatte, auf die Felsen gerichtet.

Als sie den Jungen im Stil eines Banditen reiten sah, richtete Elvira sich die Haube und wandte den Blick wieder zum Rand der

Schlucht. Der spinnt ja, murmelte sie. Keiner hörte sie, denn die Yaqui hatten ein Geschrei angestimmt, das wahrscheinlich selbst den Apachen einen Schauder über den Rücken jagte. Die Männer aus Sonora, die ihnen von unten Deckung gaben, standen mit offenem Mund da und staunten. Nur Eneas brachte ein Wort heraus, als Corredor den Grund der Schlucht erreichte: *Olé*. Die Schwester sah, wie sie den Bach durchquerten und zwischen den Pappeln verschwanden. Sie drehte sich zu den Zwillingen um: Sieht so aus, als müssten wir auch reiten, wir werden uns auf keinen Fall zum Gespött machen.

Als Zuloaga und Corredor sich an einem sicheren Ort wähnten, waren sie noch immer angespannt und wachsam, aber die Angst war gewichen. Der Adrenalinstoß, als sie sich in den Abgrund gestürzt hatten – eine Verantwortungslosigkeit, die nur jemandem einfallen konnte, der oben war –, hatte in der Körperhöhle, wo die Angst sich gerne niederlässt, einen Hauch von Unsterblichkeit hinterlassen. Sie hatten sich hinter die dicksten Baumstämme gehockt; die Läufe ihrer Schießeisen zielten in die Höhe, als der Anführer den Letzten, die noch oben warteten, den Befehl gab herunterzukommen.

Der rasante Ritt von Elvira und den Zwillingen war von geradezu skandalöser Verwegenheit, wurde jedoch von keinem mehr beklatscht, zum Teil, weil alle sich darauf konzentrierten, ihnen Deckung zu geben – die drei waren die besten Schützen der Truppe und mussten um jeden Preis verteidigt werden –, vor allem aber, weil Corredors Manöver nicht mehr zu überbieten war.

Der Pappelhain bot ihnen ausreichend Deckung, doch es war kein Wald wie in den Mogollones. Der Oberstleutnant erkannte, dass er die Sicherheit der Pferde nicht bedacht hatte, und machte sich auf die Suche nach einem Ort, wo sie warten konnten, bis die ersten Kugeln flogen oder es Mangas' Kriegern langweilig wurde und sie weiterreiten konnten. Bleibt hier, bis ich weiß, was wir mit den Gäulen machen, rief er Márquez zu. Der Lehrer beantwortete dies, indem er seelenruhig hinter den Felsen hervorritt. Bist du verrückt?, rief Zuloaga. Márquez nahm den Hut ab. Keineswegs, Chef, sie sind weg, wir haben sie gesehen. Die Schwester steckte den Colt weg und gab Zuloaga die Hand, als wären sie zwei gute Freunde, die sich in der Kneipe treffen. Ein tolles Manöver, sagte sie. Ich kenne Mangas, bis zum Tal des Rio Gila sind wir sicher. Der Oberstleutnant sah ihr in die Augen. Sie kennen Mangas? Die Nonne richtete sich die Haube. Er ist ziemlich attraktiv.

Zuloaga hatte genügend Erfahrung im Kampf gegen die Apachen, um zu wissen, dass er sich mit der Art und Weise, wie sie aus den Mogollones herausgekommen waren, den Respekt jedes Häuptlings und das Recht zu verhandeln verdient hatte. Sie konnten in aller Ruhe der Schlucht nach Norden folgen. Bis zum Lager der Indianer konnte es nicht mehr weit sein.

Trotzdem traf er ein paar Vorsichtsmaßnahmen: Er ließ die Zwillinge als Nachhut reiten und schickte Eneas und Vilchis nach vorne. Schon bald versickerte der Bach in der Erde, und der Cañon verlor an Dramatik.

Nana kannte die Berge von Chihuahua und Nuevo México wie kein anderer. Er war der erfahrenste aller Häuptlinge und der beste Reiter von allen. Trotz seines Alters – er lebte fast einhundert Jahre – war er agil und bei klarem Verstand. Er hatte als Anführer an Mangas Coloradas' und als Häuptling an der Seite von Cochís gekämpft und war auf Victorios letztem Feldzug dessen wichtigster Berater gewesen. Er hatte alles gesehen, und nichts konnte ihn mehr erschüttern.

Einer der Überlebenden des Massakers erzählte viele Jahre später, dass Cayetano und Blanco, die beiden Mimbreño, die Victorio noch losgeschickt hatte, um Munition zu besorgen, bei ihrer Rückkehr nach Tres Castillos die Spur entdeckten, die Nana gelegt hatte, damit sie ihm folgen konnten. Der Häuptling erwartete sie am Ufer eines Baches; seine Leute demoralisiert und er selbst zu Fuß. Die beiden stellten die erbeuteten Munitionskisten vor ihm ab, und Cayetano sagte: Zu spät, Häuptling. Nana erwiderte: Solange noch ein einziger Apache lebt, ist es nie zu spät. Er hielt eine kurze Ansprache, die später von mehr als einem Zeugen bestätigt wurde: Victorio, sagte er, starb, wie er es gewollt hätte: im Kampf und an der Seite seiner Männer. Er starb, wie er lebte: frei und unbezwingbar.

Auf dem Weg zum Mezcalero-Reservat, wo sie sich ergeben konnten, ohne befürchten zu müssen, von der amerikanischen Armee an die Justiz von New Mexico ausgeliefert zu werden, kamen Nana und seine Leute, nachdem sie die Montañas del Diablo bezwungen hatten, an der Quelle von Ojocaliente vorbei. Die Fährtenleser, die vorausgeritten waren, entdeckten, dass die amerikanischen Soldaten, die den Ort verteidigen sollten, nicht mehr da waren.

Nana wird lange überlegt haben, bevor er beschloss, seinen Leuten eine Ruhepause zu gönnen. Ihnen zu erlauben, im heiligen Wasser der Thermalquellen zu baden. Eines der Kinder, die dabei waren, ein Junge namens Kaywakla, erzählte viele Jahre später der Anthropologin Eve Ball: »Das Wasser war herrlich. In der Wüste haben wir uns mit Sand abgerieben, wenn wir uns waschen wollten, und auf einmal konnten wir in diese sauberen, wohltuenden Quellen eintauchen.«

Gestern habe ich meine eigenen Kinder im gleichen Wasser baden sehen – eine weitere Touristenattraktion auf unserem Trip durch den Südwesten der Vereinigten Staaten, eine Pause, die wir uns nicht verdient hatten, aber erkaufen konnten. Ich sah sie im Becken des Thermalbads, rot von der Hitze und den Mineralsalzen, und musste an Kaywakla denken, den Apachenjungen, der sich genau hier die Erschöpfung, den Hunger, die Angst und die

Schutzlosigkeit abwusch, die ihn auf der Flucht mit Nana nach Norden gequält haben mussten. Kreole in Amerika zu sein heißt, als Schwein geboren zu sein, egal wie unschuldig man sein mochte.

Natürlich ritten Vilchis und Eneas prompt an der Wasserstelle vorbei, wo Camila und Gokhlayeh auf die Rückkehr Mangas' und der restlichen Krieger gewartet hatten, während diese mit einem Teil des Viehs von der Ezguerra-Ranch Tauschhandel trieben. Die Yaqui, die an der Spitze des Trupps ritten, hielten sofort an, als sie bemerkten, dass die Pflanzen am Wegesrand anders wuchsen als sonst. Hier muss es Wasser geben, sagte Victoria, stieg von seinem Maultier und begann, das Gestrüpp abzusuchen. Es dauerte nicht lange, da hob er das Gesicht vom Boden und rief Zuloaga zu: Das müssen Sie sich ansehen, hier ist alles voller Spuren.

Der Oberstleutnant befahl der Schwester, Vilchis und Eneas einzuholen, saß ab und bat die anderen, ein schattiges Plätzchen für die Tiere zu suchen, während er Corredor die Zügel seines Pferdes reichte. Er stemmte die Hände in die Hüften und sah sich um wie ein aufmerksamer Fährtenleser. Da vorne, sagte er zu den Yaqui und zeigte auf etwas in der Nähe der Felswand, das wie ein Häufchen aus Zweigen und Gras aussah. Eine Wasserstelle, erklärte er. Aus der vor einer ganzen Weile eine Menge Rinder getrunken haben, fügte Guadalupe hinzu. Mit kindlicher Begeisterung machten sie sich auf den Weg.

Die Rinder waren lange genug an der Wasserstelle gewesen, um ein einziges Chaos zu hinterlassen. Es hatte seither nicht geregnet, sodass der Boden festgetreten und mit Kuhfladen übersät war. Sie waren mindestens eine Woche hier, bemerkte einer der Zwillinge und fügte, nachdem er sorgfältig den Boden untersucht und die Spuren betastet hatte, hinzu: Ein Tier fehlt, ein Kalb, sie haben es unterwegs geschlachtet. Sie waren nicht besorgt, folgerte sein Bruder.

Guadalupe fiel eine winzige Erhebung im Boden auf. Er bückte sich, um mit den Händen zu graben. Schnell wurde er fündig: der Schenkelknochen eines Hirschkalbs. Sein Bruder hob ihn auf und fing an, damit zu graben. Sie förderten immer mehr Knochen zutage, vor allem von kleineren Tieren. Das ist wenig Essen für eine Woche, bemerkte Zuloaga, da stimmt was nicht. Stimmt schon, sagte Guadalupe, wenn nur einer dageblieben ist, um sich um die Rinder zu kümmern. Oder die Gefangene?, fragte der Anführer. Sie hätten sie nie allein gelassen, antwortete Victoria, sie wäre abgehauen. Er bückte sich, um die Knochen, die sein Bruder ausgrub, aus der Nähe zu betrachten.

Zuloaga sah ihnen neugierig zu. Jeder Knochen, den sie aus der Erde holten, wanderte, je nachdem, von welchem Tier er stammte, auf einen eigenen Haufen. Nach einer Weile wussten sie, dass der Indianer neben dem Hirschkalb auch ein paar Ringeltauben gegessen hatte, doch die meisten Überreste stammten von Hasen. Guadalupe konzentrierte sich darauf, nur nach Hasenknochen zu suchen, und Victoria breitete sie nebeneinander auf dem Boden aus: sieben Rippen, sechs Köpfe, elf oder zwölf Schenkelknochen. Als bereits einige längere Knochen freigelegt waren, begriff der Oberstleutnant, was die Yaqui taten, und bat um Erlaubnis, zwei nehmen und vergleichen zu dürfen.

Drei von fünf Knochen waren glutgeschwärzt und wiesen Bissspuren auf, wo das Mark herausgesaugt worden war. Von den anderen beiden hatte man nur das Fleisch geschabt und sie weggeworfen. Als er lächelnd den Kopf hob, sah er sich dem Grinsen der Brüder gegenüber, breiter und herzlicher denn je. Victoria nahm in jede Hand einen Schenkelknochen und hielt einen davon hoch: An dem hier hat ein junger Apache geknabbert, der als Novize beim Überfall in Janos dabei war. Dann hielt er den anderen hoch: und an dem hier die Gefangene.

Die drei erhoben sich so zufrieden, als hätten sie die Entführte bereits gerettet. Zuloaga ging zum Weg zurück, um sein Pferd zu holen, das Corredor die ganze Zeit gehalten hatte. Der Junge hatte sie aufmerksam beobachtet. Warum strahlen Sie so?, fragte er. Weil Señora Camila lebt, sagte Zuloaga. Er nahm die Zügel, ging mit dem Pferd zur Wasserstelle und sattelte ab. Mit der Stiefelspitze wischte er das Gras zur Seite, mit dem die Apachen das Wasser abgedeckt hatten. Er strich dem Tier über die Mähne, während er sich bückte, um zu trinken. Anschließend drehte er sich zu den anderen um und sagte: Bedient euch. Und an Corredor gewandt: Sobald die Pferde getrunken haben, kochst du Wasser ab, ich glaube, in diesem ausgetrockneten Bachbett finden wir keins mehr, bis wir in Mangas' Tal sind.

Márquez und Gringo waren die Ersten, die hineinstiegen, nachdem sie die Pferde abgesattelt und an einen schattigen Platz geführt hatten. Zuloaga betrachtete sie mit einem gerührten Lächeln, das völlig unangebracht war, bevor er sich in eine kühle Ecke unter der Felswand zurückzog, um sich eine Zigarette zu drehen, bei der ihn niemand stören würde, denn auch die Yaqui zogen sich bereits die Schuhe aus. Er setzte sich auf einen Stein und kostete das Vergnügen, in aller Ruhe eine zu rauchen, so lange wie möglich aus – für einen Moment ohne die Verantwortung, eine Gruppe von Leuten anzuführen, die letztlich gezeigt hatten, dass sie etwas taugten, und es geschafft hatten, ein paar echte Krieger einzuschüchtern. Auf einmal sah er etwas zwischen den Steinen glitzern. Er stand auf, um es sich näher anzusehen. Als er das Gestrüpp zur Seite bog, entdeckte er einen Pfeil aus Knochen, der nach Norden zeigte – der Wegweiser musste von Camila stammen. Mit einem großzügigen Lächeln, wie es nur jemand aufbringen kann, der sich unbeobachtet fühlt, strich er sich über seinen inzwischen ansehnlichen Bart. Er drehte sich zu seiner Truppe um, und als er sie im Wasser planschen sah, fiel ihm ein, dass er vielleicht auch ein Bad nehmen und seine Kleidung waschen sollte – noch war es so früh, dass sie bis zum Abend trocknen konnte. Sein nächster Gedanke war, dass es seinen Leuten guttun würde, eine Weile auszuruhen.

Er drehte sich noch eine Zigarette, rauchte sie auf seinem Stein und ging zur Wasserstelle zurück, in die inzwischen auch Corredor und die beiden Männer aus Sonora gestiegen waren. Elvira lag ausgestreckt auf dem Boden, den Kopf an den Sattel ihres Pferdes gelehnt und das Habit ein Stückchen hochgezogen, um sich die Beine von der Sonne bescheinen zu lassen. Heute ruhen wir uns aus, schrie der Oberstleutnant aus voller Kehle, als hätte jemand auf den Befehl zum Müßiggang gewartet – oder ihm überhaupt zugehört. Er setzte sich auf einen Baumstamm, um sich die Stiefel abzustreifen, und der Geruch seiner Füße erinnerte ihn daran, dass er das seit Portal nicht getan hatte.

Die Krieger würdigten sie auch dann keines Blickes, als sie in Apachentracht und, wie sie fand, bildhübsch zurückkam. Gokhlayeh machte eine geradezu spöttische Geste, als wäre ein Freund von ihm eines Tages in Frauenkleidung aufgetaucht. Als alle wieder aufsaßen, versuchte Camila, wie ein Apache auf ihr Pferd zu steigen. Es misslang: Sie hatte zu viel Schwung genommen und fiel prompt auf der anderen Seite wieder herunter. Sie klopfte sich den Staub ab, ohne dass jemand über sie gelacht hätte, und versuchte es noch einmal, diesmal mit Erfolg. Als sich alle wieder auf den Weg machten, wartete sie auf Gokhlayeh und ritt an seiner Seite, um beim Viehtreiben ihre Nervosität zu überspielen.

Eine Weile später setzten sich die älteren Krieger, Kadazis Tlishishen und die Alte etwas von der Gruppe ab. Gokhlayeh erklärte Camila, dass auch sie nach vorne müsse, ihr Pferd sollte direkt hinter dem des Häuptlings gehen.

Sie überholte die anderen und erreichte die Gruppe. Die Kriegsschamanin ritt etwas langsamer, bis Camila bei ihr war. Seite an Seite durchquerten sie ein Tal, in dem hier und da unerwartet Pflanzungen auftauchten und das geschützt hinter einer Mauer aus Bäumen lag, von einer Größe, wie sie Camila, gewöhnt an die mickrigen Gehölze rund um Janos und Casas Grandes, außerhalb von Guadalajara nie für möglich gehalten hätte.

Eine Frau, die auf einem der Felder hockte, richtete sich auf, um den Zug aus der Ferne zu betrachten. Die Alte schirmte Camila ab, als wollte sie sie vor diesem Blick beschützen. Damit sie dicht nebeneinanderblieben, griff sie nach den Zügeln von Camilas Pferd. Die Frau auf dem Feld stieß einen lauten, schrillen und feindlichen Schrei aus. Weitere Körper und Köpfe tauchten auf und stimmten in das Geschrei ein. Hier beginnt, was danach kommt, dachte Camila und trug den Kopf so hoch, wie sie konnte – falls das, was kam, der Tod sein sollte.

Der Trupp ritt noch langsamer. Der Häuptling hob die rechte Hand. Gokhlayeh kam im Galopp angeprescht und reichte ihm seinen Speer. Camila hörte, wie Kadazis Tlishishen sein Kriegsgeheul ausstieß – die Rinder erstarrten, die Bäume knickten um, die Felsen in den Bergen barsten. Lieber Gott, lass mich am Leben, dachte sie, und sei es nur, damit der Häuptling es mir ein einziges Mal besorgt; danach geschehe dein Wille.

Ich stelle mir vor, dass die friedliche Oase des Apachenjungen Kaywakla, wo seine Leute baden und wieder Kraft schöpfen konnten, für Häuptling Nana ein Ort von metaphysischer Bedeutung war. Wenn es in der Wüste je einen verzweifelten Menschen gab, dann ihn nach der Schlacht von Tres Castillos. Er muss die ganze Nacht gesungen haben, wer weiß, wie viele Nächte lang.

Er hatte noch sechzehn Krieger und zweiunddreißig Frauen, Kinder und Alte, alle erschöpft, hungrig und seelisch zerrüttet vom Anblick ihrer Toten, vor allem aber von der Vorstellung davon, was mit den Überlebenden geschehen würde. Die achtundvierzig Chiricahua, die Nana hatte retten können, verband nur wenig miteinander. Es waren Gila, Mimbreño, Coyotero. Kinder, die hatten mit ansehen müssen, wie ihre Väter von Bajonetten durchbohrt wurden, und deren Mütter für den Rest ihres Lebens die dreckigen Latrinen der Reichen von Chihuahua putzen würden; Väter, die hatten mit ansehen müssen, wie ihre Kinder von Kugeln zerfetzt wurden; Mütter, deren Töchter in den Soldatenbordellen an der Grenze bis zur physischen Zerstörung vergewaltigt werden würden. Die Kinder würden heranwachsen und irgendwann vergessen haben, dass sie Chiricahua waren.

Und selbst wenn die Chiricahua, die in mexikanischer Gefangenschaft alt werden würden, das Geheimnis ihrer Zugehörigkeit bewahrten, bis sich eine Fluchtmöglichkeit auftat, gab es nichts mehr, wohin sie hätten gehen können, denn die Apachería existierte im Grunde schon nicht mehr. Das kleine Fleckchen der gewaltigen Erde, das Usen seinen Geschöpfen vermacht hatte und auf dem sie dreihundert Jahre lang dem Ansturm der Navajo, Pueblo und Komantschen, dem spanischen Reich und der mexikanischen Republik widerstanden hatten, verschwand unter dem unerträglichen Druck der amerikanischen und mexikanischen Streitkräfte. Man pferchte sie zusammen, zermalmte sie, brach ihnen das Genick.

Usen war ein großzügiger Gott; er muss Nanas Flehen erhört, ihm etwas mitgeteilt und irgendein Versprechen gegeben haben, denn der Hurensohn lebte noch dreißig Jahre lang. Er ging bis nach Oklahoma, um zu sterben – vor ein paar Tagen haben wir sein Grab besucht.

Nach den von Gesang und Gebeten erfüllten Nächten in Ojocaliente – dem heutigen Truth or Consequences – änderte der

Häuptling seinen Plan. Er verschanzte sich mit seinen Kriegern in den Montañas del Diablo und schickte Cayetano nach Norden, um alle anderen zum Reservat zurückzubringen und Verstärkung zu holen, falls noch mehr Krieger die Schlacht von Tres Castillos überlebt hatten und auf eigene Faust heimgekehrt waren. Anschließend begann er einen Rachefeldzug, der so gewaltig, meisterhaft und grausam war, dass »die Nacht von Nana« in manchen Dörfern von Chihuahua und Sonora geradezu sprichwörtlich für ein großes Übel geworden ist.

Nachdem sie sich, die Montañas del Diablo im Rücken, bereits in der Nähe der mexikanischen Grenze befanden, fiel dem Häuptling ein Geschenk vor die Füße, das nur von Usen stammen konnte. Er überfiel einen mexikanischen Planwagen – was ihm ohnehin schon wie ein Segen vorkam, denn er vermutete, dass darin Waffen transportiert wurden –, als sich herausstellte, dass sich in der Kutsche, versteckt unter ein paar Decken, Silberbarren befanden. Kaywakla, dem Nana zum ersten Mal erlaubt hatte, an einem Feldzug teilzunehmen, berichtete später, dass der Häuptling, der nie seinen Sinn für Humor verloren habe, ihn gefragt habe, ob sie das viele Silber lieber gegen Munition oder Mezcal eintauschen sollten, um damit die Schmach von Tres Castillos zu ertränken.

Nana gab jedem drei Barren, um damit nach Möglichkeit Munition zu erhandeln, und vereinbarte einen Treffpunkt in der Sierra Madre, an den er mit seinem Novizen und dem Rest des Silbers vorausritt. Dort vergrub er die Barren, ohne dass sie jemals wiedergefunden wurden. Nicht alle Indianer erreichten den Treffpunkt, und keiner weiß genau, was in der Sierra Madre passiert ist – Kaywakla erzählte nur, sie hätten eine Weile so gelebt wie in den alten Zeiten –, doch im Juni 1881 ritt Nana mit fünfzehn Kriegern aus den Bergen herab, wild entschlossen, alles zu verwüsten, was ihm in die Quere kam.

Innerhalb von zwei Monaten, in denen er von der mexikanischen und der amerikanischen Armee verfolgt, aber nie gefasst wurde, legte Nana fünftausend Kilometer zurück und verübte mit unvorstellbarer Geschwindigkeit einen Überfall nach dem anderen. Manchmal plünderte er zwei weit auseinanderliegende Dörfer an einem einzigen Tag. Manchmal steckte er mehrere Tage in Folge so entlegene Ranches in Brand, dass seine Verfolger glaubten, sie hätten es mit mehr als einer Bande zu tun. Als sie wie durch ein Wunder von der Kavallerie eines der beiden Länder entdeckt wurden, scheute Häuptling Nana, der sich an die ruhmreichen Zeiten von Mangas Coloradas' Schlachten erinnerte, den direkten Kampf nicht. Er gewann ihn – und alle weiteren – mit seinen gerade einmal fünfzehn Kriegern und dem Novizen.

Fast zweitausend Jahre lang galt Julius Cäsar als der erfolgreichste Feldherr aller Zeiten, denn seine Legionen konnten mit einer Geschwindigkeit von fünfzig Meilen am Tag vorrücken. Erst im neunzehnten Jahrhundert gelang es Napoleon, mit seinen Truppen diese bis dahin für einen Mythos gehaltene Geschwindigkeit zu erreichen. Nana legte, trotz der Gefechte und allem, siebzig Meilen am Tag zurück. Erst die Erfindung motorisierter Einheiten machte es möglich, seinen Rekord zu brechen.

Als Ende August den letzten aufständischen Mimbre die Munition ausging, kehrte Nana zufrieden in die Sierra Madre zurück, um sich ein wenig auszuruhen. Dort schloss er sich für immer mit Gerónimo zusammen, mit dem ihn von da an eine innige Freundschaft verband – nachdem sie sich im Cañón de los Embudos ergeben hatten, kehrten sie gemeinsam nach San Carlos zurück. Über die mexikanischen Verluste während der zwei verrückten Monate von Nanas Überfällen liegen keine Zahlen vor, doch die vierte und fünfte Kavallerie der Vereinigten Staaten verzeichneten in dieser Zeit neununddreißig Tote, dazu eine nicht erfasste, aber sehr hohe Anzahl ermordeter Zivilisten beiderseits der Grenze. Nana verlor in den zwei Monaten seines Rachefeldzugs nicht einen einzigen Krieger.

Das war es gewesen, dachte Zuloaga später: weil sie wie Idioten auf der schattigen Seite des Cañons geritten waren und nicht mehr alles im Blick hatten. So dicht an der Felswand hatte Corredor, so wie alle, den Hinterhalt nicht bemerkt. Auch die Yaqui hatten es nicht kommen sehen, sie ritten hinten, scherzten mit dem Anführer und der Nonne und hatten die Spitze des Trupps den unerfahrenen Männern aus Sonora überlassen. Es musste ja so kommen, dachte Zuloaga. Warum hatte er nichts bemerkt? Wann genau hatte er gedacht, er sei ein besserer Jäger als Mangas Coloradas' Krieger?

In einer Kehre stießen sie plötzlich auf eine Gruppe bewaffneter Apachen, einfach so, wie man auf eine Felswand oder einen Pappelhain stößt. Die Indianer erwarteten sie auf einem Hang und begrüßten sie mit den tödlichen Mündungen ihrer nagelneuen Winchester-Büchsen, mit denen die Gringos sie versorgten. Jetzt sind wir am Arsch, sagten Guadalupe und Victoria gleichzeitig, als die Gileño sich plötzlich am Berghang aufrichteten. Zuloagas Leute standen schutzlos da, die Revolver am Gürtel, die Gewehre in den Futteralen, und machten große Augen.

Zuloaga hob die Hände, die rechte Hand einen Hauch tiefer als die linke, für den Fall, dass er zum Revolver greifen musste. Ganz ruhig, sagte er zu seinen Leuten, und hebt langsam die Hände. Plötzlich rief ihm jemand mit einer seltsamen, unangenehmen Stimme auf Spanisch von der Felswand aus zu: Die Pistolenhand höher, los. Zuloaga gehorchte, bevor er wieder innehielt, nur den Blick umherwandern ließ und die Lage einschätzte: Sie waren schon zu weit von der Wegbiegung entfernt, um ohne Verluste umdrehen und Deckung suchen zu können; vor ihnen war nichts, wo sie sich hätten verstecken können, nur das trockene

Flussbett in der prallen Sonne, was wenig Hoffnung machte, dass die Schützen sie verfehlen könnten. Diese Mistkerle wussten seit Tagen, dass sie uns genau hier erwischen würden, dachte Zuloaga.

Er zählte die Apachen, die er sehen konnte. Achtzehn, und alle zielten auf sie. Ein Verhältnis von zwei zu eins, was ihm gerecht genug erschien, um aufs Schießpulver zu setzen: Corredor und er könnten jeweils zwei erledigen, die Schwester vielleicht drei. Blieben elf. Er veranschlagte ebenfalls zwei pro Yaqui. Blieben sieben Apachen und vier vielleicht nutzlose Leute von ihm, also zwei, die auf jeden von ihnen zielten. Sie hatten keine Chance. Bleibt ruhig, sagte er noch einmal.

Er hob den Blick, ohne den Kopf zu bewegen, und sah einen Sperber, der reglos in der Luft stand, die Zweige einer Akazie, die sich so sachte in einer Brise wiegten, dass er das Zittern der Blätter erkennen konnte, das ihrer Bewegung vorausging. Eines der Blätter löste sich. Ihm schien, als fiele es so langsam zu Boden, dass ihm genügend Zeit blieb, vom Pferd zu steigen, zu dem Strauch hinüberzuschlendern und es aufzufangen, bevor es unten aufkam. Er betrachtete die Zwillinge. Er konnte sehen, wie ihnen der Schweiß aus den Poren trat, eine Schweißperle wirkte so gewaltig, dass sie die Sonne zu reflektieren schien, als sie an einem Nacken herunterrann. Sein Blick strich über die Rundungen ihrer Schultern – die beiden Yaqui waren sein Überraschungsmoment, alles hing von ihnen ab. Er sah die Linien ihrer angespannten, brettharten Muskeln unter der Haut, die vom tagelangen Reiten in der Sonne dunkel geworden war. Er dachte, dass es von Anfang an eine Provokation gewesen war, dass sie keine Hemden trugen, dass er es nicht hätte dulden dürfen, dass das ein weiterer Fehler gewesen war. Er sah vor seinem inneren Auge die ganze Unternehmung noch einmal rückwärts ablaufen, sah, dass die Yaqui immer einen halben Tag hätten vorausreiten sollen, aber es waren zwei Irre, er sah sie im Gefängnis, sah, dass sie unmöglich bei vollem

Verstand sein konnten, nachdem sie so lange in dieses schmutzige Loch gesperrt gewesen waren, wo sie an ihrer eigenen Scheiße erstickten. Er sah, dass Corredor und die Nonne, seine besten Schützen, immer die Vorhut hätten flankieren, dass er sie zu den höchsten Stellen des Cañons hätte schicken sollen, dass er zwei Leute mit außergewöhnlichen Fähigkeiten besaß und sie verschwendet hatte, und das nur, weil er ihnen nicht ganz vertraut hatte oder weil er niemandem außer sich selbst vertraute oder weil er sich für besonders schlau hielt und sich nun erwies, dass er genau das nicht war. Er sah, wie leichtfertig er gewesen war, ein Dummkopf, ein Unfähiger. Er sah, wie Guadalupe und Victoria die Fingerkuppen bewegten, als wären es Spinnenbeine, und er sah, dass auch die Apachen es sahen. Er meinte, beinahe ihre Fingerknöchel zu hören, ein Geräusch, als würden Tropfen in eine Blechtonne fallen. Denkt nicht mal dran, schrie er den Yaqui zu und konnte fast sehen, wie seine Stimme sich durch die Luft bewegte, sie verformte, sie markierte, bevor sie in die Ohren der Zwillinge drang und von den Felswänden widerhallte. Er sah, wie sich die beiden zur Seite drehten, ganz langsam, und ihn nur aus den Augenwinkeln anschauten, um ihm mit Blicken zu bedeuten, dass sie es konnten, dass er sie lassen, dass er ihnen erlauben sollte, ein Höllenspektakel zu veranstalten. Er sah ihr Flehen um diesen Befehl, nur deswegen waren sie doch hier, aber er sah auch die verschwommenen Gestalten der Männer aus Sonora, Márquez und Gringo, die irgendwie in diesen Schlamassel geraten waren, und es tat ihm leid, dass sie sterben würden, sobald sich auch nur ein einziger Schuss aus einer einzigen Waffe löste. Nein, sagte er, denkt nicht mal dran, und drehte sich zu den Bergen um, weil sich das Echo seiner Stimme mit jener schrillen, penetranten, bis zum Äußersten angespannten Stimme vermischte, die nun wieder sprach. Er bewegte die Ohren, als wären es Hände, als hätten die Ohren Ellbogen. Er gab acht. Die Stimme rief eine Frage, und die Frage lautete: Chihuahua oder Sonora? Er wog ab. Chihuahua und Sonora, brüllte er mit donnernder Stimme. Sie war so durchdringend, kam so tief aus seinem Inneren, dass er sie beinahe wie einen Ball von den Wänden abprallen sah, und sie schwang sich durch einen endlosen Cañon bis zu den Kiefern und den verschneiten Bergen hoch im Norden auf. Wer Chihuahua?, versetzte die Stimme von oben. Er hob die Hand und flüsterte: Jungs. Er sah, wie die Fingerspitzen seiner Leute ganz langsam die Luft durchstießen. Erst Corredor und die Nonne, dann Gringo. Wer Sonora?, fragte die Stimme, aber keinem blieb Zeit, einen Finger zu rühren. Er sah Vilchis' und Eneas' Köpfe peitschenartig nach hinten schnellen, hörte das leise Knacken ihrer platzenden Schädel, das schmatzende Geräusch ihrer Hirne, als sie das Blei schluckten, sah, wie sie der Schwerkraft gehorchten. Er schrie Nein, doch es war zu spät. Er schrie, zu Boden, schrie, hinter die Pferde, doch keiner hörte ihn, denn sämtliche Winchester der Apachen rauchten bereits, donnerten bereits drauflos, und wenn er nicht so aufgewühlt gewesen wäre, hätte er gesehen, wie die Kugeln die Luft verdrängten.

Hol mich der Teufel, sagte er sich und griff nach seinem Revolver. Da sah er, wie die Yaqui von ihren Maultieren sprangen, sah, wie ihre Finger die Verschlüsse der Futterale berührten, sah, wie sie sie öffneten, sah das Unmögliche, denn bevor sie auf dem Boden landeten und hinter ihre Tiere rollten, vollführten sie ein Kunststück in der Luft, sie wurden zu einem Ball aus Muskeln, Sehnen und Genie, einem Ball aus Licht und Wut, und er sah, wie sie, förmlich in Luft gebettet, die Gewehre zückten, sah sie schwebend zielen und schießen, vielleicht einen, zwei, drei Schüsse jeder, und er sah, wie sie sich totlachten, denn jetzt bissen sie wirklich ins Gras, doch jeder von ihnen nahm noch ein paar Apachen mit sich, den ewigen Feind. Beeindruckt zählte er die Verluste auf der anderen Seite: einen, zwei, drei, vier, fünf. Verflucht, sagte er zu sich, Pisago hatte recht, wir hätten die Schießerei überstanden, wenn ich nicht den Mut verloren hätte.

Er zog den Revolver, warf sich schießend zu Boden und ging hinter seinem Pferd in Deckung. Er hörte die Körper fallen und richtete das Feuer seiner Waffe so aus, dass er Márquez Deckung gab, doch trotz seiner Anstrengung ging der Lehrer verwundet zu Boden. Er sah die Nonne losstürzen, um ihm zu helfen, und blickte sich wieder zu den Zwillingen um. Statt auf dem Boden aufzuschlagen, wurden sie eins mit ihm, als hätte die Erde sie freudig aufgenommen.

Die unerträgliche Stimme rief: Ihr könnt rauskommen, mit Chihuahua haben wir kein Problem.

Zuloaga schloss die Augen. Sie brannten. Er hatte so stark geschwitzt, dass sein Hutband durchtränkt war. Seine Gedanken rasten – ohne die Yaqui war die Unternehmung verloren. Um Zeit zu gewinnen, rief er: Wir kommen raus, wenn ihr die Gewehre runternehmt. Er wischte sich mit dem Ärmel über die Stirn und kratzte sich mit dem Revolverlauf am Ohr, leckte ihn ab. So etwas wie die Yaqui könnte er nie abziehen, aber er war hinter seinem Pferd in Deckung, und er hatte einen Revolver. Zwei oder drei könnte er erledigen, Corredor noch mal so viel, und Doña Elvira würde auch mitmachen, auch wenn sie im Moment noch mit dem verletzten Márquez beschäftigt war. Gegen jede Erwartung rief die Stimme: In Ordnung, keine Gewehre.

Er schloss die Augen und konnte hören, wie sie wirklich die Gewehre sinken ließen. Da rief Corredor seinen Namen. Er drehte sich zu ihm. Genau wie er selbst schmiegte sich der Junge, mit dem Rücken zu den Schützen, dicht an sein Pferd. Er hatte beide Revolver des Argentiniers in den Händen. Zuloaga machte ihm ein Zeichen, indem er die Augenbrauen hochzog, und der Rarámuri rief, es seien zwanzig Apachen gewesen, die Zwillinge hätten fünf getötet, aber nur zwölf hätten die Gewehre heruntergenommen. Zuloaga begriff nicht ganz. Drei zielen noch auf uns, rief der Junge. Der Oberstleutnant holte Luft und schrie: Die anderen drei auch, oder wir schießen. Er hörte, wie sich das Echo seiner Stimme mit Márquez' Stimme vermischte, noch rauer und tiefer als gewöhnlich. Der Tanzlehrer übersetzte seine Worte ins Apache. Es folgte Stille, und dann rief die Stimme aus den Felsen: In Ordnung. Er hörte ein Geräusch, sah Corredor an, und der Rarámuri nickte. Zuloaga steckte den Revolver in den Gürtel und trat hinter seinem Pferd hervor.

Er zog sein Taschentuch aus der Gesäßtasche, wischte sich damit übers Gesicht, steckte es zurück und hakte die Daumen in den Gürtel, um zu zeigen, dass er den Revolver jederzeit ziehen konnte. Er schaute nach oben. Die Krieger, die er klar und deutlich gesehen hatte, als sie aus dem Hinterhalt kamen, waren verschwunden, mit dem Berg verschmolzen. Er ging zu Guadalupe und Victoria, um zu sehen, ob sie wirklich tot waren, und murmelte: Seht nur, was ihr mit ihnen gemacht habt. Ihre Gesichter und Brustkörbe waren von Kugeln zerfetzt. Die meisten Schüsse hatten sie dort getroffen. Es war so still, dass alle ihn gehört hatten. Er drehte sich zur Nonne um. Wie geht's dem Lehrer?, fragte er. Ich mach gleich ein paar Liegestütze, erwiderte Márquez selbst. Die Schwester sagte nichts. Es war ein vielsagendes Schweigen, wie der Anführer fand.

Plötzlich bewegte sich am Berghang etwas. Zuloaga sah auf. Zwischen den Felsen kam ein Junge heruntergerannt.

Album

ZWEITES BUCH

8. August

Western sind die Legende, die sich die Gringos erzählen, um mit bürokratischer Vernunft die Exzesse des individuellen Willens zu begrenzen, das effizienteste Mittel, das diese Kultur der systematischen Produktivität gefunden hat, um ihre Überzeugungen in einem Land zu verbreiten, dessen anderer Gründungsmythos der Respekt vor der individuellen Freiheit ist.

Die meisten klassischen Western aus den Fünfziger- und Sechzigerjahren haben mehr oder weniger immer dasselbe Handlungsschema: Grundlegende Prinzipien werden durchgesetzt, um eine Gemeinschaft von Barbaren dem wirtschaftlichen Fortschritt zu unterwerfen. Manchmal, wie in *El Dorado,* wird ein Dorf von Banditen heimgesucht, bis der Held kommt und sie erschießt, um anschließend der Gewalt zu entsagen und seine Zelte in den Bergen aufzuschlagen. Manchmal, wie in *Erbarmungslos,* ist es der Vertreter von Gesetz und Ordnung selbst, der wie ein Despot handelt und geopfert werden muss, damit die Geschichte erzählt werden kann: damit die Schrift sich unter den Barbaren verbreitet – im protestantischen Denken ist die Schrift das Pflaster auf dem Weg zur Zivilisation.

Natürlich ist da immer auch ein Rest nostalgischer Sehnsucht nach der alten Welt: In *Mackenna's Gold* wagt eine Gruppe entflohener Verbrecher – Apachen, Mexikaner und ein Sheriff, der zwar kein Bösewicht ist, aber eindeutig eine laxe Moral besitzt (so lax, dass er, welch Horror, der Geliebte einer Indianerin war) – einen letzten Versuch, sich zu bereichern, ohne die puritanischen Gebote von Fleiß und Sparsamkeit zu befolgen, und wird dafür bestraft. In John Fords *Der Mann, der Liberty Valance erschoss*, einem der besten Filme des Genres, die je gemacht wurden, kehrt ein Senator in das Dorf zurück, in dem seine politische Karriere begann, und erzählt die fast mythische Geschichte davon, wie er, nur mit seinen Gesetzbüchern bewaffnet – und, nicht zu vergessen, mithilfe seines Freundes John Wayne und dessen rauchendem Colt –, eine ganze Region des amerikanischen Südwestens in die Zyklen von Demokratie und Produktivität integriert.

Es ist bezeichnend, dass in den Spaghettiwestern, die von Italienern erfunden, geschrieben, produziert und gedreht wurden – mit ein paar amerikanischen Schauspielern, damit nicht alle Cowboys seltsames Englisch sprechen –, diese Formel nicht aufgeht. In einem von einem nichtamerikanischen Geist erdachten Western geschieht, was in Wirklichkeit immer geschieht: Es herrscht Chaos, die Bösen gewinnen, alles bleibt, wie es ist, oder wendet sich zum Schlechteren. Ein Italowestern ist das Negativ der ursprünglichen Filme des Genres: Alle Werte werden auf den Kopf gestellt. Deshalb bilden die Italowestern auch einen Eckpfeiler in der Mythologie der Coolness: Cool ist, was nicht dazugehört, das Fremde, das, was sich selbst genug ist. Ein italienischer Cowboyfilm ist eine Hymne auf das Scheitern jeder zivilisatorischen Anstrengung und Sergio Leone ein wahrer Existenzialist. Die ursprünglichen Western funktionieren genau andersherum: Sie behaupten, die amerikanische Seele sei nicht tragisch, sondern optimistisch und liberal, und Fortschritt nicht nur möglich, sondern unausweichlich, wenn man sich nur dahinterklemmt – oder die Augen schließt und fest daran glaubt.

Im Grunde erzählen Western von der Eroberung der Leere. In den Cowboyfilmen wird, was vorher ein strukturloses Nichts war – Natur, Banditenunwesen, Gewalt –, durch die ritualisierte Durchsetzung des geschriebenen Wortes, des Gesetzes, geheiligt, damit der Fortschritt an diesem Ort des Fremden Einzug hält.

Was nicht erwähnt wird – und das erklärt vieles im Hinblick auf das Verhältnis zwischen den USA und Lateinamerika –, ist die Tatsache, dass dieses wilde Nichts, das die Anwälte mit Hut und Stiefeln für sich reklamieren, sehr wohl etwas war: Mexiko. Die Western erzählen davon, wie sich Demokratie und Fleiß den Raum des Mexikanischen einverleibten, den man nicht durch einen Eroberungsfeldzug, sondern durch die Unterzeichnung eines Vertrages gewonnen hatte. Zuerst war da nichts, dann eine wilde Mischung – Mexikaner, Indianer, gesetzlose Weiße – und zuletzt die demokratische und produktive Ordnung.

Die Western sind die letzte Erzählung in der Anthologie von der Eroberung Amerikas. Sie bürgen dafür, dass die Gringos aus Europa und nicht aus Amerika stammen.

PHOENIX JOHNSTON MCMILLAN, ROTHAARIGER JUNGE AUS SAN ANTONIO, TEXAS

Amyntor Blair McMillan nahm die nagelneue Straßenbahn vom Broadway in San Antonio, Texas, zum Fort Sam Houston, das damals noch weit außerhalb der Stadt lag. Es war ein Feiertag, weshalb seine Familie ihn begleitete: seine Frau, die Texanerin Helen Howard, und Sohn Phoenix Johnston. Wie alle zu jener Zeit glaubte auch die Familie McMillan, die grünliche, träge Seele des Flusses, der sich durch die Stadt wand, würde den Geist aufweichen und den Körper angreifen, deswegen unternahmen sie jeden Sonntag nach der Kirche lange Ausflüge fern der städtischen Sümpfe. Das macht die Nähe zur Wüste mit den Menschen – sie denken, die gleißende Sonne auf dem Kopf und eine Prise Staub in der Lunge seien gesund.

Und ganz falsch lagen sie damit nicht: Obwohl der Wasserlauf, der San Antonio teilte, bereits Ende des neunzehnten Jahrhunderts in einen Kanal umgewandelt worden war, der mehr oder weniger dem Hygieneschutz entsprach, waren die kleinen Bäche am Stadtrand mindestens schädlich. Wie alle Bewohner San Antonios hatten die McMillans den Fluss schon immer mit Misstrauen betrachtet, doch seit sie Eltern waren, fanden sie es noch wichtiger, sich selbst und das Kind zu kräftigen, indem sie so viel Zeit wie möglich in der Einöde außerhalb der Stadtgrenzen verbrachten.

Die junge Familie wohnte in einem alten, geerbten Haus in der Innenstadt. Dieser Besitz und sein festes Gehalt als Anwaltsgehilfe in einer Kanzlei für Strafrecht verhalfen Amyntor Blair gerade so zu der Würde, die ihm in Texas als Weißem mit Universitätsabschluss zustand.

Schon morgens vor dem Gottesdienst versprach Sonntag, der fünfte September 1886, ein heißer Tag zu werden, weshalb die McMillans so leicht bekleidet, wie es zu jener Zeit statthaft war, an der Ecke Broadway und Commerce Street in die Straßenbahn stiegen: er in einem grauen Baumwollanzug, Halstuch statt Krawatte und seinem hellen mexikanischen Strohhut mit den schmalen Krempen. Wie alle seriösen Anwälte jener Zeit und jener Breiten verzichtete Amyntor Blair darauf, einen Revolver zu tragen – seine Waffe war das Gesetz. Seine Frau trug einen hellen Kattunrock mit einer einzigen Krinoline, eine hellblaue Bluse ohne Korsett, über den Schultern ein weißes Tuch und auf dem Kopf eine Haube aus Baumwolle. Beide hatten Stiefel an, er Reitstiefel, sie hohe Schnürstiefel, denn so großstädtisch sie sich auch fühlten, das Texas des neunzehnten Jahrhunderts war noch viel zu rustikal für jede andere Art von Schuhwerk. Der Junge sah aus wie eine überladene Hochzeitstorte: Er trug ein langes Kleidchen aus weißem Leinenstoff, das schrecklich gejuckt haben muss, und ein weißes Mützchen, das ihn vor der Sonne schützte und die orangerote Mähne bändigte, die ihn in San Antonio zum auffälligsten Baby seiner Generation machte.

Nach allem, was über ihn bekannt ist – einer seiner Enkel war Stadthistoriker –, war Amyntor Blair McMillan ein entspannter, eleganter und fröhlicher Mann, der zu einer gewissen Herablassung gegenüber dem, was er als Wankelmütigkeit des weiblichen Charakters bezeichnete, neigte. Obwohl gebürtiger Texaner wie sein Vater, war er stolz darauf, von einem Gentleman aus Alabama abzustammen, der dem Süden der Vereinigten Staaten für immer den Rücken gekehrt hatte, nachdem er herausgefunden hatte, dass eine seiner Schwestern sich mit einem Offizier traf, der im

Bürgerkrieg auf der Seite des Nordens gekämpft hatte. Seine irischen Gene verriet vor allem McMillans äußere Erscheinung: Haut und Haar waren rot, von der aus Fleisch und noch mehr Fleisch bestehenden texanischen Ernährung war er jedoch groß und kräftig wie ein Engländer geworden. Seine Frau Helen schien mexikanisches oder zumindest mediterranes Blut in den Adern zu haben, obwohl sie das nie zugegeben hätte – sie ging als Weiße durch, und wenn ihre Haut der Sonne ausgesetzt war, nahm sie einen zimtfarbenen Teint an, statt dunkelviolett zu werden wie bei ihrem Mann. Sie hatte pechschwarzes glänzendes Haar, wie das Fell eines Paradepferds, und große, honigfarbene Augen, die für sie ein Beweis ihrer kaukasischen Herkunft waren. Sie zupfte sich die Augenbrauen, damit sie nicht über der Nase zusammenwuchsen.

Wäre er ledig gewesen, hätte Amyntor Blair den Sonntagsausflug dem Besuch einer Ranch gewidmet oder der Wanderung zu einer geologischen Sehenswürdigkeit – an denen es in Texas nicht mangelt –, doch seine Frau konnte es nicht erwarten, sich die Gefangenen, über die die ganze Stadt redete, einmal in aller Ruhe anzusehen. Er wollte sie überraschen und ihr die Freude eines kleinen sozialen Triumphs bereiten – dank des Telegrammaustauschs mit einem gewissen Hauptmann Lawton, der vor Kurzem nach Mexiko versetzt worden war, hatte er einen Geleitbrief erhalten, mit dem Helen sich die berühmtesten Angeklagten der Vereinigten Staaten aus größerer Nähe anschauen konnte als irgendjemand sonst. Aufgrund einer Unstimmigkeit zwischen Präsident Cleveland und dem Oberbefehlshaber von New Mexico und Arizona, waren die Gefangenen im Fort Sam Houston, San Antonio, inhaftiert, einer Art Vorhölle, von wo man sie – je nachdem, wie es die Münze entschieden würde – in ein Internierungslager in Florida, wo ihre Familien bereits warteten, oder auf ein Schafott in Tucson, Arizona, befördern würde.

McMillan war freudig erregt, als sie die Straßenbahn zum Fort Sam Houston bestiegen, obwohl er niemals zugegeben hätte, dass auch er es kaum erwarten konnte, Gerónimo und seinem Sohn Chapo in die Augen zu sehen – und Naiche, Sohn von Cochís und Häuptling der amerikanischen Chiricahua, der Kriegerin Lozen, Schwester des Mimbreño-Häuptlings Victorio und wie er eine wahre Tötungs- und Überlebensmaschine, und Häuptling Nana, zu jener Zeit und in einer Gegend, wo kaum ein Mensch eine weiße Weste hatte, wahrscheinlich derjenige mit den meisten Toten auf dem Gewissen. Amyntor Blair setzte sich ganz nach vorne gemäß der Überzeugung, dass seine Familie von allen Passagieren am glanzvollsten und bedeutendsten war und sich das Gitter, von wo die Bewohner von San Antonio einen Blick auf die Gefangenen erhaschen konnten, nur für ihn, seine Frau und sein Kind öffnen würde. McMillan kam nicht einmal auf die Idee, dass er, um mit den Apachen zu sprechen, Spanisch hätte können müssen.

8. August, später

Am Ende des Tages erreichten wir die Bolas de Peñascosa. Der englische Name klingt nicht so poetisch und hat wenig Patina, ist aber geschichtsträchtig und kraftvoll: *Cochise Stronghold.*

Obwohl wir an einem Ort in New Mexico gestartet waren, der nicht weit davon entfernt war, kamen wir spät an, denn wir mussten erst noch einen tristen, reizlosen Highway entlang zum Flughafen von Tucson rasen, um dort meinen ältesten Sohn abzuholen. Wir verstauten seine Sachen im Kofferraum und fuhren in die Stadt, um etwas zu essen. Die Kinder waren außer sich vor Freude, ihren Bruder wiederzusehen. Ihn abzuholen, zu berühren, zu hören, zu riechen ist der Höhepunkt dieser Reise und gleichzeitig die Ankündigung ihres Endes. Wir werden die letzte Woche der Sommerferien in den Peñascosas bleiben und bringen anschließend den Großen wieder zum Flughafen, damit er in sein Leben zurückkehren kann. Wir vier fahren danach in einem Rutsch heim nach New York und werden nur an irgendwelchen Motels haltmachen, um zu übernachten.

Wir deckten uns ausreichend mit Vorräten ein, denn als wir das Haus gebucht hatten, hatte uns der Vermieter in einer E-Mail ausdrücklich darauf hingewiesen, dass es fünfundzwanzig Autominuten von Sunsites, dem nächstgelegenen Dorf, entfernt liegt, wo es nur einen Tankstellenshop gibt, und eine Stunde von einem weiteren Ort namens Willcox.

Das Haus, in dem wir wohnen würden, war einmal das Hauptgebäude einer Ranch gewesen. Ein historisches Gebäude aus Holz und Stein, mitten im Nirgendwo. Am Ende des Apachenkrieges war es von seinen Bewohnern aufgegeben worden und stand leer, bis man die Peñascosas in den Coronado-Nationalpark aufnahm. Das Haus wurde renoviert und diente als Unterkunft für die Ranger des Nationalparks. Heute wird es an Touristen vermietet, die sich nach einem ruhigen Ort sehnen: Es gibt kein WLAN, keinen Fernseher, kein Telefon, und um Handyempfang zu bekommen, muss man weit laufen.

Den letzten Teil der Reise zu den Bolas de Peñascosa unternahmen wir mit einer Kühlbox voller Grillfleisch und Hähnchen und mehreren großen, bis oben hin mit Gemüse, Obst, Cornflakes, Milch, Toilettenartikeln, Wein und Bier gefüllten Papiertüten. Natürlich bestand der Plan nicht darin, das Leben der Pioniere nachzuahmen, die sich in der Einsamkeit der Peñascosas niedergelassen hatten – ein Projekt, das letztlich gescheitert war –, sondern darin, die Reise mit einem gewissen Luxus zu beschließen und diese Zeit des Friedens, vielleicht der neuerlichen Gewöhnung aneinander, mit meinem ältesten Sohn zu teilen, den wir alle, jeder aus seinen ganz persönlichen Gründen, wieder besser kennenlernen wollten.

Heute nennt die Bergkette, die das Sulphur Springs Valley im Westen abschließt, niemand mehr Peñascosas. Die Kartografen der US-amerikanischen Armee tauften sie im neunzehnten Jahrhundert Dragoon Mountains, ein so fantasieanregender Name, dass er haften blieb. Es ist eine entlegene, unbewohnte Gebirgskette von recht bescheidener Größe – sie ist etwa vierzig Kilometer lang, und der höchste Gipfel misst knapp über zweitausenddreihundert Meter –, doch besonderem Erscheinungsbild: Sie wäre nicht mehr als eine weitere Reihe von Erhebungen auf dem Weg, wenn in ihrer Mitte nicht ein Berg aufragte, der von einer – bestimmt spektakulären – Naturkatastrophe zertrümmert worden war. Die Narbe, die die Explosion des Hauptgipfels hinterlassen hatte, besteht aus einer Folge gewaltiger roter Kuppen und Felsen, die so seltsam aussehen, dass dem Konquistadoren Zúñiga – dem ersten Menschen, der das Massiv in einer europäischen Sprache erwähnte – kein besseres Substantiv zu seiner Beschreibung einfiel als das Wort *bolas,* Kugeln. Und das trifft es: ein paar Steinkugeln, die so gigantisch sind, dass man gar nicht begreift, wie sie dort hingekommen sind: ein Gebirge, zertrampelt von einem Riesenkind, das nach dem Mond hätte greifen können. Steht man auf dem höchsten Gipfel und blickt nach Westen, sieht man eine Spur gewaltiger, steil abfallender Felstafeln, die eine Schlucht wie von einem anderen, feindlichen Planeten formen. Wegen dieser Spur aus flachen Felstafeln, den *lajas,* wurde die Landschaft Cañón de las Tejas genannt. Dort verlief der Weg zum El Paso del Norte – das heißt, er verläuft noch immer dort, doch hat er mittlerweile keine Bedeutung mehr. Die spanischen Eroberer nannten diese Gegend in Nuevas Filipinas schließlich Tejas, weil sie den Cañón durchquerten, als sie sich den Weg ins Gebiet der Komantschen bahnten. Folgt man den Steinen in die andere Richtung, nach Westen, gelangt man nach Tombstone. Besessen von dem Gedanken, den Tod seiner Brüder zu rächen, brachte der Mörder Wyatt Earp seine Opfer in den einsamen Texas Canyon, um sie hier zu foltern und kaltblütig zu ermorden. Zu jener Zeit war die República de Tejas nämlich schon von den Vereinigten Staaten annektiert worden und schrieb sich mit X, so wie Mexiko.

Wir kamen an, als die Sonne bereits hinter dem Gebirge versunken war. Die zerklüfteten Hänge und Scharten verloren sich schon in der rasch aufziehenden Dämmerung. Die Rhythmen der Apachería gleichen mehr jenen der südlichen Hemisphäre als des restlichen Landes, das sie auf ihrem wilden Marsch zur Pazifikküste zuletzt verschlungen hat. Die Nacht senkt sich nicht langsam und golden wie in New York oder Chicago herab, sondern bricht schlagartig und traurig herein wie in Mexiko-Stadt.

Wir gingen mit dem Staubtuch durch die Zimmer, inspizierten die Küche und verstauten die Lebensmittel. Die Kinder wählten ihre Betten und Schubladen, packten ihre Koffer aus und sortierten ihre Wäsche nach sauber und schmutzig. Ich fegte die Veranda, die voller toter und lebender Insekten, Mäuse- und Fledermauskot war, und die Kleinen wischten und verrückten die Möbel, eine ihrer Lieblingsbeschäftigungen. Miquel wirkte ein bisschen überrascht über die militärische Präzision des Raumbesetzungssystems, das wir vier anderen Familienmitglieder während der Reise entwickelt hatten, und zog sich zurück. Er machte sich ein Bier auf und ging nach draußen. Als ich etwas später mit meinem eigenen Bier zu ihm stieß, saß er auf einem Stuhl, den er von der Veranda mitgebracht hatte, und betrachtete das beeindruckende Schauspiel der Milchstraße – Gottes Vagina. Ich setzte mich neben ihn auf den Boden, ließ mich auf den Rücken sinken und genoss den Anblick der Sterne. Steh lieber auf, sagte er, sonst sticht dich noch was. Er ging zur Veranda, um mir auch einen Stuhl zu holen.

Als wir beide saßen, fragte ich ihn nach seiner Mutter, er sagte, es gehe ihr gut, er habe sie nicht mehr gesehen, seit er sie kurz nach seinem Umzug nach Guadalajara besucht habe, aber sie sei glücklich mit ihrem neuen Mann und dessen Kindern, die schon wie ihre eigenen seien. Und wie geht es dir damit?, fragte ich. Es ist so wie hier, sagte er, ich muss gucken, wo ich bleibe, aber sie sind alle sehr nett zu mir. Ich legte ihm die Hand auf die Schulter und gab ihm einen liebevollen, männlichen Klaps. Wir haben dich vermisst; wenn du wieder weg bist, hinterlässt du eine Lücke, die wir nicht schließen können, ein Loch im Raum. Er antwortete nicht. Eine Weile später ging ich hinein, um ein leichtes Abendessen zuzubereiten. Dylan beschwerte sich, er habe noch nie die Milchstraße gesehen, und ich schickte ihn zu Miquel. Er ist draußen, sagte ich. Dylan stellte sich dumm und fragte: Miquel oder

der Sternenhimmel? Miquel, sagte ich, der Sternenhimmel, die Apachería.

Als wir im Esszimmer zu Abend aßen, huschte plötzlich eine Maus über den Boden. Mit großen Ohren, winzig, kein bisschen verängstigt über unsere Anwesenheit, eher neugierig. Die Kinder gaben ihr sofort einen Namen: *El Vecino*, der Nachbar. Während wir aufräumten, fragte mein ältester Sohn: Warum sind wir eigentlich hier? Vielleicht waren wir ein bisschen zu begeistert, als wir ihm im Supermarkt in Tucson von den Wundern des amerikanischen Südwestens erzählt hatten. Für uns waren die Apachería und er selbst zwei Wochen lang ein großes Ziel gewesen, für ihn bedeutete dieser Ort nur ein paar Tage der Abgeschiedenheit, bevor der Unterricht wieder begann. Maia sagte schnell, wir seien hier, weil ich ein Buch über die Apachen schriebe, wir wollten die Orte kennenlernen, die im Buch vorkämen, aber wir seien auch hier, um Indianer zu spielen. Sie rannte in ihr Zimmer, um aus ihrer Schublade den Plastikpfeil und -bogen zu holen, die wir ihr bei irgendeinem Zwischenstopp gekauft hatten. Miquel zog die Nase hoch, so wie immer, wenn er sich etwas unbehaglich fühlt. Ich glaube, ihr seid hier, weil der Ort euch an Mexiko erinnert, sagte er. Das hier war mal Mexiko, sagte Dylan, stolz auf sein unterwegs erworbenes Wissen. Hast recht, erwiderte Miquel nachgiebig, aber es sieht aus wie Tepoztlán, ein wüstenhaftes Tepoztlán.

Wir gingen früh schlafen – wir hatten den Kindern versprochen, am nächsten Tag eine Tour durch ein paar Geisterdörfer zu unternehmen, die in Tombstone enden sollte, und weil wir dachten, Ende August seien eine Menge Touristen unterwegs, wollten wir gleich nach Sonnenaufgang aufbrechen, um den Massen zuvorzukommen und uns so lange wie möglich der Illusion von Einsamkeit hinzugeben, die uns dieses Haus am Ende der Welt schenkte.

GROVER CLEVELAND,
PRÄSIDENT DER VEREINIGTEN STAATEN,
IN SEINEM HAUS IN NEW YORK

Grover Cleveland steckte sich den kleinen Finger ins linke Ohr und roch an dem Ohrenschmalz, das er mit dem Fingernagel herauspulte – der Nagel war ein kleines bisschen länger als die restlichen. Er war nicht das brillanteste Staatsoberhaupt, das die Vereinigten Staaten jemals hatten, doch an seiner moralischen Größe bestand nicht der geringste Zweifel. Sein politischer Erfolg hatte weder mit seiner Hellsichtigkeit noch seinen administrativen Fähigkeiten, sondern mit seinem eisernen Respekt vor dem Gesetz zu tun. Vor allem aber war er ein anständiger und reinlicher Mensch, der seine Vorstellung von perfekter Sauberkeit mit der Lauterkeit seiner Seele assoziierte.

Er zog das Taschentuch aus der Brusttasche seines Cutaways – er ließ sich nie ohne Anzug blicken, nicht einmal bei einer informellen Besprechung im Arbeitszimmer seines Privathauses in New York – und wischte sich den Fingernagel ab. Erst da bemerkte er, dass der Kriegsminister, der einen Moment zuvor von dem Stuhl vorm Schreibtisch aufgestanden war, sich noch immer im Zimmer befand und an der Tür wartete. Was stehen Sie da noch herum, Mr. Endicott?, fragte er mit einer Mischung aus Ungeduld und Ärger, weil er auf frischer Tat ertappt worden war. Entschuldigen Sie, Mister President, antwortete der Minister, da ist noch etwas. Cleveland faltete eilig sein Taschentuch zusammen, wie um den Beweis für seine Tat verschwinden zu lassen.

Was gibt's?, fragte er. Eine kurzfristige Angelegenheit, die mein Sekretär nicht auf die Tagesordnung gesetzt hatte. Der Präsident zog die Augenbrauen hoch. Setzen Sie sich wieder, sagte er.

An diesem Tag hatte Cleveland bereits eine Woche mit übervollem Terminkalender hinter sich, während der er pausenlos kreuz und quer durch jenen Staat gereist war, in dem er als Gemeindediener, Bürgermeister, Abgeordneter und Gouverneur gedient hatte und von dem nach den anstehenden Wahlen seine Mehrheit im Senat abhängen könnte. Er hatte den Sonntag zu Hause verbracht, mit seiner Frau, nicht weil er das Gefühl hatte, eine Pause zu benötigen, sondern aus Respekt vor seinen gläubigen Wählern. Er nutzte den Tag, um sich mit seinem Kabinett zu beraten, das sich, je näher die Wahlen rückten – mit immer düstereren Aussichten für die verbleibenden zwei Jahre seiner Amtszeit –, in seiner Abwesenheit um den größten Teil der Regierungsgeschäfte in der Hauptstadt kümmerte.

Nicht nötig, sagte der Minister, es ist keine große Sache, aber ich wollte Sie darüber informieren. Ich höre. Es ist eine Depesche aus Arizona eingetroffen. Der Präsident machte eine fragende Geste und schnaubte verärgert. Der Minister fuhr fort: General Miles schreibt, er habe Gerónimo bald in seiner Gewalt, der Indianer werde sich jeden Moment ergeben. Der Präsident presste die Lippen aufeinander, zog laut die Nase hoch. Schon wieder? Wie oft haben wir jetzt die gleiche Depesche aus Arizona bekommen? Wir müssen ihn verhaften und verurteilen, nicht darauf warten, dass es ihm einfällt, sich zu ergeben. Der Minister ließ die Schelte über sich ergehen und starrte zu Boden. Ganz so einfach ist es nicht, sagte er; sie haben ihn umzingelt, aber in Mexiko; wir müssen ihn irgendwie in die USA schaffen; Miles fragt, welche Garantien wir dem Indianer anbieten können. Cleveland dachte keine Sekunde nach. Keine, sagte er, er ist ein Krimineller, man muss ihn verhaften und verurteilen. Wir könnten ihn belügen, wagte der Minister vorzuschlagen, ihm ein Angebot machen und ihn dann einfach dem Gericht in Tucson ausliefern. Der Präsident starrte ihn mit jener Kälte an, die ihm den Ruf eines unerbittlichen Sachverwalters eingebracht hatte. Wir belügen sie seit hundert Jahren, das bringt uns keinen Schritt weiter, wir müssen sie wie Staatsbürger behandeln, sonst nichts. Der Minister zog eine Grimasse, die der Präsident gut kannte – sie kündigte eine unbequeme Wahrheit an: Sie sind aber keine Staatsbürger. Ich schwöre Ihnen, erwiderte Cleveland, wenn ich die Mehrheit im Senat gewinne, werde ich das sofort dem Kongress vorschlagen, bis dahin sollen sie ihn einfach festnehmen und verurteilen.

Der Minister stand da, ohne ein Wort zu sagen. Was ist?, fragte sein Vorgesetzter. Wenn man ihn in Tucson verurteilt, wird er garantiert gehängt, und weil er das weiß, wird er wieder abhauen. Haben wir ihn oder haben wir ihn nicht? Wir stehen kurz davor, dass er sich ergibt. Können wir ihn nicht einfach festnehmen? Das konnten wir noch nie. Wir haben die mächtigste Armee der Welt. Der Minister zuckte mit den Schultern: Nicht im Südwesten, erst recht nicht in der Sierra Madre auf mexikanischer Seite, das sind nur ein paar junge Burschen, die müssen einen Pakt mit ihm schließen. Der Präsident fasste sich an den Mund. Welchen Teil meiner Befehle verstehen Sie nicht, Mr. Endicott? Der Minister seufzte: Wenn wir ihn kriegen, wären das gute Neuigkeiten für Ihren Wahlkampf, man sollte ihm eine Lüge auftischen, ihm etwas versprechen und ihn dann vor Gericht stellen – sollen sich die Leute in Arizona darum kümmern. Meine Regierung lügt nicht, und es hat nichts mit dem Wahlkampf zu tun: Ich bin es, der gewinnt oder verliert. Man wird ihn hängen, wandte Endicott ein. Wie viele Menschen hat er auf dem Gewissen? Viele. Dann sollen sie ihn eben hängen. Was soll ich Miles sagen? Dass General Crook, sein Vorgänger, mit Gerónimo paktiert hat und jetzt in Montana Dickhornschafe jagt und dass ich will, dass Gerónimo verurteilt wird.

Auch der Minister war ungeduldig: Es störte ihn geradezu körperlich, dass man in den Räumen, in denen der Präsident seine Besprechungen abhielt und er selbst den ganzen Nachmittag gewartet hatte, bis er endlich an der Reihe war, nicht rauchen durfte. Wenn das Gesetz in Arizona es so will, dann soll es geschehen, sagte Cleveland abschließend. Der Minister nickte, wagte aber einen letzten Versuch. Bei allem Respekt, Mister President, der Indianer will sich ergeben, weil die mexikanische Armee ihn umzingelt hat, er glaubt, dass wir ihn besser behandeln werden; wenn er erfährt, dass wir ihn an ein Gericht in Arizona ausliefern, wird er abhauen. Und wir können ihn nicht verfolgen? In Mexiko sind uns die Hände gebunden; sie werden ihn schnappen, und Präsident Díaz wird den Ruhm dafür einheimsen; noch können wir ihn in die USA bringen, aber wir müssen einen Pakt mit ihm schließen, ihm anbieten, was ihm die Mexikaner nicht anbieten können: dass er am Leben bleibt. Der Präsident schüttelte den Kopf. Er wird einen fairen Prozess bekommen, oder? Diese Garantie muss reichen, die Mexikaner werden ihm so etwas nicht anbieten. Die Leute in Arizona ehrlich gesagt auch nicht, wandte der Minister ein, wie werden die Wahlen dort für uns laufen? Schlecht, selbst wenn wir Gerónimo hängen, antwortete der Präsident, aber wenn wir das Gesetz achten, wird es zumindest hier an der Küste gut für uns laufen. Die Erwähnung ihres gemeinsamen Feindes – die ungebildeten, verstockten Wähler des Südwestens – besänftigte beide, vielleicht, weil es sie daran erinnerte, warum sie zusammenarbeiteten. Der Präsident machte eine resignierte Geste und gab Endicott zu verstehen, dass ihm die Entscheidung, die er treffen musste, auch nicht behagte und sie in einem Punkt übereinstimmten: einen Indianer wie einen Staatsbürger vor Gericht zu stellen, wenn er nicht die Garantien eines Staatsbürgers hatte –

und das auf feindlichem Boden –, war eine Schande. Soll ich Miles sagen, dass die Kapitulation bedingungslos erfolgen muss? Sie wissen, dass ich nicht gerne Indianer töte und die Verträge mit ihnen respektiere, aber wenn Gerónimo Dinge getan hat, für die er verdient, gehängt zu werden, dann muss er gehängt werden. Sicher? Cleveland nickte. Sie müssen das mit Ihrem Gewissen vereinbaren, nicht ich, bemerkte der Minister. Cleveland schloss die Augen. Es ist meine Entscheidung.

Der Minister verließ mit schnellem Schritt das Zimmer. Er hatte bereits den Geschmack der Zigarre im Mund, die er in wenigen Augenblicken rauchen würde, wenn er sich mit den anderen Ministern auf der Veranda traf, bevor sie mit einer Kutsche zur nagelneuen Penn Station fahren würden, von wo aus es mit dem Zug zurück nach Washington ging.

Der Präsident war in gedrückter Stimmung, als er sich am Abend zu Tisch setzte, um mit seiner Frau zu speisen – Frances Folsom Cleveland, zurückhaltend, gebildet, klug; seinerzeit hieß es, sie sei es gewesen, die dem etwas blassen Cleveland zu seinem Sieg bei den Präsidentschaftswahlen verholfen habe. Was hast du?, fragte sie ihn. Vielleicht habe ich einen Mann, der von allen gejagt wird, zum Tode verurteilt, nur weil mir Endicotts Unverschämtheit auf den Geist ging. Wer?, fragte sie, während sie sich ein Lammkotelett und grüne Bohnen auf den Teller legte. Der Verteidigungsminister. Ich weiß, wer Endicott ist, ich meinte, wer deinetwegen sterben muss. Ein Bandit, er heißt Gerónimo. Der Apache?, fragte sie mit großen Augen. Du hast von ihm gehört? Er ist berühmter als du. Der Präsident blickte von seinem Teller auf, um sich zu vergewissern, dass seine Frau keinen Scherz gemacht hatte. Lad ihn lieber nach Washington ein und stell ihn mir vor, sagte sie, und dann lassen wir uns gemeinsam mit ihm fotografieren, damit gewinnen wir den Senat. Cleveland nahm die Brille ab und rieb sich die Augen. Mein Gott, murmelte er.

9. August

Von den Dragoon Mountains kommt man nach Tombstone, indem man den Interstate Highway 10 nach Westen nimmt, oder man wählt die ursprüngliche Route, die in einwandfreiem Zustand ist, obwohl sie an keinem besonders sehenswerten Ort vorbeiführt und von kaum jemandem benutzt wird. Es ist eine unbefestigte Straße Richtung Douglas, die anderthalb Meilen hinter Sunsites beginnt, an der Grenze zwischen Arizona und Sonora. Die Fahrt dauert etwa vierzig Minuten, vielleicht eine Stunde, etwas länger, wenn man bei den Geisterstädten – mehr Geist als Stadt – hält, die man hatte stehen lassen, um ein paar – eher theoretische – Touristen anzulocken: Die einzigen Fahrzeuge, die wir unterwegs sahen, waren die Pick-ups der Border Patrol, die bei der Jagd auf – ebenfalls eher theoretische – illegale Einwanderer Staub aufwirbelten.

Weil wir vergessen hatten, im Supermarkt in Tucson Seife zu kaufen, hielten wir in Pearce, einem Dorf aus zehn oder zwölf Häusern, und folgten den Pfeilen zu einer Farm, die selbst gemachte Bonbons aus Ziegenmilch verkaufte. Als wir auf das Grundstück fuhren, kam uns die Inhaberin des Ladens entgegen und erklärte, sie hätten geschlossen. Sie sei nur hier, um die Ziegen zu füttern, es sei Sonntag, und wir sollten am nächsten Tag wiederkommen. In Ordnung, sagte ich, aber wir bräuchten dringend Seife, und da wir schon mal hier seien und sie auch, könnte sie uns ja vielleicht welche verkaufen. Sie beharrte darauf, dass es Sonntag sei. Na gut, wenn wir eine Apotheke sehen, kaufen wir sie eben dort. Es ist Sonntag, betonte sie noch einmal.

Es war das einzige Erlebnis, das den exzentrischen Geschmack dieses Raumes unberechenbarer Verhaltensweisen hatte, den man Apachería nennt: ein seltsamer Ort, so wie alle von verstreuten Einzelgängern bewohnten Orte.

Im Gegensatz zu den Geisterstädten in New Mexico, die wir letzte Woche besucht haben, bestehen die in Arizona nur aus verlassenen Farmen, vor die irgendein Schlauberger ein Schild gestellt hat, das sie zu etwas macht, das sie nicht sind. Und dann ist da noch Tombstone – so unglaublich lächerlich, dass es nicht lohnt zu erwähnen, was wir dort gesehen haben, obwohl die Kinder offenbar ihren Spaß hatten. Im Grunde ist es ein glühend heißes Dorf, in dem ein paar verwirrte Unternehmer eine Szenerie errichtet haben, die behauptet, der Süden Arizonas sei nie mehr gewesen als ein paar von Weißen für Weiße erbaute Siedlungen.

Dieser Lesart zufolge ist der Ort ein Kernpunkt, ein Anfang oder Ursprung, und nicht das Resultat eines fürchterlich schmutzigen historischen Prozesses, bei dem diejenigen, die als Letzte gekommen waren, nach dreihundert Jahren Handelsbeziehungen, interkulturellem Sex und Gewalt am Ende alles besaßen.

Tombstone besteht aus ein paar Designerruinen – der Ort hat mehr Ähnlichkeit mit einem Filmset als mit den von der Wüste konservierten zeitgenössischen Siedlungen in anderen Breiten –, die echten Ruinen aufgepfropft wurden: den Ruinen der Mogollón-Indianer, die das Gebiet bis zur Ankunft der Komantschen im fünfzehnten Jahrhundert besiedelt hatten, denen der nomadischen Atapascano-Stämme, die aus Kanada kamen und die Komantschen nach Texas vertrieben, denen des spanischen Reiches, das die Atapascano sprechenden Indianer »Apachen« taufte und sich im Krieg gegen die Komantschen auf ihre Seite schlug, denen der ersten mexikanischen Republik, die nie in der Lage war, ihre Ansprüche auf das Gebiet des nördlichen Sonora geltend zu machen, denen der Chiricahua-Nation, die statt mit Worten mit Waffen verhandelte und in den Dreißiger- und Vierzigerjahren des neunzehnten Jahrhunderts ein unabhängiges Territorium erlangte, denen der Soldaten der Nordstaaten und den Buffalo Soldiers, die das Gebiet nach dem Rückzug der Mexikaner besetzten – welche wahrscheinlich erleichtert waren, weil sie nicht mehr gegen die Apachen kämpfen mussten, denn jetzt lag es an den Gringos, sich mit den unbestechlichen Bewohnern der Gegend herumzuschlagen.

Der Mythos der Wildweststadt, deren Inbegriff Tombstone ist, inszeniert die Ankunft von ein paar Siedlern in einer nur von Naturgesetzen regierten Welt und ihren durch die Einführung einer Rechtsnorm und produktiver Gebräuche erlangten Erfolg. Genauso als würden ein paar Uruguayer die Wall Street verwüsten, mit den Steinen und dem Stahl der Wolkenkratzer ein südamerikanisches Dorf samt Rathaus, Bank, Strandpromenade und Fleischmarkt errichten und dann behaupten, was sie erschaffen hätten, sei der Ursprung New Yorks und *Moby Dick* ein uruguayischer Klassiker, weil er dort beginne.

In Tombstone gibt es nichts zu sehen außer ein paar als Blonde verkleidete Blonde zwischen Kulissen, die nach Schweiß und Teer riechen. Das Kurioseste von allem ist, dass die wenigen Touristen, die sich hierher verirren, alles echte Amerikaner sind, genau wie jene, die dieses Dorf ursprünglich bewohnten: Menschen unterschiedlicher Hautfarbe und unterschiedlicher Herkunft, eine wilde Mischung. Natürlich gibt es auch weiße Touristen, doch viele sind US-Amerikaner mit mexikanischen Wurzeln, Schwarze, Nachfahren von Südeuropäern, Native Americans, Asiaten. Ganz normale Amerikaner eben.

Die einzigen Orte, wo es nur Weiße gibt, sind die Kulissen und falschen historischen Stätten. Es ist erstaunlich, dass ein Land mit einem Genpool, der so beneidenswert reichhaltig, so erkennbar vielfältig ist wie alles andere im üppigen Amerika, sich sowohl in den Volkstheatern als auch auf der politischen Bühne um ein Selbstbild bemüht, das so homogen und eintönig ist wie Skandinavien – drei Länder und alle gleich.

JAMES »DER DICKE« PARKER, NOSTALGISCHER GENERAL, ZURÜCK IM FORT SAM HOUSTON

Am 31. März 1917 traf der Divisionsgeneral James Parker kurz nach Mittag im Fort Sam Houston am Stadtrand von San Antonio, Texas, ein. Zu jener Zeit nannte ihn, weißhaarig und mit Orden behängt, wie er war, schon keiner mehr »Dicker«.

Er hatte eine lange Bahnfahrt von Portsmouth, Rhode Island, hinter sich, wo er seinen Ruhestand verbrachte. Es war eine Rückkehr in die Landschaft seiner Jugend: Man hatte ihn gedrängt, den aktiven Dienst wiederaufzunehmen, nachdem Präsident Woodrow Wilson den Befehl erteilt hatte, in Mexiko einzumarschieren, um den revolutionären General Francisco Villa zu verfolgen, der ohne erkennbaren Grund den militärischen Grenzposten in Columbus, New Mexico, überfallen hatte. Jeder wusste, dass der Feldzug gegen Villa nur ein Vorwand war, um die Schlagkraft der gerade erst motorisierten Armee und ihrer Luftwaffe zu testen, die in Europa ausschwärmen würden, sobald der Kongress Preußen den Krieg erklärt hätte.

Auf dem Rücksitz des olivgrünen Ford, der ihn vom Bahnhof zum Stützpunkt brachte, fiel General Parker auf, dass die Leute in San Antonio, genau wie er, im Jackett waren. Er lächelte mit einem Ausdruck, der irgendwo zwischen zärtlich und melancholisch lag. Er trug seine mit Tressen besetzte, steife dunkelblaue Paradeuniform, weil er glaubte, das Ritual befolgen zu müssen, das die Ankunft an seinem neuen Posten verlangte, auch wenn die gnadenlos brennende texanische Sonne und die von Fluss und Sümpfen aufsteigende Schwüle für einen gerade erst von der Ostküste Angereisten kaum zu ertragen waren. Die Mischung aus Hitze, Feuchtigkeit und Uniform weckte in ihm das Feuer der Erinnerung, dessen Glut sich neu entfacht hatte, seit er die Depesche mit der Ankündigung erhalten hatte, dass er nach Fort Sam Houston zurückkehren müsse.

Die Hitze, sagte er zum Fahrer, der nervös war, weil er einen General chauffierte. Entschuldigung?, fragte dieser. Diese verdammte Hitze, sagte Parker noch einmal. Er hatte wieder diesen beißenden Geschmack im Mund wie damals während der Feldzüge auf Kuba und den Philippinen, als er das zwölfte New Yorker Infanteriebataillon angeführt hatte, um die letzte Glut des spanischen Reiches auszutreten, an dessen verbliebenen Rändern er sein Leben lang gekämpft hatte. Für uns ist das noch kühl, erwiderte der Chauffeur. Wenn Sie wüssten, wie heiß es hier im Juli oder August wird, würden Sie verstehen, warum Sam Houston von den Kadetten die Hölle genannt wird. Der General lachte. Das weiß ich, sagte er, ich war vor Jahren ein paar Wochen hier, aber für mich war es der Inbegriff der Zivilisation – ich komme aus Fort Bowie in Arizona. Uff, machte der Chauffeur, das wurde doch wegen Unmenschlichkeit geschlossen, *right?* Der General schloss die Augen, nahm die Schirmmütze ab, kratzte sich am Kopf. Es hatte auch seine Vorzüge, sagte er, Apache Pass ist der schönste Ort der Welt; und es stählte den Charakter; die Einsätze, auf die wir geschickt wurden, waren so hart, dass Fort Bowie bei unserer Rückkehr geradezu kühl und freundlich wirkte.

Der Ford hielt im ersten Innenhof der Befestigungsanlage, wo der zukünftige Sekretär des Generals ihn bereits in strammer Haltung erwartete. Nachdem er martialisch salutiert hatte, öffnete der junge Mann ihm den Wagenschlag. Der General erwiderte den Gruß wenig begeistert und stieg aus. Er setzte sich die Mütze wieder auf, strich seine dunkelblaue Uniformjacke glatt und klopfte dem Jungen ein paarmal auf den Arm – teils, um ihm zu bedeuten, dass er sich entspannen konnte, teils, damit dieser zur Seite trat und er zu seinem Büro gehen konnte, das er mit der Sicherheit eines Menschen betrat, der sich blendend auskennt.

Der Sekretär folgte seinem Vorgesetzten mit schnellen Schritten und fand diesen bereits neben seinem zukünftigen Schreibtisch vor, einem alten, soliden Möbelstück aus Holz, nicht Metall wie inzwischen überall im Land üblich. General, sagte der junge Mann. Parker nahm die Mütze ab und hängte sie an die Garderobe. Es riecht ganz genauso, bemerkte er. Der Sekretär sah ihn mit einer gewissen Furcht an – er wagte nicht zu fragen, wovon jener sprach. Der General legte die Uniformjacke ab. Dabei stellte er sich etwas ungeschickt an – er war dreiundsechzig Jahre alt –, ohne dass sein Sekretär, der immer noch nicht wusste, wie er sich in seiner Gegenwart verhalten sollte, ihm zu Hilfe geeilt wäre. Es riecht genauso wie alle Forts in Arizona und New Mexico, erklärte der General, während er sich die Hemdsärmel hochkrempelte. Der junge Mann nickte, traute sich aber nicht zu lächeln. Ich habe gehört, Sie kennen den Südwesten, sagte er. Wie meine Westentasche, erwiderte der General. Der Sekretär nickte nach draußen. Sollen Ihre Koffer in Ihre neue Unterkunft gebracht werden? Der General zuckte gleichgültig die Schultern. Ich werde dem Fahrer Bescheid geben, sagte der junge Mann. Wie lange braucht man mit dem Ford bis nach Mexiko?, fragte der General, ehe der Sekretär hinausging. Ich weiß nicht, ich war noch nie dort. Der General kniff die Augen zusammen. Bevor Sie meine Sachen wegbringen, packen Sie meinen Hut aus und bringen ihn mir, befahl er, er ist in der Hutschachtel, sie ist nicht zu übersehen.

Als der junge Mann kurz darauf mit einem khakifarbenen mexikanischen Fedora zurückkehrte, dessen Krempe so breit war, dass er fast wie ein Cowboyhut aussah, stand der General am

Fenster und sah hinaus. Das Fenster ging auf einen zweiten Innenhof, wo gerade ein Offizier mit starkem Südstaatenakzent die ersten Freiwilligen des bevorstehenden Krieges anschnauzte. Hoffnungslos, sagte Parker zu seinem Sekretär. Aber es wird aufwärtsgehen, sobald der Senat die Verfolgung von General Villa genehmigt und diese armen Kerle – er machte eine vage Geste, die alle Texaner im kampffähigen Alter einschloss – sich freiwillig melden, weil sie glauben, es wäre eine Ehre, in Mexiko einzumarschieren, um für den Krieg in Europa zu üben. Er betrachtete seinen ausladenden Bauch, der noch dicker wirkte, seit er nur noch im Hemd war. Er lächelte. Als ich noch Kanonenfutter war, sah ich besser aus, trotzdem haben sie mich den dicken Parker genannt. Er nahm dem Sekretär den Hut aus der Hand und sagte: Gehen wir zum Quadrangle. Wollen Sie nicht zuerst die Offiziere begrüßen? Sie erwarten Sie schon. Der General rückte sich den Hut zurecht und sah dem jungen Mann zum ersten Mal in die Augen. Obwohl Parkers Blick streng war, blitzte in seinen weit auseinanderstehenden Augen noch immer die unleugbar mehrdeutige Art auf, mit der er Befehle erteilte, seit er sich als junger Offizier in der Endphase der Indianerkriege in den Bergen von Chihuahua und Arizona den Arsch aufgerissen hatte. Der Junge fühlte sich genötigt, eine Erklärung abzugeben: Ich dachte nur, vielleicht würden Sie lieber erst Ihre Männer kennenlernen, bevor Sie sich die Ställe ansehen. Der General strich sich mit Daumen und Zeigefinger über den bereits ergrauten Schnurrbart. Hat man Ihnen beigebracht, zu gehorchen oder Fragen zu stellen? Zu gehorchen, General. Dann bewegen Sie Ihren Arsch und gehen Sie voran. Ich weiß nämlich nicht, ob ich mich noch erinnere, wo es langgeht.

General James Parker war nicht mehr im Fort Sam Houston gewesen, seit er vor etwas mehr als dreißig Jahren für zwanzig Tage als Leutnant der vierten Kavallerie nach San Antonio abkommandiert worden war, gemeinsam mit seinem unmittelbaren

Vorgesetzten, Captain Elpenor Ware Lawton. Sie waren damals mit demselben Zug gefahren, der Gerónimo und die letzten Chiricahua als Kriegsgefangene zum Fort Marion in Florida brachte.

Das Tor zum Quadrangle, dem alten Innenhof, lag näher bei den Verwaltungsgebäuden, als er in Erinnerung hatte. Hier haben wir sie hingebracht, sagte er zu dem Sekretär und betrachtete die vollen Viehgehege, die sich dort erstreckten, wo damals eine ausgedehnte Brache mit gutem, schattigem Weideland gewesen war und irgendein General Hirsche, Wachteln, Fasane und Pfauen gehalten hatte. Wen?, fragte der junge Mann. Die Apachen, antwortete er ohne jede weitere Erklärung.

Sie liefen an den Anlagen entlang. Der junge Mann zeigte ihm stolz das in eine Betriebsstätte umgewandelte Gelände, das den gesamten Milch- und Fleischbedarf des Forts deckte. Der General stützte die Ellbogen auf das Eisengatter eines Pferches; nicht um zu verschnaufen, sondern um sein Gedächtnis aufzufrischen. Sie können sich nicht vorstellen, wie hart das für uns war, sagte er zu seinem Sekretär. Er blähte die Backen und stieß schnaubend die Luft aus, lächelte traurig. Wir waren auf dem Weg nach Florida, sagte er, als der Befehl vom Verteidigungsministerium kam, die Fahrt so lange zu unterbrechen, bis Präsident Cleveland entschieden habe, was mit den Kriegern geschehen solle. Dann kam der Befehl, die Indianer nach Tucson zurückzubringen, damit ihnen dort der Prozess gemacht wird. Der Sekretär, der um die vierundzwanzig, fünfundzwanzig war, verstand nicht alles, was der Alte ihm erzählte. Der General schnalzte mit den Lippen. Wenn man uns befohlen hätte, sie in den Kasernenhof zu treiben und ihnen auf Knien eine Kugel zu verpassen, wäre das weniger grausam gewesen.

Der junge Mann sah den Kommandanten neugierig an. Der General presste die Hände an die Schläfen und sagte mit geschlossenen Augen: Sie waren die unschuldigsten und tapfersten

Männer, die ich je gesehen habe, und ich habe viele unschuldige Männer sterben sehen. Was seltsam ist, fuhr er fort, denn sie waren schließlich auch verdammte Mörder. Er zeigte auf ein paar Baracken. Dort haben sie gewohnt, sagte er. Kommen Sie.

Sie gingen zwischen den Pferchen entlang. Der Gestank nach Mist stieg vom Boden auf, während die Sonne die Ebene immer mehr aufheizte. Vor einem Raum, der jetzt als Lager diente, blieb er stehen und nahm den Hut ab. Der Sekretär wusste nicht genau, ob er das tat, um sich mit dem Unterarm den Schweiß von der Stirn zu wischen, oder ob es ein Zeichen des Respekts war. Der General setzte sich den Hut wieder auf und sagte: Es war unmöglich, nicht auf seiner Seite zu sein, unmöglich. Wieder strich er sich mit Daumen und Zeigefinger über den Schnurrbart, die Augen glasig bei der Erinnerung an alles, was er aufgegeben hatte, um General zu werden, an all die Toten, die ständig an ihm zerrten. Apachen, aber auch Kubaner und Philippiner. Hier hat Gerónimo geschlafen, sagte er.

10. August

Gegen die ärgerliche, ideologisch geprägte Ruine von Tombstone die konkreten, stillen Ruinen von Fort Bowie in einer Senke des Puerto del Dado, dessen englischer Name bei der Gestaltung des heutigen Nordamerika solchen Widerhall gefunden hat, dass jeder ihn kennt: Apache Pass.

Man fährt nicht zum Apache Pass, man pilgert hin. Er ist das Herz der Apachería, das Zentrum, um das sich die erloschene Welt der Chiricahua-Nation dreht. Der Ort, an dem sich der gesamte Handel konzentrierte und an dem es zu den einzigen Schlachten zwischen der Kavallerie der Vereinigten Staaten und einer an Zahl und Stärke ebenbürtigen berittenen Apachentruppe unter Führung von Cochís kam, dem größten, kühnsten, eigensinnigsten, mörderischsten und scheuesten aller Chiricahua-Häuptlinge. Er war der letzte Häuptling, dem es gelang, eine Armee aufzustellen und sich den Eindringlingen mit gleicher Truppenstärke zu widersetzen. Gerónimo war sein Kriegsschamane.

Dort, am Puerto del Dado – »Würfelpass«, ein vielleicht zu rätselhafter Name, um mit dem kraftvollen, anschaulichen Apache Pass zu konkurrieren –, liegt die Quelle, die zu dem Streit führte, der die einigermaßen harmonischen Beziehungen zwischen Apachen und Angloamerikanern nach der Besetzung von Nord-Sonora und der Gründung des Staates Arizona zerstörte. Ich weiß nicht, wie viele Bücher ich über die Kriege Mexikos und der Vereinigten Staaten gegen die Chiricahua gelesen habe, wie viele Hunderte Male ich darin auf diese Quelle gestoßen bin, die einzige in der nördlichen Sonora-Wüste, an der die Kuriere und Maultierzüge auf ihrem Weg von Santa Fe nach Kalifornien ihre Tiere tränken konnten. Vielleicht würde es die Chiricahua ohne diese Quelle noch geben; sie war der Grund, weshalb die amerikanische Armee die Indianer angriff, und das sie umgebende Tal der Ort, an dem der Krieg zwischen den beiden Lagern entschieden wurde.

Apache Springs – so heißt die Quelle auf Englisch – ist der Knotenpunkt, an dem sich die Auslöschung einer Kultur vollzieht. Der Anblick war eine Überraschung: Es ist nicht mehr als ein schwaches Rinnsal, wie das Pipi von einem irdenen Kind, ein unscheinbarer Faden, der in der endlosen Weite aus Bergen und Tälern nur auszumachen ist, weil an seinen Ufern die einzigen wirklich grünen Pflanzen der Gegend wachsen: Kreosotbüsche, die hier regelrecht zu Bäumen aufgeblüht sind. Steht man an der Quelle selbst, deren Wasser in ein seichtes Becken und noch einige Meter weiterfließt, bevor es wieder in der Erde verschwindet, verwandelt sich das Rinnsal in den Speichel eines Gottes, der zulässt, dass Welten mit einem Würfelwurf untergehen, einem Wurf am Puerto del Dado.

Auf einer recht seriösen Website über Hydrologie in Arizona steht, dass die Quelle des Apache Pass heute so trocken sei, weil die Farmen und Dörfer in den Tälern von San Simón und Sulfur Springs, die der Pass verbinde, den Grundwasserspiegel in der Region gesenkt hätten. Dass es früher eine sprudelnde Quelle gewesen sei. Was glaubhaft scheint, denn durch den Puerto del Dado verläuft ein beachtliches Flussbett, das sich heute nur noch während der Gewitter im Sommer füllt. Sieht man die Quelle dann mit eigenen Augen, wirkt die Information aus dem Internet nicht mehr ganz so plausibel: Auch wenn sich der Apache Pass in einer niedrigen Senke zwischen der Sierra de Chiricahua und den Montañas de Dos Cabezas erstreckt, liegt die Bergquelle viel höher als die beiden anderen Täler, zu denen hin das Gelände abfällt. Das Wasser, das die Erhebungen der Chiricahuas und Dos Cabezas in sich aufnehmen, vereint sich viel früher und kommt in Apache Springs zum Vorschein, bevor es zu den weiter unten wartenden Brunnen gelangt. Die Experten werden wissen, wie es sich mit dem Wasserdruck in den unterirdischen Schichten der Bergwüste verhält, doch wenn ich mich für eine Theorie entscheiden müsste, würde ich sagen, dass diese Oase schon immer so aussah und seine geringe Größe so etwas wie eine umgekehrte Metapher für seine historische Bedeutung ist. Der Untergang der Chiricahua als menschliche Katastrophe und zugleich Ereignis, das im Grunde nichts verändert hat, je nachdem, von welchem Standpunkt aus man es betrachtet.

Wie alle zur Familie der Athapasken gehörenden Indianer wurden die Apachen nie sesshaft. Wie heute noch die Tanana aus Alaska und die Yukon-Indianer im Norden Kanadas und wie zu jener Zeit, als sie noch an der Westküste Nordamerikas entlanggezogen waren, bevölkerten die Apachen ein weites Gebiet, in dem sie je nach Jahreszeit auf festen Routen ihr Lager verlegten, um den natürlichen Produktionszyklen der Natur und der Wanderung des Großwilds zu folgen. Sie errichteten nie etwas, das länger als eine Jahreszeit Bestand haben sollte. Doch wenn es etwas gab, was man als Metropole der Chiricahua bezeichnen könnte, einen Ort, an dem sie in größerer Zahl und länger als gewöhnlich zusammenkamen, dann war es ihr Winterlager am Apache Pass.

Die zwischen dem siebzehnten und Anfang des neunzehnten Jahrhunderts in verschiedenen europäischen Sprachen verfassten Chroniken beschreiben die Hänge dieser Gebirge – wo sich heute nur noch die Ruinen eines Forts, ein Friedhof und der unterirdische Schwanz eines impotenten Gottes befinden –, als Gegenden, die von Lehmhütten und kleinen Lagerfeuern übersät waren und wo die verschiedenen Clans ein Klima und einen

Überfluss genossen, den sie später mühselig den im Sommer schwarz bewaldeten Bergen oder den im Frühjahr trockeneren Tälern abringen mussten. Die Vorliebe der Apachen für diesen Ort erklärt bis zu einem gewissen Grad, warum Cochís zu seiner Verteidigung ganze Reiterarmeen aufstellen konnte, die auf offenem Gelände in die Schlacht zogen – etwas sehr Ungewöhnliches in der militärischen Geschichte seines Volkes. Was die Apachenstämme in New Mexico und Arizona vereinte, war die Quelle am Puerto del Dado; der Häuptling, der dort herrschte, war in mancher Hinsicht der natürliche Häuptling aller anderen, und wenn er sie zur Verteidigung der Quelle rief, waren in der Regel selbst die entferntesten und feindlich gesinnten Stämme bereit, sich seinem Befehl unterzuordnen und ihm mit Waffen, Pferden und Männern zu Hilfe zu eilen.

Der Apache Pass kostete sowohl die Apachen als auch die Amerikaner ein Blutbad. Die Spanier und Mexikaner, die den Feind aus dem Nordwesten Neuspaniens und Mexikos besser kannten, hatten nie versucht, eine Lanze in diese Erde zu bohren. Stattdessen schlossen sie ein Abkommen mit den Indianern und trieben am Puerto del Dado friedlich Handel mit ihnen, obwohl sie einander nur wenige Kilometer entfernt wilde Schießereien lieferten. Die Spanier und Mexikaner brachten Mehl, Munition und Schnaps, und die Apachen gaben ihnen dafür Brennholz, Felle, Körbe und natürlich etwas von dem Wasser.

Die Gringos begriffen, dass sie die Apachen – damals bezeichneten die Indianer sich selbst schon als Chiricahua – nur besiegen konnten, wenn sie den Gebirgspass einnahmen. Sie errichteten eine Postkutschenstation aus Stein – damals eine Seltenheit, gewöhnlich waren diese Stationen aus Holz – und ein Fort zu ihrem Schutz. Ich weiß nicht, was hinter diesem Entschluss steckte: rein kommerzielle Überlegungen – um sicherzustellen, dass der aus Kalifornien kommende Reichtum die Atlantikküste des Landes erreichte –, eine Unbesonnenheit der Neuankömmlinge oder eine geniale Strategie, für die sie jeden Preis zu zahlen bereit waren.

Jedenfalls vereinbarten sie, als Arizona unter die Verwaltung Washingtons gestellt wurde, zunächst einen Waffenstillstand mit den hiesigen Apachen. Die Indianer freuten sich über die Ankunft der Weißaugen, denn die hatten die Mexikaner vertrieben, und gaben ihnen im Austausch gegen Wasser und Brennholz viel bessere und praktischere Waffen als die Soldaten südlich der Grenze.

Diese ersten Jahre friedlicher Koexistenz mit den Gringos waren für die Chiricahua zugleich die letzten des Überflusses: Sie besaßen einen sicheren, vor den Gringos geschützten Zufluchtsort, sobald sie die Grenze überquerten, und waffentechnische Überlegenheit, wenn sie die mexikanischen Ranches überfielen. Es war die Zeit ihrer größten Siege; eine Zeit, die geprägt war von der strengen Unnachgiebigkeit Cochís, des Häuptlings aller Häuptlinge, und dem Schatten seines Kriegsschamanen, eines von allen anderen Apachenstämmen verehrten und gefürchteten strategischen Genies. Weil Gerónimo in jungen Jahren von Usen persönlich erfahren hatte, dass er nicht im Kampf sterben werde, riskierte er sein Leben wie ein Wahnsinniger, so wie jeder, der ihm zu folgen wagte.

Obwohl die amerikanische Regierung die Ruinen von Fort Bowie zu einem denkmalgeschützten Ort erklärt hat, sind sie verwaist. Der einzige Weg dorthin ist eine unbefestigte Straße in besorgniserregendem Zustand, eine Piste, die den Ort Bowie mit der Landstraße verbindet, die zum Nationalpark der Sierra Chiricahua und weiter zur Grenze zwischen Douglas und Agua Prieta führt. Die Strecke ist kurz, aber nicht einfach, und in der Regenzeit kann es gefährlich werden: Man muss Hänge hinauffahren, die von den Regenfällen in unberechenbare Sturzbäche verwandelt werden. An einer der Schluchten am Weg gibt es eine öffentliche Toilette und einen Picknicktisch unter einem gut erhaltenen Blechdach. Ein Pfeil verweist auf einen Wanderweg, darunter der Hinweis: *Fort Bowie, 2,5 Meilen.* Den letzten Abschnitt muss man zu Fuß auf einem gut markierten, aber beschwerlichen Pfad zurücklegen. Wir folgten ihm.

Wir hatten gerade erst eine Meile hinter uns, als die Kinder schon jammerten und umkehren wollten – es waren fast fünfundvierzig Grad, überall dorniges Gestrüpp, und auf dem Boden wimmelte es von Insekten, die aussahen, als wären sie gerade erst der Urzeit entsprungen. Die ausgetrockneten Bachbetten, über die nach Gewittern das Wasser herabstürzt, zwangen zu einem ständigen Auf und Ab über steiniges Gelände, von dem einem die Füße schmerzten. Valeria kehrte – erleichtert, glaube ich – mit Maia und Dylan in den Schatten und zu den großen Wasserflaschen zurück, die wir immer im Wagen hatten.

Bis auf Miquel war jedem in der Familie bewusst, dass wir einen heiligen Ort betreten hatten, doch die Stille war so überwältigend, die Autorität der Berge, die am Pass aufeinandertrafen, so mächtig, dass ich mir sagte: Wir gehen weiter, oder? Nach etwas mehr als einer Meile öffnet der Weg sich plötzlich zu einem Tal. Dort stehen die Überreste des Häuschens, in dem die Kuriere auf dem Weg nach Kalifornien Rast machten – nichts als ein paar steinerne Fundamente. Dahinter ein Friedhof, die Quelle, die Ruinen des ersten Forts, aus Lehmziegeln, behelfsmäßig, und die des zweiten, solider, aus Ziegelstein. Um dorthin zu gelangen, muss man erst eine Senke – den eigentlichen Puerto del Dado, in dem sich die beiden Falten der Erdkruste vereinen, die wir Dos Cabezas und Chiricahua nennen – hinab-, dann einen Hügel hinaufsteigen, von dem aus die amerikanischen Truppen die Berghänge überwachen konnten, die sich im Winter mit Apachen bevölkerten.

Nach der Durchquerung des ausgetrockneten Bachbetts, wo Frau und Kinder wieder umgekehrt waren, folgt ein fast idyllischer Abhang – nichts ist idyllisch in der Apachería, alles ist brutal, doch aus einer gewissen Entfernung wirkt das Gras mit seinen messerscharfen Halmen bisweilen geradezu lieblich. Dort ist die Stelle markiert, wo der zehn grausame und blutige Jahre dauernde Krieg zwischen der Armee der Vereinigten Staaten und dem Volk der Chiricahua begann, zu jener Zeit dauerhaft unter Häuptling Cochís' Führung. Der Vorfall ereignete sich 1861. Die Amerikaner sprechen von der »Bascom Affair«. In den Erinnerungen der Apachen heißt er »Aufgeschlitztes Zelt«, ein Name, der so sehr nach Western klingt, dass man sich unmöglich nicht für ihn entscheiden kann.

Am 27. Januar 1861 überfiel eine Gruppe Apachen die Ranch eines Iren namens John Ward, der erst mexikanischer Staatsbürger und dann gezwungenermaßen amerikanischer Grundbesitzer geworden war. Als freiwilliger Einwanderer nach Mexiko und unfreiwilliger in die USA gehörte Ward einer Generation an, die, wie eine mexikanische Volksweisheit sagt, nicht amerikanisch wurde, weil sie die Grenze überquerte, sondern weil die Grenze sie überquerte. Als der mexikanische Kongress im Juni 1856 beschloss, den Ort La Mesilla an die USA zu verkaufen, was die Grenze vom Rio Gila bis zu der Linie verschob, die heute die Städte Agua Prieta und Nogales verbindet, lag seine Ranch von einem Tag auf den andern nicht mehr in Sonora, sondern auf dem Gebiet von Arizona.

In seiner Zeit als Bürger von Sonora hatte Ward eine mexikanische Witwe geheiratet und ihren Sohn aus erster Ehe adoptiert, der von da an Félix Ward hieß. Am 27. Januar 1861 wurde der Junge, der sich im Laufe der Jahre unter dem Pseudonym Mickey Free zu einer der finstersten Gestalten in der Geschichte des amerikanischen Westens entwickeln sollte, von Apachen entführt, als diese die Ranch seines Adoptivvaters überfielen und neben dem Jungen auch zwanzig Stück Vieh mitnahmen.

Weil La Mesilla jetzt zu den Vereinigten Staaten gehörte, lag es an der Kavallerie dieses Landes – noch ohne Erfahrung, Taktiken oder festgelegte Dialogstrategien im Kampf gegen die streitlustigste Indianernation Amerikas –, den Jungen zu finden und zu befreien. Mit der Suche wurde ein gewisser George N. Bascom beauftragt, ein gerade erst aus Arizona eingetroffener Leutnant, der offenbar einer falschen Spur folgte und – mehr an der schnellen Ausführung seines Befehls interessiert als daran, einen guten Job zu machen – zu dem Schluss kam, der Junge und das Vieh seien von dem Apachenclan geraubt worden, der unter dem Kommando von Häuptling Cochís in den Chiricahua-Bergen lebte.

Nachdem er seine Nachforschungen abgeschlossen hatte, kehrte Bascom zum Fort Buchanan zurück, wo er stationiert war. Dort bekam er eine Kavallerieeinheit und den Befehl, Félix Ward, nötigenfalls mit Gewalt, zu befreien. Zu seiner Truppe, die aus einem Haufen Soldaten auf Maultieren bestand und genauso unerfahren war wie er selbst, gehörten auch ein paar von John Ward angeführte Zivilisten und später die Männer eines Sergeants namens Robinson, dem sie unterwegs begegneten.

Gemeinsam erreichten sie am Nachmittag des dritten Februar die Poststation am Apache Pass und stellten erleichtert fest, dass die Männer dort ein gutes und kooperatives Verhältnis zu Cochís und seinen Leuten hatten. Sie erfuhren, dass sich der Häuptling momentan nicht in der Gegend aufhielt, da es die kältesten Tage des Jahres waren, sie ihm aber eine Nachricht im San Bernardino Valley zukommen lassen konnten, wo er mit seinen Leuten den tiefsten Winter verbrachte. Im sicheren Gefühl, dass alles schnell geregelt sein würde, schickten sie ein paar Mexikanerinnen los, die wahrscheinlich für die Angestellten der Station kochten und putzten, um mit dem Häuptling zu reden. Cochís auf der amerikanischen Seite der Grenze raubte nie Vieh – der ständige Konflikt mit den Mexikanern reichte ihm, er wollte nicht auch noch einen Krieg mit der neuen Armee in der Region anzetteln. Außerdem wusste jeder – bis auf die armen, als Soldaten verkleideten neunzehnjährigen Blondschöpfe –, dass Cochís keine Kinder entführte, weder mexikanische, amerikanische noch sonst welche. Er war ein überzeugter Nativist, der im Gegensatz zu anderen Häuptlingen nie Kinder mit fremdem Blut verschleppt hätte, um aus ihnen Apachen zu machen. Cochís war zu der Zeit etwa fünfzig Jahre alt und genoss unter den Chiricahua bereits größeres Ansehen als Cuchillo Negro, sein Vorgänger, und fast so viel wie sein Schwiegervater Mangas Coloradas. Er hatte noch nie eine Schlacht verloren, einen Vertrag unterzeichnet oder war von seinem Land vertrieben worden, das er mit der Ehre eines wahren Kriegers verteidigte. Mit der Gileña-Apachin Dos-teh-seh, der ältesten Tochter von Mangas Coloradas, hatte er zwei kräftige und entschlossene Söhne, die seine Herrschaft einmal erben würden, falls er im Kampf fallen sollte. Es schien alles so ungefährlich und einfach zu sein, dass die mexikanischen Dienstmädchen Bascom auf dem Weg zu Cochís' Lager zeigten, wo er und seine Männer am besten ihre Zelte aufschlagen konnten.

Genau an diesem Ort war ich heute, zusammen mit meinem ältesten Sohn. Dort, im Cañón de los Sifones, öffnet sich der Apache Pass zu den Tälern von San Simón und San Bernardino: In diesem großartigen Gebirgskessel gibt es keinen Ort, der so gut einsehbar und so ungeschützt ist. Steht man an der Stelle, wo Bascom und seine Soldaten ihr Lager aufschlugen, wird einem klar, dass jeder mit einer friedlichen Verhandlung am folgenden Tag rechnete: der Begegnung zwischen einem erfahrenen, unbesiegten und unbestechlichen Krieger und einem etwas verrückten Mann in einem blauen Mantel, der die Reise zum Puerto del

Dado vielleicht nur gemacht hatte, um ihn einmal mit eigenen Augen zu sehen.

Der Häuptling ließ zwei Tage auf sich warten, nicht aus Arroganz, sondern weil er Fährtenleser losgeschickt hatte, um herauszufinden, wer Félix Ward in Wirklichkeit entführt hatte und was die Entführer für ihn verlangten. Als er die Antwort hatte – es war eine Bande von Coyotero gewesen –, ritt er zusammen mit Dos-teh-seh, ihrem Bruder, dem in Arizona und Sonora gefürchteten und in Chihuahua verehrten Apachen Coyontura, und einer Handvoll weiterer Krieger zum Apache Pass hinauf. Sein Gefolge deutet darauf hin, dass er nicht die Absicht hatte, die in sein Land eingedrungenen Weißaugen zu bestrafen. Es wirkt eher so, als wollte er sich der Armee vorstellen, die das Land besetzt hielt, seit die Mexikaner abgezogen waren. Auf jeden Fall hatte er gute Nachrichten – wenn Cochís ein paar Coyotero befahl, ein Kind zurückzugeben, würden sie das aller Voraussicht nach auch tun, statt sich den Häuptling der Chiricahua zum Feind zu machen. Wahrscheinlich war er enttäuscht, dass die Gringos ihm nur einen Kadetten und keinen General geschickt hatten, aber auch so begegnete er ihnen mit dem gebührenden Respekt und nahm die Einladung zu einem Kaffee und einer Zigarette in Bascoms Zelt an. Was aber auch nicht weiter ungewöhnlich war – kein Apache hätte so ein Angebot jemals ausgeschlagen.

Die Gringos servierten den Kaffee, doch statt den Tabak herauszuholen, zückten sie die Waffen, ohne sich überhaupt anzuhören, was Cochís zu sagen hatte. Sie erklärten den Apachen, dass sie so lange verhaftet seien, bis sie das Kind herausrücken würden. Der Häuptling und seine Krieger erlebten so etwas nicht zum ersten Mal: Einige Jahre zuvor war Cochís in Fronteras, Chihuahua, unter ähnlichen Umständen verhaftet worden. Der Häuptling wird einen kühlen Kopf bewahrt haben – er war niemand, der Angst bekam, wenn ein Revolver auf ihn zielte; früher oder später hatte jeder einzelne Revolver im Südwesten der Vereinigten Staaten und im Nordwesten Mexikos auf ihn gezielt. Er erklärte Bascom mithilfe seines Übersetzers – nie hörte man Cochís auch nur ein einziges Wort auf Englisch oder Spanisch sagen –, dass er den Jungen nicht habe, doch wenn Bascom ihm ein paar Tage Zeit gebe, werde er ihm das Kind bringen, zusammen mit den Rindern, die noch nicht geschlachtet worden seien, und einer Entschuldigung der verantwortlichen Coyotero. Der Leutnant lehnte ab; Cochís solle jemand anderen schicken, während er selbst sein Gefangener bleibe.

Cochís wird überlegt haben, wie seine Chancen standen, nach einem langen Leben voller Kämpfe an Altersschwäche oder Magenkrebs zu sterben. Er begriff, dass man mit diesem Spinner nicht reden konnte, zog sein Messer, schlitzte die Zeltwand auf und rannte davon. Obwohl das Zelt von Bascoms und Robinsons Männern mit entsichertem Gewehr im Anschlag umstellt war, traf ihn nur ein einziger Schuss.

Ein Augenzeuge sagte vor dem Militärgericht, das den Fall untersuchte, aus, dass Bascoms Soldaten mindestens fünfzig Schüsse auf den fliehenden Häuptling abgegeben hätten. Es heißt, er habe, nachdem er mit einer Wunde am Bein einen Hügel außer Schussweite erreicht gehabt habe, noch immer seinen Kaffee in der Hand gehalten. Zu dem Zeitpunkt hatten die Soldaten die anderen Indianer bereits umzingelt, sodass an Flucht nicht zu denken war. Dabei wurde einer der Chiricahua-Krieger im Zelt des Leutnants auf eine Weise ermordet, die man nur als Verrat bezeichnen kann.

Wie gesagt, hätte Cochís – wohl auch auf Gerónimos Rat hin, der die Amerikaner damals noch als Verbündete im Kampf gegen die Mexikaner betrachtete – lieber keinen Krieg gegen die Amerikaner angezettelt; es reichte ihm schon, der meistgesuchte und meistgehasste Apache Mexikos zu sein. Von der Anhöhe aus versuchte er, die Weißaugen zur Vernunft zu bringen, und Bascom, ganz jähzorniges Kind, rief ihm zu, was die Gringos immer sagen: dass sie nicht mit Halunken verhandeln würden – als wäre von vornherein klar, dass sie die Guten seien. Das würden sie noch bereuen, schrie Cochís, bevor er zwischen den steinigen Klüften der Chiricahua-Berge verschwand.

Die Männer des Postunternehmens, die die Schießerei gehört, sich aus dem Fenster gelehnt und gewusst haben mussten, mit welchem Häuptling sich dieser Idiot von Bascom da anlegte, haben sich vor Angst bestimmt in die Hose gemacht. Die Soldaten in ihren nach allen Seiten hin ungeschützten Zelten müssen superstolz auf ihren professionellen Coup gewesen sein. Am Nachmittag desselben Tages kehrte Cochís in die höheren Lagen des Cañón de los Sifones zurück und sandte einen Krieger mit einer weißen Fahne. Die Amerikaner akzeptierten den Waffenstillstand, und zum letzten Mal verständigten sie sich laut schreiend miteinander – Bascom vor seinem Zelt und Cochís hoch oben im Gebirge. Der Apachenhäuptling wiederholte, dass er das Kind nicht habe, es aber finden könne; das Weißauge erwiderte, er werde Freunde und Verwandte des Indianers erst freilassen, wenn der Sohn des Iren wieder auftauche.

Die Männer von der Poststation, Amerikaner und Apachenfreunde zugleich, machten sich auf den Weg, um in einem Konflikt zu vermitteln, der ihnen, wie allen außer Bascom, absurd erschien. Es waren fünf. Eine Gruppe Apachen kam im Galopp von einem der Hügel herabgeritten und versuchte, sie als Geiseln zu nehmen. Es kam zu einem weiteren Scharmützel. Drei der Postangestellten konnten entkommen, einer erreichte den Stall der Poststation und wurde von den amerikanischen Soldaten erschossen, weil sie ihn für einen Indianer hielten, der fünfte, ein Mann namens Wallace, fiel Cochís in die Hände. Von diesem

Augenblick an dachte niemand mehr an den Sohn des Iren. Beiden Seiten ging es nur noch darum zu beweisen, wer der Stärkere war. Und beide Seiten hatten Geiseln.

Bevor es dunkel wurde, führte der Chiricahua-Häuptling Wallace noch einmal vor. Sie hatten ihm die Hände auf den Rücken gefesselt und zerrten ihn an einem Seil, das um seinen Hals gebunden war, hinter sich her. Bascom blieb hart: Er tausche ihn nicht gegen Coyontura, die zwei noch lebenden Krieger und Cochís' Frau ein. Am Abend brachen die Amerikaner ihr Lager ab und verschanzten sich hinter den steinernen Mauern der Poststation. Später berichteten sie, von da an hätten sie das dumpfe Dröhnen der Kriegstänze in den Bergen gehört.

Am nächsten Tag blieb alles ruhig, genau wie am übernächsten. Cochís wartete den richtigen Moment ab, um weiter zu verhandeln. Als seine Kundschafter ihm mitteilten, dass eine Kutsche vom Valle de San Bernardino zum Apache Pass hinauf unterwegs sei, sah er ihn gekommen. Die Kutsche gehörte Señor Montoya, einem mexikanischen Händler, der den Apachen als Gegenleistung dafür, unbehelligt passieren zu dürfen, bescheidene Mehlrationen zu geben pflegte. Diesmal hatte er außerdem mehrere Maultiere dabei, die er irgendwo verkaufen wollte. Aus diesem Grund war die Kutsche gut geschützt: Sieben Mexikaner und drei Gringos eskortierten sie. Insgesamt waren sie zu elft.

Als Montoya die Apachen auftauchen sah, hielt er den Konvoi an und ging zur Ladefläche seines Planwagens, um die Ration für die Chiricahua herauszuholen. Erst als Schüsse fielen, begriff er, dass er das Opfer eines Überfalls war, vor dem es kein Entrinnen gab. Die Indianer überwältigten sie, trennten die drei Amerikaner von den anderen und fesselten die Mexikaner an die Kutschenräder. Sie schlugen sie, bewarfen sie mit Steinen, stachen mit ihren Speeren auf sie ein und steckten den Planwagen in Brand, als sie noch am Leben waren. Die mexikanische Presse brachte die Tat mit Gerónimo in Verbindung, einem Feldherrn, dessen Gestalt ihnen bereits vertraut war. Auch die Amerikaner nahmen die Tat zur Kenntnis, jedoch ohne den Anführer der Gruppe zu erwähnen – noch kannten sie seinen Namen nicht.

Die Gringos wurden gefesselt und in die Berge verschleppt. In dieser Nacht zwang Cochís Wallace, seine erste Geisel, dazu, eine Nachricht zu schreiben, in der es hieß, dass die Chiricahua außer ihm noch drei weitere Gefangene gemacht hätten und weiterhin bereit seien, sie gegen die Verwandten und Freunde von Cochís auszutauschen. Die Nachricht legten sie unter eine Pappel in der Nähe der Poststation. Als der Vorfall später untersucht wurde, erklärte Bascom, er habe die Nachricht zwar gesehen, aber nie gelesen – wenn er von den drei weiteren Geiseln gewusst hätte, hätte er auf jeden Fall verhandelt. Seine Vorgesetzten nahmen ihm das nicht ab, doch sie bestraften ihn auch nicht.

Er war kein Mann, der über sich selbst redete, sagte sie. Sie hatte die Augen geschlossen, sodass sie den Blonden nicht sah; sie hörte nur, wie er, so gut es ging, den Boden aufscharrte. Das Knacken des Stocks jedes Mal, wenn er ihn in die Erde rammte, um sie zu lockern und mit einem Blechteller auszuheben, dem besten Werkzeug, das er hatte finden können, um seiner Aufgabe mit der angemessenen Feierlichkeit nachzugehen. Er war kein gewöhnlicher Mensch, fuhr sie fort. Du hast ihn schließlich so gut kennengelernt wie nur irgend möglich. Er hatte ein Herz wie ein Diamant, unzerstörbar, unergründlich. Ich kenne keinen, der vermocht hätte, es zu kaufen. Weiß der Teufel, was er da drin verbarg.

Er hatte einen Namen, auch wenn keiner ihn benutzt hat, ich auch nicht, außer wenn wir ein paar Gläschen getrunken hatten. Er hieß Damián und war der Sohn eines Kapellmeisters aus Puebla de los Ángeles, dort im Zentrum des Landes, wo sie angeblich zivilisierter sind – dabei sind die Leute nur überfordert mit allem möglichen Kram; Kram, den sie nicht verstehen, der aber auf ihnen lastet und ihnen den Arsch verstopft: gute Manieren, Mode, die verdammte Regierung, die uns bis aufs Hemd ausplündert. Er war älter, als er aussah; er wurde noch wie wir alle mit den ein bisschen idiotischen Wiegenliedern des spanischen Reiches in den Schlaf gesungen, damals, als wir noch dachten, wir wären Teil von etwas Großem. Stell dir vor: Wir haben gedacht, dieses Land hätte einen Gott und einen König, so ein Schwachsinn.

Sie hatten ihn in den Schatten geschleppt, als er noch atmete. Sie hatten ihm Wasser und so viel Frieden wie möglich gegönnt, bis er die Augen verdrehte und sein Mund sich verzerrte. Das war's, sagte sie zu dem Blonden, der neben ihr hockte. Er half ihr, den Toten auf den Boden zu legen, bevor die Leichenstarre einsetzte.

Sie sprach weiter von ihm, als wäre es für den Blonden wichtig zu wissen, wer der Tote gewesen war, vielleicht listete sie auch alles über ihn auf, weil sich sonst keiner mehr an ihn erinnern würde, sobald sie ihn einmal begraben hätten. Er hatte das Privileg – oder das Pech –, nicht eine, sondern ein paar Dutzend Mütter zu haben, sagte sie. Sein Vater tauchte eines Morgens vor der Sechsuhrmesse, der ersten, die er täglich an der Orgel begleitete, mit einem Baby im Arm im Besuchszimmer des Convento del Carmen auf. Die Oberin nahm den Jungen auf, weil sein Vater sich verpflichtete, ihn jeden Tag abzuholen, sobald sein letzter Gottesdienst, die letzte Stunde Musikunterricht, die letzte Probe des ärmlichen Symphonieorchesters von Puebla de los Ángeles vorbei wäre.

Damián hat mir erzählt, die Oberin habe nur eine einzige Frage gestellt, bevor sie ihn aufgenommen habe: Amme? Und der Musiker antwortete: Sehen Sie nicht, dass er erst ein paar Stunden alt ist? Die Nonne ließ sich vermutlich mehr wegen des Mannes als wegen des Kindes erweichen, streckte die Arme aus und nahm den Kleinen entgegen. Damián hat behauptet, dass sie gesagt habe: Wir haben mehrere Dienstmädchen mit Säuglingen, ich werde den Jungen einem von ihnen geben. Das war der Schlüsselmoment in seinem Leben. Er hat auch erzählt, dass der Kapellmeister angeboten habe, Kostgeld zu zahlen, und dass die Oberin erwidert habe, das sei momentan nicht nötig, erst, wenn er anfange zu essen, denn sie wusste, der Musiker war so arm, dass er nicht mal einen Fleck zum Sterben hatte. Und so hat er gelebt, sagte sie, während sie ihm über das Haar strich. Als würde Geld keine Rolle für ihn spielen, als bräuchte er kein Zuhause, wie ein verdammter Apache, sagte sie und wischte sich den Schweiß von der Stirn. Sie stand auf, steckte Zeige- und Mittelfinger unter den Saum der Haube über ihrer Stirn und zog sie sich vom Kopf, um ihr graues, eindrucksvolles Haar zu befreien.

Tatsächlich, sagte sie, umgab seine Geburt ein Geheimnis, aber in den mageren Zeiten, als es mit dem Reich zu Ende ging, waren selbst die erklärbaren und guten Dinge von Geheimnissen umgeben. Sie fuhr dem Toten mit der Hand über die Stirn. Bedeckte sein Gesicht mit dem Stück Stoff, das sie gerade abgenommen hatte. Er mochte es, dass keiner wusste, woher er kam. Manchmal behauptete er, der Sohn eines frommen, dreizehnjährigen Mädchens zu sein, einer Schülerin seines Vaters, die ein paar Wiener Kantaten, die der Kapellmeister geliebt habe, zwar nicht gut, aber besser als jeder andere in Puebla gespielt habe. An anderen Tagen behauptete er, in Wahrheit ein Neffe seines vermeintlichen Vaters zu sein, dass der Kapellmeister ihn aus einem Kloster in Tlaxcala geholt habe, wo seine jüngere Schwester eingesperrt sei, seit sie versucht habe, mit einem kubanischen Händler nach Mexiko-Stadt durchzubrennen. Und dann war da noch die sechzehnjährige Tochter der Wirtin der Pension, in der sie wohnten, für mich die plausibelste Erklärung. Auch sie ging ins Kloster. Alle endeten dort, aber ich weiß nicht, ob Puebla daran schuld war oder das spanische Reich, ich war schon seit Jahren nicht mehr im Zentrum. Ich weiß das, weil Damián ihr immer wieder Geld schickte. Ich glaube, er hielt sie für seine Mutter, obwohl ihm die anderen Geschichten besser gefielen.

Sie sah den Blonden an. Wir stellen uns dumm, sagte sie, reden uns was ein, tun so, als wüssten wir von nichts, aber in Wahrheit beginnen alle Geschichten dort, wo sie enden. Nachdem er das Baby im Kloster untergebracht hatte, machte sich sein Vater zufrieden auf den Weg, um Messen zu spielen, Musikunterricht zu geben und Kantaten zu komponieren, die kein

Mensch je hörte. Er stellte sich vor, der Junge würde von einer Mulattin gestillt, die so ähnlich aussah wie die Frauen, die er während des Karnevals auf den Straßen hatte tanzen sehen. In Wahrheit wurde der kleine Damián einer der frisch aus Sonora eingetroffenen Indianerinnen übergeben, denen man die eigenen Kinder weggenommen hatte – oder umgebracht, wer weiß das schon. Die Intendantur von Nueva Vizcaya schickte sie mit einem jämmerlichen Geldbetrag ins Kloster und drohte diesem mit Steuern, falls es die Aufnahme der Indianerinnen verweigerte. Dort sollten die Schwestern ihnen alles beibringen – vom Spanischen bis hin zur Zubereitung von Hühnchen mit Chilisoße. Später wurden sie wieder abgeholt und an betuchte Familien in der Stadt verkauft, um die Verluste eines Krieges auszugleichen, der seit Jahren andauerte und den einzigen Zweck hatte, glaube ich, Indianerinnen zu versklaven, um sie im Zentrum des Landes zu verkaufen und mit dem Erlös weiterkämpfen zu können.

Oder es ist nicht so, dass die Dinge enden, wo sie angefangen haben, sondern wir alle wie bescheuert in das Tagebuch unseres Schicksals schreiben, als wäre dieses nicht das einzige, das wir haben.

Er wird sich unmöglich an die Apachenamme erinnern, die er früh verloren hat, aber ihr Phantom hatte für ihn immer etwas von einer Legende – schon damals sagte er sich, dass die Apachen die mutigsten der aufständischen Indianer seien, dass sie niemals Vernunft annähmen, dass sie zum Frühstück das Blut der Babys ihrer Feinde tränken. Und du weißt ja, wie eingesperrte Frauen sind, sie glauben alles und plappern alles nach. Sie erzählten ihm ständig, dass er als Kind die wilde Milch einer Apachin getrunken habe, und ließen ihm keine Ruhe damit, und als er zu einem liebenswerten Wirbelwind heranwuchs, sangen die Novizinnen, die auf ihn aufpassten, ihm ein Lied vor, das sich eine der schwarzen Sklavinnen im Kloster für ihn ausgedacht hatte: »Was war an seiner Milch so gut? Erde, Stein, Apachenblut. Und mit wem trieb es sein *padre?* Ach, Mama, mit der Sierra Madre.« Sie hob den Kopf und sah den Blonden an, der ihr, so gut es ging, zuhörte, während er den Stock in das Loch bohrte und sich immer wieder bückte, um die lose Erde mit dem Teller herauszuheben. Sie wandte sich wieder Damiáns Leiche zu, legte die Hand auf die Haube, dorthin, wo sich die Augen befinden mussten. Für uns ist die Sierra Madre nur ein Haufen Berge, aber für ihn klang der Name wie die wahre Mutter aller Mütter, die er gehabt hatte.

Das Kloster war immer das reinste Licht für Damián gewesen, zumindest hat er es so immer genannt, genau wie die Berge, als er sie schließlich kennenlernte. Nicht, dass sein Vater ein schlechter Mensch gewesen wäre, im Gegenteil, aber in Damiáns Erinnerung war er immer mit etwas anderem beschäftigt, gepeinigt vom Stachel der Armut und ständig mit den Gedanken woanders: Partituren, mögliche Kandidaten für die vielen furchtbaren Kammerorchester, die er im Laufe der Jahre schlecht und recht auf die Beine stellte, Messen, Hochzeiten, Taufen, die Erniedrigungen, die ein Leben als Privatlehrer mit sich brachte. Der Organist und sein Sohn gingen täglich von ihrer Pension in der Calle del Sardo zum Convento del Carmen, wo der Kleine glücklich war. Sie gingen immer Hand in Hand. Der Vater mit dem Umhang und der Kappe eines akademischen Organisten, der Junge mit dem roten Hemd der Vorschulkinder, das er nicht etwa anhatte, weil er in die Vorschule ging, sondern weil sein Vater dachte, alle Kinder würden so herumlaufen. Wenn Damián etwas getrunken hatte und von dieser Zeit erzählte, behauptete er immer, dass er sich noch ganz genau an ihre langen Schatten auf den endlosen Mauern entlang der Straßen Pueblas erinnerte, wenn sie an der Laterne des Nachtwächters vorbeikamen;

die klappernden Absätze der Schnallenschuhe seines Vaters, deren Echo sich über die Trostlosigkeit des Pflasters fortpflanzte wie in einem Cañon, auf dem noch keine Sklavinnen oder Witwen unterwegs waren – mehr als dreihundert Jahre lang konnte man die Uhr nach diesen Frauen stellen in dieser Stadt, die für mich immer die spanischste, herrschaftlichste, katholischste und beschissenste des großen, schlaffen Reiches von Neuspanien war.

Sie betrachtete den Himmel. Vielleicht verhätschelten die Schwestern ihn etwas zu sehr, aber er wuchs glücklich, selbstbewusst und mit einer viel besseren Bildung auf, als die Schule ihm hätte geben können, weil die Nonnen, die alle Hände voll mit ihm zu tun hatten, ihm nicht nur Lesen, Schreiben und einigermaßen Rechnen beibrachten, sondern ihn auch lehrten, zu nähen, zu kochen und mit den Kräutern aus dem Klostergarten alle möglichen Leiden zu kurieren. Sie brach in ein irres, so heftiges Lachen aus, dass der Blonde für einen Augenblick von seiner Arbeit abgelenkt war. Eines Tages – kurz nach dem zwölften Geburtstag des Jungen – entdeckte eine der älteren Nonnen, wie sich sein kleines Schwänzchen, eine Rosenknospe, in eine große Schlange verwandelte, und als der Kapellmeister ihn nach der Sechsuhrmesse in der Kathedrale abholen kam, fand er ihn im Besuchszimmer vor, halb tot vor Hunger und Langeweile, nachdem er elf Stunden lang eine Schnute gezogen hatte – mit einem Mund, über dem bereits ein schüchterner Bartflaum spross –, ohne dass die Oberin ihm die Tür zum Refektorium geöffnet hätte.

Sie kniff die Augen zusammen, verharrte eine Weile so, dann beugte sie sich über den Toten. Sie nahm eine seiner Hände, bemerkte, dass die Finger schon steif waren, und fing an, sie zu kneten, damit sie weicher und glatter wurden, als wäre er friedlich gestorben. Vielleicht war er das ja auch. Der Blonde, der wusste, wie wichtig ihr das alles war, murmelte ein *Warte, ich bin gleich wieder da,* und ging schnell zu ihren angebundenen Pferden, um nachzusehen, ob er in den Taschen etwas fand, das besser zum Graben taugte als dieses Zeug, mit dem er niemals fertig werden würde.

Sie wartete, bis er zurückkehrte. Der Blonde hatte unter den Habseligkeiten all der Toten, die er bestatten musste, nichts gefunden, das ihm beim Graben helfen würde, doch unterwegs hatte er einen flachen Stein aufgehoben, mit dem er die Erde besser auflockern konnte als mit dem Stock. Sie achtete nicht auf den rein technischen Teil seines Problems, aber sehr wohl auf seine Gegenwart. Der Blonde musste sie nicht bitten fortzufahren. Sein Vater, erzählte sie weiter, hinterließ der Welt nicht nur einen großen, kräftigen und von der vielen Zeit im Kloster völlig verwöhnten Kerl, sondern auch eine hübsche Sammlung von Offertorien, Pastoralen und Messen, die von keinem je gespielt wurden, vor allem deshalb, weil sie miserabel waren. Zum Glück für die Menschen, die sich wenig später mit dem seltsamen Namen *Mexikaner* identifizierten, wurde auch kein einziges dieser Werke gedruckt. Aber er war ein begabter Organist und unermüdlicher Chorleiter. Außerdem gelang es ihm immer wieder, halbwegs akzeptable Gruppen von Musikern zusammenzustellen, auch wenn er es nicht über sich brachte, sie Orchester zu nennen. Und er besaß die Größe, sie nicht seine eigenen Kompositionen spielen, sondern voller Eifer Partituren misshandeln zu lassen, die er sich aus Europa schicken ließ – Partituren, die in seinem Kopf stets besser klangen als in den gnadenlosen Händen seiner Pavillon-Geiger und Trompeter von der städtischen Militärkapelle.

Der Blonde hörte für einen Moment auf zu graben. Er wischte sich mit der Hand über die bereits erdverschmierte Stirn. Von welcher Zeit reden wir?, fragte er. Sie zuckte die Schultern. Er muss um neunundneunzig herum geboren sein, sagte sie, etwa zehn Jahre nach mir. Stell dir vor, ich kann mich an das Jahr achtzehnhundert erinnern. Es war stinklangweilig, keiner hätte gedacht, dass wir über einem Abgrund tanzten, dass uns ein zehnjähriger Krieg bevorstand, dass wir danach etwas ganz anderes sein würden. Wenn jemand im Jahr 1809 zu einem Spanier gesagt hätte, dass Neuspanien 1821 Mexiko heißen und von Mexikanern regiert werden würde, hätte er sich totgelacht.

Meinen Berechnungen nach warfen sie ihn 1811 – einem unheilvollen Jahr für das Land – aus dem Kloster. Von da an schleppte der Meisterorganist ihn von einem Ort zum anderen, manchmal um beim Tragen und Stimmen der Instrumente mit anzupacken, manchmal um einzuspringen, wenn irgendwo ein Musiker fehlte. Puebla stand immer auf der Seite Spaniens, auch wenn die Leute etwas anderes behaupteten, und deshalb veränderte sich dort auch im Krieg nicht viel, egal ob die Stadt gerade in den Händen der Royalisten oder der Aufständischen war. Und es war eine große Stadt, eine herrschaftliche Stadt, man konnte dort ganz normal leben, während man erfuhr, dass dieses oder jenes Dorf bereits gefallen, dass es zurückerobert worden war, dass sie jemanden standrechtlich erschossen hatten oder jemand anderes weiter oben im Land eine Revolte entfachte.

Allerdings gab es damals nicht viel Arbeit, weder für Musiker noch für sonst wen, und er sagte, die Instrumente seines Vaters seien auf den Schlachtfeldern immer mehr verkommen; denn sie schlugen fast immer auf der Seite der Katholiken und Royalisten die Trommel. Bis eines Tages ein Intendant aus Saltillo im nahe verwandten, aber nicht ganz so brüderlichen Reich Nueva Vizcaya in der Pension auftauchte. Ich weiß nicht, warum, aber in Saltillo gab es eine Oper, und diese Oper suchte verzweifelt einen Dirigenten, der wusste, wie man einen Chor quälte. Der

Meisterorganist überlegte nicht lange, packte seine Siebensachen und seinen Sohn, der zu der Zeit etwa fünfzehn war, und machte sich auf den Weg nach Norden – wie am Ende jeder Mexikaner mit ein wenig Grips im Kopf.

CHARLES B. GATEWOOD, HINKENDER GENTLEMAN IN DER APACHERÍA

Leutnant Gatewood war ein hoch aufgeschossener, schlanker Mann mit dichten Augenbrauen und dem Schnurrbart eines Bankiers, dessen symmetrische Spitzen er stets sorgfältig kämmte. Die Chiricahua, die ihn mochten und respektierten, hatten ihm die seltene Ehre eines Indianernamens zuteilwerden lassen, der weniger spöttisch war als viele andere: »Bay-chen-daysen«, Langnase – einen anderen Offizier, der sich für besonders attraktiv hielt, nannten sie zum Beispiel »Moco de Guajolote«, Truthahnrotz. Gatewood hatte ölige, mahagonifarbene Schatten unter den braunen Augen, wahrscheinlich eine weitere Folge des starken Rheumas, das ihn seit seiner Ausbildung an der Militärakademie quälte. Seitdem konnte er weder beschwerdefrei gehen noch auf einem Stuhl sitzen, sodass er die meiste Zeit entweder auf seinem Pferd oder liegend verbrachte. Er trug breitkrempige Hüte gegen die Sonne, und wenn er etwas außerhalb der Kaserne zu tun hatte, zog er sich wie ein Zivilist an. Er war ein langsamer, nachdenklicher und melancholischer Mann, der ausgezeichnete Beziehungen zu den Indianern und schlechte zu seinen Vorgesetzten pflegte. Er befolgte ihre Befehle, wandte dabei aber Methoden an, die, gelinde gesagt, irritierend waren. Die Kommandanten hassten ihn beinahe so sehr, wie sie ihn brauchten.

Obwohl er den unmissverständlichen Befehl erhalten hatte, aus der in Fort Bowie stationierten ersten Kavallerie einen Trupp von fünfundzwanzig Soldaten zur Unterstützung seiner Mission aufzustellen, brach Gatewood lediglich in Begleitung von zwei Apachenfährtenlesern und drei von ihm selbst geführten Maultieren mit Proviant und Ausrüstung Richtung Carretas, Chihuahua, auf. Er traute den amerikanischen Maultiertreibern nicht, die sich als miserabel erwiesen, sobald es, wie fast immer bei seinen Missionen, durch enge Schluchten ging. Deshalb kümmerte er sich selbst um die Tiere, bis sie die mexikanische Grenze überquert hatten, wo ihn ein Mann seines Vertrauens erwartete, mit dem er sich vorab irgendwie verständigt hatte.

Von Präsident Grover Cleveland damit beauftragt, ein für alle Mal und am liebsten auf die harte Tour den Apachenkrieg zu beenden, hatte General Nelson Miles nach Gatewood geschickt, der an einen abgelegenen Posten im Land der Navajo strafversetzt worden war. Als einziger Offizier in der Region verstand dieser sich gut mit den Chiricahua – vielleicht etwas zu gut, da er zwar nicht den Ruf eines Verräters, aber zumindest den eines Rebellen hatte. Miles wusste, dass der Leutnant trotz seiner schwierigen Art und seiner Gesundheitsprobleme der einzige Mann in der amerikanischen Armee war, dem Gerónimo vertraute, und er hatte begriffen, dass der sicherste Weg, befördert zu werden und damit der Hölle der Indianerkriege und der Ödnis des amerikanischen Südwestens ein für alle Mal zu entkommen, darin bestand, den Chiricahua-Anführer zu verhaften. Ein Risiko gab es allerdings, wenn er Gatewood ins Spiel brachte: Falls sie den Apachenführer bei seiner Verhaftung umbringen mussten, würde der Leutnant das zu verhindern versuchen, doch das Risiko musste er in Kauf nehmen. Im schlimmsten Fall könnte der Leutnant aus Virginia versehentlich von einem Querschläger im Nacken getroffen werden. Das Problem wäre gelöst, und niemand in der Armee würde ihn vermissen, wenn es Gerónimo nicht mehr geben würde, für den man ihn brauchte.

Gatewood verließ Fort Bowie zu einer ungewöhnlichen Uhrzeit, was typisch für ihn war: nach zehn Uhr abends. Am Morgen hatte er Befehl erhalten, sich nach Mexiko zu begeben, weil die von Gerónimo und Naiche angeführten Chiricahua dem Vernehmen nach zwei Frauen nach Carretas, Chihuahua, geschickt hatten, um einen Waffenstillstand mit der zivilen Obrigkeit des Ortes auszuhandeln. Laut der abgefangenen Depesche der mexikanischen Armee waren die Indianer bereits erschöpft und hatten kaum noch Munition – um sie zu erledigen, mussten sie nichts weiter tun, als sie zu umstellen. General Miles bat den Gouverneur von Chihuahua per Eildepesche um die Erlaubnis, mit einer weiteren Einheit auf mexikanisches Territorium vordringen zu dürfen. Es war Gatewoods Kolonne, eine Kolonne, die nur aus einem Mann bestand: die Phantomkolonne. Die Regierungen von Mexiko und den Vereinigten Staaten verstehen sich bis heute immer dann am besten, wenn sie sich darauf konzentrieren, andere so richtig fertigzumachen – der Gouverneur von Chihuahua erteilte ihm auf der Stelle die Erlaubnis.

Im Sommer 1886 hatte Miles bereits drei Kavallerieeinheiten des vierten Bataillons in Mexiko stehen. Natürlich wusste er, dass die Anwesenheit von fünfundsiebzig schwer bewaffneten und mit Proviant ausgestatteten Soldaten in der Nähe von Carretas die Apachen in Unruhe versetzen würde, also ließ er nach Gatewood schicken, um ihn mit der Mission zu beauftragen, die Indianer nach Norden zu locken. Anschließend konnte man mit ihnen anstellen, was immer nötig wäre, damit sie nicht länger in den Zeitungen auftauchten. Die Mission des Leutnants widersprach Miles' allgemeiner Strategie: Die vierte Kavallerie unter dem Kommando von Captain Elpenor Ware Lawton hatte den direkten und unmissverständlichen Befehl von Präsident Cleveland, Gerónimo zu suchen und zu verhaften, um ihn in Tucson, Arizona, vor Gericht zu stellen, beziehungsweise ihn und seine Krieger beim geringsten Anzeichen von Gegenwehr zu töten. Weil man davon ausgehen konnte, dass es dazu kommen würde, war das eigentliche Ziel der Mission im Grunde seine Ermordung. Wenn Miles Leutnant Gatewood aus seiner Verbannung im Norden holen ließ, damit er Gerónimo fand, hieß das, dass er offenbar verzweifelt genug war, um einen alternativen Plan zu versuchen. Vorsichtshalber zwang er Gatewood, einen Heliografen mitzunehmen, um ihn aus der Ferne kontrollieren zu können. Miles befahl ihm, jeden Morgen um acht Meldung zu geben, worauf Gatewood in seiner typischen Art erwiderte, er wisse nicht, wie man das Gerät benutze, und er könne keinen Techniker auf eine Expedition mitnehmen, die Schnelligkeit und Präzision verlange wie keine zweite. Der General erwiderte, Hauptmann Lawton, der die Operationen der vierten Kavallerie in Mexiko befehlige, habe einen Kommunikationsoffizier, den er ihm zur Verfügung stellen werde, sobald Gatewood bei ihm eintreffe.

Gatewood und seine Fährtenleser gingen die Expedition so seelenruhig an wie jede seiner Missionen – sie folgten nicht nur den Indianerpfaden, sondern machten unterwegs Jagd, wenn sie etwas sahen, auf das sie Appetit hatten; wenn sie an eine Quelle kamen, gaben sie den Pferden zu trinken und füllten ihre Feldflaschen auf, aber wenn die Wasserstelle tief genug war, nahmen sie ein Bad, ohne sich darum zu scheren, ob sie dadurch einen halben Tag verloren. Das ist gut gegen Rheuma, meinte Gatewood und blieb stundenlang im Wasser. Sie überquerten die Grenze zwei Tage später als erwartet – ein Rätsel, schließlich lag sie nur einen Steinwurf von Fort Bowie entfernt – und trafen dort den Maultiertreiber, der sie von nun an begleiten würde. Der Mann erwartete sie gemeinsam mit seinem Sohn. Beide hießen Doroteo.

Die beiden Frauen, die Gerónimo nach Carretas geschickt hatte, sahen, dass der Ort voller Soldaten war. Sie kehrten mit dieser Neuigkeit um, und der Schamane und sein Chef, Naiche, beschlossen, dass es besser wäre, in den Bergen zu hungern, als das Risiko eines Hinterhalts einzugehen. Als Gatewood in der Garnison eintraf, hatten die Apachen sich längst in die Berge zurückgezogen – ohne eine Spur zu hinterlassen, so wie immer.

Dafür entdeckten Gatewoods Fährtenleser die Abdrücke einer fünfundzwanzig Mann starken Einheit der amerikanischen Kavallerie, vermutlich ein Teil der in Mexiko stationierten vierten Kavallerie, die wahrscheinlich dasselbe bemerkt hatte.

Das ist Parker, sagte einer der Fährtenleser, der Martino hieß. Und fuhr fort: Das ist sein Pferd. Gatewood schüttelte den Kopf, ohne abzusteigen. Die Abdrücke, sagte er, sind eindeutig nicht tief genug für ein so großes Pferd wie das des dicken Parker. Das liegt daran, dass sie abgemagert und in keinem guten Zustand waren, antwortete Martino, schauen Sie sich die Abdrücke der anderen Tiere an. Die Flecken da vorne sind kein Schlamm, das ist Kot, fügte er hinzu, die Pferde haben Durchfall bekommen, weil sie wer weiß wie lange kein Grünfutter gefressen hatten, und im Dorf haben sie ihnen dann welches gegeben, bestimmt, damit sie schneller laufen. Gatewood zuckte mit den Schultern. Ich bleibe dabei, das kann nicht Parker sein, beharrte er, das sind nicht die Abdrücke eines Pferdes, auf dem ein schwerer Mann sitzt.

Sie folgten der Spur, ohne sich große Hoffnungen zu machen, dass sie zu Gerónimo führte – die Fluchtmethoden des Chiricahua-Schamanen waren viel zu raffiniert, als dass ein Trupp von fünfundzwanzig schweißgebadeten Gringos ihn finden könnte, noch dazu in Mexiko. Aber sie dachten, wenn sie die vierte Kavallerie fänden, könnten sie vielleicht etwas Neues oder Genaueres darüber in Erfahrung bringen, was es wirklich mit dem Manöver auf sich hatte. Wie alle Mexikaner antworteten auch die Leute in Carretas nur ausweichend, wenn ein amerikanischer Offizier sie etwas fragte, erst recht, wenn er von etwas so Verwirrendem wie zwei Apachenfährtenlesern begleitet wurde, die sowohl Indianer als auch Soldaten der amerikanischen Armee waren. Gatewood kümmerte das nicht groß, er konnte immer noch den mexikanischen Maultiertreiber und seinen Sohn vorschicken, wenn sie Informationen brauchten, oder Essen und Tabak, falls es ihnen daran mangeln sollte.

Sechs Tage später, laut Gatewoods Tagebuch am 27. Juni, entdeckten sie Parkers Truppe in der Nähe von Huachinera. Der Leutnant und seine Fährtenleser ritten ohne Eile auf dem Indianerpfad oberhalb des Rio Bavispe entlang – die beiden Doroteos waren im Dorf, um Lebensmittel zu besorgen –, als sie in der Ferne eine Staubwolke erblickten. So werden sie nie jemanden finden, sagte Martino zu Gatewood, der gelassen auf einem Jojobazweig herumkaute. Sie gaben ihren Pferden die Sporen, um die Truppe einzuholen, die Fährtenleser vorneweg, um den Weg über sichere Bergpässe diagonal abzukürzen, der Offizier dicht dahinter.

Gatewood registrierte den genauen Moment, in dem der Kommandeur des dem Rio Bavispe folgenden Trupps bemerkte, dass sich am Berghang über ihnen etwas regte, und seine Männer anhalten ließ. Er sah, wie er befahl, in Deckung zu gehen, und ritt schneller, um seine Fährtenleser einzuholen, bevor sie das Feuer eröffneten. Die Soldaten zerstreuten sich bereits, um Schutz zu suchen, die Winchesters im Anschlag, als Gatewood schrie: Erste Kavallerie von Fort Bowie! Erleichtert hörte er, wie der Kommandeur des Trupps einen lauten, aber wenig martialischen Pfiff ausstieß, damit seine Männer die Stellungen verließen, die sie gerade erst eingenommen hatten. Erst als er sie zwischen den Felsen hervorkommen sah, erkannte Gatewood, dass sie völlig zerlumpt waren: die Hosen zerrissen, die Unterhemden zerfetzt, die Stiefel zerlöchert. Der Einzige, der das vorschriftsmäßige Uniformhemd trug, war der Kommandeur, doch es war ihm viel zu weit und starrte so vor Schmutz, dass die Abzeichen nicht mehr zu erkennen waren.

Die Soldaten, die ihre Pferde zurück auf den Weg führten, sahen aus wie Gespenster, und in den trägen Bewegungen und der traurigen Resignation, mit der sie die Gewehre in die Futterale an den Satteltaschen steckten und wieder aufsaßen, als müssten sie für schwere Sünden Buße tun, erinnerten sie an Gefangene. Sie traten nicht an, um die Neuankömmlinge zu begrüßen, wie es in der amerikanischen Kavallerie üblich war. Betrübt blieben sie stehen, wo sie waren; die einen beobachteten die Reiter, die sich vom Berg herab näherten, die anderen starrten geradeaus ins Leere. Die Pferde waren nur noch Haut und Knochen, um die Männer stand es noch schlimmer.

Gatewood schämte sich ein bisschen, so ordentlich auszusehen, mit sauberem Hut und Hemd und der kurzen, zugeknöpften Uniformjacke eines Reiters aus dem Süden, den schmutzigen, aber einwandfreien mexikanischen Stiefeln, den glänzenden Sporen. Er ritt zum Kommandeur, wie es sich gehörte, die beiden Fährtenleser an seiner Seite. Martino sagte etwas, während er den Offizier im schmutzigen Uniformhemd betrachtete. Er war bärtig und so dünn, dass das haarige Gestrüpp in seinem Gesicht nicht die eingefallenen Wangen verbergen konnte. Die Haut an seiner Stirn, die unter dem zerlöcherten Cowboyhut ganz dünn geworden war, erinnerte an einen lackierten Totenkopf.

Gatewood war so beeindruckt von der Vogelscheuche, auf die sie zuritten, dass er Martino nicht gleich Beachtung schenkte, der immer wieder etwas zu ihm sagte. Schließlich blieb er stehen, um den Apachen zu bitten, seine Worte zu wiederholen – er handelte nie, ohne sich zuvor den Rat seiner Fährtenleser anzuhören. Du hattest recht, sagte der Indianer, aber die Abdrücke sahen aus wie die des Pferdes vom Dicken, es ist das erste Mal, dass ich mich geirrt habe. Du hast dich nicht geirrt, antwortete Gatewood, um im nächsten Augenblick zu salutieren und zu sagen: Leutnant Parker, zu Diensten; Leutnant Gatewood, erste Kavallerie von Fort Bowie.

Das Gespenst verzog das Gesicht zu einer zahnlosen Grimasse – dem traurigen Rest einer Willkommensgeste. Was führt dich in diese Hölle, Charles?, fragte es. General Miles hat mich geschickt, ich habe dich gesucht. Parker wischte sich mit der Hand den Schweiß vom Nacken. Ich weiß schon gar nicht mehr, wen wir eigentlich suchen, die Chiricahua oder Captain Lawton, der uns in die Berge geschickt hat. Wie lange irrt ihr schon hier herum? Wir allein oder die Zeit mitgerechnet, die wir mit Lawton umhergeirrt sind? Egal, antwortete Gatewood und deutete auf den Weg, den sie heruntergekommen waren: Mein Maultiertreiber müsste jeden Moment mit Tortillas, Bohnen und Kaffee zurück sein; dann essen wir erst mal eine Kleinigkeit. Habt ihr Tabak?, fragte Parker. Haben wir. Er lächelte erneut.

Obwohl Gatewood und Parker ungefähr gleich alt waren, als sie sich in der Nähe von La Huachinera begegneten – Gatewood dreiunddreißig, Parker zweiunddreißig –, wirkte Parker wesentlich älter. Er war auch der begabtere Kommandant – weil er frisch von der Militärakademie in die Indianerkriege geschickt worden war und stets im Feld gedient hatte, besaß er eine ganz natürliche Autorität über die gemeinen Soldaten. Gatewood war während der Ausbildung ein glänzender Student gewesen, doch seine gesundheitlichen Probleme, die endlos vielen Tage, die er sich freinahm, um zu seiner Frau nach Virginia zu reisen, sein Interesse an der Lebensweise der Indianer, die er verstehen und von denen er lernen wollte, statt sie unhinterfragt zu bekämpfen – all das hatte seiner Entwicklung zu einem guten Befehlshaber im Weg gestanden. Obwohl sie denselben Rang innehatten, ordnete er sich Parker auf der Stelle unter – Ich habe keine Truppe, also habe ich kein Kommando«, sagte er zu seinem Kollegen –, und da keiner von ihnen eine Spur von Gerónimo entdeckt hatte, schlug er vor, das Bataillon von Captain Lawton zu suchen, dem ranghöchsten in Mexiko stationierten Offizier, um sich mit ihm zusammenzuschließen und gemeinsam vorzugehen. Und wie sollen wir ihn finden?, fragte Parker mit einem ironischen Lächeln, während er seine Pfeife stopfte – seine Männer machten bereits ein Feuer, um die Tortillas und die Bohnen aufzuwärmen, die Gatewoods Maultiertreiber aus La Huachinera mitbringen würden. Er deutete auf die Berge, die sich endlos und mächtig in alle Richtungen erstreckten. Gatewood verscheuchte eine Fliege. Keine Sorge, Martino und sein Cousin werden ihn schon finden.

In den sechs Tagen, die das dauerte, hatte der feine Herr aus dem Süden Zeit, Parker davon zu überzeugen, dass es praktisch unmöglich war, Gerónimo zu finden und zu töten; in den fünfzig, sechzig Jahren, die der Indianer schon kämpfte, hatte dies weder die spanische noch die mexikanische, noch die amerikanische Armee geschafft. Warum also sollte es ausgerechnet ihnen gelingen? Es war besser, ihn zu überzeugen, in die USA zurückzukehren, und ihn dann zu deportieren.

11. August

Am frühen Morgen des 8. Februar 1861, nach fünf Tagen fast ununterbrochener Gefechte, schneite es am Apache Pass. Die Apachen hatten die ganze Nacht getanzt und gebrüllt, waren aber nicht zum eigentlichen Pass heruntergekommen. Als Sergeant Robinson, von der Hälfte seiner Männer geschützt, die Pferde zur Wasserstelle führte, waren im Schnee weder Spuren von Hufen noch von Mokassins zu sehen. Er wusste nicht – konnte gar nicht wissen –, dass die Indianer in der Nacht ein solches Spektakel veranstaltet hatten, weil der legendäre Mangas Coloradas in die Chiricahua-Berge gekommen war, um sich mit seinem mehr als zweihundert Krieger starken Reitertrupp Cochís und seinen etwa hundertzwanzig Getreuen anzuschließen.

Ein Offizier, der im Kampf gegen die Apachen erfahrener gewesen wäre, hätte gewusst, dass die Indianer sich nicht zeigten, weil sie grundsätzlich keine geschützten Stellungen angriffen. Er hätte die Pferde einzeln und nur in Begleitung weniger Männer zum Trinken geführt, um sie nicht alle auf einmal den Indianern zu präsentieren, die nur auf eine solche Gelegenheit warteten.

Cochís schickte eine kleine Einheit von Kriegern, um Robinson anzugreifen, damit sein Vorgesetzter den Köder schluckte und auch alle anderen aufs offene Feld kommandierte. Er rechnete nicht damit, dass Bascom ein solcher Feigling war – als der Leutnant die Apachen den Berg herunterkommen sah, verschanzte er sich in der Poststation.

Robinsons Männer zogen sich zurück und verteidigten den Posten mutig von außen. Sie verloren die Pferde, hatten aber ansonsten nur wenige Verluste zu beklagen, und schließlich erreichten sie, dass Bascom ihnen die Tür der improvisierten Kaserne öffnete. Cochís und Mangas hatten bereits ihren Trumpf ausgespielt und ihre ganze Stärke demonstriert. Immer wieder griffen sie in Wellen an, doch die Amerikaner hielten stand.

Am späten Nachmittag ging Cochís davon aus, dass seine Familienangehörigen und Freunde bereits tot waren, und befahl den Rückzug in die Berge und von dort weiter nach Fronteras in Sonora – sie hatten zu viele Verwundete zu beklagen, um weiterzukämpfen, und die Amerikaner kamen nicht mehr heraus und verhinderten dank eines beständigen, perfekt kontrollierten Feuers, dass die Indianer sich näherten, um ihren Zufluchtsort in Brand zu stecken. Nachdem Cochís die amerikanischen Gefangenen gefoltert und bis zur Unkenntlichkeit verstümmelt hatte, ließ er sie an einer Pappel am Fuße des Hügels aufhängen, der heute den Namen Cabeza de Cochís trägt.

Als Bascoms Soldaten nach vier Tagen wagten, den Posten zu verlassen, fanden sie die Überreste der Toten; sie identifizierten Wallace anhand seiner Goldzähne, auf die er zu Lebzeiten so stolz gewesen war. Der Leutnant ließ die Frauen und jüngeren Apachen laufen und befahl, die Krieger an derselben Pappel aufzuknüpfen, von der sie ihre toten Landsleute abgenommen hatten. Im Bericht an seine Vorgesetzten schrieb Bascom, die beiden Krieger hätten darum gebeten, erschossen zu werden und davor noch einen Schluck Whiskey zu bekommen. Beide Wünsche wurden ihnen verwehrt.

Das »aufgeschlitzte Zelt« war eine Maus, die sich in eine Bulldogge, ein Nashorn, einen Wal, einen Flugzeugträger verwandelt hatte. Cochís erfuhr von Dos-teh-seh, dass Bascom seinem Bruder und Coyuntura den letzten Wunsch verweigert hatte, und obwohl er die eigenen Gefangenen grausam zu Tode gemartert hatte, packte ihn eine unbändige Rachsucht, die nach weiteren

Vergeltungsmaßnahmen an den Amerikanern verlangte. Immer wieder überquerte er von seinem Lager in der Nähe von Janos aus die Grenze und machte alles dem Erdboden gleich, was ihm in die Quere kam. Seine Operationen geschahen so blitzschnell, dass die Amerikaner keine Chance hatten zu reagieren.

Zehn Monate nach den mit dem »aufgeschlitzten Zelt« verbundenen Ereignissen berichtete der *Missouri Republican*, dass sich die gesamte Apachería, einst dicht bewohnt von weißen Siedlern, in einen Ort der Verwüstung verwandelt habe. Um dieselbe Zeit bat der Minenbesitzer Sylvester Mowry den Kriegsminister in Washington brieflich, dringend etwas zu unternehmen – sämtliche Ranches und Farmen der Region seien aufgegeben worden, und Tucson und Tubac, die einzigen noch bewohnten Orte, würden Flüchtlingslagern gleichen.

Im Juli 1862 wurde der todbringende James H. Carleton, der in die Gegend südlich von Tucson versetzt worden war, zum Kommandanten des Territoriums von New Mexico ernannt. Sein Marsch durch die Kaktuswälder der Pinacate-Wüste bis nach Albuquerque am Ufer des Rio Grande wurde zur Legende: Die dreihundert Meilen lange Strecke durch die Apachería war übersät von aufgehäuften Steingräbern, verkohlten Farmen, an Bäumen Gehängten, die sich im Wind wiegten, und den Knochen der Leichen, an denen die Kojoten ihren Hunger gestillt hatten.

Es war in Saltillo, das dank seiner geschützten Lage vom Krieg verschont blieb – es lag im Schatten einiger teuflischer Berge, die mehr den Karpaten als den klassischen Gebirgen im Zentrum des Landes ähnelten –, wo der kleine Damián seinen Weg im Leben finden musste. Bis dahin war er gut darin gewesen, sich von den vor Butter und Mandelöl glänzenden Händen der Schwestern des Convento del Carmen verwöhnen zu lassen und seinem Vater beim Stimmen der Instrumente zu helfen.

Der Kapellmeister war es gewohnt, mit pedantischen Alten, wie er selbst einer war, oder esoterischen Witwen und alten Jungfern zu arbeiten, die ihm ein paar Stunden in der Woche widmeten, um lauthals Gott zu wecken. Doch ihm fehlte die Geduld, dem einen Jungen etwas beizubringen, der ungeschickte Hände hatte und – mitten im Wachstum – jeden Tag mit breiteren Fingern aufwachte. Er verlor schnell die Beherrschung und floh, wenn der Spielplan etwas Musikalisches ankündigte, ins Teatro Principal, zur Kapelle, die ihn für eine Woche rekrutiert hatte, oder zu dem Symphonieorchester, das er gegründet hatte, um sein Orchester in Puebla zu ersetzen, das jedoch nicht viel mehr als ein musikalischer Zirkel war, der sich in den Kolonnaden des Hauptplatzes zum Kaffeetrinken traf, denn bisher hatte er noch nicht genügend Musikbegeisterte gefunden, die ein Instrument beherrschten und auch besaßen.

Dort war es, wo Damián auf Abwege geriet oder, besser gesagt, wo er den Weg einschlug, der ihn schnurstracks zu dem Ort führen sollte, wo ihn eine Kugel mit seinem Namen erwartete. Er ging in die Cantina, um die drei lächerlichen Griffe, die ihm sein Vater beigebracht hatte, mit einer Musikkapelle aus Akkordeon,

Gitarre und Kontrabass anzuwenden. Gegründet hatte die Gruppe ein junger Deutscher, der kaum älter war als er, aber schon eine Weile in Coahuila lebte. Sie spielten eine skurrile Mischung aus heimischen Liebesliedern und österreichischen Walzern, die zwar einen gewissen Witz und sogar einen Namen besaß – die Leute nannten die Musik Polka, weil sie in ihren Ohren wie Zigeunermusik klang und sie glaubten, dass alle Zigeuner Polen waren –, ansonsten aber keine große Zukunft versprach.

Damiáns klobige Finger brachten auch seine Kollegen zur Weißglut, doch der Leiter der Gruppe, der seine Kindheit vor dem Umzug nach Nueva Vizcaya in Preußen verbracht hatte, erkannte, dass der Junge aus Puebla nicht für das Akkordeon bestimmt war, das einem eher in den Ohren wehtat, wenn er es zerquetschte, sondern hervorragend den Takt angeben konnte. Also besorgte er ihm eine Trommel, die er zum Rabattpreis im Laden der Kommandantur erstand. Es war keine gute Trommel: Die Stimmschrauben waren abgenutzt, sodass das Fell schon beim zweiten Lied nachgab, egal wie stark er sie anzog. Der schrille, lang gezogene Ton der Kuhglocke, die Damián am Rahmen befestigt hatte, hatte etwas Wildes, passte aber gut und verlieh ihrem Klang eine gewisse Eleganz und Leidenschaft.

Dank des eingängigen Rhythmus aus Trommelwirbeln und Glockengeläut verstand der bunt zusammengewürfelte Haufen aus Farmern, betrunkenen Indianern, Chinesen, die diese als ferne Verwandte betrachteten, und Einwanderern, die in Saltillo gestrandet waren, weil sie an jedem anderen Ort gehängt worden wären, besser, wie die Polka funktionierte, und tanzte ausgelassen dazu, wenn die Gruppe spätabends die Cantina verlassen hatte und in eins der Bordelle der Stadt weitergezogen war. Der Sprung auf die öffentliche Bühne war nur eine Frage der Zeit. Eines Tages war der Bürgermeister von Saltillo unter den Bordellbesuchern, als sie auftraten, und lud sie, schon leicht beschwipst, ein, im Rahmen der sonntäglichen Kulturveranstaltungen auf der Plaza de Armas zu spielen, neben der königlichen Militärkapelle, einem von der lokalen Geistlichkeit drangsalierten Kinderchor und einem Vortragskünstler, der die Menge jedes Mal zu Tränen rührte, obwohl er stets dieselben Gedichte rezitierte.

Du wirst es nicht glauben, fuhr sie fort, aber die Gruppe war vom ersten Auftritt an erfolgreich, vor allem weil weder die Gedichte noch das Küchenlatein der gequälten Kinder, noch die Marschmusik tanzbar waren, und wenn es etwas gibt, woran es den Leuten in Coahuila wirklich mangelt, dann ist das Lebensfreude – kein Wunder bei dem ganzen Ziegenkot, in dem sie leben. Die Gruppe erlangte schnell eine gewisse Berühmtheit und fand sogar Nachahmer, und so beschlossen sie, sich einen Namen zu geben: Los Bávaros del Norte, die Bayern des Nordens.

Dann, um das Jahr zweiundzwanzig oder dreiundzwanzig herum, als man im Zentrum endlich bemerkte, dass Saltillo existierte, kam ein Regiment kampferprobter Soldaten aus dem Süden, um die Wahl eines Gouverneurs zu verordnen, für die es nur einen einzigen Kandidaten gab. Nach seinem Sieg teilte dieser auf einem Tanzfest, bei dem die Bávaros del Norte aufspielten, den Anwesenden mit, dass Nueva Vizcaya seit einem Jahr nicht mehr existiere und sie jetzt zum Bezirk Coahuila im Nördlichen Territorium der Mexikanischen Republik gehörten. Dass sie jetzt erfahren würden, was es heiße, ein Teil der Republik zu sein.

Die Schreckensherrschaft des neuen Gouverneurs, der die Region verdächtigte, die revolutionären Streitkräfte nicht genügend unterstützt zu haben, führte dazu, dass ein Großteil der jungen Männer im heiratsfähigen Alter – darunter viele Anhänger der Bávaros del Norte – nach Monterrey oder Paso del Norte abwanderte. Diese Städte waren – über San Antonio und Santa Fe – nicht nur besser mit dem Zentrum verbunden, sondern auch mit einem namenlosen Land an der nördlichen Atlantikküste, das eine Allianz weißer Millionäre gegründet hatte, sich bereits bis zum Missouri erstreckte und dem Rio Grande gefährlich nahe kam.

Der Blonde blickte von dem Grab auf, das er aushob. Wieso namenlos?, fragte er. Das Land heißt Vereinigte Staaten. Das ist so, als würde man Hier-um-die-Ecke oder Gute-Menschen heißen, erwiderte sie. Stimmt, sagte er und wandte sich wieder seiner Arbeit zu.

Genauso viele Männer aus der Stadt gingen nach Süden, fuhr sie, jetzt wieder in Fahrt gekommen, fort, als erzählte sie nicht das Leben des Toten, der neben ihr lag, sondern plauderte bei einem Gläschen Anislikör in ihrem Wohnzimmer vor sich hin. Inzwischen konnten sie die Regierungsposten nach Lust und Laune besetzen, denn die Bestechungsgelder und Ernennungsanträge mussten nun nicht mehr über Spanien laufen, um von diesem ein paar Brosamen zugestanden zu bekommen. Die Sklaven, die der Gouverneur freiließ, gingen nicht dorthin, wo es besser war, weil Amerika für Schwarze auch nie besser war, aber zumindest dorthin, wo ihnen niemand begegnen würde, der einmal ihr Herr gewesen war. Die indianischen Sklaven ließ keiner frei – daran änderte sich nichts –, aber die hat ohnehin nie jemand beachtet. Und Soldaten waren keine da: Wenn sie nicht gerade unterwegs waren, um gegen die Lipan oder die Komantschen zu verlieren, erstickten sie die Unabhängigkeitsbestrebungen in Nuevo León – wo sie gewannen – oder in Texas – wo wir früher oder später verlieren werden, denn diese Wilden bezwingt keiner.

Nach einer Reihe trostloser Tanzveranstaltungen, bei denen die wie Spitzengardinen aufgerüschten Mädchen sitzen blieben und zusahen, wie die alten Kreolen sich einen fürchterlichen Rausch antranken – die Alten waren in Saltillo geblieben, weil sie nichts anderes kannten –, schlug der Preuße vor, aus den Bávaros del Norte eine Wandertruppe zu machen, die Feste organisierte und den Leuten zeigte, was die Polka mit Pauke wirklich war: eine neue Musik für ein neues Land – natürlich war sie in Wirklichkeit eine rätselhafte Art von Musik für ein Land, das keiner verstand. Sie benannten sich in Los Nuevos Mexicanos um, die neuen Mexikaner, und machten sich auf den Weg nach Westen.

ELPENOR WARE LAWTON, HUNGRIGER HAUPTMANN IN DER SIERRA MADRE

Hauptmann Elpenor Ware Lawton stand auf einer Anhöhe und warf Steine ins Bett des Rio Aros, als er auf einem Gipfel in der Ferne eine Reihe sich bewegender Punkte sah. Vielleicht war es die Kavallerieeinheit, die er vor sechs Wochen verloren hatte. Die Männer ritten einen so steilen Abhang hinunter, dass ihm der Gedanke kam, sie könnten sich nicht nur verirrt, sondern auch den Verstand verloren haben. Mein Gott, sagte er sich und dachte, dass Leutnant Parker, der Kommandant, wahrscheinlich tot war und seine unerfahrenen Männer sich alleine durchgeschlagen hatten. Sie sahen aus wie schutzlose Lämmer.

Er tastete seine Hosentaschen ab, um zu sehen, ob er beim Verlassen des Lagers zufällig sein Fernrohr eingesteckt hatte. Dem war nicht so; seit man ihn mit dem Befehl nach Mexiko geschickt hatte, Gerónimo tot oder lebendig in die USA zu schaffen, hatte er so an Gewicht verloren, dass ihm die Hose hinunterrutschte, wenn er sich etwas in die Tasche steckte.

Es gibt eine Aufnahme von Hauptmann Lawton, die eine Erwähnung verdient, zeigt sie doch, wie die Expedition in der Sierra Madre ihren Teilnehmern geschadet hatte. Kurz vor seinem Aufbruch nach Mexiko, wo er die letzten Chiricahua verfolgen sollte, ließ Lawton ein Porträt von sich aufnehmen, und er taucht auf einem Gruppenfoto auf, das kurz vor dem Ende seiner Mission aufgenommen wurde, als er und seine Männer bereits wieder in den Vereinigten Staaten waren. Das erste Bild, das ihn mit zugeknöpfter Uniformjacke zeigt, wurde in einem Fotostudio gemacht. Er war kein gut aussehender Mann, wirkt jedoch charismatisch. Er hatte schmale Augen, als lächelte er neugierig, und trug einen buschigen Walrossbart, der zu beiden Seiten weit über den Mund hinausragte. Sein offensichtlich nur schwer zu bändigendes Haar war kurz genug, um zu verbergen, dass ein Kamm kaum dagegen ankam. Auf dem Porträt blickt er nicht in die Kamera, sondern auf einen Punkt jenseits des Fotografen. Sein Blick ist wach, freundlich. Lawton war weder dick noch schlank. Er war robust und kräftig.

Das zweite Foto wurde in der Umgebung von San Antonio, Texas, gemacht, vor dem Zug, in dem die vierte Kavallerie die letztlich besiegten Chiricahua in ihr Exil nach Florida brachte. Lawtons Schnurrbart war so gewachsen, dass er aussah wie der eines Goldgräbers. Vielleicht war er auch gar nicht länger als zu Beginn des Feldzugs, sah aber so aus, weil sein Gesicht nur noch aus eingesunkenen Augen und Wangen zu bestehen schien. Er trug eine saubere Uniform, die ihm aber auf groteske Weise zu groß war. Sein Hut dagegen schien derselbe wie zu Beginn der Mission zu sein, die seine Karriere beförderte und ihm den Ruf eines gewissenhaften und verantwortungsvollen Offiziers einbrachte, der alles dafür tat, einen Befehl korrekt auszuführen. Es ist ein Filzhut, staubig und so zerschlissen, dass es so aussieht, als hätte eine Ziege daran geknabbert. Beim Anblick des Fotos könnte man denken, dass er während der vier Monate in der Sierra Madre kein einziges Mal gegessen oder geschlafen hat. So muss er ausgesehen haben – aber zusätzlich noch in zerfetzter Kleidung –, als er die Männer erspähte, die Parkers vermisste Einheit sein mochten. Er betastete noch einmal seine Hosentaschen auf der Suche nach dem Fernrohr und beschloss, es in seinem Zelt suchen zu gehen.

Er kehrte ins Lager zurück, das er zwei Tage zuvor in einer Kehre zwischen den Hügeln hatte errichten lassen, etwa dreihundert Meter von der Stelle entfernt, wo der Weg zum Fluss hinunterführte. Diesen Ort hatte er vor allem gewählt, um Männer, Ausrüstung und Pferde tagsüber vor der sengenden Sonne und nachts vor den eisigen Winden, die von den Bergen herabpfiffen, zu schützen, und weniger, weil er einen – eher unwahrscheinlichen – Apachenangriff fürchtete. Während er in seiner Feldtasche wühlte, dachte er, dass die Truppe, die er gesehen hatte, nur die von Parker sein konnte – die Kolonne auf dem Berg trug eindeutig nicht die weiße Wüstenuniform der mexikanischen Armee, und niemand außer dem Dicken hätte sich in diesen Zeiten so tief in die Sierra Madre gewagt. Seltsam war nur, sagte er sich, dass sich Parker und seine Männer so seelenruhig in einer Höhe aufhielten, in die es die Kavallerie aus dem Norden sonst nur aus Versehen verschlug. Je mehr Wochen in der bergigen Abgeschiedenheit der Sierra vergingen, desto engere, sich wiederholende Kreise beschrieb sein Verstand.

Er trat, das Fernrohr in der Hand, aus dem Zelt, kniff die Augen zusammen – obwohl es erst kurz nach neun war, war das Sonnenlicht bereits unerträglich grell – und betrachtete mit in die Hüften gestemmten Händen das trostlose Lager: die geflickten, ohne jeden Sinn für Ordnung aufgestellten Zelte sahen aus, als wären sie geradewegs von den Bergen heruntergepurzelt, und die wenigen Männer, die nicht unterwegs waren – auf der Jagd oder weil sie hofften, in irgendeinem mexikanischen Dorf etwas Essbares zu finden –, schnitten sich die Nägel, rasierten sich mit ihrem Feldmesser oder reinigten ein Gewehr, das sie wahrscheinlich weder an diesem Tag noch in dieser Woche, noch im nächsten Monat benutzen würden, denn inzwischen waren alle sicher, dass sie die Chiricahua nie zu Gesicht bekommen würden.

Der Anführer seiner Scouts war völlig am Ende. Er saß auf einem Stein und starrte reglos vor sich hin. Lawton wusste, dass der Mann die Sinnlosigkeit der ganzen Unternehmung von allen in seiner Kompanie am stärksten empfinden musste. Seit General Miles das Kommando über die Streitkräfte im Südwesten der Vereinigten Staaten hatte, war es verboten, bei offiziellen Missionen indianische Fährtenleser einzusetzen, weshalb seine Scouts Weiße wie er waren. Sie konnten zwar berittenen Kriegern durch die Gebirge Arizonas folgen, aber nie und nimmer einer Gruppe, die sich zu Fuß durch die gewaltige Sierra Mexikos bewegte. Der Scout war etwas esoterisch veranlagt, so wie alle seiner Zunft – die Fährtenleser verbrachten zu viel Zeit allein und hörten zu oft die seltsamen Geschichten der Indianer, für die die Wüste und die Berge keine Kasserolle ohne Stiel, sondern ein Raum waren, in dem alles miteinander verbunden war über Wege, die nur sie erkennen konnten.

Lawton ging zu ihm hinüber und fragte, was er mache. Der Fährtenleser war nicht einmal so höflich, sich vorschriftsmäßig zu erheben und zu salutieren – seit Wochen benahm sich die vierte Kavallerie wie eine Bande von Banditen. Er sitze einfach nur so da und starre Löcher in die Luft, antwortete er. Das sehe ich, sagte der Hauptmann. Wenn man den Blick auf einen fernen Punkt richtet, sagte der Anführer der Scouts, kann man die Zukunft sehen, den Moment, wenn wir wieder auf unseren Pritschen in der Kaserne liegen, etwas Vernünftiges zu essen haben und an den freien Tagen unseren Familien schreiben können. Lawton hörte den leichten Sarkasmus dieser Bemerkung und erinnerte sich daran, was einer seiner Leutnants zu ihm gesagt hatte, vielleicht um ihn davon zu überzeugen, eine Depesche zu schreiben und die Mission offiziell für gescheitert zu erklären: dass man sich in der Truppe erzähle, das Ganze könne nicht mehr lange dauern, weil Gerónimo bestimmt jeden Moment an Alterschwäche sterben werde. Kein besonders guter Witz, hatte Lawton zu ihm gesagt, worauf der andere geantwortet hatte: Das war kein Witz.

Warum überlassen wir es nicht den Mexikanern, Hauptmann?, fragte der Scout-Anführer von seinem Stein aus: Die kennen die Gegend, und in den Dörfern gibt man ihnen was zu essen. In welchen Dörfern?, erwiderte Lawton, der Krieg dauert schon so lange, dass hier keiner mehr wohnt. Der Fährtenleser schüttelte den Kopf. Die Menschen müssen irgendwo sein, oder warum sind die mexikanischen Einheiten immer so gut genährt, wenn wir auf eine stoßen? Lawton blickte zum Himmel. Ihm war egal, was seine Leute sagten. Er war sich bewusst, dass sie am Ende ihrer Kräfte waren, doch er hatte Befehle und würde nicht aufgeben. Und dann dieser Blödsinn, Gerónimo zu verhaften, fuhr der Anführer der Scouts fort; wir sind kein Gericht, wir verhaften niemanden. Lawton nahm den Hut ab, fuhr sich mit der Hand durchs Haar, das bereits viel zu lang war für einen Soldaten, und sagte: Ich glaube, wir werden so lange hier unten sein, bis Präsident Grover die Wahlen gewonnen oder verloren hat. Wollen Sie damit sagen, Sie glauben auch nicht daran, dass wir Gerónimo noch schnappen? Lawton setzte sich den Hut wieder auf. Seit wann haben wir keine Spur mehr von ihm gefunden? Der Fährtenleser lächelte und wandte sich wieder dem imaginären Zeitpunkt in der Ferne zu, wenn der Hauptmann endlich den Befehl erhalten würde, nach Norden zurückzukehren.

Lawton machte sich mit dem Fernrohr auf den Weg zum Fluss, um sich zu vergewissern, dass es wirklich Parkers Trupp war, der aus dem Gebirge herunterritt, drehte sich aber noch einmal zu dem Scout um und sagte, vielleicht nur, um ihn zu ärgern: Ziehen Sie sich was an und kommen Sie mit. Ich bin angezogen, Hauptmann. Sie sind in Unterwäsche. Das ist alles, was ich noch habe. Der Hauptmann sah an sich herab. Auch er trug nur noch ein dünnes Unterhemd, da sich sein Flanellhemd während der

Durchquerung des Gebirges schlicht und einfach in Fetzen aufgelöst hatte, aber zumindest besaß er noch eine Hose – sie hatte zwar Löcher, entsprach aber den Vorschriften. Er deutete mit dem eingefahrenen Fernrohr auf einen unbestimmten Punkt am Höhenzug, wohin schon niemand mehr blicken wollte, denn seine Männer sahen darin weniger ein Gebirge als ein Gefängnis, einen Albtraum. Ich habe Parker gesehen, sagte er, vielleicht bringt er neue Uniformen mit. Der Scout zog die Augenbrauen hoch. Dem geht's wahrscheinlich noch schlechter als uns, sagte er, stand aber mit einer gewissen Zuversicht auf, wohl wissend, dass in ihrer Lage jede Nachricht, ob gut oder schlecht, am Ende eine gute wäre, denn zumindest war es eine. Und vielleicht war Parker nicht hier, weil er sie suchte, sondern weil er eine Spur gefunden hatte und Hilfe brauchte.

Als sie bereits auf der anderen Seite der Schlucht waren, sahen der Hauptmann und der Scout-Anführer, dass der Mann, der den Berg herunterkam, tatsächlich Parker war. Kaum hatten sie das Fernrohr ausgezogen, konnten sie ihn deutlich erkennen. Die Männer in der Höhe bemerkten die reflektierende Linse und antworteten mithilfe eines Spiegels. Der Fährtenleser grinste breit, während der Hauptmann das Fernrohr ausrichtete. Das mit dem Spiegel stammt von der Kavallerie in Fort Bowie, sagte der Fährtenleser. Und wagte eine Vermutung: Gatewood hat Parker getroffen und ihn zu uns gebracht. Gatewood?, fragte der Hauptmann. Kein anderer hätte es über die höchsten Gipfel der Sierra geschafft. Der Hauptmann schüttelte den Kopf. Das ist unmöglich, Gatewood wurde strafversetzt. Der Anführer der Scouts grinste erneut: General Miles muss verzweifelt sein. Er sah zu, wie Lawton die Männer durch das Fernrohr beobachtete.

Als der Hauptmann die Gestalt an der Spitze der Kolonne wiedererkannte, die nach Art der Südstaaten ritt und gekleidet war wie ein Gentleman der Schluchten und Abgründe, sagte er:

Stimmt, das ist Gatewood. Er zählte die Mitglieder der Truppe. Es waren sechsundzwanzig Soldaten und zwei Maultiertreiber, was hieß, dass Gatewood allein gekommen war – ihm war keine Einheit unterstellt. Er lächelte, schob das Fernrohr zusammen und befahl dem Scout: Ruf die Offiziere, sie sollen die Männer versammeln und das Lager abbrechen, ich will, dass alles marschbereit ist, wenn Parker und Gatewood hier sind. Der Scout gehorchte nicht sofort, er betrachtete aufmerksam die Felsen und Kiefern ringsum. Da sind sie, sagte er und deutete auf eine Stelle nicht weit von ihnen entfernt. Wer? Gatewoods Apachenfährtenleser. Apachenfährtenleser sind verboten, sagte der Hauptmann. Wie gesagt, Miles muss verzweifelt sein, Gatewoods Fährtenleser belauschen uns schon eine Weile. Er schrie: Martino! Zwischen den Büschen tauchte eine Hand auf und winkte ihnen zu.

Die letzte Phase des Apachenkrieges hatte diese leicht familiären Züge: Sie dauerte so lange, und es kämpften nur noch so wenige, dass am Ende jeder jeden kannte. Bei ihrer Begegnung am Rio Aros vertraten Parker und Gatewood entschieden die Meinung, dass es besser sei, einen Pakt mit Gerónimo zu schließen. Lawton hielt an seinem Befehl fest. Er muss verhaftet oder getötet werden, sagte er, nachdem er sich den von Parker eher salopp dargelegten Fall angehört hatte – Parker war noch immer nicht ganz bei Verstand, obwohl er wieder halbwegs regelmäßig essen konnte. Wir müssen Gerónimo entweder verhaften oder töten, wiederholte der Hauptmann, Häuptling Naiche vielleicht nicht, es reicht, ihn mit den anderen zu deportieren, aber mein Befehl lautet unmissverständlich, dass der Präsident Gerónimo entweder verhaftet oder tot sehen will, und dafür werde ich sorgen. Parker und Lawton standen, der Dicke – er behielt seinen Spitznamen trotz der erzwungenen Diät – stramm und mit irrem Blick, während der Hauptmann sich über den Schnurrbart strich und mit der Spitze eines seiner zerlöcherten Stiefel Kreise im Sand zog, den Blick beharrlich zu Boden gerichtet wie ein Schaf. Gatewood saß auf dem kleinen Klappstuhl, den er immer auf einem der Lasttiere mitnahm, denn sein Rheuma bereitete ihm solche Schmerzen, dass er kaum stehen konnte. Neben ihm stand der Sohn des mexikanischen Maultiertreibers, bereit, ihm beim Aufstehen und Hinsetzen zu helfen.

Warum sollen wir die Dummen sein, Hauptmann?, fragte der Dicke seinen Vorgesetzten, während die drei sich rauchend unterhielten, umgeben vom geschäftigen Treiben der wiedervereinten Kolonnen der vierten Kavallerie. Gatewood hatte den vorgeschriebenen Tabak für die Truppe und den Handel mit den Indianern mitgebracht, doch für besondere Gelegenheiten wie ein Gespräch unter Gentlemen hatte er stets eine Holzkiste mit Zigarren aus Virginia dabei. Parker fuhr fort: Der Leutnant mag ein persönliches Interesse haben, Gerónimo zu retten, weil sie Freunde sind, ich aber nicht, ich will einfach nur, dass das hier aufhört, und es wird nicht aufhören, wenn wir den Chiricahua nicht um jeden Preis ein Friedensangebot machen. Lawton erwiderte, so sei es vielleicht bisher gewesen, doch jetzt könnten sie auf Gatewood und seine Fährtenleser zählen, sie sollten es also zumindest versuchen. Und mit einem Blick auf den Mann aus Virginia fügte er hinzu: Denn es ist klar, dass Sie unter meinem Kommando stehen, richtig? Ich stehe unter Ihrem Kommando, daran besteht kein Zweifel, sagte Gatewood, und ich bin kein Rebell. Lawton deutete mit einer triumphierenden Geste auf ihn, damit Parker begriff, dass sogar Gatewood ihm recht gab, und beendete die Diskussion in versöhnlichem Ton: Falls die Indianer uns wieder entwischen, können wir gerne noch einmal über Ihren Vorschlag nachdenken. Gatewood hielt seine Zigarre hoch – aufgrund der Schmerzen, die erträglich waren, solange er die Freiheit der Berge um sich spürte, doch kaum auszuhalten, sobald er sich der militärischen Disziplin fügen musste, zitterten ihm ein wenig die Hände. Als wäre er allein und würde lediglich laut denken, sagte er: Sie haben recht, aber das Problem ist nicht meine Freundschaft mit Gerónimo, das Problem ist, dass der Versuch, ihn umzubringen, reine Zeitverschwendung wäre, denn Gerónimo wird nicht im Kampf sterben; es ist eine Frage der Ökonomie. Was soll das heißen, er wird nicht im Kampf sterben?, fragte Lawton. Dazu wird es nicht kommen, fragen Sie mich nicht, warum, aber er wird nicht im Kampf sterben. Der Hauptmann sah ihn mit einer Mischung aus Neugier und Ironie an. Parker, der Gatewood schon länger kannte, erklärte, der Leutnant sei früher Anführer von Fährtenlesern gewesen, er wisse eine Menge seltsamer Dinge über die Indianer. Zum Beispiel?, fragte der Hauptmann. Gatewood wedelte erneut mit seiner Zigarre herum. Das spielt keine Rolle, sagte er, das Entscheidende ist, dass wir Gerónimo nicht töten können. Lawton kniff die Augen zusammen. Wenn Sie mir nicht sagen, warum, werde ich Ihnen nicht mehr zuhören. Der Mann aus Virginia betrachtete den Himmel. Sein Gott hat es ihm gesagt, erklärte er, egal ob das Aberglaube ist oder nicht, er glaubt, dass er nicht im Kampf sterben wird, und deswegen wird es auch so sein. So kommen wir nicht weiter, sagte der Hauptmann und steckte sich seine Zigarre in den Mund. Er nahm einen Zug, stieß den Rauch aus. Sagte: Ich habe das Kommando bei dieser Expedition, und entweder ich befolge die Anweisungen, die mir der Präsident der Vereinigten Staaten erteilt hat, oder ich verweigere den Gehorsam, nur weil ein Leutnant unter meinem Befehl, ein Leutnant ohne eine Truppe, aber mit zwei Apachen und zwei Mexikanern, glaubt, was ihm die Indianer auftischen. Er zeigte mit der Zigarre auf die beiden Offiziere. Versetzen Sie sich in meine Lage und gehorchen Sie; was Sie mir vorschlagen, ist nichts, was ich dem General unterbreiten könnte – wie soll ich ihm bitte erklären, dass Sie glauben, Gerónimo spricht mit einem Gott, und dass wir deshalb dies oder jenes machen müssen? Jeder Versuch, ihn umzubringen, ist zwecklos, sagte Parker. Lawton schüttelte den Kopf. Bereiten Sie Ihre Leute vor, befahl er, abtreten! Keiner der beiden Leutnants rührte sich. Das Gespräch ist beendet, das ist ein Befehl, wiederholte er. Und mit einem Blick auf Gatewood: Ihre Fährtenleser können Sie mitnehmen. Parker kratzte sich an seinem dichten Bart. Indianische Fährtenleser in die Armee aufzunehmen ist auch Befehlsverweigerung, es ist verboten. Lawton sah ihm in die Augen. Schweigen Sie, sagte er. Der Dicke zuckte mit den Schultern, salutierte und wandte sich ab, um seine Männer antreten zu lassen. Gatewood machte eine Geste, die verriet, dass er Lawton verstand. Unter Schmerzen drückte er die Zigarre an seiner Stiefelsohle aus und steckte sich die verbliebene Hälfte in die Brusttasche seines eleganten Sakkos. Haben Sie keine Uniform dabei?, fragte der Hauptmann. Doch. Dann ziehen Sie sie an. Der Leutnant bat den jungen Doroteo, ihm beim Aufstehen zu helfen. Auf den Arm des Mexikaners gestützt, fragte er Lawton: Kann ich wenigstens den Truppenarzt sehen, bevor wir aufbrechen? Selbstverständlich, sagte der Chef. Der Sohn des Maultiertreibers reichte Gatewood seinen Stock, und zusammen schlurften sie zu den Resten des Lagers. Übrigens, fügte Gatewood höflich hinzu, nachdem er sich noch einmal umgedreht hatte, auf einem der Maultiere ist ein Gerät, das ich Ihnen mitbringen sollte, ein Heliograf. Lawton kniff die Augen zusammen. Der Leutnant grinste. Um Sie zu kontrollieren, sagte er, aber betrachten Sie es doch so: Auf diese Weise können Sie um neue Uniformen bitten und die Moral der Jungs wieder anheben.

Der Hauptmann blieb stehen, wo er war. Er sah, wie Gatewood den Arzt begrüßte, der sein Zelt bereits abgebaut hatte und seine dürftige Ausrüstung auf sein Pferd band. Er sah, wie sie ein paar Sätze wechselten, dann führte der Arzt den Leutnant am Ellbogen zu einer Stelle, wo noch ein paar Feldbetten im Freien standen. Lawton spuckte auf den Boden und verwischte den Auswurf mit dem Stiefelabsatz. Dann widmete er sich wieder seinen Angelegenheiten.

Der Truppenverband war bereits vollständig angetreten, Lawton und Parker saßen auf ihren Pferden an der Spitze und warteten mit einer Höflichkeit auf Gatewood, die aus dem neuen Elan der Truppe erwuchs, als der Arzt auf den Hauptmann zuging. Wenn Lawton verhindert war, erteilte er die Befehle, und er kannte ihn gut genug, um zu wissen, wann er behutsam vorgehen musste. Es tut mir leid, Hauptmann, aber der Leutnant kann nicht ins Feld ziehen, sagte er. Lawtons Gesicht verzerrte sich. Ganz unmöglich, fuhr der Arzt fort, er ist nicht in der Lage. Aber bis hierher hat er es doch auch geschafft, erwiderte der Hauptmann, so schlecht kann es ihm nicht gehen. Der Doktor zuckte mit den Achseln und sagte: Wenn er will, kann er auf eigene Gefahr mit uns kommen, aber ich muss ihn auf unbestimmte Zeit krankschreiben. Und wenn ich befehle, dass er mitkommt?, fragte Lawton, obwohl er die Antwort bereits kannte. Wenn Sie ihn zwingen, kann man Sie vor ein Militärgericht stellen.

Der Hauptmann nahm den Hut ab und kratzte sich heftig am Kopf. Wo ist er?, fragte er den Arzt. Er ist bereits auf dem Weg in die Berge, er hat mich um ein Attest gebeten, um es in Fort Bowie vorzuzeigen. Der Hauptmann galoppierte los, um Gatewood einzuholen. Parker, offenbar wieder bei klarem Verstand, war feinfühlig genug zu warten, bis er weg war, um vom Pferd zu steigen.

Lawton erreichte Gatewood, als dieser im Trab auf die Berge zuritt, flankiert von seinen Apachen und gefolgt von dem Maultiertreiber und seinem Sohn nebst den Maultieren mit dem Proviant und dem Tabak, den Lawtons Truppe so dringend benötigte. Bevor er näher heranritt, schloss Lawton die Augen, spannte die Gesichtsmuskeln, holte tief Luft und stieß sie energisch aus, um vom Grund seines Willens eine Geste der Freundschaft und der Geduld heraufzuholen, statt den Revolver zu ziehen und ihm eine Kugel zu verpassen. Als er ihn eingeholt hatte, sagte er: Sie haben gewonnen, Leutnant, wenn wir Gerónimo gefunden haben, bin ich offen für alles. Das ist klug von Ihnen, sagte Gatewood, viel Glück; ich weiß nicht, ob der Arzt Ihnen von meiner Krankschreibung erzählt hat. Der Hauptmann konnte sich nur mit Mühe beherrschen: Ja, hat er, aber ich würde mich freuen, wenn Sie mich begleiten; Gerónimo wird eine Begegnung mit uns eher überleben, wenn Sie mitkommen. Gatewood fragte Martino etwas auf Apache, und dieser gab eine kurze Antwort. Er sagt, wenn wir Gerónimo finden wollen, müssen wir zuerst die Mexikaner finden, die Menschen in der Sierra hätten berichtet, dass die Mexikaner ihn schon umzingelt hätten. Welche Menschen?, fragte Lawton, ohne sich seine Wut anmerken zu lassen, das Problem ist ja gerade, dass es in der Sierra keine Menschen gibt. Für die Indianer schon, sagte Gatewood und zuckte versöhnlich mit den Schultern.

12. August

Wir wollten einen faulen Tag verbringen. Die Idee war, in einem der Western-Grillrestaurants von Safford essen zu gehen. Wovon wir in diesem Sommer reichlich haben, ist Zeit: intensive und emotionale Tage, aber auch Tage ohne jede Anstrengung.

Wir nahmen den Weg nach Willcox, und weil wir zum ersten Mal durch das Dorf fuhren, ohne einen ehrgeizigen Plan zu verfolgen, hielten wir im historischen Viertel: der Straße, die zum Bahnhof führt. Wir hatten in aller Frühe im Garten gefrühstückt – sobald die Sonne richtig aufgeht, kann man sich unmöglich an den Tisch vor der Hütte setzen, teils, weil sie einem den Kopf versengt, aber vor allem, weil es von aggressiven Insekten nur so wimmelt, die einem keine Sekunde Ruhe lassen. Es gibt Wespen von der Größe eines Teelöffels, Gottesanbeterinnen so dick wie Mäuse, Schwarze Witwen, ungefährliche, aber schreckenerregende Windskorpione, Ameisen, die so groß sind, dass man mit bloßem Auge ihre Rückenhaare erkennt. Sie setzen sich auf die Tischdecke und krabbeln mit der Selbstsicherheit von Kreaturen, die wissen, dass sie aus einem Nahkampf mit dem Menschen als Sieger hervorgehen, kreuz und quer über das Geschirr und das Essen.

Nachdem wir Tisch und Küche aufgeräumt hatten, spielten die Kinder Cowboy und Indianer. Die Kleinen lieben es, mit ihrem großen Bruder herumzutollen, der viel Geduld mit ihnen hat – auch wenn er schon wie ein Erwachsener lebt, ist er noch nah genug an der Kindheit, um sie ausgelassen mit Wasserpistolen und einem Cowboyhut auf dem Kopf zu verfolgen, während sie mit freiem Oberkörper, ihren Plastikpfeilen und -bögen und unter lautem Indianergeheul davonrennen. Sie waren so beschäftigt, dass wir sogar eine Weile lesen konnten. Als die Hitze auch auf der Veranda unerträglich wurde, füllten wir die Kühlbox und machten uns auf den Weg.

In Willcox sahen wir uns den historischen Bahnhof – nichts Besonderes – und ein paar Antiquitätengeschäfte an, die eher Ramschläden waren. Wir hielten am Chiricahua Museum der Historical Society von Willcox. Das Museum befindet sich in einem reizenden Häuschen, in dem es kein einziges bedeutendes Objekt zu sehen gibt. Der einzige Grund, warum sich der Besuch lohnte, war eine Sammlung von Fotos, auf denen auch eine Urenkelin von Häuptling Cochís zu sehen ist. Den Bildunterschriften zufolge war sie der letzte Mensch im Dorf, der die Chiricahua-Variante des Apache sprach. Sie gab dem Schauspieler Tommy Lee Jones Unterricht für einen Film, in dem er einen zum Indianer gewordenen Weißen spielt: *The Missing.*

Natürlich zeigt die Ausstellung mehr Fotos von Tommy Lee Jones als von ihr, und es gibt kein einziges Foto von ihr ohne ihn. Die letzte Vertreterin einer bestimmten Weltsicht ist im Verwaltungsbezirk, der den Namen ihres Urgroßvaters trägt, nur der Erinnerung würdig, weil sie einem Schauspieler beigebracht hat, bestimmte Wörter richtig auszusprechen. Wir haben es vermasselt.

Es sagt nichts Gutes über uns aus, wenn der Grabstein einer Sprache – umfassender Ausdruck des Menschseins – ein Hollywoodfilm ist, allerdings kann dank *The Missing* und weil darin ein relativ bekannter Schauspieler mitspielt, jeder hören, wie die idiomatische Variante der athapaskischen Sprachen klingt, die Gerónimo, Cochís oder Mangas Coloradas gesprochen haben. Wir haben diejenigen vernichtet, die das Apache der Chiricahua-Berge gesprochen haben, aber zumindest haben wir etwas davon konservieren können. Ganz seltsam ist das nicht. Western sind vieles zugleich, auch Felder voller Grabsteine in der Erde des amerikanischen Südwestens. Die idealisierte Erinnerung an einen äußerst vernachlässigten Gründungsmoment: oben Marmor und Rosen, unter der Erde eine Generation von Massenmördern und ihre verwesenden Opfer. Das war alles, Amerika.

Am tiefsten Punkt des luftigen Sattels des Apache Pass befindet sich ein Friedhof, auf dem seit dem neunzehnten Jahrhundert niemand mehr begraben wurde. Wie die Welt, in der er angelegt wurde, ist er ein Ort der Segregation. Er ist in zwei Gruppen von Gringos unterteilt, ich vermute, die einen weiß, die anderen schwarz. Und es gibt einen Bereich, wo die Mexikaner liegen. Sie sind ebenso zahlreich wie die Amerikaner, auch wenn sie in der offiziellen Geschichtsschreibung der Region nicht erwähnt werden. In der hintersten Ecke liegen die Apachen. Es sind nur drei – numerisch waren sie immer in der Unterzahl –, und bei allen dreien handelt es sich um Kinder. Eines von ihnen ist Mantito, einer von Gerónimos Söhnen. Er starb im Alter von zwei Jahren, im September 1885. Weil sie ganz hinten liegen, werden die drei Gräber von den majestätischen Chiricahua-Bergen eingerahmt, die sie gleichzeitig kleiner und größer erscheinen lassen. Und es sind die einzigen, die mit Blumen geschmückt sind. Natürlich aus Plastik, aber immerhin. Ich weiß nicht, ob die Sträuße dort liegen, weil es sich bei den drei Toten um Kinder handelt oder weil ihre Knochen die letzten Überreste echter Chiricahua sind. Irgendwer hat diese Blumen dorthin gelegt, macht sie sauber, wenn sie nach einem Unwetter mit Schlamm bespritzt sind, und tauscht sie gegen neue aus, wenn die Wüstensonne ihre Farben ausbleicht.

Mangas Coloradas besitzt kein Grab, doch seine sterblichen Reste ließen sich finden – seine enthauptete Leiche wurde im

Massengrab von Fort McLane bestattet, wo er heimtückisch ermordet wurde, nachdem man ihn an Händen und Füßen gefesselt, gefoltert und mit glühenden Eisen verbrannt hatte, obwohl er bereits über siebzig war. Der Massenmörder Joseph Rodman West, Kommandant des Forts, in das Mangas Coloradas eingeladen worden war, schnitt dem toten Indianer das Haar ab, um es als Trophäe auf seinem Schreibtisch auszustellen. Anschließend ließ er den Kopf vom Leib trennen, um ihn abzukochen und den gewaltigen Schädel zu konservieren. Die Gebeine des Häuptlings zu finden wäre nicht schwierig. Sein Sohn Mangus und sein Enkel Naiche sind auf dem Indianerfriedhof des Militärstützpunkts von Lawton, Oklahoma, begraben; man müsste nur eine Genprobe entnehmen, sie mit den Knochen im Massengrab von Fort McLean abgleichen, wo die Reste von Mangas' geköpfter Leiche gelandet sind, und diese dann ins Tal des Gila überführen, damit er dort den Frieden findet, der ihm zu Lebzeiten nie vergönnt war.

Das Grab von Cochís kann nicht geschändet werden. Er war der einzige Chiricahua-Häuptling, der nie eine Niederlage erlitt oder sich ergab, der seine eigenen Friedensbedingungen stellte und starb, wie Menschen sterben, die nie eine Schlacht verloren haben: im Kreis der eigenen Leute und ohne ein einziges Foto zu hinterlassen, das wir mithilfe unserer mechanischen Reproduktionssysteme entweihen könnten.

Cochís' vergeblicher Widerstand hatte etwas an sich, das selbst die abgebrühtesten Despoten einschüchterte. Er kämpfte, bis er fünfundsechzig war und als vielleicht erfolgreichster Anführer der amerikanischen Ureinwohner aller Zeiten in die Geschichte einging. Im Herbst 1872 handelte er einen für sich und sein Volk so vorteilhaften Friedensvertrag aus, dass dieser fast einer Kapitulation der amerikanischen Streitkräfte gleichkam. General Oliver Otis Howard, bevollmächtigter Vertreter des Innenministers der Washingtoner Regierung in Arizona, erlaubte Cochís, ein Reservat zu gründen, wo immer er wollte – in den Chiricahua-Bergen natürlich –, das von Tom Jeffords, Cochís' weißem Freund, verwaltet wurde und zu dem die amerikanische Armee keinen Zutritt hatte. Durch die Nähe zu Mexiko und weil das Reservat nicht vom Militär bewacht wurde, konnten Cochís' Krieger weiterhin Farmen in Sonora überfallen, die gestohlenen Pferde und Rinder in Chihuahua verkaufen und unbehelligt nach Arizona zurückkehren, wohin die mexikanischen Truppen sich nur selten vorwagten, obwohl die beiden Länder ein Abkommen geschlossen hatten, das eine Verfolgung auch jenseits der Grenze erlaubte.

Viele Häuptlinge unterschiedlicher Indianerstämme schlossen ähnlich vorteilhafte Verträge wie Cochís, doch keiner von ihnen konnte sich so großen Respekt verschaffen, dass die Vereinigten Staaten ihre Besitzansprüche auf ihr Land aufgaben und sie in Frieden ließen. Die Vereinbarung mit Cochís wurde bis zum letzten Lebenstag des Häuptlings eingehalten, trotz des wachsenden Drucks der lokalen Befehlshaber, der aufstrebenden politischen Klasse in den Gringo-Dörfern, die in der Apachería aus dem Boden sprossen, und der Presse in Tucson. Die einzige mögliche Erklärung für diesen historisch einmaligen Umstand ist, dass Cochís der meistgefürchtete Indianer seiner Zeit war. Die Regierung in Washington war bereit, ihm jeden Wunsch zu erfüllen, vorausgesetzt, er hörte endlich auf zu kämpfen. Und auch Cochís hat seinen Teil der Vereinbarung voll und ganz eingehalten – zum ersten Mal in seinem Leben: Er verübte nie wieder einen Überfall auf amerikanischem Boden.

Den Ereignissen seiner letzten Jahre haftet etwas Seltsames an. Cochís hatte sein Leben lang gekämpft, er muss die ständige Gewalt sattgehabt haben; er wusste, dass seine Leute nicht ewig

Krieg führen konnten, schon rein rechnerisch betrachtet, und ihm war klar, dass ihm nicht mehr viel Zeit blieb: Er litt an einem langsamen, gefräßigen Magenkrebs, der es ihm seit Jahren erschwerte, den Kriegspfad zu beschreiten.

Am 7. Juli 1874 sahen Cochís und Tom Jeffords sich zum letzten Mal. Zu dem Zeitpunkt waren die beiden ein Jahrzehnt lang die unerbittlichsten Feinde auf dem Schlachtfeld und die engsten Freunde in der Arena der Konversation gewesen. Abgesehen davon waren sie während der zwei letzten Lebensjahre des Häuptlings erfolgreiche Geschäftspartner: Was Cochís' Männer nicht in Chihuahua verkauften, tauschten sie über die Agentur des Reservats, die von Jeffords geleitet wurde, mit den Händlern aus New Mexico. Sie beide vereinte also nicht nur eine Hassliebe – jeder weiß, dass man nach dem Ende einer Beziehung sowohl die hellen als auch die dunklen Stunden vermisst –, sondern auch das unzertrennbare Band der Komplizenschaft bei korrupten Geschäften.

Jeffords, der 1914 starb, erzählte in einem Interview von dieser letzten Begegnung mit Cochís. Der legendäre Körper des Häuptlings war zu dieser Zeit schon so kraftlos – zum Teil wegen der Krankheit, die ihn von innen zerstörte, zum Teil wegen des Mezcals, den er pausenlos trank, um den Krebs zu vergessen –, dass beide wussten, dass es nicht mehr lange dauern konnte. Glaubst du, wir sehen uns im Jenseits wieder?, fragte Cochís Jeffords. Der Regierungsvertreter, der als Zeuge und Teilnehmer des Apachenkrieges sämtliche Niederträchtigkeiten der Welt gesehen und begangen hatte, kann nicht an Gott geglaubt haben und wird den Tod höchstens deshalb als Erlösung verstanden haben, weil er endgültig war. Er antwortete, er wisse es nicht, bezweifle es aber sehr. Cochís, dessen berühmter strenger Gesichtsausdruck stets unverändert blieb, lächelte ein wenig, vielleicht weil er die Stunden, die ihm blieben, bereits an den Fingern einer Hand abzählen konnte. Ich glaube, wir sehen uns wieder, sagte er, gute Freunde sehen sich immer wieder.

Cochís starb noch in derselben Nacht, am frühen Morgen des 8. Juni 1874. Es muss eine Legende sein, aber es heißt, das Geheul seiner Leute sei noch in Fort Bowie zu hören und nie furchterregender gewesen.

Cochís war eine Kampfmaschine. Der Krieger, der in der Pubertät gegen das größte Reich seiner Zeit und im reiferen Alter gegen zwei der bevölkerungsreichsten, wohlhabendsten und mächtigsten Nationen Amerikas gekämpft hatte, hatte den Frieden gerade einmal zwei Jahre vor seinem Tod kennengelernt. Er war ein Mann des Blutes und des Widerstands, der personifizierte Wunsch nach Zerstörung, eine Waffe, eine Kraft in Bewegung, das stolze Symbol all dessen, was zu nichts führt und sich nicht bändigen lässt.

Häuptling Victorio, kein Chiricahua, sondern Mimbreño, aber genauso mörderisch und rachsüchtig wie Cochís, starb durch den gezielten Halsschuss des Rarámuri Mauricio Corredor. Mangas Coloradas starb auf Knien, an Händen und Füßen gefesselt. Gerónimo als alter Mann, in einem Internierungslager zum Kriegsgefangenen erniedrigt. Cochís gönnte seinen Feinden nicht das Privileg, den Moment seines Todes zu erleben.

Am 9. Juni 1875, nachdem sie einen Tag und eine Nacht Totenwache gehalten hatten, bahrten die Chiricahua die Leiche des Häuptlings für seine letzte Reise auf, als würde auch diese keine friedliche werden. Sie streiften ihm das Hemd ab, legten ihm das Kriegsstirnband an, bemalten sein Gesicht mit Blütenstaub und legten ihn, in Gamslederhose und Mokassins, quer über sein Pferd. Sie zogen ihm den vollen Patronengurt an und steckten die beiden mexikanischen Revolver mit den silbernen Griffen hinein, sodass er weiterschießen konnte, während er in

Deckung vor feindlichen Kugeln seitlich im Sattel hing. Sie wickelten ihn in die prächtige Decke aus Neuengland ein, die General Harold ihm zwei Jahre zuvor geschenkt hatte, als sie den Frieden vereinbarten, der den Krieger letztlich umbringen sollte. Sie machten sich auf den Weg zu ihren Gipfeln und Schluchten der Sierra. Sein Hund lief hinter ihm her, als würde sein Herrchen noch leben.

Niemals wieder erwähnte ein Apache diesen Tag. Die Ereignisse dieses Tages sind nur schwer zu rekonstruieren, da die Chiricahua – bis zu der in Oklahoma aufgewachsenen, schon etwas amerikanisierten Generation – den Tod mit so vielen Tabus belegt hatten, dass sie nicht einmal den Namen der Verstorbenen nennen durften. Tom Jeffords war dabei gewesen und hat die Geschichte irgendwann erzählt. Der gesamte Clan und der Agent ritten zu dem Ort, der einmal das Machtzentrum des Kriegers gewesen sein musste. An diesem Ort, den nie jemand preisgab, wurde Cochís' Leiche mitsamt den Beigaben in eine Schlucht geworfen; sein Pferd und sein Hund wurden geopfert und in denselben Abgrund gestoßen, damit sie ihn auf seinem Weg ins Jenseits begleiteten. Seine Leiche wurde nie gefunden.

Ich erzählte diese Geschichte am Abend den Kindern, während wir draußen vor dem Haus in den Peñascosas ein leichtes, hauptsächlich vegetarisches Essen zubereiteten. In dem Grillrestaurant in Safford hatten wir mittags ein halbes Rind gegessen. Safford, wo im Gegensatz zu Bowie keine Mexikaner leben, wirkte etwas moderner und reicher. In Arizona sind die öffentlichen Mittel so ungerecht verteilt wie das Wasser – sie sind nur für einige wenige da, und zwar Weiße. Die zwei Kleinen und ihr Bruder willigten ein, am nächsten Tag, unserem vorletzten in der Apachería, früh aufzustehen, um dem größten aller Apachenhäuptlinge auf diesem riesigen Friedhof zu gedenken, auf dem das Volk der Chiricahua begraben ist. Wir müssen diese Berge sehen, vielleicht haben wir die ganze Reise nur aus diesem Grund gemacht.

Sie betrachtete den Blonden, der immer noch dabei war, das Grab auszuheben. Mit dem flachen Stein kam er schneller voran, musste sich aber auch mehr anstrengen – die schweiß- und schmutzverschmierten Wangen, rosig auch an diesem Morgen, ließen ihn wie ein Gespenst aussehen. Stell dir Damiancitos Freude vor – Draufgänger, der er war –, als er sich von der Aufsicht des Kapellmeisters befreit sah. Mit den Nuevos Mexicanos hatte der Teufelskerl ein paar Jahre vor sich, die die glücklichsten seines Lebens hätten sein können, wenn er nicht schon glücklich gewesen wäre, denn in Wahrheit konnte er immer und überall glücklich sein – er gehörte zu den Menschen, denen man schon eine Freude macht, wenn man ihnen für fünf Minuten einen Stein in die Hand drückt.

Du hättest sehen sollen, wie glücklich er war, als er mir von dieser Zeit erzählte. Kurz nachdem die Nuevos Mexicanos in die Berge aufgebrochen waren, um Dörfer zu suchen, wo man ihre Kunst zu schätzen wusste, entdeckte Damiancito, dass die Bauern erst richtig in Fahrt kamen, wenn er nach der Hälfte des Konzerts die Trommel zur Seite legte, um sich selbst ins Getümmel zu stürzen und den Leuten zu zeigen, wie man zu dieser neuartigen, wilden Musik tanzte, als würden sie wie Seefahrer eine völlig neue Welt entdecken, die doch keine andere war als die, die sie bereits kannten. Er liebte den Moment, wenn er, im Takt in die Hände klatschend, den Stuhlkreis betrat, in dem die Besucher des Tanzfestes allmählich auftauten – schließlich waren sie gekommen, um ein Mädchen aufzufordern, das sich gern in dem in den meisten Fällen recht faden Walzertakt herumwirbeln ließ. Doch er liebte es noch mehr, wieder zu seiner Trommel zurückzukehren, wenn jemand sich endlich dazu aufraffte, sich den Staub abzuklopfen und zu tanzen anzufangen, den Moment der Trance, in dem die Klänge seiner Kuhglocke vollständig mit denen des Akkordeons und des Kontrabasses verschmolzen und das Zusammenspiel der Nuevos Mexicanos solche Höhen erreichte, dass jeder, der sich auf die Tanzfläche wagte, in Ekstase geriet, sodass alle anderen ebenfalls mitmachten. Sie spielten noch lauter, gaben alles, verfielen in Raserei. Irgendwann, bereits in jener Welt angekommen, in der es keine Unterschiede mehr gibt und die uns allen gehört, brüllte er: Was war an seiner Milch so gut? Die Gruppe antwortete: Erde, Stein, Apachenblut. Er schrie: Und mit wem trieb es sein *padre?* Und die Gruppe: Ach, Mama, mit der Sierra Madre. Und er schlug auf die Kuhglocke ein, als wollte er sie zertrümmern.

Er genoss es, im Mittelpunkt zu stehen, den Taumel, die Bewunderung, obwohl er in Wahrheit nur ein für seine Kuhglocke gerühmter Zeremonienmeister war. Was er jedoch am allermeisten mochte, war der letzte Teil des Ganzen, die stille Stunde, wenn sie ihre Instrumente auf den von zwei Maultieren gezogenen Karren luden und sich auf den Weg machten, ohne zu wissen, wohin es sie wohl als Nächstes verschlagen würde. Diese Stunde des Aufbruchs war es, die ihn vor Freude regelrecht durchdrehen ließ: der Moment, wenn sie die Patronengürtel aus der Gepäckkiste nahmen und sich um die Hüfte schnallten, wenn sie den Sombrero aufsetzten, die Revolver luden und er das Gewehr in das Futteral am Sattel seines Pferdes steckte – den Karren lenkte der Preuße, zusammen mit dem Bassisten, der seine Waffe immer auf den Knien hatte, auch wenn er sie nie benutzen musste. Und er liebte, was dann folgte: die Stille, die Sterne, die Männerrunde am Lagerfeuer in der nächtlichen Kälte. Sich auf den Rücken zu legen, den Blick zum Himmel gerichtet, während einer der Musiker auf der Gitarre ein Lied aus der Zeit anstimmte, als es Mexiko noch gar nicht gab und der gewaltige Mond über der Wüste der bescheidene und wässrige Mond eines sinnlosen Reiches war und Dutzende Frauen sich um ihn, Damián, kümmerten und sein Vater ihn verlässlich jeden Abend abholen kam, so eigensinnig, schweigsam und zerstreut er auch war.

So abseits von allem, wie sie waren, herrschte auf ihren Wegen immer Frieden, doch auch die Nuevos Mexicanos hörten, so ungläubig wie amüsiert, die Neuigkeiten. Du weißt ja, die Wüste und ihre Dörfer sind nicht nur ein anderes Land als das im Süden, in dem er geboren wurde, sondern eine ganz andere Welt. Manchmal hatten sie das Gefühl, wenn sie nur einen Augenblick stehen blieben, würden die Wellen des Chaos über sie hereinbrechen. Stell dir vor, in El Caballo erfuhren sie, dass die Spanier einen weiteren verzweifelten Versuch unternommen hätten, das Land zurückzuerobern, und in der Sierra Mojada, dass General Santana die Spanier in San Juan de Ulúa in die Enge getrieben und alle niedergemetzelt und ins Meer geworfen habe, ein Festmahl für die Haie, die viele bei lebendigem Leib zerfleischten. In Santa Bárbara hörten sie, dass die Engländer kämen, und in Huajatlán, dass sie wieder abgezogen seien, dass die Staatskasse noch immer leer sei und es einen neuen Putsch gegeben habe. Seine Lieblingsgeschichte aus diesen turbulenten Monaten, die er auf allen Tanzabenden vergnügt zum Besten gab, war, dass während der beiden aufeinanderfolgenden Auftritte in Yoquivo und La Bufa zwei Präsidenten an die Macht kamen, und als sie Samachic, gleich hinter dem nächsten Hügel, erreichten, ein dritter im Amt war, wenn auch nur für anderthalb Stunden – kürzer, als ein Tanzvergnügen dauerte.

Als der Blonde nicht lachte, drehte sie sich zu ihm um. Du hattest mit alldem nichts mehr zu tun, du warst damals noch zu klein, aber deine Eltern haben dir bestimmt davon erzählt, oder?, fragte sie. Ein bisschen, antwortete er aus dem Loch heraus, in dem er bereits bis zu den Knien stand. Kennst du Chihuahua gut?, fragte sie. Kaum, erwiderte der junge Mann schnaufend. Die Dörfer liegen sehr nah beieinander, deshalb war diese Geschichte so witzig. Und sie fuhr fort: In Delicias wurde ihnen klar, dass sie, wenn sie weiter nach Westen wollten – sie ritten von einem Ort zum nächsten, als hätte ein steinerner Riese sie über eine Erde geschickt, die sich immer mehr zum Himmel öffnete –, den Karren zurücklassen und mit den Instrumenten auf dem Rücken der Maultiere weiterziehen mussten, denn vor ihnen lag die Sierra. Stell dir vor, was das für Damián bedeutet hat: die Sierra, seine verdammte Mutter.

Sie wandte sich wieder dem Toten zu und sah ihn zärtlich an. Sie versuchte, seine Arme abzubiegen, um sie ihm auf die Brust zu legen und ihm so einen Anschein von Heiligkeit zu geben, den er sicher nicht verdient hatte, begriff aber, dass sie ihm dafür die Ellbogen brechen müsste, also legte sie sie ihm auf den Gürtel. Sie überlegte einen Augenblick und hakte seine Finger im Leder ein, so als würde er eine seiner Polkas tanzen oder einfach irgendwo in den Bergen einen Schwatz mit Freunden halten.

13. August

Morgen früh brechen wir zeitig auf, um meinen ältesten Sohn zum Flughafen in Tucson zu bringen, und fahren anschließend in Richtung Nordosten weiter.

Heute habe ich mit den Kindern, wie versprochen, Cochís' Grab besucht: die Chiricahua-Berge – labyrinthisch, schroff, beunruhigend mit ihren geradezu esoterischen Monolithen, geschaffen vom brutalen Klima in den hoch gelegenen Regionen Arizonas. Obwohl einem der Anblick von unzähligen Filmen her vertraut ist, wirken die Cañons mit ihren steinernen Türmen wie die Ruinen einer Zivilisation, die älter ist als die der Sumerer.

Die Fahrt zu den Chiricahuas haben nur die Kinder, ihr älterer Bruder und ich unternommen. Valeria hatte sich entschieden, in der Hütte zu bleiben, um ihre Notizen für ein Buch zu sortieren, an dem sie gerade arbeitet und in dem es ebenfalls um die Apachería geht. Während des Ausflugs kam es zu einem Zwischenfall, den wir uns vielleicht erspart hätten, wenn sie, die eindeutig Verantwortungsvollere von uns beiden, mitgekommen wäre.

Nach einer langen Tour durch die Cañons der Chiricahuas, teils mit dem Wagen, teils zu Fuß, wollten wir noch ein paar Höhlen besichtigen und fuhren höher ins Gebirge hinauf, wo ein anderes Klima herrscht und die Luft noch klarer ist. Als wir auf einem Parkplatz hielten, bemerkten wir, dass die anderen Touristen die Gegend bereits verließen, obwohl der Nationalpark erst in gut vier Stunden schloss. Ein Mann, der gerade mit seiner Familie aufbrechen wollte, machte uns auf eine größere Gewitterfront aufmerksam, die am Horizont aufzog.

Mit typisch mexikanischer Arroganz beschlossen Miquel und ich, dass die Gringos nur deswegen die Flucht ergriffen, weil sie immer so übertrieben vorsichtig waren – der Mann, der uns geraten hatte, den Park zu verlassen, trug ungelogen einen Tropenhelm mit einem Moskitonetz vor dem Gesicht. Wir wussten, in welchem Tempo sich Gewitter in Arizona zusammenbrauen, glaubten aber, zumindest noch eine der Höhlen besichtigen zu können und rechtzeitig wieder beim Auto zu sein. Zu unserer Entscheidung trug bei, dass es unser letzter Tag war und wir vielleicht nie wieder zusammen hier sein würden.

Problemlos erreichten wir die erste und zugleich spektakulärste Höhle bei strahlendem Sonnenschein, eine Art Tunnel, den das Wasser im Laufe von Jahrmillionen von einer Seite des Gipfels zur anderen gegraben hatte. Ein natürlicher Gang, so gewaltig wie alles in dieser Gegend.

Wir kamen gerade aus der Höhle, als der Himmel plötzlich schwarz und feindselig wurde. Wir rannten los – keine einfache Aufgabe mit Maia, die noch klein ist, und bei einem so steilen Weg –, doch die unerwartete Heftigkeit des Platzregens und der Blitze trieb uns in die Höhle zurück.

Geschützt und halbwegs trocken, gratulierten wir uns sogar zu unserer Lage: Ein Unwetter von einer Höhle in den Bergen aus zu betrachten hatte definitiv etwas Apachenhaftes – wie herrlich, dass wir unseren letzten Nachmittag in Arizona so, inmitten seiner Elemente, verbringen konnten.

Wir rechneten in diesem Glücksmoment nicht damit, dass das erst der Anfang war, auch wenn uns das Gewitter jetzt schon wie das heftigste Unwetter vorkam, das wir je erlebt hatten. Plötzlich wurde es richtig dunkel, als wäre von einer Sekunde auf die andere die Nacht hereingebrochen, und im nächsten Augenblick war der Eingang der Höhle von einem Vorhang aus Wasser bedeckt. Blitze zuckten, einer nach dem anderen. Sie erhellten unseren gesamten Zufluchtsort, ließen die Erde erbeben. Schweigend kämpften wir gegen unsere Angst an, und ich sagte mir, dass diese Höhle Millionen von Jahre alt war, dass sie nicht einstürzen konnte. In dem Moment zeigte sich, warum die Höhle wie eine Art Wasserleitung funktionierte. Ein wahrer Sturzbach brach über uns herein.

Miquel und ich hielten uns, so gut es ging, an der Höhlenwand fest – Maia und Dylan zwischen uns und die Felsen eingeklemmt –, während das Wasser kniehoch an uns vorbeischoss. Wäre jetzt ein größerer Ast oder ein ertrunkenes Tier an uns vorbeigerauscht, wären wir mitgerissen worden und mit dem Wasserfall in den Abgrund gestürzt.

Ich weiß nicht, wie lange das Unwetter anhielt, aber es kam mir vor wie ein endloser kalter Winter. Der Platzregen hörte so plötzlich auf, wie er angefangen hatte. Der Wasserfall vor dem Eingang hellte sich etwas auf, und es blitzte in immer größeren Abständen. Wir hockten uns auf den Boden, um darauf zu warten, dass das Donnergrollen sich entfernte.

Das Warten zog sich hin, also nahm ich Maia zwischen die Beine und drückte sie an mich, damit ihr wärmer wurde – ihre Lippen waren schon ganz blau. Ich bemerkte, dass Dylan, statt sich zu uns zu kauern, die Umarmung seines älteren Bruders suchte, der ihm etwas ins Ohr flüsterte, um ihn zu beruhigen, und ihn sogar zum Lachen brachte. Er ist sein Riese, sein Bär, sein Held.

Als wir endlich wieder am Wagen ankamen, erwartete uns dort ein weiteres Fahrzeug, ein Pick-up der Parkranger. Wir haben Sie gesucht, sagte, ohne jeden Vorwurf in der Stimme, eine Parkaufseherin, die aus dem Wagen gestiegen war, kaum dass sie uns durchnässt und zitternd aus dem Kiefernwald hatte kommen sehen. Sie gab den Kindern Rettungsdecken und reichte jedem von uns einen Becher heißen Kakao, den sie aus einer Thermosflasche einschenkte. Dann gab sie mir klare Anweisungen. Sie sagte: Starten Sie den Motor und schalten Sie die Heizung an, bis Ihnen warm wird und die Kleidung am Oberkörper getrocknet ist; Sie dürfen nicht losfahren, solange Sie zittern, die Wege sind rutschig, und alles ist voll Geröll; fahren Sie vorsichtig, immer dicht am Berg; der Park ist seit zweieinhalb Stunden geschlossen, es wird Ihnen also niemand entgegenkommen. Zweieinhalb Stunden?, fragte ich erstaunt. Sie bejahte. Miquel sah mich an. Kam mir vor wie zwanzig Minuten, sagte er. Mir ging es ähnlich.

Ich ließ den Motor an. Dylan bat Miquel, sich zu ihnen nach hinten zu setzen, sie bräuchten ihn. Der Große sah mich halb ungeduldig, halb entschuldigend an – er wäre lieber vorne gefahren, wollte die Kinder aber nicht enttäuschen. Er setzte sich nach hinten. Sein Bruder kuschelte sich an ihn und schlief ein.

Wie gerne wäre ich dabei gewesen, als Damiancito endlich fand, wonach er sein ganzes Lebens lang gesucht hatte, die Sierra Madre – was für ein dämlicher Name. Sie schloss die Augen, wie um sich die Sierra vorzustellen, als wäre es möglich, sich ein Bild von ihr zu machen. Warst du schon mal dort?, fragte sie den Blonden, drehte sich aber nicht um, weil sie wusste, dass er wieder verneinen würde. Sie ist undurchdringlich und zugänglich, verschlungen und durchschaubar, feindselig und großzügig, und vor allem unergründlich.

Sie erklommen sie, halb tot vor Angst, begleitet vom Schlachtruf von *Erde, Stein, Apachenblut,* den er unermüdlich mit seiner Kuhglocke anstimmte, auf die Gefahr hin, sein Pferd zu erschrecken und auf den Grund einer dieser Schluchten zu stürzen, die so absurd tief und schön waren, als würden sie den Saturn erkunden und als würde der Saturn nie enden.

Irgendwann, ich weiß nicht, nach wie vielen Tagen, überquerten sie die Grenze zu Sonora und gelangten nach Basaraca, einen Ort, der Vergangenheit und Zukunft vereint, einen Ort, wie es keinen anderen gibt auf der Welt, denn um im Hochgebirge der Sierra Madre zu wohnen, muss man es mögen, am steinigsten und entlegensten Arsch der Welt zu leben. Ich war dort. Ich war jung und machte Werbung für Seifen, die ein Señor aus Hermosillo herstellte. Dort hinzukommen ist nicht leicht, genauso wenig, wie von dort wegzukommen oder dort zu bleiben. Es ist ein beschissenes Kuhkaff, aber es ähnelte mehr einem Dorf als alles, was die Nuevos Mexicanos seit Tagen gesehen hatten, also dachten sie sich, dass sie auch dort einen Tanzabend veranstalten könnten. Es war keine gute Idee. Wie soll ich es erklären? Die

Missionskirche von Basaraca war so arm, dass es nicht mal für einen Kirchturm gereicht hat. Die Glocke hängt an einem Holzbalken in der Vorhalle und wird geläutet, indem man sie anschubst wie eine Schaukel. Es ist immer kalt dort, auch wenn die Sonne scheint, und es kann noch im Mai schneien. Deshalb verlassen die Leute nie das Haus, und wenn doch, dann so in Lumpen eingeschnürt, dass sie aussehen, als würden sie in Leichentücher gehüllt ihren eigenen Sarg suchen – sie berührte die Hände des Toten und fügte hinzu: Ach, Damiancito, verzeih, nicht einmal den wirst du bekommen.

Sogleich fuhr sie fort: Wie auch immer, sie blieben über Nacht, und am nächsten Tag vereinbarten sie einen Auftritt in der Kirche, nicht, weil sie nach ihrem Rundgang durch den Ort fanden, dass er ein Fest verdiene oder seine Bewohner sie mit irgendetwas bezahlen konnten, sondern weil ihr Proviant zur Neige ging und jeder Sack Bohnen ihnen helfen würde, den letzten Teil des Gebirges auf der Seite von Sonora hinter sich zu bringen.

Dort war es, wo sich für Damiancito alles änderte. Er erzählte, dass er von dem Moment an, als sie in den Bergen waren, ihren Ruf hörte und dass er eine ganze Weile nicht mehr von dort weggehen würde.

Halb verhungert und erfroren, stimmten die Nuevos Mexicanos ihre Instrumente, als eine Frau die Kirche betrat, gekleidet wie für eine englische Landpartie und begleitet von neun jungen Mädchen, den schönsten, die die Musiker seit Wochen zu Gesicht bekommen hatten. Was gibt's?, fragte der Preuße. Die Señora lüftete ihren Schleier, verneigte sich leicht und machte eine Handbewegung zum Zeichen, dass sie sich nicht weiter um sie kümmern sollten – als wäre das möglich gewesen. Sie wies ihre Töchter an, die Stühle aufzustellen, bevor die Dorfbewohner eintrafen. Anschließend fragte sie die Musiker, ob sie nicht hungrig seien, worauf sie antworteten, doch, sehr sogar, ohne genau zu wissen, wie man sich in einer solchen Situation korrekt verhielt – wie die kultivierten Städter, die sie ja im Grunde waren, oder wie die fahrenden Musikanten, zu denen sie vor ein paar Monaten geworden waren. Ich habe einen Gehilfen mit einem tragbaren Ofen und eine Köchin dabei und würde Ihnen gerne einen kleinen Imbiss anbieten, sagte die Señora. Sie sind draußen, wenn Sie möchten.

Der Preuße, der so viel Großzügigkeit verdächtig fand, fragte die Señora, was sie mache und woher sie komme. Von hier, ganz aus der Nähe, nur ein Stück den Fluss hinunter; ich lebe mit meinen Töchtern auf einer Hazienda, und weil es dort nie Tanzveranstaltungen gibt, sind wir hergekommen, um uns anzusehen, wie das ist; aber wollen Sie nicht erst mal etwas essen, dann unterhalten wir uns weiter. Vor der Kirche erwarteten sie ein paar Tacos mit geröstetem Fleisch, so zart, dass es einem auf der Zunge zerging, dazu das in der Sierra unglaubliche Privileg einer Tasse heißen Kakaos. Ich habe auch etwas Schnaps mitgebracht, um den armen Leuten das Tanzen zu versüßen, sagte die Doña, als die Musiker, zufrieden wie vollgefressene Boas, in die Kirche zurückkehrten.

Der Tanz war kein großer Erfolg, was in diesem Dorf auch gar nicht möglich gewesen wäre, obwohl die Kehlen der Gäste, Männer wie Frauen, gut mit dem Sotol geölt waren, für den die Señora gesorgt hatte – und obwohl sich ihre neun Töchter im Publikum befanden. Aber ganz schlecht lief es auch nicht, wenn man bedachte, dass ausgelassene Begeisterung und Tanzfreude nicht gerade zu den Stärken der Bewohner von Basaraca zählten. Nach dem Auftritt – denn ein Tanz im eigentlichen Sinne war es nicht – ging die Doña zu Damiancito und bat ihn, einen Augenblick mit ihr nach draußen zu gehen, sie habe ihm etwas zu sagen.

Als die Gruppe am nächsten Tag gen Westen aufbrach, um zur Wüste hinunterzusteigen und sie Richtung Rancho Nuevo zu durchqueren, schloss Damián den Preußen fest in die Arme. Warum sollte ich von hier fort, wenn ich endlich meine Sierra Madre gefunden habe?, sagte er zu ihm. Die Señora hatte ihm eine Anstellung als Musiklehrer und ein kleines Häuschen auf dem Grundstück der Hazienda im Dörfchen Tesorababi angeboten, zwanzig Meilen von Basaraca entfernt. Er hatte eingewilligt, da sie beiläufig erwähnt hatte, dass der Kakao hier so gut schmecke, weil man zum Süßen Apachihonig nehme. Apachenhonig?, fragte Damián. Hier sagt man Apachis, erklärte sie. Und die Señora fügte etwas hinzu, was er nie vergessen würde: Der Honig stamme von Fliegen.

DER KLEINE DOROTEO IN DEN HÖHLEN VON TRES MONTAÑAS, ALS ER BEREITS UNSTERBLICH GEWORDEN WAR

Es war genau hier, in Tres Montañas, wo ich Gerónimo kennengelernt habe, sagte der kleine Doroteo, der, in eine Decke gehüllt, auf einer Matte vor dem Feuer lag. So ausgestreckt auf dem Boden, ernst, die Stirn die ganze Zeit in Sorgenfalten gelegt – schmale Augen, kräftiges Haar, platte Nase –, ähnelte er einem Puma. Am Ende des Winters hatte die Sierra ihren Preis gefordert: Er atmete schwer wie eine Lokomotive. Es waren keine leichten Tage. In die Berge zurückzukehren, wieder auf der Flucht und so gut wie allein, ganze Tage in voller Montur in irgendeiner Schlucht auszuharren, die Nächte in einer Höhle, war für den kleinen Doroteo Niederlage und Gedächtnisübung zugleich. Sich so zu bewegen, dass der Feind glaubt, er sei hinter dir her, während du in Wahrheit hinter ihm her bist, das haben wir von ihm gelernt, fuhr er fort. Von wem?, fragte einer der Männer, die mit ihm um das Feuer lagen. Von Gerónimo, oder nicht direkt von ihm, aber von seinen Chiricahua; Gerónimo war wie ein Phantom, wenn er in die Berge ritt, hat ihn keiner mehr gesehen; aber er ließ uns immer von ein oder zwei Kriegern beschatten. Der kleine Doroteo zog eine Hand unter der Decke hervor, strich sich übers Gesicht und beendete seine Geschichte, nach der ihn keiner gefragt hatte – nicht, weil seine Männer sich nicht für ihn interessiert hätten, sondern, weil keiner es wagte, ihn unaufgefordert anzusprechen: Da sind sie, hat mein Herr Vater zu mir gesagt und auf die Berge gezeigt; er hat sie gerochen.

Der große Doroteo war schon so viele Jahre tot, dass der kleine sich kaum noch an sein Gesicht erinnerte, obwohl er jeden Tag an ihn dachte, seit er wieder in den Bergen war. Er erinnerte sich, was sein Vater ihm über den Kampf in engen Schluchten, aber vor allem über Saufgelage und Prügeleien beigebracht hatte; an den Tag, als er sich selbst, noch ein Kind, mit einer Machete zwischen ihn und seine Mutter gestellt hatte, der Vater wie von Sinnen von Schnaps und Elend, wie immer, wenn er zu viel Zeit auf der Ranch verbracht hatte. Er erinnerte sich daran, wie er mit seiner Mutter und seiner Schwester geflohen war, die Reise in den Süden, in die Berge von Durango, wo sie noch einmal von vorn begannen.

Ich glaube, mein Herr Vater wollte nicht, dass die Gringos Gerónimo schnappen, weil er wusste, dass er dann keine Arbeit mehr hätte; deshalb hat er es immer nur mir gesagt, wenn er sie sah. Er flüsterte mir ins Ohr: Vorsicht, Doroteo, da sind sie, bleib dicht bei den anderen.

Schon damals habe ihn keiner mehr kleiner Doroteo genannt, wie noch Gatewood und Parker beim Feldzug in der Sierra Madre. Sie hätten es nicht einmal gewagt, ihn beim Namen zu rufen. Damals war er bereits neununddreißig und hatte unzählige Tote auf dem Gewissen, auch wenn man ihm weder sein Alter noch seine blutige Personalakte ansah. Er war umgänglich, jugendlich, manchmal sogar lustig. Nur wenn er wütend wurde, hielt man sich besser von ihm fern. Auf dem Höhepunkt seiner Karriere traf er die grausamsten Entscheidungen mit einem Schulterzucken: »Tut mir leid, Freunde«, wandte er sich etwa an Gefangene, »auch wenn ihr mehr als hundert seid, müssen wir euch erschießen.«

Am Ende seiner letzten Flucht in die Berge, im unwirtlichen Oktober 1916, war ihm kaum etwas außer seinem Ruf geblieben. Als der kleine Doroteo in einer der Höhlen von Tres Montañas unter seinem Poncho vor dem Lagerfeuer lag, hatte er gerade einmal noch vier Männer um sich, zwei davon Cousins, die beiden anderen durch Heirat mit seiner Familie verbunden. Alle anderen hatte er weggeschickt, nachdem er erfahren hatte, dass Präsident Wilson fürs Erste eine Truppe von fünftausend Soldaten der amerikanischen Kavallerie unter dem Kommando von Black Jack Pershing gesandt hatte, um jenseits der Grenze seine Verfolgung aufzunehmen – eine in ihrer Unverhältnismäßigkeit rätselhafte Aktion.

Das Leben hatte dem kleinen Doroteo mit seiner üblichen Grausamkeit zugesetzt, doch außerdem mit jener Gewalt, die eine ganze Generation von Mexikanern zwang, ständig mit zusammengebissenen Zähnen und geladener Pistole herumzulaufen. Der kleine Doroteo konnte sich an keine Nacht seit Beginn der Revolution im Jahr 1910 erinnern, in der er unbewaffnet eingeschlafen wäre, keinen Abend, an dem er sich mit seinen Freunden hinsetzen, ein Stück geröstetes Fleisch essen, ein paar Bier trinken und anschließend diskret nach Hause hätte torkeln können, um sich unbeschwert ins Bett zu legen und bis zum nächsten Tag seinen Rausch auszuschlafen. Er erinnerte sich nicht daran, dass er sich je in eine Frau verliebt hätte, die nicht aus dem Stand mit gezückter Pistole einen Zug überfallen konnte. Er gehörte zu den Männern und Frauen, die, immer, wenn sie mal kurz verschwinden mussten, jemand anderem Bescheid sagten, damit der ihnen dabei Deckung gab. Menschen, die das Ende einer Welt und die Geburt einer neuen erlebt hatten. Darin, und weil er unter einem Namen lebte, der nicht sein eigener war, glich er ebenfalls Gerónimo.

Nur seine Frau, die für die Zeit des Feldzugs auf einer Ranch in Parral geblieben war, wagte, ihn noch Doroteo zu nennen. Alle anderen nannten ihn, immer mit einem Hauch Angst zwischen Zunge und Gaumen, »mein General«. An dem Tag, als er seiner

Frau mitteilte, er werde am Abend wieder in die Schlacht ziehen, saßen sie in dem Militärzug, der ihnen seit einigen Jahren als bewegliches Zuhause diente. Er erklärte, dass er ihr ein paar Männer dalassen werde, die sie zur Ranch eskortieren und ihr in seiner Abwesenheit helfen würden, sich um die Kinder zu kümmern, und dass sie die Ranch nie ohne Begleitung verlassen dürfe. Sie versuchte, ihn von seinem Vorhaben abzubringen – sie war die Einzige, die das konnte. Wofür willst du kämpfen, Doroteo Arango, fragte sie ihn, wo die Konstitutionalisten dich bereits geschlagen haben und du weder eine Armee noch Waffen hast? Er antwortete breit grinsend, als wäre es das Normalste von der Welt: Ich nehme nur wenige Waffen und Männer mit, weil ich die Vereinigten Staaten von Amerika überfallen werde.

Anschließend ritt er mit seinen letzten Männern in die Nacht hinein. Sie waren so wenig, knapp über achtzig, dass sie eher einer Bande Apachen ähnelten – von denen er schließlich gelernt hatte, wie man zwischen Felsen verschwindet, ein komplettes Rind als Proviant für unterwegs dörrt und aus vollem Galopp schießt. Sie überquerten die Grenze und überfielen Columbus, New Mexico. Präsident Wilson schickte Pershing, damit er die Verfolgung aufnahm – auch um auf diese Weise den bevorstehenden Einmarsch in Europa zu üben –, und sandte General Parker zum Fort Sam Houston in San Antonio, damit er die Truppen für den Einmarsch in Mexiko in Bereitschaft versetzte. Parker hätte nie gedacht, dass er den gefürchteten Revolutionsgeneral, den er verfolgen sollte, bereits als Kind getroffen hatte – dass der kleine Doroteo und Pancho Villa ein und dieselbe Person waren.

Er hob den Kopf und bat einen seiner Cousins um eine Tasse von dem Kaffee, den dieser gerade trank. Sie werden nicht schlafen können, mein General, sagte der Cousin. Du weißt, dass ich sowieso nie schlafe, erwiderte der kleine Doroteo. Da haben Sie recht. Der General stützte sich mit dem Ellbogen auf der Matte auf. Ich glaube, als wir ihn hier getroffen haben, wusste Gerónimo bereits, dass die Tage seines Aufstands gezählt waren – mein Vater hat seine Krieger kein einziges Mal erspäht, und Don Carlitos' Apachen sind nur auf sie gestoßen, weil die Föderalisten sie schon umzingelt hatten. Einer der Soldaten schreckte aus seinem Halbschlaf hoch und fragte: Welcher Don Carlitos, welche Apachen, welche Föderalisten, mein General, bei allem Respekt, ich verstehe gar nichts.

Don Carlitos Gatewood war ein Gringo, ein Freund von Gerónimo, antwortete Doroteo; er war Soldat, aber bei seinen Feldzügen trug er immer einen Dreiteiler, keine Ahnung, warum; er hatte einen dichten Schnauzbart, eine große Nase, war immer etwas kränklich, aber ein echter Gentleman. Von den zig amerikanischen Offizieren, die meinen Vater immer wieder engagiert haben, um Apachen in Mexiko zu jagen, war Don Carlitos der Einzige, der nicht Däumchen drehte, denn er hatte zwei Fährtenleser, die eine Stecknadel in einem Heuhaufen gefunden hätten. Einer von ihnen war ein waschechter Apache, den Namen habe ich vergessen, aber er hat nicht viel gesagt, wirkte immer abwesend, so, wie diese Mistkerle sind, bis sie ihr wahres Gesicht zeigen. Der andere hat mehr mit uns geredet, weil er als Kind von einer mexikanischen Familie adoptiert worden war, und obwohl er eines Tages zurück in die Berge gegangen ist, blieb er immer ein halber Mexikaner und mochte meinen Vater. Er hieß Martín. Er war es auch, der zu Don Carlitos und den Gringos sagte, dass sie Gerónimo nur schnappen könnten, wenn sie zuerst die Föderalisten fänden; und wenn sie tagelang weder die einen noch die anderen fänden, dann deshalb, weil Gerónimo und die Föderalisten längst woanders seien. Gemeinsam konnten Martín und Don Carlitos den Hauptmann der Truppe, die sich an der Biegung des Rio Aros versammelt hatte, davon überzeugen, und sie machten sich auf den Weg nach Norden, in das Gebiet der Sierra, wo

Gerónimo – wie jeder außer den bescheuerten, immer orientierungslosen Gringos wusste – sich am wohlsten fühlte.

Weil die Regierung der Vereinigten Staaten ihnen keine Waffen mehr geliefert und sich dafür entschieden hatte, den konstitutionalistischen Caudillo Venustiano Carranza als Präsident des neuen, revolutionären Mexiko zu unterstützen, waren Pancho Villa und seine Männer in New Mexico eingefallen und hatten die Kommandantur von Columbus gestürmt. Keiner hatte damit gerechnet, dass ihm gelingen würde, was bisher noch nie jemand gewagt hatte: die Vereinigten Staaten zu überfallen.

Er steckte den Militärposten von Camp Furlong in Brand, den die bewaffneten Dorfbewohner zu verteidigen versuchten, nachdem die Mexikaner die dort stationierten Soldaten besiegt hatten. Er nahm sämtliche Pferde und Waffen und Munition mit. Die Tat des kleinen Doroteo war der reinste Wahnsinn, und er hatte nicht einmal berücksichtigt, dass in diesem Jahr in den Vereinigten Staaten Wahlen anstanden: Für Präsident Wilson war ein Feldzug, der auf den ersten Blick leicht zu gewinnen schien und ihm weitere vier Jahre an der Macht sichern würde, um sich voll und ganz in den Krieg um Europa zu stürzen, ein Geschenk des Himmels.

Wer weiß, was Villa durch den Kopf ging, als er beschloss, es sei eine gute Idee, die Vereinigten Staaten zu überfallen, doch er hatte bestimmt nicht bedacht, dass die USA mit einer Streitmacht, die bis zu zehntausend Mann allein in Mexiko umfasste, sowie einem Aufgebot neuer Technologie reagieren würden, von der niemand so genau wusste – sie selbst eingeschlossen –, was sie damit eigentlich anstellen sollten. Pershings Strafexpedition hatte etwas von imperialer Pubertät: Es war der letzte Einsatz der amerikanischen Kavallerie und zugleich die erste Kriegshandlung, bei der benzinbetriebene Wagen und Flugzeuge zum Einsatz kamen.

Ich dachte, Gerónimo sei schon tot, sagte ein anderer seiner Männer. Der kleine Doroteo lachte. Natürlich ist er schon tot, sagte er, als ich ihn kennenlernte, vor etwa dreißig Jahren, war er bestimmt schon um die sechzig, obwohl er aussah wie tausend. Der Krieg hatte ihn fertiggemacht: Er war dürr, hager wie ein Schilfrohr, knorrig. Der General kniff die Augen zusammen, rieb sie sich und fuhr fort: Er hatte diesen breiten Brustkorb der Yaqui, war aber ansonsten völlig abgemagert. Am eindrucksvollsten waren seine Beine: dunkel, robust, als würde der Mistkerl auf zwei Stämmen laufen. Und die Augen: Er sah dich an, und auch wenn er dir nichts Böses wollte, hast du dir vor Angst in die Hose gemacht. Sie waren gelblich, klein, schmal, eine Pupille kleiner als die andere. Er war von der Sonne verbrannt, die ledrige Haut hart und beinahe schwarz. Seine Nase sah aus wie der Schnabel eines Geiers, und er war immer so angepisst, dass seine Mundwinkel nach unten hingen und die Lippen zu einer dünnen Linie zusammengepresst waren. Keine Ahnung, wann er da zum letzten Mal gelacht hatte. Ich glaube, er wusste, dass es sein letzter Tag in Freiheit war, denn er nahm sich Zeit für seine Entscheidung, aber am Ende ergab er sich den Gringos. Und sie machten ihn fertig, mit dieser freundlichen Grausamkeit, zu der nur sie allein fähig sind, so als wären die Schweinereien, die sie begehen, nicht ihre Schuld, sondern die ihrer Opfer. Sie vergaben ihm und ließen ihn am Leben, nur damit er schließlich gedemütigt und betrunken an Altersschwäche krepierte. Sie gewährten ihm nicht mal das Privileg eines schnellen, gerechten und ewigen Todes, wie die Föderalisten ihn ihm zugestanden hätten, einen Tod wie sein Leben. Sie reichten ihn herum wie eine Trophäe, stellten ihn auf ihren Messen wie ein Tier aus, erniedrigten ihn jede verdammte Sekunde seines restlichen Lebens, bis er sich irgendwann selbst erniedrigte.

Seit sie sich, schätzungsweise vor etwa acht Monaten, in die Berge verkrochen hatten, war kaum ein Tag vergangen, an dem der kleine Doroteo nicht an seinen Vater gedacht hatte. Doch jetzt war Gerónimos Gesicht, sein zorniger Ausdruck, an den er sich noch immer erinnerte, obwohl er sein ganzes Leben lang vor Wut zitternde Menschen gesehen hatte, plötzlich wieder vor seinem inneren Auge aufgetaucht. Grund dafür war die Nachricht, dass es der fünften Kavallerie gelungen war, Candelario Cervantes zu töten, weil ihre Apachenfährtenleser ihn entdeckt hatten.

Der General lagerte seit mehreren Tagen mit seinen Leuten zwischen den Pappeln unweit der Stelle, wo der Rio San Bernardino und der Rio Bavispe zusammenflossen, als ein Bote eintraf. Er kam aus Las Varas, um ihm die Nachricht vom Tod eines der Männer zu überbringen, die am längsten an seiner Seite gekämpft hatten. Candelario Cervantes?, fragte General Villa, ich dachte, er sei verhaftet worden. Die anderen konnten fliehen, sogar der einzige Verwundete, aber ihn haben sie erkannt, weil er einen Säbel und den goldenen Stern am Hut trug. Wieso ist er nicht abgehauen, wenn man diese Laster, die die Gringos haben, kilometerweit hört? Der Bote erklärte, die Fünfte habe keine Wagen, weil sie in den Bergen unterwegs sei, und dass Candelario Cervantes' Männer den Gringos ein paar Pferde gestohlen hätten, weil sie die eigenen hätten essen müssen, dass sie aber nicht damit gerechnet hätten, dass der Hauptmann Apachenfährtenleser habe. Der kleine Doroteo nahm den Sombrero ab und beschrieb mit der Stiefelspitze einen Kreis auf dem steinigen Boden. Also gut, mein Freund, sagte er, du willst sagen, dass die fünfte Kavallerie Apachen dabeihat? Sie sind am frühen Morgen gekommen, Candelario hat es nicht kommen sehen. Haben sie euch die Pferde weggenommen? Die haben wir getötet, bevor wir uns davongemacht haben. Ist gut, sagte der General, komm, meine Männer geben dir zu essen. Er setzte sich den Hut wieder auf. Bevor er in den ersten Taco mit Trockenfleisch und einer Soße biss, die so scharf war, dass ihm die Zunge davon brannte, verkündete er, dass sie das Lager abbrechen müssten und für eine Weile zu den Höhlen hochreiten würden.

Er kroch unter seinem Poncho hervor und legte ihn sich über die Schultern, während er sich im Schneidersitz auf den Boden setzte. Er sah seinem Cousin in die Augen. Bekomme ich jetzt einen Kaffee oder nicht? Sein Verwandter machte eine beschwichtigende Geste und gab sich die allergrößte Mühe beim Einschenken. Als wir mit Don Carlitos unterwegs waren, sagte Villa, während er die Hand ausstreckte, um die Emailletasse entgegenzunehmen, hatten wir uns etwa zwei Wochen lang verirrt, bis ein paar Maultiertreiber in einer Mine, die gerade Maiskolben von ihren Tieren luden, dem Indianer Martín erzählten, sie hätten Gerónimo in der Nähe von Frontera gesehen, er wolle ein Abkommen mit dem Bürgermeister schließen, weil seine Leute am Verhungern seien. Er nahm einen langen Schluck aus seiner Tasse und kniff die Augen zusammen, sodass sie noch schmaler aussahen – der Kaffee war aufgewärmt und schmeckte sauer. Er fuhr fort: Don Carlitos wusste sofort, jetzt oder nie, und bat um Erlaubnis, den Konvoi verlassen zu dürfen. Zusammen mit ihm, seinen Fährtenlesern, zwei Übersetzern für die offiziellen Gespräche und ein paar weiteren Soldaten machten wir uns eilig auf den Weg. Das Regiment folgte uns in seinem eigenen Tempo.

Wir ritten so schnell, dass ich meinen Vater zum ersten Mal im Leben in Sorge um die Maultiere sah – wir hatten nur zwei mitgenommen und die anderen bei der Kolonne des Kavalleriekorps zurückgelassen. Wir brachen abends auf und waren am nächsten Morgen schon vor Fronteras, der Bezirkshauptstadt, wo Don Carlitos ein Gespräch mit keinem Geringeren als dem Präfekten der gesamten Region führte. Der Mann hielt sich dort auf, weil man ihn benachrichtigt hatte, dass Gerónimo gesprächsbereit sei. Bevor er in den Ort ritt, hatte Don Carlitos Martíns Cousin den Befehl erteilt, weiter in Richtung Berge zu reiten und

Gerónimos Spur zu suchen, nur für alle Fälle. Von Martín, der in Fronteras für einen Mexikaner, nicht für einen Apachen gehalten wurde, erfuhr ich, dass sich die Föderalisten in der Nacht einzeln in den Ort geschlichen hatten und sich überall versteckten und dass der Präfekt sämtliche Mezcalvorräte des Ortes beschlagnahmt hatte, um ihn während der Verhandlungen den Apachen zu servieren und sie töten zu lassen, sobald sie betrunken waren. Der Präfekt warnte Don Carlitos, wenn er sich einmische, werde er ihn verhaften lassen, worauf der Gringo antwortete, keine Sorge, wo denke er hin, wenn sie die Arbeit erledigen wollten, umso besser. Als er wiederkam, meinte er, wir sollten uns eine Weile ausruhen, sobald die Sonne untergehe, würden wir zum Regiment zurückkehren.

Und das taten wir auch. Noch bei Tageslicht brachen wir in aller Ruhe nach Süden auf, damit der Präfekt und die föderalistischen Soldaten, die er überall in den Bergen postiert hatte, um Gerónimos Leuten den Fluchtweg abzuschneiden, sahen, dass wir uns zurückzogen. In stockfinsterer Nacht trafen wir uns mit Don Carlitos' Fährtenleser. Er hatte eine Spur entdeckt, der wir folgten. Wir ritten langsam, mit schlotternden Knien, immer in Deckung – und mit einem weißen, am langen Stiel einer Agavenblüte wehenden Mehlsack an der Spitze des Konvois, damit Gerónimos Leute sahen, dass wir in friedlicher Absicht kamen, falls sie uns entdeckten, bevor wir sie entdeckten, wovon auszugehen war. Die beiden Fährtenleser ritten an der Spitze, Don Carlitos und die Übersetzer geschlossen in der Mitte, mein Vater und ich mit den Maultieren am Ende. Was mir am stärksten in Erinnerung geblieben ist, war die Aufregung, als wir einen Cañon durchqueren mussten, in dem jemand als eine Art Warnzeichen ein paar Unterhosen an einen Felsen gehängt hatte. Martín und sein Cousin zögerten. Don Carlitos sagte, er werde voranreiten, er wolle die Ehre haben, als Erster auf dem Schlachtfeld zu sterben, falls die Apachen zwischen den Felsen lauerten. Die Fährtenleser erwiderten, diese Ehre gebühre ihnen allein. Am Ende ritten sie gemeinsam an der Spitze, Don Carlitos mit hochgereckter weißer Fahne.

Zum Glück blieb im Cañon alles ruhig, wir dachten, es sei niemand dort. Später wussten wir, dass wir uns getäuscht hatten, dass die Indianer uns weiter oben folgten und Gerónimo mit Don Carlitos reden wollte. Wir brauchten den ganzen Tag, bis wir die Flussbiegung erreichten, an der wir neulich waren, deshalb habe ich sie wiedererkannt. Wir schlugen unser Lager auf, damit Martín und sein Cousin hierherauf zu den Höhlen steigen konnten, um Gerónimo zu sagen, dass wir in friedlicher Absicht gekommen seien, um mit ihm zu verhandeln, dass er keine Angst zu haben brauche und sich das Regiment zurückhalten werde. Am nächsten Tag, bei Sonnenaufgang, waren sie da.

Der General hielt inne, um einen Schluck Kaffee zu trinken – wenn er als Offizier so erfolgreich war, dann deshalb, weil er es verstanden hatte, sich mit genialen Strategen zu umgeben, und so viel Charisma besaß, dass er selbst einen Stein gerührt hätte, vor allem aber, weil er dieses Gespür für Dramatik hatte, das bedeutende Persönlichkeiten ausmacht. Seine Männer saßen um die glimmende Asche herum und sahen ihn gebannt an, wie vier neugierige Katzen. Er schüttelte den Kopf, verzog den Mund zu einem finsteren Lächeln.

Ihr hättet sie sehen sollen, sagte er und strich sich über den Mund. Sie tauchten zwischen den Felsen auf, einfach so, als hätten sie unter der Erde geschlafen, sie näherten sich nicht, die Arschlöcher, sie quollen hervor. Sie waren hart, echte Teufelskerle. Alle, sogar die Frauen, trugen Gewehre und Revolver. Er nahm einen Schluck Kaffee. Ich betrachtete sie aus den Augenwinkeln, denn mein Vater hatte mich gelehrt, ihnen niemals ins Gesicht zu sehen. Es kam mir vor, als hätten sie einen ganzen

Friedhof im Schlepptau. Die Erste, die hochschnellte, war Lozen, Victorios Schwester, die wir bereits kannten. Auch Fun erkannten wir wieder, die wie viele von ihnen als Mexikanerin aufgewachsen war, und Chapo, Gerónimos Sohn. Don Carlitos kannte alle beim Namen. Er begrüßte sie und erkundigte sich nach ihren Familien. Plötzlich tauchte wie aus dem Nichts Gerónimo auf, die Pistole mit dem perlmuttfarbenen Griff am Gürtel und das Gewehr auf den Boden gerichtet. Er fragte den Gringo auf Spanisch, warum er nicht zu ihm heraufgekommen sei und ihn begrüßt habe, er sei ein bisschen beleidigt, dass man anscheinend geglaubt habe, eine solche Truppe könnte ihm einen Schreck einjagen.

Der Leutnant war kreidebleich vor Angst – er kannte Gerónimo von früher gut, aber das war im Reservat und zu einer anderen, friedlicheren Zeit gewesen. Nach so vielen Monaten auf dem Kriegspfad und hier im Gebirge war der Indianer ein anderer. Eine gespannte Feder, die Entschlossenheit in Person. Er trug dieselben, fast kniehohen Hirschlederstiefel wie immer, kurze Hosen und ein langärmeliges Baumwollhemd. Das rote Kriegsstirnband hing ihm um den Hals, und er hatte ein Sakko aus grober Wolle mit zwei runden Flicken auf der Brust an. Sosehr er sich auch bemühte, freundlich dreinzuschauen, sein Gesicht drückte nichts als Wut aus. Er lehnte die Winchester an einen Baumstamm und ließ sich auf dem Boden nieder. Er forderte Don Carlitos auf, sich zu ihm zu setzen, und der gehorchte – Gerónimo hatte es auf Apache gesagt, doch seine Gesten verstand man auch so. Der Leutnant hatte solche Angst, dass er sogar sein Rheuma vergaß. Er nahm neben ihm Platz. Sie saßen so nah beieinander, dass ihre Oberschenkel sich berührten. Gerónimo fragte auf Spanisch und für alle hörbar – die Friedensverhandlungen waren immer auch eine Art Vaudevilletheater –, ob sie Mezcal hätten. Der Leutnant verneinte. Tabak? Mein Vater reichte dem Offizier einen Beutel, ohne Gerónimo anzusehen – es war allgemein bekannt, dass Gerónimo, wenn er einem Mexikaner begegnete, diesen sofort erschoss, ohne auch nur ein Wort zu verlieren.

Lächelnd wog der Indianer den Beutel in der Hand, während Don Carlitos ihm das Papier hinhielt, damit er sich eine Zigarette drehen konnte. Der Indianer dankte mit einer Handbewegung und zog eine Pfeife aus der Innentasche seines Jacketts. Sie sollen gehen, sagte er, ohne aufzusehen, und deutete mit der Hand, in der er immer noch den Tabakbeutel hielt, auf meinen Vater. Der Leutnant nickte und bat Gerónimo, ihm zu garantieren, dass wir unversehrt zurückkommen würden. Doroteo kann man vertrauen, sagte er, und sein Sohn ist noch ein Kind. Der Indianer hob den Kopf und sah mich mit seinen steinernen Augen an. Du hast mein Wort, sagte er. Mein Vater hatte ihn noch immer nicht angesehen – kein Mexikaner, erst recht kein unbewaffneter Maultiertreiber, der einen Militärkonvoi begleitete, hätte es gewagt, ihm in die Augen zu schauen.

Ich hielt seinem Blick stand. Ich will nicht angeben; ich war ein Grünschnabel und konnte einfach nicht die Augen von ihm abwenden, so, wie man etwa eine Leiche anstarrt. Schließlich war das hier Gerónimo, der berühmteste Indianer aller Zeiten. Der Kerl bedeutete mir mit der Pfeife, zu ihm herüberzukommen. Ich gehorchte, ohne nachzudenken, weil Kinder nun mal gehorchen, aber dann spürte ich, dass mein Vater mich an der Schulter festhielt. Ich ging nicht weiter, wandte jedoch meinen Blick nicht ab. Komm her, sagte er mit seiner brüchigen, rauen Stimme; ich tue dir nichts. Mein Vater ließ mich nicht los, bis Don Carlitos sagte, ich bräuchte keine Angst zu haben, er sei da, um mich zu beschützen. Ich hatte zwar Angst – und wie! –, aber der Abgrund hat mich schon immer angezogen, also stürzte ich mich hinein.

Die anderen Krieger saßen in einem Kreis um die beiden herum, so wie wir jetzt. Es waren um die zwölf, dreizehn. Ich bewegte mich, als wäre ich auf dem Weg zum Schafott. Zwei Handbreit vor Géronimo blieb ich wie angewurzelt stehen, inmitten der Krieger, zu denen inzwischen auch die Gringos gehörten, denn alle waren herbeigekommen, um dem Gespräch zu lauschen. Mit einer Geste forderte er mich auf, noch näher zu treten. Ich konnte seinen Aasgeieratem riechen, den säuerlichen Geruch seines Sakkos, den Pferdeschweiß an seinen Beinen, die Sonne und den Staub, aber auch das Parfüm aus Blumen, mit dem die Apachen sich sogar das Haar wuschen, wenn sie in den Kampf zogen – seines war noch immer pechschwarz. Plötzlich, mit einer blitzschnellen Bewegung, wie eine Klapperschlange, die sich auf ihr Opfer stürzt, packte er mich und drückte mich an sich. Seine Haut kam mir warm vor, fast zart, während er mich am Schopf packte, um meinen Kopf in seine Richtung zu drehen. Er steckte mir einen Finger in den Mund, um meine Zähne zu betasten, sah mir in die Ohren. Dann ließ er mich los und gab mir ein paar freundliche Klapse auf den Bauch. Nicht schlecht, sagte er zu seinen Leuten, wir sollten ihn mitnehmen, und während er mich, ohne zu lächeln, aber entspannt ansah, fragte er in scherzhaftem Ton: Kommst du mit uns? Mein Vater befahl mir mit einem Blick, den ich nur zur Genüge kannte, zu ihm zurückzukommen, und ich gehorchte.

Wir waren bereits dabei, das letzte Gepäck von den Maultieren zu laden, um zu dem Treffpunkt zu reiten, wo das Regiment auf uns warten würde, als plötzlich Häuptling Naiche neben uns auftauchte, der Sohn von Cochís, den ich nie kennengelernt habe, aber von dem es damals hieß, er sei der mutigste Indianer gewesen, der je gelebt habe. Naiche war jünger als Gerónimo. Seine Haut war dunkler, sein Gesicht sah aus wie gebrannter Ton. Gerónimo war kein Häuptling, er war eine Art Anführer, seine Aufgabe bestand darin, dafür zu sorgen, dass die Gruppe durchhielt, angriff, losstürmte. Naiche war anders, ein Häuptling – fast so etwas wie ein Politiker. Er ging an uns vorbei, als wären wir gar nicht da, und weiter zu Don Carlitos, um ihm mit einem Lächeln die Hand zu reichen. Ich weiß nicht, was danach geschah, denn wir sind dann aufgebrochen, und als wir das Regiment erreichten, bezahlte uns der Hauptmann, bedankte sich und gab uns unsere Maultiere zurück. Sie hatten ihre eigenen Maultiere aus den Vereinigten Staaten erhalten.

Der General legte sich wieder hin, deckte sich mit seinem Poncho zu und fragte mit halb geschlossenen Augen: Wer übernimmt die erste Wache? Der Cousin, der ihm den Kaffee eingeschenkt hatte, hob die Hand. Ist sonst noch was passiert?, fragte er. Wann? Als Sie Gerónimo kennengelernt haben. Der General zuckte mit den Schultern. Bevor wir von dort aufgebrochen sind, wo Don Carlitos und Gerónimo sich trafen, haben wir noch einmal kurz am Fluss angehalten. Mein Vater hatte bemerkt, dass ich mir in die Hosen gemacht hatte. Kein Wunder, bemerkte einer der Männer. Nicht vor Angst, erklärte der General, sondern vor Wut – ich wäre lieber mit den Indianern mitgegangen.

Später

Das Gewitter in den Chiricahuas beschäftigte uns noch den ganzen Abend lang. Nach der Rückkehr nahmen wir alle eine heiße und ausgiebige Dusche, obwohl es in der Hütte in den Peñascosas heiß war. Während des Abendessens fielen sich die Kinder immer wieder aufgeregt ins Wort, um Valeria von den Wassermassen, den Blitzen, den Rettungsdecken – die sie bestimmt wie einen Schatz hüten würden – und dem ihrer Ansicht nach besten Kakao der Welt zu erzählen. Selbst Miquel wurde wieder zum Kind, während er seine Kommentare abgab, manchmal mit Begeisterung, meistens jedoch zurückhaltend, ernst, ein bisschen kühl, so, wie er sich immer in Gegenwart meiner Frau verhält.

Ich frage mich, ob er überlegte, wie es wäre, wenn anstelle dieser aufmerksamen und besorgten, aber im Grunde auf die Tapferkeit ihrer Kinder stolzen Frau seine Mutter wäre. Ob er meine schwierigen Jahre an deren Seite als heile Welt erinnert, die wir zerstört haben, ohne ihn zu fragen. Aber ich glaube, dass er vor allem zufrieden war, aufgewühlt wie wir alle – wir hatten dem Tod ins Auge geblickt, zumindest kam es uns so vor, und waren ihm noch einmal von der Schippe gesprungen. Vielleicht fühlte er sich als Teil der Familie – was er für uns auch ist – und nicht, wie er sich sonst vermutlich selbst wahrnimmt: als ein Gast.

Wir saßen noch lange zusammen, zum Teil auch deshalb, weil wir unbedingt noch den letzten Rest von dem Wein austrinken wollten, den wir für unseren Aufenthalt in der Hütte besorgt hatten.

Als wir die Küche aufräumten, waren alle todmüde und erschöpft. Wir beschlossen, ins Bett zu gehen und früh aufzustehen, um rechtzeitig zu packen und unsere Zelte abzubrechen. Zufrieden wünschten wir uns eine gute Nacht, ohne dass sich einer von uns groß Gedanken darüber gemacht hätte, dass wir um zehn Uhr morgens wieder getrennt sein würden – der große Bruder an Bord eines Flugzeugs zurück nach Mexiko und ohne konkrete Pläne für ein nächstes Treffen.

Ich kenne Tesorababi, es ist hübsch, aber Damiancito hat übertrieben, glaube ich. Ganz genau kann ich das natürlich nicht sagen, ich war zu einer anderen Zeit dort. Ich habe von mehr als einem gehört, dass der Ort damals seine Blütezeit erlebt habe, dass es später nie wieder so gewesen sei. Er hat gesagt, bei seiner Ankunft sei es ihm wie der Bahnhof vorgekommen, an dem im Jenseits die Besten ausstiegen. Und trotzdem ist er eines Tages wieder in Janos aufgetaucht, um seine Tanzschule zu gründen, so toll kann es also nicht gewesen sein, aber wer weiß. Er hat mir nie erzählt, warum er von dort fortgegangen ist.

Tesorababi wuchs um die Hazienda herum, die der Señora gehörte. Der Großvater ihres Gatten, der von einer vornehmen Familie aus Sonora abstammte und das zu nutzen wusste, hatte sie gekauft. Weil die Hazienda in einem tiefen Tal liegt, ist es dort außergewöhnlich fruchtbar, deshalb zogen viele Menschen hin. Unser Damiancito hier, sagte sie und legte eine Hand auf die Schulter des Toten, bekam als Unterkunft einen kleinen Getreideschuppen. Sie räumten ihn leer, damit außer einem Herd, einem Bett und einem Tisch auch ein Klavier hineinpasste, das sie unter unglaublichen Anstrengungen durch die Wildnis der Sierra gekarrt hatten und auf dem er in Wahrheit nicht einmal spielen konnte.

Das Leben im Dorf muss angenehm gewesen sein, weil der Kleine insgesamt sieben Jahre dort verbrachte. Die Besitzerin der Hazienda kümmerte sich um alles, und im Gegenzug musste er nichts weiter tun, als den Töchtern des Hausherrn ein paar – eher imaginäre – Klavierstunden zu geben. Es dauerte eine Weile, bis er Kontakt zu den Apachen aufnahm, von denen die Señora ihm erzählt hatte, nachdem sie ihn überredet hatte, auf die Hazienda zu ziehen. Bei seiner Ankunft hatte er nach ihnen gefragt, und die Leute machten kein Geheimnis daraus, konnten ihm aber auch nichts Näheres erzählen oder mit irgendwelchen Enthüllungen aufwarten, denn sie wussten nicht mal genau, wo die Indianer überhaupt lebten – sie tauchten stets ohne Vorwarnung, bepackt mit Tonkrügen voll Honig auf, die an einem dieser Seile befestigt waren, wie ihre Frauen sie aus Agavenfasern herstellten. Im Gegensatz zu den anderen Indianern der Gegend bauten sie keinen Stand auf dem Platz auf, um den Honig zu verkaufen. Sie kamen nicht einmal ins Dorf. Sie gingen direkt zum Aufseher der Hazienda auf den Terrassen, wo das Vieh weidete, und der ließ etwas Mais von der Hazienda holen und gab ihnen ein paar junge Kälber, die sie in die Berge mitnahmen und dort aufzogen.

Ihre Apachis waren heute wieder da, Don Damián, sagte eines Tages der Chef der Viehtreiber zu ihm, und Damián fragte, warum er ihn nicht habe holen lassen, damit er sie mal hätte kennenlernen können. Der Mann erwiderte, die Indianer seien misstrauisch. Damiancito liebte es, dieses Gespräch nachzuspielen, und gab es jedes Mal zum Besten, wenn ihm bei einem Tanzabend ein unbekannter Gast vorgestellt wurde. Er gab den neugierigen Fremden, die Hand am Kinn, den Körper angespannt und die Augenbrauen eindrucksvoll hochgezogen; in der Rolle des Ranchers wiederum tat er schüchtern und ängstlich. Und wie war's?, habe er den Mann gefragt und antwortete sich selbst im starken Akzent der Berge, der ihm nicht schlecht gelang: Ich musste ihnen drei Kälber geben. Die Señora hat mir gesagt, dass ihr ihnen ein bisschen Trockenfleisch gebt, sagte Damiancito, worauf der andere antwortete, die Señora habe keine Ahnung. Damiancito war überrascht, setzte das Gespräch aber fort, als wäre nichts gewesen. Der Aufseher erzählte, dass er weder Waffen noch Pferde mit ihnen tausche, obwohl sie ihm alle paar Monate damit kämen, dass sie genug Rinder hätten, aber Gewehre und Gäule bräuchten, um ihr Jagdgebiet zu vergrößern und auch mit Fellen für den Winter nach Tesorababi kommen zu können. So gefährlich sind sie?, fragte mein Liebster hier zurück – er hatte sofort begriffen, wovon der Viehtreiber sprach. Wenn sie wollen, sind es gute Menschen, erwiderte der Aufseher, aber wenn sie durchdrehen, veranstalten sie ein Spektakel von hier bis zur Sierra de Durango. Und stimmt es, dass es Fliegenhonig ist? Fliegen geben keinen Honig; er schmeckt anders, weil er von Wespen stammt. Wespen? Sie sind so irre, dass sie die Viecher melken. Die Señora sagt, es sei der beste Honig von Sonora. Der Aufseher überlegte einen Moment und sagte dann: Die föderalistische Armee nimmt uns noch übler aus, wenn sie hier vorbeikommt, und lässt uns nicht mal einen verdammten Honig da.

Der Blonde fand auch diese Geschichte nicht lustig, und sie bereute, sie erzählt zu haben. Schließlich war sie Theaterschauspielerin und Sängerin gewesen, Komödien waren jedoch nie ihre Stärke. Wahrscheinlich habe ich die Geschichte schlecht erzählt, bemerkte sie entschuldigend. Sie betrachtete den Toten, als würde der nur ein Schläfchen machen, und fuhr fort: *Er* hatte auf jeden Fall das Talent zum Schauspieler, die Leute lachten sich kaputt, wenn er ihnen erzählte, was ich Ihnen gerade erzählt habe. Was er auf den Festen allerdings nicht erzählte, war, dass er den Aufseher am Ende fragte, wo er die Indianer finden könne, und der ihm antwortete, dass sie keinen festen Wohnort hätten, dass sie mit ihren Hütten je nach Klima und den Wanderungen der Tiere von einem Ort zum anderen zögen, dass er sie nur finden könne, wenn sie das wollten, was nicht der Fall sein werde. Damián bat ihn inständig, ihm Bescheid zu geben, wenn die Indianer wieder auf die Hazienda kämen, und der Viehtreiber fragte, wie er sich das vorstelle – wenn er wüsste, dass sie im Anmarsch seien, würden er und die anderen Viehtreiber sie mit einem Kugelhagel empfangen.

Der Blonde unterbrach sie, und sie drehte sich um und sah ihn mit dem Blick einer Schlafwandlerin an, als wäre sie schon eingeschlafen und ginge den wachen Menschen auf die Eier. Doña, sagte er, aber sie blieb stumm. Doña, sagte er noch einmal und wischte sich den Schweiß und die Erde von der Stirn. Sie war mit den Gedanken woanders, als wäre nur noch ihr Körper anwesend. Doña, sagte er zum dritten Mal, und da erst reagierte sie. Was ist, mein Guter?, fragte sie, als wäre er ein Fremder, dem sie an der Postkutschenstation begegnete. Reicht das?, fragte er und deutete auf das Loch, das er gegraben hatte. Er stand bis zu den Knien in der Grube. Sie richtete sich auf und warf einen prüfenden Blick hinein, als sähe sie so etwas zum ersten Mal. Noch ein bisschen, sagte sie, ich weiß, was für eine Plackerei das ist, aber grab noch ein bisschen. Damiancito hat es verdient. Wenn du willst, bedecken wir die anderen nur mit ein paar Steinen, damit die Kojoten sie nicht fressen, aber Damiancito soll ein richtiges Grab bekommen. Der Blonde hätte alles getan, was sie verlangte. Er schabte weiter in der Erde.

Sie setzte sich wieder neben ihren Toten, im Schneidersitz wie ein kleines Mädchen. Sie sprach weiter, vielleicht nur zu sich selbst, wenn auch mit lauter Stimme. Der Aufseher war nicht der Einzige, der von den Apachen sprach wie von einem Geistervolk, das man besser nicht heraufbeschwor, sagte sie, und zwar zu Recht, wie du sehen wirst. Eines Tages fragte er einen irischen Minenarbeiter auf der Durchreise nach seinen Mokassins. Der Mann erklärte, er habe sie weiter oben in den Bergen, auf der Seite von Chihuahua, in einer Apachensiedlung im Tausch für etwas anderes erhalten. Damiancito erzählte ihm, dass seine Amme Apachin gewesen sei und die Nonnen, die ihn großzogen, ihm gesagt hätten, dass seine Willensstärke von ihren Kräften herrühre. Sie haben keine Kräfte, erwiderte der Minenarbeiter, sie sind nur die größeren Arschlöcher. Damián fragte, wie er sie finden könne, und der Mann antwortete, so laufe das nicht, aber falls er eines Tages zufällig bei ihnen vorbeikomme und etwas dabeihätte, was sie gebrauchen könnten, würden sie sich ihm zeigen und ein Tauschgeschäft vorschlagen; es sei aber besser für ihn, wenn ihm das nicht passiere, denn wenn er sich weigere, würden sie sich nehmen, was sie wollten, und ihn töten, schnell oder langsam, je nach Laune. Allerdings sei es ziemlich seltsam, dass er Leute kennenlernen wolle, von denen jeder andere, er selbst eingeschlossen, wünschte, dass sie gar nicht existierten. Damián wollte wissen, was sie im Tausch für die Mokassins von ihm verlangt hätten, doch der Minenarbeiter antwortete nicht und ging einfach fort.

Er hat mir erzählt, dass er ihn ein paar Tage später wiedertraf, als der Mann bereits dabei war, Tesorababi wieder zu verlassen – traurig, weil er gekommen war, um sich eine Frau zu suchen, und kein Glück gehabt hatte. Der Mann hatte einen fürchterlichen Kater, sagte aber, er habe an ihn gedacht, und da sei ihm etwas eingefallen: Vielleicht sollte er nach Chihuahua gehen, in der Nähe der Forts würden zahme Apachen leben, denn dort verteile die Regierung noch umsonst Lebensmittel, damit sie keine Überfälle verübten. Und halten sie sich daran?, fragte Damiancito. Nein. Warum geben sie ihnen dann was? Damit sie die Menschen in Sonora und nicht die in Chihuahua überfallen. Und ich kann einfach hingehen und mit ihnen reden?, fragte er. Ja, wenn sie Sie nicht vorher umbringen. Warum sollten sie mich umbringen? Weil es Apachis sind. Damiancito erzählte, dass ein seltsamer Moment folgte, in dem sie sich einfach nur ansahen, und dass er auf einmal einen Geistesblitz hatte und fragte: Mögen die Apachen Musik? Der Ire nickte traurig. Sie haben ihre Feste, sagte er und ging fort, als hätte er nie ein Wort gesprochen.

GENERAL ESTRADA, HELD DER SCHLACHT VON EL CARRIZAL, AUCH ER ZURÜCK IM FORT SAM HOUSTON

Don't you remember me?, fragte General Estrada General Parker. Weil er El Carrizal verteidigt hatte, war Estrada zum Brigadier befördert und zum Fort Sam Houston gesandt worden, um an den Friedensverhandlungen zwischen Mexiko und den Vereinigten Staaten teilzunehmen. Es war noch nicht einmal sieben Uhr morgens, als die beiden Männer sich, dreißig Jahre nachdem sie sich das letzte Mal gesehen hatten, erneut begegneten.

General Parker schritt über den Flur zum Besprechungsraum, in dem sich die Außenminister beider Länder trafen. Er ging mit seinem Sekretär ein paar letzte Fragen durch, als jemand ihn am Arm fasste. Obwohl er wusste, dass ein Freund aus einem anderen Leben zur mexikanischen Delegation der Friedenskonferenz gehörte, brauchte er einen Moment, bis er das lächelnde Gesicht einordnen konnte. Er kniff die Augen zusammen und sagte: *Of course I do!* Er gab seinem Assistenten das Notizbuch, das er in der Hand hielt, wies ihn an, alles Weitere so zu klären, wie er es für richtig hielt, und umarmte Estrada. Er habe seinen Namen auf der Teilnehmerliste gelesen und hätte gerne bei den Mexikanern vorbeigeschaut, um ihn zu begrüßen, sagte er auf Englisch, doch der Minister lasse ihm einfach keine Zeit. Er trat einen Schritt zurück und sagte auf Spanisch: Wie ich sehe, bin ich nicht der Einzige, der Karriere gemacht hat, General. Estrada lachte – beide waren noch Leutnant gewesen, als sie sich vor drei Jahrzehnten, unmittelbar nach der Verbannung von Gerónimo und den übrigen Chiricahua, voneinander verabschiedet hatten. Sieht ganz so aus, General Parker, erwiderte der Mexikaner. *But you have not put on as much weight as I have.* Das liegt daran, dass ich Witwer wurde und eine junge Frau geheiratet habe, die macht mir ordentlich Feuer unterm Arsch. Parker grinste – seit Jahren hatte er niemanden mehr auf Mexikanisch fluchen hören, so, wie er selbst es eine Zeit lang leidenschaftlich gern getan hatte, denn manche Dinge konnte man einfach nicht besser ausdrücken. *We both have to attend the official dinner tonight,* sagte er mit einem Blick auf die Uhr. *Why don't we have a drink in my quarters after that? You must try the bourbon that a general can get around here.*

Parker und Estrada hatten sich an dem wilden Morgen des 29. August 1886 kennengelernt, in einer Ebene nahe Nacozari, Sonora, im Herzen der Sierra Madre. Die Friedensgespräche, erst zwischen Gerónimo und Gatewood, dann zwischen Häuptling Naiche und Captain Lawton, hatten zu einer für beide Seiten einigermaßen günstigen Übereinkunft geführt: Lawton war einverstanden, weder Gerónimo noch sonst einen seiner Krieger an die Justiz von Arizona auszuliefern, und Gerónimo hatte sich bereit erklärt, in Gewahrsam des Hauptmanns mit seinen Leuten in die Vereinigten Staaten zurückzukehren. Es war ein befristetes und in Wahrheit nur sehr kurz währendes Abkommen: Es würde so lange Bestand haben, wie sie bräuchten, um Mexiko zu verlassen, damit Naiche und Gerónimo direkt mit General Nelson Miles sprechen konnten. Alle, Amerikaner wie Apachen, wussten, dass dieses letzte Gespräch zur Einwilligung der Indianer führen würde, nach Fort Marion in Florida gebracht zu werden, wohin die amerikanische Armee bereits die Chiricahua eskortierte, die aus dem San-Carlos-Reservat in die Sierra Madre geflohen waren. Auch Azul, Gerónimos letzte Frau, war mit ihrer erst kürzlich geborenen Tochter schon auf dem Weg nach Florida.

Leutnant Estrada war bei diesen ersten Verhandlungen zwischen Apachen und Amerikanern nicht dabei gewesen. Zu jener Zeit war er mit einem gut ausgerüsteten Truppenverband von zweihundert Mann in Fronteras stationiert und diente Oberst Francisco Aguirre, Kommandant des Bezirks Arizpe und höchster militärischer und ziviler Machthaber der Region, als Sekretär und Dolmetscher. Parker dagegen hatte das Kommen und Gehen der Chiricahua miterlebt, als sie nächtelang über die Bedingungen des Abkommens diskutierten. Er hatte gesehen, wie sie die Medizin zubereiteten, mithilfe derer sie die Zeichnung ihres Schicksals zu entziffern vermochten, die Usen wie eine Karte des Überlebens in der Wüste ausgebreitet hatte. Er hatte Lawton schwitzen sehen – er hätte noch mehr abgenommen, wenn er nur ein Gramm Fett zu verbrennen gehabt hätte –, während er Versprechungen machte, von denen er wusste, dass sie gegen die Befehle des amerikanischen Präsidenten verstießen. Er hatte pausenlos mit den Kriegern geraucht, hatte mit ihnen gefrühstückt, zu Mittag und Abend gegessen. Wie viele amerikanische Soldaten, die neugierig waren oder das Glück hatten, die nötige Geduld aufbringen zu müssen, um die Lebensweise der Chiricahua zu verstehen, hatte er am Ende mit ihnen sympathisiert und wollte sie nicht tot sehen.

Während Leutnant Estrada nach Kräften Aguirres Wutanfälle besänftigte, weil die Gringos ihn in die Irre geführt und ihm Gerónimo vor der Nase weggeschnappt hatten – Gerónimos Mörder zu sein hätte ihm eine hübsche Beförderung eingebracht und erlaubt, der Wüste für immer den Rücken zu kehren –, vertrieb Leutnant Parker sich die Zeit, indem er mit den Chiricahua-Kindern spielte, nur damit die Häuptlinge wieder und wieder die gleichen Gespräche führten und Verhandlungsrunde um Verhandlungsrunde kaum einen Millimeter vorankamen. Er hatte das Vertrauen der Frauen gewonnen, die Namen aller Indianer gelernt und mit Kriegern, die ihr Leben lang nur gekämpft hatten, lachend Karten und Ball gespielt. Wobei ihre Namen zu lernen auch nicht allzu schwer war: Die gefürchtete Apachenarmee, die Sonora, Chihuahua, Arizona und New Mexico – ein Gebiet, so groß wie Frankreich, Spanien und Deutschland zusammen – monatelang in Atem gehalten hatte, bestand gerade einmal aus siebenundzwanzig Chiricahua.

Für Leutnant Parker, der die Nahkämpfe zwischen der amerikanischen Kavallerie und Häuptling Cochís' Reitern in Arizona nicht miterlebt und nur an kleineren Scharmützeln und Verfolgungsjagden in den Bergen teilgenommen hatte, waren die Chiricahua nicht viel mehr als ein halb nackter Schatten mit Winchester-Gewehr, der sich nach einem gezielten Schuss in den Kopf eines Soldaten in Luft auflöste. Wie die anderen Expeditionsteilnehmer der vierten Kavallerie überraschte ihn nicht nur ihre kleine Zahl, sondern auch, dass es sich bei der Gruppe – obwohl deren Mitglieder von der physischen Anstrengung des monatelangen Katz-und-Maus-Spiels in den Bergen ebenso mitgenommen waren wie sie selbst – um gepflegte, gut aussehende und kräftige Menschen in sorgfältiger Aufmachung handelte. Was ihn vielleicht am meisten beeindruckte, war ihre Fähigkeit, sich selbst in den schwierigsten Situationen noch zu vergnügen, und die Situation, in der sie sich befanden, war mehr als schwierig: Jeder wusste, dass Naiche nach einem Krieg, der schon so lange andauerte, dass keiner mehr wusste, wann er begonnen hatte, am Ende mit Gerónimos Billigung nachgeben würde.

Wenn er sie zwischen den Felsen oder im Schatten der Pappeln sitzen und plaudern oder mit den Kindern spielen sah – die meisten weiß gekleidet, in tadellosen Westen aus Gamsleder oder Wolljacken, die Füße in Mokassins, denen man die vielen Reparaturen nicht ansah, mit ihren langen schwarzen, von einem roten

Band zusammengehaltenen Mähnen –, kamen ihm die Apachen alles andere als unerklärlich vor. Sie waren weder ein Rätsel noch eine Macht, noch etwas, vor dem es kein Entrinnen gab. Sie waren eine bewegliche Gemeinschaft, Familien, eine Gruppe von Freunden und Verwandten, die anständig und ehrenhaft blieben, obwohl sie wussten, dass sie mit dem Rücken zur Wand standen. Als General Parker 1909 erfuhr, dass Gerónimo als Kriegsgefangener in einem Internierungslager gestorben war – in der Nähe eines Dorfes, das erst kürzlich zu Ehren des Hauptmanns, der den Indianer offiziell besiegt hatte, in Lawton umbenannt worden war –, verspürte er vor allem Wut.

He was never allowed to return to Arizona, sagte er zu General Estrada, als sie sich nach dem förmlichen Abendessen der beiden Delegationen im Büro des Gringos gegenseitig auf den neuesten Stand brachten. *And you and I* – fuhr er fort – *were there when General Miles promised him that his reclusion would be temporary.* Der Mexikaner schwenkte langsam sein Glas mit drei Unzen eines so dickflüssigen Bourbons, dass er aussah wie Schokolade. Dreiundzwanzig Jahre als Kriegsgefangener, sagte er und machte ein mitleidiges Gesicht.

Zu dem Zeitpunkt, als sie sich wiedersahen und einen eher nostalgie- als bourbongetränken Abend miteinander verbrachten, waren weder Parker noch Estrada ranghoch oder wichtig genug, um an den Friedensgesprächen teilzunehmen, die Pershings Strafexpedition ein Ende setzen oder sie zumindest in eine Bahn lenken sollten, die eine weitere Eskalation verhinderte. Keiner wollte einen Krieg, aber ein Skorpion, der wütend ist, sticht sich manchmal selbst in den Kopf. Präsident Wilson hatte sich auf einen Streit mit Mexiko eingelassen, um eine Wahl zu gewinnen, und es gab keinen Ausweg, bis er entweder Francisco Villa geschnappt oder die Wahlen gewonnen hätte. Zu der Zeit war jedoch längst klar, dass Villa wie Gerónimo war, dass er die

Vereinigten Staaten überfallen, Columbus in Brand stecken, die größte Armee der Welt demütigen und unbehelligt wieder verschwinden konnte – ihn zu schnappen war unmöglich. Unter anderen Umständen hätte Wilson alles auf einen bedingungslosen Krieg südlich der Grenze gesetzt, aber kurz vor dem Eintritt in einen europäischen Krieg von obszönen Dimensionen eine Front in Mexiko zu eröffnen wäre eine große Dummheit gewesen. Die Friedensgespräche mündeten in der Vereinbarung, dass General Pershing im Süden bleiben würde, allerdings mit dem Vorrecht, die Banden der Pancho-Villa-Anhänger verfolgen zu dürfen, wenn sie sich in der Nähe seines Lagers blicken ließen. Was bedeutete, dass zehntausend Soldaten auf einer Ebene stationiert werden und dort das Ende der Wahl im November abwarten würden, um dann still und leise den Rückzug anzutreten.

Hätte jemand Parker gefragt, ob es sich lohne, in Mexiko einzumarschieren, um in der Sierra Madre einen Mann auf der Flucht zu fassen, hätte er geantwortet, dass das Unsinn sei, doch er war lediglich als Leiter des Militärstützpunkts zugegen, der genau in der Mitte zwischen Washington und Mexiko-Stadt lag, und erfüllte nur protokollarische Aufgaben. Und Estrada war in Wirklichkeit schmückendes Beiwerk, weil er vor Kurzem eine bedeutende Schlacht gegen die Gringos gewonnen hatte. Beide dienten als Hilfskräfte, sie hatten nicht einmal Zutritt zu den Besprechungen.

Ein paar Tage zuvor, bei seiner ersten Sitzung als Mitglied des Kriegskabinetts von Präsident Venustiano Carranza, war der frisch beförderte und von Kopf bis Fuß dekorierte General Estrada der Debatte zwar aufmerksam gefolgt, hatte aber selbst nicht sonderlich viel beigesteuert. Es war Ende Juni 1916, über den Patios des Palacio Nacional goss es in Strömen, und der Präsident, den der nagelneue Brigadier noch nie im Leben gesehen hatte, war schlecht gelaunt. Pershings Strafexpedition, die nie dessen Zustimmung fand, aber toleriert wurde, weil der Großteil der föderalen Streitkräfte die Gebiete am Golf befriedete, war zu einem politischen Albtraum geworden. Als Carranza einverstanden gewesen war, dass Wilson Truppen zur Verhaftung Villas schickte, hatte ihm der Gedanke noch gefallen, dass die Gringos eine Arbeit für ihn erledigten, für die er weder das Geld noch die Männer hatte. Er wäre nie auf die Idee gekommen, dass Wilsons Plan darin bestand, mit zehntausend Soldaten seinen zukünftigen Einmarsch in Europa zu erproben. Unterstützt von unzufriedenen Splittergruppen des machthabenden Militärs, machte die Presse dem mexikanischen Präsidenten Druck. Unaufhörlich fragte sie: Und dafür haben die Konstitutionalisten also die Revolution gewonnen?

Estradas Anwesenheit bei der Sitzung des Kriegskabinetts war rein symbolischer Natur. Während der Schlacht von El Carrizal war den Buffalo Soldiers der zehnten Kavallerie die Hand ausgerutscht: Als sie eine Gruppe von Pancho Villas Männern verfolgten und die Truppen der föderalen Armee ihnen den Weg versperrten, hatten sie das Feuer eröffnet. Es kam zu einem schweren Gefecht mit großen Verlusten auf beiden Seiten: Sämtliche Offiziere – Gringos und Mexikaner – starben auf dem Schlachtfeld, mit Ausnahme von Estrada, der zu dem Zeitpunkt schon kurz vor der Pensionierung stand. Als erfahrener Offizier übernahm er nach dem Tod seines Vorgesetzten das Kommando und wehrte den Angriff der Amerikaner mit seinen Männern erfolgreich ab. Dabei machte er genügend Gefangene, um sie später gegen die eigenen auszutauschen.

Von den Zeitungen als Held des Widerstands gegen die Vereinigten Staaten gefeiert, wurde Estrada in einem Alter, in dem er sich eigentlich schon um seine Enkel kümmern sollte, zum Brigadegeneral befördert. Präsident Carranza hatte ihn vor allem als Zeuge zu der Sitzung des Generalstabs eingeladen, die auf sein Telefonat mit Präsident Wilson folgte – die Präsidenten wollten die Lage beruhigen und sicherstellen, dass keines der beiden Länder dem jeweils anderen den Krieg erklärte. Der frischgebackene Brigadier beschränkte sich darauf, aufmerksam den Gesprächen zwischen dem Präsidenten, dem Kriegsminister, dessen Divisionsgenerälen und dem Außenminister zu lauschen und die mit seinem Namen versehene Dokumentenmappe zu lesen, die er vorfand, als er sich nervös an seinen Platz am Tisch im Juárez-Saal des Regierungspalastes gesetzt hatte. Am Ende der Sitzung, der Präsident war bereits gegangen, trat er diskret an den Kriegsminister heran, der ihn erst zwei Tage zuvor ausgezeichnet hatte, um ihm zu sagen, dass er bei der Durchsicht der Teilnehmerliste des Treffens im Fort Sam Houston auf den Namen eines guten Freundes gestoßen sei, General James Parker, und dass es vielleicht hilfreich sein könne, wenn er die diplomatische Mission begleite. Als der Minister um die Erlaubnis bat, ihn der Liste hinzufügen zu dürfen, erwiderte Präsident Carranza mit einem Lächeln, natürlich dürfe er das, den Helden von El Carrizal müsse man vorzeigen, er solle ihn ruhig mitnehmen, und wenn den Gringos das nicht schmecke, umso besser.

Es war nicht Estradas erste diplomatische Mission. Dreißig Jahre zuvor, am 29. August 1886, hatte er, damals noch Leutnant, den Präfekten von Arizpe begleitet, der von den Amerikanern Gerónimos Auslieferung verlangte.

Der Präfekt sprach kein Englisch, und da Estrada ein paar Jahre in den Vereinigten Staaten zur Schule gegangen war, war er ihm eine unverzichtbare Hilfe. Aguirre, halb Offizier, halb Politiker, war ein pummeliger, kleiner Mann mit rosa Haut. Seine pockennarbigen Wangen betonten einen knallroten, abstoßenden Mund, aus dem eine schrille, stets spöttische Stimme drang. Tief in der butterigen Masse ohne Augenbrauen, die den oberen Teil seines Gesichts bildete, saßen zwei blaue Augen, die ihn seiner Meinung nach zu allem berechtigten. Weil er von seinen Kundschaftern erfahren hatte, dass die vierte Kavallerie von Captain Lawton in Kürze samt den Gefangenen in die USA zurückkehren würde, verließ er Fronteras mit zweihundert Infanteristen und seinem Sekretär.

Obwohl Aguirre wusste, dass er sich Gerónimos nicht gewaltsam entledigen konnte, da die Gringos sich mit Genehmigung des Gouverneurs von Sonora in Mexiko aufhielten, fand er es unwürdig, es nicht wenigstens zu versuchen; oder er würde es zumindest schaffen, Naiche nahe genug zu kommen, um ihn zu töten, oder die amerikanischen Soldaten, denen es im Moment ziemlich dreckig ging, zu erschrecken und Gerónimo zu entführen, auf der Stelle zu erschießen und in einer Kiste nach Mexiko-Stadt zu schicken.

In ein paar Wochen sind es genau drei Jahrzehnte, sagte Estrada, und nichts hat sich geändert, deine Leute bauen noch immer Mist in der Sierra Madre. *And the Mexican bandits are still attacking us,* sagte Parker. Wir wissen alle, dass Villa kein Bandit ist, entgegnete der Mexikaner. *Neither was Geronimo.* Keinem der beiden gefiel es, wie die Dinge liefen. Das geht jedem so, aber so ist es nun mal, daran wird sich nichts ändern.

Bevor er nach Nacozari aufbrach, hatte Präfekt Aguirre Captain Henry W. Lawton einen Boten gesandt, um ihn darüber zu informieren, dass er, auch wenn die Anwesenheit der amerikanischen Armee in Sonora legal sein mochte, unter keinen Umständen dulden werde, dass der meistgesuchte Verbrecher Mexikos in die Vereinigten Staaten gebracht werde. Er gab zu verstehen, dass er die gesamte Vorarbeit geleistet habe, die zu Gerónimos Einkreisung geführt habe, und die Kavallerie erst im letzten Moment gekommen sei, um ihm die Beute vor der Nase wegzuschnappen. Dass weder Freunde noch gute Nachbarn, noch Gentlemen so etwas täten.

In diesem Punkt hatte er recht, obwohl er nicht bedachte, dass sich der Flüchtling den Amerikanern nach tagelangen Gesprächen ergeben hatte, ein Vorgang, der den Mexikanern nie in den Sinn gekommen wäre, schließlich hatten sie ihre eigene brutale Methode: Sie gaben den Indianern billigen Mezcal zu trinken und schlachteten sie ab, wenn sie betrunken waren. In den Gesprächen mit den Amerikanern hatte sich der Gefangene mit der Zähigkeit einer Flechte das Recht erhandelt, mit dem für alle Truppeneinheiten im Südwesten der Vereinigten Staaten verantwortlichen General zu sprechen, sobald sie amerikanischen Boden beträten.

Abgesehen von den überzeugenden und sehr gewählten Worten, hatte die Botschaft des Präfekten von Arizpe einen einschüchternden Tonfall: Er verkündete, über mehr Männer zu verfügen als Lawton, die zudem besser bewaffnet, ausgeruhter und wohlgenährter seien, und deutete an, dass er mit dieser Streitmacht den Weg nach Norden versperren könne, wenn die Gefangenen nicht jenen zurückgegeben würden, die sie überhaupt erst in die Enge getrieben hätten.

Obwohl sie nicht ganz unerwartet kam, bereitete die Botschaft Lawton Sorgen. Er wusste, dass er die seit jeher angespannte Lage an der Grenze weiter strapaziert hatte, doch gerade weil der Präfekt von Arizpe den Flüchtling in die Enge getrieben hatte, war ihm gelungen, was keinem amerikanischen Offizier je zuvor geglückt war: Gerónimo endgültig festzunehmen, um ihn in die Vereinigten Staaten zu bringen, und nicht in ein Reservat, aus dem er ohnehin wieder ausbrechen würde, sondern als Kriegsgefangenen.

Der Captain schickte seinen Feldarzt zu Aguirre, den Offizier, dem er am meisten vertraute und der, wie alle amerikanischen Ärzte, ausgezeichnet Spanisch sprach. Lawtons Botschaft an Aguirre enthielt die Einladung, ihn in seinem Lager zu besuchen, damit sie ein friedliches Gespräch unter Freunden führen könnten. Er erklärte, ohne die Erlaubnis der Präsidenten von Mexiko und den Vereinigten Staaten könne er den Flüchtling oder seine Begleiter unter keinen Umständen ausliefern, jedoch könne er garantieren, dass nie wieder ein Chiricahua mexikanischen Boden betreten werde, da sie ins ferne Florida verbannt würden, von wo sie schlicht und einfach nicht mehr zurückkehren könnten.

Aguirre nahm die Einladung an, und gegen ein Uhr mittags des 29. August ließen der Präfekt und der Captain sich nieder, um im Schatten einer Pappel bei einem Kaffee miteinander zu reden.

Sowohl Lawton als auch Aguirre waren professionelle, erfahrene und gebildete Soldaten. Beide hatten Jura studiert, sie wussten also, was sie taten. Und beide hatten bis zu diesem Zeitpunkt die inneren Kriege überlebt, die Mexiko und die Vereinigten Staaten in der zweiten Hälfte des neunzehnten Jahrhunderts verwüstet hatten. Abgesehen davon, dass sie kompetente Militärs waren, beherrschten sie auch die Kunst des politischen Fechtkampfs.

Aguirre begriff, dass er, wenn er den Flüchtling haben wollte, dies nur mit Waffengewalt erzwingen konnte. Zugleich war ihm bewusst, dass eine Auseinandersetzung mit der vierten Kavallerie ohne die Erlaubnis seiner Vorgesetzten das Ende seiner Karriere bedeuten würde. Er wusste, am Ende würde ihm die mexikanische Regierung befehlen, die Gringos und ihre Gefangenen gehen zu lassen, wenn sie garantierten, dass der Indianer nicht zurückkehren würde, also schluckte er seine Wut hinunter und bat lediglich um ein Gespräch mit dem Flüchtling – er wollte ihn persönlich sagen hören, dass er sich dem Willen der amerikanischen Armee beuge, obwohl er von Geburt und Staatsbürgerschaft her Mexikaner war. Lawton begriff, dass der Präfekt vor allem beleidigt war, weshalb er die Bedingung akzeptierte und verfügte, dass die beiden sich um sechs Uhr am nächsten Morgen genau hier in der Ebene trafen. Aguirre und der Flüchtling würden jeweils sieben bewaffnete Männer mitbringen, und Lawton und seine Offiziere würden einen friedlichen Ablauf garantieren. Die Mexikaner zogen sich in ihr Lager zurück, das sie zehn Meilen entfernt errichtet hatten, und am nächsten Morgen um Punkt sechs kehrte der Präfekt mit seinen sieben Männern zurück. Er nahm unter derselben Pappel wie beim letzten Mal Platz, wo Lawton ihn bereits erwartete.

Da erschien Gerónimo. Er trug sein Wollhemd und sein berühmtes Sakko mit den zwei auf der Brust aufgenähten Sonnen, hatte sich aber zum Zeichen, dass er sich im Krieg befand, auch das rote Band um die Stirn gebunden. Wie immer tauchte er wie aus dem Nichts auf, gefolgt von sieben bis an die Zähne bewaffneten Kriegern mit nackten Oberkörpern. Er selbst hatte seine Winchester in der Hand, den Finger am Abzug. Am Gürtel trug er den Revolver mit dem perlmuttfarbenen Griff und den sechs Patronen, mit dem er mehr Mexikaner als jeder andere Indianer seiner Zeit erschossen hatte. Seine sieben Krieger – gegerbte Haut, kräftig wie Baumstämme – bauten sich geschlossen hinter ihm auf, als der Präfekt sich erhob, um ihn zu begrüßen. Die sieben mexikanischen Soldaten stellten sich ebenfalls hinter ihren Befehlshaber, die Gewehre in der Hand, und rührten sich nicht. Eigentlich hätte Lawton und seinen Männern die Ironie, dass alle Anwesenden mit amerikanischen Gewehren ausgerüstet waren, nicht entgehen dürfen – Politik wird überall gemacht, heute wie damals, doch das Geld ist immer nur in eine Richtung geflossen.

Aguirre reichte ihm die Hand, und Gerónimo erwiderte die Geste, doch statt die Hand danach wieder sinken zu lassen, wie es normal gewesen wäre, legte der Indianer sie an den Griff seiner Pistole. Aguirre nahm seine eigene Waffe, die rechts an seinem Gürtel hing, und steckte sie, ohne loszulassen, vorne in den

Hosenbund. Einen Augenblick stand die Welt still, bis Gatewood, der unbewaffnet war, auf die Gruppe zuging. Gerónimo starrte Aguirre an und zog die Pistole so weit heraus, dass er den Abzug erreichen konnte, falls er das Feuer eröffnen müsste. Gatewood trat, mit dem Rücken zu dem Apachen, zwischen die beiden und sah Aguirre in die Augen. Der Präfekt riss sich zusammen, ließ seine Pistole los und verschränkte die Hände hinter dem Rücken. Gerónimo ließ seine auf die Hüften sinken. Der Präfekt fragte den Apachen, ob er freiwillig mit den Amerikanern gehe. Der Indianer antwortete, in Mexiko werde man ihn erschießen, in den Vereinigten Staaten dagegen nur gefangen nehmen. Der Präfekt nickte und ging ohne ein weiteres Wort zu Lawton. Gatewood hielt Gerónimos rechte Hand fest, um sicherzugehen, dass er Aguirre nicht in den Rücken schoss – er hätte es tun können, obwohl die sieben mexikanischen Soldaten ihn sofort niedergestreckt hätten, oder gerade deshalb: um einen ehrlichen Tod zu sterben.

Aguirre sprach Lawton mithilfe des Arztes seinen Dank dafür aus, dass er Wort gehalten habe. Der Captain wiederum dankte ihm aufrichtig dafür, dass er sich habe beherrschen können. Ich bitte Sie nur um einen Gefallen, fügte der Mexikaner hinzu. Ich will nicht für Gerónimos nächste Flucht verantwortlich sein, seit zwanzig Jahren entkommt er Ihnen immer wieder, deshalb ersuche ich Sie, einen meiner Leutnants mitzunehmen, der gut Englisch spricht, damit er später bezeugen kann, dass der verdammte Indianer auch wirklich in Florida im Gefängnis verrottet, wie Sie mir versichert haben. Das erscheine ihm eine legitime Forderung, antwortete der Captain. Der Präfekt rief: Estrada.

You know, sagte Parker in seinem Büro im Fort Sam Houston, *we all had to write very extensive reports about that day, and I discovered recently that the whole file is here.* General Nelson Miles musste ausführlich darlegen, warum er Gerónimo nicht getötet hatte, wie es

Präsident Cleveland angeordnet hatte, und die Episode war schriftlich festgehalten worden, aus unterschiedlichen Perspektiven und anhand aller offiziellen und privaten Dokumente, die man hatte zusammentragen können. *There is one that haunts me,* sagte der General. In einem im Archiv aufbewahrten Brief an seine Frau erzählte Leutnant Gatewood, dass in dem Moment, als Aguirre den Revolver in die Mitte seines Hosenbunds steckte, Gerónimos Augen so zu glühen anfingen, dass sie zu einer schwarzen Masse zu verschmelzen schienen, wie zu einer einzigen Billardkugel.

Nach dieser Entdeckung fing Damiancito an, auf einem Maultier lange Expeditionen in die Berge zu unternehmen, auf die er auch sein Akkordeon mitnahm. Er näherte sich den Indianersiedlungen, ließ sich in angemessenem Abstand nieder und gab die Lieder der Nuevos Mexicanos in Fassungen zum Besten, die vermutlich schrecklich klangen. In der Regel ließen sie ihn gewähren, manchmal tagelang, nachdem sie sich davon überzeugt hatten, dass er allein war und ihm keine Soldaten folgten. Sowie die Sonne unterging, machte er ein Feuer, kochte sich etwas und schlief unter freiem Himmel.

Auf seinen Expeditionen war er immer unbewaffnet – ein bisschen verrückt war er ja. Hätten die Indianer ihn kaltmachen wollen, so wäre es ihnen ein Leichtes gewesen. Früher oder später kam immer irgendeine alte Indianerin und lud ihn zum Essen ein. Bis es so weit war, musste er oft viele Nächte dort draußen verbringen. Aber es war schwer, ihn nicht zu mögen. Wenn er eingeladen wurde, nahm er den Hut ab und ging mit diesem breiten Lächeln mit, das er bei jeder Gelegenheit zeigte und das alle entwaffnete. Sie forderten ihn auf zu singen und betrachteten ihn mit versteinerter Miene, während er seine Klänge hervorbrachte. Anschließend brachten sie ihm ihre eigenen Lieder bei. Am Ende ging er immer, um bei seinem Maultier zu schlafen, und kehrte in aller Frühe nach Tesorababi zurück. Manchmal blieb er aber auch ein oder zwei Tage länger. Er wusste, wenn er beim nächsten Mal einen der Indianer in der Sierra treffen würde, würde dieser zum Gruß den Hut lüften, aber wenn sie ins Dorf kamen, um etwas zu verkaufen, benahmen sie sich, als würden sie ihn nicht kennen.

GENERAL NELSON A. MILES, SKLAVE *AVANT LA LETTRE* DER SOZIALEN NETZWERKE IM GENERALKOMMANDO DER STREITKRÄFTE DER VEREINIGTEN STAATEN FÜR DIE TERRITORIEN DES SÜDWESTENS

General Nelson A. Miles setzte den Hut ab und zog sich die Uniformjacke aus. Es war kaum acht Uhr früh, und es herrschte bereits eine Affenhitze. Er knöpfte sich das Hemd auf – er schwitzte und war rot wie ein Krebs. Fertig?, fragte er den Ingenieur, dem es schwerer als gewöhnlich fiel, den Heliografen zusammenzubauen, denn er war es nicht gewohnt, dabei von seinem Vorgesetzten beobachtet zu werden. Noch fünf Minuten, Herr General, antwortete er. Auch er schwitzte fürchterlich, vor allem weil er es nicht wagte, in Miles' Anwesenheit die Jacke auszuziehen – der General war in seiner Position als Oberbefehlshaber der regulären amerikanischen Streitkräfte von Arizona und New Mexico noch so neu, dass keiner genau wusste, wie man sich in seiner Gegenwart am besten verhielt. Der Ingenieur hatte bis vor Kurzem mit General Crook zusammengearbeitet, einem altmodischen Militär von geradezu irritierender Bodenständigkeit – er ritt auf einem Maultier und telegrafierte nur in außergewöhnlichen Situationen; die meisten Anweisungen verfasste er handschriftlich und ließ sie persönlich überbringen. Miles dagegen verkörperte Dringlichkeit, Eleganz und Vertrauen in die neuen Technologien. Das System der Heliografen, die er aus England hatte holen lassen, war effektiv, aber aufwendig. Das Gerät musste jeden Morgen auf eine Anhöhe geschleppt und in aller Eile aufgebaut werden, denn um Punkt acht stellten alle Offiziere in seinem Dienst die ihren auf, um aus der Ferne Meldung zu erstatten.

Miles war ein gut aussehender Mann, charismatisch und eitel; die Robustheit und Sorglosigkeit in Person. Als allseits gefeierter Kriegsheld kannte er nur ein Ziel: das Weiße Haus. Seine blauen Augen, die männlichen Augenbrauen, der imposante Schnurrbart mit den nach oben zeigenden Spitzen, seine Körpergröße und imposante Statur, die fast immer alle ringsum überragte, trugen dazu bei, dass er stets bekam, was er wollte.

Fertig?, fragte er noch einmal und warf mit seiner sprichwörtlichen Ungeduld einen Blick auf die Uhr. Obwohl er den Mund nur öffnete, um Forderungen zu stellen, gab seine Stimme den Leuten das Gefühl, ihm zu gehorchen würde sie stärker machen – zum Teil einer Mannschaft, die immer gewann. Ich bin rechtzeitig fertig, antwortete der Ingenieur, während er mit dem Theodolit den Ort berechnete, wo sich, auf einem Berg in zwanzig Kilometer Entfernung, die nächste Quecksilberplatte befand. Ich bin schon dabei, ihn auszurichten, fügte er hinzu und berechnete den richtigen Neigungswinkel des Spiegels. Der General kratzte sich an seinem sorgfältig rasierten Bart. Wir haben nicht den ganzen Tag Zeit, Ingenieur. Es ist noch nicht acht, erwiderte der andere nervös. Der General fasste sich an die Knopfreihe seines Hemdes und schüttelte es, damit etwas Luft durch den Kragen drang. Wenn das Signal kommt, sagte er, melden Sie mich und befehlen, dass sie uns mit Captain Lawton verbinden, da, wo er in Mexiko ist. Er sah sich um und setzte sich auf einen Stein, bemerkte aber, wie sofort ein paar gefährlich aussehende Ameisen, halb schwarz, halb rot, an seinen Stiefeln hinaufkrabbelten. Er stand auf, wischte sie weg und fächelte sich mit dem Hut Luft zu, als der Ingenieur ihm mitteilte, dass er ein Signal erhalten habe. Haben Sie mich schon gemeldet? Sie sind bereits auf der Suche nach Lawton.

Mit dem Lager in der Sierra Madre Kontakt aufzunehmen kostete den Ingenieur weitere drei oder vier Minuten, die dem General wie eine Ewigkeit vorkamen. Als endlich eine Antwort eintraf, ging er zum Heliografen, um sie persönlich zu entschlüsseln. Es war keine Frage des Vertrauens, sondern der Dringlichkeit. Verlangen Sie Bestätigung, dass sie Gerónimo und die anderen Gefangenen noch haben. Treten Sie bitte zur Seite, sagte der Ingenieur und begann, die Botschaft mithilfe des Hebels zu senden. Damit öffnete und schloss er die Lamellen, die die Sonnenstrahlen abblendeten oder durchließen. Es dauerte eine Weile, bis die Antwort aus Mexiko kam. Sie sagen, es sind alle da, sie sind zwanzig oder fünfundzwanzig Meilen von der Grenze entfernt, auf dem Weg zum Apache Pass. Sagen Sie ihnen, dass ich nicht komme, dass ich mich nicht mit Gerónimo treffen will. Beide sahen die Antwort, die sie bereits erwartet hatten, weil sie dieselbe war wie an jedem Tag, seit Gatewood die Chiricahua unter wer weiß welchen Steinen aufgespürt hatte. Wenn er Sie nicht persönlich spricht, wird Gerónimo fliehen, lautete die Nachricht; das Abkommen mit ihm ist befristet, bis Sie es ihm gegenüber bekräftigen. Der General antwortete: Verpassen Sie ihm eine Kugel, wenn er noch da ist. Ich habe ihm mein Wort gegeben, kam es zurück. Miles diktierte: Haben wir gegenüber den Indianern jemals Wort gehalten? Lawtons Antwort brauchte etwas länger als gewöhnlich und verströmte den heißen Atem der Rebellion: Ich hatte die Weisung von Präsident Cleveland, ihn umzubringen, und Sie haben Gatewood geschickt. Miles antwortete nicht. Der ferne Spiegeltelegraf sandte wieder Lichtblitze: Ohne Gatewood hätten wir ihn nie gefasst. Der General dachte nach, setzte sich den Hut auf. Sagen Sie ihm, sie sollen zum Skeleton Canyon reiten, befahl er. Die Antwort aus der Sierra Madre kam so rasch, als läge das Gebirge um die Ecke. Soll ich Gerónimo sagen, dass wir uns dort mit Ihnen treffen? Richten Sie ihm aus, er soll's ihm sagen, aber dass ich wahrscheinlich nicht komme und dass ich mehrere Einheiten zu seiner Unterstützung schicke.

Lawton antwortete nicht mehr. Ich gehe zurück ins Büro, sagte der General zu dem Ingenieur, senden Sie eine Meldung nach Fort Bowie, zum Detachement in San Bernardo und zu diesem Nichtsnutz, der das San-Carlos-Reservat verwaltet; sie sollen alle so viele Männer wie möglich zum Skeleton Canyon schicken. Er zog sich die Uniformjacke an und hatte sich schon umgedreht, als der Ingenieur sagte: Es ist noch mal Lawton. Der General seufzte. Lawton bitte ihn zu kommen und mit Gerónimo zu reden, die Chiricahua seien etwas Besonderes. Miles dachte an Sitting Bull: Auch er war etwas Besonderes gewesen, noch mehr, als es die verdammten Apachen je würden sein können, und trotzdem hatte er ihn verraten. Sitting Bull war kein Häuptling eines Clans, dachte er, sondern einer gewaltigen Nation, die auf Augenhöhe gegen die Vereinigten Staaten gekämpft und einen grausamen, aber würdevollen Krieg verloren hatte. Sagen Sie ihm, dass ich genau deshalb nicht hinwill, sagte er, dass ich keinem Indianer mehr in die Augen schauen kann, ohne mich wie der letzte Dreck zu fühlen. Soll ich ihm das genau so sagen, General? Genau so.

Um kurz nach halb neun erschien der General im Büro des Telegrafisten. Dieser traute sich nicht, Miles zu sagen, dass ihm noch etwas Eigelb von den Spiegeleiern, die er gerade, bestimmt im Stehen, verzehrt hatte, an einer seiner berühmten Schnurrbartspitzen klebte. Der General musste besorgt sein, wenn er nach dem Frühstück nicht wie üblich zu seiner Waschschüssel gegangen war, bevor er sich setzte, um seine morgendlichen Telegramme nach Washington zu senden. General, sagte der Mann, während er – vielleicht etwas zu martialisch für den Kommunikationsoffizier der Kaserne – salutierte. Sein Vorgesetzter, normalerweise immer sehr förmlich, beschränkte sich an diesem Morgen darauf, ihm einen Klaps auf den Rücken zu geben. Der General trug die Uniformjacke offen und hatte den linken Daumen zwischen Gürtel und Hosenbund gesteckt. Seine Augenbrauen und sein Schnurrbart zuckten so nervös, als führte er ein kompliziertes Gespräch mit einem Phantom. Ohne den Daumen vom Gürtel zu lösen, ließ er sich auf den Stuhl neben dem Telegrafisten fallen. Schnaubend begann er zu diktieren:

> zu händen doppelpunkt minister william c. endicott komma kriegsministerium punkt von doppelpunkt g punkt nelson miles komma regulärer kommandant des department of arizona punkt herr minister doppelpunkt habe bestätigung aus dem lager erhalten punkt gerónimo und alle seine begleiter sind in gewahrsam der armee in mexiko punkt erwarte überquerung der grenze heute punkt

Als der Telegrafist die Nachricht gesendet hatte, stieß der General einen tiefen Seufzer aus, als hätte er die ganze Zeit die Luft angehalten. Beide starrten auf die Walzen, die reglos blieben wie zwei Särge. In Washington kümmerte man sich nicht um seinen Bericht, was immer eine gute Nachricht war. Miles lehnte sich entspannt auf seinem Stuhl zurück, zog den Daumen aus dem Gürtel und strich sich damit über den Schnurrbart. Er bemerkte das Eigelb, nahm es zwischen Daumen und Zeigefinger und betrachtete es mit Missfallen. Das Schweigen des Geräts bereitete ihm so gute Laune, dass er den Telegrafisten scherzhaft rügte: Warum haben Sie nichts gesagt, dafür sind Freunde schließlich da? Jawohl, Sir, antwortete der Untergebene, was ihn zufriedenstellte. Wie heißen Sie?, fragte er ihn. Warner. Das nächste Mal sagen Sie was, Walter. Ja, Sir.

Miles strich sich erneut über den Schnurrbart und grinste. Gut, sagte er und klopfte sich laut auf die Oberschenkel. In diesem Moment erwachte der Telegraf zum Leben. Der General verzog das Gesicht. Nicht gut, sagte er, während die Walzen mit rasender Geschwindigkeit eine neue Nachricht ausspuckten. Kann es sein, dass es nicht das Büro des Ministers ist?, fragte er. Mit der gleichen Zärtlichkeit, mit der andere über das Haar ihrer Frau strichen, nahm der Telegrafist den Papierstreifen zwischen die Finger. Es ist von dort, General. Sicher? Der Telegrafist las vor:

> zu händen doppelpunkt g punkt nelson a punkt miles komma department of arizona punkt von minister endicott komma kriegsministerium punkt

Jetzt haben wir den Salat, sagte Miles. Der Telegrafist sah ihn mit einer Mischung aus Mitleid und Solidarität an, nicht, weil er gänzlich verstanden hätte, was seinem Vorgesetzten durch den Kopf ging, sondern weil er eine gequälte Seele erkennen konnte, wenn er eine sah. Als Nachrichtenübermittler der Offiziere war er eine Art Priester: Er bekam alles mit und saugte alles in sich auf. Weiter, sagte Miles.

> general doppelpunkt erbitten genauen ort komma wo gefangene amerikanisches gebiet betreten komma um sheriff von tucson zu informieren punkt

Daran, wie kurz die Antwort gebraucht hatte, erkannte Miles, dass der Minister genau wie er neben seinem Telegrafisten saß. Ihm blieb keine Zeit, sich einen Plan zurechtzulegen, also diktierte er:

ort des grenzübertritts unbekannt komma herr minister punkt sie kommen über das gebirge punkt mexikanische armee kann dort nicht weg abschneiden punkt kommunikation erfolgt per heliograf komma kann leicht mitverfolgt werden punkt erwähnen darin keine sensiblen informationen punkt

Die Antwort ließ nicht lange auf sich warten:

befehlen sie vollständigen halt, sobald grenze überquert ist punkt melden sie sofort den ort des grenzübertritts komma damit das kriegsministerium behörden von tucson informiert punkt

Der General bewegte seinen Schnurrbart und rieb sich die Hände. Er kniff einen Moment die Augen zusammen, bevor er sich wieder auf die Hand des Telegrafisten konzentrierte, die bereit war, die Morsetaste zu drücken. Er diktierte:

bei allem respekt komma herr minister komma gefangene sind äußerst gefährlich und schwer zu kontrollieren punkt empfehle dringend bewachung durch armee, bis endgültiges Ziel erreicht ist punkt

Die Antwort erfolgte umgehend:

ich verstehe nicht punkt sind sie nicht in ketten fragezeichen

Der General seufzte.

sie sind keine armee, sondern ein stamm punkt die mehrheit sind frauen komma kinder und alte punkt

Die Walzen rotierten fast pausenlos:

aber gerónimo ist in ketten fragezeichen

Miles rieb sich die Augenbrauen. Er war sich bewusst, dass die Rückkehr der Chiricahua auf amerikanisches Gebiet mehr dem Versöhnungsspaziergang eines unglücklichen Ehepaares als einer militärischen Aktion glich. Die Krieger und die Soldaten mochten erbitterte Feinde sein, doch sie beide verband ein noch viel tieferer Hass auf die Mexikaner. Er antwortete:

selbstverständlich komma genau wie alle seine krieger punkt

Die Walzen blieben lange ruhig, was General Miles auf den Gedanken brachte, dass sie in Washington vielleicht noch eine andere Quelle hatten, die seinen Informationen widersprach. Er fuhr sich mit dem Zeigefinger über den Hemdkragen, den er sich nach dem Heliografenaustausch nicht wieder zugeknöpft hatte, und wartete. Die Walzen begannen, sich zu drehen.

ich übermittele ihnen direkte befehle von präsident cleveland punkt

Miles schloss die Augen, holte tief Luft. Die Walze drehte sich weiter:

ihre empfehlung sollte jedoch berücksichtigt werden komma da sie von der gedankenstrich mir unbekannten gedankenstrich front kommt punkt der präsident ist noch in new york punkt bestätigung oder weitere anweisungen erfolgen am nachmittag punkt

Ich glaube, das war's, oder?, fragte er den Telegrafisten. Sie entscheiden, General, antwortete dieser, ich weiß von nichts. Aber Sie haben schon länger mit Nachrichten von Minister Endicott zu tun. Ich glaube, das war's, Herr General, wenn noch was kommt, werde ich Ihnen Bescheid geben lassen.

Den Rest des Vormittags kümmerte sich General Miles um die alltäglichen Belange: Er unterzeichnete Depeschen, ging die Baupläne zur Erweiterung der Kasernen von Fort Warm Springs durch und empfing eine Delegation von Militärärzten, die sich über die mangelhafte Ausstattung der Regimenter im gesamten Gebiet von New Mexico und Arizona besorgt zeigten.

Die Ärzte hatten einen unabhängigen Bericht darüber verfasst, warum es unmöglich schien, einen Malariaausbruch, der die Regimenter in der Umgebung des Rio San Carlos heimsuchte, in den Griff zu bekommen. Während sie Informationen über den Vorfall sammelten, hatten sie festgestellt, dass keiner unter ihnen die nötigen Bedingungen, Ausrüstung und Medikamente vorgefunden hatte, um seine Arbeit angemessen zu verrichten. Während einer der Ärzte den Bericht vorlas, begann der General, in Gedanken den Brief zu formulieren, den er am Abend seiner Frau schreiben wollte. Wie jedes Jahr war sie für die Dauer der unerträglichen Hundstage in Arizona mit den Kindern nach Westminster, Massachusetts, gereist.

Liebe Molly, dachte er, während einer der Ärzte die Garnisonen aufzählte, in denen die Kranken keinen Zugang zu Chinintabletten hatten, es hat mich außerordentlich gefreut zu erfahren, in welch guter Verfassung ihr Mutter vorgefunden habt. Es scheint, als würde es diesmal einfacher werden als letztes Jahr. Richte ihr bitte meine herzlichen Grüße aus und sag ihr, dass ich sie besuchen komme, sobald die Sache mit Gerónimo gelöst ist. Ich muss demnächst wegen einer dringenden Angelegenheit für ein paar Tage nach Boston reisen und überlege, in der Zeit bei ihr zu wohnen, um täglich ein paar Stunden mit ihr verbringen zu können, auch wenn sie mich kaum noch erkennt – Gesellschaft ist immer gut. Es freut mich, dass sie die Kinder wiedererkannt hat, etwas ist noch in ihr vorhanden. Er überlegte einen Moment – es war nicht der diplomatischste Satz, aber der treffendste. Etwas von der Welt, die sie ihr Leben lang gepflegt und zum Blühen gebracht hat wie einen Blumengarten unter einer Eiche, ist noch in ihr, dachte er.

Er nickte zu den eindringlichen Worten, die jetzt ein Arzt, der bis dahin noch kein einziges Mal den Mund aufgemacht hatte, an ihn richtete, und dachte, dass er gut daran getan hatte, sich den Waffen und nicht den Wissenschaften zu widmen. Er registrierte, wie der Arzt meinte, solche Zustände könne er unmöglich hinnehmen, was ihn veranlasste, sein Nicken in eine Geste der Solidarität zu verwandeln, gefolgt von einem verständnisvollen Kopfschütteln. Zum Glück finden die Kinder die Reise nicht mehr anstrengend, fuhr er in Gedanken mit seinem Brief fort. Inzwischen scheinen sich die armen Kleinen daran gewöhnt zu haben, wahrscheinlich meinen sie, das Land jedes Jahr von einer Seite zur anderen zu durchqueren gehöre zur amerikanischen Lebensweise. Ein anderer schwarzer Arzt ergriff das Wort. Miles verstand, dass es um Probleme ging, die mit den Buffalo Soldiers zusammenhingen, und indem er die Augenbrauen so hoch zog, wie er konnte, verstärkte er den Ausdruck von Mitleid und Empathie in seinem Gesicht. Es ist ein sehr großes Land, formulierte er im Geiste weiter, ein viel zu großes; und die Menschen dort, auf der anderen Seite des Landes, haben nicht die geringste Ahnung davon, was hier passiert. Heute Nachmittag habe ich ein paar Ärzte empfangen, die bei ihren chirurgischen Eingriffen Taschenmesser und Fuchsschwänze benutzen müssen und, statt anständige Sägen und Skalpelle zu fordern, um Eimer und Lappen bitten, um die Operationssäle putzen zu können. Dort können sie das nicht verstehen, sie können es einfach nicht.

Miles bemerkte, wie die Ärzte ihn aufmerksam, aber geduldig ansahen. Ich brauche etwas Schriftliches, sagte er. Es liegt vor Ihnen, antwortete der schwarze Arzt, der, weil er am meisten unter dem Mangel litt, eine Art Führungsrolle in der Diskussion eingenommen hatte, was offensichtlich mehr als einem der anderen Ärzte missfiel. Der General nahm das Papier, das vor ihm lag, und blätterte es rasch durch. Das ist ein Bericht, sagte er, das wird keiner in Washington lesen – ich frage mich, ob es im Kriegsministerium überhaupt noch jemanden gibt, der lesen kann. Die Ärzte lachten höflich. Ich brauche kurze, bündige Petitionen, die ich ans Ministerium telegrafieren kann, damit die sie dann dem Finanzminister und dem Kongress vorlegen. Wir können gleich hier eine Liste aufstellen, sagte ein anderer Arzt. Jetzt gleich, insistierte er, und Sie schicken sie morgen dem Minister, oder sobald Sie Ihre nächste Verabredung haben. Der General lächelte und richtete seinen Zeigefinger auf den Arzt. Ich mag Leute, die zupacken können. Ein anderer Arzt – der aussah, als hielte er sich für den ehrwürdigsten von allen, obwohl er bloß alt und weiß war – schob seine Brille auf die Nasenspitze hinunter, um seine Ungläubigkeit auszudrücken. Meinen Sie das ernst, fragte er den General, oder behandeln Sie uns wie Wähler? Miles antwortete, sie sollten ihm bitte vertrauen, und unterstrich seine Worte mit einer melodramatischen Geste. Gut, sagte der Arzt schulterzuckend und fragte seine Kollegen, womit sie anfangen sollten. Um ihr Vertrauen noch zu stärken, fügte Miles hinzu, dass er demnächst in den Osten reisen werde und ihnen versprechen könne, auf dem Rückweg einen Abstecher nach Washington zu machen, um die Angelegenheit persönlich zu verfolgen. Kaum hatten die Ärzte sich wieder in ihr Gespräch vertieft, gestattete er sich, ein wenig vor sich hin zu dämmern – im

Moment würden sie seine Aufmerksamkeit nicht in Anspruch nehmen.

Vielleicht sollten wir nach meinem Urlaub diesmal von Norden nach Süden zurückreisen, entwarf er den Brief weiter, den er später schreiben würde. Uns den Weg über Washington und Cumberland ersparen, von oben kommen, über die Great Plains, damit die Kinder dieses andere Stück Amerika einmal kennenlernen, wo ich erkämpft habe, dass sie leben können, wo und wie sie leben. Wenn sie die grasenden Büffelherden zwischen den Black Hills von Dakota und blühende Orte wie Rapid City oder Deadwood sehen, können sie vielleicht verstehen, warum wir in dieser Einöde wohnen und uns mit Leuten herumschlagen, die genau wie wir einfach nur in Ruhe leben wollen.

Er betrachtete die Ärzte, die immer noch über ihre Liste diskutierten, ohne sich einigen zu können. Ich bin betrübt, Molly, dachte er und wünschte, sein Brief hätte mehr Tiefe und seine Frau könnte ihm als unübertreffliche Führerin durch sein Inneres zur Seite stehen. Das mit Gerónimo macht mich fertig.

Ein leises Klopfen an der Tür riss den General aus seinen Gedanken. Ohne auf Erlaubnis zu warten, steckte sein Sekretär den Kopf ins Zimmer. Miles runzelte die Stirn und sah ihn an. Vom Kriegsministerium, sagte der Assistent, ohne es zu wagen, die Türschwelle zu übertreten. Der General nickte, und der Sekretär trat ein, um ihm einen Umschlag zu überreichen. Schließen Sie die Tür, sagte Miles. Der junge Mann machte ein besorgtes Gesicht. Ich warte draußen, sagte er. Miles fiel auf, dass der Umschlag nicht versiegelt war – die Nachricht war in aller Eile transkribiert worden. Im Umschlag steckte eine Karte, beschrieben in der winzigen und schüchternen Schrift des Telegrafisten, der man ansah, dass er nie Befehle erteilen würde. Darauf stand:

zu händen g miles komma department of arizona punkt von minister endicott komma kriegsministerium punkt nehmen sie gefangene apachen persönlich in empfang komma sobald die indianer die grenze überquert haben komma damit sie weiter in gewahrsam der regulären streitkräfte bleiben punkt präsident cleveland ist nicht bereit zu verhandeln punkt kapitulation muss für spätere auslieferung an die zivilen behörden von tucson bedingungslos sein punkt befehl des präsidenten punkt

Der General steckte die Karte wieder in den Umschlag. Er überlegte, ob er so tun könnte, als ob er das Telegramm erst einen Tag später erhalten hätte, wenn die Apachen bereits in Fort Bowie wären, um in den Zug nach Florida zu steigen, und es zu spät wäre, den Befehl des Präsidenten zu befolgen. Er murmelte ein leises *Bin gleich zurück* in Richtung der Ärzte und trat auf den Flur hinaus, wo sein Sekretär ihn in strammer Haltung erwartete.

Miles blähte die Backen auf, ließ die Luft langsam entweichen und drückte mit Mittelfinger und Daumen einer Hand gegen seine Schläfen. Wäre es möglich, dem Minister zu sagen, dass ich nicht da bin? Er hob den Kopf und sah seinen Untergebenen an. Der schüttelte den Kopf. Der General zog fragend, vielleicht ironisch die Augenbrauen hoch. Der Minister weiß, dass Sie in Ihrem Büro sind, er bittet um sofortige Bestätigung, dass Sie seine Anweisungen befolgen. Schon gut, antwortete Miles und strich sich über den Schnurrbart. Und wann muss ich aufbrechen, um morgen am Skeleton Canyon zu sein? Sofort, sagte der Assistent und murmelte: Tut mir leid, ich weiß, dass Ihnen die Sache mit den Ärzten wichtig ist. Der General starrte an die Decke und sagte, als ob er diktierte: Eine Eskorte von zwanzig Mann, gute Tiere, komplette Ausrüstung. Er kratzte sich am Hintern und fuhr fort: Jemand soll sich darum kümmern, die Befehle weiterzuleiten und mein Pferd zu satteln, Sie gehen zurück und bestätigen Endicott, dass ich Gerónimo als Mitglied der regulären Streitkräfte mit Befehlsgewalt empfangen werde. Schreiben Sie auf keinen Fall das Wort Kriegsgefangener und schicken Sie die genauen Koordinaten des Treffpunktes. Anschließend gehen Sie mit dem Ingenieur auf den Hügel und melden per Heliograf, dass ich morgen am Skeleton Canyon eintreffe, dass mich die Regimenter aus Bowie, Knoxville, Douglas, San Bernardino und San Carlos dort erwarten sollen, Feldlager, ordentlich, in Paradeuniform und mit sämtlichen Insignien. Der Sekretär nickte – auch er hatte seine militärischen Klassiker gelesen und begriff, dass Miles, um Gerónimo zu beeindrucken, ein Auftritt im Stile von Julius Caesar vorschwebte. Er muss ihn bewundern, dachte er. Der General hatte tatsächlich imperiale Träume, jeder wusste das, doch in diesem Fall verlangte er aus reiner Gewohnheit einen festlichen Einmarsch. In Gedanken war er längst woanders. Molly, geliebte Molly, ging es ihm weiter durch den Kopf, während er in sein Büro zurückging, um sich bei den Ärzten zu entschuldigen und sie zu bitten, das Papier mit ihren Anliegen bei seinem Sekretär abzugeben. Molly, meine Liebe, heute verlangt meine Arbeit von mir, dass ich einen tapferen Mann den Hunden zum Fraß vorwerfe; der Sheriff von Tucson ist ein Dieb, ein Schwachkopf und Fanatiker, der diesen ganzen Kram mit Jesus und Gott und so für wahr hält; ein Feigling, der noch nie den Fuß auf ein Schlachtfeld gesetzt hat und noch nie einen Feind vor Augen hatte, den die Kugeln, die seinen Körper durchlöcherten, im Tod zu seinem Bruder machen würden. Gerónimo ist der beste Soldat, dem ich je begegnet bin. Die Befehle des Präsidenten haben nichts mit der Wirklichkeit Arizonas zu tun.

Als er das Büro verließ, hatte er den imaginären Brief bereits zerknüllt und in den Papierkorb geworfen.

Eines Tages begegnete er bei einem seiner Ausflüge einer Gruppe von Bergapachen. Er sagte, es seien nur ein paar Familien gewesen, die auf der anderen Seite der Sierra gelebt, eines Tages jedoch beschlossen hätten zurückzukehren, um wie ihre Vorfahren und der etwas zerstreute Gott zu leben, der sie erschaffen habe. Er sagte, sie hätten sich nicht groß von den anderen Indianern unterschieden, wie es immer in Tesorababi heiße. Er stieß auf sie, wartete geduldig ein paar Nächte in der Nähe ihres Lagers, spielte Gitarre, und schließlich luden sie ihn ein, sich zu ihnen zu setzen und mit ihnen zu essen. Sie verlangten nichts, und er fühlte sich nicht einen Moment von ihnen bedroht. Sie waren den anderen Indianern so ähnlich, dass der Junge erst kapierte, dass es Apachen waren, als er sich mit einem von ihnen unterhielt, der gut Spanisch sprach.

Wie glücklich er gewesen sein muss. Er sagte, sie seien ziemlich verspielt gewesen und hätten sich jedes Mal kaputtgelacht, wenn er ihnen mit feierlicher Stimme die Geschichte von seiner Apachenamme erzählt habe. Für ihn war das eine ernste und prägende Angelegenheit, für sie eher eine Schweinerei. Er verschwieg, dass die Frau, die ihn gestillt hatte, eine Sklavin gewesen war, ein bisschen, weil er unfähig war, irgendjemandes Gefühle zu verletzen, du weißt ja, wie er war, und ein bisschen auch, weil er wahrscheinlich Streit vermeiden wollte. Wenn den Apachen etwas nicht gefällt, kann die Stimmung schnell kippen, und sind sie erst mal richtig in Fahrt, kann sie nichts mehr aufhalten.

Ich habe ihn oft nach dieser ersten Begegnung gefragt, es hat mir keine Ruhe gelassen, dass sie nicht auf die Idee kamen, eine Apachin, die dort unten, im Zentrum des Landes, ein Kind gestillt hat, müsse eine Gefangene gewesen sein. Er meinte, was diese Apachen tatsächlich von den anderen unterschied, war ihre Arroganz, die letzten Endes Naivität war, jedenfalls dachten sie, *er* sei der Gefangene gewesen – sie lachten Tränen, als er ihnen erklärte, dass er in einem großen Haus nur unter Frauen aufgewachsen war.

Vielleicht hatte er ja recht: Sie treiben so wenig Handel, sind so fest davon überzeugt, die Kinder ihres Gottes zu sein, dass ihnen alle anderen nichts bedeuten und sie ihre Lebensweise für die einzig wahre halten und wahrscheinlich geglaubt haben, dort unten gäbe es auch Apachenstämme. So sind sie. Wenn du mit einem Opata oder einem Yaqui sprichst, wird er dir erzählen, dass die Regierung dies tue, die anderen Indianer jenes und in der Stadt das und das geschehe. Die Apachen nicht. Sie verlassen ihr Land nicht, und falls doch, dann nur, um Streit zu suchen und alles zu verwüsten. Was sie zerstören, beachten sie gar nicht; was schon immer da war oder von außen kommt, nehmen sie kaum wahr, deshalb macht es ihnen nichts aus, wenn es nichts zu jagen gibt, für ein paar Jahre in der Siedlung eines Forts zu leben, sich taufen zu lassen, Spanisch zu lernen und zwanzig Jahre später in die Berge zurückzukehren, als wären sie nur für einen Tag fort gewesen. Für die Yaqui gibt es kein Zurück mehr, wenn sie einmal ihr Dorf verlassen haben; die Apachen gehen nie wirklich weg, auch wenn sie woanders sind.

Damiancito meinte, dass sie ihn bei sich aufnahmen, und so ähnlich muss es gewesen sein, schließlich hat er ein paar Brocken ihrer Sprache gelernt. Sie haben nur ein paar Wochen des Jahres in ihrem Lager am Rio Bavispe verbracht, und auch da konnte er nicht die ganze Zeit bei ihnen sein. Schließlich musste er immer noch Musikunterricht geben, ich glaube, das war es, was er auf der Hazienda machte. Aber er hat im Laufe der Jahre immer mal wieder für eine gewisse Zeit bei ihnen gelebt. Er lernte sie kennen, lernte ihre Lieder. Ich frage mich, ob sie auch seine lernten.

Er sagte, dass sie nicht so starrköpfig seien, wie alle behaupten würden, sondern in einer vollkommenen, unverbeulten Welt lebten, dass sie uns verrückt vorkämen, weil uns niemand so ähnlich sei wie sie. Der Blonde hob den Kopf. Wieso das?, fragte er. Sie lächelte mütterlich. Habe ich dir das nicht schon gesagt?, erwiderte sie. Sie sah ihm in die Augen. Sie schmeißen uns raus, sagte sie. Genau wie sie glauben auch wir, dass uns das ganze Land gehört, aber wir sind nur vorübergehend hier. Wir sind ein Stamm, so wie alle anderen, aber niemand merkt das. Entweder sie oder wir, und wer gewinnt, der gewinnt eben. Schauen Sie, was sie mit ihm gemacht haben, und dabei hat er sie in ihrer Sprache angesprochen.

Sie hielt inne und blickte den Blonden an. Er kniete auf dem Boden der Grube. Er kam ihr vor wie die Larve einer riesigen Indianerin, die auf einem Stein Mais mahlte. Sie dachte, dass sie sich ausruhen mussten. Hol noch dieses bisschen Erde raus, dann decken wir ihn zu, sagte sie. Sie betrachtete den Leichnam. Keine Ahnung, ich hatte nie Kinder, aber vielleicht ist das ja normal: Wer dir Milch gab, gibt dir Blei.

Schlaflosigkeit

Es gibt nur einen einzigen Pass in der Sierra de Chiricahua, der New Mexico mit Sonora verbindet, den Paso de Guadalupe. Als das Gebirge mit dem Gadsden-Kauf der amerikanischen Seite zufiel und der Norden Sonoras in Arizona umgetauft wurde, erhielt der Paso de Guadalupe den Namen Skeleton Canyon. Die Anmut eines Wortes, das mit einem weichen G beginnt und durch das Spiel zwischen dem U und dem A wie ein Fluss dahingleitet, steht im Kontrast zu dem eisernen Klang des mit einem K verbundenen S, die auf einen Schlag das ganze Konsonantenbündel aufrollen – L, T und N –, bereit, die Vokale E und O zu unterdrücken, die verschwimmen, spricht man das Wort richtig aus: *skltn* – Maia würde es genau so schreiben. Der Wechsel von Paso de Guadalupe zu Skeleton Canyon tilgt die arabische Vergangenheit des Ortsnamens, heißt, dem Lateinischen den Vorzug zu geben, dieser harten Militär- und Rechtssprache, die das Netz eines Imperiums spann. Ich sage das nur, um mich nicht mit dem Offensichtlichen aufzuhalten. Guadalupe war im mozarabischen Spanien die Heilige Jungfrau, die an einem steinigen Fluss erschienen ist, und in Mexiko entspricht sie Tonantzin: unsere Mutter, der Schoß, der uns alle nährt und verschlingt. Das Skelett ist das, was bleibt, wenn das Leben aufhört, uns aufzureiben, was bleibt, wenn Usen uns nicht mehr hören kann. Und dann der Pass und der Cañon, aber man muss das nicht vertiefen, zumindest nicht allzu sehr. Zuerst haben die Europäer die Indianer genervt, und dann haben sie sich gegenseitig genervt, um das, was auf einem Kontinent zu finden ist, zu benennen, dessen Name nur geliehen ist. Und das ist alles, Amerika, oder wie auch immer du heißt.

AUSSAGE VON LEUTNANT ESTRADA IN ARIZPE, SONORA

Von dem Moment an, in dem Präfekt Aguirre mir befahl, mich zur vierten Kavallerie der regulären Streitkräfte der Vereinigten Staaten zu begeben, um die Verhaftung des Indianers Gerónimo und seiner Krieger zu bezeugen, unterstellte ich mich Captain Elpenor Ware Lawton, einem starken Trinker, aber auch sehr freundlichen Mann, der mir für meinen Einsatz dankte und erklärte, dass ich als Mitglied der mexikanischen Armee sein Gast sei und für mich nur die Befehle des Präfekten gälten.

Gleich nachdem ich mich der Einheit angeschlossen hatte, begriff ich, dass dies weder diplomatisch noch zuvorkommend gemeint war. Die Hierarchie innerhalb des Bataillons war klar, doch es mangelte an Disziplin, erst recht wenn man bedenkt, dass es sich um eine Yankeetruppe handelte. Offenbar war die Mission in der Sierra Madre sehr hart gewesen, und jetzt sahen sie weniger wie ein Militärkorps aus als wie eine umherziehende Cowboybande. Man verstehe mich nicht falsch: Was Zähigkeit und Ausdauer betraf, gehörten Lawtons Männer zu den besten, die ich je gesehen habe, doch es dauerte, bis sie wieder halbwegs etwas hermachten, oder vielleicht kam mir das auch nur so vor, weil sie so abgemagert und ihre Uniformen so zerfetzt waren, dass sie eher aussahen wie auf einer Leine im Wind flatternde Bettlaken.

Als der Präfekt und der Captain sich trafen, begriff ich auch nicht sofort, dass die Amerikaner gerade erst wieder Kontakt zu ihrem Kommando hatten aufnehmen können, woraufhin sie die ersten per Maultier beförderten Lebensmittelrationen von jenseits der Grenze erhielten, und dass sie bis dahin von dem wenigen gelebt hatten, was ihnen die misstrauischen Bewohner der Bergdörfer überlassen hatten. Deshalb sahen sie auch so erbärmlich aus. Und wir bewegten uns schnell. Nicht, dass es Captain Lawton eilig gehabt oder ihn etwas anderes angetrieben hätte als eine Rast und eine Flasche von diesem Roggensotol, den die Amerikaner trinken und dem sie, weil sie sich für elegant halten, einen französischen Namen gegeben haben: *Bourbon.* Es lag daran, dass die Indianer ein höllisches Tempo vorlegten.

In der mexikanischen Armee weiß das jeder, weil man es von den Menschen im Gebirge hört, selbst erlebt hatte ich es jedoch noch nie und kannte auch niemanden, der das von sich behaupten konnte: In den Bergen bewegen sich die Apachen mit sämtlicher Habe, Alten und Kindern zu Fuß und in alarmierender Geschwindigkeit, schneller als unsere Kavallerie. Erst recht wenn mexikanische Soldaten hinter ihnen her sind, denn die Indianer hassen und fürchten uns auf eine Weise, die nur vergleichbar ist mit dem Hass und der Furcht, mit denen wir ihnen begegnen. Die Rolle der Amerikaner in diesem Spiel ist seltsam: Sie sind Zuschauer eines Faustkampfs zweier Cousins, die sich von Kindheit an kennen.

Zu einem gewissen Leutnant Parker, den man mir gleich zu Beginn an die Seite stellte, sagte ich, es sei nicht nötig, den Weg durch die Berge zu nehmen und uns abzuhetzen wie verrückt, Präfekt Aguirre sei ein Mann, der zu seinem Wort stehe, und meine Anwesenheit bürge dafür, dass niemand Gerónimo verfolge oder versuchen werde, sie aufzuhalten. Der Leutnant erwiderte, er und seine Vorgesetzten wüssten das, sie hätten bereits einen Boten mit einem Dankesbrief zum Gouverneur von Sonora geschickt, doch weil wir einander über Jahre hinweg immer wieder gegenseitig verraten hätten, würden die Apachen uns nicht trauen, es sei *ihr* Wunsch und nicht der des Captains, die Route durch die Berge zu nehmen, mit einer Geschwindigkeit, die für die Pferde und mitunter selbst die Maultiere gefährlich sei. Das hat nichts mit Verrat zu tun, bemerkte ich, es ist ein offener Krieg, der älter ist als unsere Republik; er dauert schon so lange, dass er in Mexiko früher einmal nur von Zivilisten geführt wurde, mit den Mitteln, die sie eben zur Verfügung hatten. Sie betrunken zu machen und dann zu ermorden ist keine militärische Strategie, entgegnete Leutnant Parker. Meine Mission, so unbedeutend sie gewesen sein mag, war politischer Natur, weshalb ich mich entsprechend meiner Ausbildung und dem, was ich über militärische Regeln gelernt hatte, so gut es ging zusammenriss. Vorsichtig wandte ich ein, dass die Sache wesentlich komplizierter sei, und erklärte ihm so diplomatisch wie möglich, dass die Gringos manchmal seltsame Ansichten haben, vor allem was Indianer, Schwarze und Mexikaner angeht; vielleicht weil ihnen die Tatsache, dass sie uns ständig das Leben schwer machen, ein schlechtes Gewissen bereitet, als wollten sie uns die Schuld für das geben, was sie uns antun – schließlich sind sie auch sehr religiös. Vielleicht hätte ich recht, doch er führe nur Befehle aus, meinte Leutnant Parker, so, wie es die Gringos immer machten. Sehr diplomatisch, das muss man sagen.

Das Bataillon folgte den Apachen, so gut es konnte. Wie erwähnt hatte Captain Lawton das Kommando, obwohl er wegen seines – sagen wir – nicht mehr ganz nüchternen Zustands häufig zu einem Arzt gebracht werden musste, dessen Rang mir nie ganz klar wurde, doch er genoss den Respekt der Truppe und brachte die Sache so schnell wieder in Ordnung, dass es an ein Wunder grenzte. Neben dem Captain und dem Doktorchen gab es noch zwei Leutnants. Den bereits erwähnten Jaime Parker, obwohl sehr schlank von allen nur »der Dicke« genannt, und einen seltsamen Kerl namens Carlos Gatewood, den ich so gut wie gar nicht kennenlernte. Obwohl dieser Gatewood sich aufdonnerte wie ein Städter, war er es, der an der Seite des Indianers Gerónimo – die beiden schätzten sich sehr – im beschwerlichsten Teil des Gebirges vorausritt. Don Carlos Gatewood hatte lediglich das Kommando über zwei Apachenfährtenleser, aber ich folgerte schnell, dass es in Wahrheit sie gewesen waren, die Gerónimo davon überzeugt hatten, sich zu ergeben. Zumindest hatten sie das Gespräch ermöglicht, das den Indianer dazu bewogen hatte, mit den Yankees zu gehen. An dieser Stelle sollte ich erwähnen, dass ich vieles von dem, was ich hier bekunde, am ersten Marschtag nur aus zweiter Hand erfuhr und weder Gatewood noch die Indianer zu Gesicht bekam, so weit waren sie uns voraus.

Erst als wir, nur noch einen halben Tag von der Grenze entfernt, unser Lager aufschlugen – und zwar recht früh, zum einen, weil die Pferde den felsigen Untergrund nicht mochten, über den die Indianer uns führten, zum anderen, weil es den Captain nach seinem Schnaps verlangte –, hatte ich Kontakt mit den Apachen, denn unsere Lager lagen dicht beieinander, und die Verpflegung wurde zwischen allen geteilt. Da ich noch nicht so viele Jahre in den Konflikt verwickelt bin wie viele meiner Vorgesetzten, kannte ich nur einige der Indianer, darunter Gerónimo, seinen Sohn Chapo und Nanche, den jüngsten Sohn des legendären Häuptlings Coche – angeblich nannte man ihn so, weil er in Mexiko José getauft worden war – und Enkel von Mangas Coloradas persönlich. Nanche ist nicht klein und gedrungen wie Gerónimo, sondern ein Riese, schlank und muskulös wie sein Großvater. Auch Lozen war da, eine Mimbre-Kriegerin, die seit ihrer Kindheit an der Seite ihres Bruders Victorio gekämpft hatte, und mit ihr Niki, ebenfalls eine wilde Kriegerin. Und dann noch Loco und Häuptling Nana, beide in Mexiko alte Bekannte, Ersterer, weil er beliebt – als halber Mexikaner, halber Apache bewegte er sich mühelos zwischen den mestizischen Dörfern und den

Bergen hin und her –, Letzterer, weil er ein Arschloch ist: Er hat Victorios Tod brutal gerächt. Die anderen kannte ich nicht, aber allein diese hätten gereicht, um eine Stadt wie Delicias zu demütigen. Es gab noch ein paar Kinder und zwei oder drei Großmütter. Insgesamt waren es siebenundzwanzig.

Nicht, dass man sie mir vorgestellt hätte. Als wir sie an der Stelle, die sie für das Lager ausgewählt hatten, einholten, bat ich Leutnant Parker, mich mitzunehmen, um einen Blick auf sie werfen zu können. Gerónimo war nicht da, aber ihn hatte ich schon mal gesehen. Seit Jahren taucht sein Name fast täglich in der Zeitung auf, was nicht verwundert – abgesehen von Präsident Diáz, ist er der härteste und wildeste Kerl, von dem ich je gehört habe; er ist genauso unbarmherzig, vielleicht weil sie beide Indianer sind, die die Weißen, die sie zu unterjochen versuchten, vernichtet haben, nur mit dem Unterschied, dass Don Porfirio Díaz, wenn er nicht aus Oaxaca, sondern aus New Mexico käme, nicht lange genug gelebt hätte, um Präsident zu werden. Natürlich gibt es noch andere Unterschiede, und das sage ich mit allem Respekt vor dem Oberbefehlshaber der Streitkräfte, denen ich angehöre, und der Republik, die mich ernährt. Was bei General Díaz gesundes Misstrauen ist, ist bei Gerónimo innere Unruhe. Er ist wie eine Mine: eine Berührung, und sie geht hoch. Auch Nanche ist Respekt einflößend, aber auf andere Art: Den älteren Soldaten zufolge besitzt er die gleiche Ausstrahlung wie sein Großvater, er scheint immer im Reinen mit sich selbst zu sein. Und der Kerl ist gut aussehend, so, wie es den Erzählungen nach auch Mangas Coloradas war, der sogar eine mexikanische Ehefrau hatte. Er flößt einem Ehrfurcht, aber keine Angst ein. An jenem Nachmittag habe ich ihn nicht gesehen, sondern später, als ihm nicht mehr nach Lächeln zumute war – er hatte sein Zepter an einen Yankeegeneral abgegeben und bewegte sich trotzdem gelassen zwischen seinen Leuten, darum besorgt, dass ihnen nichts geschah und sie alles hatten, was sie brauchten. Er setzte sich zu den Alten, scherzte mit seinen Männern. Doch keiner der beiden beeindruckte mich so sehr wie Lozen, die ich an jenem Tag zum ersten Mal aus der Nähe sah. Sie saß unter den anderen, sodass sie wie eine der Indianerinnen aussah, die das Essen zubereiteten, während die Krieger mit den Kindern spielten. Als Leutnant Parker sie mir zeigte und ich sie so still dasitzen sah, fasste ich mir ein Herz und ging hin. Ich wollte nicht mit ihr reden, sie nur aus der Nähe betrachten, denn so in sich gekehrt, in ihr Umschlagtuch gehüllt, machte sie auch nicht den Eindruck, besonders gesprächig zu sein. Ich glaube, ich war noch gut fünf Meter von ihr entfernt, als sie zu spüren schien, dass sich ihr ein Mexikaner näherte. Sie wandte den Kopf und sah mich an. Mehr nicht. Sie tat nicht, was die anderen Indianer taten, wenn ich ihnen zu nahe kam: die Hand auf den Revolver zu legen, den sie wie die anderen unterhalb des Bauchnabels trug, allerdings in einer Baumwollschärpe statt im Halfter. Sie brauchte ihn auch nicht – ihre Augen sprachen von so vielen Toten, dass ich wortlos kehrtmachte.

Um die Wahrheit zu sagen: Ich hätte sie gerne einmal im Kampf erlebt. Nicht, wenn sie im Galopp über unsere Leute herfiel, sondern kurz vorher, wenn der Gott der Apachen ihr zuflüsterte, sie solle vorsichtig sein, und sie ihr Pferd abrupt zum Stehen brachte, mitten im Nichts, und murmelnd abstieg. Es heißt, dass die anderen Krieger dann sofort haltmachten und einen lockeren Kreis zu ihrem Schutz bildeten; dass Lozen leise zu singen und sich zu drehen begann und mit ausgebreiteten Armen immer weiter herumwirbelte, als könnte die Luft sie davontragen, bis sie mit verdrehten Augen plötzlich wieder zu sich kam und wie eine Katze den Kopf schüttelte. Anschließend verkündete sie, von wo der Feind kam, wie viele Männer und Pferde und welche Waffen er hatte.

Als er mich dort umherlaufen sah, trat Don Carlos Gatewood, der bei den Indianern kampierte, auf mich zu. Er ist groß, aber nicht so groß wie Nanche, dünn wie ein Schilfrohr und stützt sich beim Gehen auf einen Stock. Er stellte sich mir in aller Form vor und sagte mit einem Lächeln, das traurig war wie das eines an Keuchhusten leidenden Kindes, wenn ich wolle, könne ich ihn gerne Langnase nennen, wie die Apachen es täten. Als ich ihn sah, dachte ich, dass die Indianer ihm vielleicht deshalb so vertrauen, weil er selbst eine Prügelei mit einem sechsjährigen Apachenkind verlieren würde. Er führte mich zu einer Gruppe alter Frauen, zwischen denen einige Krieger und ihre Söhne, darunter auch Chapo, saßen. Aus Höflichkeit mir gegenüber sprach er mit ihnen Spanisch und stellte mich sehr förmlich als einen mexikanischen Freund vor. Chapo grinste und bleckte dabei die Zähne wie ein Puma. Gatewood erklärte, ich käme mit ihnen, um in Mexiko zu berichten, dass die Weißaugen ihr Leben respektiert hätten und sie im Gegenzug das Abkommen, nach Florida zu gehen. Nur die alten Frauen schienen ihm überhaupt zuzuhören. Als Zeichen des Respekts nahm ich den Hut ab – bis auf Chapo würdigten mich die Indianer keines Blickes. Gatewood erklärte mir, dass ich auch als Soldat meine Waffen immer im Lager der Amerikaner lassen müsse, wenn ich bei den Indianern sei, aber er hoffe, dass mein Freundschaftsangebot erwidert werde. Chapo kratzte sich unter dem Hemd am Bauch, um mir zu zeigen, dass *er* einen Revolver trug, dann sah er wieder weg.

Wieder auf offenem Gelände, fragte ich Gatewood, ob es stimme, dass er ein Freund von Gerónimo sei. Ich fragte ihn auf Englisch, vielleicht um sein Vertrauen zu gewinnen. Er habe die Ehre, ihn ein bisschen besser als die meisten zu kennen, antwortete er auf Spanisch, doch Gerónimo habe keine Freunde in der Gringo-Armee – er benutzte selbst das Wort Gringo, was ihn mir gleich sympathisch machte. Der letzte Chiricahua, der den Fehler beging, mit uns Freundschaft zu schließen, war Mangas Coloradas, sagte er, und Sie sehen ja, wie wir ihn behandelt haben. Mir sei bewusst, dass es nicht so einfach sein würde, erwiderte ich, aber dass ich Gerónimo gerne die Hand reichen, ihn respektvoll begrüßen würde. Don Carlos schüttelte den Kopf. Sie sind ihm beim Treffen am Rio Aros begegnet, sagte er, ich glaube, näher werden Sie ihm nicht kommen, solange Sie die mexikanische Uniform tragen. Er tippte sich an den Hut und ging ohne zu grüßen davon, mit dieser leicht abwesenden Art, die ich an ihm beobachtete, während wir zusammen unterwegs waren, und die typisch für ihn war. Nach ein paar Metern drehte er sich noch einmal um. Im Moment sind sie ziemlich nervös, sagte er, aber vielleicht können Sie ihn hinter der Grenze besser kennenlernen.

Am meisten an dieser ersten Begegnung mit den besiegten Apachen – obwohl Kriegsgefangene, wussten sie selbst noch nicht, dass sie besiegt waren –, beeindruckte mich, wie normal sie sich verhielten. Es war, als spazierte man durch ein Lager von Papago-Indianern oder, mehr noch, durch ein Bergdorf, wo die Frauen Tortillas zubereiten, während ihre Männer mit den Kindern herumtollen. Ich sah weder Wut noch Zähneknirschen, nichts von dem, was in den Zeitungen steht und worüber in den Kasernen und Cantinas getuschelt wird, sondern Familienmenschen: Indianer in der für sie typischen Kleidung – nicht alle, Loco zum Beispiel lief wie ein Cowboy herum –, die ihren Beschäftigungen nachgingen, obwohl die Umstände alles andere als ideal waren. Zurück in unserem Lager, sprach ich Parker darauf an, und er meinte, als er sie zum ersten Mal richtig kennengelernt habe, habe ihn am meisten erstaunt, wie reinlich sie seien. Die Yankees führten seit vierzig Jahren Krieg gegen sie und hätten noch immer nichts begriffen – ich musste mich beherrschen, um nicht laut aufzulachen. Die Einzigen, die sich nie waschen, selbst wenn sich in diesen Gegenden einmal die Möglichkeit bietet, sind sie selbst. Ich nutzte die Gelegenheit, um meine Wut auf die Gringos an ihm auszulassen, und fragte: Sind Ihre Männer auf einem Feldzug immer so schmutzig und so schlecht gekleidet? Mit dieser naiven Art der Gringos, die mich am Ende immer für sie einnimmt, betrachtete er sein fleckiges Unterhemd und die löchrige Hose und errötete. Das waren schlimme Monate, sagte er, auch wir sehnen uns verzweifelt danach, endlich die Grenze zu überqueren, und sei es nur, um die Uniform wechseln zu können. So sind sie, die Gringos: Sie haben ihre Ansichten und kommen nie auf den Gedanken, dass es vielleicht nicht immer die besten sind. Aber es sind auch freimütige Menschen – sie sind so überzeugt von sich, dass sie keinen Groll kennen, der, wie ich glaube, der Antrieb von fast allem ist, was wir Mexikaner tun. Aber *sorry*, jetzt schmücke ich diese Aussage schon mit meinen eigenen Ansichten aus, als wäre ich selbst ein Gringo.

Am nächsten Morgen machten wir uns auf den Weg nach Norden, viel später, als ein Mexikaner wie ich es von der amerikanischen Kavallerie erwartet hätte. Ich weiß nicht, ob es eine amerikanische Tradition ist, spät, beinahe schon mittags, aufzubrechen, oder doch eher eine schlechte Angewohnheit von Captain Lawton. Ich war zeitig schlafen gegangen, obwohl Parker mich noch auf einen Bourbon ins Zelt des Captains eingeladen hatte. Aus reiner Höflichkeit trank ich ein halbes Glas, ehe ich mich zurückzog. Nicht, dass ich ein Heiliger wäre, aber ich werde früh müde – der Kommandant lässt uns morgens um fünf antreten, egal ob im Sommer oder Winter, und wer verschläft, wird gnadenlos bestraft. Meine Frau sagt immer – an den wenigen Tagen, an denen ich Ausgang habe und sie sehe –, ich hätte den Tagesrhythmus eines Bauern.

Ich kochte mir den ersten Kaffee, bevor es hell wurde, stieg mit meiner Tasse auf eine Anhöhe und setzte mich auf einen Stein. Im grünlichen Schimmer über den Bergen sah ich, dass die

Apachen sich bereits auf den Weg machten. Ich setzte mich ein Stück weiter weg, und während Venus noch am Himmel stand, sah ich ein paar winzige menschliche Grabhügel, die ihre Sachen packten. Sie bewegten sich rasch und völlig lautlos, wie ein Luftzug – abgesehen von den morgendlichen Lauten der Vögel und Insekten, waren nur die Pferde von Don Carlos und seinen Fährtenlesern zu hören. Ich konnte die Indianer nicht unterscheiden – aus Vorsicht blieb ich, wo ich war –, aber ich erkannte die Fährtenleser, oder Kojoten, wie man hier sagt. Sie brachen vor den anderen auf. Dann folgte Nanche mit seiner Familie: eine Frau, zwei Kinder. Groß, wie er ist, stach er aus der Gruppe heraus. Und hinter ihm die anderen mit ein paar Kriegern als Nachhut. Sieht man sie so losziehen, versteht man, warum man sie unmöglich schnappen kann, wenn sie unterwegs sind. Sie setzen sich geschlossen in Bewegung, und kurz darauf sieht es aus, als würde die Gruppe zersplittern: Jeder nimmt seinen eigenen Weg. Sie bewegen sich nicht in gerader Linie voran, sondern diagonal, in einer Formation, die an einen Halbmond erinnert; eine Linie, die sich nach zwei Seiten öffnet und dort wieder verengt, wo sie sich in der Abenddämmerung verabredet haben. Don Carlos Gatewood setzte sich als Letzter in Bewegung, behäbig wie bei einem Ausritt, allerdings immer geradeaus.

Es war ein bewegender Moment, Nanche in Aktion zu sehen, mir vorzustellen, dass sich unter den Kriegern der Nachhut auch Gerónimo befinden musste. Ruhm macht Eindruck, und Gerónimo ist Gerónimo, aber mit eigenen Augen zu sehen, wie sich die hoch aufgeschossene Gestalt des Häuptlings in dem rosafarbenen Streifen am Horizont verlor, löste tiefe Ergriffenheit in mir aus. Durch seine Adern strömt das Blut von Mangas Coloradas und Coche, dachte ich, Blut, das für wer weiß wie viele Jahrhunderte in dieser Region geherrscht hatte, Blut, das einen Schlachtruf ausstieß, der noch immer halb Mexiko kreidebleich aus dem Schlaf hochschrecken lässt. Ich frage mich, ob man in Europa so empfindet, wenn man einen König zu Gesicht bekommt, oder ob die Spanier so empfanden, als sie nach einem so langen, beschwerlichen Feldzug, wie es die Eroberung Mexikos war, dem Herrscher Moctezuma gegenüberstanden, der ein König war, aber auch etwas viel Älteres, das man nicht erklären kann.

Wie ich bereits sagte, brachen wir wesentlich später auf und mit einem Tempo, das von Captain Lawtons Kopfschmerzen vorgegeben wurde. Als ich ihn so unter seinem Kater leiden sah, wurde mir endgültig klar, warum die würdevolle vierte Kavallerie so viel Zeit mit der Suche nach den Chiricahua verbracht hatte – und das an Orten, wo überhaupt keine Indianer waren.

Auch wir rückten verstreut voran, aber nicht aus strategischen Gründen wie die Apachen, sondern weil wir uns beim Reiten unterhielten. Es war schon nach drei, als wir Agua Prieta erreichten. Bevor es nach Douglas weiterging, wurde die Verpflegung verteilt, und später, bereits in Arizona, ritten wir zu den Ländereien eines Señor Kimbel, eines Freundes von Captain Lawton. Heimweh stellt irgendetwas mit den Leuten an – kaum hatten wir die Grenze überquert, fielen meine amerikanischen Kameraden, die bis dahin in völlig chaotischer Formation geritten waren, ins Glied zurück und richteten sich im Sattel auf, als würden ihre Mütter sie von den Hügeln aus dabei beobachten, wie sie vorbeizogen. Der Haufen blonder Soldaten verwandelte sich in das, was Parker immer über sie gesagt und ich nie hatte erkennen können: *The finest group of young men that you will ever see.* Sie sahen nicht länger wie eine Bande bärtiger Hungerleider aus, sondern so, wie sie sich selber sahen: heimkehrende Helden, auch wenn sie nicht mit Jubel empfangen wurden und unsere Kolonne keine feierliche Parade war, denn wir befanden uns mitten in der Wüste.

Ich hatte gedacht, die Chiricahua würden uns, endlich befreit von der Verfolgung durch die mexikanische Armee, auf Kimbels

Ranch erwarten. Stattdessen erfuhr ich von dem Plan, den meine Kameraden von der vierten Kavallerie eifrig vor mir verheimlicht hatten, obwohl wir den lieben langen Tag fröhlich über Gott und die Welt geplaudert hatten. Gerónimos offizielle Kapitulation würde erst stattfinden, nachdem er mit dem Oberbefehlshaber der Region, einem gewissen Nelson Miles, gesprochen hätte, der uns alle, Apachen und Yankees, am Paso de Guadalupe erwarten werde.

Gute Kameraden, sagte ich mir, das schon, doch sie vertrauen uns immer noch nicht. Was für einen Bericht sollte ich im Hinblick auf die formelle Kapitulation nach Mexiko schicken? Und wie? Ich hatte keinen Heliografen, um Präfekt Aguirre auf dem Laufenden zu halten, und ich wollte die Amerikaner auch nicht darum bitten, mir ihren zu leihen – ich war in diplomatischer Mission unterwegs, nicht als Spion, obwohl ich glaube, wenn man wirklich danach strebt, alles Land zu bekommen, das die Hufe des eigenen Pferdes berühren, dann macht es keinen Unterschied, ob man Spion oder Diplomat ist.

Auf der Ranch erwartete uns Gatewood mit einem Maultierzug, der aus Fort Bowie eingetroffen war. General Miles' Sekretär hatte saubere, frisch gebügelte Uniformen geschickt, damit die Truppe sich bei Gerónimos Kapitulation in angemessener Weise präsentierte. Während ich meinen amerikanischen Kameraden zusah, die wie Kinder am Namenstag die Kleidersäcke öffneten, begriff ich, was wir Mexikaner bei allem, was mit den Gringos zu tun hat, immer zu spät verstehen: Am Ende sind wir immer die Dummen. Sie hatten uns reingelegt. Unsere Befehlshaber hatten die Ausrottung der Apachen gewünscht, und dazu würde es nicht kommen. Wir würden die Chiricahua so lange verfolgen, bis sie an Altersschwäche starben. Die Yankees führten ein Theaterstück auf. Während der formellen Kapitulation würden die Apachen das Gefühl haben, die Gringos zollten ihnen den Respekt, der ihnen als Teil einer Nation zustand, und die Gringos würden ihr Volk mithilfe der Presse davon überzeugen, dass die hinterhältige Ausrottung der armen Apachen in jeder Hinsicht ein normaler militärischer Akt war, dass sie einen Krieg geführt und ihn gewonnen hatten. Und wir, die ihn tatsächlich gewonnen haben, können in der Nase bohren und zuschauen.

Obwohl die Offiziere einen Kater hatten und kreidebleich waren, ruhten wir nicht länger aus als nötig war, um den Pferden Wasser und Futter zu geben. Nachdem der Captain sich eine neue Hose, ein neues Hemd und neue Socken angezogen hatte, ließ er sich auf einem Stein nieder, um die Litzen, die er mit geradezu rührender Hingabe in einer Falte seines Schlafsacks aufbewahrt hatte, an die frisch auseinandergefaltete Uniformjacke zu nähen. Er trank lediglich einen Schluck von dem Maisschnaps, um das letzte Wegstück wenn nicht wohlauf, dann zumindest mit ausgeglichenem Pegel zurückzulegen.

Wir erreichten den Paso de Guadalupe noch bei Tageslicht. Gatewoods Trupp erwartete uns bereits. Sie waren noch nervöser als am Tag zuvor. Zum ersten Mal sah ich die siebenundzwanzig Chiricahua gesammelt und aus der Nähe – sie waren wie ein Wespenschwarm, eine Decke, die sich auf Befehl entfaltet und ausbreitet. In diesem Moment schienen sie so kompakt wie ein trockener Schwamm. Nanche mit seiner Körpergröße, die ihm einen Anflug von unerschütterlichem Gleichmut verlieh, und Gerónimo, gedrungen, korpulent, zornig, der uns an der Spitze der Gruppe erwartete. Die anderen schauten sich wachsam um. Sie lauschten aufmerksam auf jedes unserer Geräusche und alles, was sich in der Umgebung tat. Den äußeren Ring bildeten die Krieger – darunter auch Lozen und Niki. Sie wandten dem Rest der Gruppe den Rücken zu, als würden sie das Herz von etwas schützen. Und vielleicht war es genau so.

Parker und ich ritten voran, ein Stück vor dem Rest des Trupps, dessen Schlusslicht der Captain und der Arzt bildeten – unsere inzwischen strikte Reihenfolge. Wir hatten die Apachen schon fast erreicht, als ich bemerkte, dass das, was von Weitem wie ein Nest aus Körpern aussah, eine strategische Formation war. Die Krieger außen starrten uns mit diesem durchdringenden Blick an, wie ihn nur die Indianer des Nordens zustande bringen und dem man sich lieber nicht ausgesetzt sieht, besagt er doch fast immer, dass der Spaß vorbei ist. Die Alten im Inneren des Kreises waren genauso still und reglos wie die Krieger, die Kinder trippelten unruhig, vielleicht vergnügt, hin und her, bereit, jeden Moment loszurennen. Ein zweiter Ring, gebildet von den Frauen, die ich tags zuvor beim Kochen und Wäschewaschen gesehen hatte, hielt sie zurück. Alle hatten ein Gewehr in der Hand, alle den Finger am Abzug.

Ich hatte weder Verpflichtungen noch die Sorge, die Sache könne schlecht ausgehen, wie sie meine amerikanischen Kameraden seit dem Grenzübertritt quälte. Deshalb konnte ich, während wir absaßen und darauf warteten, dass Lawton uns einholte, meine Aufmerksamkeit ganz dem Verhalten der Apachen widmen. Während die Krieger sich wachsam umsahen, berührten sie mit der Zungenspitze die Oberlippe, als würden sie selbst Veränderungen der Lufttemperatur wahrnehmen. Sie wischten sich nicht den Schweiß ab, der von ihren breiten Stirnbändern tropfte – alle trugen diese Tücher um den Kopf als Zeichen, dass sie sich nach wie vor im Krieg befanden, denn die Kapitulation würde erst in Kraft treten, wenn sie mit dem Kommandanten der Region gesprochen hätten; genau wie die Frauen hatten alle den Zeigefinger am Abzug ihrer Winchester – die andere Hand ruhte am Griff des Revolvers, den sie vorne am Bauch und nicht wie wir an der Hüfte trugen.

Kaum war Parker abgestiegen, ging Don Carlos zu ihm, ungeduldig gefolgt von Nanche und Gerónimo. Ich hatte sie wieder ganz dicht vor mir. Nanche bleibt ein einziges Rätsel, während Gerónimo, vielleicht weil er schon so lange mit uns zu tun hat, leichter zu lesen ist. Gerónimo ist wesentlich älter, als ich gedacht hatte. Er ist – oder war in diesen Tagen – von der Sonne verbrannt, dünn, obwohl er einen kräftigen Knochenbau besitzt; er sah schwer gezeichnet aus. Er hat keine Zähne mehr, und die Strapazen des letzten Feldzugs haben ihre Spuren hinterlassen: Sein Schädel zeichnet sich deutlich unter der dünnen Haut ab. Er hat das kantigste Kinn, das ich je gesehen habe, und eine so lange Nase, dass es fast aussieht, als würde sie die Oberlippe berühren. Sein Haar ist kürzer als bei den anderen. Trotz seines Alters bewegt er sich flink wie eine Klapperschlange. Sieht man ihn direkt an, starrt er auf eine Weise zurück, dass man den Blick abwenden muss. In seinen Augen ist etwas von dem Hass, von dem die Presse im Norden so viel spricht, aber vor allem mustert er einen mit seinem durchdringenden Blick, als könnte er einem in den Kopf hineinschauen.

Sie hatten es offenbar eilig, denn der Erste, der etwas sagte, war Nanche, sonst kein Mann großer Worte – so wie früher angeblich auch sein Vater Coche. Er sprach auf Apache, an Gatewood gewandt, der übersetzte. Er sagt, dort warte eine halbe amerikanische Armee, sie gehen nach Mexiko zurück, übersetzte der Leutnant mit einer Seelenruhe, die nicht zur Dramatik der Situation passte. Sagen Sie ihnen, sie sollen mit uns kommen, sagte Parker, sie haben unser Wort, dass ihnen nichts geschieht. Das habe ich ihnen bereits gesagt, erwiderte Gatewood. Sagen Sie, sie sollen warten, fügte der andere Leutnant hinzu, da kommt Lawton.

Das taten sie, nervös, während das Regiment anhielt, ohne abzusitzen. Don Carlos grüßte die Soldaten, als der Captain und der Arzt hinter einem Hügel auftauchten. Die beiden Indianer gingen ihnen rasch entgegen. Ich konnte deutlich sehen, wie Gerónimo Gatewood wegen irgendetwas zurechtwies und von

Nanche mit einer strengen Geste zum Schweigen gebracht wurde. Gatewood drehte sich um und kam, ungewöhnlich schnell für einen Mann am Stock, auf mich zu. Er fasste mich am Arm, sagte: Kommen Sie, und führte mich eilig – wobei er sich auf mich stützte, damit wir schneller vorankamen – in Richtung des Captains und der beiden Häuptlinge. Die Indianer werden direkt mit Lawton reden, auf Spanisch, sagte Gatewood, Sie übersetzen, und ich bezeuge, was Sie sagen.

Wir waren alle fast gleichzeitig da. Der Captain war unterwegs abgestiegen und zog sich, ohne die Zügel seines Pferdes loszulassen, die neuen Handschuhe aus. Sprich Spanisch, wir übersetzen, sagte Gatewood zu Gerónimo. Der ließ die Hände sinken und deutete, ohne mich aus den Augen zu lassen, mit dem Kinn auf Nanche. Der Häuptling sah Lawton an und sagte freiheraus, wie es üblich ist bei den Apachen: Wir haben Späher zum Paso de Guadalupe gesandt, dort lagern noch mehr Armeen. Ich übersetzte, wobei ich »Soldaten« statt »Armeen« sagte, und Gatewood machte eine Geste, die verriet, dass er endlich etwas begriff, was ihm nie klar gewesen war. Er bestätigte, dass ich korrekt übersetzt hatte. Der Captain erwiderte, das liege daran, dass General Miles komme, er sei der oberste Häuptling der ganzen Apachería und der Gebiete der Navajo, Pueblo, Papago und der Komantschen in New Mexico. General Miles sei ein Freund des Großen Vaters in Washington, sagte er, und an dem Ort, wohin er unterwegs sei, befänden sich zwar viele Soldaten – ich übersetzte »Armeen« –, aber sie hätten sein Wort, dass sie den Indianern nichts tun würden, solange sie nicht zu fliehen versuchten. Nanche fragte Lawton: Wie viel zählt dein Wort gegenüber seinem? Woraufhin Lawton mit einer scharfzüngigen Bemerkung antwortete, die mich zum ersten Mal auf den Gedanken brachte, dass er vielleicht wirklich brillant und es nicht nur reines Glück war, dass er schließlich zum Triumphator des Apachenkrieges wurde. Er fragte: Und wie viel zählt Gerónimos Wort gegenüber deinem? Der Häuptling nickte. Wir müssen los, sagte Lawton zu Nanche, der General kann jeden Moment eintreffen. Ich übersetzte. Gerónimo flüsterte dem Häuptling etwas ins Ohr, und der wiederholte dessen Bitte. Wir wollen zwischen deinen Männern gehen, sagte er, für den Fall, dass es Scharfschützen gibt. Ich übersetzte. In Ordnung, sagte der Captain. Ja, übersetzte ich. Gerónimo tippte dem Häuptling auf die Schulter. Mit hohem Tempo, sagte dieser. In Ordnung. Noch etwas, sagte Nanche. Der Captain verriet eine gewisse Ungeduld, als ich ihm sagte, dass Nanche eine weitere Forderung habe. Wir wählen den Ort für das Lager aus, auf einer Anhöhe, wir wissen schon wo. Ja. Wir lagern allein, aber du lässt uns Geiseln. Nein. Dann gehen wir nach Mexiko zurück; du schnappst vielleicht die Kinder, aber nicht die Krieger, das weißt du. Gatewood wirkte angespannt – das Gespräch hatte eine unschöne Wendung genommen. Er hörte aufmerksam zu und bestätigte mit einem Nicken, dass ich richtig übersetzt hatte. Wir haben euch umstellt, sagte Lawton, wir würden euch töten, bevor ihr euch davonmachen könnt. Ich sah Don Carlos an. Er bedeutete mir, es genau so zu übersetzen. Das würdest du nicht tun, erwiderte Nanche, du bist ein guter Mensch. Der Captain machte einen Gegenvorschlag: zwei Geiseln, mehr nicht. Deine Offiziere. Ich übersetzte, obwohl ich davon ausging, dass der Yankee ihn verstanden hatte. Lawton dachte einen Moment nach. Die Leutnants, sagte er. Ich übersetzte. Gatewood bestätigte es. Nanche sah Gerónimo an, der ebenfalls zustimmte. Die Leutnants, sagte er laut. Eine Übersetzung war nicht nötig. Anschließend sagte Nanche, wobei er mich auf eine Weise ansah, die ich nicht anders als angewidert beschreiben kann: Den kannst du behalten. Ich schwieg. Gatewood erwiderte etwas auf die Bemerkung, ebenfalls auf Spanisch, das mich vielleicht sogar noch mehr verletzte: Das ist keiner von seinen Männern, das ist nur ein Mexikaner. Die Gringos sind gute

Menschen, und dann plötzlich nicht mehr. Sind wir uns einig?, fragte Lawton. Beleidigt, wie ich war, übersetzte ich nicht. Stattdessen tippte ich mir an die Mütze und ging zu meinem Pferd. Ich hörte noch, wie Gatewood mit seinem lückenhaften Spanisch, das übrigens viel schlechter war als das Englisch »dieses Mexikaners«, meine Aufgabe zu Ende führte.

Als die Apachen sich wieder unter ihre Leute mischten, wurde zur Formation geblasen. Ein zweites, mir unbekanntes Signal ertönte, während die Apachen über das Abkommen diskutierten, das die Häuptlinge gerade getroffen hatten. Die Krieger schienen nicht ganz zufrieden. Sie stellten sich zu zweit nebeneinander auf. Lawton bildete weiterhin die Nachhut – er hatte Gefangene, weshalb ihm nicht der ruhmreiche Platz an der Spitze seiner Truppe gebührte, sondern der des verantwortlichen Offiziers. Die beiden Leutnants nahmen die vordere Position ein. Wir warteten, dass sich die rätselhafte Formation der Chiricahua auflöste. Schließlich zerstreuten sie sich wie Schlangen zwischen die Pferde und nahmen die Mitte des Trupps ein. Ich befand mich direkt hinter Parker und Gatewood, sodass ich die Indianer nur von der Seite sah. Sie waren angespannt und äußerst schlecht gelaunt.

Kaum hatten wir den Cañon betreten, der die Chiricahua-Berge und den Gebirgszug der Piloncillos trennt, wusste ich, warum. In dem Tal, das sich zwischen den Bergen vor uns öffnete, dem eigentlichen Paso de Guadalupe, erwarteten uns sämtliche Verbände der amerikanischen Streitkräfte in der Region. Ihre Lager mit den Zelten, Pferden und Kutschen waren geometrisch angeordnet, jede Einheit unter ihrem Banner. Es sah aus wie eine Siegesfeier der römischen Armee.

Wir ritten ziemlich zügig zwischen den Lagern entlang – wenn die Apachen rennen, kann man ihnen selbst zu Pferd kaum folgen. Die Armen waren halb tot vor Angst, und das zu Recht. Wer weiß, was sie erwartet hatten, auf dieser Seite der Grenze zu sehen, aber bestimmt nicht das. Die Sauberkeit der straff gespannten Zelte, die Anmut von Leder und Stahl, die Eleganz der Uniformen mit ihrem Blau, Grau und Gelb, die Statur der Pferde, die derart gestriegelt waren, dass sie in der Sonne glänzten – all das war schlichtweg beeindruckend.

Ich glaube, die Angst, mit der die Chiricahua den von den Gringos besetzten Teil des Paso de Guadalupe durchquerten, beruhte auf Gegenseitigkeit – die Yankees mussten großen Respekt vor ihnen haben, wenn sie einen solchen Aufmarsch inszeniert hatten. Da begriff ich, warum die Apachen sich immer für die Amerikaner entschieden, wenn sie gezwungen waren, eine Wahl zu treffen, obwohl zwischen ihnen und uns so weit zurückreichende und enge Bande bestehen, dass wir fast eins sind.

Für uns waren sie immer nur Banditen gewesen, die man aus der Welt schaffen musste, denn wir hatten ihnen eine Religion, Boden und ein Vaterland gegeben, und sie hatten abgelehnt. Wir wollten nie begreifen, dass sie ihren eigenen Platz in der Geschichte haben und dass ihre Geschichte auch die unsere ist. Für die Gringos waren die siebenundzwanzig Chiricahua eine feindliche Armee. Unser Angebot war ein würdiger Tod für die Krieger und die Aufnahme der Kinder in dieses Geflecht aus Schmerz und Wärme, das sich Mexiko nennt – das der Amerikaner ein Leben voller Erniedrigungen, aber auch die Anerkennung ihrer Andersartigkeit.

Gerónimo wusste genau, wohin er wollte, und wie ein Blitz zog er uns hinter sich her über den Pass. Die auf beiden Hängen lagernden Soldaten ließen ihre Pflichten ruhen und traten vor die Zelte, um in der Sohle des Cañón de Guadalupe die mythische Streitkraft vorüberziehen zu sehen, die jahrelang ein riesiges Gebiet in einen permanenten Zustand der Wachsamkeit und Angst versetzt hatte. Viele applaudierten Lawton, der wahrscheinlich lieber im Paradeschritt geritten wäre, statt sein nervös tänzelndes

Pferd zu zügeln, das lospreschen wollte, aber nicht durfte. Er tippte sich an den löchrigen Hut, den er behalten hatte zum Zeichen, dass er von einem schwierigen Feldzug zurückkehrte.

Als wir die Hochebene erreichten, die Gerónimo gesucht hatte, lösten die Apachen sich aus dem Verband und kletterten in offener Formation los, verstreut wie Ziegen, aber nicht ohne System – jede Großmutter mit einem Kind und jeder Rücken geschützt von dem losen, aber unnachgiebigen Ring aus Kriegern, die beim Aufstieg mit einem Auge zum Berg, dem anderen zum Tal schielten. Auch Parker und Gatewood trennten sich von der Einheit und ritten mühsam hinter ihnen den Hügel hinauf.

Lawton befahl, das Lager am Fuß der Anhöhe zu errichten, sodass die Indianer sich durch ihn geschützt fühlten – es ist immer das Gleiche mit den Chiricahua, am Ende schlägt man sich auf ihre Seite. Als ich zu ihm ging, meinte er, ich könne gerne in seinem Zelt schlafen, da Parker, mit dem ich sonst das Zelt teilte, oben bei den Indianern übernachten werde. Er sagte es mit einem Lächeln, von dem ich nicht zu sagen wusste, ob es Überlegenheit oder Unbehagen ausdrückte, das aber nichts mit mir zu tun hatte. Das wurde mir klar, als er auf den Boden starrte und sagte: Das Schlimme ist, dass wir keinen Whiskey haben, bis Miles wieder aus Albuquerque zurück ist. Er wollte nicht allein sein. Ich dankte ihm für das Angebot und antwortete aufrichtig, ich zöge es vor, seine Ruhe und seine Stellung zu respektieren, ich würde mir einen Schlafplatz bei den Dolmetschern und Maultiertreibern suchen, die ebenfalls Mexikaner seien; es sei eine bedeutende Nacht für ihn. Kaum hatte ich das gesagt, verflog mein Groll. Ich ließ mich von der Feierlichkeit des Moments verführen und sagte etwas zu ihm, das er verdiente: Jetzt können wir es ja sagen, Captain, Sie haben Gerónimo gefasst, das ist keine Kleinigkeit; sobald der General weg ist, stoßen wir auf Sie an. Er nahm seinen zerfledderten Hut ab, und ich glaube, eine Sekunde lang kamen wir Mexikaner ihm vielleicht doch nicht mehr wie Abschaum vor. Ihre Leute haben ihn gefasst, erwiderte er, ich habe ihn nur geholt.

General Nelson Miles traf erst am nächsten Tag ein, mit dem Pomp eines Staatspräsidenten. Hochdekoriert und mit einem Cowboyhut, wie zum Beweis, dass er ein Mann des Grenzlands war, ritt er an der Spitze einer Dragonereskorte ein, als würde er das Meer teilen. Seine Gesandten hatten ihn rechtzeitig angekündigt, sodass ich, als zur Paradeformation geblasen wurde, auf eine Anhöhe steigen und mich hinsetzen konnte, um das Geschehen zu beobachten, bis ich als Vertreter der mexikanischen Armee – falls ich das überhaupt war und mir nicht eine Funktion anmaßte, die mir gar nicht zustand, die ich aber treu und würdevoll erfüllte – gebraucht würde.

Ich mag den Waffenglanz, den Trommelwirbel. Die wehenden Fahnen. Deshalb kann ich nicht behaupten, ich hätte es nicht genossen, mich davonzustehlen, um diese Zeremonie zu bewundern, ganz für mich allein, sodass es plötzlich schien, als würde sie nur für mich abgehalten.

General Miles durchquerte den westlichen Teil des Paso de Guadalupe, wo seine Reiterbataillone in viereckiger Formation zum Appell angetreten waren. In der Talsohle bot Lawtons Formation ihm einen Orientierungspunkt für seinen Aufmarsch. Der General tippte sich an den Hut und blickte seine Männer zu beiden Seiten der Gasse mit einem Ausdruck an, der halb einem Offizier, halb einem Politiker entsprach. Lawton erwartete ihn stehend am Ende des Korridors, an der Spitze seiner Einheit. Seine beiden Leutnants waren von der Anhöhe heruntergestiegen, auf der sie im Lager der Indianer die Nacht verbracht hatten, und standen nun hinter ihm. Die Apachen selbst beobachteten die Szene wie ich, nur nervöser, von dem Plateau aus – auch sie hatten ihren Balkon.

Miles brachte sein Pferd mit einer Drehung zum Stehen, saß mit einer für sein Alter erstaunlichen Gewandtheit ab und entbot dem Captain, der in diesem Moment bestimmt sehr stolz war, einen martialischen Gruß. Obwohl der Aufmarsch dazu gedacht war, dem General eine Freude zu machen, richtete sich die Aufmerksamkeit am Ende vollständig auf den siegreichen Offizier und seine Truppe. Wenn man sie so sah, ordentlich gekleidet und in Paradeformation, begriff man einen Aspekt des Krieges, den man gewöhnlich nicht verstehen kann, solange er im Gange ist: Lawtons Soldaten waren ein Haufen junger Männer, die unsäglich viel durchgemacht hatten, um einem Land zu dienen, das davon nicht einmal wusste. Einer der längsten Kriege in der Geschichte dieses Stückchens Erde, das die Gringos und wir Mexikaner bewohnen, ging zu Ende, und sein entscheidender Akt vollzog sich im Verborgenen, im Bauch eines Cañons, den niemand kennt, mit mir als einzigem unbeteiligtem Zeugen.

Die Kolonnen vereinten sich, und ich sah, wie Miles lange auf Lawton einredete. Den zerfetzten Hut unter den Arm geklemmt, hörte der Captain ihm nickend zu. Anschließend ging der General zu Gatewood und Parker weiter, wobei er überraschenderweise nur Letzterem die Hand reichte. In diesem Moment hatte ich bereits gefolgert, dass der Captain, gleich nachdem ihm gratuliert worden war, den General darüber informiert haben musste, dass das Verdienst an dem Erfolg in Wahrheit den beiden Leutnants gebührte, und ich finde, Lawton tat gut daran. Der General ging weiter, um ein paar Worte an das Bataillon zu richten und die jungen Soldaten in der ersten Reihe zu begrüßen, die mit Sicherheit sehr aufgeregt waren.

Danach zog der General sich mit dieser charmanten Ungezwungenheit, die nur die Gringos besitzen, Handschuhe und Uniformjacke aus, sah den Captain an und deutete auf sein Zelt, um sich dort zu besprechen. Hinter ihnen betraten Miles' administrativer Stab, der Arzt und Parker das Zelt.

Gatewood löste sich auf diskrete, etwas traurige und aufschlussreiche Weise von der Gruppe. Er war der wahre Initiator des Friedens gewesen, und jetzt stieg er am Stock zu den Apachen auf das Plateau hoch. Er machte einen kleinen Umweg, als sollte keiner sehen, wohin er ging. Niemand bemerkte jedoch seine Abwesenheit, denn die anwesenden Kompanien traten bereits weg. Er ging allein, ganz allein – seine beiden unzertrennlichen Fährtenleser hatten sich bereits unter die Chiricahua gemischt. Kurz darauf verließen Parker und zwei mir unbekannte Offiziere das Zelt. Mein Kamerad und einer der Offiziere gingen zu den Indianern hinauf, der andere kam auf mich zu. Ich erhob mich.

Es war der Adjutant des Generals. Er überreichte mir einen versiegelten Brief – den ich später den zuständigen Autoritäten der mexikanischen Armee übergab –, in dem Miles die Verantwortung für Gerónimos Verhaftung übernahm und versicherte, dass der Indianer nie wieder auf freien Fuß kommen werde, weder er noch Häuptling Nanche, noch sonst einer der ihn begleitenden Krieger. Zumindest sagte mir das der Offizier. Dass ich den Brief mit unbeschädigtem Siegel ausgehändigt habe, können diejenigen, die ihn gelesen haben, nötigenfalls bestätigen. Der Adjutant fuhr fort, ich könne gerne bleiben und als Zeuge den Gesprächen zwischen dem General und den Indianern sowie deren Kapitulation beiwohnen; ich sei sein Gast. Weil ich es für meine Pflicht hielt, aber auch, weil mich das letzte Kapitel der Geschichte der Chiricahua berührte und ich wissen wollte, wie es ausging, nahm ich die Einladung an.

Ich folgte dem Offizier zum verabredeten Treffpunkt der Anführer beider Parteien, Yankees und Apachen: einem schattigen Fleck unter der einzigen Pappel am Paso de Guadalupe. Lawton und Parker waren bereits dort, die Gesichter so lang wie ihre Kleidung verschlissen, obwohl sie ihre Galauniformen trugen. Was ist los?, fragte ich meinen Kameraden. Er zuckte die Achseln. Wir haben Ärger bekommen, antwortete er. Großen Ärger, weil wir eine Vereinbarung ausgehandelt haben, statt sie bedingungslos festzunehmen. Deshalb ist Don Carlos gegangen?, fragte ich. Er war wegen seiner Krankheit beurlaubt, seit wir im Süden der Sierra unterwegs waren, sagte Parker, aber er ging, weil Miles ihn nicht mehr sehen wollte; es ist seltsam, dass er ihn wieder einberufen hat, aber noch seltsamer, dass er ihn dann nicht mal grüßt; ich glaube, er hält ihn für einen Verräter. Ohne ihn wären wir nicht hier, sagte ich. Parker verzog das Gesicht. Letzten Endes ist die Verhaftung Lawtons Verdienst, sagte er, und Miles weiß das, wirft ihm aber vor, dass er eine Abmachung mit den Indianern getroffen hat und deshalb keiner einen Orden kriegt oder befördert wird, auch er nicht. Der Leutnant überlegte einen Moment. Miles kriegt bestimmt Anschiss vom Kriegsminister. Sie können Gerónimo immer noch eine Kugel in den Kopf jagen, sagte ich, in Mexiko würden wir das tun. Parker schüttelte den Kopf. Das hat Lawton auch gesagt, als wir im Zelt waren, aber Miles hat abgelehnt. Parker sah sich in alle Richtungen um, zog, als er sicher war, dass niemand uns beobachtete, einen Flachmann aus der Gesäßtasche und nahm einen Schluck. Er hielt mir die Flasche hin, und ich hatte das Gefühl, nicht ablehnen zu dürfen, obwohl ich im Dienst war. Miles hat uns fürchterlich angeschrien, aber schließlich ist er auch nicht irgendwer; als er endlich aufhörte, auf Lawton einzuschimpfen, hat der den Vorschlag gemacht, die Krieger umzubringen. Ich schwöre, ich konnte sehen, wie Miles eine Sekunde in sich hineinhorchte, bevor er Nein sagte. Der Captain blieb stur wie ein Hündchen, das man zurechtgewiesen hatte, er meinte sogar, die Presse würde Miles zerfleischen, wenn sie Gerónimo nicht töteten, er würde die Exekution auch persönlich übernehmen, obwohl ihm der Gedanke ebenso wenig gefiel. Der General hat die Hände in die Taschen gesteckt, den Kopf geschüttelt und gesagt, er ziehe es vor, ohne große Skandale in den Ruhestand zu treten, um seinen Kindern noch in die Augen schauen zu können, dass er aber unsere Gesichter nie mehr sehen wolle.

Kurz darauf verließ der General mit seiner Entourage das Zelt. Er hatte die Ärmel aufgekrempelt und schnaubte sichtlich schlecht gelaunt – jede seiner Gesten verriet, dass er Wichtigeres zu tun hatte, als dieses mittelmäßige und nichtige, aber hundertjährige Epos zu entscheiden, dessen Schlusswort ihm zugefallen war. Als ich ihm vorgestellt wurde, reichte er mir eine Hand, die schon ganz woanders zu sein schien, wahrscheinlich verstand er nicht einmal, welche Rolle ich bei den Ereignissen dieses Tages spielte. Es muss ihm seltsam vorgekommen sein, zwischen all den blauen Mänteln einen Mann in einer hellen Uniform zu sehen.

Einen Moment später trafen die Apachen ein, so unvermittelt, als wären sie vom Baum gefallen. Keine Ahnung, wie sie es immer anstellen, aus heiterem Himmel aufzutauchen, obwohl man mit ihnen rechnet – dieses Rätsel werden wir wohl nie mehr lösen. Als Erstes waren die Fährtenleser da. Wie Martín mir später erzählte, machten sie den Anfang, um sich den General, dem sie ihre Leute anvertraut hatten, aus der Nähe anzusehen und sicherzugehen, dass er sie nicht verraten würde. Als Nächstes kamen drei, vier junge Krieger, darunter Chapo. Auch Lozen war plötzlich da. Zum Schluss erschien Gerónimo, der eher nervös als wütend aussah. Er hatte weder ein Gewehr noch seinen Revolver dabei – dort, am Paso de Guadalupe, würden ihm die Waffen nichts nützen. Er gab Miles die Hand, und der General behandelte ihn sehr zuvorkommend. Weil das Treffen von großer Bedeutung war und hohe Erwartungen daran geknüpft waren, verzichteten sie diesmal auf den Umweg über das Spanische. Es gab vier Dolmetscher für Englisch und Apache, zwei für jeden Anführer, sodass jeweils einer übersetzte und der andere die Richtigkeit der Übersetzung bestätigte.

Gerónimo war fügsam, geradezu milde. Viele meinten, es sei Miles' Verdienst gewesen, der in der Tat sehr charismatisch ist, aber ich glaube, es lag eher daran, dass den Apachen die Geschichte belastete: Jahrhunderte Krieg und alles umsonst. Ihm blieb nichts anderes übrig, als sich dumm zu stellen. Als Erstes sagte er, er habe sowohl von Langnase als auch den anderen Jungs, die bei den Blaumänteln das Sagen hätten, gehört, dass Miles ein guter Mensch sei, und er selbst, der alles gesehen habe, könne das bestätigen und hoffe, dass der Schein nicht trüge. Als der General etwas erwidern wollte, hob Gerónimo die Hand. Obwohl er dabei eine Miene aufsetzte, die man in einem anderen, weniger finsteren und zahnlosen Gesicht als freundlich hätte bezeichnen können, spürte man seine Autorität. Er werde das Gespräch führen, sagte er, Nanche werde oben bleiben, weil der Häuptling wisse, was man seinem Großvater Mangas Coloradas in einer ähnlichen Situation angetan habe. Er, Gerónimo, werde ihm überbringen, was besprochen werde, und wiederkommen, um zu verkünden, wie das Urteil von Nanche und der bei ihm verbliebenen Krieger ausfalle.

Der General antwortete höflich und begann mit der Erklärung, es sei ihm eine große Ehre, mit dem berühmtesten Krieger zu reden, dem er je begegnet sei. Ich glaube, er meinte das ehrlich. Wahre Politiker haben die Fähigkeit, ihren eigenen Worten zu glauben, sobald sie ihnen über die Lippen kommen. Sowohl er als auch der Große Vater in Washington würden sich für den früheren Verrat schämen, sagte Miles, und dass der Große Vater ihn, Miles, dazu bestimmt habe, die Apachería zu regieren, denn in der großen Stadt wisse man, dass er die Indianer mit Würde und Respekt behandle. Und er war aufrichtig zu Gerónimo: Er sagte ihm freundlich, aber bestimmt, dass es keine weiteren Gespräche geben werde; er werde ihm die Bedingungen ihrer Kapitulation mitteilen, und er, Gerónimo, werde sie Nanche überbringen; er könne entweder diese Bedingungen oder den Tod akzeptieren; er selbst werde binnen einer Stunde nach Albuquerque zurückkehren, während sie nach Fort Bowie aufbrechen würden, wo ein Zug nach Florida auf sie warte.

Es sei klar, dass General Miles ein guter Mensch sei, antwortete Gerónimo, und wenn der Große Vater ihn zu dieser Unterredung geschickt habe, dann müsse er auch einer sein. Gerónimo setzte sich auf den Boden, bat Miles, es ihm gleichzutun, schlug die Beine übereinander und befahl Lawton, den Tabak herauszuholen, damit sie wie Freunde rauchen konnten. Der Captain blickte seinen Vorgesetzten an, der nur sagte, er rauche nicht. Ich bin nicht gekommen, um zu verhandeln, wiederholte der General, ich werde die Nacht in der Garnison verbringen. Dann machte er doch ein Zugeständnis: Er setzte sich zwar nicht, hockte sich aber vor Gerónimo hin. Der Chiricahua murrte nicht, er wusste, es gab keinen Ausweg mehr.

Er werde das Abkommen, das Captain Lawton in Mexiko vorgeschlagen habe, respektieren, sagte Miles, und sie würden in Gewahrsam der regulären Streitkräfte bleiben, der einzigen Institution, die sie nicht zum Tode verurteilen würde. Wir können euch auch nach Mexiko zurückbringen, wo man euch erschießt, fügte er hinzu und sah dabei mich an – der alte Fuchs hatte mich ganz genau registriert, er hatte mich nur nicht beachtet, weil ich Mestize bin und kein Weißer wie er –, oder euch dem Sheriff in Tucson übergeben, der euch hängen wird. Unerwartet gelenkig für einen Mann seines Alters, ging er noch etwas tiefer in die Hocke und zeichnete mit der Fingerspitze eine bogenförmige Linie in die rote Erde. Anschließend nahm er zwei schwarze Steine und legte einen direkt neben den Bogen und den anderen dreißig oder vierzig Zentimeter daneben, in ein Nirgendwo, das deutlich zeigte, was er von uns allen hielt, die in der Wüste lebten. Er zeigte auf den Stein neben dem Bogen und sagte: Das sind die Familien von Gerónimo und den Chiricahua, die schon in Florida sind. Dann wies er auf den abseits liegenden Stein: Das ist Gerónimo. Er nahm ihn und legte ihn zu den anderen. Ich werde dafür sorgen, dass alle Chiricahua wieder vereint sind.

Gerónimo wollte etwas sagen, doch der General bedeutete ihm mit seiner freundlichen Autorität zu schweigen – er zahlte es ihm heim. Er nahm eine Handvoll Erde, hielt sie hoch und sagte, während er mit der anderen Hand darauf deutete: Das ist das Unrecht, das Apachen und Amerikaner einander angetan haben. Er wischte die Erde weg, klopfte sich den Staub ab und sagte: Wenn ihr akzeptiert, zwei Jahre mit euren Familien in einem Fort in Florida zu leben, vergisst der Große Vater eure Vergehen und lässt euch nach Arizona zurückgehen.

Miles' Sekretär hatte mir etwas anderes erzählt: dass die Apachen nie mehr zurückkehren würden, aber ich wollte den feierlichen Akt nicht stören. Der General verhandelte schließlich nicht mit irgendwem und mir war klar, dass dies ein heikler Moment war und alles auf der Kippe stand. Ohne mein Gesicht auch nur einen Millimeter zu bewegen, sah ich den Sekretär an. Er starrte hartnäckig zu Boden. Wie immer verrieten die Gringos jemanden auf ihre entwaffnende Weise, allerdings wusste ich nicht, ob die Apachen oder uns.

Gerónimo dachte einen Moment nach. Mit seinen kleinen Augen betrachtete er die Steine. Ich hätte nie gedacht, dass ich so etwas einmal über den berüchtigtsten Mörder des Grenzlands sagen würde: Er tat mir leid. Er schien sich selbst davon überzeugen zu wollen, dass er diesem Mann vertrauen konnte. Er nahm selbst etwas Erde in die Hand und sagte, Miles komme ihm wie ein guter und ehrlicher Mensch vor. Anschließend blies er die Erde fort und fragte: Zwei Jahre? Zwei Jahre, antwortete Miles und krempelte sich die Hemdsärmel nach unten, um Gerónimo zu verstehen zu geben, dass das Gespräch beendet war. In der Zeit, in der der Yankee in den Hosentaschen nach den Manschettenknöpfen suchte und an seine Ärmel steckte, wog der Indianer die Vor- und Nachteile des Angebots ab. Ich werde zu meiner Familie nach Florida gehen, sagte er schließlich. Der General bat um seine Uniformjacke. Weil er es mit einem Mal so eilig hatte und dem Adjutanten, der sie ihm reichte, nicht in die Augen sah, wusste ich, dass er sich zu Tode schämte. Es war Gerónimo, den er betrog. Ich tastete nach dem Brief in meiner Tasche, während Miles seine Jacke zuknöpfte. Ein paar der Krieger werden mit mir kommen, erklärte Gerónimo, dem bewusst sein musste, dass der General ihn nicht einmal ansah. Chapo, Lozen, Nana, alle, die hier unten sind, sagte er. Der General kämmte sich den Schnurrbart. Und ich werde versuchen, Nanche und die anderen davon zu überzeugen, mich zu begleiten, aber garantieren kann ich das nicht. Der General zupfte seine Jackenärmel über den Manschetten zurecht. Wenn sie nicht mit Ihnen gehen, erwiderte er, werden sie nicht lange leben. Er sah Gerónimo in die Augen – was Anerkennung verdiente, denn außer ihm wagte das niemand – und bemerkte: Sie sind ein kluger Mann. Völlig überraschend umarmte er ihn, nahm die rechte Hand des Apachen und legte sie in seine. Anschließend verlangte er nach seinem Pferd. Es war mir eine Ehre, sagte er, und ich konnte deutlich spüren, wie erleichtert er war, ihn nicht töten zu müssen. Er knöpfte sich die Jacke zu und tippte sich an den Hut, um sich von Lawton zu verabschieden. Sie sind ein Held, sagte er zu dem Captain, auch wenn Ihnen das vorerst keiner zugestehen wird.

Gerónimo und seine Leute kehrten auf die Anhöhe zurück, während die Bataillone, die die Kapitulation aus der Ferne verfolgt hatten, ihr Lager abzubauen begannen. Die Indianer würden einen Rat abhalten und die ganze Nacht lang ihren Gott, der

Usín heißt, nach seinem Urteil befragen, falls er es ihnen mitteilen wollte, doch es war klar, dass Gerónimo sich längst entschieden hatte und nicht mehr bewacht werden musste. Er bat Lawton um eine Ration Tabak für die Beratung und sagte ihm, sie würden sich am nächsten Morgen bei Sonnenaufgang sehen. Er werde mit ihm nach Fort Bowie kommen, um das Eisenpferd zu nehmen und sich dahin zu begeben, wo sich den Worten des Generals nach ihre Familien befänden. Er könne nicht garantieren, dass alle mitkommen würden, sagte er erneut, und es war traurig zu sehen, wie vorsichtig er war, zu spüren, wie er am Leben hing. Vor zehn Jahren hätte er einfach den Revolver gezückt und mit lautem Gebrüll die Flucht ergriffen. Ich habe den Befehl, euch zu töten, wenn ihr nicht mitkommt, erwiderte der Captain.

Obwohl das Dokument, wegen dem ich gekommen war, in meiner Jackentasche steckte, fragte ich Leutnant Parker, ob ich sie weiterhin begleiten dürfe. Um die Wahrheit zu sagen, und darum geht es ja bei einer Aussage – selbst wenn es sich wie in diesem Fall um einen routinemäßigen Vorgang handelt –, wollte ich, bevor ich nach Arizpe zurückkehrte und meinen Auftrag für erfüllt erklärte, mitkommen, um mich zu vergewissern, dass die Apachen tatsächlich den Zug bestiegen, aber auch, weil ich spürte, dass etwas Großes viel zu schnell zu Ende gegangen war.

15. August, früher Morgen

Juh starb jung in der Sierra Madre. Hätte er länger gelebt, wäre er als der letzte große aufständische Chiricahua-Häuptling in die Geschichte eingegangen.

Gerónimo verließ ihn nach Victorios Niederlage in der Nähe von Nacozari, ein paar Jahre vor seiner eigenen bedingungslosen Kapitulation in Gegenwart von General Miles. Die Entscheidung, mit Häuptling Naiche in die Vereinigten Staaten zurückzukehren, muss hart gewesen sein und hatte vor allem damit zu tun, dass seine Familie nach Florida verschleppt worden war. Er war nicht nur Juhs Cousin und Schwager, sondern auch sein Kriegsschamane, sein Stratege und sein Sprachrohr gewesen – Juh stotterte, weshalb er bei den Kriegsräten und den Verhandlungen mit Mexikanern und Weißaugen seinem Stellvertreter seine Entscheidungen ins Ohr zu flüstern pflegte, damit dieser sie wiederholte.

Vielleicht erinnert sich niemand an Juh, weil sein Name keinen Eingang in das historische Archiv der Angst fand. Nachdem er Gerónimo verloren hatte, verübte er keine Überfälle mehr, an die man sich erinnerte. Oder er verübte sie weiter, aber sie waren nicht mehr so spektakulär und erfolgreich. Er war Novize in Mangas' Kavallerie, gehörte dem Rat der Unnachgiebigen an, der Cochís bei all seinen Kriegshandlungen unterstützte, und schloss sich schon bald dem Feldzug Victorios an, den er seit der Jugend respektvoll hasste. Wie Cochís war er ein unerbittlicher Krieger und undurchschaubarer Häuptling. Und er war ein vorbildlicher Vater, oder musste es zumindest gewesen sein. Sein Sohn, Asa Daklugie, und Gerónimo standen sich näher als dieser seinen natürlichen Erben, und als Géronimo starb, adoptierte er Lenna und Eva Gerónimo, die beiden noch jungen Töchter des Kriegsschamanen. Abgesehen davon war er das Gedächtnis des Chiricahua-Universums. Erst dank Asa Daklugies Gesprächen mit der Ethnologin Eve Ball und seiner eifrigen Übersetzung von Gerónimos Autobiografie wissen wir alles, was es über das Privatleben der Chiricahua in den letzten Zuckungen ihrer Geschichte zu wissen gibt.

Es war Juh, nicht Naiche, der nach Victorios Tod die Herrschaft über die Chiricahua übernahm. Im Unterschied zu allen anderen Häuptlingen verbrachte er sein ganzes Leben in Freiheit, und er befand sich im ständigen Krieg. Hätte Naiche die anderen zu den Waffen gerufen, wären ihm seine verbliebenen Gileño gefolgt, hätte Juh es getan, wären ihm alle noch lebenden Apachen zu Hilfe geeilt.

Doch er hatte keine Zeit, seine Herrschaft unter Beweis zu stellen. Kurz nach der Kapitulation von 1886 stürzte er während eines Unwetters mit seinem Pferd in eine Schlucht. Seine sterblichen Überreste ruhen wie die von Cochís an einem einsamen Ort. Im Gegensatz zu ihm bekam Juh kein Begräbnis. Keine Gemeinde in Sonora trägt seinen Namen, und Mexiko hat ihn nicht rehabilitiert, weder ihn noch einen anderen der großen Indianer seiner Generation, die alles Mexikaner waren: Mangas, Cochís, Gerónimo, Victorio, Nana, Cuchillo Negro oder Loco. Waren die Gringos grausam gegenüber den Apachen, blieben wir Mexikaner wegen allem, was wir ihnen angetan haben, für immer ohne Mutter zurück – wir erinnern uns nicht an die Indianer, und ihre Abwesenheit in unserem Gedächtnis macht uns kleiner: Sie sind der verlorene Bruder. Juh ist fort, Amerika, und das ist alles.

Nach Juhs Tod und der Festnahme von Naiche, Chihuahua, Loco, Nana und Gerónimo wurden die letzten freien Chiricahua zu Sierrastaub. Der letzte Krieger dieser Sippe, der Apache Juan, starb 1924 in der Nähe von Bacanora. Er wurde von ein paar Gendarmen getötet, die ihn zwar als assimilierten Indianer kannten, aber das Kopfgeld kassieren wollten, das auf denjenigen ausgeschrieben war, der für den Tod von ein paar Schafen verantwortlich gewesen sein sollte, obwohl jeder wusste, dass sie von Wölfen gerissen worden waren.

Juan, der letzte freie Chiricahua, wurde niederträchtig ermordet: von hinten und aus der Distanz, am Eingang der Höhle, in der er friedlich mit seiner Familie lebte. Seine Mutter, seine Frau und seine zwei Töchter hörten die Schüsse und rannten hinaus. Auch sie wurden erschossen.

Als die Gendarmen in der Höhle nach Beweisen dafür suchten, dass Juan ein Dieb und Schafsmörder war, fanden sie nichts weiter als ein paar Honigkrüge, etwas Mais und eine Puppe aus Lumpen, mit der seine Töchter gespielt hatten – es war der letzte Gegenstand, der von einem Chiricahua hergestellt wurde. Und sie fanden ein Kind im Alter von ein oder zwei Jahren.

Dieses Kind, bei dem es sich um Juans Sohn handelte, kehrte mit den Siegern dieses letzten grotesken Gefechts mit einem Chiricahua-Krieger nach Bacanora zurück. Das zwanzigste Jahrhundert währte bereits lange genug, dass sich keiner mehr daran erinnerte, wie vor gerade einmal vierzig Jahren gefangen genommene Apachen auf den Märkten von Chihuahua und Sonora als Sklaven verkauft worden waren. Der Junge wurde von einem Arzt und dessen Frau adoptiert, die dafür sorgten, dass es ihm an nichts fehlte. Er lernte Spanisch und besuchte die Schule. Mit siebzehn schickten sie ihn zum Studieren auf die pädagogische Hochschule in Mexiko-Stadt, und er wurde Gymnasiallehrer. Er unterrichtete an einer Schule in Hermosillo, wo jeder ihn mochte und respektierte. 1957 zeichnete Präsident Adolfo Ruiz Cortines ihn als einen der besten Lehrer des Landes aus.

Ich weiß nicht, ob der Präsident wusste, dass der Mann mit der kupferfarbenen Haut und dem breiten Brustkorb, dem er eine Medaille umhängte, der letzte Chiricahua war. Ich weiß nicht einmal, ob der Lehrer selbst das wusste. Zu jener Zeit war die Apachería längst nur noch eine Leerstelle in der Wüste. Niemand erinnerte – niemand *erinnert* – sich daran, dass es sie dort einmal gegeben hatte. Das ist, wieder einmal, alles, Amerika.

Arie

DRITTES BUCH

Camila saß auf dem Boden und schälte auf dem Mahlstein ein Agavenherz, als sie ein Paar spitze Stiefel vor sich sah. Seit Monaten – vielleicht waren es Monate, in Wirklichkeit hatte sie keine klare Vorstellung, wie lange sie schon in der Indianersiedlung lebte – hatte sie keine anderen Schuhe mehr zu Gesicht bekommen als Mokassins. Sie sah die Stiefel im Gegenlicht, da sich der Himmel bereits blutig verfärbte und die Sonne jeden Moment hinter den Mogollones aufgehen würde. Das Schweigen der anderen Frauen, die ebenfalls eifrig damit beschäftigt waren, Nahrungsvorräte für die harte Zeit im Januar und Februar anzulegen, hätte ihr bereits sagen müssen, dass die Lage ernst war. Über den Stiefeln registrierte sie eine grobe, vor Staub graue Baumwollhose. Sie erinnerte sich, dass dieser Stoff in Chihuahua *mezclilla* genannt wurde, und die Verkleinerungsform weckte zärtliche Gefühle in ihr – sie mochte die Sprache, in der sie mit fast niemandem mehr sprach. Sie sah den Patronengürtel und den Revolver, die Gürtelschnalle mit dem mexikanischen Adler, den Hosenschlitz, der das schüchterne Glied eines Kreolen verbarg, das karierte Hemd, die Fransenjacke aus Wildleder, den verschlissenen Hut, dessen breite Krempe jedes Unwetter der Welt erlebt zu haben schien. Der Mann hatte einen Strohhalm im Mund, machte ein ernstes Gesicht, hatte sich seit Wochen nicht rasiert. An der Art, wie er die Augen zusammenkniff, konnte sie erkennen, dass er keinesfalls sicher war, ob die vor ihm sitzende Apachin tatsächlich Ezguerras Witwe war, nach der er suchte.

Camila wischte das Messer an ihrem Rock ab und ließ es in den Schoß sinken, ohne den Griff loszulassen. Egal was Sie vorhaben, sagte sie, Sie sollten wissen, dass diese Hündinnen Sie lebendig häuten, bevor Ihr Däumchen auch nur den Hahn des Revolvers berührt.

Der Offizier verschränkte die Hände im Nacken, um zu zeigen, dass er nichts tun würde und sie ihm, wenn sie wollte, mit dem Messer, das sie in der Hand hielt, jederzeit den Bauch aufschlitzen konnte. Er ließ seinen Blick über die anderen Frauen hinter ihr schweifen, die ihn, angespannt wie Tiger, belauerten. Er spuckte den Strohhalm auf den Boden. Ich werde nichts tun, was Sie nicht wollen, Señora, aber erst einmal muss ich wissen, was Sie wollen; Ihre Familie schickt mich. Die Frau kniff die Augen zusammen. Sagen Sie mir erst, wer Sie sind. Der Offizier tippte sich an den Hut. Oberstleutnant José María Zuloaga, zu Ihren Diensten. Und jetzt sagen Sie mir, welche Familie Sie geschickt haben soll, denn die sind alle tot. Ihre Verwandten, antwortete der Oberstleutnant; Ihr Onkel und Ihre Tante in Casas Grandes haben mir von Ihrer Entführung erzählt und mich gebeten, Sie zu suchen.

Camila blickte auf ihren Schoß, fuhr mit dem Finger über die stumpfe Seite der Messerklinge. Und wie haben Sie es lebend bis hierher geschafft?, fragte sie. Der Oberstleutnant bewegte seinen mittlerweile eindrucksvollen Schnurrbart. Weiß der Himmel, antwortete er. Sie sah ihn lange an. Setzen Sie sich, sagte sie schließlich, betrachten Sie sich als unser Freund. Wenn ich mich setze, muss ich die Pistole zurechtrücken, sagte der Oberstleutnant, und wenn ich dort hingreife, werden diese Señoras mich kaltmachen. Sie tun gut daran, vorsichtig zu sein, sagte Camila. Wenn ich Ihnen helfe, nach Chihuahua zurückzukehren, würden Sie mitkommen? Die Frau legte die Hand auf den Bauch. Hier drin strampelt der Sohn des männlichsten Mannes der Welt, und ich will, dass er so wird wie er. Wenn es sein Sohn ist, wird er das ohnehin, erwiderte Zuloaga, aber er kann zivilisiert aufwachsen. Darum soll er Apache werden, damit er zivilisiert aufwächst. Und wenn es ein Mädchen ist? Dann soll es in Frieden groß werden, einem Frieden, der mir nie vergönnt war. Zuloaga löste die Finger, die er noch immer im Nacken verschränkt hatte, strich sich über die bärtigen Wangen und kratzte sich am Mund. Ist es der, den sie Mangas Coloradas nennen? Ganz genau, der Häuptling; wenn Sie schwören, dass Sie nichts Böses im Sinn haben und wieder dahin verschwinden, wo Sie hergekommen sind, und keinem verraten, wo wir sind, mache ich Sie mit ihm bekannt; wenn man Sie mit ihm zusammen sieht, erleben Sie den Abend vielleicht noch. Es ist fast Abend, in zehn Minuten wird es dunkel. Ebendeshalb. Er hat mich herbringen lassen, sagte der Oberstleutnant, hätte er mich umbringen wollen, hätte er das in den Bergen getan. Sind Sie allein hier? Seine Krieger haben gesagt, ich könne einen Mann mitnehmen und mit Ihnen reden und dass wir die Waffen behalten dürfen, wenn wir in friedlicher Absicht kommen. Und wo ist dieser andere Mann? Am Fluss, er wollte nicht mitkommen. Vielleicht war das gar nicht so dumm, sagte Camila. Sie deutete mit dem Kopf auf die Frauen ringsum: Und Sie glauben, diese Schlangen hier nehmen mir diese Geschichte ab? Zuloaga zuckte mit den Achseln. Sagten Sie nicht, Sie sind schon Apachin? Sie presste die Lippen aufeinander. Ich bin Mexikanerin, ich bin die Frau vom Chef, die suchen nur nach einem Grund, mir den Hals umzudrehen und dann mit irgendeiner Geschichte zu kommen. Der Oberstleutnant blähte die Backen auf, stieß die Luft aus und knetete mit den Fingern eines seiner Ohrläppchen. Da sitzen wir im selben Boot, sagte er. Am leisen Rascheln der Röcke und Tücher der anderen Frauen bemerkte er, dass die Sache beim kleinsten Fehltritt böse enden konnte.

Ich werde jetzt aufstehen, sagte Camila, und dann gehen wir schön langsam von hier weg, solange es noch hell ist; diese Weiber sind die Frauen von Kriegern, die ein Problem mit Sonora haben, sie brauchen nicht zu wissen, dass Sie aus Chihuahua sind.

Woher wissen Sie, dass ich aus Chihuahua bin? Weil Sie Apache und nicht Apachi sagen. Der Oberstleutnant lachte, sie nicht. Wenn ich aus Sonora wäre, würde ich nicht hier stehen und mit Ihnen reden, sagte er. Da haben Sie wohl recht, erwiderte Camila und fuhr fort: Ich stehe jetzt vorsichtig auf, verstanden? Ja. Sie gehen voran, und ich behalte das Messer in der Hand, damit die Frauen sehen, dass ich Ihnen nicht vertraue. Ist das denn so? Sie sehen anständig aus, aber man kann nie wissen; wir bewegen uns gut sichtbar für sie, während Sie mir sagen, was Sie zu sagen haben, und danach scheren Sie sich zum Teufel, es ist überhaupt ein Wunder, dass Sie es bis hierher geschafft haben. Auch darüber möchte ich mit Ihnen sprechen. Sie kniff die Augen zusammen. Wenn eine von denen in Chihuahua aufgewachsen ist, versteht sie uns. Wirklich? Und legen Sie die Hände lieber wieder in den Nacken wie eben, damit ich aufstehen kann. Er gehorchte. Sie erhob sich, klopfte sich den Rock ab und sagte etwas zu den Frauen. Keine von ihnen wandte sich wieder dem zu, womit sie beschäftigt gewesen war, bevor der Militär aufgetaucht war. Falls Mangas Sie sehen will, sagte Camila, dann fragen Sie ihn bloß nicht nach den Rindern von der Ranch, die ja auch mir gehört haben; hier hat man sie als Mitgift angesehen, und allein ihre Erwähnung würde mich in eine heikle Lage bringen. Hat man sie so schnell verspeist? Ich sagte, Sie sollen nicht darüber sprechen. Verzeihung. Sie entfernten sich ein Stück, nicht in Richtung der Berge, sondern zu einem Teil der Siedlung, wo man ihre Stimmen von den Hütten aus nicht hören konnte, aber klar war, dass sie nicht weggingen. Sie strich sich beim Gehen den Rock glatt, als hätte man sie kurz nach dem Aufwachen in Unterwäsche überrascht, und richtete sich das zu langen Zöpfen geflochtene Haar. Sie haben die Rinder sofort zerlegt, sagte sie. Sie haben das Fleisch getrocknet, in Körben verstaut und in den Bergen versteckt, aber ich weiß nicht, wo; damals hatten sie mich noch nicht als eine der ihren akzeptiert. Auch davon werden Sie mir erzählen müssen. Sind Sie wirklich allein gekommen? Meine Soldaten aus Sonora wurden erschossen, genau wie dieser Schwachkopf, der sich für einen Apachen hielt und deshalb die Hand hob, als sie uns fragten, obwohl er gar nicht aus Sonora kam. Sie sah ihm in die Augen. Er hat Ihnen leidgetan, sagte sie. Der verdammte Mistkerl, aber nicht nur er, auch die anderen. Wer noch? Zwei Yaqui. Was soll's, die haben sich in die Höhle des Löwen gewagt, sie haben es nicht anders verdient; wo war das? In einem Cañon ganz in der Nähe, weniger als einen Tagesritt entfernt. Der Arroyo del Oso, sagte sie, wenn die beiden sich dorthinein getraut haben, waren sie verrückt. Vielleicht kannten Sie sie ja, sagte er, ich habe sie aus dem Gefängnis von Janos geholt, damit sie mir bei der Suche nach Ihnen helfen. Die Zwillinge? Genau die. Kein Wunder, sie saßen an die zwanzig Jahre im Gefängnis. Nicht ganz, sagte er. Vielleicht sogar länger, sagte sie, glauben Sie mir, wenn sie gewusst hätten, was sie tun, wären sie nicht hergekommen. Offenbar schon. Die beiden müssen schon um die sechzig gewesen sein, meinte sie. Er dachte darüber nach. Ja, gut möglich. Jeder wusste, dass sie im Gefängnis saßen, weil sie verrückt waren, nicht, weil sie Mörder waren, auch wenn sie behaupteten, sie hätten einen Rancher umgebracht. Genau das haben sie mir erzählt. Und dieser andere, der Ihnen so leidtat, war der auch aus Janos? Keine Ahnung, ich weiß nicht mal, wie er richtig hieß, alle haben ihn nur Márquez genannt. Sie sah zu Boden. Er hat getanzt wie ein Engel, fuhr Zuloaga fort, aber der Dummkopf hat geglaubt, er stamme aus Tesorababi, er hat gesagt, als er die Apachen dort kennengelernt hat, ist er neu geboren worden. Keine Ahnung, ich kannte ihn kaum, aber er war wirklich ein guter Mensch. Der Arme.

Sie schaute sich um, die Frauen in einiger Entfernung waren wieder mit ihren Agavenherzen beschäftigt, keine achtete auf sie. Ich glaube, wir können uns jetzt setzen, sagte sie und machte es sich mit einer Ungezwungenheit auf dem Boden bequem, die Zuloaga auf den Gedanken brachte, dass sie vielleicht wirklich lieber Apachin als Mexikanerin war. Und was ist mit Ihren Männern aus Chihuahua passiert? Er lächelte gequält. Einer war eine Frau, antwortete er. Elvis, sagte sie wie aus der Pistole geschossen und fügte hinzu: Allmählich werden Sie mir sympathisch. Sie lachte auf. Diese verdammten Yaqui haben sie ganz schön heißgemacht; bestimmt hat Elvis Sie überzeugt, die beiden freizulassen. So ungefähr. Wie, sagten Sie, heißen Sie noch mal? Oberstleutnant Zuloaga. Ist das Ihr Kriegsname? Wie Sie wollen. Es war klug von Ihnen, die Frau mitzunehmen, sie wiegt locker fünf Kerle auf. Ich habe noch nie jemanden so gut schießen sehen, obwohl sie kaum Gelegenheit hatte, es unter Beweis zu stellen. Warum ist sie nicht mitgekommen, damit ich sie begrüßen kann? Sie wollte Márquez begraben, zusammen mit einem anderen jungen Kerl aus Janos, den sie Gringo nennen. Sie zuckte die Schultern. Und dann kommt sie nach? Sobald die Toten begraben sind, wird sie den Weg durch die Schlucht nehmen, den wir gekommen sind, sie haben ihr freies Geleit versprochen, es sei alles in Ordnung, wenn sie direkt nach Janos zurückkehre, hier wollten sie sie nicht bewaffnet haben. Camila nickte. Sie werden heil ankommen. Nach einem längeren Schweigen fragte sie den Oberstleutnant: Und Sie sagen, dass am Fluss ein Cowboy auf Sie wartet? Kein Cowboy, ein junger Rarámuri, mein Bursche. Rarámuri? Tarahumara. Mit denen haben sie hier weniger Probleme, aber lassen Sie sich nicht mit ihm in den Chiricahuas blicken, Cuchillo Negro hasst sie; wo haben Sie ihn gelassen, am Fluss? Ja. Ist er noch sehr jung? Dreizehn, vierzehn, würde ich sagen. Wenn Sie nicht davonkommen, wird er adoptiert, Sie brauchen sich also keine Sorgen zu machen. Er weiß sich zu helfen, erwiderte der Oberstleutnant, Elvis hat ihm das Schießen beigebracht. Sie schaute zum Himmel auf. Dreizehn, sagten Sie? Der Oberstleutnant zuckte mit den Schultern. Ja, ich glaube, sie werden ihn adoptieren, wiederholte sie. Sie denken also, ich komme nicht davon, sagte Zuloaga, nachdem er einen Moment geschwiegen hatte. Ich hänge nur weniger am Leben, in der Hinsicht bin ich schon halbe Apachin. Dann fragte sie: Und Mangas weiß, dass Sie hier sind, um mit mir zu reden? Das habe ich einem jungen Indianer gesagt, den er geschickt hat: dass ich mit Ihnen reden will. Der hat gemeint, ich sei verrückt, aber der Häuptling habe gesagt, Chihuahua ja. Wir sind alle schon lange verrückt, Sie und wir. Sie gehören schon zu den anderen? Meistens. Haben Sie seitdem mit keinem Mexikaner mehr geredet? Nein, hier kommen keine Mexikaner her; wenn die Indianer Handel treiben müssen, machen sie das woanders, mich lassen sie immer hier. Wird man mich umbringen? Ich glaube schon, aber Ihre mutige Aktion hat Mangas gefallen, und wenn er mich fragt, werde ich sagen, dass Sie ein Freund sind und mein Onkel und meine Tante Sie geschickt haben, ich werde bestätigen, dass Sie aus Chihuahua sind, und wenn Sie mit ihm reden, müssen Sie das unbedingt betonen, er weiß von Chihuahua und Sonora und La Nueva México und dass er sich an denen aus Sonora rächen muss, dass das für uns alles ein und dasselbe Land ist, passt ihm nicht. In Ordnung. Hat Márquez übersetzt, als Sie mit den Indianern geredet haben? Nein, der junge Indianer hat etwas Spanisch gesprochen, ein komisches Spanisch, aber Spanisch. Camila grinste. Gokhlayeh, sagte sie, ich habe es ihm beigebracht. Und spricht Ihr Mann Spanisch? Entweder er kann kein Spanisch, oder er tut nur so, aber ich glaube, er spricht es nicht. Der Junge meinte, ich soll einfach herkommen und Sie suchen, Sie würden mich dann zum Häuptling bringen. Sie zuckte mit den Schultern. Dann machen wir es eben so. Wenn Mangas nicht im Krieg ist, ist er ein guter Mensch, und er wird seine Gründe haben, Sie hier zu tolerieren. Sie stand auf. Wir machen Folgendes: Ich stelle Sie ihm in meinem mageren Apache vor, und Sie sagen einfach zu allem Ja, danach lasse ich Sie allein, und er wird jemanden rufen, der Spanisch spricht; es gibt ein paar Indianer, die in den Festungen aufgewachsen sind und als Viehtreiber unten auf den Ranches gearbeitet haben, ehe sie wieder Apachen wurden. Wie, sagten Sie, heißen Sie noch mal? José María Zuloaga. Und Sie sind auch wirklich ein anständiger Kerl, José María Zuloaga?

Helen Howard McMillan starrte auf die durchgebogenen, unebenen und – sogar für einen so bescheidenen Fuß wie den ihren – unmenschlich schmalen Trittbretter der von Maultieren gezogenen Straßenbahn. Ihr Mann, der Anwalt Amyntor Blair McMillan, war an der Haltestelle des Forts Sam Houston in San Antonio, Texas, vor ihr aus dem Wagen gesprungen, um ihr beim Aussteigen behilflich zu sein. Was nicht ganz einfach war mit ihren hohen Stiefeletten und dem in seinem wallenden Kleidchen fast erstickenden Baby auf dem Arm. Sie geriet leicht ins Wanken und streckte die Hand nach dem Haltegriff aus. McMillan fasste sie mit einem Arm um die Taille und nahm mit dem anderen das Baby entgegen. Befreit von dem Kind, schaute sie auf, sodass ihr Mann den ganzen Wandel von einem Lachen zu einem Ausdruck des Missfallens in ihrer Miene beobachten konnte. Sie hatte soeben entdeckt, dass ganz San Antonio dieselbe Idee gehabt hatte, wie man diesen Sonntag verbringen konnte, der sich nach dem Gottesdienst noch so endlos hinzog: sich die eingesperrten Apachen angucken gehen.

Man schrieb das Jahr 1886, es gab noch keine Filme, sodass Ellie ein Vorbild fehlte, um ihrer Enttäuschung einen femininen Ausdruck zu verleihen. Und sie war Texanerin: mager, kräftig, zäh. Sie machte keinen Schmollmund, biss sich nicht auf den Nagel ihres Zeigefingers, während sie die Augenbrauen hochzog, und sie ballte auch nicht die Fäuste oder tat beleidigt. Sie kniff die Augen zusammen und sagte nur: Schweine, was mehr oder weniger der Meinung entsprach, die sie von fast allen Bewohnern San Antonios hatte, und zwar erst recht, wenn man bedachte, dass die McMillans die einzige bedeutende Familie vor den Toren des Forts waren. Dort drängten sich vor allem Saisonarbeiter: weiße, schwarze, chinesische und mexikanische Einwanderer, von denen man nicht wusste, ob sie gerade erst hergekommen waren oder ob sie sich nur erst seit Kurzem in der Öffentlichkeit zu zeigen wagten, aufgewiegelt von den revolutionären Predigten der Methodisten und Quäker, die nach dem Sieg des Nordens im Bürgerkrieg aus New York und Pennsylvania in die Stadt gekommen waren.

McMillan war umgänglicher. Obwohl er aus einer in Alabama verwurzelten Familie stammte, die ihm die Werte der Südstaaten eingeimpft hatte, begriff er, dass die Zeiten sich geändert hatten und die politischen Ansichten des Gegners fast immer nur genau das waren: Ansichten. Hin und wieder sah man ihn sogar einen freundlichen Schwatz mit einem Schwarzen halten, der in einem der Läden oder beim städtischen Reinigungsdienst arbeitete, oder mit einem der Komantschenhäuptlinge, die in die Stadt kamen, um auf irgendeinen Vertrag zu pochen, an den die Behörden sich nicht hielten und dies auch nicht vorhatten. Mit den Mexikanern sah die Sache anders aus – das mit Alamo war unverzeihlich. Zu den alteingesessenen spanischen Familien in der Stadt hatte er jedoch gute Beziehungen. Und nach ein paar Gläsern Whiskey hatte man ihn schon sagen hören, das Essen der Chinesen sei gar nicht so übel.

Wir werden überhaupt nichts sehen, wandte sich Ellie enttäuscht an ihren Mann, während sie mit ausgestreckten Armen, die Handflächen nach oben gedreht, auf die Menschenmenge deutete, und das, obwohl sie noch immer auf den klapprigen

Trittbrettern der Straßenbahn stand und hinter ihr eine beachtliche Schlange von Passagieren darauf wartete, dass sie endlich ausstieg. Er überhörte die Klage und hob sie, das Baby immer noch sicher im anderen Arm, hoch. Er setzte sie auf dem Boden ab, nicht mit der Anmut, die seine Nachfahren ebenfalls aus dem Film lernen sollten, sondern schnell und effizient. Er achtete auch nicht darauf, wie sie sich an ihn klammerte, um nicht das Gleichgewicht zu verlieren, denn er war schon damit beschäftigt, dem Baby die Haube aufzusetzen – die widerspenstigen roten Locken standen dem Kleinen in alle Richtungen ab und leuchteten beinahe grell in der sengenden Wüstensonne. Dass die anderen immer noch warteten, interessierte ihn nicht. Er war umgänglich, aber er wusste auch, dass es die gab, die befahlen, und die, die gehorchten.

Er bändigte die letzten Locken des Kindes und sagte zu seiner Frau, sie würden zum Tor gehen. Sie war einfach dort stehen geblieben, wo er sie abgesetzt hatte, und richtete sich die Haube. Geh du, sagte sie, ich warte hier auf dich. Er drehte sich um und sah sie an. Erst jetzt schien er zu bemerken, dass sie im Weg standen. Er zog sie am Arm, und stolpernd folgte sie ihm ein paar Schritte, bevor sie sich von ihm losriss und erklärte, sie werde sich lieber ein schattiges Plätzchen suchen, er solle ihr das Kind geben, sie werde sich nicht unter all diese Leute mischen, nur um ein paar Wilde zu sehen. Stell dich nicht so an, sagte McMillan und fasste sie wieder am Ellbogen, das ist eine einmalige Gelegenheit, ich habe gehört, dass sie in ein Lager in Florida verlegt werden, und zwar für immer.

Sie gingen zum Tor; er mit großen Schritten, ohne sich darum zu kümmern, dass dies für den zarten Hals des Babys, der den kräftigen irischen Schädel tragen musste, unbequem sein könnte, sie gehetzt, die hochhackigen Stiefeletten angewidert in den Schotter setzend, die Unterröcke gerafft, damit das Salzgras nicht daran haften blieb. Aus der Nähe wirkte die Wand aus Menschen, die sich vor dem Gitter drängten, nicht mehr kompakt, sondern es zeigte sich, wie sie wirklich war: undurchdringlich. Männer und Frauen jeder Statur, Herkunft und Farbe schwitzten Seite an Seite, während sie krampfhaft ihre Hüte festhielten, um sie im Gedränge nicht zu verlieren. Auf Höhe der Taillen und Knie schlüpften Massen verzogener Blagen zwischen den Beinen der Erwachsenen hindurch wie flüssige Materie, um als Erstes bei den Gitterstangen zu sein, die die freien Menschen von den Gefangenen trennten. Nicht einmal McMillan mit seiner beträchtlichen Körpergröße konnte sehen, dass die Apachen in vernünftiger Entfernung vom Tor in einer Reihe präsentiert wurden. Doch weil er ein sensibler Mensch war, fiel ihm auf, dass die Menge sich in Anbetracht der Umstände ungewöhnlich respektvoll benahm. Kaum ein Laut drang aus den hinteren Reihen, wo keiner etwas sehen konnte, und vorne herrschte absolute Stille, selbst die Kinder schwiegen. Wenn jemand seiner moralischen Schwäche oder einem lächerlichen Gefühl der Überlegenheit nachgab und sich eine unbedachte Äußerung erlaubte, brachten die anderen ihn zum Schweigen, nicht, weil noch irgendwas passieren könnte, wenn die Disziplin gestört würde – die Chiricahua zur Schau zu stellen war Teil der Demütigung, die die Niederlage für sie bedeutete –, sondern, weil viele der Anwesenden bei den Indianern vielleicht das erkannten, was sie selbst nicht hatten und nie haben würden: Widerstandskraft, Zähigkeit, mondgroße Eier.

Bevor er sich ins Getümmel stürzte, reichte McMillan Ellie das Baby – warf es ihr fast zu – und ließ sie mit einem »Warte hier auf mich« stehen, ohne ihr Zeit zu geben, Fragen zu stellen. Im Vertrauen auf seine imposante Statur und mit der doppelten Autorität seines eleganten Hutes und seiner Stellung als Anwalt gewappnet, ging er los.

Er drängte sich an den Leuten vorbei, machte sich dünn wie eine Katze, bewegte sich seitlich voran – er legte die Hand auf einen verschwitzten Rücken, schob die Person mithilfe seiner meist größeren Masse zur Seite und murmelte dabei Entschuldigungen, als müsste er tatsächlich dringend nach vorne. Schließlich stand er am Gitter und sah die Chiricahua. Sie standen in einer Reihe, etwa dreißig Fuß vom Tor entfernt, und unterhielten sich, ohne zu begreifen, dass sie bereits Erinnerungsstücke aus den wilden Zeiten des amerikanischen Westens waren.

McMillan fand nichts Besonders an ihnen – es waren nur drei Indianer, drei kleine, dunkelhäutige Männer, gekleidet auf eine für die Gegend typische Art. Immer wieder blickten sie neugierig in die Menge, mit Gesichtern, aus denen mehr Ungläubigkeit als Misstrauen oder Angst sprach. Die wahren Gefangenen sind wir, sagte er sich.

McMillan kannte den Namen des Offiziers, der für die Bewachung der Beschuldigten zuständig war, und Captain Lawton hatte ihm am Abend zuvor ausrichten lassen, dass dieser Offizier bei den Kriegern am Tor anzutreffen sei, weshalb der Anwalt laut rief: Lieutenant Parker. Ein leichenblasser Mann mit buschigem Schnurrbart und einer Uniform, die drei Nummern zu groß war für seinen hageren Körper, drehte sich zu ihm um. Ich bin McMillan, schrie der Anwalt, Captain Lawton hat Ihnen Bescheid gesagt, dass ich komme. Der Leutnant, der sich mehr vor den texanischen Besuchern als den Kriegern zu fürchten schien, tippte sich an den Hut und trat ans Gitter. Er reichte ihm nicht die Hand – die Leute am Tor standen so dicht, dass McMillan seine Hand gar nicht hätte ausstrecken können. Der Captain hat mich informiert, dass Sie mit einer Frau und einem Kind kommen, sagte Parker. Sie sind dahinten, antwortete McMillan. Der Leutnant nickte. Holen Sie sie und gehen Sie zum Eingang bei den Reitställen, dort wird man Ihnen öffnen. Der Anwalt hob den Hut, um seine leichte Enttäuschung über den Pragmatismus des Leutnants zu überspielen – er hatte sich ausgemalt, wie die Soldaten das Tor aufstoßen und ein Spalier bilden würden, damit seine Frau und das Kind die wogende Menge durchqueren konnten wie einst die Kinder Israels das Rote Meer.

Vielleicht lag es daran, dass einer der Hauptdarsteller des Dramas auf eine Bitte aus dem Publikum reagiert hatte, jedenfalls fasste sich einer der sich am Gitter Drängenden ein Herz und versuchte, die Aufmerksamkeit der Apachen zu erregen, indem er rief: Gerónimo. Als keiner der Indianer auch nur die geringste Reaktion zeigte, rief er noch einmal lauter. Auch andere überwanden sich und schrien den Namen des Schamanen. Der älteste der Indianer drehte sich um und ließ seinen Blick über die Menge schweifen. McMillan fand nicht, dass der Mann sich wie ein wildes Tier benahm, das man in einen Käfig gesperrt hatte, eher wie ein Fürst im Exil. Er hat noch nicht begriffen, dass er ein Gefangener ist, dachte der Anwalt. Auf dem Weg zu seiner Familie bemerkte er, dass es, seit Gerónimo sein Publikum betrachtete, keiner mehr wagte, seinen Namen zu rufen. Weil es in seinem Rücken geschah, konnte er nicht sehen, dass der Indianer den Mann, der zuerst nach ihm gerufen hatte, ausgemacht hatte und lange fixierte, bevor er ihm leicht zunickte und sich wieder seinen eigenen Angelegenheiten zuwandte.

Gatewood stieg zu seinem Zelt auf der Anhöhe des Cañón de Guadalupe hinauf, wo die Chiricahua ihr Lager aufgeschlagen hatten. Er hatte keine Fanfaren erwartet, aber doch eine kleine Geste der Dankbarkeit. Sein Vorgehen war eigenwillig gewesen, die Größe des feindlichen Heeres hatte sich als winzig erwiesen, und die Operation hatte auf die dramatische Publicity verzichtet, die Tote immer bringen, all das wusste er, doch in seinen Augen war das Kapital seines Triumphes unermesslich: Nach Gerónimos

Sturz waren die Vereinigten Staaten endlich *ein* Land und sämtliche Pässe zwischen dem Atlantik und dem Pazifik offen und sicher.

Die Dinge waren nicht so gelaufen, wie Präsident Cleveland es sich gewünscht hätte, um seine Fraktion im Kongress zu vergrößern, doch wie er so vor dem Sudelheft der Geschichte stand, glaubte der Leutnant, seinem Land und seiner Regierung einen mehr als würdigen Dienst erwiesen zu haben: Er hatte soeben der Tür zu Andrew Jacksons Traum den letzten Riegel vorgeschoben.

Seine Hand schloss sich noch fester um den Knauf seines Gehstocks – die Gelenke taten ihm weh, und seine Rückenmuskeln brannten. Der Aufstieg war unangenehm und würde noch viel schlimmer werden. Er holte tief Luft. Präsident Jacksons Traum, dachte er, war derart unheilvoll gewesen, dass seine Schmähung der einzige Punkt war, in dem Lincoln und Grant ihr Leben lang übereinstimmten, doch die meisten Wähler fanden, das kleine Stückchen des amerikanischen Kontinents, das sie Vereinigte Staaten nannten, solle ihnen allein gehören, und es war seine Aufgabe gewesen, diese Forderung zu erfüllen. Das war keine Kleinigkeit. Und der General, den man beauftragt hatte, ihm für den Sieg zu danken, hatte ihm nicht einmal die Hand gereicht.

Als der Anstieg zum Plateau immer steiler wurde, nahm er den breitkrempigen weißen Hut ab. Er war von oben herabgestiegen, ohne zu bedenken, dass der Rückweg, ohne Pferd, eine einzige Qual würde. Er sah hoch, fächelte sich mit dem Hut Luft zu, stülpte ihn sich wieder über und dachte erneut an Andrew Jackson. Während seiner letzten – langen und eintönigen – Genesung in Virginia hatte er die Tage mit Lesen verbracht. Bekanntlich waren Romane ein Zeitvertreib für Frauen, weshalb er sich gelangweilt durch dicke Wälzer über die Geschichte der Vereinigten Staaten kämpfte, bis er entdeckte, dass sie ab einem gewissen Zeitpunkt auch mit seinem eigenen Leben zu tun hatten.

Jackson hätte nie zu träumen gewagt, dass das aufstrebende Land, das ihn zum Präsidenten gewählt hatte, sich eines Tages bis nach Kalifornien erstrecken würde; erst recht nicht, dass seine Politik, die indigenen Nationen in die Gebiete westlich des Mississippi umzusiedeln, sich in eine Vernichtungsstrategie verwandeln würde. Ihr letztes – zwischen Arizona und dem Norden Mexikos ausgefochtenes – Kapitel war zugleich das letzte von Gatewoods militärischer Laufbahn. Der Leutnant hatte nicht den geringsten Zweifel daran, dass die Gewohnheiten der Nachfahren der Europäer grundsätzlich die überlegeneren waren, doch blind war er nicht: Die Indianer lebten länger, waren geschicktere Reiter und zähere Soldaten, und sie gaben wundervolle Eltern, Kinder und Großeltern ab. Er konnte sich nicht erinnern, jemals einen Apachen gesehen zu haben, der in der Stunde des Kampfes den Mut verloren hätte. Ihre Fähigkeit, sich für das Gemeinwohl zu opfern, war mehr als bewundernswert. Er begriff, dass Jackson den Indian Removal Act, das Gesetz zur Umsiedlung der Indianer, vorgeschlagen und unterzeichnet hatte, weil es ihm am liebsten gewesen wäre, wenn es sie schlicht und einfach nicht gegeben hätte; er hasste sie, verachtete sie, ekelte sich vor ihnen – das Gleiche empfand er für die Mexikaner, Chinesen und Schwarzen. Trotzdem verlieh der Gedanke, seine Karriere sei Teil der bewegten Landesgeschichte, Gatewoods eigenem Leben Bedeutung, ja Tiefe. Er blickte zurück und sah die Zelte, die Fahnen, die Männer in ihren sauberen Uniformen, die noch immer in strenger Formation dastanden. Und gegen wen sollen wir jetzt kämpfen?, fragte er sich.

Er drehte sich wieder zum Berg um. Der Anstieg erschien ihm beinahe senkrecht – er sah nichts anderes als Steine und Gestrüpp, es berührte fast seine Nase. Er konnte nicht ahnen, dass der größten, teuersten und bestausgebildeten Armee der Welt nach der Niederlage der Chiricahua und der Vollendung des Landes zu einer kontinentalen Einheit nichts anderes übrig blieb, als sich in eine Maschinerie zur Besetzung fremder Länder zu verwandeln. Hätte er gewusst, dass das, was folgte, ein als Republik verkleidetes Imperium sein würde, hätte er die Seiten gewechselt, so, wie er es mitunter früher schon getan hatte. Er drehte sich um und betrachtete ein letztes Mal die Formationen. Er konnte es nicht wissen, aber von allen Männern, die auf seinem letzten Feldzug seine Kameraden gewesen waren, war er der Einzige, dessen Schicksal sich bereits erfüllt hatte – die Zukunft hielt nichts mehr für ihn bereit. Die anderen Offiziere, die mit ihm an der Expedition in die Sierra Madre teilgenommen hatten, würden nach Kuba oder auf die Philippinen in den Krieg geschickt werden – eine nie gänzlich geklärte und etwas pathetische Anstrengung, um die letzten traurigen Reste des spanischen Kolonialreiches an sich zu reißen. Er konnte es nicht wissen, doch viele der jungen Rekruten der vierten und fünften Kavallerie würden in die Sierra Madre zurückkehren und Pancho Villa verfolgen oder Offiziere im Ersten Weltkrieg werden und im schlammigen Morast Frankreichs an Kälte oder an der Ruhr sterben.

Sich Gedanken über Präsident Jacksons Traum zu machen half ihm nicht beim Aufstieg, also stellte er sich lieber wieder seine Frau vor, das Knäuel ihrer beider Füße in ihrem Bett in Virginia, in dem er so wenige Nächte verbracht hatte und das für ihn jetzt seine einzige Bestimmung war: sein Ziel und der Ort, an dem er den Tod erwarten würde.

Miles traf in Albuquerque ein und erkannte an der Eile seines Sekretärs, dass sein Schicksal besiegelt war – dieser erwartete ihn bereits am Tor des Forts und kam auf ihn zu, um ihn zu empfangen, noch bevor er vom Pferd gestiegen war. Der Kommandant musste nicht einmal fragen, er wusste sofort, was los war. Das Kriegsministerium?, sagte er. Etwa zwanzig Telegramme, General. Das Weiße Haus? Nur zwei, aber in einem der Telegramme vom

Kriegsministerium steht ein unschönes Wort. Welches? *Fuck.* Miles schnaubte. Zeig her, sagte er. Sie liegen auf Ihrem Schreibtisch. Er saß ab, ohne auf den Korporal zu warten, und eilte zu seinem Büro.

von minister endicott an general miles doppelpunkt beunruhigende nachricht über verhaftung von geronimo erhalten punkt büro des sheriffs von tucson meldet doppelpunkt keine nachricht von offizieren unter ihrem kommando über ankunft der gefangenen eingegangen punkt werden nachricht komma dass der indianer in gewahrsam der armee komma nicht bestätigen komma bis sie uns gedankenstrich schnell gedankenstrich datum mitteilen komma wann übergabe der gefangenen an zivilbehörden geplant punkt

von minister endicott an general miles doppelpunkt wie sie wissen komma hält präsident cleveland es für unerlässlich komma dass sie geronimo und seine begleiter verhaften und vor ein zivilgericht bringen punkt weißes haus wurde bereits über verhaftung des indianers unterrichtet und weiß komma dass kein kontakt zwischen offizieren unter ihrem kommando und büro des sheriffs von tucson stattfand punkt irgendwelche neuigkeiten fragezeichen

von minister endicott an general miles doppelpunkt fragezeichen

von minister endicott an general miles doppelpunkt warum erhalte ich keine antwort aus stützpunkten unter ihrem kommando im gebiet der apacheria fragezeichen wo sind alle fragezeichen erbitte schnell kurze antwort betreffs zukunft der gefangenen punkt präsident ist nervös punkt von minister endicott an general miles doppelpunkt erfuhr von ihrem sekretär komma dass sie und sämtliche in operation des apachenkrieges verwickelte truppen in diesem moment im skeleton canyon sind komma wo gespräche zwischen ihnen und geronimo stattfinden punkt möchte präsident nicht informieren komma bis diesbezüglich meldung von ihnen erhalten punkt angelegenheit heikel für sie komma prozess wegen befehlsverweigerung möglich punkt sie hatten ausdrückliche und klare befehle komma darin keine forderung nach geronimos kapitulation komma erst recht nicht anführungszeichen gespräche anführungszeichen mit ihm punkt

von vizepräsident thomas a punkt hendricks an general miles doppelpunkt sehr geehrter general miles komma der präsident möchte sich auf diesem weg mit ihnen in verbindung setzen punkt bitte melden sie sich unverzüglich komma sobald sie diese nachricht erhalten haben punkt

von molly hoyt sherman nelson an general miles doppelpunkt soeben kam ein bote vom telegrafenamt mit einem dringenden telegramm vom weißen haus punkt sie fragen komma ob ich wüsste komma wo du bist punkt habe dem vizepräsidenten geantwortet komma du seist in arizona oder new mexico punkt er fragte nach komma ob ich genaueres wüsste komma und ich habe verneint punkt wie du dir denken kannst komma befürchte ich das schlimmste punkt schick mir ein telegramm komma sobald du zurück im fort bist punkt ich bitte dich inständig punkt bin allein mit den kindern und meiner verrückten mutter komma ertrage es nicht länger punkt von minister endicott an general miles doppelpunkt habe aus verschiedenen quellen erfahren komma dass sie anführungszeichen gespräche anführungszeichen mit indianer geronimo geführt haben oder führen und über eine kapitulation verhandeln komma wozu sie nicht autorisiert sind punkt ich verfüge bereits über mittel komma um prozess wegen befehlsverweigerung anzustrengen punkt präsident ist aufgebracht und ich beschämt punkt

von grover cleveland komma präsident der vereinigten staaten komma an general miles doppelpunkt ich informiere sie darüber komma dass dies das erste mal in zwei jahren als präsident der vereinigten staaten ist komma dass ich mich genötigt sehe komma persönlich das büro des telegrafisten aufzusuchen punkt setzen sie sich umgehend mit uns in verbindung komma bevor sie einen fehler begehen komma den sie noch bereuen könnten punkt

von minister endicott an general miles doppelpunkt *where the fuck are you* fragezeichen

von minister endicott an general miles doppelpunkt so komma wie dinge stehen komma wäre es das beste für sie komma wenn indianer geronimo sich nicht ergeben und sie bei seiner flucht getötet hat punkt

Als er schließlich das Plateau erreichte, legte Gatewood sein elfenbeinfarbenes Leinenjackett ab. Er ließ sich auf einem Stein nieder. Hinter ihm lag der Paso de Guadalupe. Vor ihm der Höhenzug des Gebirges: die Sierra Chiricahua, und dahinter New Mexico, Texas und der Osten des Landes, in dem sich nie wieder jemand ergeben musste, denn ab jetzt würde alles so sein wie dieser Betrug, den er gerade hinter sich ließ, eine einzige Nation unter den Augen eines einzigen Gottes, alles im Griff der eisernen weißen Hand, wie Präsident Jackson es sich erträumt hatte.

Die Apachen hatten am Abend zuvor kein Lager aufgeschlagen. Sie hatten unter freiem Himmel geschlafen, für den Fall, dass sie fliehen mussten. Wenn General Miles so vertrauenswürdig war, wie sie hofften, und es zu einem Gespräch kam, würden sie Hütten aufstellen. Nachdem Gatewood eine Weile die Berge betrachtet hatte, richtete er den Blick wieder auf die Hochebene. Die Indianer saßen auf dem Boden und warteten, immer noch angespannt, auf Nachrichten von unten. Von seinem Platz aus erschienen ihm die Männer, die in kleinen Grüppchen zusammensaßen und sich unterhielten, wie Steine in der Landschaft. Die einzige Gruppe, die sich von den anderen abhob, waren die Frauen. Sie schürten das Feuer, um etwas zu kochen. Er fuhr sich mit der Hand übers Gesicht. Der matte Glanz ihrer Haare, die Kleidung aus Wildleder, die glänzenden Tuniken, verziert mit so abstrakten Schmetterlingen, dass sie kaum noch als solche erkennbar waren. All das würde untergehen, dachte er. Und wofür? Für ein Land, das sich in seinen sämtlichen Regionen gleich bleibt; eine Nation, in der sich nichts ändert, die endlose Mühle dessen, das nur dann als gut erachtet wird, wenn es nicht abweicht. Die verdammte Hölle, sagte er sich: das ewig Gleiche.

Zuloaga sagte zu Camila: Ich habe mich gestern gefragt, ob ich ein guter Mensch bin. Sie gingen zum Fluss, dem Zentrum von Mangas' Macht – sein Volk kam aus den Bergen und den steinigen Ebenen, sie waren Dürre, Kiefernwälder und die Prärie gewohnt, doch der Grund, weshalb es sich bei den Gileño um den mächtigsten aller Apachenstämme handelte, war ihre Herrschaft über den Fluss und sein Tal. Sie waren auf der Welt, um ihn zu schützen. Als er ihnen nach dem Einfall der amerikanischen

Armee genommen wurde, zerstreuten sie sich, verloren sich, wurden zu Chiricahua wie all die anderen Apachen, die immer weniger Krieger hatten, um allein zu kämpfen. Corredor war am Fluss geblieben, um auf ihn zu warten, und sie waren auf dem Weg zu ihm.

Ich hätte nie gedacht, dass es so etwas in Nuevo México gibt, sagte Zuloaga zu Camila, es sieht aus wie in Sinaloa mit all dem Grün, als gäbe es in der Nähe eine Küste. Sie richtete ihre Zöpfe und sagte: Es liegt an diesem herrlichen Land, dass sie an Altersschwäche sterben können, ohne die Lebensweise der Kreolen erlernen zu müssen; sie leiden nie Hunger und haben immer Pferde.

Während ihres Gesprächs am Abend zuvor hatte Mangas dem Oberstleutnant Unterkunft in einer Hütte angeboten, die sie in aller Eile aufgebaut hatten, und hinzugefügt, er könne so lange bleiben, wie er wolle. Er hatte ihm volle Bewegungsfreiheit garantiert, solange er sich in ihrem Lager aufhalte, und ihn gebeten, seine Waffen abzugeben, da niemand mit einer Pistole am Gürtel im Lager herumlaufe und es seine Krieger nervös machen würde. Mithilfe eines Übersetzers erklärte Mangas ihm, dass er nicht das Sagen habe, dass er nur Vorschläge machen könne und jedes Familienoberhaupt seine eigenen Entscheidungen treffe, dass er empfohlen habe, ihn zu respektieren, da er aus Chihuahua sei, doch wenn er, Zuloaga, Mist baue, dann sei das nicht sein Problem. Und er hatte ihm gesagt, dass Camila, wenn sie wolle, mit ihm nach Janos zurückkehren könne, sie sei seine Frau, nicht seine Sklavin; wenn sie es so wolle, werde er sie gehen lassen, aber erst nachdem sie das Kind in ihrem Bauch zur Welt gebracht habe.

Mit Gut und Böse sollen sich Priester herumschlagen, sagte Zuloaga zu Camila, ich habe keine Ahnung, ob ich ein guter Mensch bin, ich will's hoffen; ich bin nicht der beste Indianerjäger von Nordmexiko, wie es in der Hauptstadt heißt, ich bin nur der hartnäckigste, denn wenn sie Rechte haben, müssen sie sich auch fügen, finde ich, und ihre Pflichten erfüllen wie alle anderen auch. Ach was, sagte sie, stellen Sie sich nicht dumm. Der Oberstleutnant schob die Finger beider Hände unter den Gürtel. Das diskutieren wir später, sagte er und fuhr fort: Ihr Mann hat gesagt, dass ich in meiner Sturheit und Dummheit einem Gileño gleiche, dass er nicht verstehe, warum wir immer weiter und weiter geritten seien, obwohl Pisago uns aus Angst auf einem sehr langen und schwierigen Umweg hergeführt habe, wir seien entweder sehr mutig oder völlig verrückt, wenn wir als Mexikaner, egal ob aus Chihuahua oder Sonora, das Land von Cuchillo Negro durchquert hätten, und er mich habe holen lassen, weil er neugierig sei und mich habe kennenlernen wollen. Sie betrachtete ihn aus den Augenwinkeln. Sagen Sie in seiner Gegenwart nicht Gileño, sagte sie, sagen Sie Bedonkohe, so heißen sie; das mögen sie lieber, und Ihnen wird es guttun, die Leute bei ihrem richtigen Namen zu nennen. Sie können sich nicht vorstellen, wie mich der Junge, den wir gleich abholen, damit genervt hat.

Und warum sind Sie überhaupt durch Cuchillos Land geritten?, fragte Camila nach einer Weile. Um Pisago zu folgen, er wusste, wo es Wasser gibt. Er rückte sich die Hose und den Gürtel zurecht, inzwischen hatte er sich daran gewöhnt, ohne Pistole herumzulaufen. Ich glaube, alle wussten, was los war, nur ich nicht. Sie nickte: Auch darin gleichen wir uns, hier wussten bestimmt alle, dass Sie kommen, nur ich nicht; Mangas wird Cuchillo gesagt haben, er solle Sie passieren lassen; er will keinen Streit mit Chihuahua, jeder soll die Botschaft vernehmen, dass ich aus freien Stücken hier bin. Zuloaga blieb stehen. Er nahm den Hut ab und fuhr sich mit der Hand durchs Haar. Das hat er mir gestern auch gesagt, als hätte er mich erwartet; das Kind, das Sie erwarten, werde Apache sein, aber etwas von Chihuahua in sich haben, dass er Frieden mit dem Gouverneur schließen wolle und ich die Botschaft überbringen solle. Und sind Sie ein anständiger Mensch, Oberstleutnant José María Zuloaga? Ich werde sein Wort in die Hauptstadt tragen, erwiderte der Militär. Sie lächelte. Und wie hat er Ihnen gefallen? Wer? Mangas. Der Oberstleutnant gehörte zu den Menschen, die durchaus Konversation machen können, aber wortkarg und einsilbig werden, sobald sie das Gefühl haben, ausgefragt zu werden. Gut, sagte er; er ist ein mächtiger Mann; ehrlich gesagt kann ich gut verstehen, warum Sie lieber hierbleiben wollen. Und warum?, fragte sie nach. Der Oberstleutnant schloss ungeduldig die Augen angesichts des Verhörs. Ich weiß nicht, sagte er, so jemanden wie ihn werden Sie in Janos wohl nicht finden, Sie hätten sehr weit gehen müssen für einen Mann mit dieser Ausstrahlung. Sie brach in schallendes Gelächter aus. Dazu müsste ich erst sterben und in den Himmel kommen, sagte sie. Und fuhr fort: Er wirkt so hart, so selbstsicher, wenn er Krieg führt oder über Politik redet, aber privat ist er schamhaft, schüchtern; mit diesem herrlichen Körper, den er hat, könnte er ein Tiger sein, und dabei wirkt er wie ein Kind, das gerade erst seinen Pillermann entdeckt. Jetzt war er es, der lachte, aber nervös. Camila lächelte. Er könnte ein Casanova sein. Wer ist Casanova?, fragte der Oberstleutnant, und sie erwiderte, nicht so wichtig.

Am Nachmittag zuvor hatte Camila ihn, noch immer zwischen Vorsicht und einer Etikette schwankend, von der sie nur eine vage Vorstellung hatte, zu der Hütte geführt, die sie mit ihrem Mann teilte. Mangas hockte draußen auf dem Boden und flickte mit Gokhlayeh einen Sattel. Zuloaga beeindruckte, dass der Häuptling in dieser Haltung mehr oder weniger gleich groß schien wie der Junge. Er grüßte Gokhlayeh, der hochnäsig reagierte, als würde er ihm zum ersten Mal begegnen. Mangas, der jung genug war, um noch nicht vollständig vom Korsett der Förmlichkeit eingeschnürt zu sein – oder sich vielleicht seiner Macht und

Stellung so sicher war, dass er kein feierliches Getue nötig hatte –, gab dem Jungen mit der flachen Hand eins auf den Kopf und sagte etwas zu ihm. Camila erklärte, Mangas schimpfe mit ihm und ermahne ihn, gegenüber seinen Gästen nicht unhöflich zu sein. Der Junge erwiderte etwas, und der Häuptling lachte laut. Camila flüsterte: Er hat gesagt, dass Sie *sein* Gast und nicht der von Mangas sind, weil er es war, der Sie am Arroyo del Oso willkommen geheißen hat. Ja, mit Kugeln, dachte Zuloaga, sagte aber nichts – er wusste, dass er wegen einer Laune des Schicksals hier war und sie ihn gut behandelten, weil sie gerade Lust dazu hatten.

Mangas reichte ihm, noch immer in der Hocke, die Hand. Als Zuloaga sich leicht bückte, um sie zu drücken, fiel ihm auf, wie seltsam die Situation war, doch als der Häuptling sich erhob, begriff er. Obwohl jeder ihm gesagt hatte, Mangas sei groß wie eine Mauer, hatte ihn nichts darauf vorbereiten können, mit eigenen Augen zu sehen, wie dieser sich zu seiner ganzen Größe aufrichtete – der Häuptling schien sein gesamtes Blickfeld einzunehmen. Der Militär trat rasch einen Schritt zurück, teils um die Gestalt des Häuptlings vollständig zu erfassen, teils weil er das Gefühl hatte, dieser hätte sonst nicht genügend Platz, um sich ganz zu aufzurichten. Lassen Sie sich nicht einschüchtern, flüsterte Camila ihm ins Ohr, er sieht aus wie einer von Rodamontes Riesen, aber er ist ein guter Mensch, und er ist ehrlich. Wer ist Rodamonte?, fragte der Oberstleutnant und machte noch einen Schritt zurück. Egal, antwortete sie, ich lasse Sie jetzt mit ihm allein. Sie ging davon. Mangas wirkte entspannt, als stießen hier nicht gerade zwei verfeindete Welten aufeinander. Er lächelte.

Der Häuptling trug ein Hemd und eine Hose aus grobem Wollstoff, ohne jede Verzierung. Er hatte einen Beutel aus Agavenfasern umgehängt. Das lange, matt glänzende schwarze Haar war zu einem Zopf gebunden. Sein gewaltiges Gesicht hatte so scharf geschnittene Züge, dass es beinahe wie geschnitzt aussah.

Er hatte etwas von einem Baum: die Haut wie glatt polierte Rinde, die kräftigen Glieder – ein Körper ohne ein einziges Gramm Fett. Er sah den Mexikaner an und deutete auf einen gefällten Stamm, auf den sie sich zum Reden setzen konnten.

Camilas Privatleben interessierte Zuloaga nicht. Er war hier, um sie zu befreien, nicht um zu erfahren, ob Mangas Coloradas daheim in seiner Hütte schüchtern war, deshalb setzte er den Hut wieder auf und ging weiter Richtung Fluss. Mein Bursche ist bestimmt schon nervös, sagte er zu der Frau. Camila ging eine Weile schweigend hinter ihm her, dann sagte sie: Sehen Sie? Die Sache läuft von Anfang an schief, wir verstehen uns nicht; Sie nennen Ihren Lehrling Bursche, als wäre er ein Sklave, hier heißen die Jungen, die mit in den Krieg dürfen, Novizen. Das sind nur Wörter, sagte der Militär. Aber unsere sind besser, entgegnete sie. Unsere? Was soll ich sagen, so ist es nun mal. Dann fragte sie, was er damit gemeint habe, dass Mangas ein mächtiger Mann sei. Zuloaga zögerte. Er ist wie ein König, sagte er, aber ein gut gelaunter König. Camila nickte und sah zu Boden. Wenn Mangas wütend ist, schickt er drei Boten in die Berge, und ein paar Tage später hat er dreihundert berittene Krieger; mit Verlaub, aber die mexikanische Armee bräuchte sechs Monate, um eine solche Truppe aufzustellen, wenn überhaupt; das letzte Mal, dass ich so viele bewaffnete Menschen gesehen habe, wie er sie einfach so für eine Versammlung zusammentrommelt, war in Guadalajara; um Mangas zu besiegen, müsste man schon die Armee aus Mexiko-Stadt schicken, und er weiß nicht mal, was Mexiko-Stadt ist. Sie schwieg einen Moment, starrte zu Boden und fügte hinzu: Er ist wie ein König, genau, wie Sie sagen, und damit hat sich's; er hat es nicht nötig, sich aufzuspielen.

Kaum hatten sie sich am Nachmittag zuvor hingesetzt, hatte der Oberstleutnant seinen Tabakbeutel aus der Tasche gezogen und dem Häuptling gereicht. Mangas nahm eine sorgfältig geschnitzte Holzpfeife aus dem Beutel, den er über dem Hemd trug, stopfte sie und gab den Tabak zurück, damit der Militär sich seine Zigarette drehen konnte. Während sie schweigend rauchten, kamen zwei weitere Krieger, wesentlich älter als der Häuptling, und setzten sich dazu. Zuloaga reichte ihnen den Tabak, und auch sie stopften sich ihre Pfeifen. Er gab ihnen die Streichhölzer. Einer der beiden sagte etwas. Dabei sah er nicht Zuloaga an, sondern starrte geradeaus, als würde er sich an ein Gespenst wenden. Der Häuptling legte ihm eine Hand auf die Schulter und rief Gokhlayeh.

Der Junge hat übersetzt, erzählte Zuloaga am nächsten Tag Camila, während sie zu der Flussbiegung gingen, an der Corredor ihn erwarten sollte. Er ähnelt nicht so sehr Mangas als den anderen Anführern, mit denen ich gesprochen habe; man sieht, dass er sich gerne amüsiert, aber er ist wie die Alten, er sieht, ohne einen anzuschauen, verstehen Sie, was ich meine? Er trägt einen Sturm in sich. Camila lächelte. Er ist sehr klug, sagte sie, er hat erst spät Kastilisch gelernt. Nennen Sie die Dinge beim Namen, sagte Zuloaga, bei uns heißt es Spanisch.

Camila nahm die bissige Bemerkung gelassen hin. Der Junge mag Schießereien, fuhr sie fort, er darf auf alle Feldzüge mit, und er kann es immer kaum erwarten, sein Hemd auszuziehen und zu kämpfen; er ist Mangas' Patenkind und Enkel eines der mutigsten Häuptlinge, die es je gab. Alle rechnen damit, dass er eines Tages befehlen wird, aber noch ist er jung. Und begeistert fuhr sie fort: Wenn die Krieger beschließen aufzubrechen und die älteren Jungen sich vor ihnen aufspielen, um als Gehilfen mit in den Kampf ziehen zu dürfen, sattelt Gokhlayeh ihnen bereits schweigend die Pferde und kümmert sich um den Proviant, damit sie ihn auswählen; wenn er so weitermacht, wird er mit vierzehn ein Krieger sein, so wie Cuchillo Negro. Sie kennen Cuchillo Negro? Er gehört gewissermaßen zur Familie.

Camila blieb stehen. Gokhlayeh ist Mangas und mein Liebling, er ist ein Puma, ich bin sicher, dass er uns genau in diesem Moment belauert und so nah ist, dass er hören kann, was wir reden. Sie lachte. Also Vorsicht, was Sie sagen. Der Oberstleutnant sah sich um. Er bückte sich nach einem Stein von beachtlicher Größe und warf ihn ins Gestrüpp. Sie hörten einen dumpfen Schlag, der anders klang, als wenn der Stein auf dem Boden gelandet wäre. Er kommt gleich raus, sagte Zuloaga, ich hab ihn erwischt.

Gokhlayeh streckte den Kopf aus dem Gestrüpp. Auf seinem Rücken klebten ein paar Zweige, und er hatte sich die Haut mit Schlamm eingerieben. Er fand es nicht besonders lustig, dass Camila – die irgendetwas zwischen Stiefmutter und älterer Schwester für ihn war – ihn verraten und der Militär ihn entdeckt hatte. Er sah sie mit derselben finsteren Miene an, mit der er tags zuvor wiederholt hatte, was die Alten, voller Klagen über das Verhalten von Sonora und den ungerechten Krieg, der sie nicht zur Ruhe kommen ließ, gesagt hatten. Hör auf, uns auszuspionieren, rief Camila ihm zu, und komm lieber her, um dich mit uns zu unterhalten; wir werden dir einen anderen Novizen vorstellen. Gokhlayeh drehte sich um und ging in Richtung des Lagers davon. Mit einer Autorität, die aus der Zeit stammen musste, in der sie als Lehrerin durch die Klassenzimmer von Tepic geschritten war, schrie sie ihm nach: Gerónimo! Der Junge blieb stehen. Gerónimo?, fragte Zuloaga überrascht. Gerónimo ist der Schutzheilige der Übersetzer, und ich weiß, dass der Junge diesen Namen wählen wird, sobald er sich als Krieger einen Namen aussuchen darf. Gerónimo, rief sie noch einmal, komm auf der Stelle her, das ist ein Befehl.

Miles raufte sich den Bart, nachdem er den Stapel Telegramme durchgesehen hatte, in der Reihenfolge, in der sie eingegangen waren. Sein Assistent stand ein paar Meter vor seinem Schreibtisch, zerknautschte seine Mütze in den Händen und starrte ihn ängstlich an. Miles sah ihm in die Augen und schnaubte vor Wut. Er stand auf und trat an den Sekretär. Er nahm eine Whiskeyflasche und nur einziges Glas aus dem Fach, obwohl darin mehrere Gläser bereitstanden, schenkte sich eine beachtliche Dosis ein und kippte sie hinunter. Anschließend schenkte er sich nach, diesmal eine vernünftigere Menge, und ging gemächlich zu seinem Schreibtisch zurück. Er zog eine Schublade auf und nahm seine Pfeife, Streichhölzer und eine Dose mit Tabak aus South Carolina heraus, dessen Duft, kaum hatte er den Deckel geöffnet, das ganze Zimmer erfüllte. Erst als er die Pfeife mit einer für ein so kümmerliches und wehrloses Objekt lächerlichen Vehemenz stopfte, wandte er sich wieder seinem Untergebenen zu. Ohne ihn richtig anzusehen, murmelte er: Sie haben Minister Endicott geschrieben und waren nicht einmal Manns genug, Ihr Telegramm auf den Stapel zu legen, ist das korrekt? Ich habe es nicht dazugelegt, weil die Nachricht für mich persönlich bestimmt war, General, aber wenn Sie wollen, hole ich es. Nicht nötig, erwiderte sein Vorgesetzter, seien Sie so nett und begeben Sie sich direkt zu den Zellen, ohne mit jemandem ein Wort zu wechseln, und sperren Sie sich selbst ein; wenn die Militärpolizei Sie fragt, sagen Sie, die sollen zu mir kommen und dass Sie in Einzelhaft sind. Dürfte ich erfahren, warum?, fragte der Assistent. Sie haben dem Kriegsminister gesagt, wo ich war. Er ist mein Vorgesetzter, General. Miles hob den Kopf, und erst da begriff der junge Mann das ganze Ausmaß seiner Wut. Ich bin ebenfalls Ihr Vorgesetzter, sagte der General, und hier halten wir zusammen; verschwinden Sie und begeben Sie sich in Arrest; wenn Sie auf dem Weg zur Zelle auch nur ein einziges Mal den Mund aufmachen, und sei es, um nach einem Glas Wasser zu fragen, bringe ich Sie vors Kriegsgericht und lasse Sie erschießen. Als der General das sagte, waren seine Augen so schmal und sein Kiefer so zusammengepresst, dass der

Sekretär begriff, dass dies keine Übertreibung war. Er salutierte entschlossen, setzte sich die Mütze auf, schlug die Stiefelabsätze zusammen und verließ das Büro.

Der General sprang auf und eilte zur Tür, um ihm hinterherzubrüllen, dass er ihm vorher noch den Heliografisten schicken und diesem ausrichten solle, er dürfe ebenfalls mit niemandem sprechen. Zurück in seinem Büro, fuhr er sich mit der Hand übers Gesicht, zog an der Pfeife und milderte das Kratzen des Tabaks im Rachen mit einem weiteren Schluck Whiskey. Er blieb mitten im Zimmer stehen, betrachtete seine Stiefelspitzen und fing an, einen weiteren imaginären Brief zu verfassen. Liebe Molly, wie hätte ich denn so etwas tun können? Diese tapferen Menschen dem Sheriff von Tucson ausliefern? Diesem Schwachkopf, der nie auf einem Schlachtfeld stand und hübsch herausgeputzt zur Kirche geht, nachdem er zum Spaß ein paar Schwarze und Mexikaner gehängt hat? Er hatte nicht mal den Mut, seine Beschwerde an mich persönlich zu richten, bevor er nach Washington gegangen ist, um sich dort auszuheulen. Vielleicht habe ich unter allen aktiven Mitgliedern der Streitkräfte die meisten Wilden sterben sehen, die meisten Angriffe befohlen, am häufigsten das Feuer eröffnet, aber das war im Krieg gegen Feinde, die jederzeit das Gleiche mit uns gemacht hätten. Ich stimme auch nicht mit Gatewood überein, ich bin nicht der Meinung, dass man die Apachen behandeln sollte, als wären sie ein Opernensemble, das die Nation mit ihrer Kultur bereichert, aber was hätte ich tun sollen? Wirst Du mich weiter lieben, wenn Du erfährst, dass es aus ist mit meiner Karriere, dass wir nie nach Washington ziehen werden? Oder die Kinder? Die Zeitungen werden darüber berichten.

Draußen sattelten die Korporale die Pferde ab, um sie nach dem anstrengenden Ritt zu füttern und zu striegeln. Die Soldaten, die mit ihm im Skeleton Canyon gewesen waren, hatten sich bereits zerstreut. Er trank einen Schluck Whiskey, suchte die

Streichhölzer auf seinem Schreibtisch und zündete sich erneut die Pfeife an, diesmal mit genügend Ruhe und Methode, sodass die Glut nicht sofort wieder ausging. Er versuchte sich weiter an seinem Brief: Vielleicht ist mein Magen empfindlich geworden von dem vielen mexikanischen Essen, das hier auf den Tisch kommt, oder ich habe meine Quote an Toten bereits erfüllt, aber seit ich aufs Pferd gestiegen bin, um Gerónimo zu treffen, wusste ich, dass ich ihn nicht opfern würde, dass dieser Trunkenbold Lawton recht hatte: Egal was der Präsident uns befohlen hat, wir haben immer noch unsere Ehre. Die Indianer nach Tucson zu bringen hätte mir schlaflose Nächte beschert. Er nahm einen Schluck Whiskey. Wir werden in Massachusetts bleiben, meine Liebste, die Kinder werden auf die Universität gehen müssen, wenn sie im öffentlichen Dienst Karriere machen wollen, denn in West Point wird man sie verspotten, weil sie meinen Namen tragen. Er trat ans Fenster, presste sich Daumen und Zeigefinger der rechten Hand gegen die Schläfen und lehnte die Stirn an die kalte Scheibe. Wirst Du weiter die anmutigste Frau auf jedem Empfang sein, wo Dein Mann Gegenstand des Spottes ist? Wird die bescheidene Zukunft, die uns erwartet, den Glanz Deiner Perlen trüben? Mit geschlossenen Augen sog er den Rauch ein.

Er stand noch immer bedrückt am Fenster, als er die Bürotür knarren hörte. Sie wollten mich sprechen?, fragte der Heliografist. Der General drehte sich um. Sein Gesicht war so gezeichnet, dass es einer verschrumpelten Aubergine glich. Wir haben es vermasselt, sagte er. Der Ingenieur zog die Augenbrauen hoch. General?, fragte er. Miles strich sich mit der Hand über den Bart, holte Luft und fragte, ob er es gewesen sei, der die Informationen über seinen Aufenthalt zusammengestellt habe. Niemand außer meinem Sekretär wusste, dass ich zum Skeleton Canyon reiten würde, sagte er, niemand wusste davon, weder in diesem noch in sonst einem Fort, und zwar genau deshalb, damit nicht passiert, was passiert ist. Der Ingenieur schloss die Augen. Das war auch meine Schuld, sagte er, ohne ihn anzusehen; ich habe alle Regimenter gebeten, Paradeuniform zu tragen, wenn Sie beim Canyon eintreffen; ich wusste nicht, dass es sich um ein Geheimnis handelt. Ich habe Ihren Sekretär gefragt, und er hat es bestätigt. Der General kratzte sich am Kopf. Gehen Sie an Ihr Gerät zurück, sagte er, und benachrichtigen Sie alle Kommandanten der Gegend, dass jede Meldung ans Kriegsministerium bis auf Weiteres ausschließlich über mein Büro erfolgt – er dachte, dieses »bis auf Weiteres« wäre nur von kurzer Dauer, dass man ihn sofort entlassen würde, sobald er sich in der Hauptstadt meldete. Sagen Sie allen, wer ohne meine Einwilligung eine Nachricht nach Washington schickt, landet wegen Befehlsverweigerung vor dem Kriegsgericht. Der Ingenieur legte die Hand an die Schläfe und sagte: Jawohl, Sir, was den General amüsierte. Notieren Sie die Uhrzeiten, zu denen die einzelnen Kommandanturen den Erhalt meiner Nachricht bestätigen, fuhr der General fort, und wenn Sie damit fertig sind, bringen Sie die Liste persönlich ins Büro des Telegrafisten, ohne mit jemandem darüber zu reden. Das könnte eine Weile dauern, sagte der Ingenieur. Meine Angelegenheit auch, erwiderte der General, wenn ich Glück habe. Der Mann schloss die Tür hinter sich, und Miles nahm einen weiteren kräftigen Zug von seiner Pfeife und trank den Whiskey aus. Er schloss die Augen, wischte sich über den Schnurrbart und stand auf, um sich nachzuschenken. Stell Dir vor, Molly, formulierte er weiter, obwohl er wusste, dass er auch diesen Brief nie schreiben würde: Meine Kinder Anwälte, Ingenieure wie dieser arme Kerl hier. Es wäre besser gewesen, wenn Du mir Mädchen geschenkt hättest. Er krempelte sich die Ärmel hoch und machte sich auf den Weg zum Büro des Telegrafisten.

McMillan stellte fest, dass Ellie sich mit dem Gedanken abgefunden zu haben schien, so lange zu warten, bis sie an der Reihe waren, sich die Gefangenen anzusehen. Sie konnte dickköpfig sein, eine wahre Kratzbürste, besaß aber auch diese typisch amerikanische, zugleich reizende und unausstehliche Tugend der Begeisterungsfähigkeit. Ihr Mann nahm das Kind auf den Arm, genauso, wie sie es erwartet hatte, doch statt sie aufzufordern, mit ihm nach vorn zu kommen, sagte er: Wir gehen zu den Pferdeställen. Sie sah ihn ungläubig an. Ich will sie aber sehen, murrte sie. Ich muss zu den Ställen, beharrte er, und damit ihre Freude noch größer wäre, sobald sie entdeckte, dass sie die einzige Frau aus ganz San Antonio war, die die Wilden aus der Nähe und ohne trennendes Gitter zu Gesicht bekommen würde, fügte er hinzu: Ich hab dir doch gesagt, dass es mit meiner Arbeit zu tun hat. Sie rührte sich nicht von der Stelle. Amyntor Blair, es ist nicht fair, dass du sie sehen konntest und ich nicht. Es ist zu voll, erwiderte er, das kann gefährlich werden. Nicht gefährlicher als die Tiere auf der Ranch meines Vaters, entgegnete sie und marschierte los, um sich ins Getümmel zu stürzen. Der Anwalt ließ sie gehen. Er dachte, die Menschenmasse sei so dicht, dass sie ohnehin im Nu aufgeben würde. Er setzte sich mit dem Baby unter eine weiße Esche – sie schien den Jungen die ganze Zeit auf dem Arm gehabt zu haben, der arme Kleine war schweißgebadet.

Kaum hockten sie im Schatten, setzte McMillan sich das Kind auf die Beine, damit es etwas frische Luft bekam, ohne sich schmutzig zu machen. Die Haube klebte ihm am Kopf. McMillan dachte, dass ein Schopf wie dieser es nicht verdiente, in Baumwolle und Leinen gefangen zu sein, und nahm ihm die Haube ab. Als er merkte, dass der Kleine sich weiter unwohl zu fühlen schien, zog er ihm auch den Unterrock und anschließend das Kleidchen selbst aus – sie waren schon in der Kirche gewesen und hatten nicht die Absicht, die Großeltern zu besuchen, er konnte ihn also in Windeln lassen. Er nahm den Hut ab und fächelte seinem Sohn damit Luft zu, dann ließ er ihn schließlich doch auf dem Boden herumkrabbeln, auch wenn er sich dabei schmutzig machte. Viele Jahre später, als er bereits ein in ganz Texas angesehener, gefürchteter und beliebter Richter war, sollte der Mann, der einmal dieses Baby war, erzählen, dass er den vernünftigen Teil seines harten Charakters diesen liberalen Gesten seines Vaters verdanke. Komantschengesten, nannte er sie. Im Schatten und in der kühlen Brise entfalteten sich die Locken des Kindes wieder zu voller Pracht.

Ellie kehrte mit verzerrtem Gesicht zurück. Hast du sie gesehen?, fragte McMillan, der den Anstrengungen seiner Frau keine Beachtung geschenkt hatte. Unmöglich, antwortete sie mit einem Seufzen, das der Unhöflichkeit der Leute, die ihr ihrer Meinung nach hätten Platz machen müssen, oder auch der schon beachtlichen Schmutzschicht auf dem nackten Körper des Kindes gelten mochte. Das sind bloß ein paar Indianer, bemerkte der Anwalt; kommst du mit zu den Ställen? Sie betrachtete das Kind und nahm die eigene Haube ab. Gut, dass du ihn ausgezogen hast, sagte sie. Er stand auf, und sie meinte, sie würde lieber hierbleiben und auf die Straßenbahn warten, um nach Hause zu fahren und das Baby zu baden. Jetzt war er es, der ein beleidigtes Gesicht machte. Es ist Sonntag, sagte er, und ich möchte, dass du Lawton kennenlernst, er ist ein Kriegsheld. Sie verzog den Mund. Und woher kennst du den?, fragte sie. Ich kenne ihn nicht, deshalb sind wir ja hier: um ihn kennenzulernen; er ist ein lebendes Fossil, der letzte Offizier, der den letzten Indianerkrieg gewann. Sie nickte. Also gut, gehen wir, sagte sie und nahm das Kind auf den Arm.

an minister william c punkt endicott von general nelson miles doppelpunkt herr minister komma es bereitet mir große Sorgen komma auf meinem schreibtisch einen stapel von gedankenstrich nicht immer freundlichen gedankenstrich telegrammen von ihnen vorzufinden punkt ich komme von einer wichtigen expedition zur mexikanischen grenze komma wo ich mich davon überzeugt habe komma dass der indianer geronimo und alle rebellen unter seinem kommando von captain elpenor ware lawton verhaftet wurden und sich auf amerikanischem territorium befinden punkt ich habe diese pflicht aus reinem diensteifer erfüllt doppelpunkt lawton steht unter meinem befehl komma aber wie sie wissen komma erhielt er ohne meine vermittlung befehle von ihnen oder einem ihrer abgesandten punkt ich wurde lediglich darüber informiert punkt ich glaube komma wenn eine mission von anfang an die befehlskette missachtet komma endet sie in einem kommunikativen desaster wie diesem punkt wie sie sich denken können komma kann ich nicht viel mehr machen komma als zu überprüfen komma ob der captain seine arbeit macht komma da seine befehle weder von mir kamen noch mein büro passiert haben punkt meine rolle ist etwas unbequem doppelpunkt ich kann einen untergebenen nicht fragen komma wie meine befehle lauten punkt ich appelliere an ihr verständnis in dieser angelegenheit punkt eine andere komma noch ernstere situation komma von der ich nur eine ahnung habe und bezüglich der ich ihre bestätigung und verschwiegenheit erbitte komma beunruhigt mich jedoch noch mehr doppelpunkt der ton ihrer mitteilungen lässt mich vermuten komma dass ich weiter ein opfer der üblen nachrede auf den washingtoner fluren bin und komma schlimmer noch komma dass diese üble nachrede einen meiner nächsten untergebenen erreicht hat komma der sie offenbar angelogen hat komma indem er dem kriegsministerium ungenaue informationen geschickt hat komma weil er von einem funktionär niederen ranges in der hauptstadt und offenbar auch von zweifelhaften zivilen behörden in tucson unter druck gesetzt wurde punkt herr minister komma ich bin nicht da komma um empfehlungen zu geben komma sondern um befehle zu befolgen komma was ich voll und ganz tue komma wenn sie unmissverständlich und an mich gerichtet sind und nicht an meine untergebenen komma aber erlauben sie mir komma sie daran zu erinnern komma dass die von den politikern und journalisten in arizona und new mexico verbreiteten informationen von anfang an falsch dargestellt wurden punkt wie sie wissen komma empfinden die bewohner dieser territorien ein tiefes misstrauen gegenüber der armee komma ebenso wie gegenüber allen institutionen der föderalen regierung punkt hassen diese die steuerbehörde etwa nicht fragezeichen verbreiten sie etwa nicht ständig gerüchte über angebliche verschwörungen des bildungsministeriums zur ausrottung des christentums in den vor kurzem besetzten gebieten fragezeichen über eine angebliche sympathie des handelsministeriums für die mexikaner fragezeichen die einzige erklärung komma die ich für dieses chaos an mitteilungen komma in dem wir uns befinden komma habe komma abgesehen von dem bereits erwähnten strukturellen problem komma dass ich die befehle meines captains weder selbst gebe noch wörtlich kenne komma da sie direkt aus washington kommen komma ist komma dass irgendein rangniedriger offizier im kriegsministerium komma der etwas für die antiföderale einstellung dieser gebiete übrig hat komma einen weg gefunden hat komma den bösartigen gerüchten in ihrem büro gehör zu verschaffen komma die ich hier täglich bekämpfe komma von denen ich ihnen bereits erzählt habe und die sie bestimmt auch über meine vorgänger auf diesem posten gehört haben punkt aber hier bin ich komma bereit komma die fragen des herrn präsidenten zu beantworten komma und versichere ihnen komma dass die verhafteten apachen sich in föderaler verwahrung und in den vereinigten staaten von amerika befinden punkt

Gatewood stieß einen Pfiff aus, und die Frauen, die gerade dabei waren, Tamales mit Yuccablüten zuzubereiten, drehten sich nach ihm um. Auf Apache bat er darum, ihm beim Aufstehen behilflich zu sein. Wie immer lachten sie ihn kräftig aus, bevor Ocesola, eine von Häuptling Chihuahuas Töchtern, sich erhob, um ihm zu helfen. Sie reichte ihm beide Hände, damit er den Hintern von dem steinernen Sitz hochbekam.

Gatewood ging es schon so lange so schlecht, dass alle Chiricahua wussten, wie man ihm aufhalf: Als Erstes musste man ihn an beiden Armen hochziehen, und wenn er sich von seinem Sitz gelöst hatte, musste man die Füße fest gegen den Boden stemmen, um ihn mit dem Oberkörper abzufangen. Als Nächstes hob der Leutnant die Arme und hielt sich an den Schultern seines Gegenübers fest, während er Stück für Stück die Beine streckte, ein Hohlkreuz machte und sein Brustbein nach oben drückte. Sobald seine Haltung als einigermaßen aufrecht bezeichnet werden konnte, musste der Helfende mit aller Kraft seinen Rücken auf Höhe der Lenden umklammern, und auf den Moment warten, in dem die langsame Streckung seiner Wirbelsäule ein leises Knacken in den Knochen, Bändern und den mageren Überresten seiner Lendenmuskeln verursachte. Dieses Geräusch war mit so großen Schmerzen verbunden, dass es fast immer etwas auslöste, das für Außenstehende wie eine kurze Ohnmacht aussah und das er als einen mit Halluzinationen verbundenen Zustand unterschiedlicher Dauer erlebte. War die Person, die ihm beim Aufstehen half, eine Frau, war das alltägliche Ritual besonders komisch – die Apachen waren zwar kräftig, meist jedoch ziemlich klein und gedrungen, während er lang und dünn war.

Der Leutnant betrachtete Ocesolas Hände, die sie ihm bereitwillig entgegenstreckte, und reichte ihr die eigenen. In Erwartung des ersten Rucks, presste er die Zähne aufeinander. Bevor sie ihn zu sich heranzog, sagte sie auf Spanisch: Usen gab dir die Macht, beschissen dran zu sein. Dann zog sie. Er hatte das Gefühl, als würde sein Rücken von einer Lanze durchbohrt und seine Wirbelsäule in zwei Hälften gebrochen. Er schloss die Augen und sah Sterne. Er spürte, dass er wie ein nasser Sack auf die Schultern der Frau sank, die, noch immer aus vollem Halse lachend, mit aller Kraft seine Taille umfasste. Er hatte kein Gefühl mehr in den Beinen. Er vermochte noch zu denken, dass der wahre Schmerz erst folgte, bevor er sich dazu durchrang, sich auf ihre Schultern zu stützen, während sie zupackte, um zu lockern, was sich in seinem Rücken verhärtet hatte. Sein Hirn erlosch wie eine Kerze und erwachte erst wieder, als Ocesola das tat, was die Indianer für den lustigsten Teil der ganzen Prozedur hielten: ihm mit einer Haarsträhne über die Nasenlöcher zu streichen, damit er nach Luft schnappend wieder zu sich kam.

Bevor der alltägliche Schmerz zurückkehrte, hatte Gatewood ein paar Sekunden – die ihm mal länger, mal kürzer vorkamen –, in denen sein Körper wieder der alte war, frei von der Folter in seinem Rücken und seinen Gelenken. In diesem Augenblick der Klarheit und Freude fühlte er sich förmlich durchdrungen von dem Duft, den die Haare seiner Helferin verströmten, einem Geruch, der ihm so vertraut war, denn es war der aller Apachen: nach glimmender Asche und Gamsleder, nach Schweiß und trockener, an Steinen haftender Erde, nach gepökeltem Fleisch und Blütenpollen.

Er hielt die Augen geschlossen – wenn ihm die Beine nicht wehtaten, war er nicht sicher, überhaupt welche zu haben, aber vor allem, um die Höhlen seines olfaktorischen Gedächtnisses zum Museum eines Geruchs zu machen, der aus der Welt verschwinden würde, sobald die Verhandlungen dort unten beendet wären und man die Chiricahua in einen Zug Richtung Soldatenduschen, Soldatenessen und legerer Kleidung stecken würde, fern ihrer Pferde und Lagerfeuer.

Jeder weiß, dachte er, dass das Einzige, von dem ein Mann sich nicht erholt, wenn eine Frau ihn verlässt, die Abwesenheit ihres Geruchs ist. Er drückte erneut Ocesolas Schultern. Wenn er nach Virginia zurückkehrte, sobald sie ihn wegen seiner Krankheit entlassen hätten, würde er längst wieder nach Schmorfleisch und Hühnerstall riechen wie der Rest des Landes. Er holte noch einmal tief Luft und ließ sie los. Weißt du, wo Naiche ist?, fragte er die Frau auf Apache. Der Schmerz kehrte langsam zurück, um sein Reich zu beanspruchen. Sie deutete auf eine Gruppe von Kriegern, die sich in einiger Entfernung auf dem Boden ausgestreckt hatten. Dahinten, antwortete sie auf Spanisch, es sei denn, er ist sich vor Lachen bepissen gegangen, während du vor Liebe in meinen Armen gestorben bist.

Corredor und Gokhlayeh redeten nicht miteinander. Irgendetwas war mit den beiden los. Der Rarámuri dankte Camila für die Einladung in die Siedlung und sagte, er würde lieber bei den Pferden bleiben. Er sagte es trocken, endgültig, und sah Zuloaga dabei so ernst in die Augen, dass der ihm nicht zu widersprechen wagte. Gokhlayeh sprach weiterhin kein Wort; er zerplatzte schier vor Neid und Wut, seit er entdeckt hatte, dass der Novize, von dem man ihm erzählt hatte, genauso alt war wie er, aber schon zwei Pistolen am Gürtel trug und ein gutes Gewehr auf seinem Pferd dabeihatte. Der Oberstleutnant, der älter war und das Land und den Charakter seiner Bewohner kannte, begriff, dass es Dinge gab, die über seinen Horizont hinausgingen. Er beharrte nicht darauf, dass Corredor mit ihm zu den Hütten zurückkehrte.

von general nelson miles an minister endicott doppelpunkt nein komma herr minister komma ich weiche ihren fragen nicht aus komma vielleicht war meine letzte nachricht etwas lang und die antwort auf ihre frage aufgrund meiner verwirrung missverständlich punkt die apachen befinden sich in sicherem gewahrsam der föderalen armee und auf amerikanischem boden komma in diesem moment irgendwo am apache pass zwischen douglas und fort bowie punkt wie sie wissen komma sind sie in begleitung ihrer frauen komma kinder und alten punkt

von general nelson miles an vizepräsident thomas hendricks doppelpunkt herr vizepräsident komma es ist mir eine ehre komma sie und herrn präsident grover cleveland persönlich darüber zu informieren komma dass die rebellen sich in föderalem gewahrsam und auf amerikanischem gebiet befinden punkt ich war persönlich anwesend komma um mich davon zu überzeugen komma dass sie nach einer reihe von konfliktreichen begegnungen mit der mexikanischen armee und den mexikanischen zivilbehörden die grenze überquert haben punkt unsere jungs haben hervorragende arbeit geleistet doppelpunkt sie sind vollständig und in guter verfassung heimgekehrt komma mit allen indianern komma die sie laut befehl festnehmen sollten punkt trotz der zahlreichen provokationen komma die sie von ihren mexikanischen komma stets weniger professionellen und zu betrug und lüge neigenden kontrahenten erdulden mussten komma haben die unsrigen während ihrer pflichterfüllung einen internationalen konflikt vermieden punkt ich gratuliere komma unsere ehrenwerten föderalen institutionen funktionieren noch immer wie ein uhrwerk punkt von general nelson miles an minister endicott doppelpunkt ich weiß nicht komma wovon leutnant gatewood spricht punkt auch nicht komma welche angeblichen verträge über eine kapitulation der apachen er meint punkt ich kann keine vereinbarungen mit den indianern treffen punkt diese befugnis hat nur der präsident oder der kongress punkt ich bin nur ein general punkt ich unterzeichne keine friedensverträge punkt

von general nelson miles an vizepräsident thomas hendricks doppelpunkt herr vizepräsident komma es freut mich ungemein komma dass herr präsident cleveland bei ihnen ist komma während wir kommunizieren punkt richten sie ihm bitte meine ergebensten grüße aus punkt hier im südwesten bemühen wir uns täglich darum komma die souveränität und sicherheit der vereinigten staaten zu gewährleisten komma ganz zu schweigen von der in diesen regionen so heftig kritisierten würde der föderalen regierung komma dabei haben wir nicht immer das gefühl komma in washington erhört zu werden punkt sie können sich nicht vorstellen komma welche freude es meinen jungs bereiten wird komma zu wissen komma dass wir über einen oberbefehlshaber verfügen komma der sich persönlich um sie sorgt punkt zur frage des herrn präsidenten doppelpunkt die antwort lautet nein komma wir schließen keine verträge mit den indianern punkt diese befugnis hat nur die föderale regierung komma ebenso wenig kann ich befehlen komma einen feind standrechtlich zu erschießen komma der sich dem militär ergibt komma um sich den zivilbehörden zu stellen punkt es wäre eine straftat und ein verbrechen gegen die menschlichkeit punkt die justiz ist eine rein zivile komma lokale angelegenheit punkt erst recht komma wenn man bedenkt komma wie wichtig dem herrn präsidenten der respekt vor dem gesetz ist punkt unsere jungs waren südlich der grenze punkt sie haben ihr leben riskiert punkt sie haben ihre mission unter strikter beachtung der gesetze erfüllt punkt alles andere ist aufgabe anderer behörden punkt

von general nelson miles an vizepräsident thomas hendricks doppelpunkt nein komma herr vizepräsident komma ich weiß nicht komma wo sie jetzt sind punkt ich bin in die kommandantur von new mexico zurückgekehrt komma sobald ich mich davon überzeugt hatte komma dass die apachen in unserer obhut und auf amerikanischem boden sind punkt während ich den jungs gratulierte komma wurde ich darüber informiert komma dass sie meine anwesenheit im telegrafenbüro verlangten komma weshalb ich meine männer beruhigt verließ komma da ich weiß komma dass captain elpenor ware lawton seine befehle ohne meine vermittlung direkt vom kriegsminister erhält punkt

von general nelson miles an präsident grover cleveland doppelpunkt herr präsident komma geronimo und seine leute befinden sich im gebiet von arizona punkt unser auftrag lautete komma ihn zu verhaften komma und wir haben ihn gewissenhaft erfüllt punkt über sie zu richten ist aufgabe der staatlichen zivilbehörden punkt bis zu dem moment komma in dem ich meine jungs verließ komma hatte der sheriff von tucson sich nicht mit ihnen in verbindung gesetzt punkt captain elpenor ware lawton wollte weiter nach norden komma in richtung fort bowie komma da die nähe zu mexiko die apachen beunruhigte punkt doch darüber kann sie der kriegsminister besser unterrichten punkt bei allem komma was mit geronimos verhaftung zu tun hat komma war er es komma der captain lawton die befehle erteilte und dabei meine autorität vollständig überging punkt ich kann nur voller stolz bestätigen komma dass meine jungs die befehle von minister endicott gewissenhaft befolgt haben komma ohne verluste zu verursachen punkt ich habe den gefangenen geronimo mit eigenen augen gesehen punkt ich gratuliere ihnen punkt

von general nelson miles an minister endicott doppelpunkt herr minister komma sie werden keine antwort von den forts erhalten punkt nach der rückkehr von meiner mission komma deren ziel es war komma mich davon zu überzeugen komma dass unsere jungs heroisch ihre pflicht erfüllt haben komma befolgte ich das notfallprotokoll komma das laut der handbücher und statuten dann gilt komma wenn die kommunikation zwischen dem oberbefehlshaber und den kommandanten im feld vom feind abgehört wird komma was der fall war punkt sämtliche mitteilungen der sich momentan im einsatz befindlichen offiziere unter meinem kommando werden so lange über mein büro gehen komma bis neue befehle erfolgen punkt ich hoffe komma sie sind einer meinung mit mir komma dass dies die korrekte vorgehensweise ist komma da uns jemand komma vielleicht aus meinen eigenen reihen komma verraten hat punkt ich habe bereits eine untersuchung in die wege geleitet und werde den verantwortlichen wegen verbreitung von falschmeldungen vor ein kriegsgericht stellen punkt

von general nelson miles an minister endicott doppelpunkt herr minister komma wie kommen sie darauf komma ich könnte denken komma das kriegsministerium sei der feind fragezeichen oder die zivilen behörden von arizona komma deren verteidigung meine pflicht ist fragezeichen das problem sind die lokalen zeitungen komma die wegen privater geschäfte nicht immer im interesse der allgemeinheit handeln punkt sie waren es komma die mein büro infiltriert haben punkt natürlich hatte die übertreibung keinen erfolg punkt nicht umsonst habe ich mich für die waffen und nicht die buchstaben entschieden punkt ich glaube komma damit habe ich ihre fragen korrekt beantwortet punkt die chiricahua apachen stehen unter unserer aufsicht punkt ich habe keine befugnis komma abkommen mit den rebellen zu schließen punkt wenn sie sich captain lawton ergeben haben komma konnten meine jungs nicht auf sie schießen komma ohne zu riskieren komma vor ein kriegsgericht gestellt zu werden punkt wie sie wissen komma haben wir einen gesetzestreuen präsidenten punkt wir können das gesetz nicht einfach missachten komma wie wir es vielleicht in den früheren indianerkriegen getan haben punkt und die presse setzt uns in einer weise zu komma wie sie es meiner erinnerung nach bei den dutzenden schlachten gegen die indianer der great plains im norden nicht tat komma an denen ich komma immer im dienst des vaterlandes und am ende siegreich komma teilgenommen habe punkt meine jungs sind soldaten komma herr minister komma keine mörder punkt jede andeutung komma die dies infrage stellt komma ist in höchstem maße schädlich für die institution der föderalen streitkräfte und beleidigt mich zutiefst punkt hoffen wir komma dass die zivilbehörden von arizona ihre arbeit machen komma wir haben die unsrige gemacht komma übrigens unter sehr schwierigen bedingungen komma die ich nicht anders als heroisch bezeichnen kann punkt seit wir die gebiete des südwestens eingegliedert haben komma war der apachenkrieg eine offene wunde unserer republik komma und captain lawton hat sie geschlossen punkt als veteran der indianerkriege und kommandant der föderalen armee macht es mich sehr traurig komma dass man an seinen diensten zweifelt punkt und nein komma ich weiß nicht komma wer dieser leutnant gatewood ist komma von dem ihnen weiß gott wer erzählt hat komma er treibe sich mit der vierten kavallerie in der sierra madre herum punkt

an vizepräsident hendricks doppelpunkt sie sind auf dem weg punkt ich kann nur per heliograf mit ihnen kontakt aufnehmen komma was etwas dauern kann in bergigen regionen wie jener komma in der sie sich befinden punkt jede nachricht muss über wesentlich mehr stationen erfolgen als an der ostküste punkt ich habe soeben versucht komma kontakt mit captain lawton aufzunehmen punkt sobald ich neuigkeiten für sie habe komma antworte ich ihnen auf diesem weg punkt bitte richten sie dem herrn präsidenten aus komma falls er nicht mehr bei ihnen ist komma er soll die hoffnung nicht aufgeben komma es ist ein schwieriger und mühseliger prozess in diesen bergen komma aber ich habe alles unter kontrolle punkt

Miles legte die Stirn auf den Arbeitstisch des Telegrafisten und stieß einen langen Seufzer aus. Er hob den Kopf und sagte mit geschlossenen Augen: Zumindest haben wir die Sache wieder in der Hand. Er lächelte.

Der Techniker war erschöpft und angespannt. Weil er sich auf den Telegrammwechsel mit Washington konzentriert hatte, hatten sich in der Zwischenzeit die Nachrichten von den lokalen Forts angehäuft. Er fragte den General, ob sie sie beantworten sollten. Gleich, erwiderte dieser, sie würden jetzt erst mal eine Pause machen. Bei allem Respekt, sagte der Techniker, aber darf ich Ihnen vorschlagen, Ihrer Frau eine kurze Mitteilung zu machen, dass Sie wohlbehalten von Ihrer Mission zurückgekehrt sind? Ich will mich nicht in Ihre Angelegenheiten einmischen, fuhr er fort, aber sie ist wahrscheinlich sehr besorgt. Natürlich, sagte der General, sofort. Und lehnte sich zurück. Dann stand er auf, nahm seinen Stuhl, lehnte ihn schräg gegen die Wand und machte es sich darauf bequem. Er faltete die Hände über dem Bauch, leckte sich die Lippen und saugte die Wangen ein. Alarmiert von den deutlichen Anzeichen einer sich anbahnenden Siesta, fragte der Telegrafist, ob er nicht den Heliografisten holen lassen solle. Der General schüttelte mit gespitzten Lippen den Kopf, schloss die Augen und murmelte: Wir müssen Lawton Zeit geben. Eine Sekunde später war er eingenickt.

Die Siesta des Generals erstreckte sich über einen Zeitraum, den der Telegrafist schlichtweg besorgniserregend fand. Der Heliografist unterbrach sie erst, als ihm sämtliche Forts bestätigt hatten, dass alle Mitteilungen, die ihre Dienststellen verließen, dem Oberbefehlshaber der Region zugestellt würden. Er reichte dem General die Liste, nachdem er ihn sanft an der Schulter wach gerüttelt hatte. Miles studierte die Liste, wobei er ab und zu ein Schnauben ausstieß und immer wieder die Brille absetzte, um sich die Augen zu reiben, vielleicht um zu bekunden, dass er sich gerne noch etwas länger ausgeruht hätte.

Als er damit fertig war, sah er dem Heliografisten in die Augen und fragte, ob das alle seien. Alle, bestätigte der Ingenieur. Gut, sagte der General und schlug sich mit den Handflächen auf die Oberschenkel, wodurch sein Stuhl wieder in die Vertikale zurückkippte. Wie kein anderer kannte er das geheime Wesen der Bürosiesta. Einen Moment lang glitt der kühle Hauch des Kummers über sein Gesicht. Er blickte zum Fenster und fragte, wie lange es noch hell sei. Etwa anderthalb Stunden. Wo war Lawton, als Sie sich das letzte Mal mit ihm in Verbindung gesetzt haben? Immer noch am Apache Pass. Gehen Sie an Ihr Gerät zurück und teilen Sie ihm mit, er solle sich auf der Stelle nach Osten begeben. Der Heliografist zog Notizheft und Stift aus der Gesäßtasche seiner

Uniformhose. Er soll über Ánimas nach Texas reiten, damit ihn keiner aufhalten kann, er soll den Heliografen gut verstauen und erst auspacken, wenn er in El Paso ist. Er soll mit der gesamten Truppe und den Apachen in Lordsburg den Zug nehmen. Schreiben Sie mit? Jawohl, Sir. Sagen Sie Lawton, er kann nicht in Lordsburg lagern, weil dort eine Abteilung stationiert ist, er soll sein Lager auf dem Hügel bei der Shakespeare-Ranch aufschlagen und Wachen aufstellen, um dort auf den Zug zu warten, sie sollen im Dunkeln einsteigen, damit sie niemand sieht. Er soll kein Telegramm annehmen; wenn man ihn findet und ihm eins aushändigt, soll er die Hände verstecken. Wenn er in El Paso ist, soll er den Zug anhalten, um eine Nachricht an den Sheriff der Stadt zu schicken und ihm mitzuteilen, dass er mit den indianischen Gefangenen auf texanischem Boden ist, und anschließend soll er mir sofort ein Telegramm mit folgendem Wortlaut senden: General Miles, ich habe Ihre Nachricht gerade erst erhalten, da man mit den Apachen querfeldein reitet und wir unterwegs, nach einem Aufenthalt auf der Shakespeare-Ranch, den Zug genommen haben; niemand hat mich über Ihre Mitteilungen unterrichtet. Wir befinden uns in El Paso, außerhalb der Gerichtsbarkeit der Behörden von Arizona und New Mexico, die sich nie bei uns gemeldet haben. Wir nehmen den Zug nach San Antonio. Ich erwarte Ihre Befehle am nächsten oder einem der folgenden Bahnhöfe.

Der General hob den Kopf und sah dem Heliografisten in die Augen. Haben Sie das notiert? Ja. Den genauen Wortlaut? Ja. Sobald Sie die Nachricht geschickt haben und Lawton Ihnen geantwortet hat, kommen Sie zurück und geben mir das Blatt, auf dem Sie mitgeschrieben haben. Jawohl, Sir. Vergewissern Sie sich, dass Lawton persönlich anwesend ist, wenn unsere Nachricht eingeht, und dass sie mündlich wiederholt wird, während Sie sie übermitteln, dass weder er noch irgendeiner der Heliografisten der anderen Stationen sie mitschreibt. Dass jeder, der das macht, verhaftet und entlassen wird.

Es war keine schlechte Entscheidung, unsere Zelte in den Peñascosas am Morgen abzubrechen. Die Abreise war ein Fest aus Chaos und Stress, aber letzten Endes ein Fest. Alle wirbelten herum, suchten ihre Sachen zusammen, packten, putzten. In der ganzen Hektik, klar Schiff zu machen und rechtzeitig am Flughafen zu sein, merkten wir kaum, dass die Uhr bereits gnadenlos tickte und unsere Trennung unmittelbar bevorstand.

Bereits um halb acht saßen wir im Auto, das Gepäck in den Kofferraum gequetscht, und brachen in Richtung Tucson auf, damit mein Ältester spätestens um halb elf einchecken konnte.

So aufregend die letzte Nacht und nervenaufreibend die Abreise gewesen war, so lang und anstrengend wurde die Fahrt nach Tucson. Der Plan war, erst zum Flughafen und dann weiter nach Norden zu fahren, zum San-Carlos-Reservat. Gerónimo hatte den Großteil seines Erwachsenenlebens dort verbracht. Nach diesem letzten Halt auf unserer Reise entlang des Lebensweges des Schamanen würden wir nach Nordosten schwenken und den oberen Teil New Mexicos diagonal Richtung Colorado, Kansas und so weiter durchschneiden, um in langen Etappen nach New York und zu unserem gewohnten Leben zurückzukehren.

Anfangs ließen die Kinder nicht locker und redeten auf ihren Bruder ein, er solle zumindest bis nach San Carlos bei uns bleiben. Er hörte ihnen geduldig, verständnisvoll zu, so wie immer, wenn sie etwas von ihm wollten, blieb aber unnachgiebig – er hatte ein wichtiges Treffen mit den Kommilitonen, mit denen er einen Dokumentarfilm drehte und bei dem er Regie führte. Im Rückspiegel sah ich die Bewunderung in den Augen der Kleinen aufleuchten, weil ihr Bruder etwas machte, was ein so kompliziertes

Substantiv verdiente. Auch ich versuchte, ihn zu überreden: Er könne das Treffen verschieben und in ein paar Tagen von Denver aus fliegen, wo wir ein neues Ticket für ihn kaufen würden. Mir gegenüber war er kategorischer: Das ist zu spät, Papa, sagte er, und ich dachte an Nana, der gesagt hatte, dass es nie zu spät sei, solange sich noch ein Chiricahua auf den Beinen halten könne. Aber es war kein Einziger mehr übrig.

Miles gönnte sich eine zweite kurze Siesta, kaum ein paar Minuten. Als der Heliografist ihn mit der Nachricht weckte, Captain Lawton sei über Ánimas unterwegs zur Shakespeare-Ranch, diktierte er eine neue Mitteilung per Telegraf, die zuerst an den Präsidenten, dann an den Vizepräsidenten und schließlich an den Kriegsminister gehen sollte, obwohl er wusste, dass alle drei sich am selben Ort aufhielten:

> captain lawton ist in den bergen punkt ich habe alle gerichtsbezirke in meinem zuständigkeitsbereich und sogar die grenzposten des gebiets unter meinem befehl benachrichtigt punkt wenn sie an einem militärposten halten komma um die pferde zu verpflegen oder rast zu machen komma wird er sofort antworten punkt ich gehe jedoch davon aus komma dass sie die nacht unter freiem himmel verbringen komma da sie mit den apachen unterwegs sind punkt in dem fall werden wir erst morgen komma wenn sie einen bahnhof erreichen komma nachricht erhalten punkt

Er erhob sich schwerfällig von seinem Stuhl und fragte: Wie spät ist es in Washington? Neun Uhr, antwortete der Telegrafist. Gut, sagte Miles, gab dem Heliografisten ein Zeichen, ihn zu begleiten, und ging zur Tür. Auf dem Flur bat er ihn um seine Notizen. Der Ingenieur riss ein paar Seiten aus seinem Notizbuch und reichte sie ihm. Miles las sie. Was für eine Sauklaue, sagte er, während er die Seiten zerknüllte. Er steckte sie sich in den Mund, kaute und schluckte. Anschließend verließen sie den Flügel mit den Dienstzimmern, durchquerten drei Gänge und zwei Innenhöfe und betraten schließlich den Zellentrakt der Militärpolizei.

Der General erkundigte sich nach dem Zustand seines Sekretärs. Er ist in Einzelhaft, sagte der wachhabende Sergeant. Der General nickte. Kann ich ihn sehen?, fragte er. Die drei gingen zu den Zellen mit Eisentüren und kleinen Sichtluken, die in dieser Gegend gewöhnlich benutzt wurden, um Indianer und Mexikaner zu bestrafen, nie jedoch Weiße und erst recht keine Offiziere.

Der Sergeant schloss die Tür auf. Der Sekretär lag auf einer Metallpritsche ohne Matratze. Er stand auf, nahm eine stramme Haltung ein und salutierte wortlos. Hat er den Mund aufgemacht?, fragte der General den Sergeant. Nur um mich darüber zu informieren, dass ich ihn in eine Einzelzelle sperren soll. Sonst nichts? Der Militärpolizist dachte einen Moment nach. Er hat um etwas Wasser gebeten, sagte er. Der General kratzte sich an der Nase, schüttelte dramatisch den Kopf. Knebeln Sie ihn, sagte er, und ketten Sie ihn in einer der Latrinen an, ich brauche diese Zelle. Er deutete auf den Heliografisten. Den sperren Sie hier ein, befahl er. Wenn er ein Wort sagt oder etwas an die Wand schreibt oder was auch immer, geben Sie mir Bescheid, und er wird auch bestraft. Jawohl, Sir. Keiner der beiden Gefangenen protestierte.

Der General holte eine Decke und einen Nachttopf aus seiner Stube. Dann ging er zur Waffenkammer, um nach zwei Handschellen und einer Kette zu fragen. Er kehrte ins Büro des Telegrafisten zurück und kettete ihn an seinen Stuhl, ohne dass dieser Widerstand leistete. Er stellte ihm den Nachttopf unter den Sitz, falls er pinkeln musste, und ließ seinen Händen genügend Spielraum, um sich die Hose herunterzuziehen. Er legte ihm die

Decke um die Schultern. Wir werden schön leise hierbleiben, bis Lawton in Texas ist, sagte er und legte ihm fast zärtlich eine Hand auf die Schulter, wenn Sie scheißen müssen, verkneifen Sie es sich. Ja, Sir, sagte der Techniker und fügte hinzu: Wollen Sie nicht erst noch Ihrer Frau schreiben? Miles zog ein Taschentuch aus der Uniformjacke, schüttelte den Kopf mit einer Traurigkeit, die aufrichtig wirkte, und knebelte ihn. Er tätschelte ihm wieder die Schulter, sah auf die Uhr. Ruhen Sie sich aus, der Captain wird nicht vor vier Uhr morgens in El Paso sein, sagte er und ging zu seiner Stube. Auf dem Weg verfasste er in Gedanken einen weiteren Brief an seine Frau. Liebe Molly, dachte er, vielleicht sind wir noch einmal davongekommen.

Ellie und Amyntor Blair McMillan legten einen langen, schweißtreibenden Fußmarsch zurück. Die Außenmauer des Quadrangle, der sie komplett folgten, kam ihnen unter der spätsommerlichen Sonne wesentlich länger vor, als sie tatsächlich war. Obwohl die Wanderung im Grunde angenehm war, führte sie doch unter schattigen Eschen an einem Kanal entlang. McMillan hatte sich das Kind auf die Schultern gesetzt, damit ihm nicht so heiß wurde, und ihm seinen Hut übergestülpt, was es zum Lachen gebracht und die restliche Zeit abgelenkt hatte.

Am Tor bei den Pferdeställen stellten sie fest, dass sie auch dort nicht allein waren – ein Dutzend Journalisten mit Notizbüchern, Fotoapparaten, kleinen, fast krempenlosen Hüten wartete darauf, dass jemand sie erhörte. Ein alter Soldat von niederem Rang bewachte von innen das verschlossene Tor. Sein Blick war auf einen Horizont oberhalb der gelangweilten Gesichter der Reporter gerichtet.

McMillan trat an das Gitter und erklärte dem Soldaten so diskret wie möglich, dass er der Anwalt von Captain Lawton sei und Leutnant Parker ihm gesagt habe, er solle sich hier melden. Der

Soldat tippte sich an den Hut und zog einen Schlüsselbund aus der Tasche seiner Drillichhose. Die Art, wie er in der Hosentasche wühlte, den Schlüsselbund ausschüttelte und den richtigen Schlüssel auswählte, um ihn ins Schloss zu stecken, verriet, warum aus ihm nie mehr geworden war als ein einfacher Gefreiter. Amyntor Blair drehte sich mit dem Kind auf den Schultern zu seiner Frau um, um ihr mit einer Geste zu bedeuten, dass sie herkommen solle. Einer der Journalisten fragte Ellie, was sie hier täten, und sie antwortete voller naivem Stolz, ihr Mann sei der Anwalt des Helden, der Gerónimo bezwungen habe. Sofort scharten sie sich um sie, um McMillan Dinge zu fragen, die er selbst nicht ganz begriff, denn in Wahrheit hatte er lediglich an einem Sonntag die Zeit totgeschlagen, bevor er von dem heiklen Fall seines Klienten erfuhr: Stimmte es, dass man den Captain vor ein Kriegsgericht stellen würde, wenn er an die Ostküste zurückkehrte? Wusste er etwas über einen möglichen Abschied von General Miles? Was dachte sein Klient darüber, dass man ihn nicht ausgezeichnet hatte? Hatte er vor, Gerónimo den Behörden in Tucson auszuliefern, oder wollte er, dass er in föderaler Obhut blieb? Der Anwalt begriff, warum der Gesandte des Captains so hartnäckig darauf beharrt hatte, dass er am Sonntag und in Begleitung seiner Familie kam. Er sagte, wie sie sehen könnten, mache er einen Höflichkeitsbesuch mit seiner Frau und seinem Sohn, er bitte sie, den Tag des Herrn zu respektieren und sie durchzulassen. Mit einem Arm hielt er die Journalisten zurück, damit seine Frau durch das halb offene Tor gehen konnte, dann zwängte er sich selbst hindurch.

Der Gefreite schloss das Gitter hinter ihnen, als existierten die Journalisten gar nicht. McMillan wandte sich nicht um, obwohl sie ihm immer noch Fragen zuriefen, und betrat hinter seiner Frau und mit dem – unter dem Fedora wahrscheinlich schon eingenickten – Kind auf den Schultern den Stall. Der Soldat holte sie ein und fragte, ob Lawton gesagt habe, wo sie sich treffen wollten, damit er sie dorthin begleiten könne. Er hat nichts Genaues gesagt, antwortete der Anwalt, er meinte nur, wenn ich wolle, dass er mich Gerónimo vorstelle, solle ich heute kommen.

Ellie, die ein paar Schritte vorausgegangen war, blieb stehen und drehte sich nach ihrem Mann um. Du hast nichts davon gesagt, dass man uns den Indianern vorstellen würde, sagte sie. Das sollte eine Überraschung sein, erwiderte er lächelnd. Sie schüttelte den Kopf. Das ist was anderes, als sie durchs Gitter zu sehen, erst recht mit dem Kind; er ist ein Bandit, ein Mörder. McMillan warf dem Soldaten einen Blick zu, der unbeteiligt ins Innere der Ställe starrte. Es kann nichts passieren, antwortete McMillan seiner Frau, sie sind gefangen, unbewaffnet, von Soldaten bewacht. Und wenn doch? Wie viele Kinder hat Gerónimo in Arizona umgebracht? In Sonora? Liest du keine Zeitung? McMillan las keine Zeitung. Er wandte sich erneut an den Soldaten. Diesmal erregte er seine Aufmerksamkeit, zuerst mit einem Räuspern, dann, indem er ihn direkt mit seinem Rang ansprach. Wie gefährlich sind die Gefangenen?, fragte er, als der Mann ihn endlich zur Kenntnis nahm. Die tun nichts, sagte der Gefreite, aber was weiß ich, ich bin von hier, ich musste gegen die Komantschen kämpfen, ich würde nicht allein mit einem von ihnen in einem Raum sein wollen, nicht einmal tot. Ellie zog die Augenbrauen hoch. Wenn *er* tot wäre oder Sie? Er. McMillan kratzte sich an der Nase und sagte: Wenn Gerónimo in der Stadt ist, und das unbewaffnet, werde ich mir nicht die Gelegenheit entgehen lassen, ihn kennenzulernen.

Es war deutlich, dass er dem nichts mehr hinzuzufügen hatte und, egal was geschah, weitergehen würde. Du kannst gerne hierbleiben, sagte er, aber der Junge und ich werden gehen, er wird es später einmal seinen Kindern erzählen und die ihren Kindern.

Er hatte recht: Der Urenkel dieses Jungen hat mir die Geschichte erzählt, die ich hier erzähle.

Ellie gab nach. In Ordnung, sagte sie, aber nur, wenn der Captain dir versichert, dass nichts passieren kann. McMillan wandte sich an den Gefreiten: Wir gehen zu Lawtons Büro, richtig? Der Gefreite zuckte die Achseln. Der Captain steht spät auf, sagte er, und ich glaube, die Herren, die aus Washington gekommen sind, werden ihn noch mal befragen. Er nahm die Mütze ab und fuhr sich mit der Hand durch das schüttere, verschwitzte Haar, bevor er hinzufügte: Ich dachte, Sie wären hier, um ihm bei dieser Sache zu helfen. Dass der Captain Probleme hatte, wusste der Anwalt, nicht jedoch, dass es so ernst war. Das geht nur ihn und mich etwas an, sagte er, können wir ihn sehen? Der Gefreite schüttelte den Kopf. Was ich machen kann, ist, Sie zum dicken Parker zu bringen, sagte er, das ist der Dünne, der sich den ganzen Tag bei den Apachen herumtreibt; er und ein anderer, ein Mexikaner, von dem keiner weiß, was er hier eigentlich macht, aber das sind die Einzigen, die mit Lawton reden; sie können ihm Bescheid sagen.

Der Anwalt blickte seine Frau an, die ihm mit einer Kopfbewegung zu verstehen gab, dass sie einverstanden war. Gehen wir, sagte er zu dem Gefreiten, der sich die Mütze wieder aufsetzte und, bevor er weiterging, noch einmal das ganze Ausmaß seiner Bürokratenseele offenbarte: Da gibt es ein kleines Problem, sagte er. Gerade stellen sie Gerónimo zur Schau, aber wenn wir bei den Baracken sind, ist die Schicht vorbei, dann können Sie mit Parker reden. McMillan sah Ellie ein weiteres Mal an. Gehen wir, sagte sie. Ist mit dem Kind alles in Ordnung?, fragte der Anwalt, bevor er dem Gefreiten folgte. Rittlings auf seinen Schultern und still, wie er war, konnte McMillan nicht wissen, ob es dem Jungen gut ging. Er schläft tief und fest, antwortete seine Frau. Hat er den

Hut noch auf? Er wird keinen Sonnenstich kriegen, sagte sie und sah den Wachsoldaten an. Gehen wir, beharrte sie.

Miles öffnete die Tür des Telegrafenbüros. Es war kurz nach drei Uhr morgens. Der Techniker war wach. Als er den General eintreten hörte, drehte er sich um und warf ihm einen Blick zu, der größte Besorgnis ausdrückte. Ist was gekommen?, fragte Miles, während er ihm den Knebel aus dem Mund nahm. Vom Weißen Haus, antwortete der Telegrafist – sein Mund fühlte sich von dem Lappen an wie Schleifpapier. Scheiße, sagte der General, der nicht einmal so freundlich gewesen war, dem Mann ein Glas Wasser mitzubringen. Was steht drin?, fragte er. Er war in Pyjama und Morgenrock. Ich konnte es nicht lesen, antwortete der Telegrafist, meine Hände waren gefesselt. Der Kommandant band ihn los, warf nebenbei einen Blick auf den Nachttopf und stellte erleichtert fest, dass er unbenutzt war. Der Telegrafist streckte sich, um zwischen den Papierrollen die Nachricht aus Washington zu suchen. Er hatte sie schnell gefunden. Sie ist vom Präsidenten, sagte er und las vor: irgendeine neuigkeit komma general fragezeichen. Wann ist das angekommen?, fragte Miles. Vor etwa einer Viertelstunde. Wie spät ist es in Washington? Kurz nach fünf. Der General fasste sich an den Nacken. Wir werden ihm antworten, sagte er, dann wissen wir, ob er wirklich besorgt ist oder nur drohen will. Als bräuchte er sie, nahm er die Brille aus der Brusttasche des Morgenrocks und diktierte:

herr präsident komma seit unserem letzten austausch haben wir den telegrafen nicht aus den augen gelassen punkt ich weiß nicht komma welche route captain lawton genommen hat komma aber ich weiß komma dass er sich mit uns in verbindung setzen wird komma sobald ihn meine nachrichten erreichen punkt ich hatte gehofft komma dass sie in einer garnison übernachten komma aber sie müssen im freien gelagert haben komma wie es in begleitung von wilden üblich ist punkt vielleicht sind sie ihrer route gefolgt und nehmen den weg durchs gebirge punkt in dem fall werden sie etwas länger brauchen komma um meldung zu machen punkt möchten sie komma dass ich persönlich aufbreche komma um ihn zu suchen fragezeichen

Der General kratzte sich zufrieden am Bauch, steckte die Brille zurück in die Tasche und ließ sich mit dem Gedanken, noch ein bisschen zu schlafen, auf den Stuhl fallen. Er machte es sich gerade bequem, als der Telegraf erneut zu rattern begann. Puh, seufzte er. Als die Nachricht auf den Papierstreifen fertig gedruckt war, las der Telegrafist vor:

> bleiben sie komma wo sie sind punkt sobald lawton an einem ort ist komma wo er ihr telegramm lesen kann komma befehlen sie ihm komma dort zu bleiben komma und erbitten weitere anweisung punkt

Der General schob die Lippen vor. Er ist angepisst, sagte er, bevor er die Augen schloss und einschlief.

Gatewood empfand es als bescheidene Belohnung, dass Naiche ihm den Arm entgegenstreckte, damit er ihm beim Aufstehen half. Es war eine für die Apachen typische männliche Geste – um Hilfe zu bitten, die eigentlich nicht nötig war, vielleicht nur, um sich zu berühren. Dem Leutnant fehlte jede Kraft, trotzdem baten ihn die Chiricahua immer wieder um Hilfe. Es war wie ein Vertrauensbeweis, der ihn ehrte. Häuptling, sagte Gatewood auf Spanisch zu ihm, als der Indianer stand. Naiche legte ihm die Hand auf die Schulter und sagte auf Apache: Von allen außer dir, Langnase. Lächelnd fügte er hinzu: Langnase, einsamer Wolf.

Gatewood erwiderte das Lächeln und zitierte die Namen, die die mexikanischen Zeitungen ihm gegeben hatten: Naiche, Häuptling aller Häuptlinge, Schrecken der Berge. Und fuhr fort: Hier trennen sich unsere Wege, und ich weiß nicht, ob wir uns je wiedersehen werden, deshalb schlage ich vor, dass du mich zu meinem Pferd begleitest. Der Häuptling legte ihm seinen Arm um die Schultern, der so lang war, dass er nicht nur den Nacken des Leutnants – der selbst ein großer Mann war – berührte, sondern auch dessen gegenüberliegenden Ellbogen in einer freundschaftlichen Geste stützend umfasste.

Schnell ließen sie die übrigen Chiricahua hinter sich, die sich, kaum war Gatewoods tägliche Komödie des Aufstehens beendet, wieder ihren eigenen Angelegenheiten zuwandten. Der Leutnant brach das Schweigen: Das ist wie sterben, Häuptling, ich glaube nicht, dass wir uns wiedersehen; auch von meinem Bruder Gerónimo werde ich mich verabschieden müssen. Der Indianer antwortete ihm, wahre Freunde würden sich immer wiedertreffen. Auf dieser oder auf der anderen Seite, fügte er hinzu. Der Leutnant kniff die Augen zusammen. Nicht auf dieser, sagte er, man wird mich entlassen oder an einen Schreibtisch an der Küste versetzen. Dann auf der anderen Seite, sagte Naiche. Es wird nicht schwer sein, dich zu finden, mit dieser Nase, die Usen dir gegeben hat. Auch dort nicht, sagte der Gringo, ich werde in den Himmel kommen, weil ich dir und Gerónimo den Arsch gerettet habe, und du in die Hölle, weil du so viele Mexikaner getötet hast. Der Chiricahua schüttelte den Kopf. Der Große Vater in Washington hilft einem, in den Himmel zu kommen, wenn man genügend Mexikaner getötet hat; meine Chancen stehen nicht schlecht. Du hast drei Frauen, wandte Gatewood ein, das ist Sünde. Sie sind allesamt zufrieden und haben Kinder, erwiderte der Häuptling; bei dir reicht es gerade mal zu einer, sie ist weit weg, und du hast ihr keine Kinder geschenkt; wenn wir uns nicht wiedersehen, dann weil *du* in die Hölle kommst. Sie näherten sich bereits dem Ende des Plateaus. Gatewood ging weiter, ohne die Pferde zu sehen. Dort hinten komme ein steiler Abhang, sagte der Indianer, die Pferde würden unten warten, da es einfacher sei, zu Fuß hinunterzusteigen, falls sie fliehen müssten. Der Leutnant bewegte den Schnurrbart. Keine Sorge, bemerkte Naiche, ich kann dich tragen, vorausgesetzt, du putzt dir vorher die Nase.

> zu händen doppelpunkt herrn präsident s punkt grover cleveland komma weißes haus komma von doppelpunkt g punkt nelson miles punkt wie vermutet komma herr präsident komma haben sie in den bergen in der umgebung von shakespeare komma new mexico komma gelagert punkt sie haben den zug genommen komma ohne den posten der region zu passieren komma wie es im felde üblich ist punkt sie haben unsere nachrichten erst empfangen komma als der konvoi in el paso komma texas komma hielt punkt sie erwarten dort ihre anweisungen punkt

Es ist, als kämen Sie nicht aus Chihuahua, sondern aus meiner Kindheit und wären selbst noch ein Kind, sagte Camila. Als kämen Sie aus einem Schacht, über dem ich stünde. Für mich kommen Sie nicht aus Buenaventura, für mich kommen Sie von irgendwo weit her. Als würde der Staub an Ihren Stiefeln vom Mond stammen. Als sie mich entführt haben, wurde alles anders. Es war die Hölle, ich wusste nicht, dass ich so viel Schmerz ertragen kann. Wenn ich an die Ranch gedacht hätte, an den gedeckten Tisch in Janos, hätte ich die Zeit nicht überstanden.

Sie saßen am Flussufer. Camila kratzte sich am Kopf, ließ den Blick über das Wasser schweifen und hob ihn dann zu einem Punkt jenseits der wilden Obstbäume im Tal, beschirmt vom Gebirge mit seinen hängenden Wäldern. Kiefern und Steine, Steinkiefern. Oberstleutnant Zuloaga begriff, dass er ihr zuhören musste, dass die Frau sich von einer Lebensweise verabschiedete, vor allem aber von einer Sprache, die sie nicht mehr sprechen würde, also schwieg er, warf nur hin und wieder kleine Steine in die Strömung, die an dieser Stelle so stark war, dass sie ein paar Meter mitgerissen wurden. Seine Aufgabe bestand darin, vor ihr zu salutieren, ihr seinen Segen zu geben, ihr dafür zu danken, dass sie Teil einer Gesellschaft und einer Geschichte war, ihr gleichsam im Namen von Präsident Valentín Gómez Farías zu sagen, dass sie die Republik verlassen dürfe. Er lüftete den Hut, um Feingefühl zu demonstrieren. Es war nicht schwer. Als Mann der Berge und Waffen konnte er gut verstehen, dass Häuptling Mangas Coloradas verrückt nach dieser Frau war.

Camila zog Gokhlayeh an sich, wie um sich zu schützen. Der Junge verstand die Geste genau und schmiegte sich an sie, als wäre er viel jünger, als er in Wirklichkeit war. Der Oberstleutnant sah, dass auch Gokhlayeh ein bisschen in sie verliebt war, auch wenn er sie *shumma,* meine Mutter, nennen musste, weil er Mangas' Stiefsohn war. Er sah, wie der Junge sich auf dem Boden ausstreckte und seinen Kopf in ihren Schoß legte. Er sah, wie er ihn aus den Augenwinkeln beobachtete. Der Junge verstand, was vor sich ging, und mehr als das zärtliche Streicheln der Frau genoss er, dass er sie mehr besaß als Zuloaga. Sie vergrub die Finger in seinem dichten schwarzen, glänzenden Schopf.

Es war wirklich die Hölle, fuhr Camila fort. In der Siedlung wussten alle, dass Mangas mit einer Gefangenen zurückkehrte und die Alte ihnen entgegengeritten war, um sie herzurichten. Das weiß ich jetzt, damals wusste ich einen Scheißdreck. Ich konnte es nur über mich ergehen lassen. Ich war nervös, hatte aber keine Angst. Es gab keinen Grund; ich war gekleidet wie eine Apachin, von den Kriegern behütet, ich dachte, sie hätten mich bereits akzeptiert. Wie naiv ich doch war.

Alle erwarteten uns, halb neugierig, halb gekränkt, aber auch das begriff ich erst später – Mangas' beide Ex-Frauen sind von hoher Abkunft, Töchter von Häuptlingen, und auch er ist der Enkel eines Häuptlings und Patenkind des Mannes, der ihm als Häuptling voranging. Sie sah den Jungen an, vergrub ihre spitzen, schwieligen Knöchel in seinem Haar und fuhr ihm mit den Fingernägeln über den Kopf. Das war der Großvater dieses Jungen und der Vater seines Onkels Cuchillo Negro, sagte sie, sie sind reinster Apachenadel.

Ich war, wo ich war, und das war alles, was ich hatte. Als Mangas sein Pferd zum Stehen brachte, standen die Leute vor ihren Hütten und starrten mich an, und die Mütter hielten ihre Kinder fest. Die Frauen, die von der Ernte kamen, standen einfach da, ohne ihre Körbe abzustellen, und die Männer hielten die Stöcke und Bälle in der Hand, mit denen sie gespielt hatten. Sie rührten sich erst, als ein alter Mann aus seiner Hütte trat, mit einem breiten Lächeln auf uns zukam und etwas zu Mangas sagte. Heute weiß ich, dass der Alte Medizinmann ist, aber in dem Moment kam er mir einfach nur wie ein kleines altes Männchen vor, voller Energie, aber schon sehr gebrechlich. Gutmütig, das ja, Sie haben ihn gestern Abend kennengelernt. Mein Mann und die Krieger stiegen vom Pferd und umarmten alle. Als wenig später die Rinder und die Maultiere mit der Beute eintrafen, fingen sie an zu singen, und es gab ein großes Durcheinander. Ich stieg nicht vom Pferd. Bei unserer Ankunft hatte die Großmutter mich am Bein berührt, und ich hatte begriffen, dass ich mich ruhig verhalten sollte.

Die Wahrheit ist, als ich die Indianer so sah, mit diesem breiten Lächeln, das Sie selbst gesehen haben und das bei guter Stimmung auf ihren Gesichtern erscheint wie die aufgehende Sonne, beruhigte ich mich. Keiner nahm Notiz von mir. Ich weiß nicht, was ich erwartet hatte, aber was ich sah, waren keine Wilden. Sie waren ein Häuflein Menschen mit einer Haut, die vom Kampf mit den Elementen gegerbt ist, so wie Sie. Ich? Die Menschen von Chihuahua. Und Sie sind nicht mehr aus Chihuahua, Camila? Ich weiß nicht, was ich bin. Auf jeden Fall waren sie glücklich, weil ihre Jungs zurück waren und was zu essen mitgebracht hatten. Den Bedonkohe mangelt es an nichts, mein Oberstleutnant, aber sie müssen sich alles hart erarbeiten. Ihnen fällt nichts in den Schoß. So ist ihre Welt, und dafür sind sie dankbar.

Als sie mit Umarmen fertig waren, begaben sich alle zu dem offenen Platz in der Mitte des Lagers, wo sie, wie Sie gesehen haben, das Feuer machen. Es war nicht diese Siedlung, wir befanden uns an einem etwas höher gelegenen Ort, weil es noch nicht so kalt war. Es war deutlich, dass sie schon seit einer Weile dort lagerten: Das Gras war so zertreten, dass fast nur noch Erde zu sehen war. Mangas stand im Mittelpunkt des Interesses, alle klopften ihm auf den Rücken, sprachen ein paar Worte, wollten, dass er sie berührte. Die Kinder sprangen um ihn herum und machten einen Radau, das können Sie sich nicht vorstellen.

Sie führten ihn zu seiner Hütte, und er ging hinein, rückwärts, als wollte er den Leuten für ihre Zuneigung danken, fast wie ein großer Zarzuela-Sänger. Die anderen Krieger zerstreuten sich. Die Leute kehrten nicht auf die Felder zurück, sondern bildeten kleine Grüppchen, andere verschwanden in ihren Hütten, die Rinder und Pferde gingen ihrer Wege. Ich stieg ab und setzte mich auf den Boden. Ich traute mich nicht weiter ins Lager vor. Unsichtbar, wie ich war, dachte ich sogar daran, das Pferd zu schnappen und abzuhauen. Im Galopp nach Westen zu reiten, eine Mine zu suchen, um Hilfe zu bitten. Aber wer sollte mir helfen? Ich betrachtete meine fast schwarzen, rauen Apachenhände, meinen Apachenrock, die Apachenzöpfe, die mir die alte Frau am Fluss geflochten hatte. Ich schloss einen Pakt mit mir selbst: Wenn mich keiner angesprochen hätte, bis es dunkel wurde, würde ich abhauen.

Wer zu mir zurückkam, war der hier, Gokhlayeh. Was du machen hier, fragt Häuptling, sagte der Dummkopf zu mir in seinem neuen Spanisch. Der Junge in ihrem Schoß grinste und sagte: Mexikanerinnen dumm, weil sie sich rauben lassen. Camila zwickte ihm in die Wangen. Na, wie war das, Gerónimo?, fragte sie ihn. Gokhlayeh zog die Mundwinkel nach unten und stieß einen Pfiff durch die Zähne aus. War heftig, sagte er. Ich war zufrieden, dass er mich endlich holen ließ.

Der Weg zu ihren Hütten war nicht länger als zweihundert Schritte, mein Oberstleutnant, und ich trat leise auf, aber diesen Arschlöchern entgeht kein Geräusch – ich schwöre, morgens weckt sie der Flügelschlag einer Biene. Mit jedem Schritt, den ich ging, kamen mehr Frauen aus ihren Hütten. Sie sahen mich einfach nur an, mit blankem Hass, einem jahrhundertealten Hass, so tief verwurzelt, dass es eigentlich unerklärlich ist, warum wir beide noch am Leben sind und hier sitzen.

Natürlich wich ich zurück, überlegte, wegzulaufen, mir wieder die Kleider vom Leib zu reißen, nackt auf dem Pferd zurück nach Janos zu fliehen. Der Junge hier spürte, dass ich Angst hatte, nahm mich an der Hand und zog mich hinter sich her, während die alten Weiber langsam näher kamen. Sie bildeten ein Spalier. Noch trauten sie sich nicht, mich direkt zu beschimpfen, denn sie wussten nicht, wie der Häuptling reagieren würde, aber sie zischten mir Worte zu, die nach Beleidigungen und Drohungen klangen. Hoffentlich kommt mein Indianer bald heraus, sagte ich mir, hoffentlich kommt mein Indianer bald heraus. Wenn er Manns genug war, mich zu holen, dann soll er mich vor diesen Weibern schützen. Kurz vor Mangas' Hütte hatten sie mich umzingelt. Vielleicht hätte ich mit einem Satz hineinspringen sollen, aber ich konnte nicht, ich war wie gelähmt. Ich klammerte mich an den Jungen und fragte, ob mir etwas passieren werde, aber der Mistkerl verstand mich nicht, denn er war genauso erschrocken wie ich. In ihrem Schoß kniff Gokhlayeh die Augen zusammen.

Da kamen Mangas' Frauen heraus und fingen an, mich anzuschreien. Sie warfen mir Erde ins Gesicht, spuckten mich an. Die anderen bildeten einen immer engeren Kreis um mich. Der Junge versuchte, mich wegzuzerren, aber sie jagten ihn mit Fußtritten davon. Als sie anfingen, mich zu verprügeln, bemerkte ich, dass Mangas mich von der Tür seiner Hütte aus, die ich fast erreicht hatte, beobachtete.

Sie gaben mir Ohrfeigen, zogen mich an den Haaren, kniffen mich, packten mich an den Brüsten, als wollten sie sie abreißen. Während sie mir in den Magen und ins Gesicht schlugen, standen sie so dicht um mich herum, dass ich mich nicht mal bücken konnte, um mich zu schützen. Irgendwann stellte mir eine ein Bein, und ich fiel auf den Rücken. Sie können sich nicht vorstellen, mit welcher Wut sie mir in die Rippen, ins Gesicht, in die Nieren traten. Obwohl ich mich zusammenrollte, traten sie weiter auf mich ein. Dann zogen sie mich an allen vieren auseinander, als wäre ich eine tote Kuh. Ich konnte mich nicht mehr schützen und wartete mit dem Bauch nach oben auf den Tod. All diese verdammte Mühe, sagte ich mir, während ich spürte, wie die Mistweiber sich abwechselten, um mir mit ihren Mokassins immer wieder und wieder gegen den Kiefer und den Hals zu treten. Ich glaube, ich konnte noch sehen – aber vielleicht hat man mir das später auch nur erzählt, und ich bilde mir ein, mich daran zu erinnern –, wie Mangas' Frauen nach einem Baumstamm griffen. Keinen Ast, mein Oberstleutnant, einen riesigen Stamm, verdammt, einen von denen, auf die wir uns zum Reden gesetzt haben, und den ließen sie auf meinen Kopf fallen. Was dann geschah, weiß ich nicht mehr.

Mangas hat seine beiden Frauen noch am selben Tag aus der Hütte gejagt, oder am nächsten oder weiß der Himmel wann, denn ich war ewig bewusstlos. Beide waren mit Häuptlingen verwandt, die eine war Mimbre, bei der anderen weiß ich nicht, von welchem Stamm. Er hat sie verstoßen, weil sie so brutal waren, obwohl die Apachen es durchaus schätzen, wenn eine Frau bei einer Schlägerei kein Mitleid zeigt. Als hätte er nur nach einem Vorwand gesucht. Er sagt, dass er Lust auf mich bekam, als ich mich auf der Flucht ausgezogen habe, und es ihm gefallen hat, wie ich durchgehalten habe – das betont er immer wieder, wenn wir gerade gevögelt haben: dass ein Mann wie er eine Frau wie mich braucht.

Und die Wahrheit ist, ich glaube nicht, dass irgendeins der beiden Biester ausgehalten hätte, was ich ausgehalten habe, sie hätten nicht mit dem Enthusiasmus weitergemacht, mit dem ich weitergemacht habe – sie waren kleine verwöhnte adlige Apachinnen. Jedenfalls schmiss er sie raus, und ihre Brüder kamen. Es heißt, sie hätten ihn herausgefordert, und dass er sich halb totlachte und beide gleichzeitig besiegt hat, den ersten im Handumdrehen mit der Lanze, damit er nicht länger nervte, den zweiten mit der Faust, damit seine Leute und alle da draußen sahen, wer das Sagen hatte. Sie haben ihn ja selbst erlebt, es ist nicht leicht, ihn zu besiegen, mit diesen Armen, die er hat, wenn er einem die Hand vor die Stirn hält, kommt keine Messerspitze mehr an ihn heran. Es heißt, er selbst habe die Frauen zu Pferd und mit einem Teil der Beute vom Überfall zurückgebracht; er habe dafür gesorgt, dass die Leichen ihrer Brüder wie die großer Krieger behandelt worden seien; dass er für alles eine gute Erklärung gehabt und es deshalb keine Rache gegeben habe.

Ich weiß nicht. Vor Kurzem kam hier ein ziemlich übler Krieger vorbei, den sie Nana nennen und der wie mein Mann ist: jung und schon eine Legende. Vielleicht ist er aber auch das Gegenteil von meinem Mann, denn er ist klein und ein bisschen blöd, aber er gewinnt auch immer. Und er ist Mimbre. Wir haben ihm die

Ehre erwiesen und waren nett zu ihm, er ist ein paar Tage geblieben, und alle waren Freunde, so wie immer.

Aber ich habe Ihnen von der anderen Sache erzählt, sagte Camila nach längerem Schweigen. Sie haben mich in die Hütte der Großmutter gebracht. Wer weiß, wie lange ich da lag, sie haben pausenlos gesungen, mir einen scheußlichen Tee gegeben, manchmal habe ich eine liebliche Landschaft gesehen und manchmal die Hölle selbst. Sie kratzte den Jungen am Kopf. Der hier und seine Schwester haben mich gepflegt. Gokhlayeh rieb sich die katzenhaften Augen, die Usen ihm gegeben hatte und die von sehr roten, fast bis zur Stirn reichenden Wangen nach oben gedrückt wurden. Er hatte gewaltige, etwas Furcht einflößende Zähne. Die und alle, ergänzte der Junge, es gab großes Problem, die *biaa* haben's übertrieben, und ihre Männer haben sie geschlagen, weil sie sie fast töten, sie haben sie zum Helfen geschickt. Sie sind zur Großmutter gegangen und haben geholfen, für meine *shumma* zu singen. Es waren viele Monde, und viele von uns dachten, sie stirbt, aber da war die Großmutter und pflegt und pflegt.

Camila bestätigte es voller Stolz – auf das Spanisch ihres Stiefsohns, auf ihre eigene Widerstandskraft. Eines Tages konnte ich mich wieder aufrichten, sagte sie zu dem Oberstleutnant, und ich sah meine Beine, sie sahen aus wie Besenstiele. Ich war noch nie so dünn gewesen, hatte mich nie so beschissen gefühlt, dabei war mein Leben in Chihuahua auch kein Wunschkonzert. Zuloaga musste lachen. Übertreiben Sie nicht, Sie waren Lehrerin, hatten eine Ranch. Sie zuckte die Achseln. Los, drehen Sie mir eine Zigarette, manches kann ich immer noch nicht richtig, so, wie sie mir die Finger zugerichtet haben.

Zuloaga nahm sich Zeit, drehte eine gute, voll und rund, reichte sie ihr und riss ein Streichholz an. Eine schöne Gewohnheit, sagte sie, den Damen Feuer zu geben. Ich kann hier nur heimlich rauchen, in der Hütte. Mangas mag das, er sagt, es erregt ihn, dass ich wie ein Mann rauche. Zuloaga errötete leicht. Sie bemerkte es und legte nach: Sie können sich nicht vorstellen, wie es ist, wenn ein Mann von seiner Größe es einem die ganze Nacht lang besorgt, mein Oberstleutnant, es ist das verdammte Paradies. Gokhlayeh lachte, nahm den Kopf aus ihrem Schoß, wälzte sich auf dem Boden. Dann hockte er sich hin und stand langsam auf, aber nicht vollständig, er nahm die Haltung eines Buckligen an. So wir Camila getragen, meine Schwester und ich, als sie wieder gut, sagte er und spielte sich selbst als Krücke.

Camila fuhr fort. Genauso war es: Seine Schwester und er haben mich aus der Hütte gebracht. Ich wollte nur noch die Sonne sehen, und dass sie mir was zu essen geben, feste Nahrung, denn ich war kaum noch von dieser Welt, ich war ein Vögelchen, ein Häufchen Elend. Wir gingen nach draußen. Weil meine Wunden noch nicht verheilt waren, gingen wir ganz langsam. Kaum war ich draußen, brach ein neuer Orkan über mich rein. Gokhlayeh, der sich wieder neben sie gekauert hatte, brach in schallendes Gelächter aus. Ich spürte die Sonne im Gesicht, schloss die Augen, und wieder ging das Geschrei los. Ich kann nicht mehr, sagte ich zu mir selbst und versuchte zurückzugehen, aber die beiden schleppten mich weiter und setzten mich auf dem Boden ab. Ich schaute zur Hütte zurück und sah, dass die Großmutter mich aufmerksam beobachtete, zuversichtlich, und hinter ihr der verdammte Mangas, der bei meiner ersten Tracht Prügel keinen Finger für mich krumm gemacht hatte und das offenbar auch bei der zweiten nicht vorhatte, die mich erwartete.

Der ganze verdammte Stamm kam, um mich anzuschreien. Ich verstand kein Wort, bat sie in meinem Kinderapache, mir etwas zu essen zu geben und mit mir anzustellen, was immer sie wollten, aber ich war so schwach, dass sie mich nicht verstanden, sie müssen gedacht haben, ich bete. Und dann?, fragte der

Oberstleutnant, der endlich seine Rolle als Beichtvater aufgegeben hatte und nun wirklich an der Geschichte interessiert war, die ihm die Frau erzählen wollte, ihm erzählen *musste*, bevor sie für immer zur Apachin wurde.

Plötzlich bildete sich eine Lücke im Gewimmel, und eine der Frauen, die mich geschlagen hatten, tauchte auf, immer noch sehr wütend. Sie hatte einen großen Teller in der Hand, einen sehr schönen, bestimmt war er gestohlen, und darauf lagen zwei Fleischstücke. Das eine schön gegrillt, golden und saftig, wie das Fleisch, das wir sonntags immer in Janos gegessen haben. Das andere war rohe Leber von irgendeinem Tier, sie lag in einer Schale und schwamm in Blut. Hirschkalb, dachte ich, denn zu dem Zeitpunkt hatten sie das Fleisch der Rinder bereits in Stücke geschnitten, getrocknet und gelagert. Gokhlayeh nickte. Ein Hirschkalb, sagte er, wir es gefangen und festgebunden, bis sie aufstehen. Sie sind Soldat, fügte Camila hinzu, Sie wissen, wie gegrilltes Fleisch riecht, wenn man lange nichts gegessen hat, und ich hatte wer weiß wie viele Tage nichts gegessen. Aber ich wollte nicht sterben, also stürzte ich mich mit beiden Händen auf die rohe Leber und verschlang sie mit drei Bissen. Sie können sich nicht vorstellen, mit welcher Gier ich das Blut aufleckte, das noch in der Schüssel war, mein Oberstleutnant, mir wurde schwarz vor Augen, ich sah nur noch Sterne, dachte: Jetzt könnt ihr mich umbringen, ihr Drecksweiber.

Als ich mir das Blut von den Armen leckte, bemerkte ich, dass der Lärm wieder angeschwollen war, dass sich alle auf den Jungen und seine Schwester stürzten, aber um sie zu umarmen, dass die Großmutter sich neben mich gesetzt hatte und alle in die Hocke gingen, um ihr nette Dinge zu sagen. Sie begannen wieder, ihre Lieder zu singen, die mich während der Genesung so gequält hatten. Plötzlich tauchte mitten in der Menge Mangas auf. Er hockte sich vor mich hin, verpasste mir ein paar für ihn zärtliche Backpfeifen, zog mich an den Haaren. Er gab Gokhlayeh einen kräftigen Klaps, und alle brachen in Gelächter aus. Der Häuptling persönlich half mir aufzustehen, er fasste mich mit seiner Riesenhand um die Taille und trug mich durch die Menge. Die alten Frauen nahmen ihre Beutel aus Gamsleder und verstreuten Pollen über uns. Wir pflügten bereits durch die Schar, als ich mich umdrehte und Mangas in meinem schlechten Apache fragte, ob ich auch das gegrillte Fleisch noch essen dürfe.

Der Gefreite führte sie zum Kasernenhof und wartete mit ihnen, bis Gerónimo und die Chiricahua, die ihn zu seiner turnusmäßigen Zurschaustellung begleitet hatten, aus dem Quadrangle zurückkehrten. Der Anwalt war nicht mehr ganz so überzeugt davon, dass die Umgebung sicher war, als er bemerkte, dass alle Krieger, und nicht nur die, die er ausgestellt gesehen hatte, sich völlig frei in dem Bereich des Forts bewegten, den man ihnen zugewiesen hatte. Sie waren nicht angekettet, wie er erwartet hatte, sondern lebten ganz normal zwischen den Militärbaracken. Wir warten besser hier draußen, sagte er, als er sah, dass sich unter den Indianern im Hof auch Häuptling Naiche befand, der auf dem Boden saß – sein Körper war zu lang für den eher spärlichen Schatten der Dachvorsprünge. Sie blieben in vernünftigem Abstand außerhalb des Patios, Ellie auf einem Stein sitzend, die Männer stehend.

McMillan wusste, dass der Tiger von seiner turnusmäßigen Zurschaustellung zurückkehrte, als er sah, wie Naiche sich aufrichtete, zwei erstaunlich lange Arme ausstreckte, aufstand und sich den Staub vom Gesäß klopfte. Im Unterschied zu den ausgestellten Indianern, die er gesehen hatte, war der Häuptling noch wie ein Apache gekleidet, mit kniehohen Mokassins, Rock und Lederjacke. Als er sich umdrehte, um seine Frau darauf hinzuweisen, dass der Mann, der sich soeben aufgerichtet hatte, kein

Geringerer als Naiche war, bemerkte er, dass sie längst aufgestanden war, sich den Rock glatt strich und das Haar richtete, als würde man sie einem Botschafter vorstellen. Sie zeigte nach Süden, und er bemerkte, dass sich die im Innenhof ausgestellten Gefangenen bereits näherten, in einigem Abstand gefolgt von Leutnant Parker und einem Mann – ebenfalls ein Offizier, aber mit hellerer Uniform –, bei dem es sich um den Mexikaner handeln musste, von dem der Gefreite gesprochen hatte.

McMillan war aufs Neue beeindruckt, mit welcher Sicherheit sich die Gefangenen bewegten. Einer von ihnen wirkte etwas zerstreut und hatte die Hände in die Taschen gesteckt, als wäre er unterwegs zu Freunden, um ein Bierchen zu trinken. Der Kriegsschamane erzählte irgendeine Geschichte mit dem gezügelten Enthusiasmus desjenigen, der weiß, dass er sein Publikum in der Hand hat. Der andere spielte mit dem Hut in seinen Händen und hörte ihm gebannt zu. Als er merkte, dass Parker den Blick hob, winkte der Anwalt ihm zu, woraufhin der Leutnant den Mexikaner am Ellbogen fasste, um ihn in ihre Richtung zu lenken.

Die Militärs kamen in aller Ruhe herüber. Als sie vor dem Anwalt standen, streckte Parker fast abwesend die Hand aus. Jetzt können wir uns begrüßen, sagte er; ich bin Parker, Leutnant. McMillan, der Berater, den man Ihrem Captain empfohlen hat, erwiderte der Anwalt und zeigte nach oben, das ist mein Sohn. Parker brachte ein halbes Lächeln zustande. Der Captain darf mit keinem reden, seit sie in Washington befohlen haben, die Züge zu stoppen, sagte er, wie um seinen Gesprächspartner vorzuwarnen. Dann werden Sie mir alles erzählen müssen, erwiderte McMillan, aber erst morgen, am besten in der Kanzlei, wenn das für Sie möglich ist; heute ist Sonntag. Parker kniff die Augen zusammen. Sie können sich nicht vorstellen, wie die Anwälte vom Kriegsministerium nerven, sagte er, sie sind das größte Übel der ganzen militärischen und zivilen Welt zusammen.

Lächelnd legte McMillan eine Hand auf den Rücken des Kindes, um sich zu vergewissern, dass es gerade saß. Aber das hier ist Texas, sagte er, wir gehen die Sachen etwas anders an. Mit einem Kopfschütteln tauchte Parker aus der Welt der juristischen Probleme auf. Entschuldigen Sie, sagte er, das hier ist Leutnant Estrada, er begleitet uns, damit die mexikanische Regierung sicher sein kann, dass Gerónimo nicht in die Sierra zurückgeht. McMillan reichte ihm die Hand. Da erinnerte sich der Anwalt, dass er mit seiner Frau hier war. Er drehte sich zu ihr, um sie vorzustellen, in der Annahme, sie stünde hinter ihm, wie es sich für ein förmliches Treffen mit einem Klienten gehörte. Sie war weg.

zu händen doppelpunkt herrn präsident s punkt grover cleveland komma weißes haus komma von doppelpunkt g punkt nelson miles punkt selbstverständlich steht captain lawton weiter unter meinem kommando komma herr präsident komma und ich habe keinen grund zur annahme komma er könnte den gehorsam verweigert haben punkt sie haben völlig recht komma die gefangenen unterliegen nicht mehr der rechtsprechung der behörden von arizona punkt aus juristischer sicht ist die sache etwas komplizierter doppelpunkt gemäß seinen anweisungen gab captain lawton den zivilen behörden in el paso komma texas komma bescheid sowie er mit den gefangenen angekommen war punkt da die lokale justiz informiert wurde komma die indianer zurück nach arizona zu schicken komma müsste ein auslieferungsverfahren eingeleitet werden punkt ich bedauere dieses durcheinander zutiefst punkt ich hätte nie gedacht komma dass sie so schnell so weit kommen punkt ich habe mich bereits mit dem kommandanten in tucson in verbindung gesetzt komma um ihm unsere anwälte zur verfügung zu stellen komma falls sie die indianer zurückhaben wollen komma da die apachen jetzt der rechtsprechung des texanischen gouverneurs unterliegen punkt es tut mir aufrichtig leid punkt

Naiche und Gatewood erreichten zu Fuß den westlichen Rand der Hochebene. Der Häuptling wusste noch nicht, dass er an diesem Abend zum letzten Mal die Sonne hinter der Sierra Chiricahua untergehen sehen würde. Sie ließen sich nicht von der majestätischen Landschaft überwältigen – sie waren sie gewohnt, glaubten, es würde immer so bleiben, hatten Dinge zu erledigen. Allein beim Anblick des Gefälles, und als er den sandigen Boden bemerkte – er würde vor Schmerz ohnmächtig werden, wenn er dort hinuntersteigen müsste –, spürte der Leutnant den Stich der Angst. Er brauche sich keine Sorgen zu machen, meinte der Häuptling, er habe einen Plan, und ohne ihn zu fragen oder zu warnen, packte er ihn unter den Achseln und hob ihn hoch, um ihn sich auf die Schultern zu setzen. Der Leutnant strampelte ein bisschen, wusste aber, dass diese Haltung, die er im Sattel einnahm, die einzige war, die die Tortur im unteren Rücken und, daraus folgend, auch in den Oberschenkeln und den Knien ein wenig linderte.

Der Herr eines kranken Körpers findet immer Mittel und Wege, den schwarzen Engel der Demütigung zu umgehen, die Umsicht, sich mit einer von außen aufgezwungenen, aber notwendigen Unannehmlichkeit abzufinden. Er hatte das Gefühl, dass der Häuptling die besonderen Umstände ihres Abschieds genoss und die Wahrheit sagte, als er erklärte, er habe, als er den Befehl gegeben habe, die Pferde von der Hochebene zu führen, damit gerechnet, ihn zu den Tieren tragen zu müssen.

Naiche war ein freundlicher, ernster Mann, wie auch Mangas Coloradas einer gewesen sein soll. Vielleicht war er weniger standhaft, aber er hatte auch nie die Mittel, über die sein Großvater mütterlicherseits verfügen konnte, um sein Leben ganz dem

Widerstand zu widmen. Wie sein Vater Cochís hatte auch er eine unergründliche Seite. Er war eigensinnig oder stolz, je nach Blickwinkel. Er verhandelte nie persönlich mit den amerikanischen oder mexikanischen Offizieren. Das überließ er Gerónimo, und danach stimmte er zu oder nicht, ohne jede Erklärung. Die Leute folgten ihm und nicht dem Kriegsschamanen. Aber er hatte auch eine schelmische Seite, die nichts mit der bedingungslosen Härte seines Vaters zu tun hatte. Vielleicht setzte er sie vor allem ein, um emotional schwierige Situationen wie diese zu meistern.

Wenn er nach dem Abschied ins Lager zurückkehrte, dachte Gatewood, würde Naiche mit Sicherheit allen erzählen, dass er ihn auf den Schultern den Berg hinuntergetragen hatte; sie würden sich über ihn lustig machen, aber insgeheim wäre der Häuptling stolz, einem Weißauge auf diese Weise geholfen zu haben – er war der Einzige, der die Größe und Kraft für so etwas hatte. Der Leutnant blickte auf, spürte die gnadenlose Sonne im Gesicht und nahm endlich Notiz von der dramatischen Szenerie der Berge, die sich vor ihm entfaltete. Er lächelte ohne Trauer.

Ein Ende, egal wie unwiderruflich, hat nie etwas Endgültiges an sich, zumindest nicht für den, der es erreicht. Die letzte Stunde des Beisammenseins mit einem anderen Menschen wirkt immer wie eine weitere in einer langen Reihe gemeinsamer Erfahrungen: eine wiederholbare Episode ohne Konsequenzen. Keiner denkt jemals, dass er jemanden zum letzten Mal geküsst hat oder bis zum Tod vermissen wird, wie die Haut hinter dem Ohrläppchen des anderen riecht. Wir registrieren es nicht, wenn unsere Kinder zum letzten Mal unsere Hand nehmen, um eine Straße zu überqueren. Wenn wir aus einer Stadt, einem Land wegziehen, denken wir immer, dass wir zurückkehren werden, dass die anderen sich nicht verändern, als wären sie verzaubert, und wir sie beim nächsten Mal umarmen und sie immer noch nach der gleichen Creme, dem gleichen Tabak und dem gleichen verbrannten

Kaffee riechen. Doch die Freunde verändern sich, steigen beruflich auf, kaufen sich teurere Cremes, geben das Rauchen auf, trinken keinen Kaffee mehr und riechen nach grünem Tee, wenn wir zurückkommen. Oder sie werden verrückt, landen in der Psychiatrie und erleiden einen grauenvollen Tod, wovon wir per Mail erfahren. Es gibt ein letztes Gespräch mit dem Opa bei klarem Verstand, während man irgendein Fußballspiel anschaut, ein letztes von der Oma meisterhaft zubereitetes Gericht, ein letztes Telefonat mit dem Professor, der uns zu dem gemacht hat, was wir sind, und der eines Morgens in der Badewanne ausrutscht und stirbt.

Gatewood wusste, falls das Leben ihn noch einmal in den Südwesten führen würde, wäre diese Landschaft, die sein Denken geprägt hatte, so, wie ein Stein ein Loch im Schnee hinterlässt, nicht mehr dieselbe. Sobald die Chiricahua fort wären, kämen die Farmen, das Vieh, die Dörfer mit ihren Kirchen, ihren Hotels, ihren Gesetzen und ihren Friedhöfen. Es kämen der Lärm der Planwagen und die raschelnden Gewänder der stillen Puritaner beim sonntäglichen Kirchgang, das Glockengeläut und das Krähen der Hähne, das Miauen der Katzen, das Inferno aus Lokomotiven.

Naiche wandte sich um und betrachtete ihn von unten mit der spöttischen Miene, mit der er ihn stets gemustert hatte, seit sie sich das erste Mal begegnet waren. Während er den Kopf drehte, um den Gringo anzuschauen, bildeten seine glänzenden schwarzen, für einen Krieger kurzen Haare – eine seiner Frauen schnitt sie ihm, indem sie einen Weidenkorb als Maß benutzte – mit seinem Körper eine perfekte Spirale. Bist du bereit?, fragte er und stampfte mit den Füßen auf, als wollte er das Gerüttel imitieren, das sie beim Abstieg erwartete. Der Leutnant lächelte halb ängstlich, halb belustigt. Vor ihm war der Abhang, und am Grund der Senke waren die Pferde, zwischen denen er sein eigenes und das

Pferd des dicken Parker erkannte, beide gesattelt und bepackt. Jenseits davon folgte das Ende des Skeleton Canyon – die einzige Spalte in der peinigenden Masse der Sierra und der Weg nach New Mexico. Bereit?, fragte Naiche. Los geht's, antwortete der Leutnant und war sich einen Augenblick unsicher – er hatte das Bedürfnis, zurückzuschauen, einen Anker für seine Erinnerung auszuwerfen. Er wandte sich um, doch was er sah, waren nicht die Berge und der ungeheure Himmel Arizonas, sondern die verdammten Chiricahua, die sich vor Lachen krümmten, während sie zusahen, wie er die Hauptrolle in der lustigsten Szene des Tages, der Woche oder vielleicht des ganzen Jahres spielte. Alle wussten schon vorher, dass Naiche ihn tragen würde, wahrscheinlich hatten sie sogar darauf gewettet. *Motherfuckers,* dachte er und rammte dem Häuptling eine Ferse in die Rippen – dem einzigen König, Sohn und Enkel von Königen, den er in seinem Leben kennenlernen sollte. Hü!, Mistkerl, sagte er auf Spanisch. Der Apache steckte den Schmerz weg, wohl wissend, dass er verdient war. Solange du nicht deine Nase als Peitsche benutzt, antwortete er ihm in derselben Sprache.

Der Anblick musste ein wahres Vergnügen für die Apachen gewesen sein: Sie waren ein unmögliches Monster, ein Zentaur aus Kupfer und Silber, ein mythisches Tier mit Hosen aus Gamsleder und Sakko aus weißem Leinen, ein Mast mit Fedora. Naiche blickte seinen Reiter erneut von unten an. Er tat es mit breitem Grinsen, wurde aber gleich wieder ernst. Tut es weniger weh, Langnase?, fragte er. Es tut gar nicht weh. Der Leutnant spürte, dass etwas Großes geschah, viel größer als sein Leben, und dass der Häuptling es verstand und er nicht. Dann lass uns gehen, sagte Naiche.

Endlich begannen sie mit dem Abstieg. Zu Beginn war das Gefälle noch einfach zu bewältigen, denn es war steinig, und es gab Spuren von Vegetation – Punkte, an denen man Halt finden konnte. Der Leutnant sah die Welt von einer größeren Höhe als von einem Pferd aus, der Häuptling achtete gelassen darauf, wohin er seine Mokassins setzte; ihre Schatten waren die Zeiger einer Sonnenuhr, eine Säule, an der keine Götter mehr herabsteigen würden.

Gatewood spürte die Erschütterung in den Leisten und ein vages Schwindelgefühl; Naiche spürte die Oberschenkel des Leutnants auf den Schultern und den Druck seiner Stiefel in den Rippen. Die Angst seines Freundes. Sie erreichten einen steinigen Kamm, der die steilste Etappe des Abstiegs und die Sandfläche ankündigte. Auf geht's, Langnase, sagte der Häuptling, ohne eine Bestätigung zu erwarten – der menschliche Mast in vollem Lauf.

Der Leutnant presste sich an den Kopf des Häuptlings. Die Pferde waren friedlich, sie mussten ihren Geruch schon erkannt haben. Hätten sie sie sehen können, hätten sie das Bild vielleicht unerträglich gefunden: ein Mensch, der auf einem Menschen reitet. Das letzte Sakrament für ein Stück Welt, das von diesem Tag an nicht länger neu war. Gatewood wandte den Kopf und sah, dass die Chiricahua zum Rand der Schlucht gerannt waren, um ihnen beim Abstieg zuzuschauen. Sie lachten nicht mehr. Wer könnte das? Usen geht, und der Große Vater aus Washington betritt die Bühne, der Kreis der Geschichte schließt sich mit dem letzten Bruch der amerikanischen Ordnung, der Erniedrigung derer, die das nicht verdient haben, sie endet, damit sie später jemand aufschreiben kann, wie Homer sagte. Die Geschichte, wie sie ist: traurig. Das ist alles, Amerika.

zu händen doppelpunkt captain elpenor ware lawton komma wo immer sie sind komma von doppelpunkt g punkt nelson miles punkt sehr geehrter captain lawton doppelpunkt präsident cleveland hat mir persönlich befohlen komma dass sie komma ihre gesamte truppe und die gefangenen mit dem zug zum fort sam houston in san antonio komma texas komma fahren und dort auf die abgesandten warten komma die eine reihe von befragungen durchführen werden komma um zu klären komma was mit den kriegern geschehen soll und wer die verantwortung für mögliche fehler im verlauf der mission trägt punkt ich bitte sie inständig komma wahrheitsgemäß zu antworten punkt mir wurde jede verantwortung in der region entzogen komma die mission liegt daher in ihrer hand komma bis neue weisungen meiner vorgesetzten erfolgen punkt ich wünsche ihnen viel glück punkt lassen sie sich nicht entmutigen komma der einzige held hier sind sie punkt

Der letzte Teil der Fahrt nach Tucson war genauso öde wie die Landschaft aus Kakteen und Steinen, die wir durchquerten. Die Kleinen hüllten sich in ein halb melancholisches, halb eisiges Schweigen. Das Mädchen an ihren großen Bruder geschmiegt, der Junge verschlossen, mit finsterer Miene, den Blick aus dem Fenster gerichtet, eine Hand vor dem Mund, so, wie es seine Mutter macht, wenn sie sich vor Kummer schützen will, wenn sie abstreitet, dass etwas sie verletzt, weil es ja ohnehin weitergehen muss, Punkt.

Der Große sagte nicht mehr viel, nachdem er offenbar zu dem Schluss gekommen war, es sei zu spät. Ich wollte ihn nicht fragen, zu spät wofür. Um die Reise fortzusetzen? Für unser gemeinsames Leben? Meine Frau versuchte, ihn in ein Gespräch über den Dokumentarfilm zu verwickeln, bei dem er Regie führen würde, doch er antwortete nur einsilbig, bis sie es schließlich aufgab und im Radio nach mexikanischen Sendern suchte.

Ellie war Texanerin, sie hatte sich bereits von der Gruppe gelöst und betrachtete aus der Nähe und voller Neugier die Chiricahua, die auf dem Weg in den Kasernenhof waren, wo Häuptling Naiche sie bereits mit einem Lächeln, das angesichts seiner Situation als gefangener König unerklärlich war, und gut gelaunt erwartete. Die Indianer waren nicht das, womit Ellie gerechnet hatte. Sie trugen keine Federn, wirkten weder wie Wilde noch Verrückte, noch Mörder. Sie waren ein paar Männer, die sich auf der Erde bewegten, als gehörte sie ihnen.

Ellie, Ellie, rief ihr Mann. Sie kehrte um und fragte Parker unverhohlen: Warum sind sie so zufrieden? Der Leutnant zuckte die Achseln, als wollte er sagen, dass im Krieg immer alles relativ sei. Sie leben, sagte er, sie sind auf dem Weg nach Florida, wo man sie in einem Fort einsperren wird, aber mit ihren Familien; sie könnten viel schlimmer dran sein. Und der Sheriff von Tucson?, fragte Ellie. Was soll mit ihm sein?, fragte der Leutnant. Er verspricht noch immer jeden Tag in der Zeitung, dass sie hängen werden. Parker strich sich über den Schnurrbart. Wir haben sie nicht verhaftet, sie haben sich ergeben. Und? Der Leutnant schüttelte den Kopf und versuchte zu erklären, wofür ihm die Worte fehlten. Sie aufzuhängen wäre Mord. Der Anwalt kniff die Augen zusammen – eine Miene des Zweifels, auf die der Mexikaner Estrada mit einem Lächeln reagierte. Kann ich näher rangehen?, fragte Ellie dazwischen, die die Chiricahua die ganze Zeit nicht aus den Augen gelassen hatte. Natürlich, sagte Parker. Ist das auch sicher?, fragte McMillan, und Parker und Estrada lachten.

McMillan beobachtete nervös, wie seine Frau langsam, aber entschlossen auf die Gefangenen zuging. Wie viele Leute hat Gerónimo getötet?, insistierte der Anwalt mit einer Stimme, die um eine Nuance höher war als üblich. An der Art, wie der Leutnant die Hände in die Hüften stemmte, um sein Erstaunen angesichts der Frage auszudrücken, bemerkte McMillan, dass der Offizier tatsächlich einmal dick gewesen sein musste. Die Dame kann so viel mit ihnen reden, wie sie will, antwortete der Leutnant, selbst wenn sie bewaffnet wären, könnte sie das; das sind Krieger, keine Mörder, sie sind nicht wie Sie, aber auch nicht viel anders als ich oder Leutnant Estrada. McMillan kniff wieder die Augen zusammen. Sie muss nur Spanisch reden, schloss Parker.

Am Flughafen ankommen, das Gepäck aus dem Kofferraum nehmen, zusammen zum Schalter gehen, ihm Geld für die Reise geben, damit er sich in den nächsten Tagen ein paar schöne Dinge kaufen kann. Dann die Umarmungen. Lange, hauptsächlich wortlose Umarmungen. Geh nicht verloren, sagte ich zu ihm, und er antwortete, keine Sorge, verloren gehe er bestimmt nicht. Ich glaube, er wollte mich nicht vor den Kopf stoßen, sondern sich nur Mut machen. Er erlaubte mir, sein Gesicht zu berühren.

Und dann das Härteste: die Geschwister in den Arm zu nehmen. Maias Tränen, die strenge Ernsthaftigkeit von Dylan, der bestimmt denkt, er müsse der Kleinen irgendeine Art von Vorbild sein.

Zuloaga kehrte nur ins Lager zurück, um seine Sachen zu holen. Gokhlayeh war gegangen, um mit anderen Kindern zu spielen, sodass sie allein waren, als sie bei den Hütten ankamen. Ich werde in die Hauptstadt gehen und den Gouverneur überzeugen, Frieden mit Mangas zu schließen, sagte der Oberstleutnant zu Camila. Sie nickte. Das ist gut, sagte sie, und jetzt gehen Sie, damit Sie abends an der Wasserstelle sind; Sie haben freies Geleit, also lassen Sie sich Zeit. Er trat auf sie zu, um ihr zumindest eine Umarmung zu entlocken. Sie machte einen Schritt zurück und sagte: Wie naiv Sie sind, Oberstleutnant José María Zuloaga, wenn Sie versuchen, auch nur ein Haar von mir zu berühren, schießt man Ihnen den Kopf weg, bevor Sie auch nur meinen Geruch wahrnehmen. Das sah er ein. Wollen Sie wirklich hierbleiben? Sie lächelte sanft. Lieber gebe ich mir die Kugel, als nach Janos zurückzukehren, sagte sie. In Ordnung, sagte der Oberstleutnant und reichte ihr einen Beutel, den er aus der Satteltasche gezogen hatte. Das gehöre ihr, sagte er zu Camila. Was ist das?, fragte sie. Die Stiefel und die Kleidung, die Sie wegwarfen, als Ihr Mann Sie in der Nähe von Janos entführt hat. Sie schaute in den Beutel, roch an ihren Kleidern, schloss die Augen und gab ihn Zuloaga zurück. Und jetzt gehen Sie, sagte sie, geben Sie das meinem Onkel und meiner Tante, wenn Sie durch Casas Grandes kommen, und sagen Sie ihnen, dass es mir gut geht und ich glücklich bin, dass ich ein Kind erwarte und aus ihm ein großer Krieger werden wird. Und wenn es ein Mädchen ist? Eine große Kriegerin; hier ist so was möglich, da unten nicht. Wirklich?, fragte der Oberstleutnant. Sobald ich mich von der Geburt erholt habe, werde ich mein Messer und meine Winchester bekommen, mein Freund José María Zuloaga, oder glauben Sie, ich wäre Apachin geworden, nur weil Mangas so ein hübscher Kerl ist?

Während er auf dem Rücken des Chiricahua den sandigen Abhang hinabstieg, erlebte Leutnant Gatewood die Fortsetzung der Halluzination, die er gesehen hatte, als die Indianerin ihm beim Aufstehen geholfen hatte. Bei den Pferden angekommen, half Naiche ihm, auf seines zu steigen. Der Leutnant erzählte ihm, was er gesehen hatte.

Mein Apache reicht nicht, um es dir zu erzählen, sagte er, also mache ich es auf Spanisch. Ich sah die Wüste, ich sah viele Indianer, die nach Arizona zurückkehrten, ein breiter Strom aus Indianern, die aus Mexiko und von noch weiter her kamen, aus den dichten Wäldern, die es dort unten gibt, aus den tiefer gelegenen Landstrichen. Große, starke Indianer, die die Wüste durchquerten, um einzufordern, was du im Begriff bist zu verlieren. Ich sah Kinder, die sich verlaufen hatten, Karawanen tapferer Krieger von neun, dreizehn Jahren, die den Adlern folgten. Ich sah, wie sie sich in ihren Sprachen unterhielten, manche auf Spanisch, manche in anderen Sprachen, in Brooklyn und in

Raleigh und in Philadelphia und in Atlanta, Städte im alten Teil des Landes, die du vielleicht kennenlernen wirst, nachdem sie dich nach Florida gebracht haben. Ich sah ihre Kinder in den Schulen und den Parks und den Krankenhäusern. Genauso war es – Indianer, und nun sprachen sie fast alle Englisch, es waren wunderschöne Gringos mit deiner Hautfarbe, und sie brachten es zu Offizieren und Ärzten und Senatoren. Ich sah, dass dieses Land auch ihnen gehören würde. Dir. Dass du in ihnen zurückkehren wirst.

Naiche stand vor ihm. Eine Hand hatte er an den Zügeln von Gatewoods Pferd, mit der anderen strich er über dessen militärisch gestutzte Mähne. Er antwortete auf Apache, dieser königlichen Sprache: Das solltest du Gerónimo erzählen, er ist Kriegsschamane, er könnte dir erklären, was dein Traum bedeutet. Oder Lozen, aber sie ist auch hinuntergegangen, um Miles kennenzulernen. Du solltest es ihnen erzählen und hören, was sie dir sagen. Lozen hat Victorios Ohren, sie hört für alle Mimbre, die noch übrig sind. Geh noch nicht, reite wieder hoch, ich helfe dir auch abzusteigen, und wir warten auf sie.

Der Leutnant strich sich über das Gesicht, rückte sich den Hut zurecht und schüttelte den Kopf. Nein, sagte er. Warum nicht?, fragte Naiche. Weil es vorbei ist, sagte der Leutnant. Dann trennen sich unsere Wege hier, erwiderte der Häuptling und reichte ihm seine gewaltige Hand. Als Gatewood sie drückte, umschloss Naiche sie mit seiner anderen Hand. Wohin gehst du?, fragte er, auch wenn das im Grunde egal ist. Nach New Mexico, antwortete der Leutnant. Ich reiche dort meinen Rücktritt ein, denn wenn ich zum Apache Pass gehe, werden mich unsere Toten nicht mehr loslassen. Der Häuptling nickte, vielleicht begriff er, dass es für alle vorbei war. Du nimmst den Weg über Ánimas, sagte der Krieger auf Spanisch. In der Tat, antwortete Gatewood, das ist es, was wir sind, *ánimas,* Seelen, sonst nichts.

Die Kinder hatten die gesamte Fahrt nach San Carlos, die länger dauerte als gedacht, eine hundsmiserable Laune. Dylan hatte die ganze Zeit die Fäuste geballt und suchte nach Vorwänden, um sich mit seiner Schwester zu zanken.

Leutnant Estrada begriff vor seinem amerikanischen Kollegen, dass der Anwalt ihnen keine offensichtlichen Fragen zum Verhalten der Chiricahua stellte, sondern sich bemühte, seine Frau im Zaum zu halten. Er legte McMillan eine Hand auf den Unterarm und erklärte, er werde die Dame begleiten, er müsse sich keine Sorgen machen. Der Anwalt dankte ihm mit einer Geste, und als er ihn hinter seiner Frau hergehen sah, fragte er Parker: Wo hat er den Revolver? Der Dicke erwiderte unbesorgt, er habe ihn auf seinem Zimmer gelassen, da er in diplomatischer Mission hier sei. Aber keine Angst, fügte er hinzu, wenn sie nicht im Krieg sind, sind sie die freundlichsten Menschen der Welt.

Ellie konnte die Chiricahua einen Moment aus der Nähe betrachten, bevor sie ihre Anwesenheit bemerkten und ihre Ungezwungenheit verloren. Sie lachten sich schief, und sie begriff nicht, dass sie sich über die Dummheit der Leute auf der anderen Seite des Gitters lustig machten, die sich fast prügelten, nur um sie zu sehen. Sie fand, dass sie mit ihren rechteckigen Formen und geraden Rücken ein bisschen wie Spielzeug aussahen, wie diese Automaten, die Zettelchen mit Horoskopen ausspuckten, wenn man einen Penny in den Schlitz warf – als wären auch sie aus Holz oder Blech gemacht und durch die Münze eines ihr fremden Gottes in Bewegung versetzt worden.

Chapo, Gerónimos Sohn, bemerkte, wie sie näher kam – sie erkannte sie alle wieder, weil sie seit Jahren die Nachrichten über sie in der Presse verfolgt hatte. Er deutete auf sie, und die anderen drei wandten den Kopf in ihre Richtung. Ihre Gesichter nahmen einen ernsten Ausdruck an. Die jüngeren von ihnen senkten sofort den Blick und starrten auf den staubigen Boden. Gerónimo und Naiche verfolgten sie mit Blicken, aus denen Ernst oder Arroganz sprach. Als sie fünf oder sechs Fuß entfernt war, blieb Ellie stehen und schlug die Augen nieder. Sie betrachtete Gerónimos Hände und sah die Schrammen des Ruhms und die Hornhaut vom häufigen Gebrauch des Revolvers. Es waren kräftige Hände, trocken wie abgestorbene Äste, bei deren Anblick ein Schauer ihren Unterleib durchlief, der sich bis in ihre Brust hinaufzog. Sie merkte, dass ihre Handflächen schweißnass waren.

Als er Ellie eingeholt hatte, blieb der Mexikaner dicht hinter ihr, um ihr etwas zu sagen, das sie nicht hören wollte. Sie ließ ihn stehen und ging noch näher an die Apachen heran. Sie machte erst wieder halt, als sie den Moschusgeruch des Kriegerschweißes der Chiricahua wahrnehmen konnte, einen Geruch wie von einem Soldaten aus einem griechischen Gedicht. Sie tat einen letzten Schritt und hob die Augen, sah, dass Gerónimo die seinen auf ihre Brüste gerichtet hatte, die unter den zahlreichen Schichten aus Baumwolle, Krinoline und Seide nur zu erahnen waren. Ihre Warzenhöfe schrumpften und zogen sich so faltig zusammen, dass ihre Brustwarzen hart wurden. Sie spürte, dass der Stoff des Büstenhalters an ihnen rieb. Sie nahm den Hut ab und sagte in ihrem Spanisch mit dem Akzent einer Kuh, es sei ihr eine Ehre, ihn kennenzulernen. Der Apache lächelte etwas gezwungen, neigte den Kopf und antwortete: Die Ehre ist ganz meinerseits. Er klopfte seinem Sohn auf den Rücken und wollte ihn gerade vorstellen, als sie ihn unterbrach und sagte: Chapo, sehr erfreut. Und Sie sind Perico, sagte sie und neigte den Kopf vor dem dritten Indianer. Und anschließend, mit einer leichten Verbeugung: Häuptling Naiche. Der Krieger stieß ein Lachen aus und sagte zu dem Kriegsschamanen etwas auf Apache. Er sagt, Sie sollen sich mal locker machen, übersetzte Gerónimo und kniff die Augen zusammen, als würde er durch sie hindurch jemand anderen sehen. Er nahm die Hand vom Gürtel, ohne die Frau aus den Augen zu lassen, und reichte sie ihr. Sie nahm sie in beide Hände, ängstlich und ehrfürchtig zugleich; am liebsten hätte sie sie abgeleckt.

Der Ehemann, der die Szene aus der Ferne beobachtet hatte, eilte herbei. Mehr als dass McMillan das lebhafte Interesse seiner Frau bemerkte, traf es ihn. Es war nicht wie ein Schlag in den Magen, sondern wie die Wunde, die ein Messer hinterlässt, wenn man es herauszieht. Am liebsten hätte er vor ihr eine Linie in den Sand gepinkelt. Leutnant Estrada, der noch immer dicht hinter Ellie stand, beeilte sich, McMillan vorzustellen. Naiche war größer als er, doch Gerónimo war so viel kleiner, dass der Anwalt, als er eine steife Verbeugung machte, spürte, wie das Kind auf seinen Schultern, das er fast vergessen hatte, zu schwanken anfing. Er richtete sich schnell wieder auf und hielt es an den Knien fest. Gerónimo nutzte den kurzen Moment, um seine rechte Hand zurück unter den Gürtel zu schieben. Er hatte nicht die Absicht, sie noch einmal hervorzuholen, und richtete seinen Blick wieder auf Ellie.

Da begriff McMillan, dass der Indianer seine Frau nicht begehrlich ansah, sondern sie mit seinem Gedächtnis vermaß, als würde er in ihr etwas vor langer Zeit verloren Gegangenes suchen. Plötzlich sagte er etwas auf Apache zu seinen Gefährten und wandte sich Ellie zu, um ihr auf Spanisch zu sagen, dass sie ihn an eine Frau erinnere, die mit Mangas Coloradas verheiratet gewesen sei. Camila, sagte er, aus Chihuahua. Sie starb bei uns, ergänzte er. McMillan lauschte Estradas Übersetzung, als der Kriegsschamane plötzlich den Blick auf ihn heftete. Er spürte, wie sich sein Glied und die Hoden wie ein Tintenfisch in seinen Unterleib zurückzogen. Pass auf sie auf, sagte der Chiricahua mit Nachdruck, sie ist eine echte Frau.

Das Kind, inzwischen war es aufgewacht, vollführte ein stürmisches Beben hoch oben auf den Schultern seines Vaters. McMillan hob den Jungen herunter und nahm ihn in den Arm, als wollte er damit das Thema wechseln. Er nahm ihm den Hut ab und stellte ihn vor. Das ist unser Sohn, sagte er. Sein orangefarbenes, sonniges Haar zerschnitt den Tag. Gerónimo schenkte ihm ein langes Lächeln, was die Offiziere in all der Zeit, die sie miteinander verbracht hatten, nie bei ihm gesehen hatten. Er ist rot, sagte der Indianer, und Estrada beeilte sich, es dem Anwalt zu übersetzen, der zu der Sorte englischsprachiger Menschen gehörte, die stolz darauf sind, nicht ein einziges Wort in einer fremden Sprache zu kennen.

Amyntor Blair McMillan fragte sich nach der Begegnung mit Gerónimo oft, ob Ellie die Frau war, die er geheiratet zu haben glaubte. Sie war nicht wiederzuerkennen, als sie ihm das Kind, auf das sich die Aufmerksamkeit des Kriegers verlagert hatte, demonstrativ, beschämend, demütigend, verzweifelt aus den Armen riss, um ihren Platz im Zentrum der Aufmerksamkeit des Schamanen zu behaupten. Der Anwalt war kein Leser, seit seinem Abschluss an der Universität hatte er kein Buch mehr in die Hand genommen und überflog höchstens einmal die Zeitung. Er begriff nicht, dass es nicht Gerónimos Körper, sondern die Nähe zum Ruhm war, die Ellies Herz höherschlagen ließ. Nichts ist so erregend wie der Träger eines Namens, der die Zeit überdauert, aber um das zu wissen, muss man ein Freund der Buchstaben sein.

Die Frau nahm das Baby und konzentrierte sich nervös darauf, es herauszuputzen: Sie ordnete seine zerzausten Locken, zog sein Hemdchen und die Windeln glatt, steckte sich einen Finger in den Mund und säuberte ihm mit Spucke das Gesicht und die Hände. Anfangs wehrte sich das Kind, doch schnell stellte sich zwischen ihm und Mrs. McMillan die geschlossene Sphäre intimer

Verbundenheit her. Die anwesenden Krieger und Militärs betrachteten sie, Opfer der Sehnsucht nach einem Glück, auf das alle bereits das Recht verloren hatten. McMillan war ein anderer Fall, er besaß nicht einmal die emotionale Intelligenz, um zu verstehen, dass er nichts verstand.

Als das Baby schließlich vorzeigbar war, streckte Ellie ihm die Zunge heraus, und es antwortete mit derselben Geste, was dazu führte, dass Gerónimos Gesicht erneut von einem strahlenden Lächeln erhellt wurde. Sie richtete den Blick auf den Alten, der sich ihr und dem Kind bis auf wenige Handbreit näherte. Sie spürte, wie sich ihr Mann hinter ihr regte, und meinte zu hören, wie Parker die Hand an die Pistole legte. Sie sah die ölig schwarzen Augen des Kriegsschamanen vor sich brodeln, sah, wie er kurz nachdachte und sich entspannte. Er berührte das Kinn des Babys. Willst du es halten?, fragte Ellie ihn auf Spanisch. Ohne zu antworten, strich der Indianer dem Kind langsam mit der Hand über den Kopf. Er hob den Blick über die Schulter der Frau und ließ ihn auf McMillan ruhen. Es war ein friedlicher Blick. Warst du als Kind rot?, fragte er ihn. Wie eine Tomate, antwortete der Anwalt, und alle atmeten erleichtert auf. Nimm es, insistierte Ellie, es wird nicht weinen, auch wenn du der verdammte Gerónimo bist. Chapo, Perico, Naiche, Estrada und der Schamane selbst brachen in schallendes Gelächter aus. Gerónimo sah erneut den Anwalt an. Darf ich?, fragte er. McMillan, der endlich begriffen hatte, dass er der einzige unwichtige Schauspieler im ganzen Drama war, wandte sich flehend an den Mexikaner. Er fragt, ob er ihn halten darf, übersetzte Estrada und fügte hinzu: Soweit ich weiß, hatte er fünf Kinder und ist ein guter Vater. Der Anwalt richtete seinen Blick auf Parker, doch es war bereits zu spät – seine Frau reichte sein Kind dem gefürchtetsten aller Banditen in den endlosen Gebieten Nordamerikas.

Am Schreibtisch des Motelzimmers, das wir, völlig erschöpft, in Datil, New Mexico, gefunden haben, gehe ich meine Notizbücher durch. Ich kann nicht schlafen. Der Atem der Kinder im Takt mit Valerias ist wie eine Ankündigung, dass wir morgen vielleicht wieder die Alten sein werden und nicht mehr das Bündel aus Emotionen und Missmut, das wir den ganzen Tag über gewesen sind. Ich stelle fest, dass ich kein einziges Wort über den langen Zeitraum geschrieben habe, den Gerónimos Gileño im San-Carlos-Reservat verbrachten. Nachdem ich es heute gesehen habe, denke ich, dass es vielleicht intuitiv richtig war, diese Zeit und diesen Ort auszulassen, an dem die Chiricahua so unglücklich waren, wo sie wie Vieh nummeriert wurden, wo sie immer wieder getrennt und gereizt wurden, wo man sie vom Alkohol und den Rationen aus madigem Mehl und Trockenwürsten abhängig machte.

San Carlos ist die Narbe, die zerstörte Haut, die geblieben ist, wo einst die Apachería war. Was es in San Carlos gibt, ist der Sitz des großen Bruders, der unserer großen Brüder.

Beim Reiten ertrug Gatewood den Schmerz, weshalb der restliche Abstieg von der Hochebene etwas angenehmer, wenn auch nicht entspannt war – das Gelände war uneben und das Gefälle beträchtlich. Die Steine waren locker, sodass die Kruppe seines Pferdes, obwohl es langsam ging, schwankte wie ein Schiff. Er ritt mit geschlossenen Augen, die Zügel fest an den Bauch gepresst, und biss aus lauter Angst vor den stechenden Schmerzen die Zähne zusammen. Sein Arzt in Virginia – ein Mann, der sich um die Gesundheit eines Menschen sorgte und nicht um dessen Ausdauer, so wie die widerlichen Militärchirurgen, die ihm Whiskey verschrieben und empfahlen, die Augen zu schließen, wenn er Schmerzen hatte – hatte ihm einmal erklärt, sein Gebrechen konzentriere sich ausschließlich auf die Lenden und die Gelenke; die Probleme im oberen Rückenbereich und in den Beinen – und seine kaputten Backenzähne – kämen daher, dass er wegen der Schmerzen die Kiefer aufeinanderpresse. Und auch seine fürchterlichen Migräneanfälle und sein chronisch steifer Hals hätten damit zu tun.

Erleichtert erreichte er den Grund der Schlucht. Er schloss die Augen und beugte sich vor. Den Rücken strecken zu können war ein Vorteil des Reitens. Im Stillen war er dafür dankbar, endlich allein zu sein, wenn auch nur, weil in einer fünfzehnminütigen Zeremonie eine ganze Welt ausgelöscht worden war. Er nahm den Hut ab, band ihn am Sattel fest und streckte sich. Er entspannte den Kiefer – den Mund halb offen wie ein sterbender Fisch – und schloss die Augen. Er legte den Kopf an den Hals des Pferdes, den Körper seitlich gestreckt, die Augen halb geschlossen, und ließ die Arme baumeln, als wäre er tot. Als das Tier spürte, wie er sich entspannte, verlangsamte es den Schritt.

Das Pferd muss die Gäule von Martín und dessen Cousin, Gatewoods ewigen Fährtenlesern, vermisst haben. Die beiden Scouts hatten Gerónimo begleitet, um bei den Verhandlungen mit Miles dabei zu sein. Bestimmt hatten sie mit einer Belohnung gerechnet – die sie nie bekommen sollten –, weil sie den Amerikanern so loyal gedient hatten. Der Leutnant erfuhr später, dass Martín, immer etwas klüger als die anderen, das Ausmaß der Kapitulation begriffen und den Paso de Guadalupe verlassen hatte, bevor die anderen Chiricahua Richtung El Paso aufbrachen. Er schnappte sich sein Pferd und kehrte nach Mexiko zurück, ohne dass jemand sich die Mühe machte, ihn festzunehmen. Er wurde Aufseher einer Ranch, ging wieder jeden Sonntag in die Kirche. Einige Zeit später zog er nach Coahuila, denn er begriff, dass es in Sonora und Chihuahua für die Apachen, die geblieben waren und immer noch erkannt wurden, nie Frieden geben würde. In Coahuila arbeitete er auf einer Ranch namens

Australia. Seine Kinder kämpften für die Revolution, zerstreuten sich in alle Winde; die Kinder dieser Kinder sollten nie erfahren, dass sie einem Geschlecht von Fürsten angehörten, die irgendwann einmal mit der Winchester in der Hand über die felsigen Landstriche Arizonas geherrscht hatten.

Gerónimo streckte die Arme aus und nahm das Baby entgegen, das ihm belustigt und neugierig ins Gesicht fasste. Gatewood öffnete die Augen, ohne den Kopf zu heben – er war bereits in den Ebenen von New Mexico, in der Nähe von Ánimas; die geologische Masse der Sierra Chiricahua lag hinter ihm. Bevor er sich zurückzog, um sich den täglichen Pflichten zu widmen, band Miles den Telegrafisten los. Er befahl ihm, zur Militärpolizei zu gehen, damit auch der Heliografist freigelassen würde. Meinen Sekretär sollen sie lassen, wo er ist, bis neue Anweisungen ergehen, sagte er. Mit den Händen in den Taschen seines Morgenrocks schritt er in den ersten Innenhof. Eingesperrt in seiner Hütte im Fort Sam Houston in San Antonio, dachte Lawton, dass er davonkommen würde, weil er das Richtige getan hatte und Präsident Cleveland ein gerechter Mann war. Er kam davon, und zwar in einem Maße, dass das Dorf in Oklahoma, in dem die Krieger, die sich ihm in der Sierra Madre ergeben hatten, sterben würden, schließlich seinen Namen tragen sollte. Was er nicht ahnte, was er nicht wissen konnte, war, dass er in den letzten Überresten des spanischen Reiches weiterkämpfen, an der Invasion in Kuba teilnehmen und schließlich auf die Philippinen geschickt werden würde, in einen Spielzeugkrieg, in dem er als einziger Offizier der amerikanischen Armee im Gefecht sterben würde. Der Filipino, der ihm eine Kugel in den Kopf jagte, hieß Gerónimo – ob dies bloßer Zufall oder bittere Ironie war, ist wohl letzten Endes unerheblich. Als Zuloaga zu der Stelle zurückkehrte, wo Corredor auf ihn wartete, saß dieser bereits ungeduldig auf seinem Pferd. Kommst du mit nach Buenaventura, oder reitest du zurück nach Casas Grandes?, fragte er den Jungen und fuhr fort: In meiner Kommandantur werden immer gute Schützen gebraucht. Auf geht's, sagte der Rarámuri. Der Kriegsschamane hob den rothaarigen Knaben Phoenix McMillan in die Luft. Beide lächelten. Ein Speicheltropfen rann dem Kind aus dem Mund und zerplatzte langsam, klebrig, glorreich auf der Stirn des Alten.

Während wir das San-Carlos-Reservat besuchten, waren die Kinder in ihrem privaten Reich, einer Welt, die uns ignoriert und in der alles Getuschel ist. Sie kennen Mexiko, sodass Armut sie nicht schockiert oder ängstigt, sie scheint in ihren Augen für nichts anderes zu stehen als für sich selbst. Sie ist weder unwürdig noch beschämend, sie ist einfach da. Während wir das Gemeindezentrum besuchten, in einem kleinen Laden eine Limonade tranken und ich erfolglos versuchte, mit den Leuten ins Gespräch zu kommen, tuschelten sie pausenlos miteinander, ohne auf irgendwas zu achten. Irgendwann kreuzten sich ihre Wege mit denen von ein paar Kindern, die auf dem Dorfplatz – Graffiti und Vergessenheit – spielten, und sie mischten sich unter sie. Sie machten Fotos mit Dylans Handy. Als ich sie später auf dem Rückweg im Auto fragte, wie es sich anfühle, mit Apachen befreundet zu sein, fragte die Kleine: Das waren Apachen? Der Große sagte in dem ernsten Ton, in dem er mit seiner kleinen Schwester spricht: Apachen, aber keine Chiricahua.

Der Leutnant stützte sich mit beiden Armen auf dem Rücken seines Pferdes auf. Er war in Schweiß und Speichel gebadet, wie es nur jene sind, die tief geschlafen haben. Er griff nach der Feldflasche hinter sich und trank einen großen Schluck Wasser. McMillan, Parker und Estrada hielten den Atem an, bis Naiche, der die ganze Zeit nichts anderes getan hatte, als mit wenig Interesse das kleine Schauspiel vor seinen Augen zu verfolgen, erneut in ein – eher spöttisches – Lachen ausbrach. Gerónimo sagte etwas auf Apache zu ihm und drückte das Kind, das es sich auf seinem Schoß bequem machte. Er wandte sich zu seinen Freunden um, wie um damit anzugeben, dass er den Umgang mit kleinen Kindern nicht verlernt hatte. Dann richtete er sich wieder vor der Mutter auf und dankte ihr mit einer leichten Kopfbewegung – eine Geste, bei der sich die Männer endgültig entspannten und die sie wie einen freundlichen Biss in den Hintern empfand.

San Carlos ist nicht die Leere, auch nicht das Elend, wie alle sagen. Es ist ein Ort mit Vor- und Nachteilen, vielleicht das, was der Krieg hinterlässt, wenn man entdeckt, dass er sinnlos war. Das Register einer unnützen Anstrengung: so viel Leid, damit wir am Ende weiter Ball spielen können. Auf jeden Fall findet man in San Carlos vor, was man auch in den Chamula-Gemeinden von Chiapas und bei den bolivianischen Aymara vorfindet: das, was wir Amerika angetan haben, dem Land, auf das wir geifernd Ansprüche erheben. Wir sind nicht seine Kinder, wir sind eine Besatzungsmacht. Wir müssten uns in den Staub werfen. Wir müssten es zurückgeben. Das ist alles, Amerika, das ist alles. Wenigstens sollten wir deinen Namen kennen.

General Miles betrachtete den Himmel. Es dämmerte bereits, in Kürze würde das Signalhorn erklingen. Er tastete die Taschen des Morgenrocks ab, strich sich das Haar glatt und befühlte die aufgenähte Brusttasche. Da waren die Pfeife und die Brille. Er setzte sich die Gläser auf, stellte fest, dass in der Pfeife ein Rest unverbrannter Tabak war, und steckte sie sich in den Mund. Dieser verdammte Gerónimo, liebe Molly, dachte er, während er ein Streichholz suchte. Wusstest Du, fuhr er in Gedanken mit seinem Brief fort, dass es eine Legende über ihn gibt? Es heißt, als er jung gewesen sei, habe sein Gott ihm gesagt, er sei so mächtig, dass er im Kampf unsterblich sei. Ich glaube, das ist wahr – nie waren so viele Leute hinter einem Indianer her, um ihn zu töten, und am Ende erweist es sich, dass Lawton, Gatewood und ich ihn retten, und ich weiß nicht mal, warum.

Es war schon Abend, sie waren in aller Ruhe und wohlauf an der Wasserstelle des Arroyo del Oso angekommen, nachdem sie, um ihrer Toten zu gedenken, einen Abstecher in die Schlucht gemacht hatten, in der ihre Kameraden getötet worden waren, die Gringo und Elvira besser bestattet hatten, als sie es zu Lebzeiten erwartet hätten. Sie tranken bereits einen Kaffee nach dem Essen, als Corredor sich plötzlich entschloss, Zuloaga vorzuschlagen, auf der Stelle umzukehren und Gokhlayeh eine Kugel zu verpassen. Und warum?, fragte der Anführer neugierig, ohne ihn jedoch auch nur im Geringsten ernst zu nehmen. Haben Sie seine Augen nicht gesehen? Nein. Sie waren schwarz vor Wut, als er meine Pistolen gesehen hat. Wenn wir ihn jetzt beseitigen, fügte er hinzu, erspart uns das eine Menge Tote. Zuloaga lächelte. Du spinnst ja, sagte er.

Als wir wieder in den Wagen stiegen, um die Fahrt fortzusetzen, bat Dylan mich sehr förmlich, doch bitte anzuhalten, sobald wir die Grenze nach Colorado überquerten. Er war endlich wieder gut gelaunt, zumindest hatte er sich beruhigt. Maias Zustimmung verriet sich in dem fröhlichen Kichern, das die Bitte ihres Bruders begleitete – sie führten irgendwas im Schilde.

Gatewood überlegte, in der Cantina in Ánimas Rast zu machen, um das Pferd mit Wasser und Heu zu versorgen; er selbst würde einen Teller Bohnen mit Chili und Fleisch essen und dazu ein Bier und zwei Whiskeys trinken, um gut gelaunt in Lordsburg anzukommen. Ich sollte nach Virginia reiten, sagte er sich, während er den Hut abband. Seine Schmerzen waren weg. Er setzte ihn auf und sagte sich, dass es Dinge gab, die man nur auf Mexikanisch sagen konnte: *Que se vayan todos a la chingada,* ihr könnt mich alle mal. Er gab dem Pferd die Sporen.

Ich tat den Kindern den Gefallen und hielt genau auf der Grenze, die New Mexico von Colorado trennt. Und jetzt?, fragte ich, nachdem ich den Wagen auf dem Seitenstreifen der leeren Landstraße, auf der wir Richtung Nordosten nach Hause fuhren, zum Stehen gebracht hatte. Entriegel die Kindersicherung, sagte Dylan. Sie stiegen aus und rannten los, wobei sie sich in die Seite knufften und herumtollten wie zwei kleine Kinder, was sie in besonderen Momenten immer noch sind. Ich sah, wie sie die Füße fest gegen den Boden stemmten, bis drei zählten und sich dabei komplizenhaft ansahen. Sie formten die Hände zu Trichtern und schrien gleichzeitig und aus voller Kehle, wie es nur Kinder können: Nana, es gibt noch Apachen.

Da entfernte sich Gerónimo ein paar Schritte und drückte das rothaarige Baby noch fester an sich. Er flüsterte ihm etwas ins Ohr, mit Sicherheit in seiner Sprache. Die Kinder schrien: Cochís, es gibt noch Apachen. Vielleicht sagte er zu dem Kleinen, dass er, Gerónimo, besondere Kräfte habe, dass die Apachen besondere Kräfte hätten und er ihm, wenn er mit ihm käme, helfen werde, die eigenen zu finden. Vielleicht flüsterte er ihm zu, dass sein Sohn Chapo bei ihm sei, er aber bald Lenna sehen würde, die Tochter, die noch lebe, dass sie noch ein Mädchen sei, dass sie sich schon in Gefangenschaft in Florida befinde, weshalb er sich ergeben habe, denn er wolle nicht, dass sie so etwas ohne ihren Vater durchmachen müsse. Gerónimo, es gibt noch Apachen, schrien meine Kinder. Er könnte ihm gesagt haben, dass die Weißaugen Kinder ins Gefängnis steckten – sie tun es immer noch und schämen sich nicht mal dafür –, dass er, wenn er mit ihm käme, ein Apache sein könne, auch wenn er rote Haare habe. Vielleicht erzählte er ihm auch, dass er, als er jung gewesen war, noch mehr Kinder gehabt hatte, die Mexikaner sie jedoch zusammen mit seiner ersten Frau getötet hatten, bei einem verdammten Massaker, für das wir alle, die den grünen Pass mit dem Adler besitzen, uns noch immer schämen sollten, dass eines von ihnen ein wenige Monate altes Baby war, als es, schon allein auf dem Boden liegend, von einem Schuss zerfetzt wurde. Oder er sagte ihm, dass sein Leben genau in dem Moment beginne, da die Chiricahua gingen, und wie schade es sei, dass er so spät geboren worden sei, die Erde werde sich weiterdrehen, doch die Welt sei zu Ende.